www.tredition.de

Hinter einer „Legende" verbirgt sich im allgemeinen Verständnis eine von „Ruhm" und „Ehre" berichtende Geschichte. Das Wort „Legende" leitet sich von „legenda" (das Vorzulesende) ab und ist somit in seiner Überlieferung an eine schriftliche Vorlage gebunden.

Doch wo sollte im schriftunkundigen Barbaricum eine solche Legende niedergeschrieben worden sein?

Die Herkunft der „Legende vom Hermunduren" kann deshalb nicht auf eine konkrete Quelle oder ein Schriftstück bezogen werden. Dennoch schildert sie in ihrer Form ein Geschehen, dem eine historische Wahrheit zugebilligt werden könnte ...

Die eingebundenen historischen Ereignisse sind überliefert, wenn auch manches dieser Ereignisse in schöpferischer Freiheit vom Autor abgewandelt oder ausgeschmückt wurde. Der Roman erzählt eine Geschichte, die so oder auch so ähnlich und bestimmt auch ganz anders abgelaufen sein könnte ...

Ein historischer Roman bedarf umfangreicher Datenermittlungen in historischen Quellen, die mühevoll und zumeist nicht ohne Hilfe erfolgreich zu gestalten sind. Der Autor kämpfte immer auch mit der Tatsache, dass er gemachte Fehler selbst schwer erkennen kann.

**Deshalb gilt sein Dank allen Helfern und Kritikern und damit all denen die, in gleich welcher Form, am Roman mitgewirkt haben!**

Die Erkenntnisse historischer Forschungen zu den ‚Barbaren' sind nicht allumfassend und können keinesfalls als ‚lückenlos' beschrieben werden. Schriftliche Aufzeichnungen aus dem ‚Barbaricum' dieser Zeit existieren nicht und die Schilderungen der Herren Tacitus, Strabon, Velleius und Plinius, des Älteren, oder auch anderer Zeitzeugen, schließen eine ‚gefärbte' Darstellung im römischen Sinne nicht gänzlich aus. Und nur deren Dokumente blieben, zumindest zu Teilen, erhalten.

Unter Nutzung bekannter historischer Daten, Personen, Überlieferungen und Zusammenhänge unternimmt der Autor den Versuch der Darstellung des Lebens der Hermunduren und ihres Kampfes gegen römische Interessen.

Der Roman „**Die Legende vom Hermunduren**" ist ein Fortsetzungsroman, dessen bisher erschienene Titel

Teil 1 „**Botschaft des Unheils**"
Teil 2 „**Zorn der Sippen**"
Teil 3 „**Schatten des Hunno**"
Teil 4 „**Pakt der Huntare**"
Teil 5 „**Dolch der Vergeltung**"

überarbeitet und in dieser Form neu verlegt wurden.

Auch die Fortsetzungen

Teil 6 „**Die Verlorenen**"
Teil 7 „**Adler der Evocati**"
Teil 8 „**Fluch des Tribuns**"
Teil 9 „**Der Frieden Roms**"
Teil 10 „**Herz der Hermunduren**"

knüpfen an die vorangegangenen Handlungen an und schildern die Erlebnisse der Haupthelden in den Wirren der nachfolgenden Zeit.

Angelehnt an historische Ereignisse dieses Zeitabschnittes, begleitet die Handlung die Anfänge des Verfalls Roms, dessen Imperium im Jahr 69 n. Chr. auf eine erste Krise zusteuerte.

Die Legende geht weiter

Teil 11 „**Schild des Legat**"
Teil 12 „**Faust des Legat**"
Teil 13 „**Schwingen des Adlers**"
Teil 14 „**Erwachen der Gallier**"

G. K. Grasse

# Die Legende vom Hermunduren

## Erwachen der Gallier

www.tredition.de

Umschlaggestaltung, Illustration:  G. K. Grasse

Verlag & Druck: tredition GmbH, Halenreie 40-44, 22359 Hamburg
ISBN:
978-3-347-03626-0                                      (Paperback)
978-3-347-03627-7                                      (Hardcover)
978-3-347-03628-4                                      (e-Book)

Bibliografische Information der Deutschen Nationalbibliothek:
Die Deutsche Nationalbibliothek verzeichnet diese Publikation in der Deutschen Nationalbibliografie; detaillierte bibliografische Daten sind im Internet über http://dnb.d-nb.de abrufbar.

**Covergestaltung:**

# Inhaltsverzeichnis

# Vorbemerkung des Autors

*Worterklärungen und ein Personenregister befinden sich am Ende des Romans. Die erstmalige Erwähnung von Personen und von erklärungsbedürftigen Begriffen sind im Text mittels Kursiv- und Fettdruck hervorgehoben. Die Register sind seitenbezogen gestaltet, d. h., dass Erklärungen nach der Seitenzahl geordnet sind, an der im Text die erstmalige Erwähnung auftritt. Aus dem Lateinischen übernommene Bezeichnungen wurden der deutschen Schreibweise angepasst.*

*Damit der geneigte Leser nicht auf Informationen verzichten muss, sind wichtige Informationen und auch darüber hinausgehend Wissenswertes in der Form eines eigenständigen*

*,Kompendium'*

*mit dem Titel*

*„Was sich noch zu Wissen lohnt ... "*

*zusammengefasst.*

**Dem Romanzyklus liegen die Kriterien der versuchten Einhaltung der historischen Wahrheit und der möglichst verständlichen Darstellung zugrunde.**
*Historiker, die sich mit dieser Zeit auseinandersetzen, sind sich, aufgrund dürftiger Quellenlagen, widersprüchlicher Erkenntnisse und auch abweichender Interpretationen, nicht immer in der Publikation zu einzelnen Sachverhalten einig. Deshalb möchte der Autor vorausschickend erklären, dass diese Schilderungen weder alle derzeitigen wissenschaftlichen Erkenntnisse in sich vereinigen, noch den Anspruch auf Vollkommenheit und detailgetreue Richtigkeit erheben.*
*Ein Autor historischer Romane ist nur ein Beobachter aller Veröffentlichungen, die den Zeitraum, den Ort und auch sonstige Themen wie Gesellschaft, Politik, Wirtschaft, Militär, Kultur und Religion betreffen und verfolgt auch zwangsläufig die Erkenntnisse der historischen Forschungen. Ihm steht ,dichterische Freiheit' zu, die im breiten Spektrum wissenschaftlicher Widersprüchlichkeit und natürlich auch mit der Darstellung eines eigenen Verständnisses der historischen Situation, ausgenutzt wird. Trotzdem ist er kein Wissenschaftler und somit nur begrenzt in der Lage, das breite Spektrum der*

*Erkenntnisse vollständig richtig zu erfassen, zu bewerten und in Vollkommenheit wiederzugeben.*

**Der Autor benötigte für die Absicht, einen historischen Roman zu verfassen, eine Arbeitsgrundlage bzw. eine Hypothese.**

*Diese vereinfachte Form historischer Grundlagen könnte ein Historiker fordern, nicht zu veröffentlichen. Was der Historiker zu verurteilen veranlasst sein könnte, wird der Leser möglicherweise freudig zur Kenntnis nehmen. Er wird des Autors vereinfachtes Verständnis historischer Zusammenhänge aufnehmen, um sich ein eigenes Bild dieser Zeit und der im Roman geschilderten Ereignisse zu erstellen. Wo der Historiker, in seiner Erkenntnis von Forschungsergebnissen, zögert auf Zusammenhänge zu schließen, darf der Autor diese wahrnehmen und verwerten. Dies bot dem Autor die Möglichkeit ein logisches Gebilde überlieferter Ereignisse zu einem spannenden historischen Roman zu verdichten.*

**Mit anderen Worten ausgedrückt, wird der Leser und nicht der Historiker, den Stab über dem Autor brechen ...**

**Ich wünsche Ihnen viel Vergnügen beim Lesen ...**

# Was die Historie über den Stamm der Hermunduren berichten kann

Die Romanfolge zeichnete bisher das Leben einer Stammesabspaltung der *Hermunduren*, beginnend um *64 n. Chr.* im Territorium am Main, nach.

Die Hermunduren erschlossen sich den neuen Lebensraum auf Wunsch *Roms*. Zunächst, so ist es überliefert, prägte Freundschaft die Beziehungen. Doch zu keiner Zeit der Existenz des *Imperium Romanum* blieben Beziehungen zu den Nachbarn friedlicher Natur...

Zwischen der römischen Eroberungspolitik und dem Freiheits- und Unabhängigkeitsdrang der Bevölkerung im *Barbaricum* existierten ein großer Zusammenhang mit Wechselbeziehungen unterschiedlichster Art und ein fundamentaler Widerspruch mit Hass und Feindschaft, der im Kontext zur historischen Zeit und dem Territorium stand.
Die *Römer*, unbestritten zur Weltmacht gelangt, und die *Barbaren*, mit ihren zahlreichen Stämmen und Sippen, trafen am Rhein aufeinander. Weder Rom noch die Barbaren des freien *Germaniens* erkannten diese natürliche Grenze als von den Göttern gegeben an.

Die segensreiche Botschaft der Zivilisation in die Wälder des Nordens getragen zu haben, wird zumeist den Römern zugeordnet.
Für den *Barbar* dagegen fällt die Rolle des beutegierigen, mordenden und plündernden Kriegers ab. Doch stimmt diese Pauschalisierung?
Besaßen die germanischen Stämme nicht auch Lebensbedürfnisse?
Bildete der Schutz des Lebens eigener Kinder und Familien gegen jeden Feind, ob Mensch oder Natur, nicht doch den Kernpunkt jeder kriegerischen Handlung germanischer Sippen. Selbst dann, wenn die *Germanen* auszogen, neuen Lebensraum zu erringen ...

Wenn aber unterschiedliche Lebensumstände und Kulturen an einer Grenze aufeinandertreffen, stellt sich die Frage nach der Dominanz, und somit zur Vorherrschaft, die gegenseitigen Einflüsse betreffend.
Die Historie überliefert uns Kenntnisse zu den Wirkungen, die das Imperium Romanum, auf die von Rom eroberten Gebiete am Rhein und bis weit in die *Germania Magna* hinein, hinterließ.

Gab es auch Einflüsse, die aus der Germania Magna kommend, im von Rom beherrschten Territorien, Auswirkungen zeigten? Wenn ja, dann fehlt uns heute möglicherweise ein eindeutiger Nachweis...

Warum aber sollte es nicht so gewesen sein, war doch keine Grenze so undurchlässig, wie von den Errichtern angestrebt... Mögen die Auswirkungen auch von nur bescheidenem Charakter gewesen sein, so sind sie, wenn auch nicht überliefert, dennoch kaum bestreitbar...

Die Überlieferung von den Hermunduren, einem germanischen Stamm, der in den Zeitenläufen dadurch verschwand, dass er irgendwann in anderen Völkern aufging, besitzt scheinbar kaum Bedeutung für das große Rom.

Der Einfluss und die Charakterisierung einer Freundschaft zwischen Rom und den Hermunduren wird jedoch selbst von den Römern nicht geleugnet... Warum kann dann nicht ein einzelner Hermundure der Ausgangspunkt für diese Freundschaft gewesen sein?

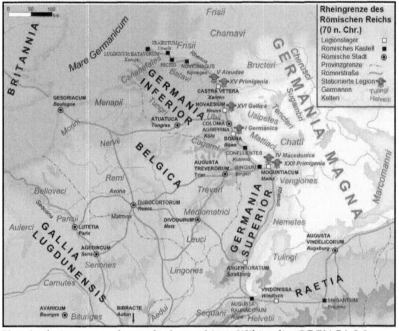

Von Andrei nacu aus der englischsprachigen Wikipedia, CC BY-SA 3.0, https://commons.wikimedia.org/w/index.php?curid=30143245

# 1. Aufstieg

*67 nach Christus - **Winter** (2. **Januarius**)*
*Imperium Romanum – **Provinz Lugdunensis***

*E*in Mann stand im *Bug* der *Bireme*, die von kräftigen Ruderschlägen der *Rojer* flussauf getrieben wurde. Er betrachtete das Wasser des breiten Flusses, der den Namen *Rhodanus* trug, blickte zu beiden Uferlinien und nahm die sanften Hügel sowie die Wälder in sich auf. Irgendwie war er beeindruckt, weil sich in ihm ein Gefühl von Heimat aufbaute, das so aber nicht richtig war.

Diese Heimat lag weiter in Richtung der untergehenden Sonne, in *Aquitanien*. *Burdigala*, hieß die große Stadt am Fluss *Garonne*, aus deren Nähe seine Mutter stammte. Sein Vater war römischer *Senator*, deshalb fehlt ihm, weil er sein Leben ausschließlich in Rom oder zumindest in dessen Nähe verbrachte, jedwedes Wissen zu diesem Teil seiner Vergangenheit.

*Gaius Iulius Vindex* war auch Senator Roms. Er absolvierte den *Cursus Honorum*. Als sein Vater das Zeitliche segnete, war er alt und reif genug, dessen Stelle im Senat auszufüllen.

Zuerst diente er, wurde anschließend *Tribunus Angusticlavius* und mit seinem achtundzwanzigsten Jahr zum *Quästor* berufen. Wenig später starb sein Vater, was ihn in den Senat erhob.

Nicht dass dieser Vorgang automatisch erfolgt wäre, nur besaß er das Alter, die erforderliche Qualifikation und war im Cursus Honorum so weit gekommen, dass seiner Aufnahme nichts mehr im Wege stand. Der *Senat* Roms entschied sich für ihn. Der Tod des Vaters war nur ein geringer Vorteil. Später erreichte er noch das Amt eines *Ädil* und der Senat bestimmte ihn letztlich zum *Praetor*.

Er hatte gerade sein sechsunddreißigstes Lebensjahr erreicht.

Folgte sein Vater als stiller Parteigänger Kaiser *Claudius*, wich Vindex davon kaum ab. Nur bevorzugte er Kaiser *Nero*.

Im Cursus Honorum, gleich in welchem Amt und welcher Funktion, vollzog er, was seiner Position zukam, blieb still und unauffällig, hob sich nicht von Anderen ab und schuf auch keine Aufmerksamkeit heischenden Fälle. Betrachtete er selbst sein bisheriges Wirken, so überschritt er zu keiner Zeit die Grenze, die Aufmerksamkeit auf seine Person lenkte.

Dennoch wurde er, vor etwas mehr als einer *Dekade*, aufgefordert, im *Domus Aurea* zu erscheinen.

Gaius Iulius Vindex war inzwischen ein gestandener Mann, wenn ihm auch die Vorzüge fehlten, die außerordentliche Persönlichkeiten schufen. Er besaß eine Frau und zwei Kinder, die an der Stufe eines werdenden Erwachsenen ankamen und nun wurde er gerufen. Fürchtete er den Weg zum Kaiser Roms, oder zumindest zu dessen Stellvertreter? Nein, warum auch? Er war sich keiner Verfehlung bewusst...

Mit ihm trafen noch andere Männer ein, alle wie er, Senatoren. Er kannte sie, was zur gegenseitigen Begrüßung veranlasste und auch die Frage hervorrief, warum ausgerechnet Ihnen der Ruf des Kaisers galt.

Keiner kannte die genaue Antwort. Wohl aber waren Gerüchte an ihre Ohren gelangt... Doch wer baute schon auf solche Nachrichten?

Ein Bediensteter brachte sie in einen *Audienzraum*, wo sie von *Helius* und dem *Praefectus Praetorio, Gaius Nymphidius Sabinus*, erwartet wurden. Helius, so wusste Vindex, war mit der Führung der Staatsgeschäfte beauftragt worden, während Kaiser Nero die Provinz *Achaea* bereiste.

„Senatoren Roms, unser gottgleicher Kaiser erwählte euch zu Aufgaben, die euch ehren sollen, euch verpflichten und euch zu begnadeten Vertretern seines Imperium erheben."

Helius klatschte in seine Hände und vier weitere Bedienstet erschienen. Die Männer gruppierten sich vor den vier Gerufenen und warteten.

„Was erwartet euch?" Helius antwortete selbst. „Für Jeden von euch liegt eine Bireme unserer Flotte bereit, die euch dorthin bringen wird, wo die neue Aufgabe euch erfordert! Ihr habt drei Tage Zeit, eure Angelegenheiten in Rom zu ordnen! Von heute an, am Morgen des vierten Tages sticht jede Bireme mit Einem von euch in See!"

Der Freigelassene und zur Vertretung des Kaisers Berufene besann sich einen Augenblick.

„Ihr werdet das Dokument eurer Berufung zur Kenntnis nehmen und euch sofort entscheiden, ob ihr diese Verpflichtung anerkennt, dann den Schwur leisten und von mir entlassen..." Helius zögerte.

„Jeder von euch hat das Recht abzulehnen..." fügte er an.

Vindex wusste, was dies bedeuten würde und sicher auch jeder der Männer neben ihm...

„Lasst mich euch einen Rat geben..." hob der Freigelassene an.

Auch Helius schien sich der Besonderheit dieses Auftritts bewusst. Ein Freigelassener ließ Senatoren vor sich erscheinen... Fand der Kaiser keinen berufeneren Mann, diese Pflicht zu erfüllen?

Der Senat schied zur Übergabe der Urkunden aus, dennoch wäre selbst der *Präfekt* der *Prätorianer* angemessener gewesen, dieser aber stand nur hinter dem Freigelassenen...

Vindex begriff die ihn erhebende Ehre. Doch warum musste ein Freigelassener diese überreichen? Hatte Rom keine besseren Männer? Oder verband der Kaiser mit dieser Ernennung noch andere Ziele... Vielleicht war mit der Berufung eine Drohung verbunden, die besagte, dass kein noch so ehrenvoller Mann sich über einen Freigelassenen erheben sollte... Vindex wischte die sich ihm aufdrängenden Gedanken zu den Widersprüchen dieser Berufung einfach hinweg. Er würde sich später dafür Zeit nehmen dürfen, so dachte er damals und hörte dem früheren Sklaven des Kaisers aufmerksam zu.

„Ordnet eure Verhältnisse in Rom, befindet vorerst, eure Familien hier zu belassen und übernehmt eure Pflichten... Erst dann ruft eure Angehörigen und bedenkt zu jeder Zeit, dass es nur unserem göttlichen Kaiser Nero zusteht, euch im Amt zu belassen oder abzurufen... Ihr könntet, wie schon Andere, Jahre lang dort verbleiben... Oder auch nach nur wenigen Monaten zur Rückkehr gezwungen sein, weil ihr für unfähig oder unwürdig erkannt worden seid..."

Vindex wusste, dass sich keiner melden würde, der auf seine Berufung verzichten wollte... Er selbst sah keinen Grund, wenn ihm auch die an die Berufung gebundene Bedrohung irritierte. Vielleicht war es auch eine notwendige Bemerkung, weil Andere sich zu sehr Erhoben fühlten...

Es gab noch eine andere Überlegung, die weit mehr zur Beunruhigung beitrug. Wohin würde ihn der Kaiser senden? Er erinnerte sich flüchtig, dass auch *Numidia* zur Auswahl stand...

Obwohl er zu keinem Zeitpunkt glaubte, für eine Wahl zum *Procurator* oder gar *Legatus Augusti* in Frage zu kommen, waren ihm die zur Neubesetzung stehenden Provinzen bekannt. Numidia wäre nur nicht seine erste Wahl...

„So..." hörte er von Helius und sah ihn in die Hände klatschen, was die Bediensteten veranlasste, die Urkunden zur Berufung zu übergeben.

„Öffnet und lest!" befahl der frühere Sklave.

Helius ließ ihnen Zeit, so schien es Vindex, obwohl ihm zuerst die Zeilen förmlich verschwammen und er jedes Gefühl für die Zeit verlor.

Dann sah er den Namen der Provinz: Lugdunensis!

Er hätte jubeln können... Es gab nur wenig mehr, dass ihn glücklich gemacht hätte... Einzig Aquitania wäre in der Lage gewesen, diese Freude zu übertreffen, nur Aquitania stand nicht zur Auswahl. Er brauchte Zeit zur Besinnung, hörte im Nebel der Betroffenheit Helius Stimme: „Lehnt einer von euch ab?" und hatte Not, seine Freude zu beherrschen.

Die größte und wichtigste Provinz *Galliens* war ihm zugefallen...

Fast im selben Augenblick meldete sich, irgendwo in seinem Kopf, eine leise flüsternde Stimme: ‚Wieso gerade dir?' Erst verstand er die Stimme nicht, dann aber überschwemmte ihn eine Erkenntnis und seine Zuversicht nahm Formen an. War er nicht ein dem Kaiser treuer Mann? Selbst seine Unscheinbarkeit... Da hörte er die flüsternde Stimme erneut.

‚Treu ja, aber auch blass, unscheinbar... unbedeutend... ohne Rückrat...'

Vindex erschrak, was ihm sein *Genius* zuzuflüstern begann. Er wusste, dass er diese Bedenken würde nicht wieder abschütteln können... Was auch immer sich dahinter verbarg, würde ihn quälen und vor sich hertreiben... Er hatte solche Anwandlungen schon oft erlebt und bezwungen, auch wenn der Einfluss sich in seinen Nacken bohrte, ihn marterte und zu beherrschen drohte.

Inzwischen hatte er gelernt, mit dieser Bedrohung umzugehen..., diese Stimme in seinem inneren Ich abzuwürgen und sich über jede von deren Einflüsterungen zu erheben. Vindex straffte sich.

„Leistet den Schwur auf das Imperium Romanum und Kaiser Nero, den Senat und das Volk von Rom!" forderte der ehemalige Sklave. Ein Bediensteter hielt ein *Fascis* auf beiden Armen, waagerecht vor jeden neuen Statthalter.

In dem die rechte Hand des Mannes auf das Bündel gelegt wurde, schwor der Erwählte, mit den einfachen Worten: „Ich schwöre!"

„Im *Portus Romae* liegt für jeden ein Schiff..." hörte er. „Es ist eure Sache, wann ihr ablegt..., wer euch begleitet, welche Route ihr wählt und wann ihr ankommt... Nennt den *Trierarchus* eure Provinz und den Rest, bis zur Ankunft, übernimmt der jeweilige Trierarch. Meldet sich am vierten Tag einer der Trierarchus bei mir, ist eure Provinz verfallen... und der Präfekt wird euch einen Besuch abstatten..." Helius nickte hinter sich und Vindex begriff, dass der Freigelassene sich seiner Rolle bewusst war.

Er nickte seine Zustimmung, wie die Übrigen auch.

„Eine letzte Bemerkung von mir! Der Vorgänger wird euch nicht erwarten... Er wird die Geschäfte nicht übergeben, aber dessen

Gefolgsmänner stehen für euch bereit... Übernehmt, wem ihr vertraut, schickt weg, wen ihr glaubt nicht zu brauchen... Ihr seid die *Statthalter* dieser Provinzen und haftet mit eurem Kopf gegenüber dem Kaiser für jeden Vertrauten, sind es nun übernommene Männer oder von euch selbst Gestellte! Geht! Ich wünsche euch Glück und Erfolg!"

Als Vindex das Domus Aurea verließ, war er glücklich über die vom Freigelassenen dürftig gestaltete Berufung. Bei Nero wäre das nicht so leise vor sich gegangen. Insofern gefiel ihm diese Zeremonie, obwohl diese der falsche Mann leitete.

Sein Genius schien diese Kritik auch wahrgenommen zu haben. Er meldete sich sofort mit einem hämischen, leisen Lachen...

Vindex beglückte sein Weib mit dieser Berufung und merkte, wie sich deren Figur straffte. Sie hatte wohl nicht mit einem derart günstigen Ereignis gerechnet und als ihr bewusst wurde, welche Provinz ihrem Gatten zugesprochen worden war, begann sie erst Wünsche zu äußern, dann Forderungen aufzumachen und letztlich verfiel sie in ein hektisches Treiben. Sie verstand nicht, dass sie und die Kinder vorerst in Rom blieben. Er wollte auch keine Erklärungen dazu abgeben, denn er wusste, dass er dann verloren hätte.

Dann tauchte sein fast siebzehnjähriger Sohn auf.

Vindex hegte den Verdacht, die Mutter hätte ihn geschickt. Er verschloss sich vor dessen erstem Wort, hörte aber nach außen hin, scheinbar interessiert zu. Der Sohn beklagte den Verbleib. Dennoch hörte Vindex kein Wort, dass der Mutter Aufbegehren stützte.

„Vater, du bist einzig für deine Treue zum Kaiser gerufen worden... Deine mir bekannte außerordentliche Klugheit, dein Selbstverständnis, deine Bescheidenheit sind es nicht, die dich zur Wahl brachten... Diese Vorzüge hätte ein Nero nicht einmal bemerkt. Es ist die Treue deines Vaters und deine eigene Treue zum Kaiser, die ihn bewogen, dich zu erwählen... Ich hörte von Unruhen in Gallien... Was also braucht er dort..." Der Sohn ließ die folgenden Worte ins Schweigen fallen.

Vindex war aufmerksam geworden.

„Du bist dem Kaiser zugeneigt und stehst für ihn im Senat! Er aber wird eines *Brandes* bezichtigt, den er kaum zu verantworten hätte, würde er Rom nicht nach seinen Vorstellungen neu aufbauen wollen... Gönnte er sich dabei nicht ein Domus Aurea, obwohl ihm das Geld dafür fehlt, blieben ihm wohl Vorwürfe erspart... Trotzdem schenkte er den *Achaier* den Erlass ihrer Steuern, dafür schröpft er Gallien etwas mehr und dorthin gehst du... Was meinst du, wie du empfangen wirst?"

„Rom herrscht in Gallien!" erwiderte der Vater, mit Härte in der Stimme.

„Und... bist du Rom?" Vindex bemerkte, dass der Sohn ein Ziel verfolgte.

„Was erhoffst du dir mit deinen Worten?"

„Dich begleiten zu dürfen!" lautete des Sohnes Antwort.

„Ich werde darüber nachdenken..." Er entließ den Sohn, musste er sich doch erst einmal über weit wichtigere Dinge Klarheit verschaffen und sich vor allem darum kümmern...

Er dachte an kluge, starke und treue Männer und ging deren Namen sowie deren Erscheinung, Wissen und Einstellung durch, sonderte aus und entschied sich für sieben Personen, die er zur Ausübung seiner Macht zu brauchen glaubte.

Dann widmete er sich seinem Schutz. Er würde in *Lugdunum* eine *Kohorte* vorfinden und keine *Legion*. Deren Kommandeur bestimmten Andere, vielleicht nicht mal der Kaiser... Würde der Mann sich ihm anpassen oder *Front* gegen ihn machen? Es sei, wie es sei, schloss er und befand, dass zehn seiner Männer zum Schutz ausreichen sollten...

Also wählte er nach Verstand, Können, Mut und Treue.

Würde einer der von ihm berufenen Männer zögern, ihm zu folgen oder gar ablehnen? Vindex wusste es nicht.

Als er mit einem Schreiber kurze Botschaften an die Auserwählten verfasste, fiel ihm auf, dass nur zwei wirkliche Römer darunter waren. Die Mehrzahl gehörte zu den Galliern, Aquitanier, *Sequaner*, *Haeduer*, *Treverer* und merkwürdiger Weise fanden sich auch zwei Germanen darunter, sowie auch zwei *Griechen*...

Als er die Einladungen zu einem abendlichen Essen in seiner Hand wog, war er sich sicher, die richtigen Männer erwählt zu haben.

Sie kamen alle.

Vindex sprach über seine Berufung, legte seine Vorstellungen zu den schon jetzt absehbaren Aufgaben dar, nannte bestimmte Verpflichtungen und wagte den Versuch der Zuordnung zu einzelnen Männern. Letztlich fragte er, ob es Einen gäbe, der nicht bereit wäre, ihn in seine Provinz zu begleiten...

Zuerst starrten sich alle an, knieten dann nieder und zeigten damit ihre Bereitschaft an. Innerlich jubelte Vindex, erschrak jedoch, als in der sich in diesem Augenblick öffnenden Tür sein Sohn erschien.

„Vater, warum fragst du nicht auch mich?" Sein Blick streifte die Runde der knienden Männer. „Im Augenblick bin ich wohl neben dir der Größte im Raum..." Ein Lächeln huschte über sein Gesicht. „... aber ich bin auch der Jüngste und wohl die Meisten deiner Erwählten sind älter, viele auch Größer, alle wesentlich Erfahrener, auch sicher Nützlicher als ich und dennoch würde dir etwas Fehlen, ließest du mich zurück..."

„Was wäre das, mein Sohn?" polterte er.

„Die Jugend, die Unbekümmertheit und das Wagnis..." Der Bursche war um eine Antwort nicht verlegen.

„Du hast zu viel gewagt, mein Sohn! Hinaus!" donnerte der Vater.

„Warte, Vindex!" meldete sich eine Stimme.

Beide Vindex erstarrten, der Eine mit Wut im Blick und der Andere mit Hoffnung im Sinn. Der Mann, der sprach, war Grieche.

„Es gehört schon Mut dazu, den Vater vor solchen Männern herauszufordern... Hast du seinen Wunsch schon gekannt oder hast du ihn gar bereits abgelehnt?"

„Wir sprachen darüber, doch ich sagte nur zu, darüber nachzudenken..."

„Und hast du?" fragte der Grieche.

„Nein, noch nicht..." gab Vindex zu.

„Dann mache ich dir einen Vorschlag..."

„Ich höre..." Vindex war vom Auftreten dieses Mannes überrascht.

„Lass die Männer, die eben vor dir knieten, darüber abstimmen... Nein, nicht vollständig..." lenkte er ein als sich Vindex Miene verfinsterte.

„Sagen wir, es sind mehr als drei Viertel für den Jungen, kommt er mit. Sind es weniger als die Hälfte, bleibt er in Rom... Was dazwischen liegt, bleibt bei deiner bisherigen Entscheidung..."

„Warum?" Vindex zeigte Verblüffung.

„Zuerst einmal ist er dein Sohn... Er ist ein wichtiges Stück deiner Familie! Zum Zweiten wird er sehr viel lernen, zum Dritten besitzt er Mut und versteht sich auszudrücken... Letztlich besitzt er dein Vertrauen, oder..."

Vindex nickte und traf, selbst in dieser Lage, eine bemerkenswerte Entscheidung. Siebzehn Männer beugten ihr Knie vor ihm...

„Sind nur drei Männer von euch gegen ihn, wird er bei seiner Mutter bleiben... Wer von euch lehnt die Begleitung meines Sohnes ab?"

Vindex starrte jeden der Erwählten an, als würde er bitten, betteln oder flehen, aber keiner von denen ließ sich erweichen.

„Gut, ihr habt so entschieden... Dennoch stelle ich eine Bedingung!"

„Welche, Vater?"

„Die Zustimmung deiner Mutter!"

Es schien, als hätte der Sohn diese Ausflucht schon vorhergesehen. Er beugte einfach sein Knie.

Vindex verstand, dass der Sohn diese Verhinderung längst, in seinem Sinn, aus dem Weg geräumt hatte. Als er an diesem Abend sein Weib sprach, versicherte sie ihm, dass sie ihre Zusage von der Entscheidung des Vaters abhängig machte und hoffte, er würde ablehnen... Der Sohn spielte Vater und Mutter gegeneinander aus und bekam seinen Willen.

Jetzt standen sie gemeinsam im Bug der Bireme und starrten auf die sich nähernde Stadt. Der Fluss teilte sich. Sie folgten dem linken Arm stromauf.

Lugdunum wirkte, vom Wasser aus, prächtig. Es lag auf einem Hügel, am linken Ufer. Vom Fluss, vom Landesteg aus, stieg das Land teilweise sanft und an anderer Stelle wesentlich heftiger an.

Als sie das Ufer erreichten, warteten schon Vertreter der Stadt, die *Ala* der *Auxiliaren* Roms und auch Würdenträger der Statthalterschaft.

Die Planke wurde ausgelegt und Vindex betrat als Erster das Land. Ihm folgten seine sechs Fasces mit ihrem Rutenbündel.

Vindex ging, gefolgt von seinen Begleitern, auf das wartende Empfangskomitee, bestehend aus dem bisherigen Stab des Statthalters und den Oberen der Stadt zu. Als er am Präfekt der Kohorte ankam, die seitlich des Weges angetreten war, machte Vindex Front zum *Signum*, und zur ,*Offenen Hand'*. Sein Blick begegnete den Augen des Präfekt und die gegenseitige Musterung begann.

Die nachfolgende Begrüßung war kurz, endete in einer Vorstellung der Oberen der Stadt und seiner sieben Ratgeber, die er für einzelne Funktionen seiner Herrschaft vorsah, ohne deren Stellung oder Aufgabe zu benennen. Seinen Sohn überging er. Was sollte es, mit dem jüngeren Vindex Eindruck schinden zu wollen... Gaius Iulius Vindex war angekommen.

Was sollte er vom Empfang denken... Die beste Einstellung erschien ihm, weder zu viel Anteilnahme zu zeigen, noch die Dürftigkeit zu beklagen. Nüchtern, möglichst ohne Emotionen, sollte er sein Amt damit beginnen, die Bedingungen in der Provinz kennenzulernen und auch die Männer zu beobachten, die bisher das Wohl der Provinz hegten.

Der neue Legatus Augusti begann sich in sein Amt zu stürzen. Vindex brauchte nicht lange, um einen Anfang zu finden. Er hörte den bisherigen Verantwortlichen zu, ließ seine sieben Ratgeber an jeder Beratung teilnehmen und registrierte die Bemühungen seiner Gefährten, Klarheiten zu erzwingen.

Dieses Vorgehen zeigte zwei unterschiedlich zu bewertende Aspekte. Einmal hörte jeder seiner Männer, was die Vorgänger mit welchen Mitteln zu erreichen suchten und weil jeder der Ratgeber Forderungen aufmachen durfte, Fragen stellen konnte, erkannte er, wer sich, unter seinen Männern, in welcher Sphäre auskannte und sich interessierte.

In ihm entstand ein Bild über deren zukünftige Verwendung.

In diesen Gesprächen war auch zu merken, welcher der Vorgänger im Amt an seiner bisherigen Aufgabe hing und wer nur darauf bedacht war, sich die eigene Nase zu vergolden...

Vindex hatte zu wenige fähige Männer mitgebracht.

Wie sollte er auch wissen, was ihn in dieser großen Provinz erwartete? Hatte er zu wenige eigene Männer, sollte er unter den verbliebenen Amtsträgern die erwählen, die ihm den besten Eindruck boten. Er achtete auf Sachkenntnis, Handlungsbereitschaft, Durchsetzungsvermögen und auf die Männer, denen gleichgültig war, wem sie dienten...

Er nahm sich viel Zeit, in die auch das Kennenlernen des *Praefectus Cohortis* hineingehörte. Nach fast einem Monat beriet er sich mit seinen Begleitern und verteilte anschließend die Pfründe.

Während der Vater seiner neuen Aufgabe gerecht zu werden versuchte, trieb sich der Sohn in diesem Teil der römischen Welt herum. Es war eine andere Art der Neugier, die ihn anspornte.

In Rom waren seine Möglichkeiten eingeschränkt, immerhin bewachte ihn die Mutter. Hier besaß der Vater zu wenig Zeit und beauftragte einen seiner erwählten Männer mit der Sicherheit seines Sohnes.

So ergab sich der Umstand, dass der Sohn diese Stadt und Teile der Provinz aus einer ganz anderen Sicht kennenlernte...

## 2. Der Igel und der Adler

*67 nach Christus - Winter (24. Januarius)*
*Imperium Romanum – Provinz Lugdunensis*

*V*index war inzwischen fast einen Monat in seinem neuen Amt. Wenn es etwas gab, was seine Begleiter irritierte, war es dessen oftmaliges Schweigen. Der neue Legatus Augusti hörte mehr zu, als er sprach.

Galt seine erste Aufmerksamkeit den bisherigen Amtsträgern, deren Aufgabenverteilung und Zuordnung von Verantwortungen, vollzog er bald einen zweiten Schritt, der ihn zur Beschäftigung mit den unterschiedlichsten Aufgabenbereichen zwang.

In dem er die bisherigen Vertrauten seines Vorgängers in ihrer Erscheinung, deren Sachverstand und auch bezüglich eines energischen Auftretens beurteilte, seine eigene Sichtweise zu jedem dieser Männer prüfte und auch auf Einzelheiten achtete, die eine gemeinsame vertrauensvolle Zusammenarbeit beeinflussen konnten, traf er seine erste und eigene Auswahl.

Niemand schrieb ihm vor, wie er die Provinz verwaltete. Er war nicht gezwungen sich der gleichen Art seines Vorgängers anzupassen und noch weniger, diese vollständig zu übernehmen. Dennoch erkannte er Vorteile und nutzte diese, wenn sie sich mit seinen bisherigen Erfahrungen und eigenen Vorstellungen vereinbaren ließen.

Die Tage waren mit Arbeit angefüllt, er empfing zahlreiche Botschaften aus seinem Territorium. Auch Vertreter einzelner Siedlungen suchten ihn auf, um ihn mit deren Sorgen vertraut zu machen. Viele glaubten, die eigene Dringlichkeit mittels eigenem Auftritt unterstreichen zu müssen, Händler wünschten ihm seine Aufwartungen zu machen und fast an jedem Abend tummelten sich Gäste in seinem Haus.

Langsam begriff Vindex, was ihn in dieser Provinz erwartete. Trotz unterschiedlichster Eindrücke zeigten sich zwischen verschiedensten Personen auch Widersprüche in der Beurteilung der eigenen Lebensbedingungen. Weil Vindex zuhörte, vermochte er bald zwischen den Männern zu unterscheiden.

Einige suchten ihn auf um zu erkennen zu geben, dass sie sich in Bereitschaft hielten, ihm nützlich sein zu wollen. Anderen war anzusehen, dass diese nur auf eigene Vorteile bedacht waren. Über manchen Zeitgenossen lohnte es nicht nachzudenken. Bestimmte Wünsche waren es kaum Wert beachtet zu werden und dennoch merkte der Legatus Augusti, dass eine Sache fast alle ihn Aufsuchenden bedrückte.

Oft fielen Worte zu den Steuern, die Rom forderte. Vindex wusste, dass Römer in Rom weit weniger Steuern, wenn überhaupt, leisteten... Hier in der Provinz war es anders.

Das Steuersystem war komplizierter, umfangreicher und die, denen das Recht zur Steuererhebung zugebilligt war, nutzten dieses auch auf andere Art aus.

Er wollte, nach so kurzer Zeit, noch nicht das Wort ,Betrug' in den Mund nehmen und losstürzen, derartige Missstände mit Stumpf und Stiel auszurotten... Aber er merkte sich einzelne der Männer, die ihm in dieser Sache den Eindruck vermittelten, entweder den richtigen Sachverstand vermissen zu lassen oder sich unrechtmäßige Vorteile zu verschaffen.

Wollte er diese Missstände beseitigen, brauchte er eine feste Stütze in verlässlichen, starken, energischen und treuen Gefährten seiner Herrschaft. Er fand diese sowohl unter seinen mitgebrachten Begleitern, als auch unter den vormaligen Amtsträgern.

Der griechische Freund, der zuvor für seinen Sohn Partei ergriff und dessen Mitreise erzwang, erwies sich in dieser Sache als sehr nützlich.

Wenn dieser Grieche eine besondere Beachtung erlangte, so war es ein noch anderer jüngerer Begleiter, der seine Aufmerksamkeit geradezu herausforderte. In den oftmaligen abendlichen Gesprächen stellte sich dieser als ein streitbarer Geist heraus, der auch noch über ziemlich umfangreiches Wissen zur Lage der Stämme, deren Territorien und Interessen, zu Feindschaften oder Belastungen verfügte und stets mit interessanten Bemerkungen Einfluss nahm.

Vindex befand damals dessen Vater für geeignet, entschloss sich dann davon Abstand zu nehmen, weil dieser sich schon im fortgeschrittenen Alter befand. Zwar klug und erfahren, aber mit Schmerzen in den Gliedern kämpfend, würde der Ältere den Anforderungen und Belastungen wohl kaum gewachsen sein. Den Sohn kannte er zwar, wusste aber zu wenig von dessen Neigungen oder Interessen. Ihm erschien der Jüngere eher blas und so befand er, dass diesem Durchsetzungsvermögen fehlen könnte. Letztlich vertraute er dem Rat von dessen Vater. Bald merkte er, dass er darin nicht irrte.

Der Sohn besaß, worüber der Vater auch verfügte... Das Erste war Klugheit, die sich darin äußerte, dass er zuhörte, bevor er sprach. Die zweite angenehme Seite war Geduld, die sich mit Zurückhaltung paarte und den Eindruck erweckte, dem Manne fehle etwas das Kreuz zur Durchsetzung.

Vindex stellte jedoch fest, dass überzeugende Argumente mehr bewirkten, wie scheinbare Drohungen oder harte, wortstarke Forderungen. Wer mit Klugheit und Überlegenheit voranschritt, brauchte keine Kraft zur Durchsetzung eigener Wünsche.

Der Sequaner, der auf den Namen *Lucien Belinarius* hörte, war um einige Jahre jünger als er selbst, hatte den Cursus Honorum absolviert und war bis zum Ädil aufgestiegen.

In einem ihrer Gespräche versicherte ihm Belinarius, sich des Glücks, von ihm berufen worden zu sein, würdig erweisen zu wollen. Er würde ihm treu dienen und hoffe sein Wohlgefallen zu wecken.

Belinarius sprach in gewählten Worten, formulierte zumeist kurz und bezeichnete Vorgänge und Sachverhalte ohne Umschweife. Es ergab sich, dass Gespräche oft stattfanden und immer mehr Vertrauen schufen.

Vindex überlegte lange, welche konkrete Aufgabe er diesem Mann stellen sollte und gelangte zu keinem endgültigen Urteil. Also wartete er auf den Fingerzeig der Götter.

Dieser Zustand erhielt sich, bis dieser Sequaner, eines kalten Tages, einen älteren Mann zu ihm brachte, der in seiner Gestalt Herrschsucht, Würde und Kraft auf eigenartige Weise verband.

„Ich bin *Eporedorix*, der *Vergobret* der Haeduer!" stellte sich der Fremde vor.

„Ich hörte von dir..." erwiderte Vindex zurückhaltend.

„Dann muss ich meine Stellung nicht erklären..." gab der Vergobret von sich und vermittelte Vindex das Gefühl, dass er der Nachgeordnete und der Haeduer gleich einem Kaiser wäre...

„Was führt dich zu mir, Vergobret der Haeduer?"

„Ich hätte erwartet, dass der Legatus Augusti des Kaiser Nero die Fürsten der wichtigsten Stämme zu sich ruft und ihnen seine Absicht erklärt, wie er in der Provinz, die uns gehört, zu herrschen beabsichtigt!"

Der Blick des Haeduer ruhte herrisch auf Vindex Antlitz.

„Zuerst einmal, Vergobret, gehört diese Provinz zu Rom!" begann der Legatus Augusti und erwiderte Blick und Haltung.

„... sie gehört nicht dir und keinesfalls einem Anderen... Dann rufe ich, wen ich will, wann ich will und wohin ich will! Und Nächstens mäßigst du dich in deinem Auftreten mir gegenüber. Sollte dir die notwendige Ehrfurcht vor meinem Amt oder vor meiner Person fehlen, wirst du kaum die Gelegenheit bekommen, dein Alter, deine Weisheit und deine Würde gewahrt zu sehen..."

Vindex trat mehrere Schritte vor, auf den Älteren zu und wandte sich dann an seinen Vertrauten jungen Sequaner um.

„Lucien Belinarius, ich habe ein offenes Herz und offene Ohren für jeden Mann, der zu mir kommt, was auch immer er von mir begehrt... Führst du einen *Fürst* zu mir, der nicht weiß oder versteht, wie er sich einem römischen Senator zu nähern hat, dann belehre ihn vorher!"

Vindex verzichtete auf den Teil, den er eigentlich schon auf der Zunge spürte. Er verkniff sich das ,... sonst werfe ich ihn vor die Tür!'

„Du Fürst, fandest einen sehr unglücklichen Beginn... Es steht dir frei, einen anderen, besseren Tag zu wählen oder mir jetzt deine Wünsche zu erklären... Ich höre..." Vindex Stimme sprühte vor Härte. Sein Blick suchte die Augen des Vergobret.

Eporedorix starrte den Statthalter an und zeigte damit, dass er sich zuvor, über sein eigenes Auftreten, keinerlei Gedanken machte.

Ihm stand ein Mann gegenüber, der ebenso herrisch, fordernd und unnachsichtig zu handeln vermochte und wohl auch schnell begriff, was er dulden konnte und wem er seine Macht demonstrieren musste...

Eporedorix begriff den neuen Wind in der Provinz und nahm die Herausforderung an.

„Du Legatus Augusti, so sagte man mir, wärest auch ein Mann aus diesem Teil der Welt... Ich glaubte, du würdest verstehen, dass dies zwar Roms Provinz ist, aber dennoch von uns bewohnt wird..." begann Eporedorix und wurde erneut unterbrochen.

„Was ist mir entgangen..." unterbrach Vindex des Anderen erste Worte.

„Verstehe ich etwa nicht, dass ein alter Mann zu mir, dem Statthalter Roms, kommt und glaubt, mich herausfordern zu dürfen? Du magst in deinem Stamm ein Fürst sein, bei mir bist du nur ein beliebiger Bürger Roms! Ich billige dir lediglich zu, Älter und Erfahrener als ich zu sein, wovon ich jedoch nichts spüre... Dagegen sah ich einen herrschsüchtigen Greis, der sich gegen einen Senator Roms herausnimmt, was ich nicht geneigt bin, ihm zuzubilligen! Also wirst du diesem Senator in der Art entgegenkommen, die jeden römischen Bürger auszeichnet und sollte der Tag anbrechen, an dem ich dir mehr zu geben bereit bin, werde ich dich dies wissen lassen..." Zorn kleidete sich in überlegene Worte und blieb dennoch Zorn.

„Belinarius, bringe diesen Gast zurück! Ich sehe keinen Grund, den Vergobret der Haeduer besser zu behandeln als andere Fürsten der Stämme. Ich werde ihn benachrichtigen, wenn ich ihn sehen will! Geht!"

Die schroffe Äußerung brachte Eporedorix an den Rand eines Wutausbruchs.

Belinarius griff nach dem Arm des Älteren und löste ihn aus der Schwärze des Abgrunds. Als er jedoch den Blick des Vergobret spürte, gab er sofort dessen Arm frei. Der Alte folgte ihm in gestelzten Schritten.

Vindex fand, das der Vergobret vermessen auftrat. So gern er sich mit diesem Mann, auch vor allen Anderen befasst hätte, kannte er doch dessen Macht, durfte er diesen Auftritt keinesfalls hinnehmen. Gab er nach, wäre seine Macht in der Provinz schon gebrochen.

Nachdenkend verblieb er, bis sein junger Berater zurückkehrte.

„Was Belinarius trieb dich dazu, den Alten anzuschleppen?" Vindex Stimme war beherrscht, leise und dennoch schwang eine Bedrohung mit.

„Herr, du solltest die Macht dieses Mannes zu keinem Zeitpunkt unterschätzen... Ich hatte ihn nicht gerufen, wenn du dies denken solltest... Er stand einfach vor mir und forderte, zu dir geführt zu werden."

Vindex schwieg. Zweifellos kannte Belinarius das Ansehen und den unbeugsamen Willen des Vergobret. Vielleicht sah er sich gezwungen, um nicht vorschnell und eigenmächtig eine Entscheidung zu treffen, die nur dem Legatus Augusti selbst zustand... Eine Ablehnung seitens Belinarius hätte diesem die Feindschaft des Vergobret eingebracht und dies würde, unter den gegebenen Umständen, die Verwaltung der Provinz unzulässig erschweren.

„Ich sehe dich, wenn dein Einwand stimmt, durchaus in einer Zwangslage... Der Vergobret wusste, dass er über dich kommend, sich anderen Fürsten Galliens gegenüber, einen Vorteil verschaffen konnte... Ergibt sich die Frage, wer ihm deine Position in meinem Aufgebot verriet? Dass der Vergobret der Haeduer in mir nicht den Vertreter des Kaisers, sondern nur einen in etwa Gleichgestellten sieht, kann ich dir kaum zum Vorwurf machen... Dennoch, junger Belinarius, solltest du darauf achten, dich nicht vor einen falschen Karren spannen zu lassen..."

Vindex beschlich ein Gefühl der Wut. Er wusste, dass ihm nicht jeder Gallier freundlich begegnen würde. Dennoch hoffte er, dass nicht in den ersten Tagen und auch nicht die Mächtigsten der Fürsten der Stämme, zu seinen Feinden werden würden... Der Vergobret der Haeduer erwuchs zu einem starken Widerpart und auch wenn er deren ersten Schlagabtausch zu seinen Gunsten gestalten konnte, würde die Antwort des Haeduer kaum lange auf sich warten lassen... Der Kampf um die Macht in dieser Provinz hatte begonnen. Vindex begriff, dass sein Gegner stark, machthungrig und verschlagen war... Er zog sich in seine privaten Räume zurück und stieß dort auf seinen Sohn.

„Wo warst du, *Faustus*?"

„Hier, wo soll ich gewesen sein?" antwortete der Sohn etwas herausfordernd.

„Muss ich erst den Treverer rufen und ihn befragen?"

Der Treverer war der Jüngste seiner Bewacher, dem er den Auftrag erteilt hatte, seinen Sohn auf Schritt und Tritt zu begleiten.

„Vater, welche Absicht verfolgst du?"

„Dich am Leben zu erhalten... Du weißt nicht, welche Gefahr dir drohen könnte... Ich bin hier der Herrscher und was glaubst du, wer keinen Grund besitzt, Zorn auf den Statthalter Roms zu empfinden? Wir bestimmen hier, ich erhebe Steuern und lasse diese eintreiben... Erinnere dich, du brachtest dieses Argument einst selbst als Einwand... Was wird wohl geschehen, widerfährt dir ein Unheil... Ich möchte nicht mit deinem Leben erpresst werden..."

„Du gabst mir doch deinen Wachhund mit..." warf Faustus ein.

„Was meinst du, bewirkt ein einzelner Mann?" schnauzte Vindex den Sohn an.

„Dann gib mir weitere Wachhunde..." forderte der Sohn.

„Das schlage dir aus dem Kopf! Allerdings könnte ich dich auch an die Kette legen, wie eben einen Wachhund..."

„Nein, Vater..." schrie der Sohn auf.

„Also, ich höre..." Die Forderung des Vaters bezwang den Trotz des Sohnes. Der Abend nahm den gleichen Verlauf, wie andere Abende zuvor... Der Vater zog dem Sohn förmlich aus der Nase, wo dieser sich herumtrieb. Faustus Bockigkeit reizte Vindex Wut.

Doch dieses Mal, war Vindex nicht gewillt, den Sohn aus seinen Fängen zu lassen. Als dieser schon glaubte, die abendliche Maßregelung überstanden zu haben, holte der Vater zum entscheidenden Schlag aus.

„Du meldest dich Morgen, in der ersten Stunde, bei Lucien Belinarius und begleitest den Mann am ganzen Tag. Du wirst ihm zuhören, wirst dir jedes Wort merken und mir am Abend berichten, was Belinarius am gesamten Tag ausführte! Verstößt du Morgen und an den Tagen danach, bis ich dich davon befreie, gegen diesen Befehl, schicke ich dich zu deiner Mutter! Das ist mein letztes Wort!"

Vindex war wütend. Es war nicht sein Wille, den Sohn mit in die Provinz zu nehmen. Das Recht dazu hatte dieser sich erschlichen. Weil die von ihm erwählten Begleiter für Faustus sprachen, gab er nach. Er wusste, dass ihm die Zeit fehlen würde, den Sohn gebührend anzuleiten.

Also befahl er Andere, ihn zu ersetzen, was wohl nicht gelungen war... Jetzt kam noch hinzu, dass er sich eine Feindschaft zuzog, die auch seinen Sohn einbeziehen könnte...

Vindex sah sich gezwungen, Auflagen zu erteilen. Verpflichtete er schon zuvor einige seiner Männer, war er nunmehr gehalten, auch Faustus zu vernünftiger Tätigkeit zu zwingen. Er hoffte, dass dies den Drang des Sohnes Fesseln auferlegte und vielleicht fand Faustus dabei eine Beschäftigung, die ihn reizte und der er sich in Zukunft widmen konnte.

An diesem Abend rief er noch Belinarius und den Treverer *Mammeius*, um ihnen seine Vorstellungen von den täglichen Pflichten seines Sohnes klarzumachen. Dabei fiel dem Sequaner zu, den Sohn in die Pflichten eines Statthalters einzuführen und der Treverer wurde auf Waffenfähigkeit ausgerichtet. Vindex machte ernst.

Die bisherige Tätigkeit des neuen Legatus Augusti war auf das Verstehen des Besonderen in dieser Provinz ausgerichtet. Wie eine Administration aufzubauen war, wusste er von seinen zuvor in Rom erbrachten Aufgaben.

War aber diese Provinz genauso wie Rom? Konnte er unbesehen, römische Erfahrungen in der Lugdunensis anwenden, ohne die hier herrschenden Verhältnisse zu beachten...

Vindex gelangte zu der Einsicht, dass dem nicht so war!

Er spürte mehr als er es wusste, dass die verschiedenen Gebiete der Stämme der Gallier sich auch voneinander unterschieden. Zwischen jedem Stamm und Rom wirkte eine andere Geschichte, die aus der Vergangenheit bis in das Jetzt reichte. Diese Geheimnisse zu ergründen, würde Zeit beanspruchen...

Ließ er die ersten Tage seiner Herrschaft in der Provinz an sich vorüber gleiten, bemerkte er die Vielfalt der Sorgen der bisherigen Amtsträger, von denen jeder forderte, er wäre der Wichtigste und nur seine Sorgen dürften den neuen Legatus Augusti berühren, sowie auch jeder, auf nur erdenkliche Weise, zu vermitteln versuchte, dass nur ihm Verdienste zu kämen, die kein Anderer vorzuweisen hätte.

Dabei sprachen er und seine Auserwählten mit zahlreichen Männern, die im Sinne Roms Verantwortung besaßen oder sich herausnahmen, Leistungen erbrachten oder aber nur deren Anschein erweckten. Jeder dieser Männer gab vor, ehrenhaft und zum Wohle Roms zu wirken...

Das Schlimmste daran war die Vielzahl der Männer und deren gegenseitiges Behindern, Schmähen und Beschuldigen. So gelangte Vindex zu der Überzeugung, dass diese vorgebliche Ordnung eher einem Chaos glich. Als er die Begegnung mit allen diesen, von sich überzeugten Männern hinter sich hatte, zog er sich einige Tage zurück, um seine Gedanken in Vorstellungen zu kleiden, die ihm helfen konnten, seinen Auftrag zu erfüllen.

Zuerst war das Erkennen der eigenen Rolle wichtig. Vindex gelangte zur Einsicht, dass er für dieses Chaos die Verantwortung trug. Daraus leitete sich die Anforderung für die Zukunft ab. Er sollte eine Ordnung schaffen, in der die Rechte Roms im Vordergrund blieben, aber diese Provinz auch nicht an seiner Organisation zu Grunde gehen durfte...

Wollte er das Chaos beherrschen, brauchte er fest gefügte Strukturen und diese ließen sich nun einmal nur durch befähigte Männer erzielen. Also ordnete er seine Gedanken und prägte Vorstellungen zu den einzelnen Bereichen, in die er Träger dieser Verantwortung bringen musste, um das Chaos aufzubrechen.

Er war in dieser Provinz nicht der einzige Vertreter des Kaisers. Stützte sich Kaiser Nero vorrangig auf einen Legatus Augusti zur administrativen Führung, verhinderte er jedoch, durch die Abtrennung des Finanzwesens, dessen übergroße Eigenmächtigkeit.

In dieser Sache übernahm Nero Erfahrungen, die ihm vorangegangene Herrscher aufzeigten. Ein Statthalter, ohne eigenes Verfügungsrecht über alle in der Provinz erwirtschafteten Steuern, war in seiner Macht begrenzt. Ein Procurator aus dem *Ordo Equester*, dem Kaiser mit Eid verpflichtet, sorgte dafür, das Rom bekam, was Rom zustand.

Allein gegenüber diesem Mann besaß Vindex keine Befugnis. Ihn zu maßregeln, diesem Vorschriften zu machen oder ihn gar zu entmachten, wenn ihm dessen Vorgehen nicht gefallen sollte, war er weder ermächtigt, noch würde Nero dies dulden. Das der Procurator einem niederen Stand der römischen Gesellschaft entstammte, war dabei ohne jede Bedeutung.

Die zweite Besonderheit seiner Provinz war das Militär.

Innerhalb seiner Provinz stand keine einzige Legion. Dennoch war das Territorium der Provinz sehr groß und noch zumal durch seine Lage, zwischen *Belgica* und Aquitania eingezwängt, dafür aber ohne unmittelbare feindliche Grenzen. Ungünstig erachtete er den Standort seiner Statthalterschaft mit Lugdunum, was im südlichsten Zipfel der Provinz lag.

Um ein *Municipium* oder *Civitas* seiner Provinz aufzusuchen, bedurfte es eines weiten Weges. Noch weitaus schwieriger war es, das wenige Militär, das ihm zur Verfügung stand, dorthin zu bringen, wo es, im Falle von regionalem Aufruhr, benötigt wurde.

Ihm selbst stand in Lugdunum eine *Ala Quingenaria*, mit dem Namen *Gallorum Tauriana* und die *Cohors XVIII Voluntariorum*, die wie andere gleichartige Kohorten aus freiwilligen römischen Bürgern bestand und in Lugdunum ein Winterlager besaß, zur Verfügung. Die Ala war, vor einigen Jahren, von Kaiser Claudius aus Bürgern einiger gallischer Stämme aufgestellt worden und sollte vermutlich in *Britannia* zum Einsatz gelangen. Aus welchem Grund dies nicht vollzogen wurde und warum diese Ala gerade in Lugdunum verblieb, war nicht nur ungewöhnlich, es entzog sich auch der Kenntnis eines ganz besonderen Mannes, dessen Bekanntschaft der Legatus Augusti machte, als er mit früheren Amtsträgern der Provinz verhandelte.

Dieser Römer vermittelte ihm dann Kenntnisse, die von Wert zu sein schienen... Vindex besaß zuvor keinerlei Angaben über weitere Alae oder Kohorten, hörte dann aber von diesem Mann, dass drei weitere Truppenteile in seiner Provinz stationiert waren.

In *Cabillonum* lag eine Kohorte, die die dort befindliche Flotte Roms und die umfangreichen Getreidelager, für die Versorgung römischer Legionen am *Rhenus*, bewachte.

Die Flotte, aus *Liburnen* bestehend, nahm bei Bedarf Auxiliaren der Kohorte auf und brachte diese, entlang der wichtigen Wasserstraßen des Rhodanus und des *Arar*, zum Einsatz. Der Auftrag lautet, die Sicherheit der Wasserwege zu gewährleisten.

Eine weitere derartige Kohorte, mit fast gleichen Anforderungen, lag in *Lutetia*, am Fluss *Sequana*. Die gleichartige dritte Kohorte befand sich in *Caesarodunum*, am *Liger*.

Das Besondere dieser Kohorten war die Verbundenheit mit dem jeweiligen Fluss und der zugeordneten Flotte. Täuschte beides doch über den weiteren Grund, den der möglichen Befriedung des Gebietes bei Erfordernis, hinweg.

Aus dieser Lage ergab sich, dass entlang dieser Wasserstraßen ein schnelles Fortkommen der Streitkräfte gesichert war. Außerdem spielten deren Standorte eine wichtige Rolle für die Verfügbarkeit, falls der innere Frieden der Provinz gefährdet erschien. Diese Kohorten würden zwar nicht ausreichen, um einen Aufstand abwehren zu können, dürften andererseits aber auch nicht unbeachtet bleiben, drohte eine Gefahr.

Insofern erschien Vindex, der aus dem Ordo Equester stammende frühere Präfekt der Kohorte in Cabillonum, als ein wichtiger Bestandteil seiner neuen Organisation. Als er noch dazu erfuhr, dass der jetzt im Ruhestand befindliche Präfekt die übrigen Kommandeure der anderen Kohorten kannte und deren Fähigkeiten einzuschätzen wusste, nahm er den Älteren in seinen Beraterkreis auf.

Was er nicht wusste und auch niemals erfahren durfte, war der Umstand, dass dieser frühere Präfekt ein *Adler der Evocati* war. Dieser frühere Präfekt hörte auf den Namen *Gaius Donicus*.

Mit Gaius Donicus und Lucien Belinarius verfügte Vindex somit über zwei von ihm gewählte Berater, denen er vertraute und deren Wissen, sowie Fähigkeiten, im helfen sollten, seiner Berufung gerecht werden zu können.

Den vom Kaiser eingesetzten Procurator für die Finanzen der Provinz, auch ein Equester Ordo mit dem Namen *Lucius Masones Felix*, konnte er nicht umgehen oder gar ablösen. Diesem Mann musste er sicher Verständnis für seine Art der Herrschaft erst abringen.

Vindex erinnerte sich, dass deren erste Begegnung sehr förmlich verlief. Jeder versuchte den Gegenüber über das eigene Wesen hinweg zu täuschen, vorerst Abstand zu bewahren und möglichst viel zu erfahren.

Sie waren wohl beide nicht sehr erfolgreich. Ihr Gespräch entwickelte sich schleppend. Nur zögerlich ließ er den Anderen in einen Teil seiner Vergangenheit blicken und der Masones Felix dankte es ihm in gleicher Art. Sie schieden mit dem Versprechen, das so interessante Gespräch fortsetzen zu wollen...

Vindex musste sich arg beherrschen, um nicht, ob der von ihm genutzten Redewendung, in einen Lachanfall abzugleiten. Es würde ihm nichts anderes übrig bleiben, als des Mannes Interesse für ihn zu wecken oder aber diesem den ‚Bart rasieren zu müssen'... Vindex bereitete sich auf beides vor...

Im nächsten Schritt dachte er über die zukünftigen Verantwortlichkeiten nach und gelangte zu dem Schluss, dass auch er einen Mann brauchte, der sich in Steuern und Geld gut auskannte. Wollte er sich dem Masones Felix nicht bedingungslos ausliefern, brauchte er einen eigenen befähigten Mann, der diesen Streit für ihn führte und außerdem die Verwendung der ihm überlassenen Finanzen überwachte.

So wie er in diesem Bereich einen starken Widerpart suchte, brauchte er auch für die Durchsetzung von Recht und Ordnung einen starken und unabhängigen Vertrauten.

Als er die weiteren Notwendigkeiten überdachte, fielen ihm der Handel und auch der Verkehr auf Straßen und Flüssen ein. Wollte er sich selbst dort nicht einbringen, brauchte er zwei weitere Männer seines Vertrauens.

Rom war, wo immer es herrschte, an den Schätzen des Bodens jedes eroberten Gebietes interessiert. Ob dies nun Salz, Bernstein, Eisen, Kupfer oder Zinn, Silber oder gar Gold war, es gehörte Rom und vergaß er sich darum zu kümmern, barg dies ungeahnte Gefahren. Auch der Ernährung der Menschen und damit der Bewirtschaftung des Bodens sollte er Aufmerksamkeit schenken.

Als er über das Land, deren Stämme und zugehörige Gebiete nachdachte, erschloss sich ihm, auch den Municipia, den Civitates und selbst den Bürgern eines jeden *Vicus* einen Mann zuzuordnen, der deren Interessen prüft und ihm berichtet.

Belinarius verwies, in einem ihrer Streitgespräche, auf die zahlreichen Stämme in der Provinz. Auch Vindex kannte eine Vielzahl davon und wusste, dass deren Wünsche und Begierden nicht immer leicht zufrieden zu stellen waren. Wollte er nicht jeden Streit der Stämme selbst schlichten, brauchte er auch in dieser Sache einen standfesten Mann.

Zog er einen Schlussstrich unter seine gedankliche Aufzählung blieb er an acht guten Männern hängen, hatte jedoch nur noch sechs Eigene zur Verfügung. So zwang er sich, sowohl die Eignung dieser Auserwählten zu prüfen und mögliche andere Kandidaten einzubeziehen.

An dieser Erkenntnis angelangt, erschloss sich ihm die Notwendigkeit eines weiteren Mannes. Wollte er sich nicht mit den vielen Kleinigkeiten verzetteln, brauchte er einen erfahrenen, klugen und gewissenhaften Vertrauten, der ihm die Last des täglichen Einerlei abnahm, viele Dinge in seinem Interesse selbst entschied und nur die Angelegenheiten zu ihm brachte, die seine Entscheidung erforderten...

Die Wahl dieses Mannes zwang dazu, auch den Umstand zu berücksichtigen, entweder einen Gallier, der das Land und das Leben hier kennt oder eben einen Römer zu benennen. Über einen geeigneten Römer verfügte er nicht mehr... Was sollte er tun?

Mit der Klarheit seiner Vorstellungen ergab sich sein nächster Schritt.

Wem sollte er vorrangig sein Vertrauen schenken, wen musste er sich erobern und wer könnte sich zu einem Feind entwickeln? Vindex prüfte jede Kleinigkeit, glich Fähigkeiten mit Vorstellungen ab und gelangte zu einem Ergebnis.

Er entschloss sich, mit den Männern zu beginnen, die er inzwischen zu seinen Getreuen zählte und dazu den Procurator Masones Felix hinzuzubitten. Noch unschlüssig, wen er über die einzelnen Sachwalter stellen konnte, wollte er den Rat der Männer erbitten. Dann aber stockte er. Gab ihm einer Rat und empfahl einen Mann, dessen Fähigkeit er selbst nicht erkannte und dann ablehnte, hätte er den ersten Feind, den er nicht brauchte... Außerdem, wer sagte ihm, dass der Benannte zuerst ihm selbst und nicht noch Anderen dienen wollte?

Vindex begann erneut von vorn und verteilte die Aufgaben nach seinem Gutdünken. Er schob Verantwortlichkeiten und Namen hin und her und gelangte dennoch nicht zu einem zufriedenstellenden Ergebnis.

Wenn er diese Nuss nicht selbst knacken konnte, brauchte er eben Hilfe und als er die dafür in Frage kommenden Kandidaten durchging, endete er bei Präfekt Gaius Donicus.

Er lud den früheren Präfekt zu einem Gespräch ein, bot ein reichhaltiges Mahl, guten *Falerner Wein* und fand bald den erwünschten Zugang zu dem Älteren.

Donicus war in *Fanum Fortunae* geboren, ging zur Legion und stieg bis zum Präfekt einer Kohorte auf. So wie der Alte ihm bekundete, war dies ein glatter, wenig anstrengender und stetig ansteigender Verlauf. Zweifellos verschaffte ihm seine Herkunft einen gewissen Vorteil.

Anfangs stieg er schneller auf, doch dann war irgendwann ein Ende gefunden. Also diente Donicus seine Zeit ab und blieb auch danach in Cabillonum. Er wurde zu einem der beiden *Duumviri* des Municipium.

In dieser Stellung begegnete Gaius Donicus dem Statthalter, der dieses Amt vor Vindex Vorgänger ausführte. Der Legatus Augusti rief den Duumviri Donicus zu sich und lockte mit einer Position in seinem Amt.

Gaius Donicus folgte dem Ruf und blieb auch, als dieser Statthalter abberufen wurde. Die Zeit danach betrachtete der Präfekt als einen weniger guten Abschnitt. Nicht jeder Legatus Augusti ist klug, geduldig und aufmerksam genug. Mancher war, so wie der letzte Statthalter, wenig zum Zuhören geneigt, dafür schwatzte der Mann zuviel und dies führte wohl auch zu seiner Ablösung, weil nur Worte allein keine Provinz regierten...

Donicus selbst weinte dem Mann keine Träne nach und wusste auch von vielen guten Männern, die unter dessen Macht genauso gelitten hatten, wie er selbst.

Der Präfekt schnitt von selbst das Thema an, auf das Vindex zu sprechen kommen wollte. Ohne seinen Überlegungen vorgreifen zu wollen und zu früh zu verkünden, was er beabsichtigte, fragte Vindex nach. Indem er auch etwas aus seinem Leben bot, sprangen sie beide tiefer in die gegenseitige Bekanntschaft.

Es war somit keine große Sache, den Älteren nach guten Männern zu fragen. Der frühere Präfekt wusste, wovon er sprach und Vindex hörte geduldig zu. Der Alte nannte ihm Namen und schilderte Fähigkeiten, verwies auf Wissen, auf Verbindungen, erwähnte besondere Eigenschaften und überließ Vindex die Wahl.

Dieser, im Gefühl eine richtige Entscheidung zu treffen, sortierte unter den beschriebenen Personen fünf der empfohlenen Männer aus. Bevor er sich aber entschied, fragte er den Präfekt, wem dieser, im Falle von fünf benötigten Männern, den Vorrang geben würde?

Der Alte sperrte sich lange und gab als Grund dafür an, nicht zu wissen, welche Voraussetzungen erforderlich oder erwünscht waren...

Zum Schluss rückte er dennoch mit einer Empfehlung heraus. Vindex war überrascht, nur einen, der in seinem Kopf verbliebenen Namen, nicht unter den Genannten zu finden. Also wurden aus fünf Benötigten umgehend sechs Kandidaten.

Gaius Donicus dankend, verabschiedete er diesen und ermahnte ihn, über ihr Gespräch zu schweigen.

Zwei Tage später saßen ihm die Männer der genannten Namen gegenüber. Wieder bediente sein Sohn Faustus die Gäste und wachte der Treverer vor der Tür.

Diese Mal hatte Vindex Lucien Belinarius zur Teilnahme aufgefordert.

Vindex prüfte seine Gäste vorsichtig auf Klugheit, Gewandtheit im Wort, Ehrlichkeit, Treue und Gelassenheit sowie auch Gewissenhaftigkeit. Er streifte im Gespräch die Themen, zu denen er gute Männer brauchte, forderte heraus, widersprach Einigen, korrigierte manche Ansicht und weil er dies mit Überlegung und in Ruhe vollzog, gelangte er zu den Einsichten, die ihm die Auswahl ermöglichen sollte.

Aber auch seine Gäste schienen angetan. Zumindest ging keiner im Zorn oder trug ein Gefühl der Enttäuschung auf dessen Heimweg.

Den Mann, dessen Name nicht in seinem Kopf stand, als der Präfekt seine Favoriten benannte, hielt er zurück, als er auch Belinarius verabschiedete.

*Hostus Umbrenus* war ein Mann in seinem Alter.

Er war von allen Anwesenden der Schweigsamste. Seine Statur war untersetzt, fast zwergenhaft klein, dafür kräftig, nicht dick und auch nicht dürr. Sein Kopf glich einer Melone, war verhältnismäßig groß in Bezug zur gesamten Erscheinung und wurde von großen Ohren, einer ebenso großen Nase, einem kleinen, schmalen Mund sowie stachelig kurzen, grauen Haar beherrscht.

Umbrenus blickte mit großen, dunklen, fast schwarzen Augen in seine Umwelt. Die runde Form des Kopfes vermittelte den Eindruck, dass dessen Träger ein die Bequemlichkeit bevorzugender, etwas träger und keinesfalls als ein der tierischen Verbissenheit verbundener Kämpfer, in Erscheinung trat. Blieb Umbrenus durch sein Wesen unscheinbar, so wirkte die Widersprüchlichkeit zwischen dessen Gestalt und der Kopfform auf die Erinnerung Anderer ein.

„Sage mir, Hostus Umbrenus, was zeichnet dich, nach deiner Ansicht, gegenüber den Übrigen meiner Gäste aus?"

„Meinst du Herr, die mir mangelnde Schönheit oder Stattlichkeit..." stellte Umbrenus eine geistvolle und ehrliche Gegenfrage.

„Ich suche keinen stattlichen Mann..." erwiderte Vindex und lächelte ob der Bemerkung des Anderen. „...mir schwebt ein eher zäher, gewissenhafter und ehrlicher Verfechter meiner Interessen vor, der mir in Treue ergeben ist und stets Roms Wohl im Blick behält... Ich suche einen klugen, starken und unbeugsamen Geist, der es auch versteht, sich der Fügsamkeit Anderer zu versichern, ohne mit Drohungen oder gar Zwang zum Ziel zu gelangen... Könntest du dieser Mann sein?"

„Das Herr, hängt davon ab, welche Voraussetzungen meine Aufgabe erfordert..."

„Genau die eben angeführten..." erwiderte Vindex. „Es geht nicht um besonderes Wissen, wenn auch Weisheit vorhanden sein sollte... Keinesfalls erwarte ich sture Befolgung von Grundsätzen oder Gesetzen, sondern erwarte eher deren Einhaltung unter Nutzung eines möglichen oder sich anbietenden Freiraumes... Letztlich basiert eine gute Zusammenarbeit auf Achtung und Vertrauen..."

„Herr, du windest dich wie eine Schlange..." entschlüpfte es den Lippen des kleineren Mannes.

„Siehst du, das ist es, was ich brauche... Redest du mir nach dem Mund, schicke ich dich nach Rom... Du bist doch Römer?"

Umbrenus nickte.

„Zeigst du jedoch an, dass dein Sinnen nicht meinem gleicht und wählst geschickte Worte, kannst du auf meine Aufmerksamkeit zählen..."

„Herr, was genau suchst du?"

„Nach meinen bisherigen Erkenntnissen stieß ich in dieser Provinz auf ein Chaos, auf Betrug und Unvermögen... Den Grund dafür sehe ich in den Eigenschaften meines Vorgängers, der wenig Ordnung einbrachte, dafür aber noch weit mehr Chaos schuf... Darüber hinaus verschaffte er Einzelnen seiner Parteigänger Vorteile, die so keinesfalls bestehen bleiben dürfen... Das wiederum bedingt, dass der Mann, den ich suche, mit massiven Ärger leben können muss, sich gegen Jedermann durchsetzt und in allen, auch den schwierigen Entscheidungen, allein meinen Vorstellungen folgt..."

„Du brauchst also einen Igel..."

Vindex blickte seinen Gegenüber verständnislos an. „Was, wie..."

„Herr, du suchst einen unscheinbaren, aber gut bewaffneten Gefährten, der in sich geborgen seinen stachligen Panzer als Abwehr nutzt, es versteht Zeit zu gewinnen und letztlich den Ausweg findet..., damit du, als Adler, herabstoßen und das Wild zur Strecke bringen kannst..."

Vindex starrte den Anderen an, dann lächelte er.

„So kann man es auch ausdrücken..." beschied er Umbrenus.

„Herr, welcher Platz in deiner Hierarchie ist mir dann vorbehalten, falls ich zustimme?"

„Sagen wir, du gehörst unmittelbar unter mir zu meinen Vertrauten. Gleichzeitig bestimmst du über alle von mir berufenen Sachwalter für diese Provinz..."

„Wie viele Vertraute in der obersten Ebene schweben dir vor?"

„Das kann ich dir benennen... Da wären mein persönlicher Berater, Lucien Belinarius, dann der Procurator Roms, Lucius Masones Felix, auf den du und ich ohnehin keinen Zugriff haben, dessen Vertrauen und Zuneigung ich gewillt bin, zu erringen und der Präfekt Gaius Donicus, der dir bereits bekannt sein dürfte. Diese Männer stehen außerhalb deiner Hoheit!"

Umbrenus gab sein Verstehen kund. „Wer kommt dann unter mir?" fragte er neugierig.

„Das sage ich dir, wenn wir uns einig sind...! beschied Vindex.

„Damit Herr, bin ich dein Mann!" Umbrenus machte nicht zu viele Worte.

„Gut! Dann sind wir uns einig! Du wirst aber, so wie alle Anderen, den Eid auf Rom, den Kaiser und mich schwören..."

Umbrenus stimmte mit seinem Nicken zu. Er sah darin keinerlei Schwierigkeit, hatte es sogar, nach dem Verlauf dieses Gespräches, erwartet.

Überrascht war er, als der Legatus Augusti ihn aufforderte, zu verbleiben. Mit dem Verlauf des Gesprächs, vor allem dessen Ergebnis, musste er sich erst abfinden. Doch genau dazu ließ ihm Vindex keine Zeit.

„Höre jetzt meine Absicht und sorge für den reibungslosen Ablauf!" forderte Vindex und begann ohne Umschweife, sein Vorgehen vor dem neuen Vertrauten auszubreiten...

# 3. Das Gerippe des bulligen Zwerges

*67 nach Christus - Winter (28. Januarius)*
*Imperium Romanum - Provinz Lugdunensis*

V index begann ohne Umschweife seine Vorstellungen zu benennen.
„Ich brachte insgesamt siebzehn Männer und meinen noch jungen Sohn, du hast ihn die ganze Zeit als Bedienung neben dir gespürt, mit aus Rom. Die Zahl notwendiger Gehilfen im neuen Amt wurde von mir unterschätzt. Sieben Männer meines Vertrauens begleiteten mich und zehn weitere dienen meinem unmittelbaren Schutz, natürlich neben den **Liktoren**, die ich nicht zähle..."

Umbrenus, obzwar mit seiner Berufung überrascht, fand sich schnell zurecht und hörte dem neuen Statthalter aufmerksam zu.

„Weil Belinarius in meiner Nähe bleibt, um mich in allen Dingen zu beraten, verbleiben mir nur sechs vertrauensvolle Männer für wichtige Ämter. Brauchen werde ich aber acht, die dann deiner Anleitung unterstehen... Dies bedeutet, dass mir zumindest zwei gute Männer fehlen, die ich aus dem Kreis der bisherigen Amtsträger wählen sollte... Dieser Auswahl diente das zuvor geführte Treffen, womit ich beabsichtigte, mich auf die zuvor verabschiedeten Männer zu begrenzen..."

Umbrenus nickte nur. Er schwieg bis er glauben durfte, dass der Statthalter seine Vorstellungen ausgesprochen hatte.

„Mein Vorgänger hinterließ eine Vielzahl von Amtsträgern, von denen Einige Rom ehrlich dienten. Andere versuchten aber nur sich die eigenen Taschen zu füllen... Ich will gar nicht von Vetternwirtschaft sprechen oder gar von Bestechung..." Vindex wartete auf eine zustimmende Geste, erntete aber vorerst nur Schweigen.

„Du wirst acht gute Männer brauchen und diese sollten sich dann auch eigene Gehilfen suchen... Der Rest verbleibender bisheriger Amtsträger wird sich vor Gericht verantworten oder in der übrigen Gesellschaft untertauchen... Deshalb sind einige Dinge erforderlich, die du organisieren musst..."

Das Schweigen und Zuhören des Umbrenus hielt an.

„Unter den Männern, die uns zuvor verließen, benenne drei Männer, die du den übrigen zwei Anderen nicht vorziehen würdest... Die Zwei, dadurch von dir Gewählten, werden die sechs von mir mitgebrachten

Römer, in der Zahl der Amtsträger, ergänzen. Diese Acht werden, in deiner Unterstellung, die von mir als erforderlich ausgewählten Ämter besetzen. Also schlage mir die richtigen Männer vor..."

Umbrenus nippte an seinem Weinpokal. „Herr, ist es dann nicht besser, den Mann und dessen Amt abzugleichen, damit nicht ein Falscher einer Verpflichtung folgen muss, die er nie ausfüllen kann?" warf dieser nach reiflicher Überlegung ein.

Vindex stutzte. „Wie meinst du dies?"

„Welche Vorzüge haben deine Männer? Gibt es einen klugen Mann für die Durchsetzung von Recht und Ordnung, der auch noch über die notwendige Rechtskenntnis verfügt und sich durchsetzen kann? Verteilst du das Amt an den Falschen, wird Chaos auch bei uns einziehen... Sage mir, welche Verantwortungen du erkennst und ordne deine Männer zu! Für die offen stehenden Ämter kann ich dann, aus dem Kreis der zuvor Verabschiedeten, den besten Mann auswählen... Unter diesen fünf Gegangenen befindet sich kein faules Ei, wenn du weißt, was ich meine..." Umbrenus lächelte Vindex an.

„Das, mein lieber Umbrenus, sehe ich ein. Wir werden uns jedoch zuvor noch einem anderen Umstand widmen müssen..." Vindex blickte dem kleineren, bulligen Mann in die Augen.

„Herr, ich höre..."

„Jeder von mir aus Rom Mitgebrachte wird irritiert sein, dass ich dich ihm vorziehe! Es macht nur wenig Sinn, fordere ich diese Männer auf, dich zu achten und dir zu folgen, wie sie es mir gegenüber würden... Diese Achtung und die Folgsamkeit musst du dir selbst erzwingen... Auch ist dies keine Sache von nur wenigen Tagen... Kannst du diese Last tragen?"

„Herr, ich scheue mich nicht und will es wagen... Sollte es mir nicht gelingen, dann musst du mich eben ablösen... Du hast mich erwählt, weil ich unter den Kandidaten offensichtlich deinen Vorstellungen am Ehesten entsprach. Ich will mich deiner Wahl würdig erweisen!"

Die Erklärung des Mannes stimmte Vindex zufrieden. Ihm nutzten keine vollmundigen Versprechen, die dann an der ersten Schwierigkeit zerbrachen.

„Faustus, bringe uns Obst und schenke neu ein! Es wird ein langer Abend, bis wir uns über unser Vorgehen abgestimmt haben... Dann, mein Junge, setz dich zu uns und lerne!"

Es vergingen fünf Tage. Schnee fiel, Kälte zog ins Land und dennoch trafen am fünften Tag darauf alle berufenen Männer, ob nun vormalige Amtsträger oder Neuankömmlinge aus Rom, in der *Curia* ein.

Fast sechzig Personen, zumeist reife oder auch ältere Männer, versammelten sich in Erwartung der Verkündigungen des neuen Statthalters des römischen Kaisers. Das Stimmengewirr beherrschte die Curia, bis Vindex, gefolgt von seinen Beratern, eintraf.

Fast sofort verstummte der Lärm. Vindex bestieg ein niedriges Podest, um von dort zu den Anwesenden zu sprechen.

Zunächst dankte er für das fast vollständige Erscheinen, schilderte seine Berufung in Rom, seine Reise und seine ersten Eindrücke in dieser Provinz. Seinen Worten wurde andächtig gelauscht, hoffte doch jeder auf einen ertragreichen Posten in der neuen Organisation. Vindex stellte nachfolgend, seine von ihm erwählten Amtsträger vor und nannte deren Aufgabenbereich. Damit schuf er klare Abgrenzungen der Ämter, verwies gleichzeitig auf die Männer, die nach ihm, in der Verantwortung standen.

Diesen Teil der Rede nahmen die Zuhörer ohne wesentliche Bekundung auf. Eigentlich brachte nur Umbrenus Benennung verhaltenes Gelächter hervor. Es gab wohl Einige unter den Anwesenden, denen diese Wahl missfiel.

Vindex allerdings spürte, dass wohl die wenig glanzvolle Gestalt des Berufenen zur Heiterkeit herausforderte. Er selbst war sich sicher, dass Umbrenus mit diesen Vorwitzigen gut umgehen konnte. Auf diesen Umstand schloss er, als die Überraschung der Benennung zwar Gelächter auslöste, welches jedoch augenblicklich, als man sich nunmehr der Macht dieses Mannes gegenübersah, in verlegenes Hüsteln überging.

Ein Blick des Statthalters in die Runde der Versammelten zeigte ihm deren erneute Aufmerksamkeit.

Der nächste vorbereitete Akt galt bisherigen Amtsträgern, die Vindex zunächst in ihrer Gesamtheit würdigte, um dann, unmittelbar nach Lobesworten, neun Namen zu verlesen, deren Träger er bat, sich unmittelbar vor ihm zu zeigen.

Die hoffnungsvoll in Erwartung dort Verharrenden traf dann eine Keule, die keiner so erwartet hatte.

„Jedes Amt, meine Freunde, ist nicht nur eine Ehre und Verpflichtung, es bietet auch immense Vorteile! Diese Männer glaubten das Recht zu besitzen, ihr Amt, entgegen Roms Interessen, zum Nachteil der Bürgerschaft und auch des übrigen Volkes, ausnutzen zu können!"

Die von Vindex gemachte Pause öffnete, über seinen dort befindlichen Sohn, eine der großen Türen. Eine *Turma* der Auxiliaren stürmte den Saal. Vor und hinter den in vorderster Front Stehenden bauten sich Auxiliaren auf. Als Ruhe eintrat, setzte Vindex fort.

„Jeder dieser Männer lud eine Schuld auf sich!" donnerte er den übrigen Anwesenden entgegen. „Diese Schuld wird in der Folgezeit untersucht und, im Falle einer Bestätigung, zur Bestrafung führen! *Decurio*, bring die Männer in den *Carcer!*"

„Herr, ich höre und gehorche!"

Schon kurz darauf war der Spuk verschwunden.

Wieder nahm Vindex das Wort.

„Die zuvor verfügte Vorgehensweise war erforderlich, um den Missbrauch von Amt und Würde einzudämmen! Jeder weitere Amtsträger sollte sich, zu jedem Zeitpunkt, wenn ihn Versuchung ereilen sollte, an diese Vorgehensweise erinnern! Es stimmt mich traurig, mit solcher Härte vorgehen zu müssen. Die bisher aus dem Saal geführten Männer sind eines Verbrechens schuldig und werden, nach der Untersuchung ihrer Taten, angemessen behandelt."

Vindex Blick glitt über erstarrte, unbewegliche Gesichter.

„Die Männer, nachfolgend von Umbrenus verlesener Namen, treten gleichfalls vor, haben sich aber zu keiner Schuld zu verantworten! Es ist nur so, dass deren Tätigkeit, aus vielfältigen Gründen heraus, beendet ist. Ein Teil dieser Männer beugt hohes Alter, ein anderer Teil erwies sich als nicht geeignet oder nicht ausreichend würdig genug... Anderen fehlte etwas Klugheit im Amt und Weiteren das Vermögen zur Durchsetzung der ihnen verliehenen Macht! Es ist ein gewaltiger Unterschied zwischen Männern, die redlich nach der Ausfüllung ihres Amtes strebten, aber aus verschiedenen Gründen nicht dem Erfolg Anderer nacheifern konnten und denen, die ein Amt in unwürdiger Weise ausnutzten."

Umbrenus verlas die Namen und die Männer traten vor den Legatus Augusti. Vindex reichte jedem der Aufgerufenen den Arm zum Dank, kehrte auf sein Podium zurück und nahm erneut das Wort.

„Unser Dank gilt diesen Männern für stetiges Bemühen! Öffnet das Tor! Geht Freunde, mit der Gewissheit unserer Achtung..."

Erst zögerlich, mancher auch mit hurtigem Schritt, strebten die Entlassenen aus dem Raum. Das Tor schloss sich, hinter dem letzten traurigen Blick zurück in die Curia. Es gab Enttäuschte.

„Das, meine Freunde, war die Bewältigung einer unglückseligen Vergangenheit! Jetzt lasst uns in die Zukunft blicken! Doch bis diese beginnt, ein Wort von mir im Voraus..." Vindex Blick schweifte durch den Raum. Er sah Erwartungen und fühlte sich deshalb in seinem Vorgehen bestätigt. „Es liegt an uns, uns einen derartigen Abschied zu ersparen... Unser göttlicher Kaiser Nero fordert von mir eine starke, reiche Provinz, die zum Wohle Roms beiträgt, deren Bürger, und auch übrigen Einwohner, glücklich sind und in Frieden leben können... Ich will meinen Teil dazu leisten, kann jedoch nicht alles allein bewirken! Deshalb brauche ich vertrauensvolle Männer, die sich den unterschiedlichen Aufgaben widmen..."

Das Schweigen der Anwesenden zeugte von Bereitschaft. Vindex spürte das Wollen jedes Einzelnen und dies bestärkte ihn in der Fortsetzung seiner Rede.

„Ich will euch die Männer nach mir und an meiner Seite vorstellen, denn nur dann wisst ihr für die Zukunft, an wen ihr euch wenden solltet, braucht ihr Hilfe im Amt..."

Der Akt war schnell vollzogen und die Genannten zeigten sich den Übrigen auf dem Podium.

„Jedem von mir benannten Amtsträger bewillige ich drei Gehilfen, die sich die Männer anschließend unter euch suchen dürfen. Streit wird es nicht geben! Streiten zwei oder mehrere um einen Mann, wählt der Umkämpfte! Kann dieser Mann sich nicht entscheiden, kommt zu Umbrenus und mir! Dann werden wir den Streit schlichten. Für die Männer, die nicht erwählt werden, bedaure ich... Umbrenus wird eure Namen für den Fall erfassen, brauchen wir Nachfolger oder zusätzliche Männer!" Vindex schwieg einen kleinen Augenblick um sich erneut zu sammeln.

„Bevor ich diesen Tag ansetzte, habe ich mir über jeden einzelnen Mann von euch ein Bild gemacht und euch für würdig befunden, mir dienen zu dürfen... Erhaltet auch dies, gleich wie der Tag für euch ausgeht, in eurer Erinnerung..."

Vindex verließ das Podium. Gefolgt vom Sohn, Masones Felix, Belinarius und Donicus. Sie gelangten in einen Nebenraum, in dem Getränke und eine kleine Mahlzeit aufgebaut waren.

Vindex ließ sich in einen der bereitstehenden Korbsessel fallen, griff eine Orange und schälte diese.

„Herr, du hast da einen gewaltigen Beginn hingelegt..." erkühnte sich der ältere Präfekt zu behaupten und fand Zustimmung. „Hoffen wir, das unsere Bemühungen besser enden, als deine Abrechnung mit den Entlassenen..."

„War ich zu hart?" fragte Vindex leise nach.

„Das denke ich nicht!" warf Belinarius ein und trank aus seinem Pokal. „Es ist nur mitunter so, dass auch ein heftiger Beginn in einer schmählichen Niederlage enden kann..."

„Höre auf, du alte Unke!" warnte Vindex. „Wir haben eine Pflicht zu erfüllen und gehen nicht auf ein Begräbnis! Sollen Umbrenus und seine Amtsträger die richtigen Männer erwählen. Dann werden wir uns das Haus dieser Provinz gemeinsam erbauen..."

Faustus spürte die Zufriedenheit des Vaters. Ihm wurde bewusst, dass dies, seit dem die Bireme vor Lugdunum anlegte, zum ersten Mal geschah. „Vater, was hast du als Nächstes vor?" fragte er in die entstandene Pause hinein.

Sofort waren alle Blicke auf ihn gerichtet. In diesem Moment spürte er die Unterschiedlichkeit der Männer.

Der Vater, an die ungebundene und direkte Art des Sohnes gewöhnt, gönnte ihm keinen Blick. Das hieß, schweig unter Erwachsenen. Faustus begriff. Masones Felix Augen verweilten für nur einen kurzen Augenblick auf Faustus Gestalt. Er spürte dessen Vorwurf, der auf seine Jugend und die vorlaute Art seiner Bemerkung abzielte. Masones Felix überging die Bemerkung mit einem Herabziehen der Mundwinkel.

Belinarius Blick verweilte auf ihm, lächelte leicht und spitzte seine Lippen, als würde er ihn anfeuern, fortzusetzen. Dann entspannte sich sein Mund und dafür gefror das Lächeln. Faustus begriff nicht, ob das einer Ablehnung gleichkam oder doch eine Fortsetzung erzwingen sollte.

Ganz anders verhielt sich der ältere Präfekt.

„Was ist es, was du zum Ausdruck bringen möchtest, Sohn des Statthalters? Was erwartest du?"

„Herr, Vater, darf ich sprechen?" Faustus wandte sich an Vindex.

„Du hast begonnen und der Präfekt scheint neugierig zu sein... Also sage, was du denkst..."

„Ein Volk, eine Provinz lässt sich umso besser beherrschen, kennt man das Land und auch die dort lebenden Menschen, macht sich mit deren Sorgen und Hoffnungen vertraut..."

„Ein kluger Satz, junger Faustus..." merkte Präfekt Donicus an.

„Wo hast du dies nur aufgeschnappt?" warf sein Vater ein.

Die Kränkung saß.

„Ich brauche keinen Vorsprecher! Ich habe Augen zum Sehen, Ohren zum Hören und einen Mund sowie eine Zunge zum Sprechen... Ich war auf dem Land und in den *Tavernen* der Stadt, auf dem *Forum* und am Flusshafen... Ich habe den Menschen zugehört. Dann begann ich darüber nachzudenken..."

„Verstehst du deren Sprache etwa?" fragte der Vater erstaunt.

„Natürlich! Mutter und der Lehrer sprachen oft so mit mir und meiner Schwester... Was ist schon dabei..."

„Was ist das Ergebnis deines Denkprozesses, junger Faustus?" bemühte sich erneut der Präfekt um Sachlichkeit.

„Vater sollte das Land bereisen... Ich sah auf einer Karte, wie weit sich das Gebiet der Provinz erstreckt, welche Städte und Siedlungen es umfasst. Sicher scheint mir, die Sorge der Menschen an der Küste im Norden wird anders sein, als der Einwohner inmitten des Landes oder gar zur Provinz Belgica zu..." Faustus Blick begann zu schweifen.

„Ich halte den Gedanken deines Sohnes, Herr, für würdig angenommen zu werden..." unterstützte Belinarius Faustus gewagten Vorstoß.

Auch der Präfekt meldete sich. „Dein Junge hat Schneid, wagt er es doch, unter uns Grauköpfen, einen vernünftigen Vorschlag einzubringen..." pflichtete Donicus bei.

„Ich habe auch selbst daran gedacht... Nur noch nicht jetzt... Einmal stört mich der Winter, der sich nicht so sehr zum Reisen eignet. Zum Anderen braucht Umbrenus etwas Zeit, seine Amtsträger auszurichten. Er wird es wohl mit Einigen der Männer aus Rom nicht so leicht haben... Mir scheint seine Gestalt ein Hindernis zu werden..."

„Du, Herr, wirst dich wundern!" ging der Präfekt auf die gesprochenen Worte ein. „Lass ihn allein und wenn du zurückkehrst, führt er dir die Meute am Nasenring durch die Arena..." Ein leises Lachen, ob seiner Zuversicht, begleitete diese Bemerkung.

„Es ist besser, du bist nicht zugegen, wenn er den Römern beibringt, wer das Sagen hat..." brach dann lautes Lachen aus dem Präfekt. „Glaubst du etwa, Herr, es kommt nur ein einziger durch diese Tür, der deine Entscheidung in einem Streitfall wünscht? Er müsste schon über Umbrenus Leiche steigen..." Gaius Donicus konnte sich gar nicht richtig beruhigen.

„Dann habe ich wohl meine Freunde in einen Löwenzwinger geworfen..." fragte Vindex überrascht.

„Das vielleicht nicht, aber störe nie den Bär im Winterschlaf... Gib Umbrenus freie Hand und die Meute wird heulen, wenn er es möchte..."

„Gut..." Vindex sprang auf. „Du, Präfekt, und mein Sohn, ihr werdet die Strecke, die Orte und die Unterkünfte auswählen. Zwei Turma der Kohorte begleiten uns. Wir Reisen zu Pferde. Die Reise beginnt zu den *Kalenden* des *Martius!*"

Vindex goss sich Wein und Wasser ein, trank und starrte den Sohn an. „Jetzt hast du eine Aufgabe mit dem Präfekt! Deine Begleitung bei Belinarius ist vorerst vorbei! Präfekt Donicus, nimm du ihn bitte unter deine hilfreiche Anleitung..."

„Es ist mir eine Ehre, Legatus! Komm junger Faustus, sei mein gallischer Schatten!"

„Warte noch etwas, Präfekt! Ich möchte deinen Rat nicht missen, sehe ich mir das Ergebnis in der Curia an..."

In diesem Moment öffnete Umbrenus die Tür.

„Was ist..." fuhr Vindex herum. „gibt es Probleme?"

„Aber nein, Herr! Das Ergebnis harrt deiner Zustimmung... Würdest du also bitte mir folgen..." Umbrenus breitete seine Arme aus und es wirkte etwas drollig, wie er sich gebärdete.

Selbst Faustus musste lächeln. Er folgte als Letzter dem Vater und schloss die Tür hinter sich.

Die Männer in der Curia lauerten, in Gruppen zu je vier Personen, auf das Erscheinen von Vindex. Weil dieser genau wusste, welcher Amtsträger welches Amt bekleidete, erkannte er die von diesem Mann jeweils Erwählten. Er sah auch die ordnende Hand des ‚bulligen Zwerges', wie er Umbrenus zukünftig und allein für sich nennen würde.

An seiner Seite schritten der alte Präfekt und Belinarius, während Masones Felix und sein Sohn, vom Podest aus, zusahen.

Vindex wechselte von Amtsträger zu Amtsträger, beglückwünschte die Auserwählten und erklärte sein Einverständnis.

Faustus wusste, dass sein Vater ein vorzügliches Gedächtnis für Gesichter und Namen besaß. Auch wenn es sich um fast dreißig Männer handelte, denen er den Arm reichte, würden wohl nur Wenige seiner Erinnerung entfallen. Der Vater nahm sich Zeit, wechselte mit jeder Gruppe Worte und schuf so eine Basis für die zukünftige Achtung. Er überließ sich der Führung des Präfekt, der sich den Amtsrichter für zuletzt aufsparte.

„Herr, ich habe keinen Grund die Auswahl der Gehilfen zu bemängeln, habe ich doch schon mit meinem ersten Blick erkannt, dass alle Amtsträger eine kluge Wahl trafen."

„Was ist Präfekt? Deine Einleitung spricht für einen Mangel?" nahm Vindex das Zögern des Präfekt zur Kenntnis.

Sie hatten die letzte Gruppe noch nicht erreicht. Vindex baute sich mit dem Rücken zu dieser Gruppe auf.

„Dein Römer übersah den klügsten Mann für Rechtstreite oder möchtest du jeden Fall selbst entscheiden? Seine Wahl fiel auf weniger energischere und klügere Männer! Schicke einen der Erwählten weg oder gib ihm einen vierten Mann dazu! Du wirst es nicht bedauern..."

„Das geht nicht, Präfekt. Ich kann die Wahl des Mannes nicht im Nachhinein anfechten, wenn ich ihm, im Voraus, das Recht zur Wahl übertrug..."

„Dann, Herr, gib ihm, wegen der Schwierigkeit des Amtes, wegen bisheriger Unordnung, zu vieler anstehender Fälle oder was auch sonst noch möglich ist, den vierten Mann! Du wirst es nicht bedauern..."

Donicus schien nicht verzichten zu wollen. „Die Fälle der drei zusammen, in der Zeit eines Monats, bearbeitet der Mann, den ich dort sehen möchte, in nur einer einzigen Dekade... Was noch dazu kommt ist die Tatsache, dass sich weder Kläger noch Beklagte jemals beschweren werden... Die Kenntnis der Gesetze und des Mannes Klugheit stehen dafür ein, wenn auch sein äußerliches Erscheinungsbild wenig Glanz versprüht!"

„Präfekt Donicus, du machst mich neugierig! Wie heißt der Mann?"

„*Aemilius Umbrenus*, Herr!"

„Bist du den Brüdern Umbrenus verpflichtet, Präfekt?" Vindex starrte Donicus an.

„Nein, so gar nicht, Herr! Sie sind beide ausnehmend klug, treu, ehrlich und besitzen die Qualitäten, die starke Männer ausmachen... Nur sind sie von ihrer Gestalt her eher abschreckend, wenig mit römischen Glanz behaftet, wenn nicht gar missgestaltet... Willst du dich überzeugen Herr?"

„Ich finde an Hostus Umbrenus keinen solchen Mangel, wenn auch seine Erscheinung als ungewöhnlich eingestuft werden könnte... Ich wähle nicht nach Schönheit oder Glanz, sondern nach Wissen, Kenntnis, Verstand und dem Vermögen zur Durchsetzung...“ belehrte Vindex.

„Eben, Herr! Davon gehe ich in meinem Vorschlag aus...“ knurrte der Präfekt über die Belehrung. „Deshalb vermied dein Mann wohl diese Wahl und wie hätte Hostus selbst auf den Bruder weisen können?“

„Warum verschwiegst du, mir gegenüber, diesen Bruder?“ Vindex war aufgebracht.

„Ich glaubte an Aemilius Überlegenheit Anderen gegenüber... Verzeih, Herr!“

„Aemilius Umbrenus möge zu mir kommen!“ befahl Vindex.

Aus der Gruppe der Ausgesonderten trat ein Mann, nein eine Erscheinung, die noch weiter vom bulligen Zwerg entfernt war, als sich Vindex dies vorstellen konnte.

Der Mann war kleiner als dessen Bruder, fast dürr, mit viel zu großen Ohren für diesen schon sehr großen Kopf, der nicht im Entferntesten zur Gestalt passte. Der Mund war schmallippig, klein, die Nase groß und die Augen schien er von einem Schwein gestohlen zu haben.

„Herr, du hast nach mir gerufen...“

„Du bist sein Bruder?“ Vindex nickte mit dem Kopf in Umbrenus Richtung.

„Ja, Herr, nur noch um Einiges hässlicher...“

„Man sagte mir, du wärst für das Recht und dessen Umsetzung der am Besten geeignete Mann?“

„Herr, das mag wohl stimmen... Andererseits bin ich sein hässliches Abbild...“ Der Gerufene zeigte auf den Bruder. „Er ist der bullige Zwerg und ich bin wohl der Einzige, der ihn so nennen darf... Ich dagegen wirke wie dessen Gerippe... Wenn du mich in der Folge als Gerippe des bulligen Zwerges bezeichnen möchtest, werde ich dir dies niemals vorwerfen... Ich bin, was ich bin!“ Das Gerippe des bulligen Zwerges machte zwei Schritte zurück.

„Es interessiert mich nicht, mit welcher Gestalt dich die Götter, für was auch immer strafen, wenn dein Verstand, sowie deine Taten dem entsprechen, was den Präfekt veranlasste, auf dich zu zeigen!“ Vindex Worte waren deutlich genug.

„Herr, ich danke dir für dein Interesse und dem Präfekt für dessen Empfehlung!“ Der Sprecher grüßte den Statthalter, wie es ein Legionär Roms tat. Auf die Umstehenden wirkte das Verhalten merkwürdig.

„Dennoch weiß ich bis jetzt noch nicht, was du von mir zu fordern gewillt bist?"

„Du bist der vierte Mann des Amtsrichter!" Vindex traf seine Entscheidung.

„Herr, es mag einem Schuldigen jeden Mut nehmen, erscheint eine Gestalt wie ich als Richter und verkündet des Schuldigen Todesurteil... Dessen ungeachtet habe ich noch nie im Zweifel verurteilt, nur weil mir eine Visage, oder das Auftreten, oder die Erscheinung des vor mir Stehenden nicht gefiel. Warum?" Das Geripppe des bulligen Zwerges ging in einem Grinsen unter, das dessen Kopf breiter und die Nase weit schroffer erscheinen ließ, sandte ein Blitzen aus seinen Augen und wackelte merkwürdig mit den Ohren. „Herr schlage ich doch jeden Verurteilten in Hässlichkeit um Längen..." vollendete er sein Bekenntnis.

„Aemilius Umbrenus, mich interessiert nicht dein Aussehen, wenn du deine Arbeit mit dem nötigen Wissen, zielstrebig, gewissenhaft, neutral und fleißig verrichtest! Da ich diese Entscheidung selbst traf, interessiert mich jeder deiner Fälle und fehlst du in deinen Entscheidungen, rollt auch dein Kopf, wie der jedes Anderen..." Vindex ging ungewollt hart auf die erhaltene Antwort ein.

„Herr, ich höre und gehorche!" erwiderte der Krüppel und gesellte sich zum Amtsrichter. Der Mann schien keinesfalls beleidigt, trotz der Zurechtweisung.

„Herr,..." sagte das Geripppe des bulligen Zwerges zur Begrüßung der dort gruppierten Männer. „... ich bin das zusätzliche Geschenk des Legatus Augusti! Du darfst mir ruhig die schwierigsten Fälle auftragen. Ich werde dich nicht enttäuschen! Einen Krüppel wie mich achtet kaum Einer und weil das so ist, muss ich mehr tun, gerechter sein und ohne jeden Fehler arbeiten... Du wirst sehen, dass ich halte, was ich verspreche..."

## 4. Hand des Todes

*67 nach Christus - Winter (29. Januarius)*
*Imperium Romanum – Rom*

Zwei Ereignisse traten fast zum gleichen Zeitraum ein. *Lartius*, der *Kopf der Adler der Evocati*, wollte schon an einen Glücksfall glauben. Dem aber widersprachen weitere, ebenfalls bei ihm eingegangene Botschaften, die von ihm aber keinesfalls als günstig erachtet werden konnten.

Endlich traf Kunde von seinen Boten zum Kaiser ein. So richtig eine Botschaft war es aber nicht, weil *Veturius* plötzlich höchst persönlich vor ihn trat. Verwundert, irritiert und letztlich neugierig, starrte Lartius den verloren geglaubten Sohn an und stellte leise nur eine einzige Frage.

„Bist du allein... oder lebt *Pollio* noch?"

„Herr, noch lebt er..., aber er scheut sich, dich durch das Tor aufzusuchen..." gab der Evocati Auskunft.

„Sicher hat er Gründe, die du mir mitteilen wirst..." forschte Lartius nach.

„Er scheut die Öffentlichkeit, will er doch noch so einige gute Jahre auf dieser Welt wandeln...." grinste Veturius und der *Aquila* kam sich verspottet vor.

„Was sollte ihn hindern?" fragte Lartius trotzdem freundlich, spürte dennoch aufsteigenden Zorn.

„Herr, die Gefahr! Er ist nicht mehr so unbekannt, wie vor unserer Begegnung mit dem Göttlichen... Aber Herr, das muss er dir selbst berichten!"

„Dann schleppe ihn hierher! Ziehe ihm einen Sack über den Kopf, binde ihn mit Stricken, wirf ihn auf einen Gaul und bringe ihn her!"

Veturius merkte, dass er seinen Auftrag wohl falsch begonnen hatte. Der Aquila war zornig.

„Herr, du willst also mich töten... Wäre das nicht ein unbedachter Zug nach unseren Mühen?" Vorsichtig trat Veturius zwei Schritte zurück, falls sich Ungemach entladen sollte.

„Hast du Angst vor deinem Gefährten?" Lartius Frage klang überrascht.

„Herr, wenn er in Zorn gerät, wüsste ich nicht, wessen Zorn mir erträglicher wäre, der Deinige oder..."

„Verflucht, Veturius, sollte ich dich einfach umbringen lassen...“ Lartius brauste auf und beruhigte sich plötzlich.

In dieses Abklingen hinein, wagte der Evocati einen Vorstoß.

„Herr, sollte nicht der berichten, der ein Ereignis erlebte? Kann der Bericht eines Anderen, der weit entfernt weilte, nicht ein verzerrtes Bild ergeben? Pollio bittet dich, ihm einen Weg zu zeigen, damit er dich möglichst unbemerkt aufsuchen kann... Er rechnet damit, dass *Tigellinus* Spione in Rom auf ihn lauern...“

„Warum, Kerl, drückst du dich nicht gleich klar aus? Also befindet er sich nicht in Rom...“ mutmaßte Lartius und blickte den Evocati forschend an. „Wenn du also vor mir stehst und er sich scheut, scheint dich keiner unserer Feinde zu kennen... Bei Pollio sieht das dann wohl anders aus?“ lenkte der Kopf der Evocati ein.

„So ganz richtig ist das auch nicht, nur...“

„Wage nicht zu viel Veturius!“ fluchte Lartius. „Spann mich nicht auf die Folter, Evocati!“

„Präfekt Tigellinus kennt mich und gehört zukünftig wohl eher nicht zu meinen Freunden... Zu meinem Glück weilt der aber noch immer beim Kaiser. Pollio aber sahen zu viele von dessen Männern und Einige von denen schwirren sicher auch um deinen Adlerhorst, wie die Motten um das Licht...“

„Also will Pollio selbst berichten?“ Veturius nickte.

Lartius stand aus seinem Stuhl auf, schritt zur Tür, zog an der Glocke und eine seiner Bediensteten erschien.

„Rufe den *Aquila Denter*!“ befahl er.

Es dauerte nicht lange und der Verwalter schob sich durch die Tür.

„Geh mit Veturius und lass dir erklären, wo sein Gefährte auf euch lauert. Dann entlass Veturius! Morgen, zur vierten Stunde, hole mir seinen Gefährten auf geheimen Wegen hierher! Durch das Tor kann er nicht!“ Der Aquila nickte seine Bereitschaft. Er brauchte nicht zu viele Erklärungen.

Die Männer gingen. Mit dem Ort des Versteckes wollte Lartius sich selbst nicht befassen. Außerdem drängte seine Zeit. Er erwartete einen Besucher, der sicher schon, in dem eigens diesem Mann vorbehaltenen Raum, wartete.

Der Senator und *Konsul* früherer Jahre erhob sich aus dem Korbsessel, in dem er die Zeit des Wartens überbrückte.

„Senator, es freut mich, dir erneut zu begegnen..." Lartius reichte dem Mann zur Begrüßung beide Hände und bat diesen danach, erneut Platz zu nehmen. „Es ist einige Zeit her, dass du mich mit deiner Aufmerksamkeit beehrtest..." begann der Kopf der Adler der Evocati.

Lartius erinnerte sich seiner Vorbehalte bei ihrer ersten Begegnung. Die Erscheinung und das Wesen des Gastes harmonierten auch an diesem Tag noch immer nicht. Die imposante Gestalt eines starken, älteren Herrn kontrastierte mit der Bescheidenheit und Zurückhaltung des Mannes. Fasziniert nahm Lartius auch diesmal zur Kenntnis, dass sich der Senator, trotz seines klaren Verstandes und einer nie verhehlten eigenen Beurteilung von Sachverhalten, in den Dienst Roms stellte und als Botenläufer zumeist sehr unangenehmen Pflichten nachkam.

*Marcus Suillius Nerullinus* überbrachte Forderungen zum Tod.

„Ich bin betrübt, Aquila, dir den Auftrag zu überbringen, der den Tod eines Mannes beinhaltet!" Suillius Nerullinus drückte sich leise und gewählt aus.

„Wer ist der Unglückliche?" Lartius passte seine Sprechweise dem Gast an, scheute aber keinerlei Klarheit in seinen Worten.

„Lass mich zuerst etwas weiter ausholen..." begann der Senator vorsichtig.

Mochte Suillius Nerullinus anfangs noch unsicher gewesen sein, ob er diesem Evocati tatsächlich vertrauen durfte, so wusste er andererseits auch, dass gerade ihm ein Vertrauter fehlte... Er war zu klug, um sich darüber hinwegzutäuschen, dass auch er wenigstens einen vertrauensvollen Mann benötigte, dem er seine persönlichen Wahrheiten offenbaren konnte. In seiner Umgebung, der von Senatoren Roms, durfte er diesem Wunsch nicht erliegen... Dort lag der Verrat und die Missgunst zu nah an jeder scheinbaren Freundschaft...

Lartius nickte seine Zustimmung zur verhaltenen Ankündigung seines Gastes.

Noch einmal wog Nerullinus seine Bedenken, gab sich dann einen Ruck und sprach aus, was ihn beunruhigte. „Ich persönlich halte diesen Auftrag für falsch! Wie du aber weißt, bin ich nur der Bote. Dir ist bekannt, dass mich mein Standpunkt in dieser Sache nicht hindern wird, dessen Erfüllung von dir zu fordern... Bedauerlich ist, dass dir die Möglichkeit fehlt, eine Aufhebung des Auftrages einzufordern. Die, die hätten im Vorhinein Widerspruch einlegen können, sind weit, zu weit entfernt..."

„Du sprichst von zu vielen Bedenken..." wagte Lartius einen Einwand.

„Das muss ich, denn wenn das Ergebnis vorliegt, wird dich Zorn treffen..."

„Du machst mich neugierig..." Lartius wurde von Unruhe erfasst, überspielte die sich einstellenden Bedenken jedoch mit einer Spur Humor.

„Es wird doch wohl nicht der Kopf des Kaisers sein..."

„Nun, diesmal noch nicht! Wobei mir scheint, dass dieser Tag auch nicht mehr in weiter Ferne liegen könnte..." bekundete der Senator.

„Senator, mach keine Witze..." brauste Lartius auf.

„Nein, keinesfalls! Du kennst doch den Spruch: ‚Ist der Kater aus dem Haus, tanzen die Mäuse auf den Tischen...' Manche Rede im Senat ist nur deshalb etwas forscher, lauter und unverschämter, weil Kaiser Nero in der Provinz weilt..." Nerullinus überging den Namen der Provinz und den Anlass der göttlichen Reise. „Ich persönlich empfinde Beschämung, denke ich an den Grund der Reise. Ist es doch die erste Reise, des die Welt beherrschenden Kaisers... Sollte diese nicht Roms Politik und der Wirtschaft dienen, oder das Ansehen Roms befördern?"

„Tut es Letzteres nicht vielleicht doch?" fragte Lartius leise zurück.

Nerullinus schüttelte entschieden seinen Kopf.

„Kaiser vor ihm genossen Achtung wegen Roms Legionen... Was sollte eine *Kithara* bewirken? Ich empfinde Beschämung, sehe ich das Bestreben des *Princeps*..." Plötzlich brach Nerullinus ab, besann sich und fügte an: „Sollten dich meine Worte verwirren, dann vergiss diese einfach... "

Lartius vernahm Bedauern.

„Irre ich mich oder siehst du in mir einen Mann, der deine Geheimnisse mittragen könnte..." bot sich der Evocati an, als er das Zögern und die Verunsicherung des Gastes spürte.

Sie hüllten sich in Schweigen. Nerullinus brach es nach einiger Zeit.

„Es ist nur wenig ruhmvoll, was unser Göttlicher betreibt, genauso aber auch sind die Taten des Senat nicht geeignet, Roms Macht zu erhärten... Bist du täglicher Zeuge der *Denunziationen*, hörst Klagen und Gegenklagen und vernimmst dabei den Neid der römischen Senatoren, versinkst du im Zweifel an der Rolle des Imperium Romanum..." Nerullinus verharrte erneut.

„Wie kann solcher Hass, solcher Neid wegen Unsinnigkeiten, zu Roms Glanz, in den Augen seiner Feinde, beitragen? Betrachte Roms Größe, unsere Grenzen und wisse, dass überall der Feind darauf wartet, dass wir uns im Inneren des Reiches selbst zerfleischen. Liegt der Tag des Zorns, gegenüber einem wenig an Roms Ruhm interessierten Kaiser, nicht mehr fern, so wird auch der Tag des Zerberstens dieses Reiches kommen. Ich bin kein Prophet, dennoch zum Sehen, Hören und Begreifen fähig..."

„Du sprichst gewaltige Worte aus, Senator... Wenn ein kluger Mann, in deiner Position, eine solche Einsicht findet, was soll ich, als Hand des Todes und Verderbens, dann daraus ableiten?" Lartius blickte seinen Gast aufmerksam an. Er fühlte sich nicht herausgefordert. Dennoch spürte er eine Niedergeschlagenheit, die ihn zu Boden zu drücken versuchte.

Der Kopf der Adler der Evocati sprach nie über eigene Befürchtungen. Obwohl nicht ein einziges bedenkliches Wort seine Lippen verließ, pflichtete er dem Gast bei. Auch Lartius sah den Verfall römischer Ordnung. Doch war es nicht so, dass Roms Oberschicht nur das tat, was ein Kaiser zuvor zum Beispiel erhob? Waren die Morde oder Verurteilungen nicht oft von Angst, Neid und Hass getragen, bei denen persönliche Gründe den Vorwand schufen? Deshalb auch verstand Lartius die Bedenken dieses Senators.

„Es ist nicht eben nur so, dass dieses kleinliche Gezänk als das Einzigste oftmals zum Tod führte... Unter diesem Mantel der Denunziation werden noch andere Eisen geschmiedet, von denen ich dir sicher nichts erzählen muss... Mich befremdet der Drang des Senats zur Macht. Wird dieser doch, wenn es auf beiden Seiten Legionen geben sollte, sicher auch Kampf, Mord und Totschlag hervorbringen? Das Schlimme daran wird sein, dass sich dann erneut römische Legionen gegenüberstehen..."

Es brach aus Nerullinus hervor wie eine Sturmflut. „Stelle dir einmal vor, römische Legionen kämpfen gegeneinander, nur weil die Einen dem Kaiser und Andere dem Senat folgen... Gab es dies nicht schon einmal?" Nerullinus ließ offen, an welche Ereignisse er dachte.

„Ich danke dir für deine Offenheit! Doch dies ist es sicher nicht, weshalb du zu mir gekommen bist?" Lartius versuchte eine Ablenkung. Mit Nerullinus seine Sorgen und Bedenken zu teilen, stand ihm nicht im Sinn. Wohl nahm er gern auf, was der Andere zum Ausdruck brachte. Er selbst würde sich nur soweit öffnen, dass Nerullinus dies als Ausdruck seines Vertrauens annahm, nicht aber soweit gehen, dass dem Senator Wissen zu seiner wirklichen Einstellung zur Kenntnis gelangte.

„Nein, wahrlich nicht!" Der Senator stieg auf den Einwurf ein. „Ich hätte mir den Weg gern erspart! Er wird weder dem Mann, noch dir Ruhm einbringen, eher Zorn und vielleicht auch Strafe..." brach es wütend und unbeherrscht aus dem Boten hervor. „Zweifellos besitzt Rom heute noch verdienstvolle Männer..." setzte er fort „... doch deren Zahl wird schwinden, greifen Andere nach einer Macht, die ihnen nicht zusteht! Der Rat, den du kennst, fordert das Leben des Legat *Lucius Verginius Rufus!"*

Der ausgesprochene Name bewirkte ein Aufstehen des Aquila. Es war mehr eine unbewusste Reaktion, die er im Augenblick nicht zu beherrschen vermochte. Also umkreiste er den Tisch, die Korbsessel und seinen Gast. Als Lartius erneut saß, bekannte er: „Das wird nicht einfach sein..."

„Warum? Er ist doch nur ein Legat wie jeder Andere?" verwunderte sich Nerullinus.

„Nein, Senator! Du warst es selbst, der eine Einleitung zum Auftrag für erforderlich hielt... Wäre Verginius Rufus nur ein Legat wie jeder Andere, wäre es nicht weiter schwierig... Wenn ich die Kommandeure in den *Exercitus Germania* betrachte, scheint dieser nicht nur die Zuneigung des Kaisers zu besitzen, sondern auch noch die Achtung seiner *Centurionen* und *Milites*... An einen solchen Mann heranzukommen, dürfte schwierig und langwierig sein..."

Lartius vermied es in diesem Augenblick an *Tremorinus* und dessen Nähe zum Opfer zu denken... Er gab sich einen sichtbaren Ruck, sprang erneut auf, umkreiste Tisch, Sessel und Gast, um letztlich in der Feststellung zu landen: „... aber es ist möglich! Will es der Senat, muss ich wohl handeln, egal was du für Bedenken trägst..."

Lartius umging die Tatsache, dass es ihm selbst gar nicht schmeckte. Nicht nur der Senator war betrübt, bei ihm stieg die Wut. Immerhin kannte er Verginius Rufus... Plötzlich wusste er, wer hinter dieser Forderung steckte.

Es war diese eine Erkenntnis, die ihm die innere Ruhe und Gelassenheit zurückbrachte. „Fordert der Senat Fristen?"

Überrascht blickte Nerullinus auf. „Sofort!" brachte er verwundert zum Ausdruck.

„Nun, sofort ist heute oder morgen... Morgen ist unmöglich! Eine Dekade auch zu kurz... ein Monat... eher unwahrscheinlich... ein Halbjahr, das wird gehen..." bekannte der Aquila.

„Du hast ein Quartal vergessen..." warf der Senator ein.

„Habe ich das?" fragte Lartius verwundert. „Ein Quartal..." Der Kopf des Adlers versank im Überdenken. „... ist zumindest eine

Herausforderung... Also streben wir, wenn es dir recht ist, ein *Tertial,* beginnend am heutigen Tag, an?"

„Ich bin nicht für ein Überstürzen und Misslingen... So werde ich berichten..." Nerullinus erhob sich.

Erfreut vernahm Lartius des Boten Einsicht und die Zubilligung von Geduld. Sie wussten Beide, dass sie ein Spiel trieben, dem der Senat widersprechen konnte.

Ging Lartius davon aus, dass auch der Senator keinen Drang zur Eile verspürte, würde dieser alle Bemühungen einsetzen, um einen späten Termin durchzubringen. Mit der Art ihres Gespräches hatten sie den Vorgang umrissen, ohne sich in irgend einer Art, als der einer zuverlässigen Ausführung, zu binden.

Der Senator verabschiedete sich und würde der Senat keinen Widerspruch einlegen, galt es die Tat im Zeitraum von vier *Monden* zum Abschluss zu bringen.

Innerlich tobte Lartius. Diese alten Männer im Senat, die nichts zu Wege brachten, als sich selbst gegenseitig zu denunzieren, anzuklagen und umzubringen. Sie glaubten, dass sie ein Recht hätten, nützlichen Männern den Tod zu bescheinigen...

Er würde ihnen einen Strich durch die Rechnung machen...

Weil er die Berichte seiner Evocati entgegennahm, von Neros Zuneigung zum unverfänglichen *Legatus Legionis* wusste und das Machtstreben der Brüder *Scribonius* aufgedeckt hatte, erkannte er den wahren Grund für diesen Auftrag. Welcher der Brüder Scribonius auch immer dahinter steckte, war dabei gleichgültig.

Irgendeiner der wissenden Senatoren schien geplaudert und ein Geheimnis Roms an Unbedarfte weitergegeben zu haben. Diese Wissenden saßen im geheimen Rat des Senat.

Dort musste er ansetzen, um dem Mann eine Schlinge zu drehen, der den Brüdern Scribonius den Hinweis auf die Adler der Evocati zugeflüstert hatte.

Lartius verließ den wenig gastlichen Raum und suchte sein Arbeitzimmer auf.

Auf seinem Schreibtisch fand er eine versiegelte Botenrolle vor. Er brach das unversehrte Siegel und erkannte in den ersten Dokumenten, die er aufmerksam las, die Herkunft der Schreiben.

*Epaphroditos* schrieb ihm im Auftrag Kaiser Neros.

Nach den üblichen Floskeln lobte der *Secretarius* das Vorgehen Pollios beim Überbringen seiner Botschaft. Die nachfolgende Passage entschuldigte, wenn auch nur angedeutet, die inzwischen vergangene Zeit. Verstand Lartius richtig, lag die Schuld dafür im Zögern des Kaisers.

Dann wurde der Secretarius sehr ausführlich. Ein paar seiner Evocati sollten sich zu *Vespasian* bemühen, um dort zu ‚Auge und Ohr' zu werden.

Was sich dahinter verbarg, bestätigte eine Vermutung, die sich aus Gerüchten herleitete. Einer der Feldherren, ob nun *Corbulo* oder Vespasian, soll die Juden züchtigen... Bisher fehlte ihm jede Bestätigung für des Kaisers Auswahl.

Wenn Kaiser Nero aber eine solche Vorgehensweise in Betracht zog, sollte der Ruf nach seinen Evocati Sinn machen... Verwunderung hegte er nur deshalb, weil ein gleicher Ruf zur Beobachtung Corbulos ausblieb...

Dafür forderte der Secretarius ein weiteres Paar der Adler der Evocati für den Legatus Legionis *Fabius Valens* an.

Nero begann jedem seiner Feldherrn mit Misstrauen zu begegnen. Es schien dem Aquila, als ob sich der Kaiser um die Macht, der von ihm selbst berufenen Legaten und Feldherren, Sorgen machte... Lartius erkannte die Zeichen, die für die Angst und Unsicherheit des Göttlichen sprachen. Steckte vielleicht doch Nero selbst auch hinter dem Auftrag zur Ermordung des Verginius Rufus? Wie ein höhnisches Lachen drängte sich dieser Gedanke in seinen Kopf. Nein, Unsinn! Wo läge ein Grund dafür?

Dies war der Moment, von dem an, den Kopf der Adler, Unruhe erfasste. Begegnete Nero seinen selbst Auserwählten mit Misstrauen und ließ diese ausspionieren, dann sollte auch er, mit seinen Evocati, bald das Ziel solcher Bemühungen werden... Doch wer könnte der Ausführende sein? Schnell begriff er, dass dann der Präfekt Tigellinus in diese Rolle schlüpfen würde und wappnete sich gegen eine weitere Bedrohung aus dieser Richtung.

Alle diese schier unzähligen Möglichkeiten, mit deren Wahrscheinlichkeit und genauso mit deren Unmöglichkeit, ja allen eintretenden oder ausbleibenden Tendenzen, schufen ein Gewirr vieler Fragen. Lartius wusste nur zu wenige Antworten, die er sofort zu geben in der Lage war.

Also brauchte er mehr Informationen, die ihm die Evocati und auch andere Zuträger, die gar nicht wussten, wen sie mit ihren Botschaften fütterten, beschaffen mussten. In dieser Erkenntnis schuf er in der jüngeren Vergangenheit eine Fülle von Handlungen, die eine sorgfältige und umfassende Planung erforderten. Weil niemand den Quell dieser Aufträge kannte und auch kaum einer der Mitbeteiligten wusste, wer hinter all den Vorgängen steckte und welchem Ziel die Bemühungen folgten, blieben auch die Ergebnisse verborgen.

Lartius nahm sich Zeit bis zu seinen Entschlüssen. Er durchdachte seine Möglichkeiten, beurteilte die politische und auch die Lage an den Grenzen des Imperium, schätzte die Personen seines Interesses ab und weil er dies in aller Gründlichkeit vollzog, schälte sich eine Vorgehensweise heraus, die zum Erfolg aller Aufträge führen musste.

Dann aber, am darauf folgenden Morgen, saßen ihm Pollio und Veturius gegenüber. Aquila Denter schleuste die Evocati über die *Cloaca Maxima* ein.

„Ihr seht gut aus... War das Überbringen meiner Botschaft an den Kaiser so leicht für euch, dass euch Erholung zukam?" eröffnete Lartius das Gespräch.

„Herr, eher wohl nicht! Es war unmöglich an den Princeps heranzukommen, immer stand Präfekt Tigellinus neben ihm..." begann Pollio seinen Bericht. „Dein Befehl lautete, die Botschaft nur in Neros Hände zu geben! Weil wir dies verfolgten, gelangten wir zu keiner Zeit so nah an den Kaiser heran, dass dies möglich war. Tigellinus bewachte jeden Atemzug des Princeps und sein Hass auf mich schloss jede Möglichkeit eines Gesprächs aus. Bis wir unsere Absichten anpassten..."

„Du machst mich neugierig..." warf Lartius ein.

„Bisher versuchten wir unerkannt zum Kaiser zu gelangen... Wir wählten dann aber eine andere Vorgehensweise..."

„Pollio, auch dein Gefährte versuchte mich hinzuhalten... Komme zur Sache!" Lartius schien ungehalten.

„Wir stellten uns in aller Öffentlichkeit! Kennst du den *Diolkos*?"

„Ich hörte einmal davon, weiß aber nicht, ob das eine erlogene Geschichte ist..."

„Den Diolkos gibt es! Selbst der große Kaiser *Augustus* nutzte einst den Weg übers Land, um mit seiner Flotte *Markus Antonius* und *Cleopatra* überraschen zu können... Ich kannte diesen Weg der Schiffe, weil ich in meiner Jugend genau dort lebte... Also nutzten wir mein Wissen..."

Pollio berichtete. Er sprach aus, was er erlebte, was seine Augen sahen und seine Ohren hörten...

Der Kopf der Adler hörte geduldig zu.

Dann, als Pollios letztes Wort verklungen war, hüllte sich der Aquila in ein langes Schweigen.

Pollio und Veturius spürten, dass sich ihr Schicksal entschied.

Glaubte Lartius die gesprochenen Worte, musste er einen Weg finden, der ein Ergreifen Pollios verhinderte. In Rom, vielleicht auch überall südlich des *Rubikon*, durfte sich Pollio nicht mehr blicken lassen...

Hielt der Aquila dagegen die Schilderung für übertrieben, dann machte er sich, daraus folgernd, weniger Sorgen um seinen Getreuen. Ein darauf aufbauender Leichtsinn könnte, unter diesen Umständen, aber unweigerlich zum Tod eines wertvollen Evocati führen...

Lartius war selbst lange genug ein Handelnder, um Gefahren einschätzen zu können. Auch über ihm hielt einst jemand eine schützende Hand... „Ich wusste, als ich dich beauftragte, dass du einen Weg finden würdest... Nur kannte ich den Grund nicht, der dir einst Neros Zorn einbrachte... Es waren deine soeben gehörten Worte, die mich darüber aufklärten. Du schwiegst darüber und führtest einen für dich ganz besonderen Auftrag aus, ohne dessen mögliche Folgen zu bedenken. Tigellinus kannte dich schon und er hasste dich... Es gibt nur Wenige, die diesen Hass bisher überlebten... Er wird dir die Schmach niemals vergeben! Auch dir nicht, Veturius!"

Wieder tauchte Lartius im Schweigen unter.

Sich besinnend, schickte er beide Evocati weg und verlangte, für den Folgetag, deren erneutes Erscheinen.

Der Verwalter erhielt den Auftrag, für die Versorgung der Männer und ein Nachtlager zu sorgen. Er zögerte, dem Befehl Lartius nachzukommen. Obwohl der Mann kein Wort sprach, wusste der Kopf der Adler, was sein Aquila aussprechen wollte.

Ein kurzes Schütteln mit dem Kopf reichte aus, um des Verwalters Bedenken zu zerstreuen. Lartius wusste, dass von diesen beiden Evocati keine Gefahr für ihn ausging. Er brauchte Zeit für einen Plan, der von Vernunft getragen war und Erfolg bringen musste. Weder der Senat, noch der Princeps sollten den geringsten Verdacht hegen...

Lartius war zu einer neuen Erkenntnis gelangt, in der sich viele Ereignisse verdichteten. Nicht nur Pollios Schilderung erlebter Gefahren, auch sein bisheriges Wissen über die Bestrebungen der Statthalter in der Germania oder die Botschaften der Gallier, auch des Senator Nerullinus vorgetragenen Bedenken und Ansichten, bewirkten das Aufkeimen von

Misstrauen und gipfelten in der Vermutung, dass weder der Kaiser in Achaea, noch der Senat in Rom, die aufziehende Gefahr zu erkennen vermochten. Selbst wenn dort irgend eine Gefahr wahrgenommen werden würde, ergäbe sich kaum eine Erkenntnis zur vollständigen Bedrohung...

Vielleicht sah Nero den Aufstand der *Juden* als eine Gefahr, vielleicht erkannte er die generell existierende Bedrohung durch die *Parther* oder auch den Zusammenhang zwischen den Brüdern Scribonius und dem Senat... Immerhin hatte er selbst ihn nachdrücklich auf diese letztere Gefahr hingewiesen und auch die Wünsche der Gallier in den Brenntiegel der Zukunft geworfen...

Ein kluger Kaiser, ein Kaiser, der seine Macht erhalten wollte, musste selbst die Notwendigkeit des Abbruchs seiner Reise durch die Provinz erkennen und sich der politischen Lage dort stellen, wo er seine Machtmittel am Besten einsetzen konnte. Dieser Ort war Rom!

Doch nichts ließ darauf schließen, dass Nero seine Reise abbrach...

Es gab keine Nachricht des Princeps an ihn, die der Bedrohung vom Senat und den Brüdern Scribonius Rechnung trug, keine Hinweise zu den Aktivitäten in Gallien, außer der Forderung, für Augen und Ohren im Umfeld des Legat Valens und des Feldherrn Vespasian zu sorgen...

Lartius fühlte sich zu unbedeutend, als das er, ohne Stütze durch den Kaiser, Entscheidungen über die Zukunft des Imperiums treffen durfte. Dennoch gewann er die Einsicht, dass der Senat, aus eigenem Machtstreben, einen falschen Weg einschlug und der Kaiser lieber Kithara spielte, als seine Herrschaft zu festigen...

Der Kopf der Adler sah keinen anderen Weg, als seine begrenzten Möglichkeiten zum Einsatz zu bringen und vorerst auf Zeitgewinn zu spielen.

Des Kaisers Wille zur Beobachtung des Legat und des Feldherrn stellte für den Kopf der Adler keine Herausforderung dar. Was aber sollte sein Vorgehen, im Auftrag zur Ermordung des Legat Verginius Rufus, auszeichnen, wollte er selbst doch dessen Tod auf keinen Fall und konnte dennoch, dem Befehl zur Ermordung, kaum ausweichen... Sollte er den Kaiser aufmerksam machen?

Falls der Befehl vom Kaiser selbst kam, so ganz konnte Lartius dies nicht ausschließen, wäre das dann wohl seine letzte Anfrage an den Princeps... Alle seine Überlegungen mündeten immer wieder im Zwang zum Gewinn von Zeit.

Noch immer im Zustand des Abwägens seiner Entscheidungen, Pollio und sein Gefährte verbrachten inzwischen geduldige Tage und Nächte im Adlerhorst, traf zwei Tage später ein Bote aus Germanien ein.

Neue Nachrichten, in Form mehrerer Schreiben, alle von Tremorinus verfasst, brachten etwas mehr Licht in das Dunkel aller Bestrebungen.

Lartius erfuhr, dass sich der junge Hermundure zum neuen Statthalter der Provinz Lugdunensis aufgemacht hatte und auch, dass die Brüder Scribonius, als Statthalter in Germania, einen neuen Angriff auf den Legat Verginius Rufus anstrebten. Die Nachrichten seiner Evocati aus der *Colonia* und aus *Mogontiacum* aber bezeugten, dass seinen Männern nichts entging.

Letztlich stieß er auf das Ersuchen des Legat, seinen Obertribun Tremorinus behalten zu dürfen. Dieses Dokument entstammte dem Willen des Legat. Es trug dessen Siegel. Wusste Tremorinus, welcher Wunsch in diesem Dokument formuliert war?

Lartius befand, dass dies keinen Unterschied machte. Nun, dieses letzten Dokumentes würde er sich bedienen, wenn es ihm angenehm erschien...

Warum sollte er dies dem Kaiser in der Provinz zustellen? Womöglich entschloss sich ein verärgerter Nero, aus welchem Grund auch immer, für eine andere Vorgehensweise... Besser, er reichte den Antrag an den Princeps weiter, wenn er ihm in die Augen blicken konnte und in der Lage war, zuvor die Stimmung Neros zu erkunden...

Ein weiterer Tag und eine Nacht vergingen in Überlegungen, dann rief er den Boten aus Germania und befragte ihn zu den Schwierigkeiten einer winterlichen Reise und ob er diesen Weg auch anderen Evocati zutraute.

Der Gefragte zögerte nicht, versicherte, dass er zwar nicht die vorgeschriebenen Wege nutzte, aber dennoch einen Pfad gefunden hätte, der die gefahrlose Überquerung der *Alpen*, auch im Winter unter Schnee und Eis, ermöglichte. Er habe einen Wegekundigen verpflichtet, der ihn und seinen Gefährten am Rande der Berge erwarten würde. Nur sollte der Aufenthalt in Rom nicht über die Dauer eines Monates hinausgehen.

Mitunter staunte Lartius, wie sich schwierig erscheinende Sorgen in Wohlgefallen auflösten...

## 5. Stärke des Aquila

*67 nach Christus - Winter (4. Februarius)*
*Imperium Romanum – Rom*

*L*artius, der Kopf der Adler der Evocati, nahm die Nachrichten, die in seinem *Adlerhorst* in Rom eintrafen, willkommen auf. Stimmte, was der Bote aus Mogontiacum behauptete, würde Tremorinus, zumindest klang dies auch in dessen Schreiben sehr deutlich an, noch mehr Unterstützung in Germanien benötigen.

Nun war der letzte Einsatz seiner Evocati, Trebius Pollio und Tullus Veturius, die dem Kaiser auf seiner Reise durch die Provinz Achaea seine Botschaft zu den Vorfällen in Germania überbringen sollten, zwar erfolgreich, aber für seine Getreuen nicht eben glücklich verlaufen. Weil Pollio und sein Gefährte, selbst nach ihrer Rückkehr nach Rom, weiterhin einer Gefahr unterlagen, verfiel er auf den Gedanken, diese beiden Evocati nach Germanien zu *Belletor* und von dort weiter zum Legat Valens zu entsenden.

Er wusste oder vermutete zumindest, dass der *Praefectus Praetorio* Tigellinus nicht in der Germania nach Pollio suchen würde. Selbst dorthin aufzubrechen und seinen geliebten Kaiser zu verlassen, um einer Rache zu folgen, traute Lartius diesem hinterlistigen und selbstsüchtigen Präfekt nicht zu. Ihm dagegen schienen Pollio und Veturius im Exercitus Germania Inferior ausreichend weit von einer Bedrohung entfernt, die sich hauptsächlich auf Rom beziehen dürfte. Vielleicht gelang es Pollio, auch in der Germania, einen gleich wirksamen Erfolg zu verbuchen, wenn er des Kaisers Wille zur Beobachtung des Legat Fabius Valens umsetzte.

Seine Gedanken geordnet, in einem Entschluss verfestigt und den Weg zur Erreichung seiner Ziele vorgezeichnet, begann Lartius mit der Umsetzung.

Empfand er das Treiben des Kaisers, wie auch das des Senats, als wenig Sinn bringend für das Erstarken des Imperium und war weit davon entfernt, sich selbst die Herrschaft über Rom anmaßen zu wollen, so sollte er dennoch darauf wirken, dass das eine oder andere Ereignis nicht den miteinander Streitenden, sondern dem Imperium Roms zu Gute ausschlagen sollte.

Unbedenklich erschien ihm des Kaisers Wunsch für Augen und Ohren in der Nähe des Legat Fabius Valens und des Feldherrn Vespasian. Weil die Erkenntnisse seiner Evocati durch seine eigenen Ohren und durch seinen Kopf mussten, bevor sie dem Kaiser offenbart wurden, würde er also Nützliches und Unnützes voneinander trennen können und so die zu erwartenden Handlungen Neros beeinflussen...

Den vom Senat geforderten Tod des Verginius Rufus, der nicht nur seinen Interessen widersprach, zu verzögern oder ganz zu unterbinden, sollte er sich vorbereiten... Dies erforderte den Schutz des Mannes, zumindest soweit dies in seiner und der Evocati Hände lag.

Also beauftragte er Pollio zur Übermittlung seines Willens und wählte Belletor als Empfänger seiner Befehle, obwohl es dann dem Obertribun Tremorinus zufallen musste, den erforderlichen Schutz zu bewirken.

Sollte sich, aufgrund welcher Ereignisse auch immer, eine Veränderung in der Vorgehensweise herausschälen, besaß er noch immer das wirksamste Mittel, auf die Lage Einfluss zu nehmen. Den Rest würde die Zeit bewirken, die wie immer Überraschungen mit sich brachte, einerseits Kräfte zu verstärken verstand und dafür dann Andere schwächte. Lartius blieb, besaß er einen Plan seines Einwirkens, immer die Zeit, sich anzupassen, wenn er im Vorhinein jede mögliche Wendung bedachte. Er glaubte von sich, einen guten Überblick zu besitzen und über die Macht zu jedem notwendigen Eingriff zu verfügen... Nur Eines machte ihm Sorgen... Wer war der Verräter innerhalb des Rates des Senats, der die Existenz und die Rolle der Adler der Evocati an Unbedarfte weitergab?

Gerüchte über seine Rolle im Imperium Romanum dürften mit Sicherheit im Umlauf sein... Dass es eine dunkle Organisation gab, wurde bestimmt vermutet und dennoch wussten nur Eingeweihte, dass es ihn und die Adler der Evocati wirklich gab. Doch jetzt offenbarte einer der Eingeweihten dieses Geheimnis und dem musste er schnell und entschieden begegnen...

Lartius grübelte lange darüber nach und nutzte dabei auch Erkenntnisse, die zu früherer Zeit, über das Wirken dieses ‚geheimen Rates' unter fast sechshundert Senatoren, zu ihm gelangt waren.

Senator Nerullinus war zuzuschreiben, was Lartius über die Grundrichtungen der verschiedenen Strömungen, innerhalb der alten Männer, wusste. Es gab keine weitere Quelle, die er anzuzapfen vermochte und dieser geheime Rat würde sich ihm nicht von allein offenbaren. Also musste er nachzuforschen beginnen...

Doch vor diesem Beginn standen eigene Überlegungen und diesen wandte Lartius die erforderliche Aufmerksamkeit zu.

Der Senat umfasste verdienstvolle Männer Roms, die, ob nun als Konsul oder in anderer Funktion, Rom gedient hatten und als würdig für eine Berufung galten. Manche der Jüngeren folgten verdienstvollen Vätern, wenn sie den Cursus Honorum, zumindest in wesentlichen Teilen, durchlaufen hatten... Vertreter wichtiger Familien waren ebenso verzeichnet wie auch die *Homo Novus*. Die frühere Unterscheidung in zwei grundsätzlich verschiedene und feindlich aufeinander eingestimmte Parteien, der *Optimaten* und *Popularen*, besaß dagegen kaum noch Bedeutung.

Lartius schloss Überlegungen an die Zeit der *Republik* aus. Er hing nicht an Erinnerungen, auch nicht an denen, die glücklichere Zeiten nach Kaiser Augustus umfassten. Er verstieg sich darauf, nur die jetzige Situation zu betrachten und glaubte sich damit auf dem richtigen Weg.

Alte senatorische Familien gab es seines Wissens kaum noch... So wie diese Familien unter den vorangegangenen Herrschern schwanden, stiegen Andere, gefördert vom jeweiligen Kaiser, auf.

Nicht der Kampf um Wählerstimmen des Volkes, sondern die Buhlschaft um die Kaiser Gunst bestimmte den Drang der Männer zum Senator. War es doch unter den letzten Herrschern dazu gekommen, dass dem Senat vormalige Rechte zur Bestimmung von ausgewählten Männern entzogen wurden. Ein fast schleichender Prozess, an dessen Anfang die Empfehlung des jeweiligen Princeps stand, führte im Verlaufe der Zeit dazu, dass der Senat nicht mehr in der Lage war, Widerspruch anzumelden oder gar einen geeigneten Kandidaten für den Senat zu bestimmen und zu berufen... Dies zerschlug vorherige Strömungen im Senat und schuf vollkommen neue Abhängigkeiten.

Lartius fand zu der Erkenntnis, dass der gegenwärtige Zustand zwischen dem Princeps Nero und dem Senat unerträglich war. Wäre nun der Senat ein einheitlich handelndes und nur ein Ziel verfolgendes Organ, sollte Neros Herrschaft, in absehbarer Zeit, ein Ende finden. Doch dem war nicht so!

Statt Optimaten und Popularen zählte der Senat nun eine Vielzahl von Strömungen, die eine einheitliche Handlungsweise ausschlossen.

Also sollte er herausfinden, welche dieser Strömungen existierten, über welche Kräfte diese verfügten und mehr noch, wer dessen wirksamste Vertreter waren...

Lagen ihm dazu dann gesicherte Erkenntnisse vor, konnte er die Strömungen ausschließen, denen kein Interesse an römischen Legionen zuzuordnen waren und würde so zwangsläufig auf den Verräter stoßen.

Der Republik verpflichtete Männer, die jeden Kaiser, König oder Princeps ablehnten und die Macht zurück in die Hände des Senats wünschten, gab es, nach seiner Auffassung, nur noch in geringer Anzahl.

Soweit diese Absicht noch in den Köpfen von Senatoren spukten, schwand die Zahl der Männer wohl auch deshalb stetig, weil das Alter diese hinwegraffte. Waren es ohnehin nur noch Wenige, die von ihren Vätern wussten, welche Macht einst der Senat ausübte, hörten die später in den Senat Aufgenommenen zumeist nicht mehr hin, wenn Einer der Älteren die Vergangenheit der Republik lobpreiste. Lartius billigte dieser Strömung einen nur unbedeutenden Einfluss auf die gegenwärtigen Verhältnisse zu.

Denen gegenüber standen die dem jetzigen Kaiser folgenden Senatoren, denen auch kaum daran gelegen sein konnte, treue Legionen zu verlieren... Diese Vertreter billigten, ja begrüßten jede Tat des gegenwärtigen Kaisers und würden Nero stets folgen, gleich welchen Weg er einschlug.

Dann würde es wohl Senatoren geben, die dem Prinzipat wohlwollend gegenüber standen, den jetzigen Kaiser aber verfluchten und dessen Ablösung anstrebten. Der Personenkreis dieser Strömung schloss eine Rückkehr zur Republik aus und würde deshalb auch keine einzige Legion aus den Händen des Princeps entlassen.

Eine weitere Gruppierung, so glaubte Lartius, fühlte sich einzig dem Imperium Romanum verpflichtet, unabhängig vom jeweiligen Kaiser und jeder bisherigen Form der Machtumsetzung. Auch diesen Männern lag nichts an einer Rückkehr zur Republik und schon gar nichts am Verlust römischer Legionen... Gerade aber dieser Aspekt des Verlustes von Legionen sprach gegen eine alleinige Verfügbarkeit des amtierenden Kaisers über die römische Militärmacht! Doch wer sollte dann Roms Militärmacht anführen, wenn nicht der amtierende Kaiser? Allein schon an diesem Punkt sollten sich, innerhalb dieser Strömung, weitere Aufsplitterungen ergeben...

Für Lartius bestand nun einmal ein Unterschied zwischen Männern, die in der Form der Machtausübung am Prinzipat festhielten und denen, die diese Fülle der Macht, in nur einer Hand, für gefährlich hielten...

Einst herrschte das Prinzip der *Dualität*, das immer zumindest zwei Würdige für eine Position bestimmten...

Zu seinem Leidwesen fühlte er sich dieser Gruppe verpflichtet, selbst wenn er dieser persönlichen Neigung würde niemals nachgeben dürfen...

Es blieb eine letzte Gruppierung übrig, der Lartius die verwerflichsten Absichten zubilligte. Männer dieser Strömung strebten ausschließlich nach Macht!

Es musste nicht die Macht über das Imperium sein... Manchen reichte schon Machtzuwachs und auch deshalb schien diese Gruppierung zur rücksichtslosesten Vorgehensweise befähigt. Kein hehres Motiv schwebte diesen Vertretern vor, außer der Verwerflichkeit des Machtstrebens. Es interessierte nicht die Republik oder gar der Ruhm des Reiches, es sei denn, beides ließe sich mit dem Namen des Machtbesessenen verbinden...

An dieser Stelle angelangt, stieß Lartius auf die im Senat Sitzenden, die weder dachten, noch handelten, die keine Ziele verfolgten, sich dem am lautesten Schreienden anschlossen und deren Ansichten weder irgend einer Gutartigkeit folgten, noch jemals einem wichtigen Gedanken oder eine Tat ihrer Energie für würdig befanden. Diese Gruppierung besaß sicher im Rat des Senats auch keine Stimme...

War das dann alles? Der Kopf der Adler fühlte sich nicht sicher.

Plötzlich ging ihm auf, dass jeder an der Spitze einer Strömung Stehende auch sein eigenes Machtstreben pflegte. Würde Lartius diese Erkenntnis in weiteren Überlegungen berücksichtigen, endete dies wahrscheinlich im Chaos. Von allen betrachteten Strömungen schienen die von Macht Besessenen am Ehesten zu einem Bündnis mit den Brüdern Scribonius bereit.

Republikaner folgten einem Ehrgefühl, das einen solchen Verrat niemals billigte. Neros Unterstützern konnte genauso nichts an der Aufsplitterung der militärischen Macht liegen, wie den Senatoren, die sich dem Prinzipat oder gar dem Imperium verpflichtet fühlen.

Lartius glaubte, in dem er die Ziele, Wege und Absichten der Strömungen verglich, allein durch seine Überlegungen, zu der Gruppierung zu gelangen, die im Gewinn von Legionen ein vorrangiges Ziel verfolgte. Nur der Senator an der Spitze dieser Gruppierung konnte den Verrat begangen haben! Denn dieser Mann, gleich wem er das Geheimnis um die Existenz der Adler der Evocati und deren Rolle im Imperium öffnete, wusste bescheid!

Diesen machtvollen Anführer herauszufinden, würde weit größerer Anstrengungen bedürfen. Dennoch fand Lartius damit das Ziel seiner nächsten Bemühungen und weil er dies erkannte, schickte er seine Spione durch Rom.

Plötzlich stutzte er. Hatte er sich im Gewirr des Senats verlaufen?

Gab es nicht noch Andere, die in aller Heimlichkeit eine Änderung der Verhältnisse anstrebten? Sein Blick richtete sich auf die Statthalter, ebenso wie auf Männer, die Legionen führten oder gar als Feldherrn für Rom wirkten....

Einer der würdigsten Vertreter war Gnaeus Domitius Corbulo, dem im Osten ein großes Heer zur Verfügung stand. Über fast ein Drittel von Roms Militärmacht gebot dieser Feldherr.

Nicht weniger Militärmacht stand den Brüdern Scribonius zur Verfügung, wenn sie sich denn einig waren. Lartius kannte die feste brüderliche Bindung der Legatus Augusti pro Praetore in den Militärgebieten am Rhenus und er wusste darüber hinaus auch von deren noch nicht aufgebrochenen Differenzen...

Welcher weitere Mann sollte seine Berücksichtigung finden?

Ach ja, richtig, Tigellinus durfte nicht übersehen werden, doch der folgte ausschließlich Nero... Oder auch nicht? Der Aquila war sich nicht sicher. Er billigte dem Präfekt Machtstreben zu, aber war nicht dessen Herkunft ein zu starkes Hindernis?

Weil Lartius seine Überlegungen nicht zwang, sich keine Frist setzte und auch Abwegiges in seinen Kopf vordringen ließ, schälte sich, in den folgenden Tagen, ein weiterer Name heraus. *Gaius Suetonius Paulinus*...

Lartius überdachte, was er über Paulinus wusste. Einst in Britannia warf er die Revolte der *Boudicca* nieder und erntete dafür die Vorwürfe des Senats und seine Ablösung. Dass ein wenig Dank vergessen wurde, war wohl dem Betreiben einer stattlichen Zahl von Senatoren geschuldet... War Paulinus deshalb wütend? Wenn, dann zeigte er es nicht... Würde sich der vormalige Legatus Augusti pro Praetore Britanniens dann aber mit diesen Senatoren zusammenfinden, die ihn einst verurteilten?

Es wurde über Brutalität gesprochen, über Schuld und Fehler, die das Leben römischer Bürger kostete, als die Streitkräfte der Boudicca römische Siedlungen dem Erdboden gleich machten... Zu schnell suchten und fanden einige der Senatoren den Sündenbock und dass die Legionen des Paulinus einer zumindest vierfach überlegenen Streitmacht trotzte und diese hinweg fegte, ward schnell, zu schnell vergessen...

Nein! Paulinus würde nicht mit alten, unfähigen Männern kungeln... Die ihn einmal verurteilten würden ihm später wohl nicht die Steigbügel halten... Auch ließ sich Paulinus wohl kaum durch solche unzuverlässigen Brüder einspannen...

Diese Befürchtung sollte er vergessen, nicht aber den Feldherrn, der ob seiner Fähigkeiten, ein immer noch zu beachtender Faktor war. Würde aber Paulinus in Rom nach der Macht streben?

Lartius schloss seine Gedanken ab. Er hielt Paulinus nicht für einen Machtbesessenen, dafür aber für einen fähigen, weil konsequenten und rücksichtslosen Feldherrn... Außerdem fehlte dem Mann der notwendige Reichtum und die Klientel, die ihn erheben könnte!

Als er sich diesem Gedanken genähert hatte, tauchte erneut der Name eines anderen Feldherrn in seiner Erinnerung auf: Gnaeus Domitius Corbulo! Dieser besaß Reichtum, die erforderlichen Unterstützer und verfügte über Legionen... Als er diese nachzählte, deren gegenwärtige Standorte ermittelte, fraß sich ein Erschrecken in seinen Sinn.

Selbstverständlich standen alle diese Legionen im Osten. Doch es waren nicht nur Legionen dort, sondern auch Auxiliaren und andere, Rom unterstützende Gefolgsmänner. Viele dieser Streitkräfte hielten sich zur Zeit in der Provinz *Syria* auf oder lagerten nicht weit von dort.

Corbulo verfügte über etwa ein drittel aller Streitkräfte Roms. Das zweite Drittel stand in Germania und der Rest verteilte sich an den Grenzen des übrigen Imperium...

Von ganz allein schoben sich auch die Brüder Scribonius zurück in seine Überlegungen. Corbulo und die Brüder könnten, falls sie sich vereinten, den Rest der Legionen zerschlagen und Kaiser Nero entmachten... Verhandelten diese Parteien vielleicht schon miteinander?

Lartius schob diesen letzten Gedanken weit von sich. Corbulo weilte in Syria, vielleicht in *Antiochia*... Die Brüder aber hatten, wie er genau wusste, Germanien nicht verlassen... Tauschten sie vielleicht dennoch Boten aus?

Wieder schob Lartius diesen Gedanken weit von sich. Es wären drei Männer, die dann um die Macht stritten. Er wusste doch von den Differenzen der Brüder. Keiner von denen würde nachgeben und standen dennoch die Brüder geschlossen gegen Corbulo, dann hätten sie Bürgerkrieg im Imperium...

In diese Überlegungen drängte sich ein vollkommen anderer Gedanke. Wenn die Brüder Scribonius mit Corbulo im Einvernehmen wären, wozu brauchten sie dann die *Gallier*? Der letzte Gedanke beruhigte und ließ diese bisherigen Überlegungen ganz einfach als unsinnig erscheinen... Von dort drohte keine Gefahr, wenn auch Corbulo und die Brüder Scribonius nicht außer Acht gelassen werden durften. Jeder von denen war, auf irgend eine Weise, machtbesessen, fähig durch Eigenschaften und Erfahrungen, besaß ausreichend Geld sowie eine umfangreiche Klientel und durfte auch auf Unterstützung durch Roms Volk rechnen...

Weil sich seine Gedanken diesen Potentialen zuwandten, erhärtete sich seine Überlegung zu Paulinus, der für ihn selbst keine beachtenswerte Gefährdung darstellte, Corbulo und die Brüder aber mit Sicherheit! Um die Brüder hatten sich seine Evocati gekümmert, was Corbulo betraf, schien er diesen übersehen zu haben... Ein unverzeihlicher Fehler...

Fehler sollten so schnell als möglich beseitigt werden. Er würde wohl ein weiteres Paar seiner Evocati entsenden müssen...

Weil der Gedanke zu Ende gedacht war, ging er an dessen Umsetzung. Bereits zwei Tage später verließen ihn Evocati in Richtung Antiochia.

Doch selbst diese Entsendung beruhigte Lartius nicht im Geringsten. Seine Gedanken kreisten noch immer um den Verräter in Rom und so suchte er auch weiter nach Gefährdungen, die sich in anderen Sphären verbargen.

Er stieß auf Namen von Senatoren, von Statthaltern, von Procuratoren und erhielt so ein Bild des Imperium, das sich allein an Personen ausrichtete.

Flüchtig streiften ihn Namen anderer Statthalter, wie *Galba*, *Otho*, *Vinius*, Vindex oder auch Weiterer, die er aber schneller vergaß, als das sich diese in seinen Kopf zu nisten verstanden. Dafür prägten sich ihm zwei andere Namen ein, von denen er nicht einmal wusste, woher diese auf einmal auftauchten. Er kannte die Männer nicht und hatte noch nie von ihnen gehört.

Seine Vögel waren zwitschernd über Rom gekreist und schnappten mal hier und mal dort, zumeist immer nur wenige Worte auf, trugen diese zu ihm und er sortierte aus. Es war eine der für den Aquila sprechenden Vorgehensweisen. Erregte einmal ein bestimmter Mann sein Interesse, schickte er fleißige Augen und Ohren, die zumeist nicht einmal wussten, für wen sie spionierten.

Dieses mal tauchten zwei Namen immer öfter auf und als sich Andere seiner fleißigen Bienen an deren Fersen hefteten, erreichten ihn Botschaften, die sein Interesse rechtfertigten. Noch wusste er nicht, wofür diese Männer standen, dass ihnen aber eine Bedeutung zukam, dessen war sich der Aquila sicher. Er war der Sammler, der Wissenswertes vom Spreu des Gefundenen trennte. Was ihm zur Kenntnis gelangte, schien dafür zu sprechen, diesen beiden Römern etwas mehr Aufmerksamkeit schenken zu sollen... Lartius tat dies.

Der Erstere war kürzlich zum Statthalter der Provinz Syria berufen worden. Die den Aquila erreichenden Botschaften billigten dem Senator zu, aus Rom abgeschoben worden zu sein...

Doch als die Provinz Syria in seinem Kopf auftauchte, verbanden sich mit dem Namen des Senators dort bereitstehende Legionen des Corbulo. Noch weit davon entfernt, einen Zusammenhang zu erkennen, meldeten sich Zweifel und mündeten in einer Unruhe, die Lartius nicht zu ergründen vermochte. Der Name des Mannes rief keinerlei andere Erinnerungen wach.

*Gaius Licinius Mucianus* war in seinem Umfeld bisher noch nie aufgetaucht, andererseits gehörte er zur Familie der *Licinier*, die im Senat durchaus einen gewissen Einfluss erlangt hatte.

Der andere interessante Mann gehört zu den *Petronii*. Ihm unterstand seit Jahren die römische Wasserversorgung. Er durfte sich auch einer gewissen Anerkennung seitens Kaiser Nero erfreuen.

*Publius Petronius Turpilianus* wurde, nach seinem Konsulat, an Stelle von Paulinus, nach Britannia entsandt. Ihm gelang es, die stürmische und geknechtete Seele der Einwohner der Insel, mit geduldiger Hand, in die römische Ordnung zurückzuführen.

Lartius war sich bewusst, dass er nicht nur zwei kluge, zielstrebige und nach der Macht drängende Römer erkannte, sondern diese ausgerechnet noch in Familien fand, die über eine zahlreiche Fraktion im Senat verfügten.

Die Familien ... fast hätte er deren Bedeutung übersehen...

Nicht jede der Familien gierte nach der Macht in Rom. Die *Gentes Majores* waren inzwischen, dank Neros und anderer kaiserlicher Bemühungen vor ihm, fast gänzlich erloschen.

Lartius erkannte diesen Umstand in einer ihm zugeführten Liste gegenwärtiger Senatoren, deren Anzahl, seit Kaiser Augustus, auf die

Zahl von sechshundert begrenzt war. Die Liste, die man ihm reichte, bot nur einen Teil dessen, was tatsächlich einer Berufung zum Senator folgte.

Wäre der Secretarius des Kaisers in Rom gewesen, hätte er eine weit genauere Auflistung und noch zumal auf sicherem Weg erhalten. Epaphroditos aber begleitete Nero auf dessen Weg durch die Provinz. So musste sich Lartius mit der Aufstellung zufrieden geben, die einer seiner fleißigen Spione zu beschaffen vermochte.

Der Kopf der Adler der Evocati war sich im Klaren, dass diese lückenhafte Aufstellung auch noch Fehler aufweisen könnte... Wer war neu berufen, wer verstorben? Wie aktuell war die Liste, wenn sie so schon zu wenige Namen anbot? Doch Lartius bekam keine andere, umfangreichere Aufstellung und musste sich deshalb begnügen.

Den größten Einfluss innerhalb des Senats würden wohl die Familien besitzen, deren zahlenmäßige Übermacht zur Geltung gebracht wurde.

Der Aquila fand die Gentes Majores der *Cornelier* ebenso würdig vertreten, wie die der *Junier* oder Petronier, die aber den *Gentes Minores* zuzuordnen waren. Verblüfft nahm er zur Kenntnis, dass sowohl die *Julier* und die *Claudier* kaum noch vertreten waren... Anderen Familien einen wesentlichen Einfluss zubilligen zu müssen, sah der Aquila nicht. Wie aber konnte er, ohne die genauere Kenntnis der jeweiligen politischen Ausrichtung der Familien, deren Zuordnung zu den Strömungen im Senat finden?

In einer Sache war er sich fast sicher. Julier und Claudier, die seit Kaiser Augustus Roms Macht in ihren Händen hielten, würden wohl zum jetzigen Kaiser stehen. Sicher auch dann, wenn gerade dieser, in der jüngeren Vergangenheit, unter den Familienangehörigen gewütet hatte. Die, deren Leben jetzt noch erhalten war, schienen keine Bedrohung für den sonst ängstlichen Princeps darzustellen. Wäre dem nicht so, hätte er auch diesen Vertretern seiner Familie längstens ein Ende verschafft...

Die der Republik zugeneigten Senatoren könnte der Aquila doch nur in den älteren Familien vermuten... Da wäre am Ehesten an die Cornelier und die Junier zu denken, die beide über eine starke Gruppierung verfügten. Ganz so einfach glaubte sich Lartius diese Sache der Zuordnung dann doch  nicht machen zu dürfen. Deshalb legte er diesen Gedanken vorerst zur Seite.

Er vermutet, dass von fünf Strömungen nur lediglich eine Einzige an einer Auftrennung der Militärmacht interessiert sein dürfte...

Es war doch ersichtlich, dass die der Republik Zugeneigten genauso wenig Machtverlust hinnehmen würden, wie die Nero Folgenden... Ging es darüber hinaus um ein starkes Imperium Romanum, vor dem jeder Feind erzittern sollte, spielte die Form der Herrschaft, ob nun Prinzipat oder was auch immer sonst, nur eine untergeordnete Rolle...

Keine dieser Strömungen würde auf die Legionen verzichten... aber jeder von denen musste, wollte er seine Vorstellungen durchsetzen, militärische Macht und damit Legionen anstreben...

Es war ein verfluchter Kreislauf, aus dem es scheinbar keinen Ausgang gab. Immer wieder kehrten seine Gedanken, gleich welchen Ansatz er wählte, auf die Strömung der Machtbesessenen zurück. Sie waren die, denen keine Moral zugeordnet und keine Vernunft bescheinigt werden durfte! Die übrigen Strömungen, so hoffte er zumindest, stellten, aus welchem Grund auch immer, die Einheit der Legionen Roms nicht in Frage... Wie würde dies dann aber aussehen, spitzte sich der Kampf um die Macht zu?

Diese, seine Überlegungen führten bisher immer zum gleichen Ergebnis, so oft er den Würfel auch warf. Jeder anders geartete Ausgangspunkt führte immer wieder zurück auf die Strömung, aus der der Verräter kommen musste, brachte ihn aber auch deshalb nicht weiter, weil er die Zusammensetzung des geheimen Rates des Senats nicht kannte. Einer der Männer musste nach der Macht streben und sich von den Brüdern Scribonius den Zugriff darauf erhoffen...

Wer aber war der betreffende Senator?

Tage und Nächte vergingen, ohne dass ihn die eigenen Überlegungen voran brachten. Lartius bedurfte einer Hilfe. Gern wäre er zum Secretarius geeilt und hätte diesen, über scheinheilige Fragen, zu einer Antwort verleitet... Zu Nero zu gehen, wäre wohl kaum ratsam...

Aber würde nicht auch Epaphroditos zuerst Nero von seinen Überlegungen in Kenntnis setzen? Nein, dieser Weg ging ohnehin nicht. Wer aber käme noch in Frage, ihm Hilfe leisten zu können?

Als Kopf der Adler der Evocati gab es für ihn nur Einen, dem sein uneingeschränktes Vertrauen galt... Durfte er diesen Gefährten in die Gedanken einweihen? Stellte dies eine Gefahr für ihn selbst oder für diesen Evocati dar? Würde er auch die erwartete Hilfe bekommen?

Fast eine vollständige Dekade von Tagen war seit Beginn seiner Überlegungen vergangen. Er musste, fand er selbst nicht den richtigen

Mann, Hilfe annehmen und so forderte er *Callisunus* auf, ihn am folgenden Morgen aufzusuchen.

Die dritte *Klaue der Adler der Evocati* erschien, musterte ihn und stellte für sich fest, dass Lartius in den vergangenen Tagen gelitten haben muss. „Du siehst nicht gut aus..." begann er, als er Lartius Schweigen hinnehmend, das Gespräch mit einer freundlichen Bemerkung zu eröffnen trachtete.

„So, sieht man das?" knurrte der Aquila, lenkte aber sofort ein. „Du könntest recht haben..."

„Also, wenn du nicht weißt, wie du beginnen sollst, frage ich einfach, welcher Sorge du dein Aussehen zuordnest..."

„Das Imperium macht mir Sorgen..." Lartius füllte zwei Pokale mit Wein und Wasser.

„Habe ich da etwas nicht mitbekommen? Hat der Kaiser dich mit der Regierung beauftragt?" Callisunus lächelte.

„Trage ich nicht immer einen Teil seiner Last? Nur jetzt tingelt er durch die Provinz und lässt das Imperium im Stich... Er kümmert sich nicht um die Grenzen, er empfängt keine Gesandtschaften, er räumt nicht im Senat auf und hat, so glaube ich, kaum die Wahrnehmung einer Gefahr... Aber gerade jetzt häufen sich Anzeichen, denen rechtzeitig begegnet, jede Bedrohung genommen werden kann... Unser Göttlicher aber spielt Kithara, rezitiert und singt, statt seine Macht zu festigen..." Es war ein zorniges Aufstöhnen, das Callisunus vernahm.

„Gut, das war genug der Ankündigung..." lächelte Callisunus. „Solltest du nicht etwas genauer werden, was deine Sorgen betrifft?"

So aufgefordert, begann Lartius seinem Nachgeordneten den Teil seiner Überlegungen darzulegen, den er ihm zuordnete.

Callisunus hörte geduldig zu. Von Zeit zu Zeit nippte er in kleinen Schlucken vom Wein, lehnte sich zurück in den Korbstuhl und folgte den Worten seines Herrn.

Als Lartius endete, verging einige Zeit, in der dieser seine dritte Klaue anstarrte und einer Antwort harrte.

Callisunus sammelte sich und begann mit einer Frage.

„Habe ich dich richtig verstanden, dass du befürchtest, dass unser Geheimnis der Existenz öffentlich werden könnte..."

Lartius nickte. Das war der eine Teil.

„... und das du den Verräter, der die Kunde unseres Daseins verriet, züchtigen möchtest, damit unser Geheimnis gewahrt werden kann?" vollendete Callisunus. Wieder antwortete ein kurzes Nicken.

„So geheim sind wir nicht!" stellte Callisunus unerschütterlich fest. „Ich zähle einmal die Wissenden... Da wäre der Kaiser, der Mann des Senats und Tigellinus... dann der Secretarius des Kaisers, ich vermute auch den zweiten Praefectus Praetorio, auch wenn dieser dir gegenüber nicht in Erscheinung treten darf und auch nie wird..." Callisunus nippte am Weinpokal.

„Wenn du glaubst, das wäre alles, so irrst du! Da wären erst einmal die Mitglieder des geheimen Rates... und dann die Männer, die hinter diesen Erwählten stehen... Glaubst du ernsthaft, dass die im geheimen Rat sich Treffenden, auch die sind, die eine Strömung steuern?"

Callisunus hielt inne. Er sah Lartius Unverständnis.

„Diesen Teil gibt es! Dann gibt es die, die von unseren Missionen betroffen sind... Meinst du, dass jeder Betroffene an ein Urteil der Götter glaubt oder auch annimmt, dass Götterboten diese Taten vollbrachten... Nein! Erinnere dich an deine letzte Mission in Germania... Trafst du dort nicht einen Legat, der mehr von den Evocati wusste?"

Lartius nickte erneut. „Schon, Gerüchte..." warf er ein.

„Lass mir dir sagen, dass auch du gegenüber diesem Legat nur mit Andeutungen sprechen musstest... Oder hast du ihm etwa reinen Wein eingeschenkt?" lockte Callisunus.

„Du meinst, dass auch der die Brüder Scribonius Einweihende mit Andeutungen vorging?" Der Aquila schien zu begreifen.

„Aber ja, Herr! Es ist doch so einfach... Die Frage lautet: Stört dich jemand in deiner Stellung? Die Antwort: Ja! Der Name fällt und löst ein Versprechen aus..."

„So einfach, Callisunus, scheint mir das dann doch nicht..." widersprach Lartius entschieden.

„Es ist so einfach! Der Senator, der mit den Brüdern Scribonius verhandelt, befindet, dass dein Legat lange genug seinen Frieden gefährdete. Er entscheidet sich für ein Ende der Störung!"

„Dann mache ich mir unberechtigte Sorgen..." warf Lartius so hin. Er war wütend.

„Ja und nein! Vielleicht ist es so abgelaufen, vielleicht aber so, wie du befürchtest... Und zwischen beiden Möglichkeiten liegt eine breite Vielfalt..." Callisunus ließ das Ende seiner Worte unhörbar ausklingen.

Sie schwiegen sich an. Lartius spürte des Anderen Unzufriedenheit.
„Du erzähltest mir von deiner Befürchtung und meine Antwort ist die
Beruhigung. Doch so ist es niemals! Das Wirkliche befindet sich irgendwo
dazwischen!" löste Callisunus die entstandene Spannung zwischen ihnen
auf..

„Dann müssen wir zwar nicht unbedingt einen Verräter jagen und
züchtigen, zumindest aber für die Zukunft Wissen erlangen... Du meinst,
den Rat bilden Strohmänner und diese nur kennen den jeweiligen Kopf?"

„Aber ja..." echote Callisunus „... dein Senator ist doch auch nur ein
Strohmann, hinter dem der Erste der Senatoren steht und dessen Schritte
lenkt... Glaubst du wirklich, dass hier in der Curia in Rom die Männer
tagen, denen die Macht im Imperium gehört? Warum sollten die Brüder
Scribonius nicht selbst der Kopf ihrer Strömung sein?"

Lartius wirkte bedrückt. Diesmal zeigte ihm Callisunus seine Grenzen.
Darauf hätte er selber kommen müssen... Auch wenn er es nicht zugeben
würde, war es eine niederschmetternde Erkenntnis. Sein Nachgeordneter
verfügte über weit mehr Erfahrung und noch dazu über Abgeklärtheit,
die ihm selbst hätte zustehen sollen. In diesem Moment wurde Lartius
bewusst, wie klug er sich verhielt, als er nicht alle seine Sorgen offenbarte.

„Ich danke dir für deinen Rat, Callisunus! Ich werde darüber
nachdenken und entsprechend vorgehen! Wir sollten die Strohmänner
ermitteln und besser noch wäre es, auch deren Köpfe zu finden..."

„Herr, Einige von denen wirst du in Rom vergeblich suchen...
Vermutlich sind wichtige Senatoren Statthalter in den Provinzen und
wirken aus der Ferne auf ihre Klientel... Du solltest noch Eines bedenken,
Herr..."

Lartius verstand den Hinweis und war dennoch verärgert. Aber nicht
weil Callisunus als klüger erschien, sondern weil er sich einfach in
Überlegungen verstrickte, die ihn in einen Kreislauf führten.

„Was meinst du?" fragte er und war voller Aufmerksamkeit.

„Strömungen innerhalb des Senat gab es immer. Nicht immer aber
sind Strömungen entscheidend, auch nicht Familien..." Callisunus
schwieg und lauerte.

„Was meinst du?" fragte der Aquila aufs Neue.

„Mitunter sind einzelne Männer wichtig... Sieh Paulinus in Britannia,
Corbulo im Osten.... und ernten, trotz großer Verdienste, nicht immer den
verdienten Lohn... Was tut ein solcher Mann, wenn ihn Zorn erfasst,
Macht lockt und Freunde verleiten... Manches Mal ist es nur ein einzelner

Mann, der den Frieden Roms stört... Finde ihn, räume ihn aus dem Weg und du lebst wieder im Frieden..."

Lartius, der Mann, der vor einiger Zeit zum Kopf der Adler der Evocati erhoben wurde, fand sein Selbstvertrauen zurück.

Er würde damit beginnen, seine Möglichkeiten auszunutzen. Spionieren und aus dem Weg räumen war doch sein Handwerk... Warum sollte er sich nicht auch in Rom der Fähigkeiten seiner Evocati bedienen? Und letztlich erkannte er, dass nicht nur der Kaiser, der Senat oder Präfekt Tigellinus das Recht genießen sollten, Aufträge vergeben zu dürfen... Wer wollte ihm Vorwürfe machen, wenn er selbst begann, sich seiner Macht zu bedienen? Wer außer ihm wusste, woher ein Auftrag kam? Niemand und so würde es auch bleiben...

Lartius begriff, dass die Organisation seiner Adler, innerhalb der Evocati von Roms Legionen, Schutz genossen und das selbst sein Name, als Aquila im Haus der Aquila, einem früher sehr angesehenen Geschlecht und entschiedenen Republikaner, auch ihm eine Sicherheit bot, die von Fremden schwer zu durchbrechen war.

Dieses Wissen, um seinen und seiner Männer Schutz, führte ihn zu erneuter Zuversicht. Der Aquila fand zu alter Stärke zurück.

## 6. Der erste Tod

*67 nach Christus - Winter (14. Februarius)*
*Imperium Romanum – Mogontiacum*

*I*n finsterer Nacht erreichte **Boiuvarios** Liburne Mogontiacum und dort den Bootssteg innerhalb **Amantius** Handelshof. Fackeln wurden entzündet, Männer beleuchteten die Szenerie, als Waren und Ausrüstungen von Fuhrwerken auf die Liburne wechselten.

Alle Handlungen vollzogen sich so ruhig und zielstrebig, dass schon kurze Zeit nach dem Anlegen sämtliche Taue gelöst werden konnten und die Liburne, von kräftigen Ruderschlägen vorwärts getrieben, die Mitte des Rhenus erreichte.

Doch nicht nur Vorräte, Pelze, winterfeste Zelte, Weizen, Hafer und **Feuerpfannen** wurden auf das Flussschiff verbracht. Auch die Zahl der zu befördernden Passagiere nahm weiter zu. Es waren die von *Sexinius* berufenen **Speculatores Viator** und **Paratus**, die die Bordwand enterten und sich einen Platz suchten. Deren Begrüßung verlief verhalten, ein Hinreichen des Armes und ein kurzer Blick genügten vollkommen.

Die Neuankömmlinge würden sich erst im Licht des Tages die Besatzung und die von *Gerwin* erwählten Begleiter ihrer neuen Mission betrachten. Vorerst huldigten alle Männer, die nicht an Rudern saßen, dem Schlaf.

Gerwin stand, so wie auch zuvor schon, neben Boiuvario, der seinen Platz zur besten Sicht auf den Fluss nicht räumte. Der Trierarch kannte die Gefahr eines nächtlichen Befahrens, wusste er doch nicht, wo Hindernisse, ob nun aus Holz oder Eis, auftauchten. Es war ihm keinesfalls geheuer, seine Liburne einer solchen Gefährdung auszusetzen.

Als er Gerwins Forderung, den Handelshof in der Nacht anzulaufen, hörte, bäumte er sich voller Wut auf. Reichte es nicht schon, ihm für die Dauer eines fast vollkommen vergehenden Mondes einen Auftrag aufzuerlegen, der keinen Gewinn abwarf... Seine Worte waren heftig.

Gerwin blieb vollkommen gelassen und stellte nur eine einzige Frage: „Du bist also des Geschenkes, was ich dir einst machte, überdrüssig?"

Diese Worte klangen noch lange in seinen Ohren nach und milderten die in ihm wogende Wut keinesfalls. Boiuvario musste sich dennoch beugen, denn Gerwin war im Recht!

Ohne des Hermunduren Ansinnen wäre er niemals in den Besitz der Liburne gelangt, hätte keine eigene, seinen Vorstellungen entsprechende Mannschaft anheuern und schon gar nicht die zahlreichen Münzen in seinen Besitz bringen können, die *Finley* für ihn verwahrte.

Boiuvario war inzwischen, selbst in dem kurzen vergangenen Zeitraum, zu einem reichen Mann geworden. Außerdem verfügte er über eine gestählte Mannschaft, die sowohl in den Flusshäfen des Rhenus, bei Manövern auf dem Fluss und genauso in Auseinandersetzungen mit Konkurrenten oder Räubern, woher diese auch immer kamen und glaubten, eine leichte Beute zu finden, ihre Fähigkeiten bewies. Er hatte die Kerle zusammengeschweißt und faule Eier in der Mannschaft davon gejagt.

Doch dem Hermunduren konnte er nicht ausweichen und kam dieser mit Forderungen, die ihn oder die Liburne betrafen, musste er gehorchen. Dass er dies nicht willenlos über sich ergehen ließ, zeigte er auch dieses Mal. Letztlich aber wusste Boiuvario schon im Voraus, dass er den Kürzeren ziehen würde.

Selbst Gerwin war sich des wiederholten Vorganges bewusst. Auch wenn sie beide inzwischen längst befreundet waren, würde Boiuvario keine seiner Forderungen ohne Protest hinnehmen. Dies wissend, leistete er dem Trierarch, bei dessen mühevoller Steuerung der Liburne, Gesellschaft. Es war nicht nur die Dunkelheit, sondern auch noch unbekannte, auf dem Wasser treibende Gegenstände, die das nächtliche Befahren erschwerten.

Vier Augen sahen nun einmal mehr als Zwei. Mit ihnen starrte ein noch weiteres Augenpaar gleichfalls auf die Fluten. Segelmeister *Gessius*, im Bug der Liburne sitzend, sollte eine unmittelbare Bedrohung des Schiffsrumpfes vermeiden.

Gerwins beharren, die Nacht zum Passieren der Stadt zu nutzen, stieß bei Boiuvario auf heftigen Widerstand. Er fuhr niemals bei Nacht! Sich wehrend, schimpfte er und zeigte wenig Verständnis für Gerwins Heimlichkeit. Wer sollte sich schon um seine Liburne kümmern... Ihm schien der Aufwand übertrieben. Doch der Hermundure blieb hart.

Wollte Boiuvario auch zukünftig ausführen, was er so außerordentlich liebte, bei dem er auch noch so ganz nebenbei reich wurde, musste er sich in sein Schicksal fügen... Er knurrte, schimpfte und fluchte, erreichte aber keinerlei Entgegenkommen.

Die Liburne glitt durch die Nacht, den Morgen und steuerte auf die nächste Nacht zu, als sich Gerwin und Viator zum ersten Gespräch fanden. Erst schlief der Graukopf, dann Gerwin. Weil sie Tage auf der Liburne verbringen würden, lief ihnen die Zeit nicht davon. Immerhin rechnete Boiuvario mit mehr als zehn Tagen bis zum vorbestimmten Ziel.

„Na, findest du die Kälte und Nässe auch so angenehm wie ich?" begrüßte der Graukopf seinen jüngeren Freund.

„Wir hätten auch Reiten können... Glaubst du wirklich, dies wäre bequemer gewesen?" erwiderte Gerwin und grinste.

Er wusste, dass Viator, so gern dieser auch im Sattel saß, der Reise bei dem Schnee und der Kälte hätte wenig abgewinnen können.

„Tröste dich, der bessere Teil wird uns bevorstehen, wenn du auf einem Pferd sitzt... Haben wir Glück, reicht der Schnee nur bis zum Pferdebauch, sollte es mehr sein und noch Kälte dazu kommen, wirst du mehr Flüche hören, als dir lieb ist. Außerdem glaube ich, dass du der bist, der am Lautesten schimpfen wird..." fügte Gerwin grinsend an.

„Höre auf in eine trübe Zukunft zu blicken und damit zu drohen, wenn schon diese Gegenwart kaum zu ertragen ist..." Viator war zornig.

Er hatte sich im Streit mit Gerwin um eine spätere Reise bemüht. Der Hermundure aber wies sein Ansinnen zurück. Gerwin machte dazu kaum Worte. „Es bleibt dabei!" sagte er und so geschah es auch.

Manches Mal war der Hermundure ein sturer Kopf. Zumeist erklärte er irgendwann, wenn er sich einmal in dieser Art verhielt, was ihn dazu trieb. Diesmal aber umging er bisher eine Erklärung.

Viator sagte dies, dass der Hermundure einem unbestimmten Gefühl folgte, dieses aber weder erklären konnte oder auch nicht wollte. Fragen zu stellen, würde nichts bringen...

„Ich finde deine Sturheit auch nicht gut! Ich friere am Arsch, meine Nase ist ein Frostzinken und selbst das Pinkeln oder Scheißen über die Bordwand wird bei den Bedingungen kein Vergnügen..." Paratus schloss sich Viators Missstimmung an.

„Und ich dachte eine Schifffahrt sei lustig..." Gerwin grinste nur.

„Wie hast du dir unser Fortkommen vorgestellt, sind wir erstmal in *Augusta Raurica*?" Viator ging zur praktischen Seite ihrer Reise über.

„Sexinius und du, ihr beschafft Pferde. Die Duumviri werden euch unterstützen. Sexinius besitzt eine Order von Verginius Rufus..."

„Glaubst du wirklich, dass diese Order interessiert? Was ist, wenn es zu dieser Zeit keine Pferde gibt..."

„Unsinn, Graukopf! Pferde gibt es immer... nur könnte deren Qualität Bedenken hervorrufen... Wir brauchen mindestens zwölf Tiere..." schloss Gerwin seine Bemerkung ab.

„Warum so viele?" verwunderte sich der frühere Legionär.

„Was glaubst du, wie unser Weg aussehen wird und wie wir unsere Ausrüstung befördern? Wir brauchen das Zelt, eine *Handmühle,* Hafer für die Pferde und Weizen für uns... Eine Jagd wird wohl schwierig werden..."

„... und welchen Weg ziehen wir?" griff Paratus erneut in das Gespräch ein.

„Ich dachte mir *Eponias* Weg zu wählen..."

„Bist du von allen guten Geistern verlassen? Dort erwartet uns tiefster Schnee, keine Wegemarkierung und was ist mit den unsichtbaren Hindernissen am Boden... Willst du die Pferde in den Tod jagen?" Diesmal übermannte Viator der Zorn.

„Was schlägst du vor?" Gerwins Stimme wirkte frostig.

„Wir bleiben auf den Straßen. Es wird schwer genug, über den Pass zu kommen... Immerhin könnten uns dort alte Freunde begrüßen... Oder hast du die *Raeter* um *Numonis* vergessen?"

„Warum sollten wir uns vor dem *Eldermann* fürchten? Aber du hast recht, die Straßen sind besser als verschneite Pfade..." Gerwin kratzte sich über seinem Ohr. Dazu musste er den Pelz auf seinem Kopf verschieben und weil dies ungewöhnlich aussah, grinste Viator.

„Es belustigt dich, dass ich dir nachgebe?"

„Das auch, aber mein Lächeln gilt deinem Aussehen. Immerhin zähmst du gerade die Läuse unter deinem Pelz und mir scheint, dass dies wenig Erfolg verspricht."

„Unsinn, das sind keine Läuse! Es juckt nur etwas..."

Viators Grinsen verstärkte sich, aber er schwieg. „Unser Ziel ist doch Lugdunum?" fragte er dann zögerlich.

„Warum?"

„Über *Salodurum, Aventicum* bis zum großen See können wir getrost die Straßen nutzen. Ziehen wir über *Genava,* vermeiden wir das Gebiet der Sequaner und folgen dann dem Rhodanus bis zum Ziel..."

„Du kennst diesen Weg?" fragte Gerwin irritiert nach.

„Nein, natürlich nicht!" fluchte Viator. „Bis Genava gibt es eine römische Straße und von dort dem Fluss zu folgen, dürfte nicht zu schwer werden. Zumal es sicher auch Siedlungen gibt und auch im Winter gangbare Wege... Andernfalls nehmen wir uns einen Führer... Eines jedoch weiß ich mit Bestimmtheit..."

„Ich bin neugierig..." erklärte der Jüngere.

„Vom See aus, von Genava aus, geht es nur bergab! Das aber bedeutet, wir müssen bis Lugdunum über keinen weiteren Pass..." Viator schöpfte sein gesamtes Wissen über dieses Gebiet aus, war doch auch er bisher nur zweimal dort. Einmal war Gerwin dabei, das andere Mal liegt noch länger zurück. Damals zog er mit anderen Legionären zum Rhenus. Er war noch sehr jung.

„Was denkst du, wie viele Tage wir benötigen?"

Viator zuckte mit der Schulter. „Einen Monat vielleicht... Warum? Hast du es so eilig?"

„Was glaubst du?" fuhr ihn Gerwin an. „Ein kluger Römer sagte mir einmal, dass jeder dienende Römer zu den Kalenden Januarius seinen Schwur erneuert. Zum gleichen Tag werden Männer abgelöst und Neue berufen... Also geht der neue Statthalter auch zu diesem Tag in seine Provinz. Dort angekommen, errichtet er seine Herrschaft. Das Wetter und die Jahreszeit verhindern aber, dass er sein Gebiet kennenlernt... Er wird auf das Ende des Winters warten, bevor er sein neues Reich bereist! Ist er ein kluger Mann, und warum sollte er dies nicht sein, wartet er die Begehbarkeit der Straßen und Wege ab. Die Zeit bis dahin festigt er seine Herrschaft... Wenn seine Reise aber begonnen hat, und sie wird beginnen, und wir sind nicht vorher dort, rennen wir ihm nach... Ich hörte, seine Provinz wäre sehr groß..."

„Na endlich! Bisher verschwiegst du die Gründe deiner Eile..." fuhr ihn der Graukopf an.

„Ich dachte, du wüsstest das?" bekundete Gerwin Überraschung, die ihm ins Gesicht geschrieben stand. „Wir sind uns also einig, so vorzugehen?"

Viator nickte. Weil inzwischen auch die übrigen Gefährten näher gerückt waren und zumindest ein Ohr dem Streit der Anführer liehen, hörten sie, was ihnen bevorstand. Wenn Viator nicht widersprach, machte ein anderer Einwurf kaum Sinn. Das Schweigen mündete in Zustimmung.

Von diesem Gespräch an herrschte Klarheit. Somit war es nicht unbedingt erforderlich, stets beieinander zu hocken. Es war ohnehin schon sehr beengt auf der Liburne.

Für Boiuvarios Mannschaft reichte der Platz und die Männer, aufeinander eingeschworen, wussten mit der Enge umzugehen.

Hinzu kam, dass sich die Mannschaft im Rudern abwechselte. Flussab zu fahren, war keine Schwierigkeit, flussauf aber bedurfte es der Kraft rudernder Arme. Mit der Dämmerung legten sie am Ufer an, errichteten ihre Zelte, kochten Brei und tranken Wein mit Wasser. Am Morgen wurde abgebaut, ein kurzes Frühstück eingenommen und schon griffen starke Hände nach den Rudern. Es war ein Gleichklang in allen Handlungen, der sich täglich wiederholte.

Am dritten Tag ergriff Boiuvario Gerwins Arm und zog ihn in den Bug, um dort auf den Hermunduren einzureden. Zuerst schien sich der Hermundure zu wehren und die gesprochenen Worte abzulehnen, dann aber willigte er ein. Er versammelte seine Gefährten, um ihnen Boiuvarios Wunsch mitzuteilen.

„Boiuvario unterbreitete mir einen Vorschlag für schnelleres Vorankommen..." eröffnete Gerwin die Mitteilung. „Wir sollten uns in alle Verrichtungen der Mannschaft einfügen..." fügte er zögerlich an.

„Wie meinst du das?" fragte Sexinius.

„Rudern, Wache, Zubereitung Essen, Schlafen... Wir sind keine Herren, die ob der zahlreichen Tage in Müßiggang fett werden, wenn die Mannschaft sich abquält... Bringen wir uns in allem ein, reisen wir schneller, weil frische Kräfte am Ruder zügiger vorwärts kommen... Boiuvario kann dann die Zeiten der Rudernden verkürzen und dafür ein höheres Tempo erzwingen... Ich halte den Gedanken auch aus einem anderen Grund für wichtig..."

„Welchen, großer Hermundure?" fragte *Notker*.

„Die Beschäftigung hält euch in Bewegung und damit in einem guten Zustand, den ich bei weiterem Müßiggang anzweifeln muss... Außerdem sehen die Männer der Besatzung in uns keine überheblichen Kerle und beginnen sich nicht, an unserer Trägheit zu reiben... Boiuvario sieht da eine Gefahr, die mich zwar weniger berührte... Dennoch hat er recht."

„Warum denkst du das?" warf *Irvin* ein.

Seine Männer sind *Kelten* unterschiedlicher Stämme, Germanen und auch Römer... Deren Kanten sind abgeschliffen und jeder der Kerle weiß, dass sein Gefährte für ihn einsteht... Doch wir sind auch Römer, Hermunduren und *Chatten*... Er befürchtet das Aufbrechen von Widersprüchen..."

„Unsinn, oder fürchtest du dich vor den Burschen?" fragte Viator.

„Sicherlich nicht mehr als du..." knurrte Gerwin. „Andererseits frage ich mich, was uns mehr nutzt?"

„Na, dann rudern wir eben mit!" warf Notker ein „...nur solltet ihr dann Paratus neben oder vor mich setzen, damit ich mich hinter dessen breiten Schultern verbergen kann..."

„Nichts da, gerade dir könnte ein wenig mehr Kraft gut tun!" grinste Gerwin. „Sieh dir doch einmal Boiuvarios Prachtburschen an..." und brach in Lachen aus.

Von diesem Tag an ruderten die Römer, Hermunduren und Chatten mit und es konnte keiner aus der Besatzung mehr Maulen oder gar Knurren. Das dies anfangs nicht ganz reibungslos lief, lag in der Kunst des Gleichklangs der Bewegungen.

Notker war der Stein des Anstoßes. Zu klein, zu wenig Kraft, zu schnell aus dem Rhythmus und schon fing der *Praeco* an zu meckern. Zu Anfang ließ dies der junge Hermundure über sich ergehen. Dann glaubte sich der Rudermeister *Argelastus* einmischen zu müssen.

Das Besondere daran war, dass Argelastus, ebenso wie Notker, Hermundure war. Deshalb glaubte er dem Jüngeren sagen zu dürfen, dass er ein Schwächling sei, keine Kraft, keinen Verstand und keinen Ehrgeiz habe... Soweit war dies für Notker hinnehmbar, weil es in der Mehrzahl den Tatsachen entsprach.

„Ich kann mir nicht vorstellen, wo dein Nutzen liegt, du Zwerg... Was kannst du schon bewirken, wenn deine Gefährten in einen Kampf müssen... Wir sollten dich über Bord werfen, hätten dann Ballast verloren und kämen somit schneller voran..." Ob dieser Vorschlag ernst gemeint oder im Scherz gesprochen war, blieb vorerst im Dunkeln.

Notker grinste nur. Der weit Größere betrachtete dies als eine Herausforderung und griff nach dem Kleineren...

Plötzlich steckten in beiden Händen des Riesen zwei kleine Wurfmesser. Diese heraus ziehend und zwei Schritte rückwärts tretend, waren ein flüssiges Manöver. Der Große brüllte wie ein mordlüsterner Bulle. Er stürzte auf Notker zu.

In diesem Augenblick stand Gerwin vor ihm und lächelte.

„Noch Hermundure lebst du..." sagte dieser „... doch trete ich jetzt zur Seite, bist du im nächsten Augenblick ein toter Mann! Glaube nicht, dass ich meinen Freund schütze... Mein Eingreifen dient allein deinem Leben! Also, was möchtest du, Leben oder Sterben..."

Alle Ruder wurden eingezogen und jeder harrte der Fortsetzung.

Noch aber steckten die Messer im Gürtel. Der vor Schmerz brüllende Argelastus versuchte nach Gerwin zu schlagen, doch der Jüngere wich geschickt aus, so dass die Versuche scheiterten.

„Argelastus!" Boiuvarios Ruf ließ den großen Hermunduren erstarren.

„Schon wieder deine verdammten Pfoten und Messer darin..."

Boiuvario stand nach wenigen Sprüngen neben seinem Rudermeister und stieß diesen zur Seite.

„Verschwinde!" zischte der Trierarch und stand nun Gerwin gegenüber.

„Verzeih Gerwin, genau dies wollte ich verhindern, begannen einige meiner Männer zuvor bereits zu murren. „Diesen Ausgang sah ich nicht voraus..."

„Ich ebenso nicht! Trotzdem bin ich nicht verwundert, gibt es doch zu viele große, mutige und manches Mal auch dumme Kerle, die meinen kleineren Freund unterschätzen..."

„Ich weiß..." stöhnte Boiuvario. „Was machen wir nun?"

„Ich flicke deinem Riesen die Hände und erkläre ihm, dass er sich besser von Notker fernhält... Meinst du, dein Rudermeister lässt das über sich ergehen?"

„Ich denke schon, zumal es nicht zum ersten Mal geschieh, dass seine Hände zerstochen wurden... Gehen wir zu ihm!"

Sie drängten zum Heck, wohin sich der Rudermeister verzogen hatte.

„Argelastus, zeige Gerwin deine Hände!" forderte der Trierarch.

„Er soll verschwinden, sonst mache ich Kleinholz aus ihm..."

„Das Rudermeister, gelingt dir nicht einmal mit gesunden Händen!" fauchte der Trierarch. „Der junge Kerl vor dir ist die ‚Klinge der Hermunduren'! Ich frage mich, warum du dies nicht weißt?"

„Der Kleinere, der dir so in dein Gemüt stach, nennt sich Notker und wenn du mich flicken lässt, was er zerstach, erzähle ich dir einen Teil unserer Geschichte... Was sagst du?" verkündete Gerwin selenruhig.

„Du kannst ihm vertrauen, Argelastus... Gerwin lernte dies von *Wilgard*. Er wird dafür sorgen, dass du schnell und gründlich vergisst..."

Wilgards Name und deren Fähigkeiten schienen dem verletzten Hermunduren bekannt zu sein.

„Du bist die Klinge der Hermunduren? Du bist doch auch nur ein junger Bursche..."

„Eben, dies ist das Besondere an meinem Freund und mir... Ich hörte, du wärest ebenfalls Hermundure?"

Der Größere, inzwischen sichtlich beruhigt, nickte. „Ich lebte als junger Kerl in der **Bärensippe**. Wir siedelten an den Quellen der **Salu**...“ Er schwieg und konnte seinen Blick nicht vom deutlich Jüngeren reißen.

„... bis mich eines Tages Römer fingen, Sklavenjäger...“ fügte er grinsend an.

„Dann verbindet uns ein gleiches Schicksal... Wie lange ist das her?“ merkte Gerwin an.

„Weiß nicht so genau, habe zuerst nicht mitgezählt... Kann mich aber erinnern, dass wir uns auf eine Schlacht mit den Chatten vorbereiteten... Ich stand Wache am Dorf, als mich die römischen Hunde fingen...“

„Und dann...“ Gerwins Neugier war geweckt. Er reinigte die Wunde vom Schmutz, beseitigte Blut, ließ sich von Viator dessen Nadel geben und nähte die verwundeten Hände des Rudermeisters. Der Verletzte zeigte keinen Schmerz. Er erzählte einfach weiter.

„Ich landete in einer Gladiatorenschule nahe **Augusta Treverorum**...“

„Wie alt warst du?“ unterbrach ihn eine Stimme, die aus seinem Rücken an sein Ohr gelangte.

„Weiß nicht, vielleicht **zwanzig Winter**...“

„Ich war noch keine vierzehn Winter, als sie mich jagten...“ fügte die gleiche Stimme an.

Argelastus konnte sich nicht zum Sprecher umwenden, glaubte aber die Stimme des Zwerges zu vernehmen.

„Wie bist du entkommen?“ fragte der hermundurische Riese

„Zuerst zwängte ich mich im Stall ins Heu einer Futterraufe. Von dort sah ich meinen Bruder sterben. Sie brannten das Haus nieder. Wollte ich nicht verbrennen, musste ich raus. Aber wie? Sie tobten vor dem Haus und jagten hinter dem Haus, zum Wald zu. Ich glitt durch die Jaucherinne bis zur Grube und plumpste hinein. Dort suchten sie nicht!“

Notker schwieg und trat vor den Großen. „Es tut mir leid... Ich kann nicht kämpfen, nur töten... Wäre Gerwin nicht vor mich getreten, hätten dich meine Messer vernichtet...“ Er wirkte betreten. „Es wäre deinen Tod nicht wert gewesen und für mich unehrenhaft...“ fügte er verlegen lächelnd an.

„... unehrenhaft... Du bist doch nur ein Zwerg... Ich hätte dich mit nur einer Hand erwürgt...“ verkündete der Größere erstaunt.

„Sieh, Rudermeister!“ Notker zog so schnell seine Dolche und jagte diese in den Mast der Liburne, dass alle diese acht Waffen, auf der Größe einer Handfläche, zusammentrafen.

Notker ging und holte seine Dolche. Diese verstaut, kehrte er zurück.
„Du wärst nie zu mir herangekommen..." verkündete er leise.
„Möchtest du das traurige Ende meiner Geschichte erfahren?"
Der große Hermundure nickte.
„Es hätte nicht viel gefehlt und ich wäre in der Jauchegrube ersoffen...
Kannst du dir diesen Tod vorstellen?"
„Aber du kamst heraus, sonst würdest du nicht vor mir stehen..."
grinste der Größere.
„Ja, mit letzter Kraft..." gab Notker leise zu. „Hätte ich damals mit
Messern schon so umgehen können, wäre mir das erspart geblieben..."
Der Verletzte nickte. „Verzeih auch du mir! Es war unbedacht,
überheblich und verletzend, dich zu beschimpfen. Diese Verletzungen
sind nicht deine Schuld, sondern meiner Dummheit zuzurechnen..."
Gerwin war fertig. Die Stiche vorn und hinten, in beiden Händen,
waren vernäht.
„Gib mir deine Hände und erwarte Schmerz! Das austretende Blut lass
trocknen... Es sorgt dafür, dass die Wunde rein bleibt!"
Vorsichtig drückte Gerwin an jeder Naht, bis leicht Blut aus der Haut
hervordrang. „Du sagst, deine Heimat wäre die Bärensippe?" fügte er
seiner Handlung an.
„So ist es! Du kennst die Sippe?"
„Der schwarze *Ragin* war ihr *Hunno*... Ein sehr tapferer Mann..."
„Ragin, sagst du..." wunderte sich der große Hermundure.
„Warum schwarzer Ragin..." fügte er zögernd und sich wundernd an.
„Es gab unter den Jüngeren der Sippe nur einen Ragin... Es muss mein
jüngerer Bruder sein... Lebt er?"
„Wenn Ragin dein Bruder ist, dann trug er nicht nur schwarzes Haar,
sondern auch einen ausgeprägten Bart!" beharrte Gerwin auf seiner
Feststellung.
Argelastus schien von einer Göttin wach geküsst. „Mein Bruder lebt!"
verkündete er vor Freude strahlend und vergaß seine verletzten Hände.
„...zumindest dann, wenn deinen Bruder eine eigenartig hohe Stimme
auszeichnete. Woher hat er diese?" drang Gerwin in den Rudermeister.
„Gerwin, das ist eine gute Botschaft... Ich scheute mich heimzukehren,
als ich die Gelegenheit besaß... Vater und Mutter sind längst tot. Wenn
mein Bruder jedoch lebt, gibt es einen sehr guten Grund... Die Stimme,
ach seine Stimme..." Argelastus war nicht nur seine Überraschung,

sondern auch Freude anzusehen. Eine Bemerkung zur Stimme vermied er jedoch.

„Du schuldest mir das Ende deiner Geschichte..." griff Gerwin in den Freudentaumel des großen Hermunduren ein.

„Was, wie... ach so..." Er besann sich.

„Ich kämpfte dreimal in der *Arena* in Augusta Treverorum. Beim ersten Mal zog ich mir das zu..."

Argelastus zog seine *Tunica* hoch und verwies auf eine handlange Narbe. „Der Kerl, der mir das beibrachte, hauchte seinen Atem aus. Ich war entwaffnet und er fand mit seinem Krummschwert mein Bein... Ich habe diesen *Thraker* erwürgt..." Er lächelte in seine Erinnerung.

„Der Zweite wollte mit mir spielen... Er war *Retiarius*, ein mit dem Netz Kämpfender... Als *Murmillo* war ich zu schwerfällig. Er war im Vorteil, bis ich sein Netz wegschleudern konnte... Seinem *Dreizack* zerhieb ich den Stiel. Mit dem verbliebenen Stock war er nahezu wehrlos... Ich machte ein Ende mit ihm..."

Argelastus schwieg und blickte in die Runde der zahlreichen Zuhörer... Alle die nicht ruderten drängten sich um die Hermunduren. Gerwin hatte das Gefühl, dass keiner der Männer der Besatzung diese Geschichte kannte. Vielleicht war Boiuvario der Einzige...

„Du sprachst von drei Kämpfen..." warf Notker ein.

„Ja, wenig ruhmreich... Dennoch brachte mir der Kampf das *Holzschwert*..."

„Du erhieltest die Freiheit... Das würde man dir nicht schenken... Warum dann deine Reue?"

„Kein *Gladiator* wählt seinen Gegner... Gehst du durch das Tor, heißt es nur noch: er oder ich! Ich war jung, ich wollte Leben... Es waren zwei, ein Vater, erfahren im Kampf als Gladiator und sein Sohn, noch unerfahren..., dafür jung, kraftvoll und flink..."

„Welcher verfluchte Römer ließ das zu?" fauchte Viator.

Argelastus überging die Bemerkung.

„Sie waren im Vorteil, konnten mich vorn binden und hinten niederstechen... Ich kann nicht sagen, dass sie schlecht kämpften... Der Vater war der zweifellos bessere Mann. Er griff von vorn an und der Sohn schlich sich hinten heran..." Die Erinnerung schüttelte den Rudermeister.

„Du siehst nicht gut durch den Helm... Geht einer von deinen Gegnern aus dem Sichtbereich, weißt du nicht, woher er angreift..." Aus seinen

Worten sprachen Angst und Verzweiflung, die nach den Herzen der Zuhörer griffen.

„Du hattest Angst...“ Notkers Worte waren nicht nur eine Frage, sie glichen eher einer Feststellung.

„Na sicher! Sie waren geschickt... Der Vater band meinen Blick und griff an. Ich erkannte diese Gefahr und begriff, dass so lange ich den Vater bekämpfte und mich ständig bewegte, sich der Sohn nicht heranwagen würde... Doch die Rüstung ist schwer und du ermüdest... Indem ich den Älteren immer wieder vor mir hertrieb und ihn ständig zwischen mich und dessen Sohn brachte, konnte der Jüngere nicht vorprellen, um mich zumindest zu verletzen. Der Sohn war ein Thraex, schlank und gewandt...“ Argelastus unterbrach sich und die Masse der zuhörenden Mannschaft schwieg betroffen.

„*Wodan* grüßte schon in der Ferne... Verdammt, ich hatte nur eine einzige Möglichkeit... Der Ältere und ich, wir waren in etwa gleichwertig. Seiner Erfahrung konnte ich meine Kraft und Jugend entgegensetzen... Ermüdeten der Vater und auch ich, konnte der Sohn leicht den tödlichen Stoß ansetzen.... Soweit durfte es nicht kommen... Also täuschte ich meine Erschöpfung vor und lauerte. Gebt mir mal eine Kelle Wasser, erzählen macht durstig...“ forderte er die Zuhörer auf. Ein Becher wanderte durch die Reihen und wurde Argelastus gereicht. Er war jetzt der absolute Mittelpunkt. Nicht das ihn der Ruhm schüttelte... Dennoch erkannte er, dass sich seine Stellung in der Mannschaft, mit jedem weiteren Wort, ausprägte und auch die Anerkennung der Reisenden nahm spürbar zu. Also setzte er seine Geschichte fort.

„Der Vater wusste, wie mein Zustand war, denn auch er besaß noch Reserven, nur vergaß er des Sohnes mangelnde Erfahrung und dessen Ungeduld... Während wir uns erholten, griff der Thraex, von links hinten kommend, an. Das war die richtige Seite und deshalb erwartete ich ihn auch von dort...“

Ich riss mein *Scutum,* zur Seite des Angreifers herum und stellte es auf den Boden. Gleichzeitig ließ ich es los, duckte mich unter dessen Schlag weg und erwischte den Jungen mit dem *Gladius* im Rücken. Der Kerl schrie und sein Vater stürmte auf mich zu. In seiner Wut schleuderte er seine *Hasta*, die mich, weil ich zur Seite, auf mein Scutum zuhechtete, verfehlte.“ Argelastus blickte auf die vernähten Wunden seiner Hände.

„Das hast du gut gemacht, Stammesbruder!“ merkte er an.

„Weiter, großer Hermundure!“ forderte Notker.

„War nicht mehr viel... Er brachte sich in einem einzigen Augenblick um seine Vorteile. Ohne Lanze war mir der *Hoplomachus* auch deshalb ausgeliefert, weil ich mein Scutum wieder aufnehmen konnte... Ich trieb ihn vor mir her. Seine Kraft und auch seine Energie schwand. Der hinter mir noch immer röchelnde Sohn fachte seine Wut zwar immer wieder an... So aber vergeudete der Vater seine Kraft. Am Schluss enthauptete ich ihn... Die Zuschauer wollten auch den Tod dessen Sohnes... Ich war erschöpft, konnte mich kaum noch auf den Beinen halten..."

Das nachfolgende Schweigen bewunderte und verurteilte gleichzeitig.

„Du hast Glück gehabt, Verstand und Können bewiesen... Ich habe keinen Grund, an deiner Schilderung zu zweifeln, sehe dennoch die Verfehlung der Betreiber deiner Gladiatorenschule, dich zwei Männern auszuliefern... Es war ein ungerechter Kampf, gleich ob ein Vater und dessen Sohn dich bekämpften oder sich dir zwei gleichwertige Gegner stellten... Deine Götter waren stark, dir aus dieser Gefahr zu helfen..." Viator sprach aus, was viele dachten.

„Was folgte danach?" Wieder meldete sich Notker.

„Dann gab man mir das Holzschwert, später noch einen prall gefüllten Beutel und warf mich aus der Schule..." erklärte Argelastus.

„Was bedeutet das Holzschwert?" Notker wollte es genauer wissen.

Sexinius meldete sich. „Ein *Rudis* erhält, wer sich bewährte... Es ist das Zeichen der Freiheit, der Ehre und zeugt vom Ruhm des Gladiator... Das für schon drei Siege ein Rudis übergeben wurde, hörte ich noch nie..."

„Er kämpfte gegen zwei Gegner gleichzeitig... Der besondere Kampf forderte besseren Lohn... Wusstest du, dass dir zwei Gegner gegenüber standen?" mischte sich Viator erneut ein.

„Bis zum Durchschreiten des Tores nicht... Der *Lanista* flüsterte es mir zu. Dass der Vater und dessen Sohn sich mir stellten, sei eine Ehre... Ich schiss auf die Ehre, ich wollte Leben... Dennoch verdanke ich dem Lanista mein Leben, denn ohne dessen Mitteilung hätte ich nicht gewusst, dass hier Zwei gegen nur Einen standen... Ein Kampf Jeder gegen Jeden bot wesentlich mehr Möglichkeiten zum Überleben..."

Argelastus trank einen weiteren Schluck aus dem gereichten Becher.

„Ich verstehe das nicht..." warf Notker ein. „Warum warnte dich der Lanista?"

„Ich weiß nicht... Vielleicht mochte er den Vater und den Sohn nicht... oder begriff die Ungerechtigkeit und meinen Nachteil..." Argelastus zuckte mit den Schultern. „Nun, mein junger Freund, der nur Töten kann... Drei Männer betreten die Arena und wissen, dass nur ein Mann diese wieder verlässt! Du siehst dir deine Gegner an, beurteilst deren Vermögen und entscheidest dich zu einem Bündnis für den ersten Tod... Zumeist sind deine Gegner Männer der gleichen Schule... Warst du klug, erkanntest du in der Ausbildung zuvor deren Fähigkeiten. Außerdem halten Veranstalter bestimmte Paarungen verschiedener Gladiatoren für besonders günstig... Ich war Murmillo. Dazu passt bestens der Thraex und auch der Hoplomachus..." Argelastus musterte die Aufmerksamen.

„Wusstest du von Beginn an, dass du gegen eigene Männer kämpfen würdest, gewannen diese schon in der Ausbildung deine Aufmerksamkeit... Ich hatte viel Zeit, diese Zusammenhänge zu erkennen! Zu lange dauerte es, bis meine Wunde im Bein verheilte und als mein zweiter Kampf begann, war ich ein weit klügerer Mann..."

„Wieso ein Bündnis für den ersten Tod..." fragte Notker irritiert nach.

Argelastus lächelte. „Du könntest auch Pech haben und die beiden Anderen stehen gegen dich... In dem Fall begann die Jagd! Es musste immer zuerst einer sterben und wolltest du durchkommen, solltest du dabei nicht verletzt werden... Also finde deinen Verbündeten... Ich hatte dies schon einmal sehen können... Drei Gladiatoren begegnen sich in der Arena. Ein Starker, ein guter und ein unerfahrener Mann... Wann hat der Unerfahrene die Möglichkeit, den Kampfplatz lebend zu verlassen?" Argelastus sah sich um und prüfte die Gesichter der ihn Umlagernden auf eine Antwort.

„Nur dann, wenn er mit dem Guten gemeinsam, den Starken bezwang..." warf Gerwin ein.

Die Köpfe drehten sich zu ihm um, der sich aus dem Vordergrund in eine hintere Reihe zurückgezogen hatte.

„Richtig! Besiegen Beide den Starken, kämpfen dann sie gegeneinander... Wird der Gute zuvor, gegen den Starken, verletzt, was zumeist möglich ist, denn auch der Starke erkennt den besseren Gegner, überlebt der Unerfahrene!"

„Du kämpftest aber doch gegen Vater und Sohn... Würde diese Regel dann auch gelten?" wollte Gerwin wissen.

„Nein! Warum sollte sich der Besitzer selbst um ein solches Paar berauben? Bezwangen sie mich, würde er diesen Kampf gegen andere starke Gladiatoren wiederholen können... Dies brachte ihm Gewinn! Später erfuhr ich, dass das Publikum von dieser Konstellation wusste. Mich hatten sie bei dieser Kenntnis ausgeschlossen..."

„Was ist so anders?" fragte einer der Rojer.

„Ich hätte schon verloren, suchte ich nach meinem Bündnis... So begann der Kampf auch."

„Was meinst du?" fragte der Rojer erneut.

„Sie stürmten beide vorwärts, als ich bereit war. Nur suchte der Sohn meinen Rücken... Ohne die Warnung hätte ich ihn kommen lassen und wäre erst dann ausgewichen, wenn ihn der Speer des Hoplomachus erwischt hätte... Ohne die Warnung fehlte mir das Wissen, dass der Vater den Sohn niemals getötet hätte... Also verdanke ich dem Lanista mein Leben..."

„Trotzdem, warum gaben sie dir schon nach dem dritten Sieg den Rudis?" meldete sich erneut Sexinius.

„Sie mussten dies tun, wollten sie vermeiden, dass mein Wissen andere Gladiatoren erreichte... In dieser Schule gab es ein weiteres Paar mit Vater und Sohn. Darüber hinaus kämpften auch zwei Brüder gemeinsam. Ich war ein gefährlicher Sieger..."

„Ja, das ist möglich!" unterbrach Boiuvario das Gespräch.

„Du solltest dich etwas ausruhen und die Anderen zum Ruder streben... Ablösung! Genug geschwatzt!" Der Befehl des Trierarch beendete die Geschichte des Rudermeister. Die Rojer wechselten. Auch Paratus und Viator übernahmen eines der Ruder.

„Glaubst du dessen Geschichte?" fragte *Wimmo*, der junge Chatte, seinen Bruder.

Sexinius, der die Frage hörte, mischte sich ein. „Ich selbst sah einst in Rom einen solchen Kampf. Zwei Brüder kämpften gegen einen sehr bekannten Gladiator. Damals verstand ich nicht, worin der Vorteil eines solchen Kampfes lag, sah aber die Begeisterung der Zuschauer. Die Brüder siegten. Sie schlachteten den Stärkeren regelrecht und der zuvor Berühmte verlor nicht nur sein Leben, sondern auch noch seinen Ruhm und wurde noch dazu geschmäht, beleidigt und verachtet... Der Kampf in der Arena besitzt keine Ehre, er ist nur ein schmutziges Geschäft..."

„Ich hörte, dass Römer solche Kämpfe lieben..." warf *Werno* ein.

„Ja, das stimmt! Doch was glaubst du, welche Art Römer, auf den Rängen sitzend, solchem Kampf folgen?" belehrte ihn der frühere Centurio. Werno zuckte mit der Schulter.

„Ich will es dir sagen, junger Chatte! Senatoren, alte Männer, Weiber, Jünglinge und Dummköpfe, die selbst am gleichen Ort kläglich versagen würden... Ich war ein solcher Jüngling und Dummkopf... Dann ging ich zur Legion und erfuhr, was ein wirklicher Kampf bedeutet, lernte den Schmerz der Wunden kennen... Ich spürte auch die Angst und die Verzweiflung ..."

„Hast auch du eine solche Geschichte zu erzählen, Sexinius?" fragte Wimmo.

„Vielleicht einmal, wenn ich euch besser kenne..."

Irvin mischte sich ein. „Hört, es ist nicht gut, wenn Boiuvarios Männer unsere Geschichten kennen... Geben Gerwin und Notker Dinge preis, so gibt es einen Grund. Notker verletzte einen Stammesbruder, weil der ihn herausforderte... Er musste sprechen, um den Frieden zu erhalten... Einige der Rojer waren bereit, ihre Dolche zu fassen... Ohne Gerwins Preisgabe wären wir wohl nicht an einer Auseinandersetzung vorbei gekommen... Deshalb vergesst nicht, was einzelne Männer verbindet oder auch trennt..." Sie hockten im Heck des Schiffes, zu Füßen von Boiuvario, der die Worte vernehmen konnte.

Irvin setzte ungeachtet dieses Wissens fort. „Viator, Paratus, Gerwin und Boiuvario verbindet etwas, was von fast keinem der Männer gekannt wird! Auch wir sollten nicht darüber sprechen... Die Mannschaft gehört zwar Boiuvario, aber jeder der Männer ist gefährlich und kommen sie in Wut, weiß auch er nicht, ob er diese lenken oder gar bezwingen kann... Im Normalfall gehorcht ihm jeder Mann, doch schlägt er sich auf unsere Seite, was ohne Zweifel geschehen würde, verlor er die Macht über seine Besatzung. Das herauszufordern, wäre unklug!"

„Ich stimme dir vorbehaltlos zu, Freund Sexinius!" hörten sie des hinter ihnen Stehenden Worte.

„Notker, du wirst nicht mehr rudern!" bestimmte Irvin.

„Aber Gerwin..." warf der Angesprochene ein und wurde vom älteren Freund unterbrochen. „... hat verstanden, dass sein Befehl falsch war, würde dies aber nur ungern zugeben... Es ist besser, wir übergehen die Sache einfach... Was denkst du, Trierarch?"

„Ich stimme erneut zu! Ich denke, dass du im Bug hocken und dich um unseren unbeschädigten Rumpf kümmern könntest... Das wirst du doch sicher können..." forderte er Notker auf.

„Einverstanden!" Notker stand auf und drängte sich zum Bug durch.

## 7. Der Präfekt

*67 nach Christus - Winter (15. Februarius)*
*Imperium Romanum – Exercitus Germania Superior*

*D*ie folgende Nacht brachte schneidende Kälte. Die Feuerpfannen in beiden Zelten entzündet, halfen trotzdem nicht sehr weit. Die dritte Feuerpfanne der Wache war ständig umlagert und so wie sich auch kein Hund bei dieser Kälte ins freie wagte, hofften die Wachen auf ein Ausbleiben von Feinden.

Der unangenehmen Nacht folgte ein fast ebenso finsterer und kalter Tag. Trotzdem nahm die Liburne den Kampf gegen die Strömung des Rhenus, gegen kalten Wind und eisiges Wetter auf. Fast war es so, dass sich die Männer nach dem Ruder drängten, denn diese Anstrengung hielt sie warm. Umso unangenehmer war der Wechsel vom Rudern zur Pause. Kaum war der Körper ausgekühlt, schlich sich die Kälte an.

Dick in Pelze vermummt standen Gerwin und Viator neben dem Trierarch, dessen Blick auf dem Fluss verweilte.

„Wie geht es deinem Rudermeister?" fragte Gerwin in die Stille hinein, die die Männer umgab und die zumeist nur durch die Rudergeräusche oder einen Fluch der Männer unterbrochen wurde.

„Er klagt nicht!" gab Boiuvario bescheid.

„Was meinst du, erregte ihn so sehr, dass er Notker auf dessen Fell rückte?" Gerwin hatte erkannt, dass der große Hermundure nicht nachtragend war. Außerdem glaubte er, dass dessen ungezügelte Wut durch Andere heraufbeschworen wurde und dann auch noch gelenkt, den vermeintlich Schwächsten der Reisenden traf.

„*Praeco* war schuld!" Ein Fluch begleitete diese Feststellung.

Gerwin verstand nicht. Ein kurzes Aufblicken und Kopf schütteln zeigte dem Trierarch dessen Zweifel an.

„Geschieht auf diesem Boot etwas, was nicht von mir ausgeht, steckt immer der Praeco dahinter..."

„Warum duldest du das, wenn du es doch weißt?" schob Gerwin eine Feststellung nach.

„Der Kerl besitzt Einfluss auf den Großteil der Mannschaft, ist mitunter sehr nützlich, im Allgemeinen äußerst klug und darüber hinaus ein verfluchter *Stronzo*..."

Warum wirfst du ihn dann nicht über Bord? Soll ich das für dich besorgen?" bot Gerwin an.

„Bei allen Göttern, nein! Ich kriege den Kerl nicht bei seinen Eiern... Er ist zu verschlagen, als das ihn auch nur einmal der geringste Teil einer Schuld treffen würde... Außerdem schützt ihn der Segelmeister, selbst wen er lügt, und deckt dessen Hinterlist. Ich kann ihn nur dann züchtigen und glaube mir, auf diesen Tag freue ich mich schon lange, wenn ich zuvor die Zuneigung der Mannschaft auf mich umlenken konnte. Der Kerl windet sich aus jeder Schuld..." Boiuvario war übellaunig.

„Was hindert dich, den Kerl zu packen?" Gerwin stieß nach.

„Die Mannschaft! Sie gehorchen ihm fast so wie mir... Nur zu ihm besteht ein noch größeres Vertrauen... Was denkst du, wie empfindlich das Gleichgewicht der Machtverteilung auf einem solchen Boot ist? Werfe ich den Praeco von Bord, verliere ich den Segelmeister und dessen *Segelaffen* auch mit einem Schlag... Was denkst du, wie lange eine neue Mannschaft braucht, die Liburne im Wind zu beherrschen..."

„Ist das denn so schwierig?" Der Hermundure ließ nicht locker.

„Hast du unfähige Männer am Segel, müssen die Rojer, auch bei gutem Wind, rudern. Was glaubst du, wie die das dann finden? Gibt der Praeco dann auch noch ein schnelleres Tempo vor, hast du fast sofort Murren an Bord. Das Schlitzohr weiß das natürlich und spielt mit seiner Macht... Außerdem sind der Segelmeister und der Praeco schon sehr lange auf der Liburne..." Boiuvario deutete erneut auf die Verbundenheit der Männer hin und Gerwin begann zu begreifen.

„Du brauchst also eine Gelegenheit, die den Praeco in den Augen der Mannschaft herabsetzt... Du möchtest den Kerl loswerden, ohne den Segelmeister und dessen Männer zu verlieren..."

„So ist es in etwa..." erwiderte der Trierarch.

Sie hüllten sich in Schweigen und jeder der Gefährten hing eigenen Gedanken nach... Geraume Zeit verging, bis sich Viator meldete.

„Was ist es, was die Mannschaft auf den Praeco, und nur auf den Praeco, wütend macht?" fragte der Römer nach.

„Es gibt nichts, außer dass er zu lange einen zu schnellen Ruderschlag fordert... Nur kommt der Befehl dazu von mir."

Sie merkten, dass sie auf diese Art dem Kerl nicht beikommen konnten. Weil dies so war, wechselte Gerwin das Thema.

„Meinst du der Fluss friert bei dieser Kälte zu?"

„Schon möglich..." knurrte Boiuvario. „... nur dauert das ein paar Tage... Dennoch wächst das Eis zur Strömungsmitte."

Damit kannten die beiden Reisenden die nächste Sorge des Trierarch.

Gerwin begriff, dass zehn solche Tage und Nächte die Mannschaft auszehren würde. Auch sie selbst würde dies betreffen.

„Wenn wir noch so eine Nacht und einen ebensolchen Tag finden, sollten wir eine Rast einlegen, einen Flusshafen ansteuern, in einer Taverne Unterschlupf suchen und besseres Wetter erwarten..." murmelte Gerwin vor sich hin.

„Das aber hindert doch deine Pläne, mein Freund?" Aus Boiuvarios Worten schimmerte Hoffnung.

„Was hättest du getan, bestimmtest du allein über die Fahrt?"

„Drei solche Tage und Nächte und dann folgte ich deinem Vorschlag..." Boiuvario äußerte sich eindeutig.

„Dann machen wir das auch so!" entschied der junge Hermundure.

Gerwin erkannte, dass sie, nach vier Tagen auf dem Fluss, fast die Hälfte ihres Weges geschafft hatten. Würde er zwei Tage Rast zubilligen, könnten sie, selbst bei Anhalten der Kälte, in einem zweiten Teil des Weges bis fast zum Ziel kommen...

Dennoch hoffte er, nicht zu dieser Entscheidung Zuflucht nehmen zu müssen. Aber es kam noch schlimmer. Am folgenden Tag, und vor allem in der Nacht, zog die Kälte weiter an. Weil sich das Wetter somit noch verschlechterte, womit nun so gar keiner von ihnen rechnete, es war so schon schlimm genug, ergaben sich neue Widersprüche.

Legten sie die beabsichtigte Rast ein, verlor Gerwin nicht nur Zeit. Es drohte, wenn die Kälte bliebe, ein Zufrieren des Rhenus. Das aber würde seine Reisepläne restlos zunichte machen. In diesem Fall blieb ihm nur der Weg über Land, per Pferd durch Kälte, Schnee, Frost und Wind...

Ein Gespräch mit Boiuvario brachte ihm die Erkenntnis, dass vielleicht bei dieser Kälte ein vierter Tag auf dem Fluss möglich wäre. Doch würden sie dann nicht schlagartig besseres Wetter vorfinden, zwang das zu noch längerer Pause. Also entschloss sich Gerwin zur Unterbrechung der Fahrt und hoffte innerhalb der nächsten drei Tage und Nächte um ein Abklingen der Kälte. Sie hatten *Noviomagus* erreicht.

„Höre, Boiuvario..." sprach Gerwin den Trierarch an, als dieser die Liburne ordentlich an den *Pollern* des Landesteges vertäut hatte.

„... suche dir eine Taverne selbst. Wir werden dem Präfekt der Kohorte einen Besuch abstatten. Er wird uns Unterbringung gewähren. In zwei

Tagen treffen wir uns hier wieder und werden dann festlegen, wie wir weiter vorgehen. Ich hoffe inständig auf günstigeres Wetter..."

Boiuvario nickte nur, hatte er doch eine solche Regelung erwartet, aber nicht gewusst, dass der Präfekt des Kastells Gerwin kennen würde.

„Meinst du, der Präfekt gibt dir, was du wünschst?"

„Da bin ich mir ziemlich sicher..." grinste ihn Gerwin an. „In zwei Tagen also..."

Noch vor der Dämmerung erreichten Gerwins Gefährten die *Porta* des *Castrum*. Zu Fuß war dies ein mehr Zeit fordernder Weg.

Der *Optio Custodiarum* grüßte wieder von oberhalb des Tores und schaute auf die Ankömmlinge hinab.

„Wer seid ihr? Was wollt ihr?" rief der Optio.

„Komm lieber herunter, Optio!" forderte Gerwin den Mann auf. „Besser du machst den Fehler nicht noch einmal, mich nur von oben herab zu begrüßen..." Dann wandte er sich ab und wartete. Irgendwie war die Wortwahl des Ankömmlings wohl mit einer Erinnerung verbunden, die die Füße des Optio zum Tor hinunter zwang.

„Schon wieder du? Was willst du?" schnauzte er den jungen Hermunduren an.

„Das werde ich doch dir nicht auf deine Nase binden... Was glaubst du, Optio, wer du bist? Bringe uns zum Präfekt!" forderte der junge Hermundure.

„Dich und die Römer ja, die Germanen neben dir warten vor dem Tor!" wies der Optio an.

„Du hast immer noch nicht begriffen, wer ich bin... Langsam reicht mir deine Dämlichkeit, Optio. Dass du deine Eier noch trägst, dankst du meiner Geduld! Was glaubst du, hätte der Legat mit dir gemacht, wäre ich etwas mitteilsamer gewesen? Und jetzt gefährdest du deine Eier schon wieder... He, Milites, benachrichtige den Präfekt..." rief Gerwin dem im Hintergrund stehenden Mann zu. „Sage ihm, vor seinem Tor steht ein ihm bekannter Hermundure mit seinen Freunden. Ihm wird wieder einmal der freie Zutritt zum Kastell verwehrt... Laufe schnell, denn vielleicht bist du dann bald der neue Optio an Stelle dieses Trottel..."

„Auxiliar..." brüllte der Optio „... wage es ja nicht deinen Posten zu verlassen..." Doch der Angesprochene hatte wohl den Hermunduren ebenso erkannt und sah seine Gelegenheit gekommen... Vielleicht trug der Mann eine Erinnerung, die noch nicht verblasst war und hörte damals auch noch Worte, die sein Präfekt und der Hermundure wechselten...

Der Auxiliar stürzte davon, ehe ihn das Kommando des Optio erreichte. Es dauerte nicht lange bis sich der Präfekt gemessenen Schrittes näherte. „Optio, was gibt es, dass ich selbst kommen muss..." Die Stimmlage versprach nichts Gutes.

„Herr, Fremde begehren zu dir gelassen zu werden..." antwortete der Optio und schmetterte seine Faust zum Gruß des Präfekt auf seine Brust.

„... und weil du zu dämlich bist, dies zu gewähren, schickst du einen Auxiliar, der mich zum Tor holt... Wie beschränkt bist du nur, Optio?"

„Herr, verzeih, das mit der Dummheit dieses Optio stimmt, den Mann aber bat ich, dich zu holen... Der Gute war auch noch so schnell, dass der Optio ihn nicht zurückrufen konnte..."

„Hermundure Gerwin, an diese Stimme und die Erscheinung erinnere ich mich... Bist du es, ist mir der Weg zum Tor auch nicht zu weit..."

Der Präfekt trat auf Gerwin zu, reichte ihm wie selbstverständlich den Arm zum Gruß, musterte kurz dessen Gefährten und winkte dem Trupp, ihm zu folgen. „Gehen wir hinein, ist wirklich eine Scheißkälte hier draußen... Folgt mir, alle!" ordnete er an und schritt voran, drehte sich dann noch einmal um, musterte seinen Optio und sprach den Älteren an: „Du begreifst es nicht... Du kannst Freund und Feind nicht unterscheiden, erteilst falsche Befehle und letztlich zwingst du mich zum Tor zu kommen, statt die zu mir Wollenden, mit einer Begleitung, zu mir zu senden... Übergib deine Funktion an den da und melde dich bei mir! *Abite!*" Der Präfekt nickte in die Richtung des jüngeren *Auxiliar* und ließ den Optio stehen.

Im Gebäude angekommen, legten Gerwins Begleiter ihre Pelze ab und der Präfekt starrte, was sich vor ihm aufbaute, an. „Du hast sogar Chatten in deiner Begleitung?" fragte er völlig erstaunt.

„Du erinnerst dich doch sicherlich, dass ich etwas ungewöhnlich bin..." merkte Gerwin an.

„Schon, dennoch, Hermunduren und Chatten... Dann auch noch friedlich nebeneinander... Das ist mehr als ungewöhnlich..." Der Römer schüttelte sein Haupt, winkte Gerwin dann, ihm zu folgen.

Jeder fand einen Sitzplatz, einen Becher mit heißem Wein und die Augen der jungen Chatten auch merkwürdige Gebilde, die wie die Köpfe von Männern aussahen.

„Das sind *Büsten* der Vorgänger des Präfekt. Sie sind aus Stein, meine Freunde!" belehrte Viator die jungen und neugierigen Brüder.

„Nun Römer, du bist doch Römer..." fragte der Präfekt Viator, der die Chatten aufklärte, „... nennst die Chatten Freund, bist auch den Hermunduren zugeneigt und vertraust darauf, dass diese Burschen deine Worte verstehen..."

„Aber ja, Herr, dienen Rom nicht noch ganz andere Stämme?" erwiderte der Graukopf.

„Sicher und dennoch, ausgerechnet renitente Chatten..." In die Worte des Präfekt mischten sich Zweifel.

„Herr, in meiner Begleitung befindliche Männer stellen so lange keine Gefahr dar, wie ich geachtet werde! Doch wagt es jemand, mich anzufallen, kann ich für nichts garantieren... Meine beiden chattischen Gefährten sind noch sehr jung und keine Krieger, obwohl sie besser kämpfen, als weit ältere Stammesgenossen..." klärte Gerwin auf.

„Ich bin wirklich nur erstaunt... Ein Mann wird immer erst zum Feind, wenn er eine Waffe auf mich richtet. Selbst ein noch so grimmiger Krieger wird nicht zum Feind, wenn er sich friedlich gibt..." äußerte der im Dienst ergraute Präfekt seine Einstellung.

„Deine Ansicht ehrt dich, Herr! Auch deshalb suche ich dich in meiner misslichen Lage auf. Ich habe deine freundlichen Worte, bei unserem ersten Treffen, nicht vergessen..."

„Was führt dich zu mir, mein junger Freund? Du sprichst von einer misslichen Lage..."

„Es ist die Kälte, Herr... Wir fuhren auf dem Rhenus stromauf. Mein Legat schickt uns nach Gallien... Ich glaubte der Fluss sei der schnellste und unauffälligste Reiseweg. Die Kälte zwingt uns zum Unterbrechen... Den Rojern gefrieren die Hände am Ruder, Nässe und Kälte sind Tatsachen, die unser Fortkommen beeinträchtigen. Nun bot sich uns Noviomagus als Zwischenhalt an und weil ich nur wenig Aufsehen wünsche, dachte ich an dich, Herr!" Gerwins Erklärung forderte ein Nicken des Präfekt heraus.

„Wir brauchen Unterkunft und Verpflegung, bis wir unsere Reise fortsetzen können... Zu lange bleiben wir nicht, denn eigentlich sind wir in Eile..." fügte der junge Hermundure an.

„Das lässt sich machen..." Der Präfekt klatschte zweimal in die Hände und der Kopf eines Dieners erschien in der Tür, empfing einige Befehle und verzog sich wieder. Kurz darauf kehrte er zurück.

„Herr, es ist ausgeführt! Der Optio will zu dir."

„Lass ihn rein!" ordnete der Präfekt an und der Diener trat zur Seite.

Der Optio schob sich vorbei und erstattete Meldung an seinen Präfekt.

„Weil es dich betrifft, Gerwin, bitte ich dich zu bleiben. Deine Gefährten können dem Diener zur Unterkunft folgen..."

„Viator, du bleibst auch!" ordnete der Hermundure an und so zogen die übrigen Gefährten ab.

Der Präfekt wandte sich seinem Auxiliar zu. „Was mache ich nur mit dir? Einesteils bist du mein ältester Gefährte und ich dir für deine Treue zu Dank verpflichtet..."

Der Präfekt wandte sich mit einer Erklärung an Gerwin. „Er begleitet mich inzwischen seit fast zwanzig Jahren auf meinem Weg durch Roms Truppen und es gibt kaum einen diensteifrigeren Mann, aber letztlich ist er nun einmal keine geistige Leuchte..."

Der Präfekt nahm wieder Front zum Auxiliar.

„Dein Vermögen, eine Lage einzuschätzen, war schon in deiner Jugend zu dürftig ausgeprägt... Eigentlich glaubte ich, dass du als Optio Custodiarum wenig Unheil anrichten kannst... Wie ich sehen muss, gelingt es dir trotzdem... Zumal dein Alter dafür sprach, dass gerade du eine bessere Stellung verdienst... Obwohl du den jungen Hermunduren kennst, weißt, dass er ein wichtiger Mann in der Nähe seines Legat ist, schmähst du ihn, weil er kein Römer ist..."

„Herr, verzeih, wenn ich etwas anmerken möchte..." Gerwin erkannte die Ratlosigkeit des Präfekt, der einen alten Gefährten nicht kränken möchte, aber auch nicht vermeinte, die Verfehlung des Mannes ihm gegenüber hinnehmen zu dürfen.

Der Präfekt gab mit einer seine Hände die Zustimmung.

„Mich erkannte er schon, nur war er nicht gewillt, meine Gefährten einzulassen... Ginge ich darauf ein, würden mir meine Freunde grollen, also entschloss ich mich, vor dem Tor zu warten..."

„Das, mein junger Freund, ist nur die eine Seite. Er zwingt mich zu oft zu solchen Zugeständnissen und langsam beginnen die Jüngeren, auf seine Stellung Lauernden, zu knurren... Doch löse ich ihn ab, wird sein Verdienst geringer, was wiederum seine Familie zu spüren bekommt... Er hat nun mal zu viele Kinder..."

„Herr, ich werde kaum noch einmal vor deinem Tor erscheinen... Vielleicht solltest du ihn doch ein letztes Mal verschonen..."

„Ich danke dir, Hermundure! Und du Stronzo, verschwinde!" blaffte ein sichtlich erleichterter Präfekt seinen Optio an. Eine Faust fand eine Brust und der alte Optio suchte sehr schnell das Weite.

„Der Kerl macht es mir von Mal zu Mal schwerer, noch immer hat er ein Jahr, will er seine Abfindung mitnehmen..."

Gerwin lächelte zu den Worten des Präfekt.

„Herr, ich danke dir für deine Freundlichkeit, uns kurzzeitig aufzunehmen... Wir wollen dir keinerlei zusätzliche Mühen auferlegen..."

„Aber du und deine Begleiter werden doch mit mir Speisen..." fragte der Ältere überrascht. „Dieses Leben bietet selten angenehme Gäste... Ich wäre enttäuscht..."

Ein kurzer Blick zwischen Gerwin und Viator reichte aus. „Herr, nimm mit uns vorlieb... Lass unsere Gefährten... Wir haben kalte und anstrengende Tage hinter uns..."

Der Präfekt nickte nachdenklich und stimmte letztlich zu.

So blieben Gerwins Gefährten dann über fünf Tage im Kastell. Erst dann trat eine Besserung des Wetters ein und die Liburne konnte ihren Weg fortsetzen...

Gerwin und Viator genossen die Gastfreundschaft des älteren Präfekt, der nicht nur ein freundlicher Mann war, sondern gute Geschichten zu erzählen wusste. Er kannte sich gut am Rhenus aus, war wohl in einigen der Standorte der Legionen heimisch gewesen und hatte auch eine Zeit in Gallien verbracht.

Aus dem Adel Roms stammend, stieg er schnell zum Optio und dann zum Centurio auf. Obwohl ungewöhnlich, dass sich ein Equester Ordo über den Dienst nach oben arbeitete, war dies seit Kaiser Augustus möglich. Der Präfekt vollzog diesen Prozess in Schritten und als er dann Centurio in dieser Kohorte wurde und sich in einem Gefecht mit dem Stamm der *Friesen* hervortat, wurde er erneut befördert.

Der Präfekt, zu dieser Zeit, wie er berichtete, gerade dreißig Jahre zählend, fand das Ende seiner Laufbahn. Höher hinauf schien sein Weg nicht zu reichen. Mit einem Lächeln im Gesicht bedauerte er, dass es in den Folgejahren keinerlei Kriege oder Kämpfe, die ihn hätten zu mehr Ansehen und Ruhm verhelfen können, gab. Merkwürdigerweise sei seine Kohorte dann auch immer dort zum Einsatz gelangt, wo der Frieden nicht nur sicher schien, sondern auch blieb.

So sei aus ihm, der in der Jugend seiner Jahre ein verwegener Mann war, ein gemütlicherer, zu gutmütiger Vater seiner Auxiliaren geworden... Er lächelte dazu, was seiner Erscheinung tatsächlich den Anschein eines Vaters vermittelte.

Dennoch wusste der Präfekt gut zu schildern, welcher Erlebnisse er sich erinnerte. Dabei kamen auch Begegnungen mit Feinden, die ungute Erinnerungen hinterließen, nicht zu kurz. Der Römer verstand es, seine Erlebnisse so zu schildern, dass nicht unbedingt seinem Verdienst ein Sieg zugeschrieben werden musste. Genauso offen sprach er über seine Schuld, wenn ein Versagen einzig ihm zuzuordnen war.

Das Wichtigste, was Gerwin erfuhr, waren Kenntnisse über Gallien. Der Präfekt war mit seiner Kohorte, nachdem er an der Niederwerfung der Friesen mitwirkte, für längere Zeit nach Cabillonum befohlen. Dort sicherte er die Getreidelager der römischen Legionen vom Rhenus.

Überrascht nahm der junge Hermundure den Bericht des Präfekt, als der von mehreren solchen Kohorten, die auch Lager an anderen Flüssen in Gallien errichteten, zur Kenntnis. Von Viator wissend, dass in der gallischen Provinz nicht eine einzige Legion lag und selbst nur mit der Erfahrung einer Kohorte in Cabillonum belastet, hörte er von weiteren Kohorten, die aus Standorten die Sicherheit des Handels auf diesen großen Flüssen gewährleisteten.

Auch sei der Präfekt, mit seinen Männern oft von Cabillonum aus die Arar hinab gerudert, um die umliegend lebenden Stämme an ihre Pflichten gegenüber Rom zu mahnen. Selbst den Rhodanus hätte er, stromab und stromauf, gesichert und kenne deshalb auch das Municipium Lugdunum recht gut...

Gerwin ließ den Präfekt erzählen und dieser fand sich von aufmerksamen Zuhörern gewürdigt. Als der Germane die Erfahrung und die Erzählwut des Älteren erkannte, weitete er Schritt für Schritt und Abend für Abend den Kreis aufmerksamer Zuhörer durch seine übrigen Gefährten, so dass alle aus den Berichten nicht nur Wissen mitnehmen konnten, sondern auch aus den Erfahrungen des Römers lernen durften.

Als Gerwin den Präfekt verließ, um seine Reise fortzusetzen, schied er nicht nur von einem gewonnenen Freund, sondern auch von einem klugen und ehrlichen Mann.

Der Hermundure erkannte, dass der Ehrgeiz des jungen Präfekt kaum Grenzen kannte, ihn oft Wut beherrschte und er auch nicht immer nur ein kluger Anführer war. Mit zunehmenden Alter aber vollzogen sich Veränderungen zu einem fast gütigen, verständnisvollen Vater seiner Auxiliaren. Gerwin verstand, warum es dem Präfekt schwer fiel, einen seiner treuesten Männer, der aber vor Dummheit zu strotzen schien, seines Amtes und damit seiner Zukunft zu entheben.

Die *Porta Praetoria*, mit vom Präfekt geliehenen Pferden passierend, sah Gerwin beim Ausritt, neben dem Präfekt auch dessen Optio Custodiarum stehen. Der Präfekt belehrte wohl seinen Unterstellten ein letztes Mal, sich seine Zuneigung nicht gänzlich zu verscherzen. Zumindest deutete die Gestik des Vaters der Kohorte auf eine derartige Belehrung hin.

„Optio, sieh dir den jungen Hermunduren noch einmal genau an und vergiss ihn nie wieder! Er ist es, der für dich Einstand und dir deinen Posten beließ, obwohl mich deine Dummheit eigentlich zur Ablösung zwingt. Du solltest denen, die nach deiner Stellung lechzen, weniger Argumente verschaffen! Verstehst du das?"

Die Faust fand die Brust über dem Herz des Mannes und die Stimme donnerte ein: „Ja, Herr! Ich verstehe!"

Diese Worte vernahm Gerwin, als er die Sprechenden passierte. Den Optio hatte er schon Augenblicke später vergessen, den Präfekt Roms, im Kastell Noviomagus, vergaß er im ganzen Leben nicht mehr...

Als die Liburne ablegte und der Praeco den ersten Schlag auf sein Instrument abgab, glitt Gerwins Blick über den Mann hinweg und erschrak. Dort, am Platz dieses Mannes, saß einer der früheren Rojer.

Gerwin wandte sich an den Trierarch. „Was ist geschehen? Der Praeco scheint zu fehlen..."

„Nicht nur der..." knurrte Boiuvario.

So kurz abgefertigt, ließ Gerwin seinen Blick über die Mannschaft schweifen und stellte einen weiter fehlenden Mann fest. Den großen Schwarzen, den sie *Atlas* nannten, konnte er ebenso nicht entdecken.

„Wo ist der große Schwarze?" fragte er, als sie wieder mitten im Strom schwammen.

„Tot! Messer im Rücken..." kam die lakonische Antwort des Trierarch.

„Das ist weniger gut, hat aber scheinbar gereicht, den Praeco zu verabschieden..."

„Ja!" Das Knurren Boiuvarios blieb.

„Erzähl schon..." forderte Gerwin.

„Ist nicht wert, erzählt zu werden..." blieb Boiuvario ablehnend.

„Möchtest du, dass ich Andere befrage, vielleicht deinen Segelmeister..."

„Untersteh dich!" fauchte Boiuvario.

„Mir scheint, mit deinem Schweigen forderst du dies heraus..." Auch Gerwin knurrte.

„Besser nicht, Gerwin!" *Buteo Toranius*, Boiuvarios Gehilfe und Freund, meldete sich.

„Warum Buteo?" Gerwin ließ nicht locker. „Seht es mal von meiner Seite... Es fehlen zwei Mann... Einmal sagt mir euer Schweigen, dass ich eine Schuld tragen könnte... Immerhin gab ich einen Hinweis und bot Hilfe an... Zum Anderen sind zwei Mann weniger nicht so gut für meine schnelle Reise..."

„Lange Zeit und nichts zu tun in einer Taverne, außer Trinken und Würfeln..." begann Buteo. „Praeco, der Praeco, nutzte gezinkte Würfel. Er gewann zu oft. Das machte die Anderen misstrauisch. *Zosimos* und Atlas, auch in der Runde, ertrugen das falsche Spiel, die Fremden aber nicht! Also zogen diese ihre Messer... Der Praeco hätte schlichten können, tat aber das Gegenteil. Er trieb Zosimos zum Angriff, was Atlas zum Gebrauch seiner Fäuste ermutigte und zog sich selbst zurück... So standen nur zwei unserer Männer gegen drei Fremde..." Buteo dachte nach, wie er den Rest der Begegnung darstellen sollte.

„Der Segelmeister und die übrigen Segelaffen griffen zu spät ein. Atlas hatte ein Messer im Herzen. Der Stoß kam von hinten in den Rücken... Zosimos besitzt einen Schnitt im Arm und die Leichen der Fremden mussten wir auch noch wegräumen... Nur gut, dass der Wirt der Taverne sein Maul hielt. Boiuvario war irgendwie sehr überzeugend..."

Gerwin empfand die Ereignisse als vorhersehbar. Boiuvario hätte den Praeco schon vorher entfernen können. Er zögerte und nun betrauerte er einen Toten...

„Was sollte ich tun..." meldete sich Boiuvarios Stimme. „Dieser verfluchte Hund versuchte sich herauszuwinden... Diesmal hatte er Pech. Atlas konnte zwar nicht mehr sprechen, aber Zosimos... Gessius wollte die Sache vertuschen, seine Befragung erbrachte nichts Greifbares... Also griff ich auf Zosimos Wunde und ließ ihn Schreien... Mein Dolch war dann schneller und mit dessen Spitze am Hals gab es kein Herauswinden..."

„Und dann?" Gerwin blieb neugierig.

„... überließ ich Gessius die Entscheidung... Hielt er am Praeco fest, durfte auch er gehen..." Der Trierarch versank in der Erinnerung.

„Die übrigen Segelaffen, vor allem Zosimos, wollten bleiben. Also blieb auch er... Auf dieser Fahrt brauche ich den Segelmeister nicht mehr. Nahm er seine Leute mit, sollte ich in der Lage sein, bis zum Frühjahr neue Segelaffen zu finden... Das begriff auch Gessius und gab nach..."

„Was wurde aus dem Praeco?" hakte Gerwin nach.

Boiuvario zuckte mit der Schulter. „Ich jagte ihn aus der Taverne. Der Rest interessiert mich nicht..."

„Das sollte dich aber... Ein kleiner Schnitt und du musst nicht ständig hinter dich sehen... Jetzt hast du zwei neue Feinde..."

„Wieso zwei?" bestand Boiuvario auf Aufklärung.

„Der Eine ist an Bord: Gessius! Seine Freundschaft zum Praeco ist älter als die zu dir. Außerdem bestand diese schon andere Feuer... Der Praeco weiß, wo er dich findet... Er ist hinterlistig und nachtragend genug... Gelangt er bis Mogontiacum und findet dort Gessius, solltest du öfter hinter dich sehen..." empfahl der Hermundure.

„So sah ich das bisher nicht..."

„Solltest du aber... Einer Gefahr zuvor begegnen, bevor sich diese auswirken kann, ist die Kunst eines klugen Mannes..." Gerwin ließ Boiuvario und Buteo stehen und ging zum Bug.

Dort stieß er, wie immer in den Tagen ihrer Reise, auf Notker.

Ein Blick auf den Fluss verriet ihm, dass das Eis bis zur Mitte der Strömung vorwärts zu kriechen schien...

„Schön, dass du mich hier, in meiner Einsamkeit, besuchst... Boiuvario scheint mir übellaunig..." spottete Notker.

„Er hat auch allen Grund... Der Schwarze fehlt, der Praeco wurde davon gejagt und Gessius ist voller Wut..."

„Was ist geschehen und was soll ich tun?" fragte Notker, kurz angebunden.

„Gezinkte Würfel beim Praeco und Zosimos sollte es mit seinen Messern richten... Der Praeco verzog sich und überlies Zosimos und Atlas das Feld gegen drei Fremde. Gessius und die Übrigen kamen zu spät! Atlas tot, Zosimos verletzt und der Praeco, wie immer, feige verdrückt... Dafür hatte Boiuvario Gessius am Arsch... Entweder geht der Praeco allein oder mit ihm, der Rest der Segelaffen würde bleiben... Weil Zosimos nicht weg wollte, entschieden sich auch die Anderen dazu. Gessius traf seine Wahl und verzichtete auf seinen Abschied... Verstehst du?"

„Du meinst, er brütet über Rache?" Gerwin nickte nur und Notker wusste, was der Freund anstrebte. Der Rücken Boiuvarios brauchte Schutz...

Die übrigen Tage ihrer Schiffsreise vergingen ereignislos. Nicht nur das Wetter zeigte Mitleid, auch der Fluss erbarmte sich ihrer. Weder Treibholz noch Eisschollen bedrohten die Liburne.

Weil sich auch die inneren Wallungen in den Gemütern beruhigten, der neue Praeco seine Aufgabe meisterte, Gerwin des Zosimos Wunde flickte, blieben weitere bedrohliche Lagen aus.

Ihr Ziel, die Colonia Augusta Raurica, erreichten sie mit sechs Tagen Verspätung.

Gerwin trauerte diesem Zeitverlust nicht nach. Im Gegenteil, durch die Erneuerung seiner Bekanntschaft mit dem Präfekt aus Noviomagus erfuhr er viele nützliche Dinge.

Weil er, Viator, Sexinius und die Anderen auf dem Boot nichts zu tun hatten, zumindest in deren Ruderpausen, tauschten sie sich über das vom Präfekt gehörte aus. In der ständigen Widerholung von Gehörtem, schälte sich eine Vorgehensweise heraus, die Gerwin immer wieder und erneut überdachte.

Zwei Dinge beherrschten seine Erkenntnisse. Einmal war dies die Tatsache, dass er Zeit verlor und vielleicht zu spät nach Lugdunum kommen würde... Fühlte sich der Statthalter dort dazu angehalten, seine Reise in die Provinz frühzeitig zu beginnen, mussten sie zwangsläufig zu spät in Lugdunum eintreffen. Das der Statthalter seine Provinz bereisen würde, davon war der Hermundure überzeugt... Hieraus ergab sich der zweite Grund. Gerwin wusste nicht, welche Zeit er für den Ritt bis zum Sitz des Statthalters veranschlagen sollte, nicht wann der Statthalter aufbrach und welchen Weg dieser nahm...

Der Winter würde noch manche Überraschung bereithalten. Dessen war er sich gewiss. Dies würde mit der Beschaffung der Pferde beginnen, Schwierigkeiten wegen der Kälte, des Schnees und der Länge der Strecke beinhalten und möglicherweise mit einem zu späten Ankommen zum Fehlschlag werden... Besser wäre es, so dachte er, den Fortgang möglicher Ereignisse im Voraus zu erkennen und sich darauf einzustellen.

Kam er mit seinen Gefährten zu spät, mussten sie dem Statthalter folgen... Also war es erforderlich, dessen Weg zu ermitteln... Wie er das anstellen konnte, erschloss sich ihm noch nicht. Aber er begriff, dass der Statthalter, wäre er klug, und davon ging der Hermundure aus, jede der Kohorten aufsuchen musste, die ihm in seiner Provinz zur Verfügung standen. Dies ergab einen Weg der entweder zuerst in Cabillonum begann, sich über Lutetia fortsetzte und in Caesarodunum endete oder in umgekehrter Folge aufgenommen wurde.

Er selbst würde Cabillonum den Vorrang geben, allein wegen dessen Bedeutung für Roms Legionen am Rhenus... Sie sollten den richtigen Weg erst ermitteln, bevor sie die Verfolgung aufnahmen. Auch wäre es günstig, den Tag des Beginns der Reise des Statthalters herauszufinden...

Dann könnten sie dem Statthalter folgen, ihm entgegen kommen oder darauf vertrauend, dass er überall Zeit brauchte, ihn in der Mitte seiner Reise zu erwarten... Das wäre dann Lutetia. Gerwin dachte auch über die Straßen nach und fand dabei einen klugen Berater. Viator riet ihm, als er seine Gedanken mit dem Graukopf austauschte, zu einem Wegekundigen.

Der Graukopf wartete noch mit einem anderen Vorschlag auf. Reiste der neue Statthalter per Pferd oder Kutsche? Im ersterem Fall war er dann nicht an die römischen Straßen gebunden, auch wenn diese zumeist schnurgerade auf die nächste größere Siedlung zuhielten. Zu Pferde konnte der Mann Abkürzungen wählen und wichtige Straßenknoten umgehen. Das könnte er, in einer Kutsche sitzend, so nicht ausführen.

Dann erinnerte Viator auch daran, dass sie das Gebiet der Sequaner und Haeduer meiden sollten und schlug vor, auf Lutetia abzuzielen. Sollten sie erst nach dem Statthalter dort eintreffen, wüssten sie, wohin es weiter ging... Er glaubte aber nicht an diese Möglichkeit und ging eher davon aus, dass sie, wenn sie den Statthalter in Lugdunum verfehlten, vor diesem in Lutetia eintrafen... Diese Hoffnung gab ihnen Gelegenheit, die Bedingungen vor Ort eher kennenzulernen und einen Plan zur Begegnung mit dem Statthalter vorzubereiten. Er meinte, dass es wenig Gründe dafür gebe, dass der römische Statthalter, aus freien Stücken heraus, zu einem Gespräch mit einem Hermunduren bereit wäre...

Gerwin gab dem Graukopf recht und so war die Vorgehensweise in Gallien schon festgelegt, als sie in Augusta Raurica von Bord der Liburne schritten.

Die Verabschiedung von Boiuvario war kurz, von der Mannschaft noch kürzer. Gerwin dankte für die sichere Beförderung, betrauerte die Verluste und wünschte eine glücklichere Heimreise.

## 8. Glanz einer Krone

*67 nach Christus - Winter (25. Februarius)*
*Imperium Romanum – Provinz Achaea*

*E*s dauerte einige Zeit bis Kaiser Nero seine **Lethargie** überwand. Einzig auf seinen Erfolg in der Provinz bedacht, die er für seine künstlerische Reise auserkoren hatte, scheute er davor zurück, Entscheidungen zu treffen. Dabei waren Entscheidungen, die das Wohl des römischen Imperiums einforderte, unablässig.

Nero wusste aus zwei Quellen von den umtriebigen Aktivitäten seiner Statthalter aus Germania. Einmal meldete sich einer seiner Senatoren und dann auch der von ihm Beauftragte, der im Hintergrund seiner Politik, sämtliche Scherben auflas oder auch die Reste jeder Gefahr beseitigte...

Seinem bisherigen Feldherrn im Osten des großen Reiches traute er nicht mehr, weil dessen Schwiegersohn und so auch ein Mann, dem er selbst in jüngster Vergangenheit mit Wohlwollen begegnet war, plötzlich eine Revolte anzettelte, die einzig seinen Sturz zum Ziel hatte.

Dann war da noch der Zwist mit den Juden, den ihm ein eigener Prokurator eingebrockt hatte. Der Vorwurf an diesen *Gessius Florus*, dem *Jerusalemer Tempelschatz* einen großen Teil von dessen Silber gestohlen zu haben, saß wie ein Stachel tief in Roms Fleisch. Der verfluchte Prokurator, der sich selbst an den Steuereinnahmen bereichert haben soll, dies zumindest behaupteten die Juden, griff nach dem Tempelschatz, weil die Juden Rom eine Steuerschuld verweigerten.

Die Klage der Juden sprach vom Diebstahl des Steuerbetrages durch den Prokurator, dieser aber verteidigte sich mit der Weigerung der Juden, die Steuerschuld abzuleisten. Wer sollte aus der Ferne beurteilen, wessen Anklage stichhaltiger war? Dem Zorn der Juden, der Verletzung ihrer Religion geschuldet, folgte ein gewaltiger und fast einheitlicher Aufschrei, der sich in bewaffneten Auseinandersetzungen entlud.

Statt mit Übersicht, Klugheit und Geduld einen gemeinsamen Weg zu suchen, rief der Prokurator, zur Sicherung seines und anderer Römer Leben und für den Schutz seiner Beute, eine Ala der Auxiliaren nach Jerusalem. Dies reizte den Zorn der Unzufriedenen weiter an und mündete in einem Gemetzel, dem sich Florus durch Flucht zwar entziehen konnte, die gerufenen Auxiliaren aber das Leben kostete.

Alles sprach für einen Krieg mit den Juden...

Wie Nero jetzt, fast ein halbes Jahr später einsah, befahl er, in dieser Lage überstürzt, zur Niederschlagung des Aufstandes, die Entsendung einer Legion. Mit Hilfskräften zogen fast dreißig Tausend Mann gegen Jerusalem und schafften es trotzdem nicht, die Stadt zu erobern.

Zurückgeschlagen, auf dem Rückzug in unwegsamen Gelände gestellt, zersplitterten die Juden die Legion und ihre Hilfskräfte. Der Kampf forderte den Tod und die Verwundung, einer weit über die Mannstärke einer Legion hinausgehende Zahl an Milites und letztlich auch den Adler, das *Feldzeichen* des Stolzes und der Würde dieser Legion...

War diese römische Legion unfähig des Kampfes, war sie schlecht ausgerüstet oder gar schlecht ausgebildet? Fehlte den Miles der Stolz oder der Mut eines Römers? Nero machte sich wenig Gedanken darum, denn wie hätte er vermuten können, dass einige Juden, mochten sie wütend, zornig und auch zum Kampf bereit sein, einer seiner Legionen zu trotzen in der Lage wären? Nero gab den Befehl zum Einsatz der *Legio XII Fulminata* und vertraute dem Statthalter Syriens, *Gaius Cestius Gallus*.

Woher hätte er ahnen können, dass dieser Mann ein Versager war...

Nicht nur der Misserfolg an Jerusalems Mauern schmerzte, sondern vor allem der Verlust der Legion auf deren Rückzug, der dann auch noch mit der Schmach zahlreicher Toter und dem Verlust des Adlers belastet wurde. Dies durfte nicht ohne Folgen für die Juden enden. Diese Herausforderung, mochte Schuld für den bevorstehenden Krieg auch auf beiden Seiten zu finden sein, verlangte die Niederwerfung dieser Aufständischen so, dass kein anderes Volk irgend einer anderen Provinz je auf den Gedanken kam, ein gleiches Vorhaben beginnen zu wollen. Der Fehler seinerseits, überstürzt gehandelt zu haben, würde ihm nicht noch einmal unterlaufen...

Mit dieser Erkenntnis verband sich bei Nero ein geduldiges und zielstrebiges Vorgehen, dass aber von seinen engsten Vertrauten als zögerlich und unschlüssig wahrgenommen wurde. Einzig sein Secretarius, seit vielen Jahren in alle seine politischen Vorhaben eingeweiht, wusste von seinen Plänen. Anfangs war auch Präfekt Tigellinus noch einbezogen, verlor seinen Einfluss aber, ohne dies selbst zu bemerken.

Nero, durch die Ereignisse zuvor zur Eile gedrängt, wählte mit dem Statthalter Syriens den falschen Feldherrn. Dieser Fehler durfte kein zweites Mal geschehen! Also überlegte der Princeps, wer die Ehre verdiente, die Juden zu züchtigen...

Er dachte an Corbulo, seinen erfahrenen Streiter gegen die Parther und *Armenier*... Doch dann erreichten ihn die Ergebnisse zur Untersuchung einer Verschwörung, an deren Spitze der Name eines Mannes auftauchte, den er einst mit Wohlwollen aufgenommen hatte und der als ein enger Verwandter seines Feldherrn bekannt war.

*Annius Vinicianus* brachte ihm, auf Geheiß des Feldherrn Corbulo, einst *Tiridates*, den König der Armenier. Dieser Herrscher schwor, seine vor einem Monument Roms niedergelegte Krone nur aus den Händen des Kaisers aller Römer zurückzunehmen.

Der Pakt mit den Parthern verhinderte einen langen und entbehrungsreichen Krieg. Die Parther bestimmten zukünftig Armeniens Herrscher und vom Kaiser Roms erhielt der Mann seine Krone, was darauf hinauslief, dass Rom dessen Herrschaft zustimmte, bevor dessen Macht ausgeübt werden konnte...

Wollte sich Corbulo seinerzeit, mit dieser Geste, des Kaisers Wohlwollens versichern, nahm dieser dies gern so zur Kenntnis und widmete Corbulos Schwiegersohn, einer eigentlichen Geißel, seine ganze Aufmerksamkeit und Freundlichkeit. Im Nachhinein betrachtet, schuldete er weder Corbulo noch Vinicianus dieses Entgegenkommen.

Vielleicht fühlte er sich der Jugend des Mannes verpflichtet, begrüßte dessen Fähigkeiten als Legat seiner Legion oder war auch dem Draufgängertum des Vinicianus, auf Roms glattem Boden des Neides, der Missgunst und des Verrats, oder gar dessen Arroganz und Überheblichkeit verfallen... Wen interessierte dies jetzt noch?

Vinicianus war der vielleicht wichtigste Kopf an der Spitze seiner Gegner. Wie weit war Corbulo in die Revolte verstrickt? War er der im Hintergrund Lauernde, der dann die Macht zu erringen gedachte? Immerhin verfügte Corbulo über eine ansehnliche Streitmacht, die bisher die Parther in Schach hielt und in Armenien half, eine ihm genehme Ordnung umzusetzen...

Nero war sich der möglichen Macht seines Feldherrn, dessen Abstammung, dessen zahlreicher Klientel, seines Reichtums und auch der Sympathie unter Roms Volk bewusst. Weil alle diese Umstände seine Unruhe förderten, schied Corbulo aus dem Reigen um die Ehre der Niederwerfung der Juden aus. Wer aber könnte diesen offensichtlichen Verlust ausgleichen?

Nero gelangte zur Einsicht, dass er auf nur noch zwei weitere, ebenso gnadenlose Feldherrn zurückgreifen könnte, die den Juden beizukommen in der Lage waren...

Der Eine, Paulinus, war zuvor nie im Osten zum Einsatz gelangt und dies sollte ein Umstand der Beachtung sein. Der Andere, Vespasian, war ein widerspenstiger Kerl, der sich wenig um die Befindlichkeiten seines Princeps und Herrschers kümmerte.

Vespasian verfügte noch nicht über ausreichende Erfahrungen und dennoch spürte Nero, dass gerade dieser Feldherr seinen Vorstellungen am Nächsten kam. Zielstrebig, energisch, unduldsam und wenn es erforderlich war, auch brutal vorgehend, gewann dieser, in seinen Augen an Gestalt. Jedoch, wählte er ihn, müsste er ihm sein ungebührliches Verhalten zumindest durchgehen lassen, wenn er ihm nicht gänzlich verzieh... Also dachte Nero einige Zeit darüber nach, was sein Hofstaat von ihm denken würde, nähme er Vespasian erneut in seine Gunst auf...

Was interessierten ihn die Vertrauten seiner Umgebung, die er doch nur duldete, weil eine Krone Glanz benötigte und diesen von der Zahl, dem Reichtum, dem vorgeblichen Witz und der Klugheit, der die Krone umgebenden *Vasallen*, erhielt...

Forderte er Vespasian auf, vor ihm zu erscheinen, musste dies doch nur Wenigen bekannt werden... War Vespasian erst der Feldherr, den die Juden fürchteten, würde sich doch wohl kaum noch ein Anderer irgendwelcher Abwertungen seiner Wahl oder gar der Fähigkeiten des Feldherrn erdreisten? Nero sprach mit Epaphroditos über seine Gedanken und fand Zustimmung.

Woher sollte er die für die Niederwerfung der Juden erforderlichen Legionen nehmen? Corbulo wegnehmen...

Auch dieser Gedanke nahm Gestalt an, doch würde sich der Feldherr seinem Willen beugen? Noch zögerte Nero und erwog ebenso andere Vorgehensweisen. Immerhin könnte sich Corbulo bedrängt fühlen, das Verschwinden seines Schwiegersohnes einbeziehen und zu dem Schluss gelangen, dass ihm selbst Gefahr drohte... Würde dies nicht mögliche Überlegungen Corbulos beeinflussen und ihn vielleicht überhastet in ein Abenteuer zwingen?

Wäre ein überlegtes und auf die Vernichtung des Feldherrn hinauslaufendes Handeln einer unüberlegten, aus einer Bedrohung resultierenden und überhasteten Vorgehensweise, vorzuziehen? Oder sollte er seiner Absicht den Mantel der erzwungen Notwendigkeit überwerfen? Doch dann erlöste ihn ein ganz anderer Gedanke aus jeder Bedrängnis. Hatte sich Corbulo nicht selbst ausgeliefert? Vinicianus bezweckte seinen Sturz und Corbulos Legionen sollten dabei helfen...

Nero wog diese Bedrohung ab und entschloss sich Vorsicht und List auch deshalb einzusetzen, weil ihm Epaphroditos dazu riet.

Wählte er Vespasian für die Juden und nahm die Legionen von Corbulo, dann brauchte er einen Grund, den bisherigen Feldherrn im Osten zur freiwilligen Herausgabe auffordern zu können...

Der Kaiser Roms fand Festigkeit in seinen Absichten. Es musste lediglich ein Grund gefunden werden, Corbulo nach Korinth zu beordern. Seinem Secretarius war es vergönnt, den entscheidenden Gedanken zu fassen...

Kaum diese Bedrohung und deren mögliche Folgen so durchdacht, dass auch eine geeignete Vorgehensweise erkannt war, drängte sich ein anderes Problem in den Vordergrund. Die Brüder in Germania...

Botschaften aus unterschiedlicher Quelle bezeugten das Bestreben der Brüder Scribonius, die nach seiner Macht zu greifen beabsichtigten... Nero war, ob des Verhaltens der Brüder, von Enttäuschung beherrscht und wieder öffnete er sich nur Epaphroditos.

Tigellinus ließ er außen vor, weil er glaubte, dass ein von nur zwei Männern gehütetes Geheimnis weitaus sicherer war, als eines, dass drei Männer kannten...

Einiges am Verhalten seines älteren Freundes stieß ihn inzwischen zuweilen ab. Die Selbstsicherheit des Präfekt, über ihn bestimmen zu wollen oder den Druck, der zuweilen von Tigellinus ausging, wenn dieser ihn zu einer Handlung verleiten wollte... Auch der Leichtsinn, sowie eine gewisse Unüberlegtheit, die, wenn sich kein anderer Ausweg öffnete, in einer Brutalität mit Bedrohungen zum Leben Anderer endete, erweckten seinen Argwohn.

Auch Nero selbst wählte oft den Weg, einen gefährlichen Mann in den Abgrund zu stoßen... Doch würde er Tigellinus folgen, kämen noch weit mehr Männer um, oder geschah dies nicht schon? Nero verfiel in Zweifel. Folgte er schon zu oft des Präfekt Willen, ohne selbst zu erkennen, dass dies ein sehr gefährlicher Pfad werden könnte? Diese seine Gedanken zum Präfekt endeten in einer Gewissheit, die verkündete, dass die Tage seines früheren Verbündeten gezählt sein sollten und er früher oder später einen Schnitt vollziehen musste, den Tigellinus niemals voraussehen durfte. Zu mächtig war sein Präfekt!

Erneut zeigte ihm Epaphroditos auf, wie er mit List und Täuschung zum Ziel gelangte.

Wollte er seine Sorgen, um seine einstmals treu geglaubten Statthalter in Germanien, aus dem Weg räumen, sollte er erst bedenken, wer deren Platz einnehmen könnte. Einen der Legaten dürfte er schon jetzt bedenkenlos erheben, den Zweiten aber sollte er noch offen lassen und abwarten, welcher der Kandidaten sich dafür herausschälte.

Sicher könnte er Verginius Rufus vertrauen, aber bevor er Fabius Valens in die engere Wahl aufnahm, sollte er mehr über diesen ihm Unbekannten wissen.

Der Auftrag, das Wesen dieses Mannes zu ergründen, war seinen Evocati erteilt. Es würde ein wenig dauern, aber ihm zuverlässig in die Hände spielen, ob er diesen Legat zum Legatus Augusti pro Praetore für Niedergermanien erwählen könnte...

Die Brüder Scribonius dann, wenn er seine Entscheidung zu den Nachfolgern getroffen hatte, unter einem Vorwand zu ihm in die Provinz Achaea zu beordern, sollte nicht schwer fallen...

Nero verschwendete keinerlei Gedanken an die Gallier. Diese Gefahr war für ihn nicht gegenwärtig und was sollte in Gallien schon geschehen, ließ er doch einen befähigten Mann zum neuen Statthalter berufen, nach dem er zum Jahreswechsel dessen Vorgänger mit Schimpf und Schande aus dem Amt gejagt hatte.

Auch eine Bedrohung durch den Senat empfand er kaum. Von dieser Seite fürchtete er nichts, waren doch diese Männer lediglich ein schmückendes Beiwerk seiner göttlichen Macht. Begehrte der Senat auf, würde ein einziger Wink genügen und diese Narren lösten sich aus Angst von selbst auf...

Der Princeps, sich in der Sicherheit seines Schweigens über seine Pläne wiegend und immer nur den Schritt vollziehend, der einer gegenwärtigen Notwendigkeit unterlag, ging so, von seiner Umgebung kaum bemerkt, zur Verwirklichungseiner Absichten über. Weil jeder Zug zum richtigen Zeitpunkt erfolgte und immer nur einzig allein umgesetzt wurde, verbarg sich dieser vor der Neugier der kaiserlichen Begleiter. Was Wunder, dass alle Welt glaubte, Nero frönte nur seiner Lust und Laune...

Nero, obwohl durch die Provinz reisend und überall Beifallsstürme seiner öffentlichen Darbietungen auf den Bühnen der Theater oder dort, wo er auftrat, einfordernd, schien sich allein nur dieser einen Sache zu widmen. Keiner seiner Begleiter, nicht mal der sonst alles wissende

Tigellinus, kannte des Princeps Gedanken. Würde ihn nur Einer fragen, und es fragten täglich weit mehr, würde der Präfekt lediglich auf Neros Erfolge auf den Bühnen dieser Provinz verweisen.

Die Geschäftigkeit des Secretarius entging Tigellinus völlig. War es doch unter seiner Würde das Treiben dieses Nichtswürdigen verfolgen zu sollen... Diesen banalen Umstand nutzten Nero und sein Secretarius weidlich aus. Zuerst sandten sie den Sohn des Vespasian, den vom Princeps zuvor geschassten Vater zu suchen und angeschleppt zu bringen. Dann ließen sie den Feldherrn warten und glaubten diesen zu einer Gefügigkeit zu führen, weil dessen Unsicherheit zwischen gänzlicher kaiserlicher Vernichtung oder möglicher Erhebung im Schwanken gehalten wurde...

Sie wussten nicht, ob Vespasian dieses Spiel durchschaute, ob er sich in Angst flüchtete oder wie ein sturer Bock der Ereignisse harrte?

Nero brauchte Zeit um alle seine Vorhaben umzusetzen. Dazu aber gehörte, dass der Kopf seiner Evocati, Männer entsandte, die in Vespasians Nähe untergebracht werden konnten.

Als ihm eine neue Botschaft vorlag, dass Evocati in Antiochia eintreffen würden, beglückte er Vespasian mit seiner neuen Aufgabe.

## 9. Unglück einer Nacht

*67 nach Christus - Winter (1. Martius)*
*Imperium Romanum – Exercitus Germania Superior*

*D*ie Überwindung der Alpen war kein Zuckerschlecken. Der vom Evocati gefundene Führer kannte sich zweifellos gut aus und dennoch nahm, mit zunehmender Höhe der Berge, nicht nur die Kälte und die Höhe des Schnees zu. Es erhoben sich zum Teil heftige Stürme, die das Fortkommen behinderten.

Ein Vorteil war die Zahl der Reisenden. Mit fünf starken und erfahrenen Männern trotzten sie dem Unbill und erreichten die Ebene hinter den Bergen. Von dort aus ging es bedeutend zügiger voran und endete vorerst in einer Taverne, unweit von Mogontiacum. Dort angekommen, ließen sie sich einen angenehmen Aufenthalt gefallen.

Pollio jedoch, an die Einsamkeit der Evocati gewöhnt und lediglich seinem Gefährten vertrauend, störten die Botenmänner.

Beide Evocati, die ihn und Veturius über die Berge begleiteten, waren etwas jünger und noch keinesfalls um die Erfahrung bereichert, die das Moos auf Pollios Buckel wachsen ließ. Es fiel ihm deshalb schwer, sich unterzuordnen und zu gedulden. Obwohl auch er die Dienste der Taverne gern in Anspruch nahm, das Bad genoss, sich den Beischlaf gönnte, störte sich an der Vertröstung des Jüngeren, der darauf beharrte, auf einen anderen Evocati warten müssen.

Weil er sich die Geduld aufzwang, schien er nach Außen hin immer uninteressiert, gelangweilt und abweisend. Dies vergraulte die jüngeren Evocati und weckte Unverständnis in Veturius.

Einmal allein, nutzte dieser die Gelegenheit zur Frage.

„Warum knurrst du die Beiden ständig an?"

„Mache ich das?" erwiderte Pollio.

„Und ob! Du merkst nicht einmal, dass sie aufmerksam verfolgen, was du tust und sagst... Mir ist es egal, dass ich mit einer Legende der Evocati durch das Land ziehe, aber den Beiden spricht Neugier aus den Augen, Bewunderung aus dem Blick und zeichnet Behändigkeit aus, wenn du nur wegen geringster Wünsche oder Forderungen in die Hände klatschst... Ich dagegen muss die Kerle erst richtig in den Arsch treten..."

„Beklagst du etwas?" Pollio zeigte sein Desinteresse.

„Ja, verdammt! Deine Knurrigkeit mir gegenüber!" Veturius lies den Gefährten stehen, drehte ab und stürzte wutentbrannt in den Gastraum.

Pollio schlenderte, beruhigt und sichtlich erheitert, an das Ende des Grundstückes, fand eine Pforte in der niedrigen Mauer und stieß diese auf. Fast wäre er mit einer jungen Frau zusammengestoßen.

Sie stand inmitten des kleinen Tores und er zwei Schritte vor ihr.

Einem Mustern folgte ein Schritt vorwärts und die junge Frau gab die Pforte frei. „Herr..." sagte sie leise, als sie zur Seite trat.

„Gehörst du auch hierher, mein schönes Kind?" fragte er fast ebenso leise. Sie war nicht nur schön, sie war jung! Ihre Augen blitzten, ihr Haar umwallte ihr Antlitz und schimmerte in einem leicht roten Glanz. Ihre Lippen schienen ihn zu verführen und dies trotz seinem Alter.

Er lächelte um zu übertünchen, dass ihn das Alter fest in seinen Krallen hielt. Seine Haut war wettergegerbt, auf der Stirn bildeten sich Runzeln oder zumindest tiefe Falten, die von ständigen Sorgen erzählten. Von Jugend und erst recht Schönheit war er soweit entfernt, dass er darob erschrak.

„Ja, Herr. Ich bin *Belana*, eine Bedienstete..." Er erkannte ihre ihm fremde Art. Sie war keine Römerin.

„Dich sah ich noch nie..." zwängten sich Worte durch seine Lippen, die er eigentlich nicht aussprechen wollte.

„Herr, verzeih, kommen Fremde, zeige ich mich nicht. *Tanicus* und erst recht meine Schwester *Dalmatina*, sein Weib, wollen nicht, das mir Unheil widerfährt..."

Pollio nickte verstehend. „Von mir hast du nichts zu befürchten und sollte sich ein anderer Lüstling dir nähern, dann rufe nach mir! Ich bin Pollio..."

Belana nickte. Sie trug keine Furcht in sich.

„Es ist nur Vorsicht... Tanicus schneidet jedem den Hals durch, der mich bedrängt... Auch achten noch andere Freunde auf mich... Verzeih, ich weiß das meine Erscheinung manchen Mann zu verzweifelten Taten verleiten könnte... Trotzdem danke ich dir, Pollio."

Aus ihren Worten klang Sicherheit und Freundlichkeit.

„Tanicus, ist das der Wirt?" fragte er und Belana nickte. Er hatte das Schild und den Namen darauf gelesen. Seine Frage war also unsinnig.

„Bevor er die Taverne eröffnete, war er Centurio der *Legio XXII Primigenia*..."

Pollio nickte. Er verstand.

Nach seinem Eindruck musste der Wirt ein altes Raubein gewesen sein. Das wiederum erzwang ein flüchtiges Lächeln um seine Lippen. Fast entschuldigend versuchte er seine Gefühlsregung zu erklären.

„Solche Schönheit sollte gewahrt bleiben und wenn du dazu noch lächelst, machst du einen älteren Mann, der das Glück einer Familie, eines schönen Weibes oder auch von wunderschönen Töchtern nie kennengelernt hat, glücklich. Ich würde mich freuen, könnte ich dich öfter betrachten... Denn du bist der Lichtstrahl, der diese Taverne erhellt... Verzeih mir alten Trottel mein Schwärmen..." Pollio trat zur Seite und sah ihr nach, bis sie im Hintereingang der Taverne verschwand.

Es stimmte. Das Glück einer Familie blieb ihm verwehrt, mehr noch, sein Unglück, diese Seite des Lebens betreffend, zwang ihn unter die Evocati.

Er lebte mit Vater, Mutter und älterer Schwester in der *Villa*, unweit des Diolkos, in der Provinz Achaea. Soweit er sich erinnerte, fehlte ihm nichts an einer glücklichen Kindheit ... bis zu diesem einen Tag...

Dem älteren Bruder seines Vaters gehörte die Villa und sie fanden dort, was sich ein jüngerer Verwandter wünschte. Sicherheit für die eigene Familie, ein durch Teilnahme am Aufblühen eines *Latifundium* erstrebenswerte Tätigkeit und eine würdige Verantwortung für den Vater. Für den Onkel waren viele Menschen tätig.

Dazu gehörten Freie, die aus Korinth oder dessen Umgebung zur Villa gelangt waren, ebenso aber auch Sklaven. Es gab Alte und Jüngere, Männer, Frauen und Kinder..., so viele, dass er sie nicht zu zählen vermochte. Darunter waren auch Einige, die er als Freunde bezeichnet hätte... Er war noch ein Knabe, als die Villa überfallen wurde.

Er verstand nicht was geschah. Plötzlich war um ihn herum nur Lärm, Schreie, Weinen, Feuer und Männer, die töteten, wessen sie ansichtig wurden.

Er wurde von einem älteren Freund ergriffen und ins Freie gezerrt. Mit wenigen Sprüngen erreichten sie erst die Olivenhaine und rannten dann immer weiter weg, bis sie, völlig außer Atem glaubten, der Gefahr entronnen zu sein. Es war der Spuk nur einer einzigen Nacht, der die Villa zu Asche verbrennen ließ. Das Schlimmste fanden sie am Morgen, als sie sich näher wagten. Vorsichtig schlichen sie sich an, bis er erschrocken vor seiner, in den Büschen liegenden Schwester erstarrte.

Vielleicht war es Zufall, dass Pollios Weg zur Villa genau dort vorbei führte, wo seine Schwester missbraucht worden war... Vielleicht aber auch göttliche Vorsehung... Auf dem Weg zur Frau erblühend, war einer der Kerle über sie hergefallen, hatte sie vergewaltigt und dann von der Blöße ihrer Scham an, nach oben bis unter das Kinn, aufgeschlitzt.

Ihr Gesicht war unversehrt und so zeigten ihm seine Götter die Fratze eines Todes, der ihn zu Stein erstarren ließ. Er stand und konnte keinen Fuß, kein Glied bewegen und hätte ihn nicht der Freund gestoßen, würde er vielleicht noch immer dort stehen...

An diesem Tag begann er zu hassen...

Der Freund nahm ihn erneut auf und trug ihn weg von diesem Ort. Als er zurück wollte, um Vater und Mutter zu suchen, verwehrte dies der Ältere. „Glaube mir, sie sind tot, wie dein Onkel, sein Weib, deren Kinder und wer auch sonst noch alles... Wir sind die, die entkamen... Es reicht, dass du deine Schwester sehen musstest... Erspare dir den Schrecken all derer, die ich erblickte..."

Dann zwang ihn der Freund, ihm zu folgen. Ihr Weg führte sie in die Berge, wo sie in einer einsamen, kleinen Schlucht Zuflucht fanden. Der Freund kannte sich aus, er nicht. Dort blieben sie, weil außer ihnen wohl kein Anderer die kleine Hütte an der Felswand kannte...

Oft verschwand der Ältere für Tage, kehrte aber stetig zurück. Pollio dagegen war krank. Nicht am Körper, aber am Geist und es dauerte fast ein Jahr, bis er so stabil war, dass der Ältere ihn mitnahm.

Sie kehrten zur Villa zurück. Er sah keine Toten, aber Gräber...

Außer ihnen beiden gab es weit und breit keine Menschen. Auf die Frage zu deren Verbleib schüttelte der Ältere nur mit dem Kopf.

Pollio begriff, dass, wer dies überlebte, weit fort floh... Also war es sein älterer Freund, der die Toten begrub. Es war sein Freund, der den Brandschutt beseitigte, das Dach erneuerte und die Früchte erntete, die die Plantagen hergaben. Denn diese überlebten unbeschadet.

Er half bei der Ernte mit und als sie in Korinth, auf dem Markt ihre Früchte verkauften, besaßen sie so viele Münzen, dass sie, ohne sich Sorgen machen zu müssen, über den Winter kommen mussten.

Mit der Rückkehr zur Villa, dem dicken Beutel voller römischer *Sesterze, Denare* und auch zwei *Aureus*, kam Pollio eine Erinnerung. Dieser folgend, fand er, im Boden eines Raumes, in dem sein Vater einst seine Arbeit verrichtete, eine Bodenluke, die in einen Kellerraum führte. Die Bodenluke stellte kein Hindernis dar. Sie war zum großen Teil verbrannt, ebenso wie die nach unten führenden Stufen einer ehemals hölzernen Treppe.

Sein älterer Freund ließ ihn an einem Seil hinab und er fand, was sich seiner Erinnerung aufgezwängt hatte. In diesem Kellerraum befand sich, in einer der Ecken, im Boden eingelassen, eine verschlossene eiserne Truhe. Als Pollio die Truhe sah, erinnerte er sich, wo sein Vater den Schlüssel verbarg, wenn er diesen nicht bei sich trug. Er ließ sich wieder nach oben ziehen und schritt zum Brunnen im Hof. In der Brunnenwand, der fünfte Stein von oben, an einer bestimmten Stelle, sollte sich herausziehen lassen...

So zumindest, sah er es einmal von seinem Vater, dem er nachspionierte. Es war kindliche Neugier die ihn damals trieb. Er erinnerte sich.

Pollio fand den Stein und sich vom Freund halten lassend, zog er ihn vorsichtig aus der Wand. Der Schlüssel lag hinter dem Stein.

Wieder im Kellerraum, vermochte er die Truhe zu öffnen und erschrak ob des Reichtums, den er fand. Sie bauten sich eine Leiter und auch der Freund stieg hinab, um die gefundene Überraschung zu begutachten. Dann saßen sie lange im Keller und dachten darüber nach, was sie tun sollten.

Es war sein Freund, der ihm einen Vorschlag unterbreitete. „Höre Pollio, dein Vater verwaltete das Geld deines Onkels. Beide sind tot, also gehört das alles im Keller dir... Es ist der Fleiß eurer Hände und aller derer, die einst hier lebten und mitarbeiteten... Ehre es, in dem du den Besitz annimmst..."

Was sollte er mit soviel Geld? Er wusste es nicht. Das Haus schreckte ihn, weil er das Bild der toten Schwester stets vor Augen trug. Er wusste zu dieser Zeit noch nicht, dass ihn dieses Bild, auf Jahre hinaus, von jeder Frau fern hielt. Außerdem war er noch immer nur ein Knabe.

Ein Gedanke schien auf einen Ausweg zu verweisen. „Wer hat all diese Gräber errichtet und die vielen Toten begraben?"

„Ich!" antwortete der Freund.

„Dann ist es dein Besitz! Du ertrugst das Leid und stelltest dich dem Tod, der uns in dieser furchtbaren Nacht heimsuchte..."

Sie schwiegen, bis der Freund sagte: „Gut, ich nehme, was ich brauche um das Glück in diese Villa zurückzuholen... Ich kann dein Leid nicht ungeschehen machen und dennoch sollst du der Besitzer sein. Komme und gehe, wie dir beliebt, denn es ist dein Besitz! Gestatte mir nur Eines..." Pollio blickte den älteren Freund aufmerksam an. In seinen Augen schwang Neugier mit.

„Es wird Fragen geben, bin ich plötzlich ein reicher Mann... Auch Fragen zum vormaligen Besitzer... Ich werde keine Geschichten erzählen, nicht was ich selbst erlebte, was ich nach meiner Ankunft vorfand und auch nichts zum Überfall... Es wird genug Gerüchte geben... Füttert niemand die Neugier der Menschen, gerät in Vergessenheit, was einst geschah... Deshalb schweige auch du!"

Pollio erinnerte sich, nur genickt zu haben.

„Auch werde ich nicht ewig leben... Erlaube mir, nur einem einzigen Menschen unser Unglück zu berichten..."

„Wem?" hatte er gefragt.

„Meinem ältesten Sohn oder einer Tochter..."

„Gut! Es ist dein Geheimnis! Ich werde niemals darüber sprechen! Du weißt also, dass ich eines Tages, ohne mich zu verabschieden, von hier fortgehe?" Diesmal nickte der Freund.

„Bleibe nur wenigstens solange, bis du den Schmerz deines Leides überwunden hast... Gehst du als Kranker, wirst du nie vergessen können..." Die ausgesprochene Bitte erschien ihm damals sehr vernünftig.

„Beantworte mir nur eine Frage, wenn du die Antwort kennst?" forderte er damals und der Freund stimmte zu.

„Wer waren die Männer? Warum haben sie uns das angetan?"

„Seeräuber!" Dieses einzige Wort ließ Pollio erneut erstarren und gab seinem Hass einen Namen...

Sie hatten ein Abkommen. Als Pollio dann vier Jahre später einfach verschwand, war die Villa neu erblüht. Der alte Schaden und auch die Brandspuren waren getilgt. Freie Männer, deren Familien und auch Sklaven bevölkerten die Villa. Es war ein ständiges Bauen, Pflegen und Ernten... Überhaupt erholte sich nicht nur die Villa, sondern auch die Menschen, die es hierher zog oder die sich im Umfeld der Villa ansiedelten.

Pollio ging, als sein Freund ihm ankündigte, ein Weib zu sich nehmen zu wollen und schon wisse, wer die Auserwählte sein würde.

Pollio zählte über siebzehn Winter und fand den Zeitpunkt für gekommen, dem Freund und dessen Glück den Rücken zuzudrehen.

Er wusste, er würde Glück nicht ertragen können... Das Bild der Schwester beherrschte seine Nächte. Sein Misstrauen und sein unausgeglichenes Wesen würden ihn zur Belastung werden lassen...

Dies hatte der Freund nicht verdient. Also verschwand er zum Einbruch der Nacht. Er nahm nichts weiter mit, als eine zweite Tunica, ein zweites Paar *Calcei* und einen sehr kleinen Beutel mit Münzen... Pollio musste nicht weit gehen. Schon in Korinth fand er sein vorläufiges Ziel. Es lag nur eine Nacht zwischen seiner Kindheit und seinem Dasein als Legionär Roms.

Pollio war gleichgültig, wem er und wo er diente. Er ertrug alle Mühen, ohne Murren, gab keine Hilfe und suchte auch keine. Er nahm keine angetragene Freundschaft hin, grenzte sich aber auch nicht aus und wurde so zu einem Sonderling.

An Mut und Entschlusskraft fehlte es ihm genauso wenig, wie an Können. Er beherrschte den Gladius, das Scutum, wusste mit dem Pugio zu kämpfen, warf das Pilum weiter als Andere, kam auch mit Pfeil und Bogen zurecht und ritt besser als die, die es ihm einst beibrachten.

Es waren die Pferde, die ihn anzogen und in deren Nähe er ein fast ausgeglichenes Leben führte. Die Nächte mit seiner Schwester aber blieben...

Seine Kameraden ließen ihn, wie er war. Dies hatte eine einfache Bewandtnis. Es folgte ein fast bedeutungsloser Kampf in Germanien. Er marschierte, wie auch die vielen Anderen, unter dem Legat *Galba* gegen die Chatten. Es war im Sommer, als sie nach einem Kampf um eine Siedlung, vom Rest der Centurie getrennt wurden. Sie waren nur etwa zwanzig Männer, die plötzlich die Richtung verloren, weil der Optio, dumm, eitel und hirnlos, sie in Sümpfe führte. Als der erste der Milites vor ihm im Sumpf versank, warf er dem Kamerad sein Pilum zu und zog den Bedrohten, nach dem der Mann den Schaft der Waffe erfasst hatte, langsam und geduldig aus dem Morast.

Vor ihnen und rechts von ihnen Sumpf. Zur linken Hand ein Fluss, dessen schnell fließendes Wasser nicht sehr einladend wirkte. Ihre schwere Ausrüstung würde ein hindurch schwimmen kaum zulassen und dieser eitle Optio lehnte es ab, die Ausrüstung zu opfern.

Dessen eigener Absicht folgend, formierte der Optio den kleinen Trupp und zog dorthin, wo sie herkamen, unbedacht der Tatsache, dass genau dort der Feind sie von der übrigen Centurie getrennt hatte.

Zu diesem Zeitpunkt wussten sie noch nicht, dass dieser unglückliche Umstand ihr Leben erhielt. Die Centurie wurde von den Chatten überwältigt und die Sieger lagerten genau dort, wo sich das Schlupfloch in die Freiheit der Wälder befand.

Dieser unwürdige Optio glaubte, eine *Horde* von über zweihundert Chatten, hinwegfegen zu können. Also marschierte er auf deren Lager zu und wollte angreifen. Pollio hatte sich damals in die Nähe des Optio gedrängt und ihn dann leise gefragt, was er vorhabe?

„Angreifen natürlich!" bekam er entrüstet zur Antwort. Sie lagen auf einem Hügel und übersahen das feindliche Lager.

„Kannst du zählen, Optio?" fragte Pollio beiläufig und der Optio ging in seiner Dummheit hoch und fauchte ihn an.

„Wenn du das noch einmal machst, Stronzo, schneide ich dir deine Eier ab!" wies der Jüngere auf die empfindlichste Stelle des Älteren.

Der Griff des noch sehr jungen Milites erfasste die Prachtstücke des Optio und zog ihn daran erneut zu Boden. Als Nächstes spürte der Optio ein scharfes, spitzes Etwas in der Nähe seiner Prunkstücke.

„Hört mal, Männer..." sprach Pollio die neben ihm Liegenden an. „... der Optio möchte einen ruhmreichen Sieg über etwa zweihundert Chatten... Was haltet ihr davon?"

„Nicht so viel, wenn ihr mich fragt..." antwortete eine Stimme. „... aber die Kerle liegen genau dort, wo wir durch müssen, wollen wir der Falle entgehen..."

„Da stimme ich dir zu, Freund!" antwortete Pollio leise, aber immer noch so, dass ihn alle seine Begleiter verstehen konnten.

„Der Optio will mit Gewalt mitten hindurch..." Es gab ein kurzes Gerangel, bis Pollios Stimme erneut erklang.

„Halt verdammt noch mal still und dein Maul, Optio! Sonst verlierst du deine Prachtstücke doch noch! Freunde, ich halte nichts von seiner Absicht und ich glaube unter euch ist keiner, der mir Feigheit zugesteht, oder?" Das Schweigen antwortete.

Es war offensichtlich. Der ihnen allen gut bekannte junge Milites Pollio, dieser furchtlose Sonderling ihrer Centurie, hatte den Optio in seiner Gewalt und meuterte gegen den Vorgesetzten...

Es war einfacher im Kampf zu sterben, als dann wegen Feigheit, von eigenen Kameraden totgeschlagen zu werden. Also schwiegen die Älteren und auch alle Anderen.

„Wenn wir dem Optio folgen..." begann Pollio erneut, der seine Vorgehensweise zu erklären und um Beistand ersuchte. „... kommt vielleicht nur einer von uns durch und ich würde mich wundern, wäre dies nicht unser viel geliebter Optio... Ich dagegen hätte einen anderen Plan, der mehr Möglichkeiten zum Überleben in sich birgt und außerdem eine größere Zahl dieser chattischen Hunde zu ihren Göttern zu gehen zwingt... Verdammt Optio, halt still, wenn du leben willst!"

Es meldete sich die gleiche Stimme. „Was schlägst du vor?"

„Meinst du die Kerle stehen so aufmerksam Wache, wie wir dies tun? Von denen fürchtet keiner eine *Vitis*... Mir reichte zu Zeiten schon die Vitis oder der *Hastile* eines Optio..." Pollio lachte leise vor sich hin.

„Eher wohl nicht, zumindest nicht kurz vor dem Morgen..." wieder war es die gleiche Stimme, die eine eigene Meinung preisgab.

„Das denke ich auch. Die Kerle sind davon überzeugt, dass wir den Fluss meiden. Unsere Ausrüstung... ihr wisst schon... Doch unmittelbar am Ufer ist der Boden fest. Was, wenn wir dort im Morgengrauen durchbrechen und den Kerlen ein paar Hälse abschneiden?"

„Das klingt nicht so schlecht... Nur kannst du, mit deiner Last auf dem Kreuz, nicht so schnell laufen wie die Chatten... Meinst du, die sitzen uns dann nicht im Nacken?"

„Oh doch..." antwortete Pollio. „Leider..., wenn wir aber nun unsere Ausrüstung vorausschicken und dann später nachkommen?"

„Wie willst du das anstellen?" Die Stimme blieb beharrlich.

„Lasst uns etwas zurückweichen... Dort hinten sind Büsche und junge Bäume. In der Nacht bauen wir Flöße oder schwimmende Bauminseln, übergeben diesen die uns hindernde Ausrüstung und schleichen am Morgen durch das Lager..."

Pollio merkte, wie sich alle bisher in einer Front Liegenden um ihn zusammendrängten.

„Meinst du die Ausrüstung findet zu uns zurück?" Es war immer die gleiche Stimme, die fragte.

Der Legionär sprach alle Sorgen und Bedenken der Gefährten aus, bis auf eine... Was geschieht, wenn der Vorgesetzte meint, sie hätten sich aus Furcht vor dem Feind verborgen... Die Angst vor Strafe beherrschte die bisher Überlebenden.

„Ein wenig suchen müssten wir schon... Aber der Fluss scheint mir groß und breit genug, die Ausrüstung finden zu können..." bot Pollio, der sich wenig um sein Leben besorgte, ob es nun durch die Hände der Chatten oder den Willen Anderer ein Ende finden sollte, an.

„Drei Mann gehen vor und sorgen für die Schneise am Fluss. Hinter dem Dorf lag, nach meiner Erinnerung Wald. Schaffen wir es durch die Horde und dann auch noch durch die Siedlung, nimmt uns der Wald auf. Nur zusammenbleiben müssen wir. Zersplittern wir, wird es schwer zu entkommen. Bleiben wir zusammen, sind wir jedem Suchtrupp überlegen und glaubt mir, sie werden uns jagen... und sich darauf versteifen, wir würden nur Laufen wie die Hasen..."

Pollio schwieg und lauerte. Als er die aufkeimende Hoffnung der Milites spürte, unterbreitete er seinen vorerst letzten Vorschlag, noch immer den Optio an seinen Eiern kitzelnd...

„Nur Eines müssen wir klarstellen..." fügte er seiner Erklärung an.

Was?" meldete sich wieder die Stimme, die nun dicht neben ihm auftauchte. Pollio erkannte einen Altgedienten.

„Es geht um die Befehlsgewalt... Der Optio ist kaum der Mann, der uns auf die andere Seite bringt..."

„Was schlägst du vor?"

„Abwahl im Guten oder..." Pollios Hand zeigte am eigenen Hals, was er für erforderlich hielt.

Pollio ließ seinen Gefährten keine Zeit zur Überlegung. „Was meinst du Optio?" fragte er, das Zögern der Anderen übergehend, den Betroffenen.

„Das kannst..." Mehr brachte der Optio als Entgegnung nicht vor. Sofort spürte er das kalte Eisen an seiner empfindlichsten Stelle.

„Du kannst nur zustimmen oder deine Götter begrüßen..." zischte Pollio. Das schien zu überzeugen und der Optio fand den Ausweg. Er stimmte der Abwahl im Guten zu und fügte sich ein.

Damit hatte Pollio ein kleineres Problem. Sie wollten aus der Zange heraus und er zeigte den Weg. Würde nur einer der Männer sprechen oder der Optio überleben, bedeutete das seine mögliche Verurteilung... So lustig war ein *Fustuarium* für gewöhnlich nicht...

Ein Gutes würde diese Marter aber mit sich bringen, auch wenn es ein Ende mit Schrecken wäre... Den Schrecken jeder einzelnen Nacht brauchte er dann nicht mehr fürchten! Dafür könnte er seine Schwester, dort wo sie jenseits des *Hades* zusammentreffen würden, wieder in die Arme schließen... Er freute sich darauf.

„Dann alle zurück und leise!" konnten seine Gefährten die von nun an befehlende Stimme vernehmen.

Im Morgengrauen dümpelten mehrere herrenlose, kleinere Flöße und schwimmende Inseln aus Zweigen mit der Strömung des Flusses.

Nur wenig später näherten sie sich den Chatten. Den Ersten der träumenden Posten, unmittelbar am Flussufer, begrüßte Pollio selbst. Die Überraschung schien den Chatten sprachlos gemacht zu haben. So wie Pollio aus dem Morgendunst des Flusses vor ihm auftauchte, brachte er nur noch ein überraschtes „Uff" hervor, bis der Dolch des Milites in seiner Brust steckte.

Die Truppe zog unmittelbar am Fluss entlang, schnitt Kehlen durch und stieß Dolche oder Gladi in Körper oder Kopf. Sie brachten still und leise den Tod unter die Chatten. Selbst in der Siedlung rührte sich kein einziges Wesen. Vielleicht hatten sie dort zuvor, bei ihrem Vorstoß, alles Leben zum Erlöschen gebracht...

Im Wald stellte Pollio die Ordnung her, bestimmte eine Vorhut und ließ die Truppe, in kleineren Gruppen so laufen, dass immer mindestens zwei kleinere Trupps einander sahen. Er bestimmte das Tempo der Spitze und folgte dem Fluss.

Von Verfolgern war nichts zu hören, dafür wurden sie aber bald darauf, von einer im Marsch befindlichen Kohorte, in Empfang genommen. Dort erfuhren sie von der Vernichtung ihrer restlichen Centurie und so merkwürdig dies auch klingen mochte und von Pollio kaum geglaubt werden konnte, meldete sich der geläuterte Optio bei ihm und versicherte seine Dankbarkeit.

Der Optio schien, in seiner ausgestandenen Angst, die ernste Bedrohung seiner Würde vergessen zu haben... Dieser war bei Weitem nicht der Einzigste, der Angst empfand, als sie durch das feindliche Lager zogen... Für die übrigen Beteiligten aber war Pollio zum Retter geworden. Er hatte sie nicht nur durch die feindliche Linie geführt, sondern dort noch zahlreiches Unheil anrichten lassen... Weil Pollio sich aber, nach ihrer Ankunft, in seine bekannte Rolle als Sonderling zurückzog, gingen auch alle Veränderungen spurlos an ihm vorüber.

Der Bericht des Optio bewog den Pilus Prior zu einigen drastischen Maßnahmen. Aus dem Optio wurde ein Centurio, dessen Centurie aufgefüllt wurde.

Keiner der Männer musste für Feigheit vor das Fustuarium treten. Statt dessen wurde ihr Mut und die gezeigte Tapferkeit gewürdigt, nur der, dem der Ruhm der Führung zukam, wurde übergangen.

Weil aber auch der vormalige Optio die Schmach seiner Behandlung verschwieg und dafür mit der Stellung des Centurio belohnt wurde, blieb auch Pollio von einer Bestrafung verschont.

Der Krieg mit den Chatten zog sich etwas in die Länge und als sich Frieden anschließen wollte, tauchte der amtierende Kaiser selbst vor Ort auf. Dies führte zu einem Ausflug über den Rhenus, in die Tiefe Germaniens. Weil den Germanen der Gedanke zur Einheit im Kampf irgendwie fremd zu sein schien, war es nicht so schwer, siegreich zu bleiben. Pollio erlebte die Siege, die der Feldherr Galba nacheinander einfuhr. Der teilnehmende Kaiser, Pollio hörte nur davon, denn gesehen hatte er ihn nicht, schien mit dem Erfolg zufrieden. Er zog sich, in den letzten noch warmen Tagen des vergehenden Sommers, in Richtung Rom zurück.

Pollio hätte ihn gern begleitet, denn der nun kommende Herbst und Winter barg in sich Reize, denen er, als an Sonne gewöhnter Mann, nicht viel abgewinnen konnte. Es kam aber weit schlimmer.

Die Chatten mussten erfahren haben, dass sich der Kaiser zurückgezogen hatte und besaßen plötzlich den Mut, erneut über den Rhenus vorzudringen. Diesmal aber waren es Massen von Kriegern, nicht so wie zuvor, wo fast jede kleinere *Gefolgschaft* glaubte, Rom besiegen zu können... Die Horde zog durch römisches Gebiet, plünderte, brandschatzte, mordete und vergewaltigte. Aber bevor es richtig kalt wurde, zog sich diese Streitmacht über den Rhenus zurück.

Damals erfuhr Pollio von den Fähigkeiten der Chatten, sich in den strömenden Fluss zu werfen und schwimmend das andere Ufer zu erreichen. Der Herbst kam und ging. Schnee und Kälte überraschte die an Sonne gewöhnten Milites Roms. Auch Pollio fluchte und fror. Er atmete erst auf, als die Sonne häufiger begann, seine Nase zu kitzeln...

Zuerst tauchte ein Gerücht auf. Es war nichtssagend, kam aber vom *Lokus*... Botschaften von dort enthielten zumeist eine verborgene Wahrheit. Solcher Art Gerüchte wirkten in doppelter Hinsicht. Einmal verbreiteten sich Botschaften vom Lokus sehr schnell und konnten in ihrer Ausbreitung kaum gehindert werden. Zum Anderen bauschte jeder das Gehörte weiter auf, um sich selbst wichtiger zu machen...

Auch Pollio hörte zu, vermied es aber, darüber zu sprechen.

Der Feldherr schien beschlossen zu haben, ins Gebiet der Chatten einzudringen und Rache für den Überfall des vorigen Sommers zu nehmen. Auch Pollios Kohorte erhielt die Ehre, Roms Willen umzusetzen.

Hätte er gewusst, was ihn erwartet, wäre er lieber schon vorher gestorben. So aber nahmen die Ereignisse ihren Lauf...

Zuerst erzielten sie Erfolge. Wer könnte sich schon einer römischen Kohorte entgegenstellen, wenn diese zuvor unbemerkt an eine Siedlung herankam und dann, wie eine vernichtende Woge, darüber hinweg brauste?

Dann veränderte sich die Art ihres Kampfes.

Die Germanen sahen wohl die kommende Gefahr rechtzeitig, war doch die schwerfällige Masse einer Legion eigentlich nicht zu übersehen... Also griffen die Chatten immer wieder selbst an und zogen sich zurück. Sie kamen schnell und verschwanden fast genauso schnell.

Pollio konnte sich eines Gefühles nicht erwehren. Er sah eine zunehmende Dreistigkeit in den Angriffen und fand, dass deren Streitmacht von Tag zu Tag größer zu werden schien. Leicht beunruhigt begann er um den Erfolg ihres Vorhabens zu fürchten...

Diese Furcht vermochte er nicht mehr auszuleben, weil ihn andere Furcht ergriff und auf lange Zeit marterte.

Der Angriff der Kohorte galt einer sehr großen Siedlung der Chatten. Offensichtlich aber waren die Bewohner gewarnt worden und in den umliegenden Wäldern verschwunden. Die dürftige Gegenwehr zur Verteidigung der Siedlung wurde einfach überrannt.

Die Jagd durch die Wälder, die sich anschloss, führte ihn, mit einigen Kameraden, in einen Hinterhalt. Zwar unverwundet, aber gebunden, erwachte Pollio, als man ihn auf den Rücken eines Pferdes warf und festzurrte. Seinen Kopf nicht bewegen könnend, sah er nicht, wohin man ihn brachte, erkannte aber den Brunnen inmitten der Siedlung, die sie zuvor heimgesucht hatten.

Als er vom Pferd gestoßen wurde, fand er sich neben zwei seiner Gefährten wieder, beide verwundet. Ihm schien, dass der Eine der Männer die Nacht kaum überleben würde...

Er irrte. Sie schafften es beide nicht.

Ihn selbst band man an einen in der Nähe des Brunnens stehenden Pfahl und warf Weidenruten in seine Nähe. Noch im Wundern über diese Vorsorge lernte er deren Zweck kennen.

Der Erste, der mit solchen Weidenzweigen in der Hand, vor ihn hintrat, war der Älteste. Dieser sorgte dafür, dass ihm genügend Platz zum Schwingen der Ruten zur Verfügung stand und sprach nur wenige Worte, die aber Pollio nicht verstand.

Dann schlug der Mann zu. Die Ruten trafen seine Brust und den Bauch. Von nun an lernte Pollio die Geschmeidigkeit solcher Weidenbündel, die fast immer aus drei bis sechs langen, einzelnen Zweigen bestanden, zu fürchten.

Im Nachhinein glaubte er, dass der erste Schlag der Schlimmste war. Die Ruten trafen ihn unvermittelt und deren Wirkung war ihm bisher völlig unbekannt. Er versuchte den Schmerz zu umarmen, doch es war nicht möglich.

Der Alte schlug wohl nur fünf Mal zu und Pollio glaubte, das Schlimmste überstanden zu haben. Er irrte erneut.

Fast jeder Mann, jeder Jüngling und selbst manche Weiber, griffen nach Weidenruten, damit er den Schmerz kennenlernte, den sie empfanden. Keiner der ihn Züchtigenden schlug öfter zu als der Älteste. Weil aber jeder vom Schmerz des Todes innerhalb der Sippe berührt wurde, kamen zum Schluss auch noch Knaben zu ihrem Recht.

Längst waren seine Brust und sein Bauch eine einzige Wunde. Er konnte sich schon nicht mehr auf den Beinen halten. Die Seile aber hielten ihn aufrecht.

Als der Älteste sah, dass seine Brust nur noch rotes Fleisch war, ließ er Pollio umdrehen und bot seinen Rücken zur Behandlung an.

Der junge Römer war längst im dumpfen Schmerz untergetaucht, hing nur noch, von den Stricken gehalten, am Pfahl. Dennoch kamen den ganzen Tag über weitere Schläger.

Er schien die Wut und den Hass aller Chatten aufsaugen zu dürfen... Im Wandeln zwischen Bewusstsein und Dunkelheit empfand er keine Schmach mehr zur Gefangennahme und verlor jede Furcht vor einem Fustuarium. Die Chatten verstanden es weit besser, ihren selbst empfundenen Hass mit Schmerz zu belohnen. Weil sie diesem Vorhaben geduldig und jeden Mann, Weib oder gar Kind Beteiligung anboten, blieb der Schmerz beständig, lullte Pollio ein, betäubte seinen Geist und umhüllte ihn mit einer schwarzen Wolke. Das Letzte, was er sah, war das Bild seiner ermordeten Schwester...

Die frühe Morgensonne, die genau auf sein Gesicht schien, zog ihn aus der Bewusstlosigkeit. Dann griff der Schmerz zu.

Als er wieder zu sich kam, erfassten ihn kräftige Arme und drehten ihn erneut um. Sie banden ihn wieder am Pfahl fest, als wäre nichts geschehen... Seine Brust war eine einzige rote Wunde, die sich, auch wenn er dies nicht sehen konnte, tiefer hinab zog. Über seine Beine und Arme, auch über sein Gesicht verliefen aufgeplatzte Streifen malträtierter Haut, von einzelnen Ruten hervorgerufen. Er glaubte, dass sein Rücken nicht anders aussah. Der Schmerz dort vermittelte ihm diese Gewissheit.

Als die Sonne dieses Tages über ihm stand, begriff er, dass das Schlagen vorüber war. Ein Blick dorthin, wo die Ruten zuvor lagen, verkündete ihm, dass Ende dieser Tortur. Es gab keine Weidenruten mehr.

Fast gleichzeitig, mit dieser Erkenntnis verbunden, tauchte er in der dumpfen Dunkelheit unter. Er kam zu sich, weil er fror. Es war tiefschwarze Nacht und leichter Regen nässte seine Wunden. Das Regenwasser spülte erste Teile des Blutes ab und verursachte auf seiner gemarterten Haut einen Schmerz, den er für viele Tage und Nächte nicht mehr verlor.

Weil er Durst empfand, öffnete er seinen Mund und versuchte so viel Regen wie möglich aufzufangen. Der Hunger meldete sich.

Seine Gedanken kreisten um die Gefangennahme. Er konnte sich nicht erinnern. Bevor sie ihn an den Pfahl banden, schien er keinerlei Verletzung gehabt zu haben. Warum war er dann aber bei seiner Gefangennahme ohne Bewusstsein? Er kam nicht umhin zu glauben, der einzige Überlebende des Trupps zu sein, mit dem er die Jagd durch die Wälder aufnahm... Wenn dies zutraf, dann würde ihm auch kein Gefährte schildern können, wie man seiner habhaft werden konnte. Irgendwie beunruhigte ihn diese Vorstellung und weil die Müdigkeit zunahm, der Schmerz ihn einlullte und der Regen nicht störte, schlief er erneut ein.

Der neue Morgen brachte einige unangenehme Erkenntnisse. Zuerst einmal sah er auf seiner Brust noch Stellen unverletzter Haut. Der Regen der Nacht wusch sein Blut vom Körper. Verglich er die Größe unbefleckter Haut mit den Stellen, die blutig waren, bedauerte er noch immer zu leben... Als die Sonne über ihm stand wusste er, dass er sterben würde. Sie brachten ihm weder Wasser noch Brot oder sonst etwas Essbares.

Der Schmerz saß in allen Fasern seines Körpers. Eigentlich hätte er längst verblutet sein müssen. Doch irgendwie reichten die Schläge nicht, das Blut aus ihm herauszuschlagen. Er lebte im Schmerz und begriff langsam, dass ein schneller Tod eines Dolches als zu geringe Strafe bemessen wurde. Er überlebte auch die dritte und vierte Nacht, trotzdem der Hunger in seinen Gedärmen wühlte. Zum Glück regnete es in dieser Nacht heftiger, so dass er seinen Durst stillen konnte.

Er stand auch am Morgen des fünften Tages noch immer aufrecht am Pfahl. Waren am Nachmittag zuvor erste Kinder zu ihm gekommen, brachten ihr Erstaunen zum Ausdruck, wie er glaubte, ihn noch am Leben vorzufinden, so wusste er von sich, dass ihn nur noch die Seile hielten.

Der Körper war zu einem einzigen Schmerz verschmolzen. Das Merkwürdige jedoch war, dass sein Geist kaum Schaden genommen zu haben schien. Die Bewusstlosigkeit nahm ihn zwar immer wieder und noch immer oft genug aus seiner Umgebung, ließ ihn dann aber stets in die Gegenwart zurückfallen und er brauchte nur wenige Augenblicke, um sich erneut zurechtzufinden.

Am Morgen dieses neuen Tages tauchte ein altes Weib vor ihm auf.

## 10. Eine einzelne Träne

*67 nach Christus - Winter (1. Martius)*
*Imperium Romanum – Exercitus Germania Superior*

*D*ie Alte stand einfach nur da. Krumm, gebeugt von der Last des Alters, fast zahnlos, spärliches graues Haar, eine große Nase, die wie ein Zinken die eingefallenen Wangen ihrer Gesichtszüge in zwei Hälften teilte und den Runzeln ihrer Haut Würde verlieh. Einzig der Blick ihrer Augen... Er schien Hoffnung zu senden, ruhte auf seiner Gestalt und wog wohl ab, ob es noch eine Möglichkeit zum Überleben gab. Sie sagte nichts, musterte ihn von Kopf bis Fuß eingehend und verschwand.

Mit dem Ältesten und zwei Männern im Schlepptau kehrte sie zurück. Seine Fesseln wurden gelöst und die kräftigen Männer fassten zu, weil er sonst zusammengebrochen wäre. Die Alte schnauzte die Männer an und so griffen sie fester zu. Sie schleiften ihn aus der Siedlung in den Wald. Er glaubte, sie würden jetzt zu Ende bringen, was vor Tagen begann.

Nicht das ihm der wenig herzliche Transport neue Schmerzen bescherte und das dies die Alte oder die Männer bekümmert hätte... Als er seinen Kopf hob, längst war ihm alles gleichgültig, sah er die Alte die Tür zu einer Hütte öffnen. Anschließend trugen ihn die beiden Männer zu einem Lager und legten ihn, wenig rücksichtsvoll, darauf. In diesem Augenblick sah er das Bild seiner Schwester und dann tauchte er ab.

Als er munter wurde, flößte die Alte ihm Wasser ein. Er brauchte nicht lange, um es auszuspeien. Die Alte blieb beharrlich. Nach dem fünften Versuch blieb der Trank, wo er hingehörte. Die gleiche Marter begann etwas später mit einer Suppe. Auch diesmal gelang der Versuch nach zahlreichen Wiederholungen. Dann schlief er, ohne das ihn die Schwester in seinen Traum lockte. Mit dem Erwachen stellte sich die Erinnerung ein. Nicht das er den Gruß der Schwester vermisst hätte...

Schräg über ihm befand sich ein Loch im Dach der Hütte, durch das der Rauch des Feuers abzog. Schnell begriff Pollio, das er an der Helligkeit in diesem Loch Tag und Nacht unterscheiden konnte. So glaubte er, dass der dritte Tag der wohl vorerst schlimmste Tag wurde.

Die Alte wusch ihn. Sie zeigte keinerlei Scheu, betrachtete jeden Flecken seines Körpers eingehend und als sie der Bewaffnung zwischen seinen Beinen ansichtig wurde, hörte er, so glaubte er, ein leises Seufzen. Pollio konnte sich aber auch geirrt haben...

Die Erkenntnis, dass ihn die Alte mit Vorsicht behandelte, erschütterte ihn. Warum mühte sie sich... Er verstand es nicht. Mit der Sauberkeit des Körpers begann die Pflege der Wunden... Die Alte ging gründlich vor. Zuerst widmete sie sich Brust und Bauch. Anschließend musste er sich selbst vom Rücken auf den Bauch drehen. Hierfür war die Alte zu schwach. Er blieb, nach deren Behandlung, so liegen.

Tage später war er zu besserer Speise und reichlich Trinken übergegangen. Die Alte verpflegte und umsorgte ihn gründlich. Also kam der Tag, wo er erste Schritte machen wollte, die Alte sich aber vor ihm aufbaute und ihn mit ihren Händen zurück auf das Lager drückte.

Drei Tage später reichte sie ihm beide Hände und half ihm so beim Aufrichten. Er machte einen ersten Schritt, einen zweiten und dritten und kehrte um. Zu erschöpft, ließ er sich auf das Lager sinken. Von diesem Tag an machte er Fortschritte. Nie klagte er über den Schmerz, er fluchte nicht und zeigte auch keinen Zorn...

Die Alte war eine Heilerin. So wie die Wunden verheilten, so wie sich Narben schlossen, so wie sich der Körper erholte und er wieder Laufen lernte, so hörte und verstand er die Ersten ihrer Worte.

Pollio erkannte die Strafe der Chatten an. Was auch immer deren Ansicht von Recht und Ordnung war, billigten sie ihm scheinbar sein weiteres Leben zu...

Es kam der Morgen, an dem sie ihn aufforderte Holz für das Feuer vorzubereiten. Sie zeigte, was sie wünschte und er kam ihrer Forderung nach. Sie nutzte eine kleine, eiserne Axt. Am Abend kramte sie in einer größeren Kiste und reichte ihm danach ein *Parazonium* mit leicht geschwungener, schmaler, aber verrosteter Klinge.

„Nimm!" sagte sie und er kam der Aufforderung nach. Pollio suchte sich einen Schleifstein, schärfte und polierte die Klinge. Es dauerte Tage. Axt und Parazonium halfen beim Holz schneiden. Kehrte er nach verrichteter Arbeit in die Hütte zurück, stieß er die Waffe, oberhalb der Tür, in den Pfosten. In der Hütte brauchte er kein Messer...

Pollio merkte, wie der Schmerz ihn verließ, wie seine Arme und Beine erstarkten und seine Geschicklichkeit und Wendigkeit zurückkehrte. Was blieb, waren Narben... Mit diesem Gefühl der neuen Kraft wurde ihm bewusst, dass die Chatten ihn, in ihrer Strafe wollten ausbluten lassen, dann dem Durst und Hunger übergaben und so deren Götter aufforderten, ihn mit dem langsamen und qualvollen Tod zu strafen...

Er aber überlebte.

Die Kinder waren es, die ihm verkündeten, dass er Leben würde. Er verstand ihre Worte nicht und sah nur einzelne Gesten, die er als Verwunderung deutete. Als er darüber nachdachte, begriff er, dass die Alte hätte schon früher einschreiten können, es aber nicht tat, weil ihr dann der Geheilte wieder entglitten wäre. Mit seiner wieder erlangten Gesundheit hätten sie ihn erneut geholt und von vorn gemartert.

Es musste diesen fünften Morgen geben, damit sie fordern durfte... Sie ging zum Ältesten und forderte sein Leben.

Eines Tages tauchte ein anderer Alter auf. Er lehnte seinen Bogen und den Köcher mit Pfeilen, neben dem Hütteneingang an die Wand, und betrat die Hütte. Ihn würdigte der Alte keines Blickes. Etwas später öffnete sich die Tür und der Alte ging.

Pollio widmete weder dem Besuch Aufmerksamkeit, noch verschwendete er irgend einen Gedanken, wunderte sich aber über den vergessenen Bogen.

Am nächsten Morgen machte ihm die Alte klar, dass sie frisches Fleisch brauchten. Er solle jagen gehen. Sie fasste ihn an die Hand und führte ihn zum Bogen. Sie zeigte ihm das Einlegen des Pfeils und wie er sich durch Unterholz drängte, einen Bock sah und schoss. Polio begriff.

Am Abend brachte er ihr einen Rehbock.

Längst war er so kräftig, ausdauernd und stark, wie vor seiner Marter. Auch wenn sie ihn ständig im Auge behielten, tauchte er in deren Nähe auf, selbst als der Dolch bemerkt wurde oder er den Bogen in seiner Hand hielt, nie griff ihn einer der Chatten an...

Die Tage vergingen und die Zeit heilte seine Wunden. Der Herbst kam, der Winter und der Frühling. Es waren längst die für Germanien heißen Tage angebrochen, als die Alte ihn aufforderte, ihm zu folgen.

Pollio tat, was sie verlangte. Sie schritt auf die Siedlung zu und durchquerte sie, mit stolz erhobenem Haupt. Keiner wagte sie anzusprechen, obwohl ihr und ihm alle Augen folgten. Sie wandte sich nicht um, blickte nicht zurück zu ihm und sprach auch kein Wort.

Pollio folgte ihr, wenn er sich auch wunderte... Sie gingen lange.

Am Ufer des Rhenus machte sie halt. Die Alte blickte zum Wasser, dann zu ihm. Dann folgten ihre Arme der Bewegung des Schwimmens und sie sagte nur: „Geh!"

Er blickte sie erst, nur langsam begreifend an, sah zum breiten Fluss und dachte an die Chatten, die oft über den Fluss schwammen... Sie musste glauben, dass er dies auch könnte. Vielleicht war dies auch die

Letzte seiner Prüfungen... Erreichte er das andere Ufer, war er frei. Schaffte er es nicht, waren alle ihre Bemühungen nutzlos.

Es lag an ihm, eine Entscheidung zu treffen. Er könnte bei ihr bleiben und seine Schwester würde ihn vielleicht nie wieder heimsuchen... Es war ein zwar bescheidenes Glück, aber weit besser, als das, was er bisher erlebte...

Dann plötzlich trat der Älteste vor ihn. Er sah sich am Pfahl angebunden und spürte, fast so wie damals, den ersten Schlag. Sofort war das Bild seiner Schwester im Kopf.

Pollio begriff, dass die Freundlichkeit der Alten die Wut der Chatten würde niemals brechen können. Sie hatte um ihn gekämpft und er ihr geholfen. Es war seine Widerstandskraft, die diese Marter überwand. Als die Alte ihre Gelegenheit erkannte, forderte sie sein Leben... Der Älteste, der so sehr seinen Tod wünschte, Pollio verstand den Hass und die Wut des Mannes, musste nachgeben.

Er, Pollio, würde nie zum Chatten werden und niemals verziehen ihm von der Macht Roms Betroffene... Es gab keinen Ausweg. Sie bot ihm die Freiheit an, vielleicht auch, weil sie wusste, würde er länger bleiben, müsste auch ihn dennoch die Rache der Chatten treffen...

Pollio nickte für sich. Er hatte verstanden...

Also trat er auf die Alte zu, kniete nieder und legte seine rechte Hand auf sein Herz. Er sah ihre nur einzige Träne. Sich erhebend, umarmte er die Alte, wandte sich um und schritt zum Ufer. Pollio sah sich nicht mehr um, bis er das andere Ufer erreichte. Als er dann zurück blickte, war die Alte verschwunden.

Er verließ den Fluss, traf, wie erwartet, auf die römische Straße und entschloss sich auf gut Glück, flussauf auszuschreiten. Als es dämmerte kam ihm die Umgebung bekannt vor.

Pollio besaß keine einzige Münze und sah wenig vertrauen erweckend aus, bärtig und mit verfilztem Haar. Sauber war er auch nicht besonders. Also verließ er die Straße und suchte einen Bach und ein Lager für die Nacht. Er fand, was er brauchte. Am Morgen badete er und versuchte seinem Bart und Haar beizukommen. Er scheiterte.

Zur Dämmerung  erreichte er den Standort seiner Legion, folgte den ihm bekannten Weg hinauf zum *Feldlager* und baute sich vor dem Posten am Tor auf. Er grüßte auf römische Art und schmetterte eine Meldung.

„Legionär Trebius Pollio meldet sich zurück aus der Gefangenschaft!"

Die Kinnlade des Postens klappte nach unten, sein Blick musterte den Wagemutigen, der sich wohl mit ihm einen Scherz erlauben wollte.

„Verschwinde Stronzo... oder du lernst mein *Pilum* kennen...“

Pollio war unerschütterlich. „Legionär Trebius Pollio meldet sich zurück aus der Gefangenschaft!“ Er grüßte erneut auf römische Art und fügte an: „Rufe deinen Optio und lass ihn prüfen, wie viel Wahrheit in meinen Worten steckt...“

Wieder musterte der Posten den vor ihm stehenden Fremden. „He, holt den Optio! Hier will ein Spinner zu ihm!“

„Was brüllst du so rum? Wer will zu mir?“ Der Optio der Wache kreuzte recht ungehalten auf. Bevor der Posten den Mund öffnete, schnarrte Pollio seine Meldung zum dritten Mal.

Der Optio tat nichts anderes als sein Posten. Seine Kinnlade klappte herunter. „Was?“ äffte er und maß den Fremden mit vernichtendem Blick.

„Ja Optio! Ich komme aus der Gefangenschaft, auch wenn dir mein Anblick Sorgen bereitet... Oder meinst du, die Chatten entlassen mich in einer Parademontur, mit allen Waffen, frisch rasiert und geschoren...“

Er grinste den Optio an und diese Worte mussten wohl, ob ihres Spottes, Wirkung hinterlassen haben. Die Kinnlade schloss sich und der Optio kommandierte: „Folge mir!“

Die Würdigung seiner Erscheinung beim Centurio der Wacheinheit verlief nicht allzu anders. Pollio durfte aber seine frühere Centurie, seine Kohorte sowie seine Kommandeure benennen. Das brachte ihn weiter. Der Centurio schleppte ihn zum *Pilus Prior* der Kohorte.

Sein früherer Vorgesetzter musterte ihn und dachte bei sich ‚Was für ein Hohn... Die besten Männer blieben bei den Chatten und dieser Trottel kehrt zurück...‘

Pollio hörte die Gedanken seines Pilus Prior natürlich nicht. Er glaubte sich angekommen...

„Folge mir!“ befahl der Pilus Prior und zerrte ihn vor die angetretene Kohorte.

Pollio glaubte keine so gute Figur abzugeben, dennoch nahm er, vor der Front stehend, Haltung an.

„Männer...“ begann der Pilus Prior „... dieser Fremde behauptet, vormals zu euch gehört zu haben... Könnt ihr euch das vorstellen?“

Zuerst wogte das Schweigen, dann lachte ein Erster, ein Zweiter und zum Schluss tobte die Formation. Pollio versank vor Scham und

Enttäuschung. Das wäre ihm bei den Chatten nicht widerfahren... Dort hätte ihn vielleicht ein einfacher Tod erwartet...

Plötzlich teilte sich die Mitte der Formation und aus einem hinteren Glied trat ein Milites hervor, den Pollio sofort erkannte.

Der Legionär kam näher, umkreiste den scheinbar Fremden, prüfte Größe und Gestalt, betrachtete sich eingehend dessen Gesicht und machte Front zur Centurie. „Was seid ihr alle nur für Stronzo! Mit diesem Mann habt ihr gekämpft! Ich kenne gut zwanzig Tapfere unter euch, die ihm sein Leben verdankten und ihr schmäht ihn mit Hohn und Verachtung... Wer von euch kann nur im Geringsten ermessen, welcher Mut dazu gehört, eine Gefangenschaft bei den Chatten zu überstehen...“

Der Altgediente machte Front zum Pilus Prior.

„Das Herr, ist Legionär Trebius Pollio!“

„Bist du dir sicher...“ zweifelte der Vorgesetzte.

„Kennt den Kerl noch ein Anderer von euch?“ wandte sich der Kommandeur an die Centurie.

Männer schoben sich durch die Formation, traten näher, musterten den Mann und es war letztlich der einst eitle und dumme Optio, der sich dem Pilus Prior zuwandte, seine Faust auf sein Herz knallte und jeden Zweifel aufhob. „Herr, das ist Trebius Pollio!“

„Dann seid ihr zwei mir verantwortlich, dass aus dem Milites wieder wird, was er einst war! Badet ihn, schert ihn und steckt ihn in neue Kluft! Dann bringt mir den Kerl!“

Der Appell war schnell beendet. Die Centurie verlief sich und vor Pollio stand der Altgediente und sein früherer Optio, der zum Centurio aufgestiegen war.

„Wo warst du?“ Der Centurio zeigte seine Neugier.

„In Gefangenschaft!“ Pollio blieb einsilbig, obwohl er diesem früheren Optio dankbar war. Er wusste, was ihn jetzt erwartete und dort musste er erst hindurch. Pollio ließ alles Erforderliche über sich ergehen, die Fragen der Vorgesetzten, wie auch die Neugier früherer Gefährten... Manche klopften ihm auf die Schulter, Andere bedauerten sein Unglück und wünschten sich, niemals in diese Bedrohung zu geraten und wieder Andere beglückwünschten ihn zum Überleben.

Ihm waren Wünsche und Erklärungen gleichgültig. Noch immer brannte in ihm die Scham über das Lachen.

Von allen anderen Vorgängen nahm er einzig den Altgedienten und den Centurio aus. Er wusste deren Mut zu würdigen, dies aber auch zu erklären, widerstrebte ihm.

Der Einzige der seine Erlebnisse hörte, war der Pilus Prior.

Erst schien er ungläubig zuhören zu müssen, dann aber fesselte ihn der Bericht. Er stellte nur eine Frage nach der Lage der Siedlung und ob Pollio diese finden könnte? Pollio bejahte diese Frage.

Hätte er doch darüber besser geschwiegen...

Nur eine Dekade von Tagen verging und er stand erneut neben dem Brunnen der Siedlung, am gleichen Pfahl seiner Marter.

Der Pilus Prior war in der Nacht über die Brücke in Mogontiacum gegangen und hatte die Kohorte zum Ziel marschieren lassen, welches ihm Pollio zeigte.

Der Morgen brachte die Überraschung. Die Chatten wurden nach Mann, Weib und Kind getrennt, sowie am Brunnen versammelt. Hinter jedem Krieger stand ein Milites, den Gladius am Hals.

Langsam legte Pollio seine Ausrüstung ab, seine *Lorica Hamata*, entkleidete sich bis zur Hüfte und lehnte sich deutlich sichtbar an den Pfahl, an dem er einst gezüchtigt wurde. Diese Botschaft war eindeutig. Sie wurde von allen Chatten begriffen und mancher von ihnen verfluchte sicher die Alte.

Pollio legte seine Ausrüstung erneut an und trat vor seinen Vorgesetzten. „Herr, erlaube mir, die Alte, die mich am Leben hielt, aufzusuchen!"

„Geh Pollio, nimm den Optio und dein *Contubernium* mit!"

Polli rief den Optio und schnell war die Truppe im Wald verschwunden. Als Pollio die Hütte vor sich sah, spürte er, dass etwas nicht stimmte. Kein Rauch über dem Abzug!

Er riss die Tür auf und sah die Alte auf seiner Lagerstatt liegen, die Hände über dem Bauch ineinander gefaltet und mitten in der Brust ein Dolch. Es stank fürchterlich. Sie musste schon Tage tot sein...

Polio nahm die dürre, alte und kleine Frau auf seine Arme. Im Wegschreiten, mit seiner Last auf den Armen, äußerte er dem Optio gegenüber die Bitte, die Hütte abzubrennen. Der Mann tat, was er wünschte. Pollio drehte sich nicht um. Er trug seine Heilerin bis zum Brunnen der Siedlung, wo er sie vorsichtig, als könnte sie zerbrechen, ablegte. In seinem Kopf tobte ein Sturm. Was hatte er falsch gemacht? Warum haben sie die Frau mit der Güte, die er erfahren durfte, erdolcht?

Auch er verlor nur eine einzige Träne...

Er zog am Brunnen sein Parazonium und trat vor den Ältesten.

„Wer hat das getan?" fragte er so laut, dass ihn alle verstehen konnten.

„Ich weiß es nicht!" hörte Pollio und die Waffe in seiner Hand sang das Lied des Todes.

Pollio trat an den zweiten Mann heran und stellte die gleiche Frage.

„Ich weiß es nicht!" hörte er erneut.

Der Schnitt war schnell und genau.

Schon stand er vor dem dritten Mann, der plötzlich zu jammern begann, seine Unschuld beteuerte und sich am Boden wälzte. Der Legionär hinter dem Chatten griff entschlossen zu und zerrte den Mann erneut auf seine Knie.

„Ich warte auf deine Antwort..." erinnerte Pollio.

„Ich bin unschuldig ..." jammerte der Chatte und versuchte, der Hand, die ihn am Schopf hielt, zu entkommen.

„Du hast zu viel Schuld..." ließ ihn Pollio wissen „... jedoch zu wenig Anstand und keinen Stolz! Ich spüre deine Peitschenhiebe noch jetzt auf meiner Brust. Erinnere dich, es waren sechs Ruten... Vergiss nicht, ich blickte dir in die Augen!"

„Ich bereue... ich bereue ..." schrie der Chatte und verfiel in erneutes Wimmern. Pollio zog sein Parazonium über dessen Hals und ließ diese Erbärmlichkeit verstummen. Er war Müde, würde aber solange weiter machen, bis er Antwort erhielt.

Der vierte Hals gab seiner Waffe nach, als der Alte nach vorn drängte, der damals seinen Bogen vergaß.

„Höre auf, Römer!" forderte dieser Mann.

„Warum?" fragte Pollio.

„Ich war es!" Der Alte trat auf Pollio zu. Er schien bereit zum Tod.

„Warum?" Pollios Schrei hallte durch die Siedlung.

„Sie wollte es so! Sie empfand dich als Sohn... Du musstest selbst wählen und du hast gewählt... Sie auch, sie war schon sehr alt..."

Pollio stand wie versteinert. Wieder verschuldete er einen Tod und es geschah, was er seit dem Tod der Schwester erblickte. Für immer brannte sich das Bild der Alten, wie sie, mit dem Dolch in der Brust, auf seiner Lagerstatt ruhte, in seinen Kopf.

„Herr..." wandte er sich an seinen Pilus Prior. „Lass es um meinetwillen gut sein! Diese Sippe wird sich nicht noch einmal über den Fluss wagen... Erlaube mir, auf meine Art um die alte Frau zu trauern..."

Pollio erinnerte sich, auf keine Antwort gewartet zu haben. Er drehte sich ab, blickte noch einmal zu der längst Toten und verließ die Siedlung. Der Pilus Prior hielt sich an seine Bitte. Die Kohorte zog wenig später ab und Pollio reihte sich wortlos ein.

Er ließ seine Trauer hinter sich, behielt aber das Bild, der toten Alten auf seinem Lager, in seinem Kopf. Er kannte nicht einmal deren Namen...

So wie er unter dem Bild seiner getöteten Schwester litt, verfolgte ihn zukünftig auch der Anblick der Heilerin...

Nur einen Monat später saß Pollio, in einer Taverne, einem Fremden gegenüber, der ihn für sich gewinnen wollte. Pollio war fast betrunken, begriff aber dennoch, dass, wenn er dem Mann zustimmte, seine Zeit als Legionär bald beendet war und er Germanien verlassen könnte. Alles war besser, als in Germanien zu bleiben...

Pollio stimmte damals zu und war bald ein Adler der Evocati...

Er erhielt den Abschied aus der Legion. Es war ihm gleichgültig.

Der Befehl, den er von dem Fremden hörte, zwang ihn, Rom aufzusuchen. Der Fremde nannte ihm einen Ort und Tag, an dem er dort warten sollte, bis ihn jemand abholt... Es geschah, wie vorausbestimmt.

Damals, es lagen zwischen dem jetzigen Tag und diesem Sommer immerhin über zwanzig Jahre, wusste er nicht, dass sie ihn zum Adlerhorst der Evocati brachten.

Er bekam neue Kleidung, gutes Essen und auch Wein, nur nicht so viel, als das er die Spukbilder in seinem Kopf hätte ertränken können.

Pollio empfand es als merkwürdig, dass er diese Bilder zu einem Teil herbeisehnte und zum Anderen verfluchte. Sie waren eine Erinnerung an Güte, an Liebe und Achtung sowie auch gleichzeitig hässlich, abstoßend, widerwärtig, verletzend, Ohnmacht erzeugend und auch warnend... Dem Spuk in seinem Kopf konnte er nie wieder entkommen, nur änderte sich zukünftig dessen Bedeutung. Er brauchte sehr lange, um den feinen Unterschied zu erfassen...

Die nachfolgenden Jahre und die Ereignisse in seinem Leben lehrten ihn die Bedeutung des jeweils aufblitzenden Bildes. Seine Schwester war die nachdrückliche Warnung vor Schmerz, Lüge, Verrat, Hinterlist und Boshaftigkeit... Die Alte zeigte ihm dagegen stets einen Weg des Verständnis, der Achtung, deutete auf Geduld hin und ermahnte zur Zuversicht und Hoffnung. Weil sich Pollio damit abfand, besaß er bald ein untrügliches Gefühl für ihm drohende Gefahren... Und er erkannte darin eine führende Hand seiner Götter...

Im Adlerhorst lernte er erst richtig kämpfen. Was er bisher als Milites zu Stande brachte, war der Formation römischer Centurien und Kohorten geschuldet... Im Adlerhorst wurde er im Kampf Mann gegen Mann geschult und was dabei heraus kam, war eine tödliche Waffe. Pollio lernte mit jeder Waffe zu kämpfen und fehlte ihm dies, reichten auch ein kleiner Stock oder seine Hände zum Töten...

Er war jung, stark, schnell und mutig, kannte keine Angst und stellte keine Fragen. Einzig seine Eigenständigkeit erwies sich für diese, auf bedingungslosen Gehorsam gerichtete Organisation, als ein Hindernis heraus. Es war Pollios Intelligenz, die ihn nahezu unangreifbar machte. Nie fehlte ihm ein Argument seine Handlung zu erklären, wenn er einen Auftrag ablehnte und er lehnte oft ab.

Das Bild, das sich abzeichnete fand bald Anerkennung. Nie wurde er gegen eine Frau oder Kinder eingesetzt, selbst wenn diese eine zu große Gefahr für Rom darstellten. Aus Kindern wuchsen mitunter Rächer... Trotzdem lehnte er ab, nahm aber, ohne Murren, auch den gefährlichsten Auftrag an und wenn gar der sichere Tod drohte, fand sich kein Wort des Widerspruchs.

So gelangte Pollio zu einem Ruhm, der nicht eigenen Evocati oder gar seinen zahlreichen Feinden verborgen blieb. Die Einen nannten ihn ‚*Lux*', was für den Tod stand, die Anderen ‚*Vindex*', was Rächer bedeutete... Wichtig war nur, dass keiner seiner Feinde, und besser auch keiner der Gefährten, diesen Namen ein Gesicht zuordnen konnte...

Von seinen Feinden waren nur Kaiser Nero und Tigellinus, der Präfekt der Prätorianer, zu einem Abbild seiner Erscheinung vorgedrungen. Von seinen Gefährten kannten ihn nur die, die ihn bisher begleiteten und Veturius, sein jetziger Gefährte. Dazu zählen musste er allerdings Callisunus und die Aquila, früher *Chisura* und jetzt Lartius.

Nur Letzteren war seine Geschichte bekannt...

Veturius wusste so wenig, wie seine bisherigen Gefährten...

Dieser Umstand war es auch, der Pollio Lächeln ließ, als ihn Veturius Vorwand der Knurrigkeit traf.

## 11. Name einer Warnung

*67 nach Christus - Winter (2. Martius)*
*Imperium Romanum – Exercitus Germania Superior*

ollio schüttelte die Traurigkeit seiner Erinnerungen ab. Früher fiel ihm dies oft sehr schwer, was ihm den Ruf eines Sonderlings einbrachte und seine Gefährten stets zur Anpassung zwang. Er war unfreundlich, schweigsam, und zuweilen auch launisch deshalb, weil kaum Einer seinen Schmerz kannte...

Pollio kehrte zur Taverne zurück. Der Gastraum hatte sich gefüllt. Ihm aber war nicht danach, Gesellschaft zu suchen. Erst am folgenden Morgen sah er seine Gefährten der langen Reise über die Alpen wieder.

Ein Becher Wein am Morgen, ein Stück Fleisch zwischen den Zähnen, so begann ein neuer Tag auf angenehme Weise.

Die Tür zur Gaststube öffnete sich und ein Fremder trat ein. Den wenigen Gästen, an nur zwei besetzten Tischen zunickend, trat der Gast an den Ausschank.

Der Wirt, dahinter lauernd, begrüßte den neuen Gast mit Lautstärke und Freundlichkeit. „Wie schön das auch du dich mal wieder hier bei mir zeigst!" rief er allen verkündend, dass ihm dieser Gast sehr genehm war. „Bleibst du oder..." blieb eine Frage in der Luft hängen.

„Nein, leider... ist nur ein kleiner Umwege, um dir auf die Schulter zu klopfen, mich nach dem Wohlbefinden einer Schwangeren erkundigen zu wollen und einen Blick in die wunderschönen Augen unserer jungen Aresakin senken zu dürfen... Dann ruft mich die Pflicht. Irgend so ein Stronzo von Auxiliar braucht einige nette Worte und einen kräftigen Tritt. Der ‚Alte Bock', er meinte den ihnen beiden sehr gut bekannten **Praefectus Castrorum Flavius Axius**, befand mich für würdig, dem Kerl die notwendige Pflege zuzuordnen..." Belletor lachte.

Er wusste, dass Tanicus nicht weiter in ihn dringen würde.

„Dann geh und sie dir an, was du möchtest, aber verführe mir die Kleine nicht! Sonst hast du **Flaminius** und mich auf dem Hals..." Tanicus lachte und der Fremde stimmte ein. Er verschwand in Richtung Küche und kam auch wohl dort an. Davon zeugten, bei offen gelassenen Türen, das dort entstehende Gekreische. Dies allein bewies, dass der Belletor Genannte oft und gern gesehen wurde.

„Das ist unser Mann!" flüsterte der Evocati, der Pollio und Veturius über die Alpen geführt hatte. „Geht, holt eure Sachen, sattelt eure Pferde und reitet in Richtung Mogontiacum ab. Das mit dem Wirt regle ich! Wir kommen nach!"

„Na endlich!" war Pollios geknurrte Antwort. Er vergaß wieder ein nur einziges freundliches Wort.

Als der Fremde den Reitertrupp einholte, ritt er zwischen Pollio und Veturius. „Ich bin Belletor! Ich habe euch erwartet!"

In Pollio regte sich Misstrauen. Der Geist der alten Chattin aber schwebte durch seinen Kopf und so blieb nur Vorsicht übrig.

„Woher?" fragte er angriffslustig.

„Meine Götter..." Pollio sah den Mann grinsen.

„Was denkst du, wenn du meine Boten begleitest und diesen kleinen Riss im Finger trägst oder ist das eine Kampfverletzung?" spottete der Belletor genannte.

Pollio betrachtete seine Hand. Er trug keinen Schutz gegen die Kälte.

„Ist wohl eher der Hinterlist eines Aquila zu verdanken..." knurrte Pollio. „Ich habe es kaum gemerkt..."

„Dann musst du ein harter Hund sein..." stellte Belletor nüchtern fest.

„Warum?"

„Ich sah schon einen klugen Krieger, der sich dieser Kette zu Entledigen versuchte... Er glaubte, dass zwei Dolche genügten..."

„Und?" fragte Pollio neugierig.

„Er gab auf, weil ihm, wenn er vorn drückte, hinten die Kette in den Hals schnitt... Entweder köpfen oder aufgeben... Er wählte die Aufgabe."

„Mir ist die Kette und der Schnitt egal... Wohin reiten wir?"

„In eine andere Taverne..." Belletor dachte über die Antwort des Evocati nach.

Der Reitertrupp erreichte Eponias Taverne zur sechsten Stunde. Belletor hieß seine Begleiter warten und betrat den gut gefüllten Gastraum. Er sah sich um, wurde von der Wirtin bemerkt und ging wieder. Kurz darauf öffnete sich das Hoftor und sie vermochten einzureiten. Belletor verschloss das Tor selbst.

„Bringt eure Pferde in den Stall dort hinten, gebt ihnen Heu! Wären Freunde hier, brauchtet ihr euch nicht selbst kümmern..."

Während Pollio und Veturius ihre Pferde zum Stall führten, hielt er die übrigen Boten zurück. „Ihr werdet bald wieder reiten..." erklärte er ihnen.

Anschließend führte er seine Begleiter in den kleineren Nebenraum und ließ dort die wärmere Kleidung ablegen. Kaum saßen sie am großen Tisch, tauchte die Wirtin auf und brachte Becher, Wein und Wasser.

„Belletor, wollt ihr essen?" fragte sie und Pollio stellte eine Vertrautheit fest, die ihn verwunderte.

„Bringe ich dir Gäste, dürften diese zum Einen hungrig sein und was wäre es für ein Dienst an Freunden, würde ich denen nicht deine köstliche Küche gönnen..." Belletor lächelte und Pollios Verwunderung stieg.

Als sich die Tür hinter ihr geschlossen hatte, stellte Pollio, in seiner direkten Art, einfach fest: „Ich sah schon bei diesem Tanicus eine wunderschöne, junge Frau, die zum Haus gehört und hier ist es eine sehr reife Schönheit, der ich begegne... Pflegst du zu dieser göttlichen Erscheinung eine engere Beziehung?"

Pollio erntete einen kurzen Augenaufschlag.

„Nein und schlage dir in beiden Fällen jeden Gedanken aus dem Kopf... Eponia gehört zu einem Freund, der zur Zeit auf Reisen ist. Er würde jede Schandtat gnadenlos rächen und glaube mir, er kann es... Was Belana betrifft, legtest du dich mit Tanicus und einem Centurio der Primigenia an... Darüber hinaus würdest du ihren Vater und zahlreiche Freunde herausfordern... Außerdem glaube mir, dass ich einen Obertribun der Primigenia kenne, der auf einen Wink hin, eine ganze Kohorte entsenden würde..."

„Verzeih, Belletor... Einer Frau oder auch einem Kind würde ich niemals ein Leid zufügen... Eher ist es Bewunderung, was ich empfinde. Allein durch den Anblick solcher reizvollen Schönheit finde ich Erfüllung... Ich bot Belana meinen Schutz an, als ich sie zufällig traf..."

Es war ein einziger Blick, den die Männer tauschten. Pollio begriff sofort, dass Belletor wusste, wen er vor sich hatte.

Seine Äußerung war für fast alle Evocati nahezu ohne Bedeutung, Belletor aber erkannte offensichtlich ‚Lux' oder ‚Vindex' in ihm. Würde er dieses Geheimnis bewahren? Immerhin war er Evocati und wie ihm schien, kein zu Unbedeutender...

Belletor überging den getauschten Blick. „Was habt ihr mitgebracht?" fragte er den Boten. Der Evocati brachte eine lederne Rolle zum Vorschein und überreichte diese Belletor, der sofort das Siegel prüfte.

„Hat euch der Aquila noch Worte mitgegeben?" fragte er und schob die Rolle unter seine, auf der Bank neben ihm liegende *Paenula*.

„Nein!"

„Gut, dann Essen wir erst und ihr reitet zurück, bleibt noch einen Tag bei Tanicus und zieht euch dann in euer Schlupfloch zurück. Zu den *Iden* sehen wir uns dann beim Gerippe der Aresaken!" Die Männer nickten.

„Wie war die Reise?" wandte sich Belletor an Pollio.

„Kalt, stürmisch, hoher Schnee, kaum eine Wirtschaft mit warmen Bett, nur wenig Wein und furchtbaren Fraß... Veturius, habe ich etwas vergessen?" Der Angesprochene schüttelte seinen Kopf.

„Also bist du Veturius?" fragte Belletor, als er den Namen hörte. „... und du?" wandte er sich an Pollio.

Wieder sah Pollio den wissenden Blick... Wieso fragte er dann noch?

Es war der Moment des Begreifens...

Der Evocati kannte ihn, hielt sein Geheimnis aber in Ehren. Er hatte keinen Unbedarften vor sich und wie sollte dies auch sein, wenn ihn der Aquila mit solchen umfangreichen Aufträgen forderte...

Pollio erinnerte sich an das gemeinsame Gespräch mit Lartius, dem Veturius nicht beiwohnte.

„Ich bin Trebius Pollio und mein Gefährte Tullus Veturius!"

„Warum schickt der Aquila ausgerechnet euch?" stieß Belletor nach.

„Weiß nicht!" knurrte Pollio.

In dem Moment öffnete sich die Tür und die Wirtin trug auf.

Als alles gerichtet, der Tisch von Speisen und Köstlichkeiten überhäuft war und auch noch eine Karaffe neuen Weins dessen Mitte beherrschte, musterte Belletor die Pracht und zollte der Wirtin seine Bewunderung

„Eponia, du hast dich wieder übertroffen..." stellte er fest und griff zu. Sein Beispiel wirkte Wunder.

Die Zeit verging und das Gespräch zwischen den einzelnen Bissen drehte sich um Unwichtiges. Pollios schroffe letzte Antwort hatte etwas Zurückhaltung heraufbeschworen.

Sich dem Ende zuneigende Angriffslust auf die Pracht der Tafel bewirkte bei Belletor ein Nicken in Richtung beider Boten der Evocati.

„Euer Auftritt hier ist beendet! Reitet und erlaubt euch niemals ohne mich hier einzufallen... Dieses Mahl hattet ihr euch für eure Mühen in den Alpen verdient... Eponia wird euch nicht kennen, selbst wenn ihr eine Bekanntschaft mit mir vorgebt und jeden Schwur zu leisten bereit seid, schon einmal mit mir hier gewesen zu sein... Taucht ihr allein hier auf, ist ein Bote schneller bei mir, als ihr davon erfahren könntet! Geht und nehmt meine Dankbarkeit mit!"

Die Angesprochenen erhoben sich, griffen ihre Winterkleidung und verließen den Raum.

„Du gehst recht hart mit ihnen um." stellte Pollio fest.

„Da magst du recht haben... Es ist eine Sache, einen guten Dienst zu belohnen, aber eine andere Sache gehorsam zu fordern... Eponia ist euch vorbehalten, weil ihr und ihrem Gefährten unser größtes Vertrauen gilt. Tanicus ist ein Freund, der von Nichts weiß und das Gerippe der Aresaken ist der Wirt einer weiteren Taverne, dem nicht zu trauen ist..."

Pollio nickte nachdenklich. „Du hast mir vor dem Essen eine Frage gestellt, die ich nur mit Widerwillen und abweisend beantwortete..."

„Du willst mir eine bessere Antwort geben..." stellte Belletor ruhig fest und Pollio nickte. „Ich höre..." fügte der Fragende leise an.

„Veturius ist noch nicht lange mein Begleiter. Es gab zuvor schon Einige, die ich mir nicht erhalten konnte..."

Belletor nickte verstehend. „Mir scheint, diesen Makel tragen viele Evocati..."

„Unsere letzte Mission forderte uns in die Nähe des Göttlichen... Er gehört zu denen, die meinen Namen und meine Erscheinung kennen... Er lohnt treue Dienste nicht immer, wie es der Dienende erwartet, deshalb mag er mich nicht so sehr... Zu meinem Leidwesen ist er fast ständig von einem Mann umgeben, der mich aus Hass verfolgt..."

Belletor pfiff leise durch seine Zähne. „Du bist nicht der Einzige, der mit Tigellinus Probleme hat..."

„Woher weißt du?"

„Ich weiß von Männern, die den Kerl auch über den Hades wünschen, sich aber dann nicht vor der Wut des Göttlichen zu schützen vermögen... Es ist besser, auf die richtige Gelegenheit zu warten und Germania scheint dafür der richtige Ort zu sein..."

„Wirst du mir diese Männer zeigen? Der Feind meines Feindes muss mein Freund sein..."

Belletor zuckte mit der Schulter. „Sieh es einmal so, dass jeder Mann Geheimnisse pflegt und diese nur denen anvertraut, dessen er sich sicher ist... Gehört dir zwar das Vertrauen eines Freunde, bist du aber noch lange nicht auch der Besitzer von dessen Geheimnissen, selbst wenn du sie kennen solltest! Verdiene dir das Vertrauen und es wird dir gewährt! So wird das hier gehandhabt..."

Pollio stimmte durch sein Nicken zu.

„Gut, wir sind ungestört!" begann Belletor „Sage mir, welchen Auftrag euch der Aquila erteilte..."

„Der Legatus Legionis Fabius Valens..."

Ein leiser Pfiff unterbrach Pollios Worte.

„... scheint dem Aquila einige Aufmerksamkeit wert zu sein... Warum überrascht dich dies?" Pollios erstaunter Blick musterte den Anderen.

„Bedenke ich, wem ich zu dienen verpflichtet bin und wen ich beobachten darf, schließt sich für mich eine Lücke..." grinste Belletor.

Pollio nickte, als hätte er den Sinn der Worte begriffen.

„Wem gilt bisher eure Aufmerksamkeit?" fragte er, um sein Unwissen zu verschleiern.

„Hört gut zu! Es ist wichtig, dass ihr die Zusammenhänge begreift..."

Belletor begann eine Darstellung der gegenwärtigen Lage, die die Ziele der beiden Brüder Scribonius umfasste, den Legat der Primigenia einschloss, die Absichten der Gallier nicht unerwähnt ließ und mit den verschiedenen Evocati im Einsatz endete. Belletor nannte keinerlei Namen der Gefährten und verwies einzig auf die fast unsichtbare Narbe am Finger jedes zu ihnen Gehörenden.

Er ließ die Bemühungen der Hermunduren, den Präfekt *Tutor* und auch Gerwin, sowie dessen Gefährten, unerwähnt. Er hoffte, dass Pollio und sein Begleiter nicht auch noch in diese Wirren hineingezogen werden würden.

Weil kein Wort über Fabius Valens fiel, zeigte sich Pollio verwirrt..

„Welche Rolle spielt dabei Valens?" fragte er nach.

„Das wissen wir nicht genau!" antwortete Belletor wahrheitsgemäß. „Deshalb mein Pfiff..." erklärte er.

„Wir schließen also tatsächlich eine Lücke..."

„... die mir wichtig genug erscheint..." unterbrach Belletor.

„Die Gallier boten ihre Krieger, nach unserem Wissen, den Brüdern Scribonius, unserem Legat Verginius Rufus und Fabius Valens an..." setzte er seinen Einwurf fort und ließ sofort weitere Worte folgen. „Von den Brüdern und unserem Legat wissen wir, was davon gehalten wird, nicht aber von Valens... Unser Wissen über diesen Legat ist nicht sehr umfangreich..."

„Sagst du uns auch, was du weißt..." zeigte sich Veturius neugierig.

„Zum Einen hält Valens Zucht und Ordnung in seiner Legion... Er liebt Weiber, Wein und Pferde... Letzteres wissen wir sehr genau... Ob er seinem Vorgesetzten die Treue hält, wenn es hart zugeht, ist nicht gewiss!

Dennoch ordnet er sich dem Legatus Augusti pro Praetore des Exercitus Germania Inferior unter und folgt dessen Befehlen..."

„Das ist wirklich nicht eben viel..."äußerte Pollio seine Bedenken.

„Was uns veranlasst, euch herzlich aufzunehmen... Wenn du dir deinen Finger betrachtest, wirst du außer in Germania, solche Merkmale nicht antreffen. Ich weiß nicht, warum der Aquila auf diese Markierung verfiel... Trotzdem erkennst du genau daran, wer zu uns gehört. Dies schließt auch einen sehr jungen Hermunduren ein. Solltest du ihm einmal begegnen, dann sei vorsichtig und achte den Jungen. Er verfügt nicht nur über außerordentliches Wissen, ist klug und geduldig, auch seine Erscheinung, groß, kräftig und sehr flink, wird dich beeindrucken... Lege dich besser nie mit ihm an. Er könnte dir hier begegnen. Sein Name ist Gerwin, er ist die Klinge der Hermunduren..."

„Du sagst jung..." warf Pollio ein.

„Noch trägt er keinen Bart..." ließ sich Belletor vernehmen.

„Dann kann er nicht so gefährlich sein, wie du behauptest... Woher sollte er die Erfahrung nehmen, um sich mit mir vergleichen zu können..."

„Er wird sich nie mit dir vergleichen... Sieht er die Narbe, wird er dich erkennen und achten! Doch denke niemals, egal was du kannst oder glaubst zu können, du wärst ihm überlegen... Selbst mir gegenüber ist er es bereits gewesen und ich habe, so wie du, die harte Schule der Legion und noch Anderes hinter mir..."

„Er kann nicht so viel Tod gebracht haben, wie ich..."

„Du irrst, Pollio!" unterbrach ihn Belletor entschieden und war nicht bereit, weitere Erklärungen abzugeben.

„Wie sollt ihr euch Valens nähern?" fragte Belletor und wechselte so mit Nachdruck das Thema.

Pollio zuckte mit der Schulter. „Dazu vertraut der Aquila wohl dir..."

Es klopfte an der Tür. Eponias Kopf tauchte auf. „Braucht ihr noch etwas?" Ihr Blick musterte den Tisch und die Männer.

„Nein... Doch..." entschied sich Belletor. Verfügst du für meine Freunde über eine freie Unterkunft für ein oder zwei Nächte?"

„Aber sicher... Wenn sie nicht zu hohe Ansprüche stellen..." lächelte Eponia.

„Kannst du Veturius das Zimmer zeigen..."

„Aber ja, folge mir bitte!" Veturius kam der Aufforderung nach.

„Du weißt, wer ich bin?" fragte Pollio ruhig, als Veturius aus dem Raum war.

„Er weiß es also nicht?" entgegnete Belletor.

„Nein! Ist besser so..." vermutete der Gefragte.

Belletor nickte einfach. „Dann ist dein Geheimnis auch bei uns sicher..."

„Wer seid ihr?"

„Mein Gefährte und ich!"

„Sein Name?"

„...bleibt verborgen, bis er diesen selbst frei gibt... Der Aquila forderte dies von uns..."

„... und überlässt euch selbst die Entscheidung!"

Belletor breitete seine Arme aus und gab damit zu verstehen, dass dies eben so war. Pollio, schon lange Evocati, nahm die Aussage hin.

„Ich soll dir etwas mitteilen, was Veturius weder weiß noch wissen sollte..." begann der Gast des Belletor.

„Ich höre..."

„Der Senat fordert vom Aquila die Ermordung deines Legat!"

„Ist das alles?" Belletor blieb äußerlich ruhig.

„Er scheint der Aufforderung nicht nachkommen zu wollen und verlangte einen Zeitaufschub... Lartius sagte mir, dass auch der Bote des Senat, ob dieser Anordnung, nicht sehr glücklich wäre... Ein Quartal ist der Legat noch sicher, vielleicht auch noch einen Monat länger... Schreitet der Aquila dann nicht zur Tat, wird der Senat Andere beauftragen..."

„Ich danke dir, Pollio! Es wird alles getan werden... Sicher steckt einer der Brüder Scribonius hinter dem Wunsch..."

Pollio nickte kurz. „Das vermutet auch der Aquila!"

Die Tür öffnete sich leise und Veturius kehrte an den Tisch zurück.

Die anderen Männer nahmen es, mit einem kurzen Blick, zur Kenntnis.

„Damit haben wir immer noch keine Idee, wie wir euch zu Valens bringen..." nahm Belletor einen wohl vorher abgelehnten Vorschlag erneut auf. Auch weil diese Feststellung an die Unterhaltung vor Eponias Auftauchen anschloss, vermutete Veturius nichts verpasst zu haben.

„Ich könnte euch mit unseren Männern in der Colonia zusammenbringen und darüber einen Weg zu Valens öffnen... Einer unserer Gefährten versorgt den Legat mit Pferden..."

„Nein besser nicht!" antwortete Pollio. „Sollte Valens irgendwann misstrauisch werden, beträfe es dann auch diesen Evocati... Und warum sollte ich dessen Geschäfte betreiben..." Pollio gefiel der Vorschlag nicht.

„Weinhändler oder Sklavenhändler, der ihm schöne Weiber zuführt, scheidet dann wohl auch aus..." wagte Belletor einen weiteren Vorstoß.

„Du sprachst von Zucht und Ordnung in seiner Legion... Hat er auch eine eigene Schutztruppe? Ich hörte, dies sei eine neue Angewohnheit bei Legaten..."

„Ehrlich gesagt, ich weiß es nicht..." ging Belletor auf den Gegenvorschlag ein. „Wie stellst du dir das vor?"

„Ich hörte von solchen Dingen schon... Manche wollen eine ganze Turma, Andere kommen mit Weniger aus... Hat er solche Truppe, wird er sich glücklich schätzen, mich unter diese Männer einzureihen und Veturius ist auch kein Waisenknabe..."

„Wie willst du an ihn herankommen?" Belletor war neugierig.

„Ich reite durch sein Tor und frage ihn direkt!"

Belletor schien dies zu einfach. „Und wenn er ablehnt?"

„Fordere ich ihn oder seinen Anführer heraus... Wenn ich den dann niedertrample, was denkst du, wird der Legat tun..."

„Das könnte gehen, erscheint mir aber zu einfach, als das es wirklich gelingen könnte..." Belletor hatte Bedenken.

„Glaubst du etwa, dass ich nicht in der Lage wäre, einen solchen Gegner zu beherrschen? Wenn der Kerl rechtzeitig aufgibt, lasse ich ihn vielleicht auch am Leben..."

„Weißt du Pollio, mir gefällt dein Vorschlag eigentlich..." ging Belletor plötzlich darauf ein. „Als sein Schatten bist du ständig in seiner Nähe und dir entginge nichts. Aber diese Möglichkeit besitzt auch eine unangenehme Seite..."

„Welche?"

„Die Kontrolle, die du über ihn hast, hat auch er über dich... Besser, du lässt Veturius außen vor... Immerhin brauche ich deine Botschaften und wer sollte diese weiterleiten..." Belletor wusste gar nicht, wie sehr dieser Vorschlag auf Pollios Zustimmung stieß. Pollio wollte nicht schon wieder einen Gefährten verlieren... So wusste er Veturius außerhalb der größten Gefahr. Andererseits würde ihm sein Gefährte einen heißen Tanz liefern, stimmte er zu. Das aber nahm Pollio auf sich.

„Das kommt nicht in Frage! Ich bleibe bei dir!" sprang Veturius auch sofort auf.

Bevor Pollio ein Wort sagen konnte, zischte Belletor: „Setz dich!"

Die zwei Worte stießen in eine offene Deckung. Veturius hatte eine Zurechtweisung von Pollio erwartet, aber nicht vom anderen Evocati.

Fast gleichgültig folgten leise Worte. „Merke dir, Evocati, hier bestimme ich was geschieht und sage ich etwas, wirst du meinen Worten folgen, ob es dir gefällt oder nicht... Ich bin zu alt und zu lange dabei, als dass ich mir von einem nachgeordneten Evocati seinen Willen aufzwingen ließe... Bedenke auch, tust du nicht, was ich fordere, ist deine Ablösung eine sehr schnelle Angelegenheit..." Belletors Hand fuhr über seinen Hals und deutete die Gefahr an.

Veturius starrte ihn an. Darauf war der Jüngere nicht gefasst und musste wohl mehrmals schlucken.

Für Belletor war es eine einfache Sache. Treue und Gehorsam oder Tod hieß die Warnung. In der Folgezeit beobachtete Belletor Veturius Verhalten aufmerksam. Würde der Evocati die Warnung schlucken? Er sah keinen Anlass zu Misstrauen. Sicher würde Pollio ihm diese Angelegenheit auch noch einmal schmackhaft machen...

Sie redeten über ihre Möglichkeiten, über Boten, über Orte zum Hinterlassen von Nachrichten und auf was sich die neuen Spione einstellen müssten. Belletor benannte ihnen die bisherigen Boten, die Pollio und sein Gefährte schon kannten und Andere, denen vor allem Veturius noch begegnen würde.

Es wurde ein noch langer Tag, der von Eponia nur dann unterbrochen wurde, wenn sie kam, um nach weiteren Wünschen zu fragen. Doch irgendwann war jede Möglichkeit eines Verlaufes besprochen und Kontaktaufnahmen abgeklärt.

Belletor rüstete sich zum Aufbruch. Er ging noch einmal zu Eponia in die Küche, ließ dort einen Beutel mit Münzen in ihre Hände fallen und erklärte, dass dies für Bewirtung und Lager der Freunde reichen müsste.

Sie wog den Beutel in der Hand und befand, dass er zu schwer wäre.

„Willst du die Hälfte nicht lieber bei dir behalten? Mir scheint der Inhalt zu gewichtig..." schlug sie vor.

Belletor schüttelte energisch seinen Kopf. „Nein, du vergisst stets die Überraschung zu bedenken, mit der ich dich überfalle... Dann ist, wie mir einmal jemand vorhielt, im Preis tatsächlich dein Lächeln eingerechnet und auch das Glück, von dir beköstigt zu werden... Nimm es und wisse, dass ein guter Freund gern gibt..." Er umarmte sie kurz und verließ die Taverne. Eponias verstehendes Lächeln, in seinem Rücken, nahm er schon nicht mehr wahr.

# 12. Pferdehandel

*67 nach Christus - Winter (3. Martius)*
*Imperium Romanum – Exercitus Germania Superior*

*D*ie Beschaffung geeigneter Pferde für die Fortsetzung der Reise erwies sich schwerer als gedacht. In Augusta Raurica fanden sie nicht so viele gute Tiere, wie benötigt wurden. Allenfalls drei der ihnen gezeigten Pferde fanden Anerkennung und so sicherte Viator, nach den Preisverhandlungen, vorerst diese Tiere.

Einer der beiden Duumviri wusste Rat. In der Nähe des Vicus *Arialbinum* hatte sich ein Römer niedergelassen, der nach seinem Dienst in der Legion, Pferdezucht betrieb. Der Duumviri beschrieb die Lage von dessen Villa, auf einem kleineren Bergrücken nahe des Rhenus, an der Straße, die von Augusta Raurica über Arialbinum nach *Argentorate* führte.

Also sattelten Viator und Sexinius zwei der bisher erstandenen Tiere und mühten sich auf der Römerstraße zur Villa des früheren Legionärs.

Der Empfang des Mannes war frostig, wie das Wetter.

Er hörte sich ihren Wunsch an, gab zu, über Pferde zu verfügen, ob er diese aber solchen merkwürdigen Römern überlassen wollte, sei er unschlüssig.

„Wäre es dann nicht sinnvoll, du zeigtest uns deine Prachtstücke... Vielleicht sind diese dürr, klapprig und alt, was letztlich bedeutet, einfach ungeeignet für unseren Zweck oder auch in guter Kraft und Futter stehend, so dass einzig der Preis eine Entscheidung zum Kauf oder Verzicht beeinflussen könnte..." antwortete Viator auf das ablehnende Verhalten des früheren Legionärs.

Sich Viator betrachtend, verstieg sich der Besitzer auf eine Feststellung, die diesen normalerweise zur Weisglut bringen musste.

„Wer bist du, dass du dir solche Tiere, wie ich sie dir zeigen könnte, auch leisten kannst... Du siehst mir eher aus, als gehörtest du früher einmal zum niedersten Abschaum einer Legion... Deine Lorica Hamata lässt Pflege vermissen, du selbst bist im Alter eines Ausgedienten, deine Erscheinung löst Misstrauen aus und so ergibt sich die Frage, wem du dienst... Das kann doch gewiss nicht Rom sein?"

Viator grinste zu den Worten.

„Bist du ein früherer Legat, ein Präfekt, ein *Primus Pilus* oder Pilus Prior, dass du glaubst, dich soweit über mich erheben zu dürfen..." entgegnete Viator, geringschätzig lächelnd, dem Anderen. „Der Glanz deiner besseren Tage ist ebenso auch von dir gewichen! Ich sehe ein klappriges Gestell mit einer überheblichen Großschnauze, dem ich zu gern seine vorgespielte Würde, die mir in unangemessener Form gegenüber tritt, heraus prügeln würde... Beschwichtige besser meine Wut, weil ich dich sonst, mit nur einem Schlag, in deine einzelnen Teile zerlege... Was glaubst du, welchen Wert du für mich, einen noch immer gestandenen römischen Legionär, besitzt?"

Der Graukopf war zwar wütend, aber nicht unbedacht. Die Begrüßung des Hausherrn war an Abweisung kaum zu überbieten und so entschloss sich Viator, den Besitzer der Pferdezucht herauszufordern...

„Wärest du, was ich zuvor nannte, müsste ich meinen Buckel vor dir krumm machen... Doch du bist nicht mehr der, für den du dich hältst und der sich ein solches Verhalten mir gegenüber herausnehmen dürfte... Also, entweder du zeigst mir deine Tiere und ich sehe Brauchbares, so dass sich eine Verhandlung zum Preis lohnt, oder ich lasse dich mit deinen Zossen alt werden..." Viator hatte sich in Wut geredet, lächelte aber dazu. „Letzteres aber bedingt, dass ich mich mit ein paar saftigen Ohrfeigen verabschieden werde, damit du dich auch in Zukunft meiner erinnerst..." fügte er, noch immer lächelnd, an.

„Deine Schnauze ist nicht kleiner, dein Auftreten nicht freundlicher, aber ich will gnädig sein und dir Stallung und Tiere zeigen... Ob du auch nur eines meiner Tiere erstehen könntest, wird sich aber erst zeigen müssen... Folge mir!" Der Ältere, knochige Mann stelzte voraus.

Von der Giebelseite aus betraten sie den Stall. Das erste was Viator wahrnahm, war Sauberkeit, dass was er hörte, war gelegentliches Prusten und Schnaufen, wie es zufriedene Tiere zumeist von sich gaben... Dann erblickte er die Größe der einzelnen Pferche, das frische Stroh am Boden, das Heu in der Raufe und die Neugier der Tiere. Pferde sind, wenn sie jung sind, sehr neugierig. Im Alter lässt dies nach, vor allem dann, wenn deren Tätigkeit im Stumpfsinn versinkt.

„Dein Stall gefällt mir!" ließ Viator verlauten und bewegte sich den breiten Mittelgang entlang. Er sah hinein in die Boxen, zählte diese und stellte fest, dass überall zumindest ein Tier darin stand.

„Genauso erscheint mir, dass ich hier finden würde, was mir nutzt!" fügte er nach seinem Rundgang hinzu.

„Wie viele brauchst du?" fragte der Besitzer nach.

„Neun!"

„So viele..." Der Pferdehalter stöhnte auf. „Gebe ich dir so viele Tiere, gefährdet dies meine Zucht..."

„Sind das alle? Was züchtest du?" fragte Viator vorsichtig nach.

„Nein, natürlich sind das nicht alle!" knurrte der Züchter. „Ich glaubte, du wolltest Reittiere?"

„Das stimmt schon, dennoch brauche ich starke Tiere, die auch eine Last tragen können..." Viator merkte das aufkeimende Interesse des Besitzers.

„Du kennst die Pferde der Legion?" fragte der Ältere vorsichtig.

„Du meinst den Ardenner..." Viator sah sich um. „Davon steht keiner hier..." stellte er fest.

„Nein, meine wirkliche Zucht zeige ich doch nicht jedem Stronzo..." Wieder drängte die Überheblichkeit, oder war es nur einfach Stolz, in den Vordergrund des Mannes.

„Dann zeige mir diese Tiere!" beharrte Viator.

„Du kannst mir den Preis solcher Tiere kaum bezahlen... Zumal ich nicht will, dass andere Wüstlinge meine Prachtstücke verderben..."

„Soll ich dich dann in diesen Stall prügeln..." Viator trat einen Schritt auf den Älteren zu. Weil das so heftig und entschlossen vollzogen wurde, wich der Besitzer zurück und hielt im gleichen Augenblick seinen Dolch in der Hand.

Viator trat zurück, grinste und deutete auf die Waffe. „Den solltest du besser wegstecken, sonst müsste ich ihn dir wegnehmen... Ich habe Angst, dass du dich verletzt..."

„Der ist wohl eher für dich gedacht..." knurrte der Alte.

Plötzlich flog, die vorgestreckte Hand mit dem Dolch, nach oben, dann ruckartig nach unten und der Dolch lag im Dreck. Bevor der Ältere begriff, stand Viators Fuß auf der Waffe.

„So jetzt haben wir gleichartige Bedingungen... Geh du voran...!" befahl der Speculator Legionis.

Bis zum Ziehen des Dolches achteten die Bediensteten des Besitzers wenig auf den Herrn und dessen Gäste. Sie befolgten ihre Pflichten und schienen nicht interessiert. Als der Dolch fiel, standen drei von den Kerlen plötzlich vor Viator und glaubten beeindrucken zu können. Einer führte eine Forke, ein anderer hielt eine Peitsche in der Hand und der Dritte glaubte sich mit einem längeren Stock gut bewaffnet.

„Sag mal, Alter, behandelst du deine Kunden immer auf diese Art... So machst du nur wenig Geschäfte.... Sexinius, zeige ihm doch besser einmal des Legat Order!" bestimmte der Ältere. „Mir dauert der Unsinn einfach zu lange... Wir brauchen doch nur einige Pferde, um des Legat Befehl befolgen zu können und dieser Stronzo hier weigert sich, uns gebührend entgegenzukommen. Der denkt wohl, wir sind Strauchdiebe?"

Sexinius trat näher und reichte dem Besitzer der *Villa* und der Ställe seine Urkunde als Speculator Legionis. Der Alte las.

„Warum sagst du das nicht gleich!" fauchte er und schritt voran. Die Bedrohung wich zurück, folgte aber mit Abstand.

Sie suchten einen zweiten, genauso sauberen Stall auf, in dem ganz andere Tiere standen.

„Ho, ho, *Ardenner* und *Calabreser Pferde*... und was sind denn diese? So etwas sah ich noch nie..." Viator war entlang der Boxen geschritten und staunte über das vielfältige und wie ihm schien, herausragende Angebot.

„Du bist ein wagemutiger Züchter... Erfolg zeichnet dich auch noch aus..." Aus den Worten des Legionärs sprach Bewunderung.

„Du scheinst dich aber auch nicht so schlecht auszukennen..." knurrte der Besitzer.

Viator wandte sich zu dem Mann um. „Erkläre mir die Vorzüge und Nachteile, sollte es welche geben! Dann treffe ich meine Wahl!"

„Du brauchst neun Pferde, sagst du und glaubst diese auch bezahlen zu können..." fuhr der Züchter auf.

„Du wirst mir doch keinen unnatürlichen Preis nennen?" Viator war die Ruhe selbst.

„Zum Einen ist dies mein Zuchtmaterial. Sosehr diese Tiere auch gefallen, muss ich bei einem Verkauf die gleichartige Wiederbeschaffung einkalkulieren... Was ist eine Zucht wert, wenn die besten Zuchtpferde einem Verkauf unterliegen?"

„Gut, zeige nur die, die zum Verkauf in Frage kommen..."

Der Besitzer nickte verstehend, schien zufrieden zu sein und öffnete eine erste Box. Er zog einen Ardenner Hengst heraus. Das Tier ließ sich leicht führen. Es reichte, dass der Besitzer den Hengst an der Mähne griff.

„Der Hengst ist bereits zehn Jahre alt, kräftig, ausdauernd, aber nicht so schnell wie Andere. Als Lasttier ist er stark wie ein Bulle und du siehst, wie ich ihn führe?" Viator nickte.

Der Besitzer brachte einen weiteren Ardenner Hengst, der etwas jünger erschien, dennoch aber fast über die gleichen Wesenszüge verfügte. Die folgende Ardenner Stute schien nicht älter als der Hengst zu sein. Ein junger Calabreser Hengst, der noch keine vier Jahre zählte, vervollständigte das erst Angebot. Die Calabreser Stute, die danach vorgeführt wurde, war etwas älter, stand aber gut im Futter. War der Hengst ein Rappe, wies die Stute braunes Fell auf.

„Das sind fünf von neun... Warum gibst du mir nicht von deinen drei Zuchterfolgen, am Ende des Stalles, zwei mit? Kennst du deren Wesen, deren Leistungsvermögen? Sind es nur Stalltiere oder traust du denen auch Belastungen zu?" spöttelte der Graukopf.

„Du würdest dich wundern, Speculator..."

Viator schlenderte zum Ende des Ganges. Sein Kennerblick hatte das wirklich wertvolle im Stall längst entdeckt.

„Gib mir zwei dieser drei und du bekommst diese zurück! Ich bringe diese Pferde, nach unserem Auftrag zu dir! Dann erfährst du, was die Pferde erlebten, wo sie sich bewährten und wozu du diese Prachtstücke nicht einsetzen solltest... Ist dir nicht von Wert, über solche Eigenschaften zu erfahren..."

„Du wirst ihren Preis nicht bezahlen wollen..."

Viator spürte, dass der Besitzer gerade an diesen Tieren hing. „Das überlass ruhig mir..." fiel ihm der Graukopf ins Wort.

Als der Besitzer nachgab und diese Tiere vorführte, bemerkte Viator, dass diese Pferde außerordentlich stark waren, einen festen Tritt besaßen und sich handfromm verhielten.

Beides waren junge Hengste, die kaum ihr viertes Jahr erreicht hatten. Die in der Nebenbox stehende Stute war trächtig und schied dadurch aus.

„Was hast du da gekreuzt?" fragte Viator.

„Im ersten Paar Ardenner Hengst und Berber Stute... Bei dem hier!" Er klopfte dem Rappen an den Hals.

Das Tier war außerordentlich kräftig, erschien Viator sehr hoch und in seiner Gestalt länger, als sich solche Pferde in seiner Erinnerung darstellten. Die Kruppe war kräftig, lag etwas höher und strotzte vor Muskeln. Der Blick des Hengstes war lebhaft, interessiert und neugierig.

„Der Andere..." Einer seiner Bediensteten führte den Hengst.

„... stammt von einer Ardenner Stute und einem Hengst, den ich aus *Bardi* bringen ließ. War nicht einfach, den Hengst auf die Stute zu führen... Ich dachte aber, dass sich deren beide Eigenschaften in diesem

Hengst gut vereinigen könnten. Ich bin selbst überrascht vom Erfolg. Der Hengst ist noch keine vier Jahre, aber außerordentlich trittsicher, schnell, wendig und folgt dem Zügel sehr leicht. Zuweilen ist er etwas eigensinnig..."

Viator erkannte, dass dieser Hengst kleiner war, seine Kruppe nicht so überpackt war, er aber auch über einen kurzen starken Hals verfügte, der über kurze, steile Schultern in stämmigen Beinen endete. Der flachere *Widerrist* machte ihm Bedenken, weil ein aufgelegter Sattel vielleicht rutschen könnte.

Beide Hengste zeigten ihre Herkunft, wenn sie sich auch unterschieden, weil ein Teil der Vorfahren ganz andere Merkmale einbrachte.

„Du willst es wirklich mit diesen Beiden wagen?" fügte der Züchter nach einer längeren Pause an.

„Ja! Es scheint mir ein Vorteil zu sein... Auch du könntest daraus Gewinn ziehen..." lenkte Viator ein.

„Ich sehe nicht wo?" knurrte der Züchter.

„Ich bringe dir diese Beiden zurück, wenn du es möchtest und berichte dir, was sie erlebten und wie sie sich verhielten. Ich gebe dir mein Wort!"

„Sehen wir, ob dir der Preis dafür schmeckt... Das sind sieben! Du braust noch zwei!"

Lass uns zurück zum anderen Stall gehen und gib deinen Leuten den Befehl, diese Sieben in zwei Gruppen mit Seilen zu verbinden, Zaumzeug und Sättel gib uns auch..."

„Du wirst den Preis nicht zahlen können... Warum soll ich das tun, wenn du dann zurücktrittst?"

„Gut, dann warte eben..." lenkte Viator ein.

Sie erreichten den zuvor betretenen Stall und Viator steuerte sofort auf zwei weitere Hengste zu, beides *Berber*.

Der Züchter legte ihm beim zweiten, ausgewählten Tier die Hand auf die Schulter. „Den bekommst du nicht!"

Viator stritt nicht, und kreuzte den Gang auf die andere Seite. Er wusste, welche der Tiere ihm zusagten.

„Wie viel willst du für die Pferde, Sättel, Zaumzeug, Hafer und je einen Sack Äpfel und Möhren?"

„Die Summe, die Viator hörte, drohte ihm die Beine wegzuziehen. Er holte tief Luft. „Bist du wahnsinnig?"

„Ich wusste das du kneifst!" Der Züchter drehte sich ab.

„Warte!" rief Viator. „Noch sind wir nicht fertig!"

„Dann komm mit, trink einen Becher Wein und lass uns über das Geschäft sprechen... Hier draußen ist es mir dafür etwas zu kalt..." Der Römer wandte sich um und betrat kurz darauf seine Villa.

Er führte sie in ein *Tabernae* und ließ sich in einen Korbsessel sinken. Ein Klatschen in seine Hände und eine kurze Erklärung seiner Wünsche zwangen einen Sklaven kurz darauf zum Bringen einer Karaffe mit Wein, Bechern und Wasser. Der Gastgeber trank und musterte dann seine Gäste.

„Also, du bist der Centurio der Speculatores Legionis der Legio XXII Primigenia aus Mogontiacum... Das komische daran ist, dass es solch einen Centurio gar nicht gibt..." Der Alte schien sich sicher.

„Woher weißt du dies?" fragte Sexinius lauernd.

„Ich war einst Primus Pilus der *Legio XXI Rapax* und das liegt noch nicht so lange zurück... Der Zucht widmete ich mich schon zuvor, bevor ich entlassen wurde... Wir hatten einen Decurio für die Speculatores... aber einen Centurio..." Er schüttelte den Kopf.

„Gut, ich will dir ein Weniges erzählen, damit du dir ein Bild machen kannst..." warf ihm Sexinius an den Kopf und war nicht eben freundlich. „Kannst du dir vorstellen, dass ein Legat einem treuen Mann etwas Außerordentliches zubilligt? Dann sieh her!"

Sexinius legte seine Rüstung und die übrigen Kleider ab und stellte sich nackt vor den früheren Primus Pilus. Dann drehte er sich langsam und der Ältere sah die verheerenden Narben seines Körpers.

Sexinius zog sich seelenruhig erneut an, setzte sich und lehrte seinen Becher. „Was meinst du, warum ich das überlebte?"

Der Züchter ließ sich nicht zu einer Bemerkung hinreißen.

„Was meinst du, wer mich zusammenflickte, mir mehrfach wieder meine Knochen brach, damit ich mich wieder ordentlich bewegen konnte?" Der Alte starrte ihn weiter schweigend an.

„Wer glaubst du, besaß die Geduld und das Wissen, sowie das Können, das alles wieder zu richten?" Der Primus Pilus zuckte nicht.

„Bevor mir das geschah, war ich ein noch sehr junger Centurio. Als ich Jahre danach meinem Legat begegnete und mich ältere Kameraden erkannten, beließ er mir den Rang und weil ich Jahre zur Gesundung brauchte, wovon niemand, außer nur einem Freund wusste, nahm er mich in seine Legion zurück und machte mich zum Speculator Legionis... Wäre ich nicht so zugerichtet worden, dass alle Gefährten von meinem Tod überzeugt waren, hätte er mir schwerlich verziehen..."

Sexinius nickte in Viators Richtung. „Er war der Mann, der neben mir ausharrte und mich zu retten versuchte, dann aber feststellen musste, das ich meinen Göttern begegnet war..."

„Wieso lebst du dann noch?" brauste der frühere Primus Pilus auf.

„Ist er ein *Medicus*? Nein! Auch die hätten mich aufgegeben, nur eben die alte *Vettel* nicht, die dann über mich stolperte, als sie unseren Kampfplatz auf Nützliches absuchte. Die letzten Jahre ihres Lebens verwendete die Alte darauf, mich erneut das Laufen zu lehren..."

Sexinius nahm seinen zwischendurch neu gefüllten Becher und stürzte den Inhalt in seinen Schlund.

„Reicht das als Begründung und wenn nicht, dann lies den Text erneut und du wirst sehen, dass meine Befugnisse weit über das Recht eines Speculator Legionis hinausreichen... Gib mir *Wachstafel* und *Stilus*..."

„Warum?" Der Primus Pilus zeigte Verwunderung.

„Deinen Preis werden wir so nicht bezahlen, obwohl wir die Summe auf diesen Tisch packen könnten... Für Pferde hatten wir einen kleineren Preis veranschlagt. Unser Geld muss für unseren Auftrag reichen und der führt uns möglicherweise durch ganz Gallien... Also schreibe ich dem Legat und fordere ihn auf, die Restsumme zu begleichen."

„Dann bekommt ihr die Pferde nicht! Erst Bezahlung, dann Pferde!"

„Noch war ich nicht fertig..." wies Sexinius den Pferdehändler zurecht. „Er wird das ohne jeden Zweifel tun! Du wirst dennoch nicht auf dein Geld warten müssen. Schicke einen dir Vertrauten mit uns nach Augusta Raurica zu den Duumviri. Sie werden den Preis übernehmen und deinem Mann die Münzen überreichen!"

Der Primus Pilus zuckte kurz. Waren es dennoch, trotz aller entwaffnenden Beweise, Betrüger, verlor er nicht nur einen Teil seines Zuchterfolges, sondern auch noch eine stattliche Summe.

„Ich komme selbst mit... Erst zahlt ihr eine veranschlagte Summe an und den Rest geben mir die Duumviri? Du kommst und bringst mir die beiden Zuchterfolge zurück?"

„So ist es, Primus Pilus!" stimmte Viator zu. Er reichte dem Mann seine Hand und der Ältere schlug ein.

Gemeinsam, mit den neuen Pferden, nahmen sie den Weg zurück, nach Augusta Raurica, unter die Hufe. Der Primus Pilus und zwei seiner Männer ritten mit ihnen.

Im Hof des Gasthauses stiegen sie ab und warteten, bis Gerwin auftauchte. „Du hattest Erfolg, Graukopf?"

„Scheint so, wenn auch der von uns geplante Betrag nicht reicht... Das sind zum Teil Zuchttiere, die er zurück möchte! Ich sagte dies zu und du weißt, ich halte mein Wort...“

Gerwin umkreiste die Tiere, musterte diese und kehrte zu Viator zurück. „Du bist Züchter, Herr?“ fragte Gerwin den Älteren.

„Was interessiert dich das, Knabe?“ blaffte der Alte, in seiner Art.

„Der Letzte, der mich Knabe schimpfte, verrottet irgendwo bei Noviomagus... Und dies, alter Mann, liegt noch nicht so lange zurück...“

„Gerwin, lass ihn in Ruhe! Er ist ein früherer Primus Pilus der Rapax in *Vindonissa*. Männer seines Schlages knurren und blaffen ein Leben lang rum! Andererseits ist er ein sehr guter Kenner von Pferden... Also schone ihn ein wenig...“

„Primus Pilus..., so hoch bist du gekommen? Beachtlich...“ Gerwin zögerte nicht, den Alten zu schmähen. „Aber Viator, den alten Bock Axius habe ich sich nie so herablassend äußern gehört und vom Alter her, scheint es keinen großen Unterschied zwischen diesen Männern zu geben...“ fügte er dann, noch immer im Zorn, an.

„Der alte Bock ist auch vom menschlichen Schlag der Sorte Römer...“ Mit Viators Erklärung konnte der Hermundure leben und gab Ruhe.

„Na gut... Wo ist Sexinius hin?“

„Er holt den restlichen Betrag und sendet eine Aufforderung an den Legat, damit dieser unsere Schuld bei den Duumviri begleicht!“

„Herr, wenn du dich aufwärmen möchtest, dann folge mir in die Taverne. Dort wartet ein Becher guten Falerner Weins, noch zumal heiß, auf dich...“ bot Gerwin, freundlich geworden, an.

„Danke, noch sind die Pferde nicht bezahlt. Ich werde hier warten!“ beschied ihm der ältere Römer.

Gerwin breitete bedauernd seine Arme aus und ließ den Mann stehen.

Plötzlich hielt er einen Apfel in der Hand und steuerte auf den *Rappen*, der aus dem Ardenner Hengst und der Berberstute hervorgegangen war, zu. Seine gestreckte Hand enthielt eine Botschaft an das Tier. Der Hengst näherte sich der Hand, blickte den Mann an und hörte ein freundliches Wort. „Nimm!“ Die Zunge des Hengstes eroberte, der Apfel zerbarst im Maul des Tieres und schon lag ein neuer Apfel an gleicher Stelle. Der Hengst bediente sich.

Gerwin griff ihn am Nasenriemen und tätschelte ihm den Hals. „Du bist ein Prachtstück! Wollen wir Freunde werden?“ Dabei hielt er seinen Mund dicht an die Nüstern des Hengstes. Dieser sog seinen Atem auf, warf den Kopf zurück, schüttelte seine gewaltige Mähne und als er den Kopf senkte, sah er den dritten Apfel.

„Das ist aber dann genug, mein Freund... Hast du auch einen Namen? Gerwin entfernte das Führungsseil, griff den Nasenriemen und zog den Hengst leicht mit sich.

„Herr, hat der Hengst einen Namen?"

„Meine Pferde haben alle Namen!" raunzte der Primus Pilus.

„Was hältst du davon, uns aufzuklären?"

„Nichts, bis ich mein Geld habe..."

„Unter dir, Primus Pilus, möchte ich nicht gedient haben... Du bist gleichbleibend schroff, unnahbar und glaubst, etwas Besseres zu sein... Wie können dich dann deine Pferde lieben? Du liebst sie doch, oder? Ich kann mir gut vorstellen, dass bei deiner Führsoge, auch jedes Pferd dich kennt, oder?" Der Primus Pilus hob seinen Kopf, starrte geradeaus und knurrte etwas Unverständliches.

„Du wirst dein Geld gleich bekommen... Dann gehören uns die Pferde! Ich gehe mal davon aus, dass du hättest nicht verkaufen müssen und nur verkauft hast, was deine Zucht nicht stört... Außerdem scheinst du einen gewaltigen Preis, mit großem Gewinn, einzustreichen..." Gerwin band den Blick des Alten.

„Du hast Glück, dass wir in einer Notlage verharren und du der Einzigste bist, der uns daraus befreien kann. Also stimmte mein Freund deiner Forderung zum Preis zu. Doch warum dir der Graukopf diese beiden Zuchtergebnisse abringen konnte, kann ich nicht nachvollziehen... Ich bin ihm aber unendlich dankbar, denn dieses Pferd ist nicht nur ausnehmend schön, kraftvoll und sicher sehr ausdauernd... Wie es mit seiner Schnelligkeit steht, werde ich bald wissen... Ich sehe in ihm einen starken Ardenner und einen schnellen Berber..."

„Woran erkennst du den Einschlag des Berbers?" fauchte der Alte.

„Zu vieles spricht deutlich für den Ardenner..." grinste der Hermundure. „... obwohl der Hengst nicht so stämmig, in der *Kruppe* nicht so ausgeprägt ist, wie ein reiner Ardenner... Den Berber erkenne ich an der Nasenlinie, der Form seiner Kruppe und am Schweifansatz, der tiefer ist, als beim Ardenner... Das es keine reine Ardenner Zucht ist, verdeutlicht mir die Länge des Tieres und die höher sitzende Kruppe..."

„Du scheinst dich auszukennen, Germane!" stellte der Alte fest.

„Gehörst du etwa zu der Sorte Römer, die alles Wissen dieser Welt für sich beanspruchen?" fauchte nun auch der Hermundure. „Glaubst du wir sind dumm? Deine Arroganz ist mir fremd, Primus Pilus. Ich wiederum verkehre mit Legaten, die ich zu meinen Freunden zählen darf, ich kenne Präfekte und auch Centurionen, Legionäre und Auxiliaren Roms, unter denen ich weitere Freunde besitze... Du Alter, kannst dich jedoch strecken, wie du willst! Du wirst nie dazu gehören! Mit dir schließen wir ein Geschäft ab, weil wir Pferde brauchen..." Gerwin war erbost über die Abneigung, zu der er sich herausgefordert fühlte.

„Du weißt, was Pferde mögen und mit was sie sich erobern lassen... Hast du ihn schon geprägt..." Der Römer wurde unruhig.

„Was denkst du?"

„Ich möchte ihn einmal wieder haben... Er ist mein bisher bestes Ergebnis..." fauchte der Primus Pilus.

„Doch bevor das einsetzt, wird er mich tragen. Das setzt voraus, dass er mich liebt und ereichen kann ich das nur, wenn ich ihn präge!" klärte ihn der junge Hermundure auf.

„Nein!" schrie der Ältere.

„Willst du es sehen?" Gerwin machte sich einen Spaß daraus, den Primus Pilus, für seine Schroffheit, zu ärgern.

In diesem Augenblick tauchte Sexinius auf und überreichte dem Züchter den Rest des Preises. Der Mann prüfte den Inhalt des ledernen Beutels, klemmte ihn wortlos unter seinen Pelz und winkte seinen Begleitern.

„Halt!" donnerte Gerwins Stimme. Weil sich Paratus in den Weg des Alten stellte, zögerte dieser mit der Fortsetzung seines begonnenen Rittes.

„Was willst du noch?" fauchte der frühere Primus Pilus.

„Die Namen der Pferde!"

Der Alte ließ einen seiner Begleiter absitzen, zu jedem Pferd treten und dessen Namen nennen.

Als der Alte an Viator und Gerwin vorbei ritt, fragte er: „Länger als ein Jahr?"

„Ein Jahr könnte es werden..." hörte Gerwin Viators Antwort.

„Was bedeutet das, Graukopf? Warte Primus Pilus!"

„Du hast mir nichts zu befehlen, Knabe!" ließ sich der Römer vernehmen.

„Er erhält die beiden Hengste von mir persönlich zurück! Das versprach ich..." erklärte indessen Viator.

Paratus und Sexinius griffen in die Zügel, der vom Hof weichenden Pferde und hinderten so den früheren Primus Pilus der Rapax.

„Haben wir den vom Züchter verlangten Preis bezahlt?" Gerwins Worte verschleierten seinen zornigen Ausdruck.

„Ja! Haben wir..." Sexinius antwortete. „Ich legte noch einmal den zehnten Teil der von ihm verlangten Summe oben auf..."

„Gut gemacht, Centurio! Das, Graukopf, enthebt dich deines Versprechens! Die Pferde gehören rechtmäßig uns! Ich sehe keine Veranlassung für die Einhaltung deines Versprechens und deshalb löse ich hiermit dein gegebenes Wort!"

„Das kannst du nicht!" brüllte der Primus Pilus.

„Doch, genau das liegt in meiner Macht! Ich bin der, dem alle meine Männer folgen, auch wenn du in mir nur einen Knaben sehen möchtest... Ich gehe Verpflichtungen ein oder verweigere diese. Deine Verpflichtung meines Mannes löse ich, weil du ein so unfreundlicher *Patron* bist, der ständig herausfordert, beleidigt und auch noch undankbar ist... Mein Centurio gab dir einen Aufpreis, dem du nicht einmal eine Würdigung widmetest... Du bist es, der immer nimmt, aber nicht gibt! Du wirst keines der Pferde jemals wiedersehen... Und wenn du nicht schnell verschwindest, alter Mann, entsinne ich mich vielleicht deiner Beleidigung, die mich einen Knaben nannte... Einem freundlichen Mann wäre auch ich freundlich und ehrenvoll begegnet, aber einen Römer deines Schlages strafe ich mit den gleichen Eigenschaften, die du mir anbotest! Verschwinde Römer, bevor ich dich zu deinen Göttern sende!"

Als der Römer den Hof verlassen hatte, fragte Gerwin, sich an den Graukopf wendend: „Was findest du Gutes an diesem Römer?"

„Seine Pferde, seine Ställe, seine Vorsicht! Fragst du mich, was mir nicht gefällt, antworte ich, seine Schroffheit, seine Beleidigungen, seinen Hochmut und sein Misstrauen... Du hast dir dein Pferd schon gewählt?" fügte Viator eine Frage an.

„Das habe ich! Ich erwähle den Rappen aus der Zucht..."

Weil inzwischen alle Gefährten um sie herumstanden, griff Gerwin seinen Rappen und überließ den Freunden die Wahl der Tiere.

Dann begann die Pflege der Pferde im Stall der Taverne, das Füttern und Kennenlernen, was sich keiner der neuen Reiter nehmen ließ...

## 13. Ein Leben zu nah am Tod

*67 nach Christus - Winter (4. Martius)*
*Imperium Romanum – Exercitus Germania Superior*

*A*m nachfolgenden Abend, als alle Reisevorbereitungen abgeschlossen, ausreichend Verpflegung übernommen worden war, rief Gerwin alle Gefährten in einem der von ihnen genutzten Räume der Taverne zusammen, entnahm einem Lederbeutel, den er an einem Band um den Hals trug, ein zusammengefaltetes Pergament und breitete dies auf dem kleinen Tisch aus.

Gerwin saß auf einem der Hocker inmitten der Freunde, die den Tisch umlagerten. Er stieß mit seinem Finger auf einen Punkt der Karte und erklärte: „Dort begann unsere Reise, in Mogontiacum, wir fuhren auf dem Fluss..." Sein Finger folgte der Darstellung auf dem Pergament. „Jetzt sind wir hier!" Sein Finger verharrte auf einem schwarzen Punkt.

„Die Karte gab mir Legat Verginius Rufus und erklärte mir deren Zeichen... Die bisherige Reise mag schwer gewesen sein, der uns bevorstehende Teil ist in seiner Länge und den Bedingungen aber noch weit schwieriger..." Sein Finger wanderte weiter und verhielt an einer anderen Stelle. „Das ist ein großer See, bis zu dem wir zuerst müssen... Die Römer nennen ihn *Lacus Lemanus*. Genava, der Vicus am Ende des Sees, ist wichtig für uns. Dort verlässt der Fluss Rhodanus den See. Diesem Fluss zu folgen, führt uns genau zum Ziel..."

Gerwins Finger glitt wieder zurück zum schwarzen Punkt.

„Die erste Schwierigkeit erwartet uns hier. Wir haben zwei Möglichkeiten..." Der Hermundure verharrte. Dann ging sein Finger nach unten und blieb an einem anderen, eingezeichneten Fluss hängen.

„Das ist der *Arurius*. Wir standen schon einmal an seinem Ufer und kennen auch den Weg dorthin! Nur war zu dieser Zeit ein anderes Wetter... Der Pass, den wir damals überwinden konnten, bescherte uns die wenig befriedigende Freundschaft des Eldermann Numonis, der genau dort hockt, wo wir vorbei müssen..."

„Dieser Halunke sollte uns nicht bekümmern... Mir macht der Pass mehr Sorgen..." warf Viator ein.

„Ich stimme dir zu, sehe aber dennoch auch dieses Hindernis..." ließ sich der Hermundure nicht beirren. „Gehen wir diesen Weg, fehlt uns im hohen Schnee vielleicht jede Spur, jeder Anhalt, wo der Weg verlaufen könnte... Vom Weg abzukommen, könnte gefährlich werden... Außerdem erwartet uns, mit zunehmender Höhe, mehr Kälte und auch Wind, der sich zum Sturm aufschwingen kann... Der Schnee liegt wahrscheinlich mannshoch und niemand vor uns zog eine Spur..."

„Welche andere Möglichkeit bleibt uns? Du sprachst von Möglichkeiten..." meldete sich Sexinius.

„Wenn wir statt südwärts zu ziehen, nach Osten gehen, kommen wir nach Vindonissa und treffen erneut auf den Arurius. Folgen wir flussauf, ist der Weg zwar Tage länger, vermeidet im Flusstal aber jeden Passweg und bewahrt uns vor schlimmeren Bedingungen..."

Gerwins Finger folgte den Windungen im Verlauf des Flusses. „Allein bis Vindonissa brauchen wir einen Tag. Folgen wir allen Windungen des Arurius, wird unsere Reise Tage länger dauern..."

Er war unschlüssig. Ihn störte die Unkenntnis möglicher Gefahren und die längere Zeit der Reise, falls sie den Weg am Fluss entlang auswählten.

„Wir haben auf dem Rhenus schon Tage verloren... Was macht es, weitere Tage zu verlieren, wenn wir dann sicher ankommen?" Paratus Frage entschied die Unschlüssigkeit.

„Also am Fluss entlang..." stellte Gerwin nochmals fest und ein allgemeines Nicken bestätigte diesen Entschluss.

„Es wird auch dann nicht einfach, wenn auch Wege entlang des Arurius vorhanden sein sollten... Einige kennen wir schon, andere mussten wir damals meiden... Bis Aventicum und weiter bis zum Lacus Lemanus und nach Genava wird es nicht so schwer werden, dennoch werden uns die Tage ermüden, wird uns Schnee hindern und Kälte zwicken... Wir können in Aventicum und Genava ein oder zwei Tage zum Schlafen und Ausruhen einfügen..."

„Was erwartet uns danach? Mir graust vor zu hohen Bergen... Lieber sehe ich mir diese aus der Ferne an..." warf Irvin ein.

„Sind wir in Genava, folgen wir dem Fluss Rhodanus, der uns direkt bis nach Lugdunum führt." Gerwins Finger glitt auf der Karte entlang. „Auch hier versperren Berge den Weg und bleiben wir im Tal des Flusses, meiden wir die Schwierigkeiten der Höhen... Die Reise aber dauert länger, bietet dafür aber noch einen anderen Vorteil. Am Fluss liegen Siedlungen, wo wir Unterschlupf für die Nacht finden können..."

Wieder mischte sich Paratus ein, was ungewöhnlich war. Zumeist schwieg der Hüne und ordnete sich Gerwins oder Viators Willen unter. „Wir folgen dem Fluss! Auch mir sind die weißen Berge nicht geheuer..."

Damit war auch diese Entscheidung getroffen. Der junge Hermundure rechnete mit weiteren zwei Dekaden, die vergehen könnten, bevor sie den Sitz des Statthalters erreichten. Viator aber sah, dass sich der junge Hermundure bereits im Voraus eingehend mit ihrem Weg beschäftigt hatte. Die Karte des Legat und dessen Erklärungen schienen ihm dabei sehr geholfen zu haben.

Der Morgen des Folgetages brach mit leichtem Schneefall an. Es war zwar kalt und etwas windig, jedoch nicht so einschneidend, dass ein Beginn des Rittes hinausgeschoben werden musste.

War der Reitertrupp durch die Unterschiede in der Herkunft der Männer schon eigenartig, wurde dies durch die Reittiere weiter verstärkt. Das Römer auf kräftigen Ardenner Pferden saßen, mochte ungewöhnlich erscheinen, Hermunduren und Chatten auf schnellen Berberhengsten verwunderte dann schon arg. Das Besondere aber waren Gerwin, der den Zuchttrappen ritt, der aus der Verbindung Ardenner und Berber hervorging und Notker, dem der junge Hengst aus der Zucht zusagte, der von einer Ardenner Stute und dem Hengst aus Bardi abstammte.

Besonders Notkers Winzigkeit auf dem großen, kräftigen Zuchthengst, der seine Abstammung nicht verschleiern konnte, wirkte merkwürdig.

Die Reiter kümmerte wenig, was Andere denken mochten, wenn sie des Trupps ansichtig wurden.

Schnell stellte sich eine Ordnung her, die dem zügigen Fortkommen diente. Vorn ritt einer der Männer voraus. Für gewöhnlich blieb dann etwas Abstand, bis dann die restliche Gruppe folgte. Den Abschluss bildete wieder ein einzelner Reiter, der mit Abstand, hinter dem letzten geführten Lasttier nachfolgte.

Vorausreiter und Nachhut blieben von der Notwendigkeit verschont, Lastpferde an langer Leine zu führen. Weil aber die Mühen wechselten, und sich keiner der Gefährten ausschloss, blieb die Ordnung zwar stets die Gleiche, aber es wechselten die Pflichten. Zumeist blieb es Gerwin, Viator und Paratus vorbehalten, den Vorausreiter zu stellen und so die Entscheidung über den Weg zu treffen. Die Nachhut ergab sich aus Sexinius, Irvin und Notker, beließ aber auch oft einen der jungen Chatten am Ende des Zuges.

Ritt ein Mann im Winter, sollte er die Anstrengung zwischen sich und dem Pferd so aufteilen, dass bei einer täglichen Wiederholung des mehrstündigen Rittes, keiner von Beiden überfordert wurde und auch der ständig auf dem Tier sitzende Reiter seine eigenen Glieder bewegen sollte. Was nützte es, wenn das Pferd täglich erschöpft war und der Frost nach den Gliedern des Reiters griff? Also rief Gerwin, nach einer Phase eines längeren Rittes, zum Absteigen und Laufen auf.

Zwischen Augusta Raurica und Vindonissa gab es keinerlei Schwierigkeiten. Der Trupp zog seines Weges, ohne gestört zu werden, war nicht zu Pausen gezwungen und so kamen die Reiter weit vor der Dämmerung im Municipium an. Eine Taverne war schnell gefunden, die Pferde versorgt und ein Tisch im Gastraum belegt. Ein würdiger Wirt und flinke Bedienungen sorgten für Speisen und Trank.

Der Folgetag ließ Schneefall vermissen und brachte dafür zaghafte Sonnenstrahlen, die zuweilen die Wolken durchbrachen. Der Weg entlang des nördlichen Flussufers erwies sich als fast zu leicht und wenn auch Flussschlingen, denen sie zuweilen folgten, die Strecke verlängerten, reichte der Tag trotzdem, um eine Siedlung zu erreichen, die sich plötzlich, nach einer solchen Schlinge, vor ihren Augen darbot.

Die Siedlung war klein und besaß nichts desto trotz eine Taverne, in der die Pferde versorgt und sie selbst beherbergt werden konnten. Würde die Reise weiter so verlaufen, blieben die Anstrengungen geringer als vermutet und der erforderliche Zeitumfang könnte ebenfalls eingeschränkt werden.

Den Vicus Salodurum erreichten sie vor der Dämmerung des nächsten Abends. Wieder fand sich eine Taverne, die auf Gäste wartete. Es gab nicht allzu viele Reisende, so dass ein Trupp Reiter die Gastwirtschaft belebte, wenn es dieser gelang, sich gegenüber anderen Tavernen in den Vordergrund zu schieben. Dieser Wirt verstand es, bot sogar ein Bad, was alle Römer und Gerwin wahrnahmen... Notker lehnte rundweg ab, Irvin zögerte und die Chatten scheuten sich.

Das *Forum Tiberii*, die wichtigste Siedlung im Land der Helvetier, erreichten sie am Abend des folgenden Tages, der längst der Nacht gewichen war. Nur der gut sichtbare Weg im Schnee und Matsch veranlasste den Trupp, bis zum Tagesziel durchzuhalten. Seit der Brücke in Salodurum verlief die Römerstraße nun am südlichen Ufer des Arurius. Bevor sie den Fluss ganz verließen und ausschließlich der römischen Straße folgten, ereignete sich ein Zwischenfall, der den Trupp kurz aufhielt.

An einer weniger zugänglichen Stelle war der Wagen eines Händlers nicht nur umgestürzt. Er blockierte den gesamten Weg und verlor auch noch die vollständige Ladung.

Dem Mann wurde geholfen. Erst dessen Waren bergend, dann den Wagen aufrichtend und aus der Enge schiebend, fühlte sich der Händler zu überschwänglichem Dank verpflichtet.

Gerwin und Viator ließen den Schwall der Worte des Mannes über sich ergehen, bestiegen erneut ihre Pferde und setzten den Weg fort.

„Was für ein Schwätzer..." erboste sich der Graukopf.

„Vergiss ihn! Bedenke was du getan hättest, würdest du an solcher Stelle Hilfe benötigen und die Götter schicken dir dann einen Trupp wie den Unseren, dessen Reiter dann auch noch abstiegen und halfen..." Gerwin lachte. „Oder denkst du, er fluchte nur und rief nicht nach der Götter Hilfe?"

„Natürlich nicht... Vermutlich erstattet er einen würdigen Dank ab... Sehen wir doch auch wie Götterboten aus..." grinste der Graukopf zurück, nachdem er sich beruhigt hatte.

Das Forum Tiberii erwies sich als ein sehr gastlicher Ort, wenn sich auch Gerwin der Verdacht aufdrängte, dass der Wirt der Taverne ein Gauner war. Seine Preise zeigten Unverschämtheit. Er ließ sich fast jeden Grashalm, den die Pferde verzehrten, außerordentlich bezahlen. Die Unterbringung, die Stallungen, Essen und Trinken waren von sehr guter Qualität, den Preis dafür zu entrichten, schmerzte aber ungemein.

Der neue Tag brachte Schnee und Regen zu gleichen Teilen. War es erst Schnee, um die Mitte des Tages dann Regen, folgte wieder Schnee, als es auf die Dämmerung zu ging. Gerwin wollte schon einen Lagerplatz suchen lassen, als Irvin, der die Spitze der Gefährten bildete, heftig mit seinen Armen zu winken begann. Gerwin schloss zu ihm auf und sah, was den Freund zur ungewöhnlichen Zeichengebung veranlasste.

Vor ihnen erhob sich, auf einer kleineren Bergkuppe, ein merkwürdiges Gebilde, dass sich beim Näherkommen als begonnener Mauerbau zeigte. Sie folgten der Mauer, fanden ein Tor und ritten zu dem größeren Gebäude, dass sich als eine *Villa Urbana* herausstellte.

Während Gerwin und Viator den Eingang der Villa betraten, warteten die Gefährten. Mit dem Erreichen des Atrium stand plötzlich ein Fremder vor ihnen. Der Mann hielt in einer Hand den Gladius und mit dem anderen Arm machte er eine einladende Geste.

„Bist du, Fremder, ein freundlicher Gast, verspreche ich Speise, Trank und auch Lager... Willst du mich plündern, findest du nur mich, meine Sklaven und sonst nichts, was dir nützen könnte, außer das ich dir dann mit dem Gladius begegne, statt mit freundlichen Worten..."

„Du bist ein ungemein mutiger Mann, wenn du glaubst uns Schaden zu können... Aber deinen Mut sollte jeder, der bei dir eintritt, anerkennen... Wir kommen als Gäste, die ein Nachtlager, Speise und Trank für uns und unsere Pferde benötigen und die am Morgen, mit Dank und Lohn, dich dann verlassen..."

„Wie viele seid ihr und woher kommst du? Ein Römer scheinst du jedenfalls nicht zu sein..."

„Wenn es dich beruhigt, sind wir drei Römer und fünf Germanen, von denen drei zum Stamm der Hermunduren und zwei zu den Chatten gehören..."

„Und du sprichst für alle, trotzdem der Römer neben dir im Alter deines Vaters sein könnte..." Der Gastgeber wurde weder unruhig, noch zeigte er Unvernunft oder Angst. Jedes seiner Worte war gut gesprochen, klang freundlich, wenn auch die Anwesenheit des Gladius deutlich machte, dass die Freundlichkeit des Mannes eine Grenze zu haben schien.

„Gewährst du uns Gastrecht, Römer?" fragte Gerwin und lächelte.

„Zu gern würde ich mir zuerst die Fremden betrachten, bevor ich mich festlege... Vielleicht seid ihr die Würdigsten einer Bande von Abschaum und hätte ich mich einmal festgelegt, müsste ich mich in mein Wort fügen..."

„Dann, Hausherr, folge mir und sieh dir unsere Männer an!" Gerwin schritt voran.

Der Mann trat aus den *Fauces* seines Hauses und sah nur Pferde, große Ardenner und schnelle Berber. Weil er in dieser Angelegenheit über hinreichendes Wissen verfügte, staunte er nicht schlecht, als er dann die zugehörigen Männer erblickte. Sofort erfasste er deren Zahl und Aussehen.

„Ihr scheint weit geritten zu sein..." stellte er fest.

„So kann man sagen... Vom Forum Tiberii kommen wir und waren schon veranlasst einen Lagerplatz zu suchen, als uns die Mauer auffiel..." gab Gerwin Auskunft. Lächelnd fügte er weitere wohlgesetzte Worte an.

„Wo eine Mauer wächst, gibt es Menschen, stehen Haus, Stallungen und warum soll uns nicht ein warmes Lager, statt des kalten Bodens beglücken... Deshalb bitten wir um das, was ein Gastgeber geben kann, ohne das wir barmen, noch betteln... Bist du ein freigebiger Mann, sind wir das auch. Du gibst uns das Recht des Gastes, bewirtest uns und wir danken dir mit einem angemessenen Teil unserer Münzen... Was sagst du, Herr?"

„Für einen Germanen scheinst du ungewöhnliche Bildung zu besitzen... Du verstehst zu sprechen, drückst dich kurz und klar aus. Unverschämtheit kann ich weder im Wort noch im Auftreten feststellen... Wenn mir solche Gäste nicht gefallen sollten, wer sollte meine Gastlichkeit dann noch beanspruchen?"

„Danke Herr, du bist gütig... Ich denke, du kannst deinen Gladius jetzt weglegen, er hätte dir ohnehin wenig genutzt..." Gerwins Lächeln blieb.

„Dachtest du, ich wäre der Einzige?" Der Römer klatschte in die Hände. Hinter jedem Mauervorsprung, aus jedem Raum der Villa Urbana traten Bauarbeiter und Sklaven in Waffen. Es mochten mehr als fünfzig Männer sein...

„Verzeih Fremder, noch ist die Mauer nicht fertig... Wie sollte ich Schutz gewähren, käme eine Mörderbande? Mich hättest du wohl überwinden können, wobei ich mir da nicht so sicher bin... Immerhin sehe ich nur vier Kämpfer, dich und drei Knaben...

„... die aber niemals zögerten, gäbe ich einen Wink... Wenn nur die Hälfte deiner ungeübten Männer vor uns gestanden hätte, wäre ich sicher, dass nicht ein Einziger davon hätte überleben können... So aber würden auch wir Blutzoll entrichten... Aber glaube mir dennoch, dass wir der Sieger wären, wenn von uns vielleicht auch nur noch zwei Männer sich des Sieges erfreuen könnten... Doch danach steht uns nicht der Sinn..."

„Ich bin Senator und war Konsul Roms mit Kaiser Nero Claudius Caesar Augustus Germanicus, als dieser zum vierten Mal dieses Amt inne hatte und bin dabei, mir hier ein würdiges Haus zu errichten, wenn mir meine Götter Zeit dafür lassen... Mein Name ist *Cossus Cornelius Lentulus!"*

„Dann bist du ein berühmter Mann... Warum, Römer, baust du gerade hier?"

„Rom ist verkommen, ohne Moral, es stinkt und jeder dort strebt nach Macht, nach Macht, noch einmal nach Macht, dann nach Reichtum... Ich aber bin reich! Meine Vorfahren dienten Rom seit der Zeit unseres großen Kaiser Augustus... Was brachte es Rom und uns? Geh nach Rom, sieh den Verfall einer einst bedeutenden Stadt, den Zwist, die Kleinmütigkeit, den Streit der so außerordentlichen Männer. Sieh wie Verwandte sterben, weil ein *Despot* den Tod befahl... Betrachte die, die Roms Macht umsetzen und du wirst erkennen, dass ein Leben dort zu nah am Tod gelebt wird. Bin ich aus den Augen, wird es schwer, sich an mich zu erinnern... Ich bin gegangen und steht mein Haus hier in der Ferne zu Rom, wird meine

Familie genauso gehen, bei Nacht, bei Nebel und mit der Gewissheit dem Sumpf der Macht entkommen zu sein..."

„Warst du nicht stolz, Konsul mit dem Kaiser gewesen zu sein?" wagte Gerwin einzuwenden.

„Ja, ich war auch einmal jünger, wenn du so willst, auch unreif..."

Lentulus besann sich. „Verzeih, du bist nur ein Gast, der meine Hilfe braucht und nicht der Träger meines Leides ist..." Er rief laut einen Namen und gab, dem daraufhin kommenden Mann, Befehle für die Versorgung der Reisenden.

Dann rief er den Mann noch einmal zurück. „Richte ein Mahl für diese Männer und mich!" Sein Arm deutete auf Gerwin und seinen Begleiter.

„Ja, Herr!" hörte er schon im Abwenden, fasste Gerwin, wie einen Vertrauten, unter und zog ihn mit sich fort.

„Was hältst du, junger Freund, von einem Bad und anschließenden Mahl... Es geschieht nicht oft, dass ein junger Reisender mein Entgegenkommen, allein für seine Freundlichkeit, erntet. Zumal Männer dieser Art auch nicht die feine Zunge sprechen, die ich bei dir hörte und auch nicht mit solchem Verstand glänzten... Dies alles dann bei einem so brutalen Germanen wie dir anzutreffen, sollte sogar mich mit Bewunderung entzücken..." Er lachte in merkwürdiger Tonlage und zog Gerwin einfach weiter mit sich. Weil dieser ohnehin nichts anderes vorhatte, ergab sich der Hermundure in sein Schicksal.

Viator trottete nach. Ihm ging der Senator auf den Nerv. Trotzdem begriff er, dass er diesen Mann aushalten sollte. Nicht weil der Kerl zur Oberschicht Roms gehörte, sondern weil aus ihm Wissen zum Kaiser zu pressen war. Was sonst bezweckte sein kühner junger Freund, der die Gunst des Augenblickes genauso schnell, wenn nicht noch schneller als er selbst, erfasst haben musste?

Sie landeten im Bad und hörten dem Gastgeber zu. Gerwin entging nicht die Großzügigkeit des Bauwerkes und auch nicht die darin gefundene Pracht. Er ließ sich davon nicht beirren und tat, als sähe er derlei Dinge täglich. Ein kurzes mustern, ein kleines Lob und die Zunge des Lentulus sang fast ohne Unterbrechung.

Als Gerwin nackt in das Becken sank, hörte er den Anderen aufstöhnen. „Was für ein schöner Körper?" drang Bewunderung über die Lippen des Mannes.

Das war der Augenblick, dem Römer, der möglicherweise auf Jünglinge stand, jeden Wunsch eines Liebeserlebnisses zu vergällen.

„Herr, solltest du glauben, mein junger Freund wäre auf deine Nähe erpicht, würdest du kaum bis zum Ende deines Mauerbaus leben... Er hört dir zu, ist dir aufgrund deiner Freundlichkeit zugeneigt und begegnet dir selbst freundlich... Doch streckst du deine Hand zu einem seiner Körperteile aus, wird er dies missverstehen... Er ist nicht an Zärtlichkeiten interessiert und solltest du meine Warnung nicht verstehen und dennoch einen Versuch wagen, bist du schon Augenblicke später eben tot... Ich verspreche dir, dass mein junger Freund dazu keinerlei Waffe benötigt. Er tötet mit blanker Hand oder mit nur wenigen Fingern... Also behalte deine Hände am eigenen Körper...“

„Oh, ach, so was, aber nein, wo denkst du hin?“ rief der Gastgeber erschrocken und verschränkte seine Arme vor der eigenen Brust. „Ist das wirklich so?“ fragte er dann fassungslos.

„Herr, mein älterer Freund weiß von meiner Abneigung und solltest du seine Worte bezweifeln, dann stirbst du eben... Es würde mir leid tun, einem Missverständnis gefolgt zu sein, weil ich glaubte, einen klugen Gastgeber gefunden zu haben... Nur wärst du bei Weitem nicht der Erste, der meinen Fähigkeiten erliegt...“ klärte Gerwin den Römer leise auf.

„Was du nicht sagst... Er hat darin nicht übertrieben...“ Zweifel schüttelten Lentulus.

„Herr, warum sollte er?“

„Dann bist du ein Mörder?“ Lentulus beugte sich etwas vor, um seinen jungen Gast besser mustern zu können.

„Nun, ein Mörder bin ich nicht, ein Krieger, ein Kämpfer... Du musst mich schon angreifen, damit ich dich töte... Du kannst auch einen meiner Freunde bedrohen und wenn ich sehe, dass du eine erste Absicht verfolgst und nicht ablassen möchtest, machst du eben deinen letzten Atemzug...“ Der junge Hermundure lächelte zu seinen Worten.

„Mehr braucht es bei dir nicht? Ungewöhnlich...“ Noch immer saß dem Römer der Schreck in den Gliedern, dennoch fasste er sich wieder. Wenn er bisher eine derartige Absicht hegte, ließ er diese sofort fahren und setzte von nun ab einzig auf die Freundlichkeit eines Gastgebers.

Viator meldete sich. „Herr, glaube es! Mein Freund mag jung sein... dennoch ist er ungewöhnlich... und wäre wohl kaum der Beschützer eines Legat unserer Legionen...“

„Was du nicht sagst? Welcher ist es denn?“ Die Neugier sprang Viator fast an. Außerdem sah Lentulus die Gelegenheit, von seinem vorigen Bedürfnis ablenken zu können.

„Herr, auch das gehört zu den Dingen, die dich nichts angehen! Was hätte es für einen Sinn, spräche ich den Namen aus und du glaubst, dir daraus Vorteile ableiten zu können? Den von mir gemachten Fehler würde er sofort berichtigen! Ich bekäme böse Worte, du aber würdest ertrinken, ersticken oder so geschlagen, dass dir kein Abschied von deinen Göttern möglich wäre..." Wieder mahnte Viator mit seinen Worten.

„... und du übertreibst wirklich nicht?"

„Würde ich nur in einem Punkt lügen, würde er mich berichtigen, doch er schweigt..." klärte Viator auf.

„Herr..." unterbrach Gerwin. „... das Bad war wirklich schön, war notwendig und ich bin dir dafür dankbar!" Gerwin stieg aus dem Becken.

Wieder stöhnte der Römer, ob der Pracht vor seinen Augen. Für Gerwin war dies befremdlich. Zuerst verstand er nicht, was Viator meinte. Als er dann begriff, was dem Gastgeber vorschwebte, war er dem Freund dankbar. Nur ungern würde er den sonst so klugen Römer töten...

Sie kleideten sich an und schritten zum *Triclinium*. Die Mensa war gedeckt. Der Gastgeber wählte seinen Platz auf der Kline und wies den Gästen ihre Plätze zu. Gerwin kannte den römischen Brauch gut genug, um sich dabei keine Blöße zu geben. Er speiste, was er kannte, vermied Unbekanntes und was sich ihm schon einmal als nicht schmackhaft gezeigt hatte. Um *Garum* machte er einen weiten Bogen.

„Herr, du sprachst davon, gemeinsam mit dem Kaiser aller Römer Konsul gewesen zu sein... Diese Ehre bekommt doch nur zugewiesen, wer zum engsten Kreis des Kaisers gehört oder wertvolle Dienste für ihn oder Rom erbrachte?"

„Das ist wohl wahr, mein junger Freund." Lentulus nahm etwas an Haltung zu. „Nero ist zwar etwas jünger, dennoch trennen uns nicht so viele Jahre, dass ich seiner Zuneigung dadurch entging, dass ich zu alt oder unnütz sei..."

„Nach deinen Worten, Herr, ist der Kaiser Roms dann nicht der Mann, wie mir viele Römer deutlich machen wollten, der nur singt und Kithara spielt..."

„Nein, mein junger Freund... Er ist klug! In der Herrschaft, in Gesetzen und in der Macht ist er geübt, dennoch ein Feingeist, der griechische Literatur, Kunst und Musik liebt... Anders auch ist er ein durchtriebener, rücksichtsloser Machtmensch und Schurke, der seine Vorteile gnadenlos ausnutzt, selten zurückweicht und glaubt, göttlich zu sein..."

„Aber er isst und scheißt wie jeder Andere?" warf Viator ein.
„Was, äh... Ja!" Lentulus war erschrocken. „Aber ja!" fügte der
Gastgeber an, als er sich der vulgären Ausdrucksweise des älteren Gastes
anpassen konnte.
„Dann ist er kein Gott!" Der Bescheid von Viator war endgültig.
Gerwin musste lachen. „Da siehst du, Konsul, die praktische Denkart
meines Freundes..."
„Verzeih, mein junger Freund, dass ich dir einen Grund meines
Weichens aus Rom verschwieg... Es ist das Gelüst nach männlicher Liebe,
dass mich zwingt im Verborgenen zu leben. Der Sumpf in Rom ist zwar
mächtig und steht nicht unbedingt meiner Art mit Ablehnung
gegenüber... Dennoch hat der Sumpf zu viele Augen und Ohren. Das
Schlimmste aber ist die Zunge, die Geheimnisse ausplaudert und trifft
dies einen Mann wie mich, dann bedeutet dies den Verlust der
*Auctoritas*."
„Herr, es liegt mir fern, dir etwas zu unterstellen... Lass mich jedoch
auf Nachfolgendes verweisen..." Der Hausherr nickte und Gerwin setzte
fort: „Dein Gelüst ist nicht das Meinige! Doch welches Recht hätte ich, dir
deine Neigung zu missgönnen oder gar zu verurteilen... Nur ich stehe dir
nicht zu Verfügung für deine Triebe! Versuchst du es dennoch, stirbst du,
ohne mein Bedauern... Willst du dir mit einer Übermacht nehmen, was
ich nicht geben will, stirbt dein ganzer Schwarm... Bleibt es bei unserem
Gespräch und jede Art Angriff deinerseits unterbleibt, behalte ich unser
Gespräch in guter Erinnerung. Im Gegenteil, ich möchte gern so viel von
Kaiser Nero wissen, dass du eine ganze Nacht lang erzählen könntest und
dennoch nicht in der Lage wärst, meinen Wissensdurst zu stillen..."
„Gut, ich füge mich in deine Forderungen... Natürlich kenne ich Kaiser
Nero gut, ob aber du mit meinem Wissen zufriedengestellt werden
kannst, kann ich kaum wissen... Nero war ein Kind, als er in Kaiser
Claudius Familie einbrach. Er war erst schüchtern, immer launisch wie
ein Weib, wehleidig und hing an seiner Mutter..."
Der Gastgeber erzählte, Gerwin und Viator hörten zu. Es war ein
außerordentlicher Zufall, hier im Land der *Helvetier,* auf einen Römer
getroffen zu sein, der die männliche Liebe bevorzugt, aus dem Umfeld
des Kaisers von Rom stammt und darüber hinaus auch noch die
Bereitschaft zeigt, Rom und diesen Kaiser zu verurteilen.
Gerwin verstand Gehörtes zu trennen. Einmal war da Rom als Stadt,
mit seinen Palästen, dem Reichtum und seinem Wohlleben. Dann die

gleiche Stadt mit dem Elend, der *Subura*, dem *Aventin*, *Viminal* oder *Quirinal*... Dann kamen Roms Mächtige, mit Nero, Tigellinus, den Konsuln und Senatoren, sowie den Freigelassenen Neros an der Spitze dieser Macht. Laster und Vergnügen spielten ebenso eine Rolle wie Macht und Herrschaft, Morde, *Intrigen* und die Angst Roms...

Cossus Cornelius Lentulus entlud seine Wut, seine Verachtung und nahm sich dabei nicht aus. Der Römer mochte im Alter zwischen fünfundvierzig und fünfzig Jahren leben, hatte vieles erlebt, war selbst an mancher Schandtat beteiligt und fürchtete, dass Einiges auch auf ihn zurückfallen könnte. Um diesem vorzubeugen, verschwand er aus Rom und nahm nur mit, was er brauchte, um sich dort ein Haus zu bauen, wo die Welt zwar römisch war, aber dennoch frei von der Ruchbarkeit und dem Verfall.

Lentulus glaubte genau in dieser Lage den Ort gefunden zu haben. Den Blick auf die umliegenden Berge, nicht weit zu großartigen Seen, in einem Frieden, in einer Beschaulichkeit, die ihm die Ängste nahm. Wenn Nero nicht wusste, wohin er verschwunden war und niemand ihn erwähnte, konnte sein Vorhaben in Erfüllung gehen. Den Ort fand er, weil er sich an Worte seines Vaters und Großvaters erinnerte, die die Schönheit dieses Teiles der Welt hervorhoben...

Bis jetzt schien seine Flucht gelungen und würde er auch noch sein Weib und seine Kinder hier her bringen können, wäre sein Glück für einen besinnlichen Abschluss seines Lebens gelungen. Cornelius Lentulus hoffte, dass auch seine neue Bekanntschaft seinen Plan nicht durchkreuzen würde.

Am Morgen reiste der Trupp weiter...

Über den Vicus *Lousonna* erreichten sie das Ufer des Sees und bis zur nächsten Dämmerung die *Colonia Julia Equestris*.

Eine Taverne ließ sich leicht finden, ein freundlicher Wirt dazu und so einigten sich die Gefährten, vor jeder weiteren Anstrengung, eine Verschnaufpause einzulegen.

## 14. Der Schritt

*67 nach Christus - Winter (6. Martius)*
*Imperium Romanum – Provinz Lugdunensis*

*F*ür Gaius Iulius Vindex gestalteten sich die nachfolgenden Tage etwas ruhiger. Er sandte Boten in seine Provinz, die alle Vertreter der Stämme zu ihm nach Lugdunum riefen. Dadurch gewann er Zeit, sich auf das Gespräch mit allen Gerufenen vorzubereiten. Vindex rechnete mit gut dreißig Männern unterschiedlichster Art. Mochten Einige der früheren Stammesfürsten nach Rom gegangen sein, als der große Feldherr *Gaius Julius Caesar* ganz Gallien unterworfen hatte. Dennoch glaubte er nicht, dass auch nur Einer dieser Fürsten dem Ruf Roms folgend, so wie es einst sein Großvater auch tat, sofort in den Senat berufen wurde... Es war die Zeit, die dieses Ereignis bewirkte und traf erst seinen Vater, der sich der Nutzung des Cursus Honorum unterwarf.

Unter den Fürsten der Stämme gab es auch zu dieser Zeit schon aufgeschlossene Männer, die der Zivilisation der Fremden offener gegenüberstanden. Warum sollten diese klugen Männer nicht weitere Vorteile in Roms Wirtschaft und Handel ausgemacht haben? Wenn er diese Gallier auch nicht als Freunde Roms bezeichnen würde, so kam er nicht umhin, diesen Männern eine höhere Bereitschaft zur Aufnahme von Roms Herrschaft zuzubilligen. Rom bot zweifellos, auch wenn die gallischen Stämme unterjocht wurden, Vorteile gegenüber dem bisherigen Leben. Diese erste Überlegung des neuen Statthalters löste eine Kette von Gedanken und Empfindungen aus, die letztlich auf die Schwierigkeit seiner Absicht deuteten, alle diese unterschiedlichen Männer zum einheitlichen Fühlen, Denken und Handeln vereinen zu wollen...

Sein Vorteil bestand in der Tatsache, dass er gallischer Herkunft war, wenn er auch ausschließlich in Rom lebte. Seine Erziehung und Bildung, die letztlich im Cursus Honorum verfestigt wurde und ihn zum Römer machte, enthielt auch die Erkenntnisse zur Befriedung ganz Galliens, wie es die Geschichte der Römer überlieferte. Vindex kannte Teile der Schriften Caesars über den Krieg in Gallien und die Verklärung der Römer.

Nicht selten spürte er den Stich einer verlorenen Freiheit, die er niemals kennenlernen durfte. Besaß er deshalb das Recht zur

Verurteilung seiner Vorväter? Weil er ganz und gar Römer war, kam dies für ihn nicht in Frage. Es ließ aber auch einen Spalt in der Selbsterkenntnis offen, dass die ursprüngliche Heimat seiner Mutter in Gallien lag. Diese Überlegung erzwang ein gewisses Verständnis.

Verfolgte er vom ersten Tag an die Zielstellung, seine Macht in dieser Provinz auf feste Fundamente zu stellen und nutzte dazu erworbenes römisches Wissen, so verfestigte sich in ihm auch die Überzeugung, dass die begonnene Form seiner Machtausübung mit der Politik Roms übereinstimmte. Insofern erkannte er bisherige Bestrebungen als sinnvoll an und gestand sich einen hohen Grad an Zufriedenheit zu. Im Moment dieser Erkenntnis aber, meldete sich, tief unten in seinem Inneren, ein helles Glöckchen, das mit seinem lieblichen Klang einen leisen Widerspruch anmeldete.

‚Verkennst du nicht, Legatus Augusti Roms, deine ursprüngliche Herkunft und die dir daraus erwachsene Verpflichtung? Du magst dich zu den Römern zählen, wurdest schließlich dort geboren, aber bist du nicht auch ein Spross Galliens?'

Vindex, von Empfindungen hin und her gerissen, fand zu einer von Logik getragenen Erkenntnis. War er bisher zu solchen Gedanken nicht veranlasst, sollte er nun dieser Seite ebensolche Beachtung zumessen. Ohne die für ihn überraschende Berufung zum Legatus Augusti wäre sein weiteres Leben sicher in ganz anderen Bahnen verlaufen... Zweifelsfrei war er Römer und dennoch stammte ein Teil seiner Vorfahren aus dem gleichen Gallien, dass Rom einst eroberte... War er dazu berufen, diese früh verlorene Freiheit erneut zu erringen?

Nein, sicher nicht! Rom berief ihn einzig zum Nutzen Roms!

Weil er aber aus diesem Teil des Imperium Romanum stammte, sollte er das Leben, die Bevölkerung und auch die Kultur, Tradition und den Glauben dieses Teils der Welt besser und schneller verstehen als Andere.

Der Zweifel, einmal erwacht, bohrte in ihm und zwang zu dem Eingeständnis, dass für ein erfolgreiches Wirken in seiner Provinz das gallische Wesen Berücksichtigung finden sollte... Verkörperte er die römische Macht und setzte diese in seiner Provinz um, durfte er seine eigene Abstammung aus Gallien dabei nicht gänzlich verleugnen...

Dass Kaiser Nero ihn in diese Stellung berief, schien ihm eindeutig.

Was aber erwarteter der Kaiser von ihm?

Jetzt erst glaubte er wirklich zu wissen, warum er alle Stammesfürsten zu sich rief... War es bisher nur ein unbestimmtes Gefühl, welches ihn zur

Einladung aller dieser Männer trieb, erkannte er nun dessen Notwendigkeit. Wollte er zu Roms Nutzen handeln, forderte dies auch, die Interessen der Gallier nicht unberücksichtigt zu lassen. Doch ging das überhaupt? Schloss der Nutzen Roms auch die Zukunft Galliens mit ein? Sein Ruf nach den Mächtigen seiner Provinz war ein erster Schritt in diese Richtung, selbst wenn dieser Schritt nur einem Gefühl folgte und von seinem noch sehr jungen und unerfahrenen Sohn eingebracht wurde.

Vindex machte sich bisher wenig Gedanken um sein Wesen und seine Rolle in Roms Gesellschaft. Ihm lag bisher das Leben und Glück seiner Familie am Herzen. Jetzt aber war er zum Führer berufen, zwar immer noch unter der herrschenden Hand Roms, doch Rom war weit weg...

In dieser Provinz war er der uneingeschränkte Herrscher. Ihm oblag die Macht der Absicht, des Willens und der Umsetzung... Würde Rom aber alles hinnehmen? Wieder läutete das kleine Glöckchen zu einem Widerspruch... Deshalb kehrte Vindex zum Ausgangspunkt seiner Gedanken zurück.

Inzwischen den Schritt zur Machtumsetzung Roms gegangen, galt es nun, die Herzen der Stämme zu erobern... Ohne die Hilfe der Fürsten musste er scheitern... Allein auf Roms Macht zu vertrauen, war ein Verhängnis... Wer aber würde ihm gegenübertreten? Wie würden Stammesfürsten seinen Absichten begegnen?

Also rief er seine Berater und führte ein ausgiebiges Gespräch. Er hörte mehr zu, als er selbst sprach und erfuhr so die Eigenarten der Stämme, der Stammesfürsten, zu Freundschaften und wer wessen Feind ist...

Das danach vorhandene Wissen führte zu neuen Schlüssen.

Nicht jeder Senator Galliens im Senat Roms war auch der Herrscher seines Stammes! Es gab Stämme, deren hervorragender Führer ein Senator Roms war und Andere, deren Anführer der Stammesmacht in Gallien huldigten... Mit einem Schlag begriff Vindex die außerordentliche Bedeutung des Vergobret der Haeduer. Hatte nicht Präfekt Donicus über dessen zahlreiche *Klientel* gesprochen? Eine erneute Begegnung mit dem Präfekt würde ihm sicher Klarheit verschaffen... Ihm schien der Vergobret vom Stamm der Haeduer das Zünglein an der Waage zu sein... Genau diesen Mann hatte er, in einer ersten Begegnung, brüskiert... Würde der Vergobret einen Fehler verzeihen können? Vindex schüttelte diese Überlegung ab und prüfte auf weitere Hemmnisse unter den Stammesfürsten...

*Senonen* hassten Rom, *Lingonen* stellten umfangreiche Auxiliarkontingente. Die Letzteren durfte er deshalb zu den Rom zugeneigten Stämmen zählen, ebenso wie eigentlich die Haeduer, eingerechnet deren umfangreichen Anhanges. Allein der Vergobret dieses Stammes sollte ein schwer berechenbarer Faktor sein...

Blieben noch die *Esuvier* mit ihrer Klientel, über die auch seine Berater kaum Auskunft geben konnten. Am Wenigsten aber wusste er von den Stämmen, die in Rom als *Aremorica* bekannt waren... Gab es dort Vorherrschaften, Klientel und wer sprach für diese Stämme? Gab es gar einen Verbund oder stand jeder für eigene Interessen ein?

Vindex war sich sicher, mehr darüber erfahren zu können.

Dass ausgerechnet sein noch zu junger Sohn die Reise durch die Provinz ins Gespräch brachte, passte ihm so gar nicht. Auch wenn er sich verständnisvoll verhielt, würde er dem jungen Faustus, zur gegeben Zeit, eine Lehre erteilen müssen... Vorerst hielt er sich zurück. Eigentlich war der Gedanke zur Reise ihm selbst schon gekommen, nur der Zeitraum gefiel ihm nicht. Im Winter reisen, brrr... Das breite Interesse, dass sein Sohn hervorrief, sagte ihm deshalb so gar nicht zu.

Dann kam ihm der Gedanke, alle Stammesfürsten aufzufordern, nach Lugdunum zu kommen. Das bot ihm Aufschub und gab ihm die Möglichkeit, eine Grundlage der Beziehung zu allen Stämmen zu schaffen, die dann in der Reise vertieft werden konnte.

Die Reisedauer der Stammesfürsten verschaffte ihm zusätzliche Zeit. Nach dem Treffen sollte er den Abgereisten auch ein paar Tage zugestehen, bevor er selbst aufbrach. Also verkündete er seinen Beratern, die beabsichtigte Reise erst später aufnehmen zu wollen... Dafür legte er das Treffen mit den Stammesfürsten zu den Iden des Martius fest.

Es war sein Sohn, der ihn von der Ankunft des ersten Stammesfürst in Kenntnis setzte. Also beauftragte er Faustus, auch die Ankunft der übrigen Angeforderten zu beobachten und ihm Meldung zu erstatten. Dieser Verpflichtung kam der Sohn gern nach. Was der Vater nicht wusste, war die Tatsache, dass sich Faustus einiger Gehilfen bediente.

Vindex fand bald danach, dass der jugendliche Drang des Sohnes eine Dämpfung erforderte und so schob er letztlich seinem Berater Belinarius die Verpflichtung zu, die Aufsicht über die Ankunft berufener Stammesfürsten zu übernehmen.

Der Sohn, von der Verpflichtung entbunden, ließ sich dennoch nicht beirren. Entband ihn der Vater auch von einer selbst übernommenen, reizvollen Pflicht, verbot er ihm aber nicht, Auge und Ohr den Eingetroffenen zu widmen. Also schickte er seine inzwischen gewonnenen Freunde aus und ließ die vornehmsten Gastwirtschaften überwachen. Der Hinweis, sich den Gästen anzubieten, in deren Nähe vorzudringen, deren Begleiter zu beleuchten, Gespräche zu belauschen oder auch sonst nicht angebotene Dienstleistungen bereitzuhalten, selbst wenn es nur um saubere Huren ging, stellten Faustus in das Zentrum eines Spinnennetzes. Bei ihm liefen Nachrichten ein, die er bewerten, sofort ausnutzen konnte oder auch einfach als Wissender für günstigere Gelegenheiten aufsparte. Diese selbst übernommene Aufgabe versetzte ihn in die Lage, nicht nur die Fürsten, sondern auch deren Begleiter und so manchen Diener kennenzulernen.

Wer Dienstleistungen anbot, hielt auch die Hand auf. Schnell sprach sich unter seinen Freunden herum, dass Faustus an solchen Einnahmen kein Interesse zeigte. So zog ein einst gewonnener Freund auch weitere Helfer nach. Weil für die fleißigen Augen und Ohren auch mancher *Sesterz* hängen blieb, entstand mit der Zeit ein Heer junger Getreuer des Sohnes des neuen Statthalters.

Faustus spielte sich nicht auf, wollte dennoch von allen Vorgängen Kenntnis erlangen, beauftragte Spitzeldienste, schuf ein Netz williger Dienstleister, die bereitwillig jeden Wunsch eines Gastes erfüllten. Nur auf einem Umstand bestand er. Sein Name durfte nicht fallen! Weil dies mit der Zeit immer schwieriger wurde, rief er am dritten Tag seiner außerordentlichen Aktivitäten die ihm Hörigen zusammen, setzte sie einer Musterung aus und teilte die inzwischen fast fünfzehn Jungen unterschiedlichen Alters in Gruppen auf. Er bestimmte einen Anführer des jeweiligen Trupps, legte dessen Revier und Aufgaben fest und brachte den Anwesenden bei, dass er *Corvo* sei, der seine Augen und Ohren überall offen hielt!

Weil nur drei der Jüngeren ihn unter seinem richtigen Namen kannten und auch wussten, wessen Sohn er war, schien es leicht, den neuen Namen durchzusetzen. Die Drei behielt er, als er alle Anderen zu ihren Zielen sandte, zurück.

„Hört mir gut zu!" begann er seine Erklärung. „Zwei Dinge solltet ihr ab jetzt vergessen. Das Eine ist mein Name und das Andere, wessen Sohn ich bin... Ich bin *Corvo*! Meine Herkunft ist ohne Bedeutung. Wer dies vergessen sollte, lernt den hier kennen!" Faustus zog einen schlanken, langen Dolch aus seine Tunica. „Ich glaube nicht, dass ich das zweimal sagen werde..." Die Drohung war ausgesprochen.

Faustus war nicht darauf bedacht, Macht auszuspielen oder gar mit dem Tod zu drohen. Er wollte dem Vater in dessen Pflicht beistehen. Weil er spürte, dass dieser seine Bemühungen wenig würdigen, auch von ihm übergebene Botschaften nur ungenügend beachten würde, verlegte er sich auf die Heimlichkeit.

„Ich will euch sagen, warum ich darauf bestehe! Mein Vater achtet mich nicht, wie ich es mir wünsche! Weil ich aber glaube, dass ihm meine Botschaften nützlich sein werden, wäre es weniger gut, würde der Absender sein eigener Sohn sein... Sollte er die Quelle einer Nachricht mir zuordnen, wird er der Nachricht nicht vertrauen und Fehler begehen. Einem Fremden, der sich unter einem anderen Namen zu erkennen gibt, wird er sein Ohr eher leihen..." Er blickte die ersten Freunde seiner neuen Welt aufmerksam an.

Der fast mit ihm gleichaltrige *Stabilus* war der Sohn eines früheren Beamten des Statthalters, für den sein Vater keine Verwendung mehr hatte. Stabilus war fast genauso groß wie er selbst, ebenso schlank, besaß blaue Augen und einen Lockenkopf. Nur zeichneten diesen andere Eigenschaften aus. Stabilus war klug, geduldig, obzwar redegewandt, dafür aber sehr schweigsam.

Der Zweite der Vertrauten war jünger, kleiner, krummbeinig, leicht erregbar, sich selbstüberschätzend, aber treu und zuweilen auf eine Art lustig, die Faustus gefiel. Sein Messer saß locker und zog er es, verwandelte sich *Gryllus* in einen bissigen Zweikämpfer, der keine Kränkung oder gar Beleidigung hinnahm. Gryllus stammte aus einer Bande, die sich am Flusshafen herumtrieb.

Bei einer eigenen Erkundungstour traf Faustus mit ihm zusammen. Einen Kopf größer, noch zumal von edlerer Abstammung, würdigte er weder dem Burschen noch dessen Messer die notwendige Aufmerksamkeit.

„Du solltest mein Messer beachten Fremder, sonst sitzt es schneller in deiner Brust, als du dir vorstellen kannst..." grinste Gryllus den vermeintlichen Römer an.

„Dein Grinsen gefällt mir, dein Mut... na ja... aber deine Dummheit ist bedenklich... Wer von uns hat den längeren Arm mit einer Spitze, die nicht nur weh tun könnte?" Im selben Augenblick saß dem Jüngeren der schlanke, lange Dolch des Fremden auf der Brust. „Ich sehe jetzt zwei

Möglichkeiten... Die Eine wäre aufgeben, die Andere sterben! Was wählst du?" fragte Faustus.

Der Dolch des Jüngeren fiel zu Boden.

„Na also, bist doch nicht so dumm, wie es den Anschein erweckte... Ich bin Faustus und brauche kluge, mutige Burschen wie dich! Willst du mit mir ziehen?"

„Was bietest du an?"

„Was denkst du, bist du wert?"

Damals steckten beide den Bereich ab, den sie hinnehmen wollten. Es wurde eine längere Verhandlung, in der sich die vermutete Dummheit aufgab. Weil sich in mehreren Begegnungen der folgenden Zeit der Spaß in den Vordergrund schob, sich Gryllus auch mit Stabilus anfreundete, trieben sie allerlei unwürdigen Unsinn, bis der Statthalter die Kreise seines Sohnes arg einschränkte. Auch sein ständiger Begleiter, der Treverer Mammeius, war inzwischen nur noch hinderlich.

Die Faustus auferlegten Pflichten verhinderten weitere Treffen.

Eines Tages baute sich ein noch Jüngerer, der kaum das Vierzehnte Lebensjahr hinter sich haben dürfte, vor Faustus auf.

„Am Hafen traf ich Gryllus... Er sagt, du seiest ein Schuft, der Freundschaft versprach und sich jetzt ängstlich verzieht..." Das war eine Provokation, die ihn herauslocken sollte.

Faustus überlegte nicht lange. Er stand in einer Schuld. Also beauftragte er den Jüngeren, Gryllus und Stabilus zur gleichen Zeit und am gleichen Ort zu versammeln. So wurde aus den jungen Burschen ein vierblättriges Kleeblatt.

*Asellio* hieß der Jüngste der Vier. Er war auch ein Eseltreiber und trug nicht nur deren Namen. Obwohl der Jüngste, zeigte er sich durchtrieben, zuweilen rücksichtslos, ständig auf Streit und Unsinn versessen. Es gab nichts, was seinem Drang widerstand. Angst war ihm fremd, Bedächtigkeit ebenso. Zwischen einem unsinnigen Gedanken und dessen Ausführung verging kaum ein Liedschlag. Asellio war der Sohn eines im Palast des Statthalters Dienenden. Ein Mann, der in den Ställen sein Brot verdiente und Faustus nicht unbekannt war, weil dieser dessen Umgang mit den Pferden beobachtend, dessen ruhige und geduldige Art feststellte. Asellio war das Gegenteil des Vaters, der vom neuen Freund seines Sohnes nicht das Geringste ahnte.

Einige Zeit ging die Umtriebigkeit der Burschen immer dann weiter, wenn Faustus sie zusammenrief.

Das letzte Mal rief er, als der Vater die Botschaft der Ankunft des ersten Stammesfürsten zwar erfreut vom Sohn entgegen nahm, ihm dann aber den zuvor erteilten Auftrag wieder entzog. Weil Faustus aber Belinarius Art und Vorgehensweise nicht unbekannt waren, dessen Vorlieben und Beschränktheiten kannte, stieß er in die Lücken von dessen Tätigkeit.

Plötzlich waren sie zu wenige, um die Tavernen und Gasthäuser vornehmerer Art überwachen zu können. Gryllus wusste Rat und brachte andere Mitstreiter angeschleppt. Dass diese aus der früheren Bande vom Hafen stammten, störte Faustus nicht. Auch mit Stabilus tauchten andere junge Burschen auf, die ihm fortan zur Hand gingen. Das bemerkend, brachte auch Asellio weitere Söhne der dienstbaren Geister des Statthalters an.

Es waren noch drei Tage bis zum Treffen der Stammesfürsten mit dem Statthalter, als Faustus zum Corvo wurde und seine Meute um sich scharrte, um diese auf sich selbst einzuschwören. Als sie nur zu viert in der Nähe der Fürsten auftraten, war jeder Kontakt von Vorsicht geprägt. Immer war einer der Freunde zugegen, falls eine Bedrohung entstand und ein Fluchtweg gebraucht wurde. Mit der Größe der Meute und der nur geringen Erfahrung der einstmaligen Diebe, die sich zuviel gegenüber den bewährten Männern um Stammesfürsten herausnahmen, entstand erster Ärger.

Einer der früheren Hafendiebe wurde erwischt und fürchterlich verprügelt, als er, einem Begleiter eines der Stammesfürsten, den Geldbeutel abschnitt.

Dann war ein Bursche aus Gryllus Trupp einem der Stammesfürsten zu sehr auf dessen Vorderfüße getreten. Der Fürst der *Tricassen* schnappte sich den noch keine sechzehn Jahre alten Burschen, kitzelte ihn irgendwie mit einem Dolch am Hals und rutschte dabei, nach eigener Aussage, ab. Er stach den Jungen einfach in dessen Hals und das nur, weil die gewünschte Hure ihn um einige Sesterze zu viel geprellt hatte. Als der Junge die gleiche Hure auch am Folgeabend angeschleppt brachte, endete sein Leben.

Gryllus unterlag einem Wutanfall und weil Corvo nicht mit sich Reden ließ, sparte er sich seine Rache für später auf. Der frühere Dieb kannte die Regel, dass er niemals etwas schuldig bleiben durfte... Der Junge der starb, war sein Mann!

Der nächste Zwischenfall wäre ohne Corvo niemals ans Licht gekommen.

In dem besseren Gasthaus trafen die Stammesvertreter der Senonen mit den Lingonen zusammen. Das waren zwei entschiedene Gegenpole in der Frage zu Rom. Senonen hassten Römer, während Lingonen mehr als romfreundlich erschienen.

Als der Stammesfürst der Senonen die Lingonen anrücken sah, zog er seine Männer vor der Taverne zusammen und verstellte den Lingonen den Zugang. Worte wechselten, die Hände zorniger Männer wurden auf deren Waffen gelegt, jederzeit bereit, gezogen zu werden.

Die Feindlichkeit ging von den Senonen aus, die unglücklicherweise in der Unterzahl waren. Dies schien deren Fürst wenig zu bekümmern. Der Streit in Waffen dauerte nur wenige Augenblicke.

Hass bäumte sich auf, führte schnelle und gezielte Schläge und verringerte die Streiter um je zwei Kämpfer auf jeder Seite. Die Senonen, auf die bescheidene Zahl von vier waffenfähige Kämpfer geschrumpft, zogen sich in die Taverne zurück und versperrten mit allen gefundenen Gegenständen den Zugangsbereich. Die Lingonen, dem Treiben ein Ende setzen wollend, berieten erst lange, ob sie stürmen sollten und verpassten dadurch den richtigen Moment.

Von einem Jungen aus Corvos Meute gewarnt, tauchte eine Turma der in Lugdunum stationierten römischen Kohorte auf, nahm die noch unentschlossenen Lingonen und die verbliebenen, sich verschanzenden Senonen auf und brachten die Meute vor den Statthalter. Beide Seiten beklagten ihre Toten und bezichtigten den Gegner der Schuld.

Vindex hörte sich geduldig das Gezeter an, bis ihm der Geduldsfaden riss. Er wählte weder laute noch bösartige Worte. „Ich rief Fürsten, keine ungebärdigen Hunde! Entweder ihr erweist euch als diese oder ich lege euch an die Kette! Damit ihr mich auch richtig versteht, jeden eurer noch lebenden Männer und auch euch selbst! Dann schicke ich Boten an eure Stämme und lasse mir andere Fürsten, mit mehr Verstand, schicken! Was ich dann mit euch tun werde, hängt davon ab, was mein Gesetzeshüter aus euch heraus holt..." Vindex erhob sich aus seinem Amtsstuhl, durchmaß den Raum und setzte sich wieder.

„Ich will euch auch mitteilen, was danach kommt! Der von euch, der den Streit begann, wird verurteilt! Gnade kenne ich in solchem Fall nicht! Der Schuldige von euch Beiden verliert den Kopf, der dann am Zugang zur Curia ausgestellt wird. Der Unschuldigere verliert den Arm, mit dem er das Schwert führt, denn auch er kämpfte!" Vindex schwieg und die Betroffenen ebenso.

Wieder stand der Legatus Augusti auf und durchschritt den Raum.

„Es gibt noch eine andere Möglichkeit..." verkündete er.

Das Schweigen der Betroffenen hielt an.

„Eure Männer stecke ich in den Carcer und lasse diese dort verrotten! Euch beide aber bringe ich waffenlos in einen Raum und warte genau sechs Stunden, bevor ich die Tür erneut öffne. Lebt nur noch Einer von euch, brachte dieser den Anderen um! Das bringt diesem Mann den Tod des Gladius! Nur wenn beide noch Leben und wenn jede Feindschaft zwischen euch erloschen ist, könnt ihr den Raum verlassen..."

„Das kannst du nicht tun, Römer!" fauchte der Senone.

„Doch Gallier, das kann und werde ich! Gallische Ochsen zu zähmen, brachte mir Rom bei! Doch falls du es nicht wissen solltest, auch ich bin gallischer Abstammung!"

„Herr, auch für uns ist das ungerecht!" begehrte der Lingone auf. „Wir haben auf beiden Seiten die gleiche Zahl Toter zu beklagen. Lässt du meine Männer im Carcer verrotten, sind das fünf mehr, als unser Gegner aufweist..."

„Du meinst, das interessiert mich?" fauchte Vindex.

„Herr, ich suchte Unterkunft in diesem Haus... Woher sollte ich wissen, dass dieses Haus den Senonen gehört?" Der Lingone verlegte sich auf einen Vorwurf, der den Statthalter treffen sollte.

„Sie haben es dir doch gesagt!" Vindex Stimme war ruhig, klar und ohne Emotion.

„Was? Wie? Wann haben sie es mir gesagt?"

„Standen sie nicht vor der Taverne, als ihr ankamt? Ihr hättet Umdrehen können..."

„... und die Schmach auf unsere Schultern laden? Niemals!" brüllte der nun auch zornige Lingone.

Schneidend erklang Vindex leise Stimme: „Dann ist doch alles klar, oder?"

Den Augenblick schien der Senone zu genießen.

„Herr, lasst uns gehen, sind doch die Lingonen schuld..."

„Wer sagt das?" fauchte Vindex, langsam die Geduld verlierend. „Mache nur einen Schritt in Richtung Tür und du stirbst!"

Vindex drehte sich ab und sprach den Decurio der Turma an: „Höre, Decurio! Du bringst außer den Fürsten jeden der Männer in den Carcer.

Nur achte darauf, dass du die Herkunft nicht vermischst, sonst gibt es weitere Tote..."

„Ja, Herr! Ich höre und gehorche!" Sich abwendend, erreichte den Decurio die Stimme des Statthalters.

„Lass mir vier deiner Männer hier! Belinarius..." wandte sich Vindex an seinen Berater. „...rufe Aemilius Umbrenus! Soll er herausfinden, wer den Streit verschuldet!"

Das Gerippe des bulligen Zwerges schlich sich bald darauf in das Amtszimmer des Statthalters, wo noch immer zwei Stammesfürsten auf einen Schuldspruch warteten.

„Herr, wer soll diese traurige Figur sein?" fragte der Senone und sah den Eingetretenen herausfordernd an.

Bevor Vindex antworten konnte, ergriff das Gerippe, das sich Aemilius Umbrenus nannte, das Wort. „Herr, vermutlich wünschst du, dass ich ein gerechtes Urteil zwischen zwei verfeindeten Parteien spreche..."

Vindex nickte nur.

„... dann Senone, hasst du einen sehr unglücklichen Beginn gewählt. Zweifellos bin ich mir bewusst, nicht zu den schönen Männern zu gehören... Nur das, Senone, auch auszusprechen, steht dir nicht zu!"

„Herr, darf ich beginnen?" fügte das Gerippe, an den Statthalter gerichtet, dann an. Wieder nickte Vindex.

„Nur das wir über gleichartiges Wissen verfügen..." Aemilius Umbrenus wandte sich an den Senonen. „Von dir wissen wir, dass du Fürst und Senone bist... Dein Name interessiert nur den, der diesen in deinen Grabstein meißelt." Der Senone zuckte zusammen.

„Von dir, Lingone weiß ich, dass du in römischen Diensten standest, dann zum Fürst ernannt wurdest, obwohl andere, vielleicht auch Erfahrenere und wie das heutige Ereignis vermuten lässt, wohl auch bessere Männer, zur Verfügung gestanden hätten... Dein Name ist mir bekannt, dennoch spielt er in meiner Verhandlung keine Rolle!"

„Ihr, Senone, wart Gäste dieser Taverne und dies schon seit Tagen?"

„Ja! Warum sollten wir diesen Abschaum Roms im gleichen Haus dulden?" brauste der Senone auf.

„Ein einfaches ‚Ja!' hätte mir gereicht... Spare deine Kraft für deine letzten Worte auf!" Die Zurechtweisung saß.

„Ihr, Lingone, hattet die Absicht, die gleiche Taverne zu nutzen? Hattet ihr dem Wirt zuvor eure Absicht angezeigt?"

„Nein! Warum sollten wir?" wies der Fürst das Ansinnen ab.

„Auch für dich, Lingone! Ein einfaches ‚Nein!' hätte mir gereicht."

„Dann saht ihr die Lingonen kommen und stelltet euch vor die Taverne. Warum?" Umbrenus wandte sich erneut dem Senonen zu.

„Sie sollten uns sehen. Wir hier legen keinen Wert auf Lingonen!"

„Wie viel Männer hast du insgesamt und wie viele folgten dir vor die Taverne?" Umbrenus ließ sich Zeit.

„Mit mir sechs Mann! Für eine größere Anzahl, in meiner Begleitung, sah ich keinen Anlass. Ich ritt zum Statthalter Roms. Soll der mich doch beschützen..." Umbrenus nickte nur.

„Und du, Lingone, sahest sechs Männer in Waffen vor dir, die dir den Zutritt verweigern wollten..."

Vindex spürte das Lauern in Umbrenus Wesen.

„So ist es!" zischte der Stammesfürst der Lingonen.

„Was dachtest du?" stieß Umbrenus nach.

Der Lingone zuckte mit der Schulter.

„Du kannst mich berichtigen, wenn meine Worte nicht deinem Denken entsprechen..." Umbrenus lächelte dem Mann freundlich zu, bis dieser seine Zustimmung nickte.

„Gut, dann beginne ich mal..." schlug Umbrenus vor.

Der Lingone stimmte zu.

„Senonen, nanu, wo kommen die denn her?"

Der Lingone nickte.

„Waren vor mir hier..." In Umbrenus Stimme schwang Bedauern mit.

Wieder pflichtete der Lingone bei.

„Was mache ich jetzt? Soll ich mich zurückziehen? Nein, was denken dann meine Männer... Es sind nur sechs!" äußerte Umbrenus die nächste Vermutung. Daraufhin sah der Lingone den verkrüppelten Mann an. Er nahm eine Bedrohung wahr, ohne den Grund ausmachen zu können. Also stimmte er erneut zu.

„Was wollen die Kerle? Ziehen sie die Waffen, können wir drauf gehen und sie vertreiben..."

„Nein!" schrie der Lingone. Das Erschrecken fuhr in seine Glieder.

„Gut..." lenkte Umbrenus ein. „... umgehen wir dies einstweilen..."

Der Lingone beruhigte sich.

„Verflucht..." setzte Umbrenus das vermutete Denken des Lingonen fort. „... da greift wirklich keiner nach der Waffe... Die stehen nur da wie Holzpuppen... Was mache ich?" Der Lingone zögerte mit der Zustimmung.

„Ich brauche einen Grund und wenn er noch so winzig ist..." sprach wieder Umbrenus das vermutete Denken des Lingonen aus.

„Das habe ich nicht gedacht!" fauchte der Lingone den Krüppel an.

Vindex sah dessen Zorn steigen. Eine kleine Handbewegung des Umbrenus glättete die Wogen.

„Senone, konntest du alle deine Männer sehen?" Umbrenus forderte den Widerpart zur Antwort auf.

„Nur wenn ich meinen Kopf drehte..."

„Dann konntest du nicht sehen, welcher deiner Männer nach der Waffe griff..." lächelte Umbrenus.

„Das brauchte ich nicht, kleiner Mann! Schon als wir die Taverne verließen und uns aufstellten, lagen unsere Fäuste auf dem Knauf der Spatha..."

„Stimmt das, Lingone?" blitzschnell drehte sich Umbrenus zum angesprochenen Fürst um. Der Mann nickte nur.

„Und bei euch?" Umbrenus Blick erfasste den Angesprochenen Lingonen.

„Warum sollten wir? Diese sechs Männer waren keine Bedrohung. Wir waren an Zahl überlegen..."

„Stellen wir uns alle einmal vor..." begann Umbrenus, lächelnd zurücktretend „... dass zwei verfeindete Parteien einander gegenüber standen. Auf einer Seite sechs Kämpfer, auf der Anderen die fast doppelte Zahl..." Das Gerippe des bulligen Zwerges schwieg und lauerte.

„Wer von euch Beiden kann mir die bessere Antwort geben? Ich habe an jeden zwei gleiche Fragen. Ich möchte jedoch nicht, dass der Nichtgefragte, die Antwort des Gefragten hört. Damit auch dies gerecht zugeht, zieht ihr einen meiner kleinen Stäbe. Wer den kürzeren zieht, verlässt den Raum!" Umbrenus hielt den Männern zwei Stäbe vor die Nase, dessen Beschaffenheiten in seinem Handteller verborgen blieben. Der Lingone zog den Kürzeren und wurde von zwei Wachen in den Vorraum begleite.

„Nun Senone, du antwortest! Was dachtest du, als du mit deinen Männern vor der Taverne einer Übermacht gegenüber standest?"

„Meine Gedanken?" fragte der Fürst nach und Umbrenus bestätigte.

„Scheiße, wenn der Kerl jetzt angreift, hackt der uns in Stücke! Hätte ich doch nur mehr Männer mitgenommen..."

Umbrenus nickte langsam.

„Was, Senone, dachtest du über die Gedanken deines Gegners?"

„In der Überzahl... Es könnte gelingen... Machen wir diese Hunde nieder..."

„Dann muss ich noch eine weitere Frage stellen..." lenkte Umbrenus ein. Vindex nickte und Umbrenus fragte.

„Sahest du eine einzige Bewegung deiner Feinde, die einen Angriff versprach?"

Der Senone zögerte.

„Was verstehst du als Angriff?" fragte der Mann.

„Das Blankziehen der Waffe und das Vorwärtsstürzen!" gab Umbrenus Auskunft.

„Nein!"

„Gut! Bringt den Senonen raus und den Anderen herein!" befahl Umbrenus.

Vindex verfolgte jede Frage mit Interesse, achtete auf jede Regung eines der Männer und erkannte dennoch nicht, worauf Umbrenus abzielte.

„Nun Lingone, du antwortest! Was dachtest du, als du mit deinen Männern vor der Taverne einer Minderzahl gegenüber standest?"

„Wir sind im Vorteil... Greift er an, rennt er ins Verderben. Wird er sich in die Taverne zurückziehen?"

Wieder nickte Umbrenus zur Antwort.

„Was, Lingone, dachtest du über die Gedanken deines Gegners?"

„Nichts!"

„Das glaube ich dir nicht! Warst du nicht ein Präfekt Roms? Bist du nicht in römischer Taktik geschult?" Die Fragen des Gerippes schnitten ins Fleisch. Sogleich holte Umbrenus zum nächsten Schlag aus.

„Herr, antwortet er nur in dieser Art, ist er schuldig!" Das Gerippe des bulligen Zwerges lauerte. Als keine Erklärung des Lingonen folgte, ergänzte er selbst. „Ich aber glaube ihm nicht! Ein Präfekt Roms erkennt seinen Vorteil und nutzt ihn gnadenlos aus! Sonst wäre er nie Präfekt Roms geworden..."

„Nein!" schrie der Lingonenfürst. „Ich sah meinen Vorteil, ergriff ihn aber nicht!"

„Dann waren es deine Männer, die vorwärts stürmten..."

„Nein! Ohne meinen Befehl... unmöglich!" fauchte der Lingone.

„Herr, ..." wandte sich Umbrenus erneut an Vindex. „...erlaube mir auch hier eine dritte Frage?"

Vindex dachte einen Augenblick nach. Er erkannte nicht, was die dritte Frage bringen sollte, trotzdem stimmte er zu.

„Sahest du eine einzige Bewegung deiner Feinde, die einen Angriff versprach?"

Der Lingone zögerte. „Was verstehst du als Angriff?" fragte der Mann.

„Das Blankziehen der Waffe und das Vorwärtsstürzen!" gab Umbrenus die gleiche Auskunft.

„Nein!"

„Holt den Anderen herein!" wies Umbrenus an und zog sich etwas aus der Mitte des Raumes zurück.

Die verfeindeten Männer standen sich wieder gegenüber.

„Aemilius Umbrenus, wer ist schuld?" forderte Vindex zu wissen.

„Herr, unzweifelhaft ist, dass beide die Lage richtig beurteilten. Sie erkannten den zahlenmäßigen Nachteil der Senonen. Den Fürst der Senonen erwartete der Tod, griffe er an. Das konnte nicht sein Interesse sein! Der Lingone verzichtete von selbst auf seinen Vorteil, wie er sagt... Beide Männer nahmen nicht wahr, dass der Gegner den Angriff begann! Stellt sich die Frage, was beide Männer, in dieser vertrackten Lage, als Ziel ansahen..."

„Herr, erlaube, dass ich spreche?" bat der Senone.

Vindex nickte.

„Einen Kampf konnte ich nicht gewinnen, also wollte ich zurück in die Taverne. Dem Gegner den Rücken zuwenden, war unmöglich. Ich hatte mein Ziel erreicht und den Anderen gezeigt, dass ich bereits in diesem Haus wohnte!"

„Nun kennen wir des Senonen Ziel! Und du Lingone?" grinste der Krüppel.

„Das Haus war für mich verloren, blieb der Senone dort! Machte ich, mit meiner Überlegenheit, die Senonen nieder, was würde der neue Legatus Augusti von mir denken? Lingonen sind Freunde Roms und Senonen... Ich konnte nicht angreifen, wollte ich dem Zorn des Statthalters nicht begegnen..."

„Dennoch starben auf jeder Seite zwei Kämpfer... Warum?" Umbrenus ließ sich nicht beirren. Er schüttelte seinen Kopf, sah beide Fürsten an und schüttelte erneut den Kopf.

„Herr, warum vermied keiner der Fürsten den Kampf? Die Senonen hätten Schritt für Schritt zurückweichen können... Auch die Lingonen wären in der Lage gewesen, den Abstand zum Gegner zu vergrößern... Schon ein erster solcher Schritt hätte die Fronten geklärt, oder..."

„Aber Herr, ich machte einen Schritt rückwärts... Auch wenn ich den Lingonen nicht meinen Rücken zeigte! Auch meine Männer folgten mit einem ersten Schritt in die gleiche Richtung..."

„Du sagtest aber auch, dass du das Blankziehen der Waffen und das Vorwärtsstürmen der Lingonen nicht erkennen konntest..." warf Umbrenus ein.

„Herr, wie sollte ich?" schrie der Senone auf. „Wir standen doch nur auf Armlänge entfernt... Mein Schritt rückwärts brachte den Lingonen dazu, mit seiner Hand nach der Waffe zu greifen..."

„Die du doch schon vorsorglich ergriffen hattest..." Umbrenus leise und beißende Stimme stieß in das Schweigen vor und vertiefte dieses.

„... also zogst du und der Lingone gleichzeitig? Das würde dann den Kampf und den Tod erklären..." fasste das Gerippe des bulligen Zwerges zusammen. Im Raum herrschte Schweigen in tiefster Stille, die nach geraumer Zeit wieder Umbrenus durchbrach.

„Herr, du hast es selbst vernommen... Beide sind schuldig! Die Wahl der Strafe liegt einzig bei dir!"

„Du meinst, von Beiden den Kopf zu fordern, wäre gerecht?"

Umbrenus zuckte mit der Schulter seines ausgemergelten Körpers. „Du könntest aber auch Gnade wallten lassen, oder nennen wir es Gerechtigkeit... indem du jedem der Fürsten die Kampfhand abschlagen lässt... oder es auch, weil die Zahl der Toten auf beiden Seiten gleich ist, dabei belassen..." unterbreitete Umbrenus einen milderen Vorschlag.

Vindex Blick wanderte vom Lingonen zum Senonen und wieder zurück. Er zögerte. Vindex zögerte lange. Das Schweigen lastete auf allen Beteiligten.

Selbst Umbrenus spürte, dass dem Legatus Augusti keine dieser Lösungen zusagte. Was hatte er übersehen? Er musste etwas übersehen haben... Der Statthalter schien nicht geneigt, beiden Streithähnen die gleiche Schuld zumessen und das gleiche Urteil aussprechen zu wollen... Spürte der Statthalter etwa, dass seine Schlussfolgerung gleicher Schuld fehlerhaft war? Erkannte auch der Legatus Augusti eine Lücke in seiner Befragung? Der eine Schritt... Plötzlich gewahrte Umbrenus seinen Fehler. „Herr, es sei denn, für dich besitzt der eine Schritt eine ebensolche Bedeutung wie für mich..." Umbrenus Stimme klang fest.

„Welcher Schritt?" Vindex zeigte Verblüffung.

„Herr, vorwärts musste keiner der Bewaffneten schreiten... Sie standen doch schon fast Brust an Brust. Auch konnte keiner der Fürsten das Blankziehen des Gegners erkennen, war doch sein Blick auf das eigene Handeln gerichtet! Wäre es so nicht gewesen, würde doch der Zögernde kaum noch eine Aussage hier vor uns machen können... Sie zogen gleichzeitig und kämpften verbissen! Aber es war der eine Schritt rückwärts, den die Senonen Raum gaben... Dieser Schritt gab einen Vorteil auf und brachte Platz zum Ziehen der Waffen. Dieser eine Schritt verkündete, was der Senone beabsichtigte..."

„Was beabsichtigte der Fürst des Stammes?" fragte Vindex irritiert.

„Der Schritt hieß Rückzug! Wer sich zurückzieht, greift nicht an, zieht nicht die Waffe und muss dennoch bereit sein zur Abwehr... Die Lingonen waren an Zahl überlegen und erkannten ihren Vorteil. Der eine Schritt zurück brachte Raum zwischen die Kämpfer und trug die Botschaft einer Vorsicht, die zur Ermunterung der Tat reichte. Dieser eine Schritt bewirkte die Aufgabe eines wichtigen Vorteils. Zogen sie beide vor dem Schritt die Waffen, zählten wir mehr Tote auf der Seite der Lingonen, weil die Hände der Senonen längst auf ihren Waffen ruhten... Der Lingone trägt die Schuld! Ob der Senone trotzdem seine Kampfhand verliert, steht für mich in Zweifel... Er trat vom Kampf zurück. Welchen Vorwurf könntest du ihm machen?

Aemilius Umbrenus war seinem Ruf gerecht geworden.

Vindex befahl das Wegbringen des Fürsten der Lingonen, eines vormals treuen Dieners des Imperium Romanum. Den Senonen ließ er gehen und gab auch den Befehl zur Freilassung von dessen Männern.

## 15. Eine zwingende Notwendigkeit

*67 nach Christus - Winter (6. Martius)*
*Imperium Romanum – Provinz Achaea*

*A*m sechsten Tag des Monats Martius erreichten *Occius Pudens* und *Statius Laenas* Kenchreae, die Hafenstadt *Korinths* auf den *Peloponnes*. Bisher war ihre Reise nicht gerade glücklich verlaufen.

Ihr Auftrag lautete, den Feldherrn Gnaeus Domitius Corbulo in Antiochia zu suchen und in seine Nähe vorzudringen, um ihn beobachten zu können. *Novius Fadus*, ihr Vorgesetzter unter den Adlern der Evocati, machte ihnen eindringlich klar, welches Ziel hinter ihrem Auftrag stand.

Offensichtlich lag eine Forderung des Princeps vor, der sich in Bezug zur Treue seines Feldherrn Sorgen machte. Pudens führte, in der geheimen Kapsel in seinem Sattelknauf, eine Ernennung zum Decurio der Meldereiter der *Legio X Fretensis* sowie den Befehl zur Versetzung für seinen Gefährten Statius Laenas mit sich. Seine Order lautete, sich nach Ankunft in der Legion beim Praefectus Castrorum zu melden. Mit der Aufnahme unter die Meldereiter der Legion würde es ihnen leicht gelingen, in die unmittelbare Umgebung des Feldherrn vorzudringen. Dann lag es in Pudens Händen, die Aufmerksamkeit des Feldherrn zu erlangen. Er galt als ausgezeichneter Reiter, der auch im Umgang mit Pferden geübt war.

Schon vor fast einem Monat aus Rom ausreitend, waren sie bisher nur bis Korinth gekommen. Solange sie nur zu Pferd von Rom bis *Brundisium* und noch dazu auf der *Via Appia* reiten konnten, kamen sie zügig voran und durften am Wege liegende Tavernen zur Übernachtung nutzen. Am ersten Ziel ihrer Reise, dem Hafen des Municipium angekommen, erwiesen sich die Winterstürme zwischen Brundisium und der Insel *Korfu* oder anderen, an der Küste der Provinz Achaea liegenden Häfen, als ein ernstzunehmendes Hindernis.

Zuerst weigerten sich die im Hafen liegenden Trierarchus den Kampf mit ungünstigen Winden aufzunehmen, um dann, wegen der zusätzlichen Last, in Form von Männern und Pferden, abzulehnen. Deshalb verzögerte sich ihre Abfahrt um einige Tage.

Im Bemühen verlorene Zeit auszugleichen, fassten sie den Entschluss, ihren Weg neu auszurichten. War erst der Landweg über den *Hellespont* ihre Wahl, verfielen sie nun auf den Seeweg, weil sich ein Trierarch anbot, sie bis *Patras,* auf den Peloponnes, mitzunehmen.

Der Trierarch wusste mit Überzeugung zu argumentieren. Würden sie sein Schiff auswählen, wären sie in weniger als einer Dekade von Tagen im Hafen der genannten Stadt und könnten dort, entlang der Küste reitend, in nur drei Tagen den Hafen Korinths in *Kenchreae* erreichen.

Dort, so versprach der Mann, gäbe es zahlreiche Möglichkeiten die Reise auf dem Wasser fortzusetzen, unabhängig ob sie einen nur kurzen Seeweg wählten oder gar bis zur Küste bei Antiochia vorzudringen wünschten. Das überzeugendste Argument des Mannes war es, auf den Diolkos verweisend, unter der Vielzahl möglicher Schiffe und unterschiedlichster Ziele auswählen zu können. Weil sie den Diolkos kannten, vertrauten sie dem Trierarch.

Trotzdem wäre die Mitnahme fast noch am nahezu unverschämten Preis gescheitert. Der Trierarch, sich sicher wähnend, dass diese beiden Verrückten ihm vertrauend, nicht nur diesen Weg abnahmen, sondern dann auch noch jeden Preis dafür zahlen würden, übertrieb es gewaltig.

So lernte der Trierarch den Geiz, oder war es nur die Vorsicht, der Evocati kennen. Er beharrte auf seinem Preis, also standen beide Evocati im Begriff ihn zu verlassen. Das brachte Einsichten hervor, die ein zwar mühseliges, aber letztlich wohl beide Seiten zufriedenstellendes Verhandeln zu einem Ende brachte. Pudens und Laenas brachten ihre Pferde an Bord und bald darauf legte die *Corbita* ab.

Die ersten beiden Tage und Nächte auf See brachten kaum Schwierigkeiten. Am dritten Tag frischte der Wind auf und in der Nacht erhob sich Sturm, der vorerst, am folgenden Morgen, in nur noch starken Wind umschlug. Die Nacht darauf war jedoch sehr heftig und die Evocati verfluchten ihren Entschluss, sich der See anzuvertrauen. Als der Sturm abflaute und der Trierarch aufkreuzte, dem sie zuvor nicht im Weg stehen wollten, waren sie dem Mann sehr dankbar.

Zu seinem Bedauern würde sich die Reise etwas verzögern, erklärte er, müde wirkend. Sie wären abgetrieben worden und weil er sie und sein Schiff wohlbehalten ans Ziel bringen wollte, hielt er es so im Sturm, dass sie förmlich in die falsche Richtung flogen. Dafür erklärte ihnen der Trierarch, würden sie immerhin noch leben, was er, bei einem anderen Verlauf, wohl nicht hätte garantieren können...

Pudens fluchte gewaltig und konnte dennoch nichts ändern.

Sie verloren erneut Tage, besaßen aber noch ihr Leben. Dies allein war ein triftiger Grund, den Trierarch nicht vollkommen zu verdammen. Statt nur etwa acht Tage und Nächte, segelten sie etwa die doppelte Zeit, bis sich Patras zeigte.

Pudens und sein Gefährte waren schnell von Bord und glücklich, vorerst dem Wasser den Rücken zuwenden zu können. Sie trieben ihre Pferde an und so reichten zwei lange Tage, um Kenchreae zu erreichen.

Sie erkämpften sich ein schäbiges Zimmer in einem der Gasthäuser unweit des Hafens. Danach zogen sie, noch am Abend, auf der Suche nach einem neuen Schiff, durch die Tavernen dieses Hafens. An diesem späten Abend und der beginnenden Nacht lächelte ihnen die Glücksgöttin *Fortuna* aber nicht mehr...

Der Fehlschlag veranlasste sie schon am frühen Morgen erneut am gleichen Ort aufzutauchen und das Treiben im Hafen zu beobachten. Sie brauchten ein starkes und schnelles Schiff, das eine sichere Reise, bis möglichst Antiochia, bot und sie an Bord lassen würde.

Wenn in einem Hafen Gerüchte über auszulaufende Schiffe ihre Runde machten, wussten die Männer, die deren Ladungen löschten, für gewöhnlich genau über die Zeit des Ablegens und das Ziel der Reise bescheid. An diesem Morgen aber hielt sich, in sehr störrischer Weise, die Vermutung zur Ankunft einer Bireme aus Antiochia. Das als unwahrscheinlich eingeordnete Ereignis trat dann tatsächlich auch ein. Eine allen fremde Bireme steuerte den Hafen an.

Unter den Schauerleuten, wo sich Laenas herumtrieb, hielt sich auch hartnäckig das Gerücht, das Schiff käme aus Antiochia. Also stürmte Laenas zurück zum Gefährten und sie vereinbarten, den Trierarch um eine Passage zu bitten.

Die Evocati suchten sich einen guten Platz um das Schiff begutachten und möglichst auch einen Blick auf den Trierarch erhaschen zu können. Würde ihnen der Mann am Abend, sie rechneten fest damit, in einer Taverne begegnen, könnten sie ihn erkennen und sich an ihn heran machen. Bestimmt würde die Bireme nicht vor dem nächsten Morgen ablegen. Noch in den Abgleich ihrer Ansichten bemüht, stutzte Pudens plötzlich und zeigte mit einer Hand auf die Männer, die über die Planke von Bord gingen.

„Der Mann an der Spitze ist uns aber weit entgegengekommen... Was will Corbulo hier?" fragte er plötzlich verwundert. Pudens starrte zum Schiff und je weiter die Männer dem Boden zustrebten, desto sicherer wurde er, dort den Feldherrn erblickt zu haben, dem zukünftig ihre Aufmerksamkeit gelten sollte.

Als Corbulos Füße auf dem Boden des Hafens standen, schälte sich aus einer Traube von Prätorianern, die Pudens bisher nicht aufgefallen waren, ein Decurio heraus und trat vor den Feldherrn.

Die gesprochenen Worte konnten die Evocati nicht hören, also hefteten sie ihre Blicke, nachdem sie sich verwundert angesehen hatten, auf die entfernt ablaufenden Vorgänge. Es blieb ihnen nicht verborgen, dass die Begleiter des Feldherrn nach ihren Waffen fassten und die Prätorianer einen Ring der Bedrohung zogen.

Um diesen sammelten sich Menschen, die sich für das Treiben der Prätorianer zu interessieren begannen.

Es war ihr Glück, das der von Pudens gewählte Standort erhöht lag und Einsicht in den Handlungsraum bot. Wäre dies nicht der Fall gewesen, würde der ständige Zulauf von Neugierigen ihre Sicht behindern.

„Was reden die denn? Was wollen die Prätorianer?" fragte Laenas und sprach aus, was sie beide dachten.

Plötzlich versuchte der Feldherr seinen Weg fortzusetzen, wurde aber von blanken Waffen darin gehindert. Auch die Begleiter des Corbulo zogen blank. Der Bote wich einen Schritt zurück und reichte kurz darauf dem Feldherrn eine Botenrolle. Corbulo schien erst das Siegel zu prüfen, öffnete dann die Kapsel und entrollte das Schreiben.

Soweit Pudens dies erkennen konnte, las Corbulo gründlich und langsam. Danach ließ er das untere Ende des gerollten Pergament los und das Schreiben rollte sich zusammen. Dann wandte er sich an seine hinter ihm stehenden Begleiter, die, nach einem kurzen Dialog, auf das Schiff zurückkehrten. Erneut richtete sich die Aufmerksamkeit des Feldherrn auf den Boten. Sie wechselten weitere Worte.

Dann ging alles sehr schnell. Corbulo ergriff seinen Gladius, richtete die Waffe gegen die eigene Brust und drückte zu. Sein Körper wankte, die Knie knickten ein und der Feldherr stürzte auf seine Brust, den Gladius tiefer in den Körper schiebend, als der Knauf der Waffe auf den Boden aufstieß.

„Verflucht, was geht dort vor? Schnell Statius, misch dich unter die Leute und frage, was diese hörten... Ich werde mir die Prätorianer aus der Nähe ansehen. Die Evocati stoben auseinander und suchten das benannte Ziel.

Pudens drängte sich durch letzte Wartende und trat neben den Boten. „Wer war das, Decurio?" Pudens deutete auf den Toten.

Der Decurio sah den Fragenden an. „Was geht das dich an?" fauchte der Prätorianer.

„Oh, sollte das ein billiger Mord gewesen sein, wird sich dann wohl der Kaiser dafür interessieren... Also brauche ich nur noch deinen Namen und unser Göttlicher wird der Gerechtigkeit zum Sieg verhelfen..." Pudens wirkte vollkommen gelassen.

Plötzlich grinste der Decurio. „Sicher und vollzieht an dir den nächsten Spruch seiner überaus göttlichen Herrschaft... He, *Munifex*, du und du..." Er zeigte auf die betreffenden Männer. „... nehmt den Kerl und werft ihn in das Hafenbecken... Mir scheint, sein freches Maul braucht eine Abkühlung..."

Die gerufenen Munifex stürzten näher und griffen nach Pudens Armen. Der aber hob beide Ellenbogen und schlug diese in die Gesichter der ihn Ergreifenden. Er wusste nicht, wo er genau traf. Viel Zeit, sich zu überzeugen, blieb ihm auch nicht. Eine gerade Rechte schoss auf das Kinn des Boten zu. Der Mann taumelte und im Zusammensacken stieß ihm Pudens seine Schulter in den Unterleib, hob den Besinnungslosen, nicht so sehr leichten Mann hoch und machte, mit ihm auf der Schulter, einige Sätze vorwärts, um dann zwischen der Mole und dem Schiff ins Wasser zu stürzen.

Pudens fand den Hinweis des Decurio nicht so schlecht und verhalf diesem, sollte er den Sturz ins Wasser überleben, zu einer bleibenden Erinnerung. Pudens war ein geübter Schwimmer. Weil er keinerlei Rüstung trug, er war doch nur im Hafen unterwegs und nicht auf einen Kampf erpicht, fiel es im nicht schwer, schnell zwischen sich, und den ihren Decurio suchenden und rettenden Munifex, den Abstand mehrerer, im Hafen liegender Schiffe zu bringen. Schnell an einem Tau auf die Mole kletternd, verschwand Pudens im Gewirr der Menschen.

Im Zimmer der Taverne stieß er auf Laenas.

„Schnell, wir müssen weg! Ich habe den Decurio verärgert, dieses *Porco Dio!*"

Laenas verstand sofort und stellte keine unnützen Fragen. Schnell saßen sie im Sattel und ritten den am Vortag gekommenen Weg zurück. Ihr Auftrag hatte sich von selbst erledigt. Einen Toten brauchte man nicht mehr beobachten...

Nachdem ihnen ein Vorsprung von einigen *Meilen* sicher sein dürfte, Pudens ging davon aus, dass der Decurio zuerst seiner Pflicht gegenüber dem Kaiser und seinem Präfekt nachkam, ließ er es gemütlicher angehen. Selbst wenn der Decurio nur wenig Zeit für die Meldung seines Erfolges brauchte, würde zumindest so viel Zeit vergehen, dass ein Einholen, zumal erst noch die Richtung der Flucht gesucht werden müsste, nahezu unmöglich erschien.

„Was konntest du erfahren?" wandte sich Pudens seinem Gefährten zu.

„Das Schreiben schien vom Kaiser gekommen zu sein... Behauptete der Mann, den ich fragte. Er habe das Siegel erkannt..."

„Dann stand nur ein wichtiges Wort darin..." mutmaßte Pudens.

„Was meinst du?" fragte sein Begleiter, neugierig geworden.

„Selbsttötung!" knurrte Pudens. „Was denkst du, warum Corbulo schnell handelte..."

„Ich weiß es nicht..." Pudens Gefährte schien ratlos.

„Überlege, Freund, was er tat... Er las langsam, schickte zuerst seine Begleiter auf das Schiff zurück, weil er deren Sicherheit bezweckte. Der Feldherr erkannte die Notwendigkeit seines Todes! Er zog schnell. Was wäre geschehen, griffen seine Männer ein?"

„Weiß nicht! Was denkst du?" antwortete Laenas.

„Die Männer neben Corbulo waren kampferfahren... Wehrten sie sich, wäre Zeit vergangen und Aufmerksamkeit heraufbeschworen worden... Dies vermeine ich, sollte dem, der diesen perfiden Plan beschloss, wenig angenehm sein..." Pudens hüllte sich in Schweigen. Er dachte über die Zusammenhänge nach. Dann begann er langsam, seine inzwischen geordneten Gedanken auszubreiten. Laenas hörte still und andächtig zu.

„Sollte dessen Absicht gelingen, musste Corbulo in aller Heimlichkeit sterben und keinesfalls in einer Öffentlichkeit... Tigellinus oder der Kaiser, wer auch immer dahinter steckte, verfolgten unterschiedliche Absichten. Ich denke, es war der Präfekt, der diesen Plan umzusetzen gedachte..."

„Wie kommst du auf diesen Gedanken?" warf Laenas seine Ungläubigkeit dazwischen.

„Würde es zum offenen Kampf vor aller Augen kommen, wäre diese Gegenwehr ein Grund, Corbulos und seiner Begleiter Familien auszurotten und deren Besitz dem Staatsschatz zuzufügen... Beabsichtigte Nero dies, brauchte er doch nur den Angriff befehlen und er hätte sicher

Corbulos Gegenwehr... Was hätte es Nero bekümmert?" Pudens zögerte die Fortsetzung seiner Überlegungen hinaus.

„Das aber schien er nicht zu wollen, denn immerhin ist Corbulo ein zu bekannter Feldherr, dem Rom so Einiges verdankte... Nero wollte vielleicht die Verschwiegenheit der Umstände der Tat..." fügte er dann bedächtig an, blieb dann aber in einer Unschlüssigkeit hängen. Noch einmal überdachte er, was Nero bezweckte. Dann blitzte es in seinem Kopf auf. Er fand die Spur seiner bisherigen Überlegungen und führte diese zu einem nachvollziehbaren Abschluss.

„Nero bezweckte Corbulos Tod, weil er ihn als Thronanwärter fürchtete... Was auch immer dahinter steckte, ihm reichte ein toter Feldherr!" Erneut hüllte er sich in Schweigen. Nach einer kleinen Pause setzte er fort.

„Zum Einen glaubte der Kaiser, dass Corbulo eine zu große Anhängerschar aufzubringen vermochte. Ging er schnell und entschieden vor, blieb keine Zeit zur Gegenwehr. Geschah die Tat öffentlich, würde sich kaum ein Anhänger Corbulos aus dessen Deckung wagen... Nero schuf mit dem Mord endgültige Umstände!" Wieder zögerte Pudens, ordnete seine Gedanken, bevor er diese in Worte fasste.

„An den Besitz, die Familie oder dessen Begleiter dachte der Princeps nicht, weil einzig der Tod des Feldherrn erforderlich war... Nero wollte die öffentliche Tat, ob sie nun von Corbulo selbst vollzogen würde oder ein Kampf das gleiche Ende brachte, war für ihn, wenn es denn genug Öffentlichkeit bot, bedeutungslos! Tigellinus, der des Kaisers Gründe entweder nicht hörte oder auch nicht verstand, bewog eine kleinere Korrektur..."

Erneut mischte sich Laenas ein. „Welche Korrektur?"

„Nero beabsichtigte zwei Dinge: Corbulos Tod und Öffentlichkeit als Warnung für dessen Parteigänger... Tigellinus glaubte, dass der Kaiser die Ausrottung der Familie und die Übernahme von deren Besitz einfach übersah... Doch genau dieser Möglichkeit begegnete Corbulo, indem er seine Begleiter an Bord schickte..." Pudens verfiel in ein längeres Schweigen. In ihm stieg Verbitterung auf.

„Was glaubst du, wem die Ehre zufällt, den Schlamassel zu beenden?" fragte er letztendlich, in Richtung seines Gefährten. Seine Verstörung überwindend, grinste er den neben ihm reitenden Laenas an. Dann erklärte er auch seine Gedanken zu Corbulos Vorgehen.

„Corbulo durchschaute diese Gefahr. Also befahl er die Rückkehr seiner Begleiter auf das Schiff und wusste die Männer in Sicherheit." fügte er, erneut grinsend, an.

„Darin bist du dir sicher?" Laenas schien zu zweifeln.

„Würde er zögern, könnten die Munifex ihn ergreifen und irgendwo, weit von Zeugen entfernt, das tun, was im Schreiben gefordert war... Dann hätte der, den Befehl zur Tötung Gebende, die Möglichkeit, Corbulo der Verweigerung zu bezichtigen und dessen Familie dennoch hinzurichten... So aber vollzog der Feldherr, vor zu vielen Zeugen, sein Urteil selbst und schützte so seine Angehörigen und deren Besitz..."

„Du bist dir sicher?" Laenas schien nicht überzeugt. „Was macht es für Unterschied, ob in der Öffentlichkeit oder an stillem Ort gemordet? Tot ist tot..."

„Für Corbulo und Nero vielleicht..., du vergisst Tigellinus..." knurrte Pudens. „Nero ist zwar mit dem Tod schon zufrieden, doch wenn Tigellinus List aufging, könnte Nero den Besitz einfordern... Wer will behaupten, dass der Kaiser lügt, würde er verlangen, was der Verurteilte ihm zuvor schenkte?" Pudens Gesichtsausdruck war von Häme und Zorn überzogen. „Außerdem betreibt Nero das nicht selbst... Er hat doch Tigellinus!"

„Für so hinterlistig hältst du den Kaiser?" Laenas zweifelte noch immer.

„Nein, für noch weit Hintertriebener..." Pudens war wütend. Er mochte Nero nicht.

„Warum sollte sich Tigellinus vor des Kaisers Karren spannen?" wieder zweifelte der Gefährte.

„Das tut er doch längst und wenn er den Besitz nicht für den Kaiser verlangt, bereichert er sich eben selbst... Was glaubst du, wird der Decurio melden?" rüffelte Pudens seinen Gefährten.

„Das Corbulo tot ist!" Laenas stutzte.

„Eben..." Pudens knurren blieb. „Im Falle der Tötung in der Öffentlichkeit spricht sich das schnell bis zum Kaiser herum, gleich was der Bote meldet... Hört Nero, es gab Zeugen und Corbulo befolgte seinen Befehl zur Selbsttötung sofort, so schützt das die Familie. Deshalb vollzog Corbulo die Handlung ohne Zögern... Geschieht der Mord aber in Heimlichkeit, wagt niemand danach zu fragen... Dann gibt es wohl kaum Zeugen... Wer also fragt nach der Familie oder dem Besitz eines Feiglings? Weil Nero vor allem den Tod des Mannes wünschte, interessierte ihn dessen Familie und deren Besitz wohl nicht so besonders, was Tigellinus alle Möglichkeiten offen ließ..."

„Du behauptest, dass der Befehl zur Selbsttötung vom Kaiser kam..."

„Nein, das hast du berichtet und ich nicht angezweifelt..." fuhr Pudens hoch.

„Aber dann unterstellst du dem Präfekt, sich zu bereichern..." konterte Laenas bockig werdend.

„Das genau tue ich, weil ich den griechischen Hund kenne... Dem Decurio zu sagen, lass den Corbulo im Stillen und ohne Zeugen sterben, ohne den Zweck näher zu erklären, traue ich Tigellinus auf jedem Fall zu... Was soll der arme Decurio tun, selbst wenn er Corbulo, für dessen Verdienste um Rom, achten sollte?"

Laenas schüttelte nur den Kopf.

„Merke dir mein Freund, Kaisern und Präfekten traue niemals... Sie lügen, wenn sie die Lippen bewegen... Drehst du ihnen den Rücken zu, stoßen sie mit dem Dolch oder ihrer Macht zu... Was glaubst du, sind wir? Ich führte den Dolch zu oft, als das ich dem glaube, der mir den Befehl erteilte..."

„Warum tötest du dann für Rom und den Kaiser?" rief Laenas.

„Weil ich seit einem Aufbegehren gegen die Obrigkeit nicht ausbrechen kann..." Laenas war schon Jahre mit Pudens unterwegs. Den Bereich ihrer Geheimnisse mieden sie beide. „Du möchtest mein Geheimnis kennenlernen?" ging Pudens noch einen Schritt weiter.

„Nein, wenn du dann mein Geheimnis forderst..." Laenas lehnte ab.

„Ich... ich fordere nichts, erzähl es oder behalt es für dich... Mir ist das gleich. Das Jetzt zählt, nicht deine oder meine Vergangenheit, nicht deine oder meine Schuld... Aber die Verbrechen eines Tigellinus sollten eine Würdigung finden..."

„Du kennst Tigellinus?" wagte sich Laenas vorwärts.

„Ich bin *Sizilianer* wie er und lebte im gleichen Ort wie Tigellinus, trieb mich im gleichen Gebiet herum und gehörte so auch bald zu der Bande, der auch Ofonius angehörte. Er war, ab einem bestimmten Ereignis, einer der, dem wir Jüngeren nachrannten. In so einer Bande bestimmte für gewöhnlich ein kluger, starker Bursche. Der über uns Bestimmende war nicht so klug, aber sehr stark. Ihn herauszufordern wagte sich keiner. Für die Klugheit besaß er Tigellinus, der so der eigentliche Anführer war... Ein verschlagener, hinterlistiger und wenn er es ausleben durfte, auch brutaler Kerl..."

Laenas lächelte. „Das allein dürfte kaum ausreichen, deine Wut herauszufordern... Außerdem wart ihr noch Kinder..."

„Du meinst, ich traf erneut auf ihn?" baute Pudens ungewollt eine Brücke.

Laenas nickte. „Wird wohl so gewesen sein..." vermutete er.

„Mein Unglück begann mit dem Tod meiner Mutter, die einfach so starb... Ich war sechzehn Jahre. Mein Vater blieb schon vor ihr, bei irgend so einem Vorhaben, das er mit Freunden betrieb, auf dem Meer... Ich war allein, ohne Geld und ohne Verwandte oder gar Freunde... Zuerst stahl ich, was ich konnte. Dann aber wurde mir der Boden zu heiß und ich verschwand. Zwei Winter später traf ich in Rom ein..." Pudens schwieg, sah sich nach Verfolgern um und weil aus dieser Richtung keinerlei Gefahr drohte, setzte er seinen Bericht fort.

„Was tut ein Herumtreiber wie ich in Rom, wenn er nicht früher oder später ein Messer zwischen die Rippen möchte? Mit meinen Diebstählen hätte ich dort nicht lange überleben können... Entweder du gehörst zu einer der Banden oder liegst irgendwann in der Cloaca Maxima..." Pudens schwieg längere Zeit, dann schüttelte er sich und kehrte in sich selbst zurück.

Laenas wusste, dass sein Gefährte kein Kind der Traurigkeit war. Pudens war zumeist unverdrossen, manchmal knurrig und zu oft eigentlich unbekümmert. Vielleicht war dessen Charakter eine Merkwürdigkeit, die die Götter an ihm verschuldeten? Er hing nie Ereignissen nach, die er nicht mehr ändern konnte und Bedenken, Zögern oder gar Furcht waren nicht seine Handlungsmotive.

Eher stürzte er sich in jedes Abenteuer, ohne dessen Ausgang nur im geringsten voraussehen zu können. Auch das Erlebnis, dem sie jetzt die Flucht verdankten, war so ein Ergebnis seiner Unbekümmertheit. Kam ihm der Decurio blöd, schlug er dem so auf die Schnauze, dass der Kerl aus seinen *Caligae* kippte, auf Pudens Schulter landete und im Wasser des Hafens erwachte. Pudens machte es nichts aus, würde der Kerl ersaufen... Letzteres war zwar unwahrscheinlich, bekümmerte aber, wenn es doch eingetreten wäre, seinen Gefährten kaum...

„Ich suchte Arbeit, dachte an die Legion, träumte davon Prätorianer werden zu können, denn die waren mitunter wohlhabend und landete in einer Eimerkette der *Vigiles*... Je jünger du dort dabei bist, desto häufiger stehst du am Feuer... Es gefiel mir nicht, war zu heiß, brachte oft Brandwunden hervor und was mich am Meisten störte, es brachte nichts ein! Ich wurde nicht reich, nicht jünger, nicht gesünder und wenn das noch lange geblieben wäre, irgendwann in den Flammen umgekommen..." Pudens griff nach seiner *Ampulla* und trank in kurzen Schlucken.

„Denk dir, wem ich unter den Vigiles begegnete?"

„Tigellinus?" wagte Laenas einen vorsichtigen Vorstoß.

„Ja und wahrscheinlich gerade in dem Augenblick, als er einem Tribun klarmachte, dass er dessen Bemühungen nicht mehr zu schätzen gewillt war... Ich fragte nicht, sagte nicht was ich beobachtete und weil sich unsere Blicke fanden, als der Stoß ins Feuer gerade vollzogen worden war, ließ mich Tigellinus zu sich rufen. ‚Kenne ich dich irgendwoher?' fragte er damals scheinheilig und ich antwortete. Die Antwort schien ihm gefallen zu haben. Wohl wissend, was ich sah, kommandierte ich bald eine Eimerkette, bekam dann eine Spritze zugeteilt und lernt, wie man im Feuer kämpfte..." Pudens streichelte seinem Pferd den Hals, griff erneut zur Ampulla und trank.

„Dann war Tigellinus plötzlich verschwunden... Mein bisheriges Glück wandelte sich... Ich rückte, innerhalb der Eimerkette, dem Feuer wieder näher, war aber nun fast zwanzig Jahre alt und besaß römisches Bürgerrecht... Also erklärte ich meinem Vorsetzten, dass ich glaube zu Besserem geboren zu sein und bat ihn um Unterstützung bei der Aufnahme in eine Legion.

Der Tribun der Kohorte der Vigiles schleppte mich zum *Forum Boarium*, wo er offensichtlich einen *Werber* der Legion kannte. Der Handel ging schnell von Statten. Weil der Tribun mich mit höchsten Worten empfahl, strich er das Handgeld ein und ich bekam eine Reise in den Norden verordnet. Das Schlimme daran war, es fehlte an Reittieren, so dass wir alle Laufen mussten... Schon auf diesem ersten Marsch lernte ich das Leben eines Milites schätzen... Die Vitis war ein zu aufdringliches Instrument der Züchtigung... Schon auf diesem Weg, an den Rand der großen Berge, lernte ich Furcht und Gehorsam."

„Was? Du bist von den Vigiles zur Legion? War dir dein Leben in Rom nicht angenehm genug?" Laenas spottete.

„Ja, es war langweilig und zu oft zu heiß... Über das Lager zur Ausbildung muss ich nicht sprechen... Auch die ersten Jahre in der Legion sind kaum der Erwähnung wert. Ich stand Wache, verrichtete Dienste, wurde verprügelt..., lernte mein Maul zu halten, jeden Centurio lieben und sonst verkam ich zu einem faulen, verlogenen und bequemen Milites..."

„Deine Schilderung ist recht aufmunternd..." Wieder troff aus Laenas Mund Hohn. Pudens tat, als bemerkte er dies nicht.

„Habe ich vergessen zu erwähnen, dass ich dann auf die Insel ziehen durfte... Es muss wohl Anfang der fünfziger Jahre gewesen sein..." Pudens lächelte plötzlich.

„Auf der Insel der Britannier lernte ich Regen erst richtig kennen, Sümpfe und Morast erwiesen sich weit tückischer als in Germania und die Art des Kampfes wies schnell auf die Erkenntnis, das Bequemlichkeit die Garantie auf schnellen Tod bot. So hatte ich mir das Leben in der Legion nicht vorgestellt... Warum nur konnte ich meine Zeit in Germania nicht genießen und wer brockte mir die Schlacht gegen die Britannier ein?"

Diesmal vermied Laenas seinen Spott. Pudens trank und erzählte weiter. „*Scapula* hieß der Feldherr. Der Feind wurde von einem *Caratacus* angeführt, ein verdammt gerissener Hund... Alles lief auf eine Schlacht hinaus und der Feind saß hinter einem Fluss und noch dazu auf einem steilen Berghang. War alles nicht sehr lustig, zuerst der Fluss... Das ging noch, aber uns flog alles um die Ohren oder rollte den Berghang hinab in unsere Reihen, was man irgendwie werfen oder rollen konnte... Steine, Pfeile, Speere, Feuerkugeln, Baumstämme, Felsbrocken... Irgendwann waren wir oben und dankten den Kerlen mit Gladius und Pugio... Das war dann der lustigere Teil..."

Pudens versank in Erinnerungen. Als er erneut auftauchte, wurde er wortkarg.

„Was war dann?" half Laenas nach.

„Nichts..." Plötzlich verschwand Pudens in einer eigentümlichen Störrigkeit.

„Kein Dank für den Sieg..." warf Laenas unbedachte Worte vor des Gefährten Ohren.

„Scheiß Sieg... Wir verloren die Hälfte der Legion und bekamen deren Heerführer nicht mal zu sehen, geschweige denn in unsere Hände... Seit wann dankt die Legion einem Milites? Ich war unter den ersten Hundert, die oben zu wüten begannen... Es war zweifellos Glück, überhaupt hinauf zu kommen... Dann aber, noch fast gleichzeitig, mit vier oder fünf Feinden kämpfen zu müssen..." Zorn riss Pudens hin. Plötzlich schwieg er erneut. „Wir waren müde, erschöpft, der Hunger wühlte in den Eingeweiden und dann kam dieser hochmütige Feldherr..."

„Scapula?"

„Ja! Er forderte uns auf, Haltung anzunehmen, als er an unser Feuer herantrat. Nicht das wir nicht wollten, wir konnten nicht... Vom Contubernium lebten nur noch fünf Mann, drei waren ziemlich heftig verletzt. Mein Gefährte und ich hatten auch so einige Wunden an Armen und Beinen, zumeist Schnitte, konnten uns aber dennoch bewegen und erhoben uns. Unsere Kameraden waren schlimmer dran. Einem war der Oberschenkel eines Beins gebrochen. Der Medicus hatte den Knochen gerade gerichtet und das Bein verbunden. Der Mann schwebte zwischen den Welten, wenn du verstehst, was ich meine... Ein Anderer trug eine bösartige Schulterwunde davon, inzwischen auch vom Medicus sauber verbunden und sah deshalb ganz gut aus. Sprich aber nicht davon, wie die Wunde aussah... Der Speer eines Britannier hatte die Schulter durchbohrt..." Pudens zeigte, wo sich die Wunde befand.

„Den Dritten hatten die Kerle im Magen erwischt. Das Loch war groß genug, deinen Kopf hineinstecken zu können. Der Mann starb Stunden später..." Irgendwie sah Laenas, dass sein Gefährte menschlicher Regungen fähig war.

„Dieser Feldherr hatte nichts für die armen Schweine übrig, denen er den Sieg verdankte. Er verlangte, dass alle aufstanden... Wie sollte einer stehen, dessen Magen noch dort war, wo er sein sollte, weil er bisher nur lag... Wie sollte sich der Milites erheben, dessen Knochen im Bein zertrümmert war? Also setzte ich mich zu den verletzten Gefährten und ließ den Legatus Legionis pro Praetore toben... Nach dem sich der Wüterich beruhigte, fragte ich ihn, wem er wohl seinen Sieg verdanke und ob ihn dies nicht zur Achtung seiner Milites bewegen könne, zumal diese auch noch schwer verletzt wären..." Pudens schwieg und obwohl sich seine weiteren Worte in Milde einstuften, fühlte Laenas den Zorn des Gefährten.

„Ich erlebte noch, wie der mit dem Loch im Bauch starb... Dann holten sie mich!" Pudens tauchte in ein längeres Schweigen ein..

„Sie holten dich?" Laenas verstand nicht.

„Ich schuldete dem Feldherrn Gehorsam, setzte mich aber hin, als er die Verletzten schmähte... Was denkst du, hat ihm dies gefallen?"

Laenas war erschüttert. „So bist du behandelt worden..."

„Nein, noch etwas schlimmer... Ich wurde gefoltert... Sah nicht gut um mich aus... Aber ich überlebte, wie du siehst!"

„Und dann?" Der Gefährte verlor sein Vertrauen in römische Ordnung und Macht.

„... verbrachte ich wohl etwa ein Jahr in dieser prachtvollen Villa..."

„Im Carcer..." Laenas Worte hingen in der Luft.

Pudens zuckte nur mit der Schulter.

„Wie kamst du frei?"

„War wohl ein Versehen... Der Kerl in der Zelle mit mir starb... Ich tauschte mit ihm den Rest der Tunica, die um seinen Leichnam schlotterte. Wir waren etwa gleichaltrig, gleich dürr, halb verhungert und das Haar verfilzt... Sie unterschieden uns nur an der Tunica. Seine war vormals etwas blau gewesen..."

„Warum hast du getauscht? Was hast du dann getan?" Laenas war beeindruckt.

„Ein früherer Vorgesetzter bemühte sich seit Tagen um den Mann, ein Trierarch... Er sollte in den nächsten Tagen entlassen werden und ich wusste davon... Also warfen sie den toten Occius Pudens auf den Abfall und präsentierten mich dem Trierarch. Der sah mich erst irritiert an, dann schien er zu begreifen und stimmte der Übergabe zu. So wie ich aussah, musste wohl auch sein Freund ausgesehen haben, dachte er wohl und lag damit nicht so weit daneben... Als wir weit genug entfernt waren, erzählte ich ihm, was seinem Freund und was mir widerfahren war... Vorsichtig beschrieben, war er aufgewühlt."

„Und dann?"

„... ließ er mich gehen..."

„Wohin?"

„Zum Feldherrn, ich hatte noch eine Schuld einzulösen..."

Diesmal blieb Pudens lange Zeit störrisch verschwiegen... Ihr Ritt dauerte an und Pudens schien sich nicht zur Fortsetzung entschließen zu können. Irgendwann gab er sich einen Ruck und bot Laenas das Ende der Geschichte an.

„Viel später erfuhr ich, der Legatus Legionis pro Praetore Publius Ostorius Scapula wäre an einer Krankheit gestorben... Was für ein Unsinn? Ich hatte ihm doch nur einen so unbedeutenden Schnitt verabreicht, wie ihn mein Kamerad aus der Schlacht mitbrachte. Daran stirbt doch keiner, oder..."

„Du hast den Feldherrn umgebracht?" rief Laenas überrascht aus.

„Nein, ich kann mich nicht erinnern... War doch nur ein unbedeutender Schnitt im Bauch... Wie kommst du darauf, ich hätte ihn umgebracht..."

Das war der Moment, von dem ab Laenas, seinen Gefährten der Evocati, mit anderen Augen betrachtete.

„Wie gelangtest du dann zu den Evocati?"

„Weiß nicht... Irgendwann stieß einer der Altgedienten der Legion auf mich und war verwundert, dass ich noch immer lebte, hatte dieser doch von meinem Tod gehört..." Laenas wartete. Er besaß ein Gefühl dafür, dass noch eine Erklärung folgen würde...

„War nicht mein bester Tag! Ich war betrunken und erzählte, weil ich glaubte, meinem Gott gegenüber zu sitzen, meine ganze Geschichte... Wie ich dir schon sagte. Ich war zwar nicht weniger, aber auch nicht mehr als an den Tagen zuvor betrunken... Ich war doch tot... Vielleicht wusste ich es nur noch nicht..."

„Du lügst mich an?" wies Laenas Pudens entschieden zurück.

„Denk was du willst! Warum sollte ich lügen?" beharrte Pudens. Er hielt sein Pferd an und stieg ab. Dann reichte er Laenas seinen Gladius und sagte: „Stoss zu, wenn du glaubst ich lüge..."

Die Waffe in der Hand stand der Gefährte vor ihm. Laenas sollte ihn töten, wenn er glaubte, eine Lüge gehört zu haben. Wer warf sein Leben so einfach weg? Ihn durchfuhr ein Schreck.

So selbstlos wie Pudens handelte, als er seine schwer verletzten Kameraden zu schützen versuchte, so verhielt er sich auch jetzt. Glaubst du, dass ich lüge, so besitzt mein Leben keinen Wert für mich...

Laenas begriff, dass Pudens wahrhaftig war. Er würde nie lügen, sich nie in einen Vorteil stellen und erst recht niemals seinen Eid brechen...

Laenas vergaß das Gespräch und behielt es doch in seinem Kopf. Es war von nun an sein inniges Geheimnis...

Als sie an einer am Weg liegenden Taverne von ihren Pferden stiegen, fasste ihn Pudens am Arm und zog ihn dicht an seinen Kopf. „Besser du sprichst nie über diese Geschichte..."

Der Gefährte vernahm den Wunsch und ... begriff die Drohung.

## 16. Selbsttötung

*67 nach Christus - Winter (7. Martius)*
*Imperium Romanum – Provinz Achaea*

**W**elche eigenartigen Windungen das Leben im Reiche Roms bereit hielt, erlebte ein ganz anderer, noch weit berühmterer Mann. Dieser außerordentliche Römer, Sohn eines Konsul und Senator, erlangte selbst die Auszeichnung, zum Konsul berufen zu werden, war Legatus Augusta pro Praetore in Germania Inferior und danach Prokonsul von *Asia*.

Gnaeus Domitius Corbulo verdiente sich in der Folge der Jahre die Ehre als Statthalter von *Kapadokien* und *Galatien*.

Sein Aufstieg begann mit der Herrschaft Kaiser Neros, für den er als Feldherr, innerhalb dieses Zeitraums, auch noch *Armenien* eroberte. Zum Statthalter von Syria berufen, erteilte ihm der Kaiser 63 n. Chr. das *Imperium Maius* für den gesamten *Vorderen Orient*, was ihn zum fast unumschränkten Herrscher dieses Territoriums machte. Einzig Kaiser Nero stand noch über ihm, doch Rom war weit weg...

Nicht das Corbulo diese Tatsache verkannte oder unterschätzte, denn ihm war bekannt, wie lang der Arm römischer Kaiser werden konnte, wenn sich ein Erfordernis zeigte. Der Feldherr war weder so machtbesessen wie Andere befürchteten, noch so ahnungslos wie Einige hofften. Corbulo diente Rom mit allen Fasern seiner Persönlichkeit und war, weil Kopf und Körper eine Einheit bildeten, selbst von Männern anerkannt, die seiner Familie und auch ihm selbst, nicht besonders viel Zuneigung entgegenbrachten.

Seine Vorzüge reichten, neben einer außerordentlich schnellen Auffassungsgabe, über Intelligenz, Klugheit, sowie umfangreiches Wissen und Erfahrungen hinaus. Dazu gesellte sich Energie, Tatkraft, Beständigkeit, Zuversicht und Härte, die sich ihm selbst und allen ihm Nachgeordneten, als schwere Last auf die Schultern drückte und auch einen sehr hohen Grad an Brutalität, wie auch Rücksichtslosigkeit beinhaltete.

Corbulo war zuerst hart gegen sich selbst, dann hart gegenüber seinen Männern und brutal gegenüber Feinden. Er verstand das Waffenhandwerk wie kein Anderer, zeichnete sich durch außerordentlichen Mut aus und ging, wenn es brenzlig wurde, seinen zögernden Milites voraus.

Sein Verstand war in militärischer Taktik ebenso geschult, wie in der Strategie. Sein politisches Vorgehen war von Überlegung geprägt, er verstand die Vorgehensweisen für Intrigen und List. Außerdem besaß er darüber hinaus auch eine glückliche Hand, was die Auswahl seiner Unterstellten betraf.

Diesem Mann dienten einst auch Sextus Tremorinus und Kaeso Belletor. Tremorinus war inzwischen zum *Obertribun* der Legio XXII Primigenia aufgerückt.

Corbulo meisterte einen Aufstieg um den ihn Andere beneideten. Er befahl mehreren Legionen und verfügte darüber hinaus über ein großes Potential erfahrener Auxiliarkohorten.

Alles dies gab ihm Kaiser Nero. Wie seine Verdienste wuchsen, erstarkte auch seine vom Kaiser verliehene Macht.

Ein junger Kaiser, kaum an die Macht gelangt, würdigte allzu leicht und mit wenig Blick auf die Zukunft, die erkämpften Siege und häufte an Anerkennung auf, was er zu bieten vermochte.

Aber auch ein junger Kaiser wurde älter, reifer und vorsichtiger.

Die Vorsicht schlug irgend wann in Misstrauen um. Wenn nur ein Feldherr den dritten Teil seiner Legionen befehligte, besaß dieser Mann auch einen Faktor der Macht in der Hand, den er beim ersten Anlass zurückfordern sollte. Kaiser Nero, zur Erkenntnis gelangt, dass seine jugendliche Freigebigkeit ihn an den Rand eines Abgrunds befördern könnte, von intimsten Beratern zum Abbau Übermächtiger gedrängt, begann die drohende Gefahr zu erkennen.

Von der Erkenntnis zur Handlung war bei bestimmten Menschen nur ein sehr kurzer Weg. Bei Kaiser Nero dauerte dieser etwas länger. Zwar barmend und Verwünschungen ausstoßend, aber zögerlich und unschlüssig in der Handlung, brauchte es Zeit, bis sich ein Verfestigen, einer einmal gewonnenen Erkenntnis, in die Tat umsetzte. Manchmal aber bedurfte es auch eines Anstoß.

Im Falle Corbulos war es dessen Schwiegersohn. Annius Vinicianus erwies sich als ein hoffnungsvoller junger Mann, als er, im Auftrag seines Schwiegervaters und Feldherrn, den armenischen Herrscher Tiridates nach Rom brachte. Es gilt als Corbulos Verdienst, im Streit mit den Parthern ein Abkommen erzwungen zu haben, dass diesen zwar die Nachfolge in der Thronfolge Armeniens sicherte, aber den jeweiligen König zwang, seine Krone von Rom zu empfangen.

Tiridates, der erste König, dem dies widerfuhr, legte seine vor dem Streit besessene Krone vor einem Standbild Neros in *Rhandea* ab und ging nach Rom, um diese gleiche Krone dann vom Kaiser neu zu empfangen. Wie in Roms Geltungssucht üblich, war dies ein großer Sieg, der von Kaiser Nero gebührend gefeiert wurde.

War Corbulos Aufstieg zuvor eng mit der Herrschaft Kaiser Neros verbunden, vermehrte sich in den Folgejahren die Zahl der Gerüchte, dass Corbulo die Änderung der Machtverhältnisse anstreben könnte. Im Jahr 65 n. Chr., Corbulo stand im Zenit seiner Erfolge, gelangten mehrere sich aufeinander aufprägende Tatsachen zu einer Bedrohung, die nach Veränderung strebte.

Einmal war Corbulo mächtig wie nie zuvor, befahl über ein Drittel der römischen Heermacht und musste, wie auch Andere, fürchten, von einem ängstlich an der Macht hängenden Alleinherrscher vernichtet zu werden. Weil die Zahl der Gerüchte massiv zunahm, dass er nach der Macht strebte, fand Corbulo, an Intrigen gewöhnt, einen Ausweg, mit dem er gedachte, Kaiser Nero zu beeindrucken.

Sein junger Schwiegersohn, mit nicht einmal dreißig Jahren, von ihm selbst zum Legatus Legionis der *Legio V Macedonica* gemacht, war die scheinbar günstigste Figur, den Kaiser zufriedenzustellen. Also erteilte Corbulo Vinicianus den Auftrag, den armenischen Thronanwärter nach Rom zu begleiten. Nicht nur die Feierlichkeiten zeigten einen beeindruckenden Charakter, auch Vinicianus bestieg die Erfolgsleiter.

Tiridates kehrte mit seiner Krone zurück und der dem Kaiser als Geißel der Treue übergebene Vinicianus stieg innerhalb kürzester Zeit zum *Suffektkonsul* auf, ohne je Praetor gewesen zu sein...

Was dann geschah, blieb weitgehend im Dunkel der Zeit verborgen. War Vinicianus zuerst ein neuer aufsteigender Stern, so zog er sich bald in seine nähere Heimat zurück und begann dann umtriebig zu werden. Am Ende war er der unglückliche Anführer einer Revolte gegen Roms Kaiser, die auch noch entdeckt wurde und dazu führte, dass dieser Familienzweig vollständig ausgerottet wurde. In dieser Beziehung war Nero ein entschlossener und zielstrebiger Herrscher, der mit Konsequenz vorging. Was aber sollte der Kaiser aller Römer mit dem verdienstvollen Feldherrn Corbulo, dem Schwiegervater des Verschwörers, anstellen?

Von Empfindungen wie Angst, Zorn, Trauer oder auch Verzweiflung beherrscht, weil er nicht wissen konnte, wie Roms Volk auf einen Meuchelmord an seinem hervorragenden Heerführer reagieren würde, zögerte Nero lange, bis er Corbulo aufforderte, ihn in Korinth, während seiner Reise durch die Provinz Achaea, aufzusuchen.

Nero, von seinem Secretarius Epaphroditos beraten, lockte Corbulo, mit der Vorbereitung eines neuen Krieges gegen die Parther zum Hafen in Kenchreae. Der Kaiser, erst guten Willens, die Denkart seines Feldherrn mit eigenen Augen zu betrachten und dessen Wesen, sowie Absichten ergründen zu wollen, änderte seine Ansicht dann kurz bevor der Erwatete sein Ziel erreichte.

Noch auf dem Schiff seiner Reise, von Widersprüchen hin und her geschüttelt, hoffte Corbulo, dass ihm das Vermächtnis seines Schwiegersohnes nicht zum Verhängnis werden konnte. Im Glauben, dass seine Verdienste nicht mit dieser so sinnlosen Tat aufgewogen würden und weder seinen Ruhm, noch seine Verdienste schmälern könnten, begab sich Corbulo letztlich selbst in die Hand des Kaisers.

Corbulo führte für sich nicht nur sein jahrelanges Wirken zum Ruhme Neros und seine Erfolge in zahlreichen Schlachten ins Feld der Begutachtung, er vertraute auch darauf, dass er, seitdem er Vinicianus nach Rom entsandte, kein einziges Wort je wieder mit diesem gesprochen hatte. Darauf vertrauend, dass Kaiser Nero dies wusste und anerkannte, wagte er den Schritt vom Schiff auf die Hafenmole in Kenchreae.

Zuerst war er erstaunt, erwartet zu werden, erkannte dann den Trupp Prätorianer, der sich hinter dem Boten aufhielt.

„Herr, ich bitte dich, mir zu folgen! Ich soll dich dorthin bringen, wo eine sichere Unterkunft auf dich wartet!" teilte ihm der Decurio mit.

„Hast du auch einen Namen, Munifex?" fragte Corbulo misstrauisch werdend.

„Herr, ich bin nur ein unbedeutender Bote!" entgegnete der Angesprochene.

„... der ein Prätorianer ist und dem eine gleichartige Horde des Praefectus Praetorio folgt, um für unvorhersehbare Zwischenfälle bereit zu sein... Wenn du ein Bote bist, dann reiche mir die Botschaft!" forderte Corbulo schon etwas deutlicher, obwohl er vermied, unnötige Aufmerksamkeit zu erregen.

„Nicht hier, Herr! Der Ort scheint mir wenig geeignet! Meine Männer sind zu deinem Schutz!" beharrte der Bote.

Corbulo bekam ein Gefühl für eine mögliche Täuschung.

„Was soll der Unsinn, Decurio? Schutz vor wem? Ich sehe keine Bedrohung... Was sollte ein Ort und dessen Eignung für die Übergabe einer Botschaft bedeuten? Wer gab dir den Auftrag?" fauchte Corbulo, nun ungehalten. In seinen Kopf schlich sich zuerst Verwunderung, dann begriff er.

Erste Neugierige wandten sich der Auseinandersetzung zu. Corbulo hörte leise Stimmen, die seinen Namen flüsterten.

„Herr, der Praefectus Praetorio Tigellinus!"

„Was erlaubt sich dein Präfekt? Bin ich sein Hund, dass ich seinen Befehlen folge?" brauste Corbulo auf und erregte nun deutliche Aufmerksamkeit. Das Ergebnis war eine sich stauende Menge Neugieriger, die das Ende des Steges vom Schiff, Corbulo, seinen Diener und seine beiden Begleiter, die längst schon ihre Fäuste auf dem Knauf des Gladius liegen hatten, ebenso einkreisten, wie den Trupp der Munifex.

„Herr, es wäre besser, du würdest weniger Aufmerksamkeit erregen..." flüsterte ihm der Bote zu.

„Warum, Decurio? Meinst du, der Befehl deines Herrn bindet mich an irgend etwas? Oder glaubst du etwa, dass ein Feldherr Roms deinen Praefectus Praetorio fürchtet? Zur Seite, Mann oder du stirbst einen unwürdigen Tod!"

Corbulo drängte vorwärts, wurde aber von Worten des Boten und Drohgebärden der begleitenden Munifex aufgehalten.

„Herr, möchtest du unbedingt, dass Unschuldige sterben? Kommst du nicht mit uns, greifen wir an! Unser Befehl ist eindeutig!"

„Du drohst nicht nur mir, sondern auch diesen unbeteiligten Menschen hier? Was seid ihr Prätorianer doch für ein unwürdiger Haufen... Euch einmal, unter mir, im Kampf mit Parthern kämpfen zu sehen, wäre es mir wert..."

„Herr, meine letzte Warnung... Die Prätorianer sind zwar Begleiter, die mir der Präfekt gab, aber die Botschaft kommt vom Kaiser!"

„Dann gib mir die Botschaft und überlass mir danach die Wahl meiner Handlung..."

„Herr, der Präfekt befahl, dir die Botschaft nicht hier zu übergeben!"

„Verdammter Stronzo! Was glaubst du, zu sein? Der Bote des Tigellinus oder der unseres göttlichen Kaisers? Reiche mir die Botschaft, oder..."

Der Bote wich einen Schritt zurück. Offensichtlich vernahm er das Raunen der ihn Umlagernden. Deshalb reichte er die kleine Rolle mit dem Schreiben. Corbulo prüfte das Siegel außen. Es war Neros Siegel. Er erbrach es und starrte zuerst auf die Unterschrift, die unzweifelhaft von Nero stammte. Dann erst las er den Text. Die Hand, die das untere Ende der Rolle hielt, ließ dieses Schnippen und das Dokument rollte sich erneut auf.

Corbulo drehte sich langsam um. Er blickte seine beiden Begleiter an, dann seinen Diener. „Ihr kehrt sofort auf das Schiff zurück, ohne Widerspruch und ohne zögern! Sofort! Von dort aus bezeugt ihr mein Verhalten, auf das euch nichts entgeht!"

An die Befehlsgewalt des Feldherrn und seine Unbeugsamkeit gewöhnt, folgten sie dem Befehl und Corbulo sah die Zurückgewiesenen hinter der Bordwand warten.

Hinter sich hörte er die fordernde Stimme des Boten. „Herr, folge mir!"

„Wer bist du, Munifex, dass du mir Befehle erteilst? Seit wann folgt ein Feldherr einem knurrenden Hund? Kennst du den Inhalt des Schreibens?" Corbulo wandte sich dem Boten erneut zu. Auch wenn seine Worte heftig und laut waren, war er voller Ruhe. Er brauchte die umstehenden Zeugen.

„Ja, Herr!"

„Gut, dann haben wir auch das geklärt..."

Längst wusste Corbulo, was ihm bevorstand. Kam ein Bote allein, dann wollte ihn Kaiser Nero sehen. Eine unbedeutende Botschaft konnte jeder einfache Mann befördern. Die Meute der Prätorianer aber zeigte, dass hinter der Botschaft mehr steckte. Corbulo begriff es sehr schnell, wenn er sich auch noch mit Hoffnungen trug. Als er den Tod Unschuldiger ansprach, wusste er, dass er sich von seinem Genius verabschieden sollte.

Im Schreiben Neros stand nichts vom Ort seiner Tat. Also musste Tigellinus daran liegen, ihn in aller Heimlichkeit auf seinen Weg schicken zu können... Schnell wäre eine Verweigerung der Forderung des Kaisers in Umlauf und seiner gesamten Familie stand das gleiche Schicksal bevor. Corbulo durchschaute das Vorhaben des Präfekt.

Er zögerte nicht.

Der Griff nach seinem Gladius war wie immer, sicher und schnell. Die Waffe, mit beiden Händen erfassend, zog er sich kraftvoll, bis fast zum Heft, in die Brust.

Zuerst knickten seine Knie ein. Das nahm er noch wahr, dann umarmte Corbulo seinen Genius und fiel nach vorn auf den Knauf des

Gladius, der sich dadurch tiefer in seine Brust hinein schob. Der Feldherr starb, wie er lebte, voller Energie, ohne Zweifel, mit Tatkraft und ohne jedes Zögern.

Es würden genug Worte an Neros Ohr dringen, die seinen Tod rühmten, die das Verrufene der Tat verurteilten und auch das Bedauern, dass der größte Feldherr der Gegenwart, über den Roms Imperium verfügte, sich selbst töten musste, verkünden.

Diese Schmach gönnte er dem Kaiser.

Schon als er seinen Genius umarmte, schüttelte ihn das Lachen, dass er empfand, welches die Umstehenden als schweres Röcheln zu hören glaubten.

Gnaeus Domitius Corbulo war selbst mit seinem letzten Atemzug noch Sieger über seine Feinde. Tigellinus, diesen verräterischen Hund der Prätorianer, zählte er schon lange dazu, aber dass sich sein Kaiser neben diesem einreihen würde, wollte er bis zum gelesenen Wort ,Selbsttötung', nicht wahrhaben.

## 17. Der Unterschied

*67 nach Christus - Winter (8. Martius)*
*Imperium Romanum – Exercitus Germania Inferior*

Zur Umsetzung ihres Auftrages waren Pollio und Veturius gezwungen, ihre bisherige Reise bis nach **Bonna** fortzusetzen. Das *Legionslager* befand sich nördlich des Vicus und zog sich bis fast an das Ufer des Rhenus heran. Der Vicus schloss sich auch direkt am Fluss an und zeugte davon, in seiner Ausbreitung wohl eher zufällig entstanden worden zu sein.

Pollio hatte nicht den Eindruck, dass hier die **Groma** ihren Einfluss hinterließ. Der Vicus versuchte sich, dicht an die Straße der Römer gedrängt, auszubreiten und reichte bis auf wenige **Passus** an die **Porta Decumana** des **Kastell** heran.

Zwischen dem Fluss und der römischen Straße drängten sich die Häuser, während auf der anderen Straßenseite beginnend, zum weiteren Land hin, keine große Tiefe oder Dichte der Gebäude erreicht wurde.

Pollio und Veturius nahmen sich Zeit mit der Suche nach geeigneter Unterbringung und streiften durch die Siedlung, weil sie zweier, zueinander günstig gelegener Unterbringungen bedurften.

Mit dem Ziel, einen römischen Legat auszuspähen galt es, besondere Bedingungen zu beachten. Ihre Einigung darauf, dass nur Pollio gegenüber dem Legat in Erscheinung trat, bedurfte einer durchdachten Vorgehensweise.

In der Berührung der beiden Evocati miteinander lag, wenn diese öfter und von zeitlicher Beständigkeit geprägt war, eine gewisse Gefahr. Würde sich zu Beginn ihrer Handlungen kaum Misstrauen beim Legat aufbauen, könnte eine zu häufige oder dauerhaft erscheinende Bindung zweier Männer zu Nachforschungen anregen. Dem wollten die Evocati vorbeugen und so suchten sie zwar nahe beieinander liegende Unterkünfte, die ihnen aber auch eine räumliche Trennung versprachen.

Für Veturius Unterbringung brachte das Angebot eines Römers, der ein Fuhrgeschäft betrieb, günstigste Voraussetzungen. Über dem Stall der Pferde lag ein Raum, den der Römer vermietete. War diese Unterkunft auch wenig freundlich und zeichnete sich durch sehr große Bescheidenheit aus, bot diese jedoch mehrere Vorteile.

Einmal konnte Veturius das Grundstück unbemerkt, über die Hofausfahrt und einen unbedeutenden Weg verlassen, lebte vollkommen getrennt von Anderen und war so keiner möglichen Beobachtung ausgesetzt. Sein Pferd stand im Stall unter ihm und weil sich der Fuhrunternehmer nicht um ihn bekümmerte, ging und kam er, ohne dass davon Kenntnis genommen wurde.

Pollio hingegen nutzte das Zimmer einer Taverne, deren Hof auf den gleichen Weg mündete. Das Besondere an beiden Unterschlüpfen war, dass sie, durch kleinere Fenster blickend, sehen konnten, ob der Gefährte anwesend war. Schon das kleinste Leuchten einer Fackel oder *Öllampe* reichte in der Dunkelheit aus, dem Gefährten zu vermitteln, dass eine Begegnung erwünscht war.

Sicher würde Pollio, entsprechend seiner Absicht, im Kastell verbleiben und nur gelegentlich das gemietete Zimmer in der Taverne aufsuchen. Nur brauchten sie einen gemeinsamen Punkt, der ihnen die Möglichkeit bot, ein unbeobachtetes Treffen einzufädeln. Die Sicht zum Zimmer des Gefährten bot diese Möglichkeit und deren vollkommen getrennte Lage schloss aus, dass eine Verbindung beider Bewohner in Betracht kam. Treffen würden sie sich an anderen Orten, an denen dann ein kurzes Gespräch oder zumindest die heimliche Übergabe einer schriftlichen Botschaft möglich war. Diese Orte spähten sie auch im Vorhinein aus und gaben den Orten eine Bedeutung, die sie einander, bei Dunkelheit mit flackerndem Licht, anzeigen konnten.

Mit dem Abschluss ihrer Vorbereitungen zur Unterbringung und den Möglichkeiten zum Austausch von Botschaften, wappnete sich Pollio für seine Begegnung mit dem Legat Fabius Valens.

*Zur vierten Stunde* des fünften Tages, nach ihrer Ankunft, ritt Pollio auf das Kastell zu und sprach den vor der Porta Decumana stehenden Posten an. Pollio schwang sich vom Pferd und führte dieses, am Zügel nach sich ziehend, auf den Milites zu.

„Ich möchte zu deinem Legat!" verkündete er nachdrücklich, aber freundlich. „Würde ich ihn antreffen, ließest du mich passieren?"

„Der Legat ist anwesend, nur ich kann dich nicht so ohne Befehl durchlassen. Du müsstest dein Anliegen schon meinem *Optio* mitteilen... Er befindet darüber, wie er dir entgegenzukommen gedenkt..."

„Meinst du, mein Freund, dass ihn ein paar Münzen freundlich stimmen könnten?" In Pollios Hand, zwischen zwei Fingern, tauchten plötzlich zwei Sesterze auf, die ein freundliches Lächeln des Postens hervorriefen. Die Münzen fielen in die Hand des Postens und sein Ruf zur übrigen Wache brachte einen Optio zum Vorschein.

„Was ist los?" knurrte der Erschienene und musterte den Fremden.

„Der Mann will zum Legat, Herr!" meldete der Posten und verzog keine Miene.

Die nachfolgende Musterung schien Pollio zu überstehen. „Folge mir!" knurrte der Optio und schritt voran. Pollio führte sein Pferd durch die Zufahrt und band es, neben dem Wachgebäude, an einen dafür vorgesehenen Pfosten.

„Was willst du beim Legat?" forschte der Optio, noch immer schwankend, ob der Fremde diese Gunst verdiente.

„Du möchtest doch sicher nicht erfahren, was ein römischer Bürger allein mit deinem Legat besprechen möchte? Glaubst du, dein Legat wäre glücklich, würde er erfahren, dass ein Optio seiner Wache sich in derartiger Neugier übt..." belehrte Pollio den Optio und fügte lächelnd an: „Andererseits sollte deine Freundlichkeit nicht unbelohnt bleiben..." Erneut tauchten in den Fingern der gleichen Hand erneut Münzen auf, die genauso zielsicher in der offenen Hand des Optio landeten.

„Warte, ich gebe dir einen Milites mit, der dich führt!" lächelte der Optio, der gelungenen Aktion Freundlichkeit schenkend.

Kurz darauf landete Pollio in einer Schreibstube mit Secretarius, der ihm Geduld und einen Platz zum Sitzen empfahl.

Obwohl ihn der Secretarius öfter musterte, übte sich dieser in Schweigsamkeit. Auch Pollio verspürte kein Bedürfnis zu einem Gespräch. So verging die Zeit, bis endlich ein älterer und ein noch sehr junger Römer das scheinbare Arbeitszimmer des Legat verließen.

Der Secretarius kündigte ihn beim Legat an. „Herr, ein Fremder möchte dich sprechen!"

„Lass ihn herein!" hörte Pollio und schritt deshalb auf die Tür zu.

Der Legat stand mit dem Rücken zur Tür und blickte durch das Fenster hinaus auf den Innenhof der *Principia*.

„Herr, ich bin Trebius Pollio!"

„Was möchtest du von mir, Trebius Pollio?" Ein interessierter Blick, des sich umwendenden Legat, streifte den Evocati.

„In deine Dienste treten, Herr!" Pollio lächelte.

„Bist du nicht etwas alt dafür?" wirkte Valens verwundert.

„Keinesfalls!" Die herausgeforderte Antwort klang nach Zuversicht.

„Zur *Musterung* stehen für gewöhnliche junge Burschen bereit und außerdem befasse ich mich nicht mit Derartigem!" die Antwort klang abweisend.

„Ich will nicht in die Legion eintreten... Das liegt längst hinter mir!"

„Bist du ein Evocati, der neuerlichen Dienst in meiner Legion anstrebt, dann zeige den *Ring*!"

„Du hast mich immer noch nicht verstanden, Legat! Obzwar ich schon Evocati bin..." Pollio drehte seine linke Hand so, dass der Legat den Ring erkannte. „... strebe ich nicht den Dienst in der Legion an, sondern einzig bei dir, Herr!"

„Welchen Dienst willst du erbringen? Ich verstehe nicht so ganz..."

„Deinen Schutz!" fasste sich Pollio kurz.

Ein verwunderter Augenaufschlag blitzte den Gast an.

„Ich bin Legatus Legionis der Legio I Germanica... Im Kastell befinden sich mehr als fünftausend treue Männer, die mich schützen..." Valens reagierte belustigt. „Geh durch das Kastell und frage die Männer, ob ich über ihre Zahl hinaus, weiteren Schutz benötige..."

„Ich kenne zahlreiche andere Legatus Legionis, die sich solcher Männer wie mich bedienen..."

Valens schritt auf seinen Arbeitstisch zu und ließ sich auf seinen großen, hölzernen, prunkvoll ausgestatteten Stuhl fallen.

„Was erhebt dich über die Besten meiner Legionäre? Warum sollte ich deine Dienste annehmen?"

„Die da draußen..." Pollio wies über seine Schulter „schwören auf Rom, den Kaiser und dann erst auf dich... Was ist, wenn du in dieser Reihenfolge plötzlich den Zorn der Vielen erntest?"

„Nichts! Ich hätte als Legat versagt und wohl deren Zorn verdient..."

„Hattest du noch nie Aufwiegler? Selbst wenn das stimmen sollte, muss es nicht so bleiben..." Pollios Sicherheit blieb. Er sprach nicht überhastet, bettelte nicht und schien mit einer Ablehnung gerechnet zu haben.

„Was zeichnet dich gegenüber meinen besten Milites aus? Zweifelst du, meine Legionäre gingen für mich nicht auch durch das Feuer?" Valens grinste in vermeintlicher Sicherheit.

„Kann schon sein..." erwiderte Pollio. Nach einiger Überlegung fügte er an: „Kann schon sein, dass ich etwas mehr Erfahrung besitze... Aber wer kann schon in Worten beweisen, dass er besser als Andere ist... Hole sie her, die dir am Besten erscheinen und wir werden beide sehen, worin der Unterschied besteht..."

Valens war ein Mann der Tat. Er stand auf, schritt zur Tür und wies seinem Secretarius an, drei seiner Milites, in voller Kampfausrüstung, anzufordern. Er solle ihm Bescheid geben, wären die Männer anwesend.

„Du hast also lange und ehrenhaft gedient... Sonst würdest du den Ring kaum tragen... Wo und unter wem dientest du?"

„Überall!" war Pollios Antwort.

„Geht es auch genauer?" drang Valens nach.

„Germania, Britannia, wieder Germania, *Thracia*, Armenien, Syria, Paulinus, Corbulo, Galba... Verzeih, es waren zu viele, mir alle zu merken..." Pollio schien wenig an Vergangenem interessiert.

„Warum ausgerechnet ich?" stieß Valens nach.

„Du scheinst solchen Schutz nicht zu besitzen, Andere schon..."

„Diese Legatus Legionis vertrauen ihren Milites nicht..." stellte Valens entschlossen fest.

„Es ist auch unter Statthaltern üblich geworden... Ein paar gute Evocati leisten diese Dienste und mancher von den Feldherrn bedient sich nicht nur ein oder zweier gute Männer... Einer besitzt sogar eine ganz spezielle Turma..."

Der Kopf des Secretarius tauchte in der Tür auf.

Valens erhob sich. „Gehen wir und suchen den Unterschied..."

Im Innenraum der Principia standen drei Milites, die sich in Positur warfen. Pollio musterte die Männer.

„Ich habe einen Auftrag für jeden von euch!" begann Valens. „Tötet den Mann neben mir! Jeder von euch hat einen Versuch..." Die Fäuste der Männer flogen auf die Brust.

„Was ist, Trebius Pollio, bist du bereit? Wen bevorzugst du zuerst?" Valens erschien belustigt.

„Wähle du, Herr!" Pollio ging in den Innenhof. Er wartete.

Der ausgewählte Milites trat ihm gegenüber. Er trug eine Lorica Hamata, Gladius und Scutum. Als er vor Pollio stand, stellte er die Waffenlosigkeit seines Gegners fest.

„Herr..." rief er. „... der Fremde trägt keine Waffe!"

„Ist das ein Hindernis?" Valens Stimme verbarg den Unterton der Belustigung nur gering.

Der Milites verstand. Er warf sein Scutum zur Seite und zog mit der freigewordenen Hand seinen *Pugio*. Dann stürmte er auf Pollio zu.

214

Eine Meidbewegung Pollios vermied den Kontakt. Beim zweiten Versuch kam der Legionär, ständig den Griff seiner Hand am Gladius ändernd, langsam auf Pollio zu. Der Angriff aber erfolgte mit der Hand, die den Pugio führte. Mit seinem Arm den Stoß von vorn zur Seite wischend, landete Pollios Faust im Zentrum des Gesichts. Der Milites taumelte rückwärts, besann sich, blies heftig seine Backen auf und griff erneut an. Diesmal fintierte er mit Pugio und Gladius, erneut ständig den Griff wechselnd, rechts und links Stöße andeutend, um zum Schluss, mit weitem Ausfallschritt, gleichzeitig beide Waffen vorwärts stoßend.

Doch dort wo zuvor, genau vor ihm, der Körper seines Gegners stand, stießen beide Waffen ins Leere. Der Fremde aber stand zwischen den vorgestreckten Armen und löschte mit zwei kurzen Hieben seiner Hände und Arme das Bewusstsein des Milites. Eine Hand traf dabei den Hals und die dort befindliche Halsader. Der Milites fiel stocksteif auf seinen Rücken. Pollio wandte sich dem Legat zu.

Valens verstand die Geste. Er zeigte auf den nächsten Legionär.

„Versuche dein Glück, mein Sohn..." forderte Valens den Betroffenen freundlich auf.

Der Milites war weit jünger, einen Kopf größer, weit breiter in den Schultern und verfügte über längere Arme als Pollio. Der Kämpfer begriff, dass der Gegner ihn nicht töten würde. Er sah es im vorangegangenen Kampf. Weil er erkannte, auf einen Schutz verzichten zu dürfen, legte er Scutum und Gladius ab, entledigte sich seiner Lorica Hamata, zog dafür seinen Pugio und ein, hinten am Cingulum befindliches Parazonium.

Dann näherte er sich Pollio. Der Größere wandte keine verwirrenden Bewegungen an. Seine Dolche ruhten in sicheren, kräftigen Fäusten, in der Mitte des Körpers und waren so zum Angriff und zur Abwehr bereit.

Was dann geschah, ging so schnell, dass nicht mal Valens den Bewegungen zu folgen vermochte.

Pollio griff mit beiden Füßen an. Der erste Tritt traf die Messerfäuste so, dass die Wucht des Fußes beide Fäuste, oberhalb der Magengrube und unterhalb des mittleren Rippenbogens, in den Leib stieß und den Kämpfer für einen Moment die Luft nahm. Der zweite Fuß zielte unter der Kinnlade auf den Hals. Der Milites taumelte zurück, ruderte mit beiden Armen um sein Gleichgewicht zu finden. In diese völlig sinnlosen Bewegungen hinein, setzte Pollio nach, schlug beidseitig gegen den Hals des Mannes und dieser sackte in sich zusammen.

Gelassen nahm Pollio dem Milites dessen Waffen ab und reichte diese an den Legat weiter. Er sprach kein Wort und kehrte zurück in den Innenraum.

„Nun, mein Alter, jetzt bist du an der Reihe..." wandte sich Valens an den verbliebenen Kämpfer.

Eine nochmalige Musterung des letzten Kämpfers ergab ein fast gleiches Alter und somit große Erfahrungen. Auch in der Statur glichen sich beide. Pollio schätzte seine Möglichkeiten ab.

Der neue Kämpfer legte alle Waffen ab, behielt jedoch seinen Pugio am Cingulum, als er sich in Position stellte.

Diesmal kam der erste Schlag von Pollios Gegner und traf die Nase des Evocati. Doch bevor die andere Faust auch am Kopf landen konnte, stieß Pollios Fuß in die Weichteile des Angreifers.

Der Schmerz betäubte alle Empfindungen. Der Fehlschlag der zweiten Faust schuf eine offene Deckung. Dort hinein traf der Ellbogen Pollios, noch dazu mitten im Gesicht.

Der Milites spürte den Bruch der Nase. Sein Gegner nutzte die entstehende Verwirrung aus. Dann zwang ihn die Beinstellung des Fremden zum Sturz auf den Rücken. Sein Gegner kam auf ihm zum Liegen. Im Augenblick des Aufschlages spürte er, wie mit kräftigen Armen sein Hals abgedrückt wurde.

Der Milites griff, mit seinem freien rechten Arm, hinter dem Körper seines Gegners vorbei, nach dem Pugio an seinem Cingulum. Falls er die Waffe erreichte, hätte er diese mühelos in Pollios Rücken stoßen können. Ein gemachter Buckel des Feindes verhinderte den Griff nach der Waffe. Dann spürte der Legionär, wie ihn Schwärze einlullte. Ihm blieb die Luft weg und seine Arme glitten seitwärts auf den Boden.

Pollio stand auf. Er sagte nichts, schritt nur auf Valens Dienstraum zu.

Der Legat trottet ihm nach. Er überlegte, was er tun sollte. Der Mann war zweifellos gut. In dieser Hinsicht hatte ihn Pollio überzeugt. Vielleicht sollte er in Erwägung ziehen, sich einen solchen persönlichen Schutz einzurichten...

Die Männer, die er zum Kampf schickte waren bemüht, aber erfolglos... Es waren seine Milites... Ein einfacher Befehl genügte. Nahm er dagegen diesen Pollio, musste er ihn aus eigener Kasse bezahlen... Das aber widerstrebte ihm. Vielleicht willigte der Kerl ein, als Evocati zum Centurio erhoben, eine solche Schutztruppe auszuwählen, auszubilden und auch anzuführen... In diesem Falle käme dessen Sold aus der Kasse der Legion und nicht aus seiner Tasche...

Valens war entschlossen, dieser Überlegung zu folgen.

Also bezog er wieder den Platz in seinem Stuhl und wartete, ob Pollio die weitere Verhandlung eröffnen würde. Doch der Evocati schwieg.

„Du hast sie alle drei besiegt... Deine Angriffe waren nicht zimperlich..."

„Warum auch, Herr? Du hattest ihnen befohlen, mich zu töten und sie waren wohl an eine Befehlsausführung gewöhnt..." entgegnete Pollio unbeeindruckt.

„Du brauchtest keine Waffe... Kannst du dann mit dem Gladius oder dem Pugio auch umgehen?"

„Was denkst du, Herr? Ich kenne viele Waffen..."

„Du bist nicht eben gesprächig, eher schweigsam und du prahlst nicht... Das sind Eigenschaften, die mir zusagen..."

„Herr, ich zeigte dir meine Fähigkeiten. Überzeugte ich dich und du entschließt dich, deinem Schutz Aufmerksamkeit zu widmen, kann ich dein Mann sein, wenn mir dein Angebot gefällt... Sonst gehe ich wieder und suche anderen Ortes..."

„Was wäre, wenn ich dich unter meinen Milites drei oder vier Männer wählen ließe, dir die Aufgabe der Ausbildung stellte, dich mit der Führung beauftrage und dich im Gegenzug, als *Centurio Supernumerarius*, in meinen Stab aufnehme?"

„Herr, hast du dabei bedacht, dass deine Ablösung mich dann zwingen könnte, unter deinem Nachfolger zu dienen?"

„Stört dich dies?" Der Legat spürte eine offene Deckung und stieß vor.

„Ich habe lange genug sinnlosen Befehlen folgen müssen... Du bist ein Mann nach meinem Maß, deshalb bot ich mich dir an! Schreibe in meine Verpflichtung die Bereitschaft, als Evocati nur unter deinem Befehl zu dienen und ich bin einverstanden..."

Pollio durchschaute, wo Valens der Stiefel drückte. Etwas Geiz schien im Spiel zu sein... Dennoch bekam er, was er anstrebte.

Sein Vorgehen war wohl nicht ohne Eindruck geblieben. Wenn der Legat dachte, er würde auch nur einen dieser drei Kämpfer erwählen, täuschte er sich. Allenfalls kam der Große, den er in die Eier trat, in Frage. Der Ältere würde ihn beneiden und irgendwann hintergehen und der erste Kämpfer war ein Dummkopf...

„Geh zum Praefectus Castrorum, lass dich einschreiben, empfange deine Ausrüstung, lass dir eine Unterkunft zuweisen und wähle dir, mit seiner Hilfe, die richtigen Männer aus! Ich vertraue deinem Urteil!"

Valens war ein etwas unpersönlicher, aber durchaus zu respektierender Legat. Pollio war vorerst zufrieden...

Also tat er, was ihm befohlen wurde.

Der Lagerpräfekt hörte sich seine Worte an, musterte ihn und ging auf die Zweikämpfe, von denen er inzwischen gehört hatte, ein.

„Du kämpfst nicht gerade zimperlich... Es gehört schon etwas Mut und Können dazu, sich den vom Legat gewählten Männern ohne Waffen zu stellen..."

„Wie hätte ich sonst den vom Legat gewünschten Unterschied zeigen können? Waffen töten meist schnell und unwiederbringlich... Ich glaube nicht, dass der Legat mich zu nehmen bereit wäre, hätte ich ihm seine drei besten Männer zerstückelt... Übrigens Präfekt, der Legat wünscht, dass du mir hilfst, drei oder vier gute Männer auszuwählen, die er mir unterstellen möchte..."

„Du nimmst dir viele Freiheiten heraus, Centurio..." deutete der Lagerpräfekt auf einen zwischen ihnen bestehenden Unterschied. „Vergiss nicht, auch ich bin dir vorgesetzt..."

„Als ich mich entschloss, den Vorschlag des Legat anzunehmen, er hätte mich nicht zum Centurio machen müssen, nahm ich in Kauf, dass du und der Obertribun auch ein Wörtchen mitreden könnten... Vermutlich werden auch die Tribune glauben, mir ihren Willen aufprägen zu dürfen... Ich wäre dir dankbar, würdest du jeden Heißsporn davor bewahren. Andernfalls wäre ich gezwungen, dem Ersten, der diesem Irrtum verfällt, die eigenen Eier abschneiden zu müssen..."

„Das meinst du nicht ernst?"

„Worauf du wetten kannst... Das Einschreiben als Centurio Supernumerarius ist eine an sich einfache Sache und sicher auch von mir hinnehmbar... Als Evocati, im entsprechenden Dienstalter und mit der Erfahrung zu zahlreicher Schlachten, dem Hinterlassen eigener Spuren an zu vielen Einsatzorten und der Erinnerung auch erfahrener Feldherrn an den Miles Legionarius Trebius Pollio, sollte mir etwas Ehrfurcht entgegen gebracht werden... Das Moos auf meinem Buckel, meine Ehre als Evocati und letztlich der waffenlose Sieg über die drei besten Kämpfer der Legion dürften ausreichen, allzu Mutige dann zu bezähmen, meinen Weg kreuzen zu wollen, wenn die Botschaft vom Praefectus Castrorum, der nicht weniger Moos auf dem Buckel trägt, kommt..." Pollio lächelte zur Begleitung seiner Worte. „Das wäre meine Bitte an dich!" fügte er letztlich an. „Gleichzeitig verweise ich, in aller Ehrfurcht, noch darauf, mir meine Rechte auch zu nehmen, sollte jemand meinen, mir diese streitig machen zu dürfen... Dem Ersten, der vergisst wer ich bin, schreibe ich eine Warnung auf sein Fell, die auch alle anderen zu Mutigen verstehen werden... Ich glaube kaum, dass dem Legat gefallen würde, wäre ich zu solcher Tat gezwungen..."

„Du sprichst eine sehr mutige Zunge..." erwiderte der Präfekt.

„Ach weißt du, Präfekt... Worte sind geduldig, oft verklingen sie oder werden einfach vergessen... Ein Schnitt, bei dem Blut fließt, ist eine weit eindringlichere Botschaft..." Pollio ließ seine Worte verklingen und der Präfekt verstand die Warnung.

„Ich bin selbst zu lange dabei, um eine Drohung zu verkennen... Ich werde deine Warnung weitergeben und dir auch helfen, die richtigen Männer zu finden, wenn du mir erklärst, über welche Eigenschaften ein dir genehmer Kämpfer verfügen sollte..."

„Mut, Kühnheit und Todesverachtung auf der einen Seite, Kraft, Schnelligkeit und Geschicklichkeit auf der Anderen..." Pollio nannte die wichtigsten Fähigkeiten.

„Welchen Makel im Charakter fürchtest du?" forschte der Präfekt.

„Keinen!" Pollios Antwort kam schnell, zu schnell, als das der Präfekt nicht weiter fragen durfte. „Du nimmst brutale Männer und auch Lämmer?" Pollio ging auf die Frage nicht ein.

„Zeige oder nenne mir zehn oder zwanzig Milites und ich werde meine Wahl darunter treffen. Von den drei, die mir begegneten, kommt allenfalls der Größere in Frage... Der Eine war ein Dummkopf und der Andere wird vom Neid zerfressen... Damit sind wir bei den beiden Eigenschaften, die mich stören. Neid und Hinterhältigkeit sind unbrauchbar, sowie auch Dummheit ungeeignet ist... Das aber hindert mich nicht, weil ich diese Krankheiten erkenne und dann auf verschiedenste Art auslöschen werde..."

Der Präfekt nickte versonnen. Er sah die von diesem Evocati ausgehende Gefahr... Versprach er die Warnung in der Legion auszustreuen, so beschloss er auch, zukünftig ein aufmerksames Auge auf den neuen Centurio zu werfen.

## 18. Das Versprechen

*67 nach Christus - Winter (12. Martius)*
*Imperium Romanum – Exercitus Germania Superior*

*D*as Ende des Winters zwang den Händler Amantius vor eine schwierige Entscheidung. Seit längerer Zeit schon bedrückte ihn die Aussicht auf die Zukunft.

War sein mittlerer Bruder, nach der Beseitigung von dessen misslichen Lebensumständen, zu neuer Kraft und Wohlstand aufgebrochen, versäumte es dieser nicht, dem jüngeren Amantius, für dessen dabei gereichte Hilfe, zu danken und eine Verpflichtung ihres verstorbenen Vaters neu zu beleben. Zuerst schickte er den Jüngeren seiner Söhne zum Bruder nach Germania und gab dem sein Versprechen mit, an den bisherigen Getreidelieferungen festzuhalten, die einst zwischen ihrem Vater und Amantius begonnen, dann aber vom Hass ihres älteren Bruders hinweggefegt worden waren.

Die Aufkündigung der Lieferungen durch den ältesten Bruder, dessen unsägliches Gebaren den jüngeren Brüdern gegenüber, fand somit sein Ende. Für die begangenen Verbrechen, den Geiz, den Betrug und den stets verborgenen Hass deportierte das Imperium den Schuldigen ältesten Bruder, *Proculus Versatius*, in die Minen nach *Hispania*. Dafür war neue brüderliche Zuneigung zwischen Amantius und *Servius* ausgebrochen und nicht unwesentlichen Anteil daran besaß dessen jüngerer Sohn *Volero*.

Amantius fasste nicht nur Zutrauen, er war geradezu vernarrt in die Eigenheiten des jungen Neffen, der in seinem Aussehen, nicht aber im Auftreten und Charakter, den älteren Brüdern nachkam. Volero war stets zuverlässig, im Wesen freundlich, zumeist auch lustig und fast immer zu Streichen aufgelegt, vor allem wenn es darum ging *Julia* und *Gertrud* zu foppen. Er griff zu, wo er Arbeit sah, scheute sich auch nicht vor Dreck und Schmutz. Darüber hinaus wich er auch tiefgründigen Erörterungen, die ihm *Lucretia*, in ihrer freundlichen und verbindlichen Art, aufzwang, nicht aus und so kam es, dass auch Amantius Weib eine besondere Ader für den noch immer jugendlichen Trierarch aufbaute.

Für einen stolzen Römer überaus verwunderlich war Voleros Aufgeschlossenheit gegenüber jedem *Aresaken*. Volero kannte weder Standesdünkel noch eine hochfahrende Überheblichkeit. Er trank mit

*Aresaken* fast genauso gern wie mit Amantius, prügelte sich, ob im Spaß oder im Übungskampf mit allen, die gegen ihn antreten wollten und weil er die Aresaken achtete, dankten diese mit gleicher Münze.

Irgendwie hatte sich eine Freundschaft zum jungen *Versox* herausgebildet, der Amantius genauso mit Wohlwollen gegenüberstand wie *Samocna*, der Vater des Jungen. Volero begegnete Versox mit großem Entgegenkommen und der junge Aresake hing sich an den Römer. Vielleicht ging die vormalig Gerwin geltende Zuneigung auf Volero über, weil Gerwin zu selten noch in der Villa auftauchte.

Auch Amantius vermisste Gerwin, war er doch nach seiner Handelsreise im Winter zum Legat Valens, zu spät in der Villa eingetroffen, um Gerwin noch vorzufinden. Zumindest erfreut war er, weil Gerwin seine Familie nicht vergessen hatte und nach dem Jahreswechsel dort auftauchte, wo ihn alle erwarteten.

Bei seiner Rückkehr erfuhr Amantius, dass Gerwin erneut nach Gallien aufzubrechen gedachte. Seine Gedanken kreisten um Gerwins Ziele und Wege in Gallien und weil der im Frühjahr stattfindende Getreidezug auch durch Teile Galliens verlief, begann ihn Unruhe zu erfassen. Im Stammesgebiet der Haeduer, das letztlich mit dem Municipium Cabillonum ihr Ziel war, könnte ein gemeinsamer Feind warten...

Er wusste, Gerwin war diesmal nicht ohne Freunde unterwegs und glaubte nicht unbedingt an Gefahr. Trotzdem fühlte er sich unwohl. Die Sorge aber, die ihn wirklich bedrückte, betraf ihn selbst.

Soll er die Handelsreise mit dem Getreidetransport selbst unternehmen und sich der Bedrohung durch den Vergobret der Haeduer aussetzen oder konnte er darauf vertrauen, dass Julia, an seiner Stelle, keiner Bedrohung unterlag und ihr die Leitung des Transport übertragen?

Amantius war unschlüssig. Wären Gerwin, Viator oder Sexinius hier, machte er sich weniger Sorgen, obwohl auch Gerwin den Weg in das Stammesgebiet der Haeduer scheuen sollte... Wie immer, wenn sich Amantius einer Sache nicht sicher war, suchte er Rat.

Zumeist ergaben sich Gespräche ernsterer Art mit Lucretia, die schon oft entscheidende Impulse gab, wenn er unschlüssig war. In diesem Falle aber war Lucretia wohl die falsche Person oder sollte er ihr die Frage stellen, wem sie mehr Liebe entgegenbrachte, ihrer gemeinsamen Tochter oder ihm? Diese völlig falsche Fragestellung, auf die es hinauslaufen könnte, wollte er keinesfalls aufwerfen...

Er selbst sah sich einer Verfolgung durch den Haeduer Eporedorix ausgesetzt und unterlag einer Gefährdung, folgte der Vergobret noch immer seiner Vorstellung eines *Imperium Gallicum*. Amantius sah keinen Grund, warum der Haeduer dieses Ziel eines Aufstandes gegen Rom aufgegeben haben könnte.

Weil er einst dessen Bote zum Legat der Primigenia in Mogontiacum war, durfte er nicht ausschließen, dass der Haeduer alle Spuren seines Verrats an den Galliern und auch an Rom, noch immer tilgen wollte. Träfe diese Vermutung zu, und übernahm er den Transport selbst, würden ihn, nach seiner Einfahrt in Cabillonum, bestimmt zahlreiche Augen beobachten und sicher auch erkennen. Hörte Eporedorix vom Wagenzug, würde dessen Neugier, sicher auch etwas Vorsicht sowie Furcht, zum in Augenscheinnehmen veranlassen. Ob eine Begegnung zwischen ihnen dann aber für Amantius glücklich ausgehen konnte, wagte der erfahrene Händler zu bezweifeln...

Was wäre, würde Julia den Transport anführen? Zweifellos würde der Vergobret von der Ankunft des Transportes erfahren und im Glauben auf ihn zu treffen, eine Begegnung herbeiführen. Wie aber würde sich der Vergobret gegenüber seiner Tochter verhalten, stand die ihm als Händler dann gegenüber? Amantius wusste es nicht!

Einerseits durfte der Haeduer, trat sie als römische Händlerin auf, es weder wagen Julia anzufassen, noch zu bedrohen... Sie genoss doch, in diesem Fall, den Schutz von Roms Statthalter. Würde dies allein den Vergobret von einer Bedrohung abhalten?

Ob der Haeduer von der innigen Verbindung seiner Tochter mit dem Hermunduren wusste? War dies der Fall, würde Eporedorix wohl wissen, dass Gerwin jede Rache vollziehen dürfte, geschähe seiner Schwester ein Unglück. Was aber geschah, vermutete der Vergobret eine solche Möglichkeit nicht oder bekümmerte sich auch nicht darum?

Amantius glaubte, dass Gerwin den Haeduer nicht fürchtete. Ob diese Aussicht den Haeduer aber würde abschrecken können, war er sich nicht sicher. Also blieb auch Julias Entsendung eine Gefahr, die er seiner Tochter nicht zumuten sollte.

Deshalb suchte er seinen Verwalter Samocna auf und beriet sich mit diesem. Sie gelangten zur Übereinkunft, dass ein größeres Aufgebot kampferprobter Transportbegleiter größere Sicherheit bieten würde. Reichte dies aber aus?

Eine Reise zum Handelshof nach Mogontiacum, die er gemeinsam mit Samocna, Versox, Julia, Gertrud und Volero unternahm und die der Vorbereitung des Transportes diente, brachte ihn dazu, mit seiner gesamten Begleitung, noch dazu Finley und *Werot*, die Taverne Eponias aufzusuchen. Ein solch gutes Speisen wie in Eponias Taverne gab es nirgends im Municipium und so lud Amantius seine Getreuen zum Mahl ein. Eponia erfreut, so viele Freunde und Bekannte bewirten zu dürfen, leitete ihre Gäste in den separaten Raum und tischte das Beste aus Keller und Küche auf. Mitten in die Unterhaltung hinein stieß ein erst einmal für viele vollkommen Fremder.

Plötzlich stand Belletor im Raum und musterte die fröhliche Runde. Es war nicht so, dass ihm keiner der Gäste bekannt war, mit Volero verband ihn aber immerhin ein besonderes Reiseerlebnis.

Es war Amantius, der den Evocati als Erster erkannte. Auch wenn der Händler so noch nie mit ihm zu tun hatte, erhob er sich und begrüßte den Ankömmling.

„Milites Belletor, herzlich willkommen! Setz dich zu uns, greif zu! Iss und trink mit uns, wie es jeder gute Freund tut!" Er drängte Belletor auf einen noch freien Platz, gab Versox einen Wink, Eponia zu benachrichtigen und kurz darauf standen frische Teller und Becher vor dem unerwarteten Gast, der sich sichtlich überrumpelt fühlte.

Ein Tausch der Blicke erklärte sein Eindringen. „Verzeih Eponia, das Tor zum Hof stand offen und aus dem Raum hörte ich vertraute Geräusche..."

Eponia lächelte. „Haben sie dich hinausgeworfen oder aufgenommen?"

„Ich denke Letzteres..."

„Dann mach dir keine Sorgen! Muss ich auf etwas achten, mein Freund?" Sie betonte die Frage so, dass jeder erkannte, dass hier nicht ein völlig Fremder und auch kein flüchtig Bekannter aufgetaucht war. Auch Belletor, der zur Antwort auf eine besorgte Frage nur leicht mit den Kopf schüttelte, erkannte, dass die Wirtin sein Auftauchen einzuordnen verstand.

Der Abend wurde angeregter und Belletor genoss das Gefühl, kein Außenseiter zu sein. Nicht nur Volero widmete ihm Aufmerksamkeit, auch Julia und Gertrud. Durch die Freundlichkeit der jungen Frauen aufgestachelt, wandten sich auch Samocna und dessen Sohn Versox an ihn und zollten ihm Achtung.

Zu fortgeschrittener Stunde schlug Amantius mit einem der Messer leicht an einen der Pokale. Glas klirrte und zog sofort Aufmerksamkeit auf sich. „Ich muss euch bezüglich der bevorstehenden Reise eine Frage stellen, die mich, ehrlich gesagt, sehr bekümmert." begann der Händler und sprach sofort weiter. „Wie ihr wisst, war meine letzte Reise nach Cabillonum von merkwürdigen Begleitumständen bedroht und auch die Heimkehr verlief nicht so glücklich... Nun brachte mir Volero die Kunde, dass mein Bruder die Lieferung von Getreide, so wie einst mit meinem Vater vereinbart, aufrechterhält. Ich jedoch sollte aber das Gebiet der Haeduer meiden, weil mir dort eine Gefahr droht, über die ich nicht sprechen möchte. Der Mann der mich bedroht, könnte auch für den Transport und deren Begleiter bedrohlich werden... Dieser Mann ist ein Fürst der Gallier vom Stamm der Haeduer. Sein Name ist Eporedorix und er ist als Vergobret das Oberhaupt des Stammes." Amantius trank einen Schluck. In den Augen seiner Zuhörer spürte er das Brennen von Fragen.

„Auch ein Sequaner mit dem Namen *Castius* könnte zu einer Bedrohung werden... Dieser Mann ist Präfekt einer römischen Auxilia. Er könnte, im eigenen Stammesgebiet, durch die unser Weg auch führt, zu einer Gefahr werden..." Amantius trank erneut in kleinen Schlucken. Sein Blick musterte die Mienen seiner Zuhörer und fand Aufgeschlossenheit.

„Was den Transport betrifft, kann uns zwar keiner der Beiden behindern oder aber aufhalten, obwohl ich nicht vorauszusagen vermag, ob meine Einschätzung tatsächlich dann auch richtig bleibt... Dennoch sollte sich diese Bedrohung in Grenzen halten... Ich kann nicht fahren, weil mein Leben bedroht ist... Kann ich Julia diesen Transport überantworten oder sollte ich meinem Verwalter diese Last aufbürden?"
Amantius schwieg.

„Vater, ich sehe keinen Grund, mich zu drücken! Weder der Haeduer und auch der Sequaner können mir nichts anhaben, und mit Gertrud in meiner Begleitung, fürchte ich mich ohnehin nicht... Außerdem haben wir Samocna, Volero und Versox... Was soll schon geschehen?"

„Du unterschätzt den Gegner, Tochter! Der Vergobret gebietet über Tausende von Anhängern und darunter sind mit Sicherheit auch zu einem feigen Mord fähige Männer... Er ist möglicherweise noch immer gezwungen, seine Missetaten zu verbergen und wird deshalb auch vor Folter und Mord nicht zurückschrecken. Unglücklicherweise kenne ich seine Verbrechen sehr genau. Auch Gerwin spielte ihm, nach unserer ersten Begegnung, später noch einmal so übel mit, dass ich seine Rache auch an dir befürchte..."

„Gerwin hat ihn besiegt..." fragte Julia nach und Amantius nickte. „Castius ist in seiner Art und seiner Macht als römischer Präfekt auch nicht zu unterschätzen... Sein Hass auf mich ist persönlicher und weil er noch dazu hinterlistig ist, bleibt eine Bedrohung von seiner Seite aus völlig unberechenbar..." fügte er warnend hinzu.

„Was sagst du, Samocna?" schob er eine Aufforderung an seinen Verwalter nach.

„Ich bin bereit, ob mit Julia..." Samocna ließ offen, was er dachte. „Ich kann die Bedrohung nicht einschätzen..." Samocnas Bedenken ließen die junge Frau schweigen...

Dafür erhob sich Gertrud. „Lassen wir ihn dich suchen, Julius... Julia muss ja nicht unbedingt beim Transport weilen... Wir könnten uns in Cabillonum abseits halten und lediglich beobachten... Das bekommt Samocna schon hin! Aber diese Reise nicht zu unternehmen, wäre ein Fehler. Das Getreide ist doch notwendig und warum sollten diese Fremden einen Handel gefährden? Was diesen Präfekt betrifft, kann ich mich nicht äußern... Ich kenne deine Taten nicht und nicht den Grad von dessen Kränkung oder Empfindlichkeit... Sollte sich der Kerl vergessen, finde ich bestimmt einen Pfeil in meinem Köcher..."

„Gertrud, der Vergobret weiß, dass ich der Händler bin! Fahren die Fuhrwerke in Cabillonum ein, sind seine Spione da und melden ihm jede unserer Bewegungen... Ich fürchte, dem Haeduer bleibt nichts verborgen und ob ihr euch ausreichend schützen könnt, ist auch fragwürdig... Der Sequaner ist vor allem wütend auf Gerwin und wird den Jungen im Transport suchen. Er wäre, in seiner unüberlegten Wut, in der Lage, das Getreide zu vernichten und den ganzen Wagenzug auseinander zu nehmen..."

„Und wenn wir nun Beide an der Nase durch die Arena führen..." warf Julia ein.

„Wie willst du das anstellen?" Der Vater wurde neugierig.

„Uns erwarten, nach meinem Verständnis, zwei Sorgen... Die Erste ist der Weg durch das Gebiet der Sequaner, wo uns ein römischer Präfekt auflauert, der dich persönlich hasst, mehr aber darauf aus sein wird, Gerwin zu finden... Gerwin aber ist weit weg! Der Präfekt könnte unseren Wagenzug durchsuchen und würde nichts finden... Und außer, dass er unsere Waren für deinen Bruder zerstört, kann er uns nicht viel Schaden...

Dies zu ertragen, würde mich wenig bekümmern, wenn wir nur unzerstörbare Ware mitführen..." Julia nippte am eigenen Wein und lächelte versonnen. Ungestört setzte sie ihre Gedanken fort.

„Wenn nun *Veranius Mescinius* den Transport führt? Holen wir uns seine Unterstützung hinzu... Er trägt nicht deinen Namen und wenn nichts auf dich deutet, warum sollte der Haeduer dann vermuten, dass Gertrud und ich in der Nähe sind. Er kennt uns doch gar nicht!"

„Das könnte gelingen... Nur auf dem Rückweg durch das Gebiet der Sequaner..." stimmte ein sehr nachdenklicher Amantius vorsichtig zu und wurde barsch unterbrochen.

„Vater, um Veranius mache dir keine Sorgen! Gerwin machte einen Frieden mit ihm, so berichtete mir Irvin. Mir gegenüber ist er als Mann ohnehin machtlos... Außerdem würde er sich eher opfern, als mir Schaden zuzufügen zu wollen... Was unseren Rückweg betrifft... Warum umgehen wir nicht, mit unserer leicht verderblichen Ware, das Gebiet des Sequaner?"

„Onkel, ich bin auch noch da!" meldete sich Voleros Stimme.

„Mein lieber Volero, du aber bleibst doch sicher auf deinem Schiff und der Rückweg ist der weit gefährlichere Teil... Gut, machen wir das so... Ich reïte mit Julia zu Veranius und spreche mit ihm. Stimmt er zu, warten wir bis zum Ende des Winter und fahren dann los..."

Belletor war ein aufmerksamer Zuhörer. Allein seine Anwesenheit bei einer solchen wichtigen Entscheidung zeugte davon, dass er hier nicht nur geduldet wurde, obwohl er nicht wusste, welche Gründe dafür sprachen. Um Aufklärung heischend, wandte er sich an Amantius.

„Ihr zeigt ein merkwürdiges Verhalten, einen Fremden unter euch zu dulden und solche wichtigen Angelegenheiten zu erörtern..."

„Du bist kein Fremder!" Amantius wirkte von der Frage überrascht.

„Wir sind uns bisher kaum begegnet..." entgegnete Belletor irritiert.

„Du aber bist doch ständig mit Gerwin zusammen... Auch Viator kennt dich und Sexinius war sogar mit dir in Rom... Jeder spricht mit Hochachtung von dir! Warum sollte ich dich dann nicht einbeziehen, wenn du doch ein Freund bist?"

„Du Händler, hast eine eigenwillige Denkweise... Kennst du nicht Häme, Zorn, Neid, Geiz und was sollte ich noch aufzählen, was dem besten Mann schaden kann..."

„Nein, nein, Belletor, du müsstest mir erst beweisen, dass du deren fähig wärst... Von dir kenne ich nur Güte, Vertrauen, Achtung,

Bereitschaft, Treue und was sollte ich noch aufzählen, was einem guten Mann nutzen kann... Nein, sollte ich dich erst herzlich aufnehmen und dann wegschicken, nur weil ein Freund etwas erfahren könnte, was ein Fremder nicht wissen muss?"

„Du ehrst die, die über mich sprechen und du ehrst mich! Dann lass mich etwas auch für dich tun." Belletor zögerte einen winzigen Moment, ergriff dann Amantius rechte Hand und blickte ihm in die Augen.

„Suche deinen Händlerfreund auf und ich sehe einmal, ob dir der Legat oder mein Obertribun nicht mit einer Turma *Equites* helfen können? Erwähne ich deine Tochter, glaube ich meinen sonst etwas verstockten, größeren Freund bewegen zu können, sich für dich einzusetzen und glaube deshalb wirklich nicht, dass dir der Legat diese Gunst verweigern könnte... Zumal das Getreide doch für diese Legion ist... Dann wird ein römischer Präfekt zur Vorsicht gezwungen und greift kein Vergobret nach deiner Tochter, der ich großen Mut bescheinige. Überhaupt hast du eine sehr entschlossene Familie..."

Amantius nickte einfach, erwähnte Belletors Absicht aber nicht. Er glaubte nicht so recht daran, dass dem einfachen Milites dieser Streich gelingen könnte...

Schon einmal bat Amantius um derartige Hilfe und wurde brüsk abgewiesen. Noch einmal solche Schmach zu erleben, war er nicht geneigt. Und bei aller Freundlichkeit, einem zweifellos guten Mann gegenüber, glaubte er nicht an Belletors Einfluss auf den Legat und dieser wäre es, der eine Order erteilen müsste.

Belletor hingegen war sich seiner Hilfe sicher. Auch der Legat wusste inzwischen sehr gut, welchen Wert Gerwin besaß und brauchte dessen väterlicher Freund Hilfe, sollte der Legat sich all der guten Dinge erinnern, die ihm Gerwin angedeihen ließ.

Außerdem war der Obertribun sein Freund und es würde ihm nicht schwerfallen, diesen von der Notwendigkeit der Hilfe zu überzeugen. Sollte er noch Gründe finden müssen, die einen solchen Einsatz einer Turma rechtfertigen, fielen ihm Hunderte ein. Nicht nur die Tatsache, dass es Getreide für ihre Legion war, das befördert wurde. Die Gefahr auf den Straßen, Diebsgesindel, Wegelagerer und warum sollte er den Freund nicht daran erinnern, was Gerwin ihnen einst berichtete...

Sollte all das nicht reichen, brauchte er nur an die Schande erinnern, die Tremorinus Vorgänger in der Legion, durch dessen Überfall auf die Villa des Amantius, dieser auflud...

Nein, er hatte genügend gute Gründe für eine Turma und keiner würde es wagen, ihm zu widersprechen...

Dieser Amantius ist schon ein wunderlicher Händler, einem Weib, selbst wenn es die eigene Tochter war, solch eine Verantwortung aufzubürden... Das Mädchen schien die Herausforderung zu wollen und wenn sich Belletor nicht irrte, hatte sie die Fähigkeit zur Erfüllung des Auftrages.

Belletor ritt zufrieden zurück zur Legion. Er würde sein Versprechen einlösen, dessen war er sicher...

## 19. Die Kampfansage

*67 nach Christus - Winter (15. Martius)*
*Imperium Romanum – Provinz Lugdunensis*

*D*er Fürst der Lingonen verlor seinen Kopf und dessen Männer harrten auf ihr Urteil. Gaius Iulius Vindex nahm sich des Urteils des Bruders seines Stellvertreters an.

Hostus Umbrenus ließ einen Hinrichtungsplatz herrichten und Vindex legte den Tag der Vollstreckung fest. Das Treffen der Stammesführer der Provinz sollte, zur vierten Stunde, an den Iden des Martius beginnen.

Den am Vortag eingetroffenen Ersatz für den verurteilten Lingonen empfing Vindex am neuen Morgen, noch vor Beginn des Zusammentreffens aller Fürsten.

Der zweite Mann der Lingonen, der sich ihm als *Visuclus* vorstellte, war ein weißhaariger älterer, fast gebrechlicher Greis, der trotz der zuvor erlittenen Reisestrapazen einen festen Eindruck hinterließ. Vindex begrüßte den Älteren würdevoll und angemessen, kam sofort auf den Anlass zu sprechen, dem der Ältere seine Reise verdankte.

„Vor Tagen gab es einen Kampf zwischen Männern vom Stamm der Senonen und der Lingonen... Dass Nachbarschaft nicht immer zu guten Verhältnissen führt, kenne auch ich. Eure Stämme aber trennt noch die jeweilige Stellung zu Rom. Rom ist dem Stamm der Lingonen für die Auxiliaren dankbar und weiß die zwischen uns bestehenden Verträge zu würdigen. Senonen erwiesen sich oftmals als feindlich gegenüber Rom eingestellt... Erlasse mir weitere Einzelheiten..."

Vindex musterte die beiden Begleiter des alten Mannes. Er wusste hinter sich eine starke und einsatzbereite Turma, die an Türen und Fenstern des Raumes stand und auch andere Zugänge bewachte. Insofern fürchtete er die Begleiter nicht, wusste aber, dass seine weitere Eröffnung auf wenig Gegenliebe stoßen würde.

„Senonen hatten eine Taverne bezogen, der auch die Lingonen zustrebten... Die Senonen befanden sich eindeutig in der Minderzahl, dennoch kam es zum Kampf. Auf beiden Seiten wurden zwei Männer getötet, bevor wir einzugreifen vermochten."

Der Weißhaarige starrte den Statthalter an. Weil er gerufen wurde, vermutete er, dass es Schwierigkeiten gab, hätte aber doch kaum mit dem Tod des Stammesfürst gerechnet.

„Was denkst du..." setzte Vindex fort „... sollte ich den Streit in meinem Haus zwischen Besuchern, die ich rief, einfach übergehen? Hältst du es für richtig, dich mit einem Gegner in eines Gastgeber Haus tödlich auseinanderzusetzen? Sage du mir deine Meinung dazu, denn du bist alt genug, strahlst Würde aus und auch wenn ich dich bisher nicht kenne, vermute ich Klugheit in deinem Denken..." stellte Vindex Fragen, die einer Antwort bedurften.

„Du überraschst mich, Legatus Augusti! Was ist geschehen? Wozu soll ich mir ein Urteil bilden und mich äußern?" Der Weißhaarige blickte voller Ruhe und Gelassenheit zum Statthalter.

„Kannst du mir meine beiden Fragen beantworten?" mahnte Vindex und lauerte. Er wusste, dass der Alte sich erst grundsätzlich äußern musste, bevor er alle Ereignisse offenlegte.

„Du sagst mir nicht, was geschah und willst vorab mein Denken ergründen..." Der Alte zögerte. „Ich verstehe! In meinem Haus gilt Gastrecht! Wer dagegen verstößt, hat Folgen zu tragen! Bin ich in einem anderen Haus Gast, achte ich das Gastrecht, das mir geboten wird..."

„So in etwa denke ich auch!" antwortete Vindex und schwieg, bevor er zu erklären begann. „In meinem Haus stießen Senonen und Lingonen aufeinander, wobei Erstere sich in einer Minderzahl befanden. Jede der Parteien verlor zwei Kämpfer! Keiner forderte heraus, keiner provozierte und keiner zog zuerst die Waffe... So sagten beide Seiten aus! Trotzdem starben in meinem Haus vier Männer. Was würdest du tun?"

Der Alte schwieg und überlegte, bevor er sprach.

„Ich ließe nach einer Schuld suchen..." schlug Visuclus vor.

„Das tat ich!" erwiderte der Statthalter.

„Hast du sie gefunden?"

„Ja!" Die Antwort war eindeutig.

„Sicher willst du mir auch mitteilen, zu welchem Ergebnis du kamst?" Der Weißhaarige blieb überaus vorsichtig. Seine Erfahrung des Alters verriet ihm, dass dieses Gespräch für ihn nicht günstig endete. Andererseits hörte er in der Eröffnung wohlwollende Worte...

„Wenn der Fürst, den wir dir sandten, nicht deinen Vorstellungen entsprach, hättest du dennoch kaum mich bemüht... Also ist er tot!"

„Nun, bevor ich darauf antworte, möchte ich von dir wissen, wie du einen Gastfrevel bestrafst?" Auch Vindex spürte, dass der Lingone nicht nur über Erfahrung verfügte, sondern darüber hinaus auch klug zu sein schien... Es war besser dessen Strafmaß für Mord und Totschlag zu ergründen, bevor er eigene Denkart verkündete.

„Der Tod fordert den Tod!" Der Weißhaarige blieb sich treu.

„Es freut mich, dass du klare Entscheidungen bevorzugst... Der Tod hielt auf beiden Seiten Ernte..." meldete Vindex Bedenken an.

„Es geht doch sicher nicht darum, dass der Tod der Sieger war, sondern dass ein Schuldiger die Verantwortung für sein Vorgehen übernehmen muss!" Der Weißhaarige wirkte ungehalten.

„Der Schuldige ist dein Fürst!" Vindex Antwort traf den Älteren unvermittelt. Der Alte starrte Vindex an, als begriffe er nicht.

„Also lebt er noch..." Die verblüffte Frage erbrachte Zeitgewinn.

„Noch... ja!"

„Warum trägt mein Fürst die Schuld?" Visuclus zeigte eine herrische Seite.

„Die Lingonen waren in der fast doppelten Überzahl!" gab Vindex Bescheid.

„Dann muss ich schon gar nicht angreifen und als Beweis einer Schuld ist dies weit zu wenig..." fauchte der Alte zornig.

„Selbst bis hierher stimmen wir überein..." entgegnete Vindex ohne jede Erregung. „... nur gaben die Senonen einen Schritt breit Raum und zogen sich zurück..."

„Du deutest an, dass unsere Männer dann angriffen... Wäre das so, würden die Senonen kaum überlebt haben..."

„Genau dies geschah, zumindest das im ersten Teil deiner Antwort..." stieß Vindex in die geöffnete Deckung. „Sie zogen sich in die Taverne zurück und verteidigten den Zugang, bis meine Krieger ankamen..."

„Was willst du von mir, Statthalter?" Visuclus schien einlenken zu wollen, auch wenn sein Ton schroff und abweisend klang.

„Ich habe den Fürst zum Tod verurteilt..."

Der Ältere sprang erregt auf, stieß dabei seinen Korbsessel um und stolzierte, seine Erregung bezähmend, nachdenklich durch den Raum. Seine Begleiter erschienen Vindex fassungslos und starr vor Überraschung.

„Du verlangst von mir, dein Urteil gutzuheißen?" Visuclus fasste sich.

„Ja!"

„Welches Spiel treibst du mit mir, Römer!" Zorn presste die Stimme des Alten.

„Römer und Gallier, wie du!" erwiderte Vindex den Ausbruch des Anderen und berichtigte dessen Ansprache. „In meinem Haus entscheide allein ich!" fügte der Legatus Augusti entschlossen an.

„Lade ich mir Gäste ein, erwarte ich die Achtung des Gastrechtes! Das Schlimme daran ist in diesem Fall, dass sich Nachbarn, gallische Nachbarn, in meinem Haus Roms umbrachten... Diese Tat wird immer mit dem Antritt meiner Verpflichtung, Rom und Gallien gegenüber, verbunden bleiben und dies genau an dem Tag, an dem ich mit einem Treffen aller gallischen Fürsten meiner Provinz, deren Einheit zu schmieden beabsichtigte... Roms Nutzen aus Gallien wächst mit der Einheit der Stämme... Oder siehst du das anders?"

Visuclus überging die Frage. „Was verlangst du von mir?"

„Ächte deinen Fürst und stimme zu, dass er zu Beginn unseres Treffens seinen Tod durch das Schwert erleidet!"

„Andernfalls..." presste der Alte zwischen seinen Lippen hervor.

„... stirbt er zu Beginn unseres Treffens im Carcer, still, leise und ohne Aufhebens so, wie man einen Dieb erdrosselt, nur das ihm das Schwert bleibt..."

„Du nimmst eine Last auf dich, die deine Provinz in zwei Lager teilen könnte..." gab der Alte bissig zu bedenken.

„Stirbt er still im Carcer, wird dies unausweichlich eintreten... Es wird Gerüchte geben, Darstellungen der anderen Partei werden zur Lüge erklärt, Hass bricht aus und beginnt die Macht an sich zu reißen. Was danach kommen wird, nennt sich Krieg, Mord oder Totschlag... Du kannst dies verhindern! Wird er in der Öffentlichkeit hingerichtet, kann ich damit eine Botschaft verknüpfen, die von Gerechtigkeit, Ordnung und Sicherheit für alle Stämme kündet!"

„Auf Kosten der Rom bisher treuen Lingonen..." brüllte der Alte.

„Nein, auf Kosten der Dummheit und Arroganz eines Fürsten, der niemals hätte an die Spitze seines Stammes gelangen dürfen... Wer hat die falsche Wahl wohl zu verantworten? Wer schickte einen solchen Kerl zu mir? Ich hoffte darauf, auch mit Hilfe des Stammes der Lingonen, eine starke Provinz zum Nutzen aller schaffen zu können..." Auch Vindex Worte gewannen an schärfe.

„Du irrst, wenn du glaubst, dass der Tod eines Fürsten keine Rache herausfordert! Ob du ihn nun still im Carcer oder in aller Öffentlichkeit richtest... Ich könnte dies jedoch verhindern, wenn du ihn mir übergibst..." Der Weißhaarige saß wieder im Korb. Er fand, sein Vorschlag löste das Dilemma.

Vindex sah den Alten an, dann lächelte er. Ein schlauer Alter, dachte er bei sich... „Ich übergebe ihn dir und du läst ihn frei? Meinst du, ich wäre so beschränkt... Ach was, selbst wenn du glaubst, dich an dein Wort halten zu können, brauchst du nur dein Territorium zu betreten, um einen Sturm zu erleben, den du dir kaum wünschen wirst... Dein Rat wird nicht einmal zu einer Entscheidung gelangen... Es ist die Seele des Volkes, die Partei ergreift! Nein! Und warum sollte ich dir mein Recht zum Urteil überlassen? Meinst du ich bin schwach?" Diesmal war es Vindex, dessen Faust mit Wucht auf der Tischplatte landete.

„Nein! Entweder er stirbt vor den Männern, die ich rief oder im Carcer! Entscheide dich!"

Der Weißhaarige starrte ihn an. Er begriff, dass starb der Fürst, ihm eine Schuld zugestanden wurde. Nur wenn er ihn in die Heimat brachte, egal mit welcher Beauflagung, konnte er dieser Schuld entgehen...

Sein Kopf arbeitete und durcheilte alle Winkelzüge seines Wissens. Es ging um ihn selbst, seine Würde, seine Familie und es ging um die Ehre seines Stammes. Was konnte jetzt noch helfen? Zur Organisation einer Flucht fehlte die Zeit. Dem Römer eine andere Lösung abzuringen, war gescheitert... Zeitaufschub würde der Römer kaum gewähren... Verdammt, was tun?

„Ich will den Fürst sprechen!" Das Gesicht des Alten verfinsterte sich.

„Warum? Es ist alles gesagt und erwiesen... Was sollte es mir bringen?" widersprach Vindex.

„Dir... nichts! Du hast aber auch keinen Verlust... Lass mich mit ihm sprechen und falls er einverstanden ist, hast du seinen Tod in der Öffentlichkeit..."

„Unsinn, ist nur Zeitverlust!" bekundete Vindex seinen Unwillen. „Glaubst du, er willigt ein, in aller Öffentlichkeit zu sterben, wenn er dem Tod schon nicht entgehen kann? Was sollte er davon haben?"

„Das zu prüfen, muss ich mit ihm sprechen! Gib mir nur eine Stunde... Was bringt dir diese Stunde schon, aber was bedeutet diese Stunde für den von dir Verurteilten? Verschiebe den Beginn des Treffens. Du könntest möglicherweise mit dem von dir beabsichtigten Auftritt beginnen... Andernfalls würdest du nur eine Stunde Zeit verlieren..."

„Gut! Decurio, nimm vier Männer mit und begleite den Fürst der Lingonen zum Gefangenen. Lass sie miteinander sprechen, aber behalte sie im Auge! Verhindere eine Flucht! Geht!"

Als die Begleiter des Weißhaarigen ihrem Herrn nachzugehen beabsichtigten, verhinderte dies ein einziger Wink des Legatus Augusti. Auf jede Brust senkten sich zwei Pili und hinderten so am Folgen.

„Ihr bleibt besser hier!" grinste der Statthalter.

Die Hälfte der Zeit, die Vindex eingeräumt hatte, schien vergangen zu sein, als einer der Auxiliaren gestürzt kam.

„Herr, schnell, komm! Es ist etwas geschehen..."

„Was, Kerl, sprich schon!"

„Schnell Herr!"

Vindex raffte sich auf und stürzte dem schon Verschwindenden nach.

„Packt die Lingonen, bindet sie! Zwei von euch Auxiliaren mir nach!" befahl Vindex, bevor er durch die Tür drängte.

Im Carcer begriff er schnell, was geschehen war. Zwei der Auxiliaren hatten den Weißhaarigen im festen Griff. Zu dessen Füßen lag der verurteilte Fürst.

„Decurio, was ist geschehen?" knurrte Vindex, sich den Toten betrachtend.

„Sie sprachen miteinander. Ich ließ es, wie befohlen, geschehen... Manchmal war der Gefangene erregt, trotzdem sprachen sie so leise, dass ich ihre Worte nicht verstehen konnte. Plötzlich hielt der Gefangene ein Messer in der Hand und stieß es sich tief in die Brust. Wir griffen den Alten und ich schickte den Equites!"

„Du konntest es nicht verhindern?"

„Nein, Herr!"

„Lasst den Toten liegen, soll er verrotten... Schleppt den Alten zurück!"

Schweigend nahm Vindex auf dem Stuhl in seinem Arbeitszimmer Platz. Genauso schweigend betrachtete er den Weißhaarigen.

„Du hast mich betrogen, alter Mann!"

„Was fällt dir ein..." fuhr der Weißhaarige auf.

„Was glaubst du, wer du bist, alter Mann?" Vindex blieb bei der Art seiner beleidigenden Ansprache. „Etwa der Fürst der Lingonen? Du wirst es nicht lange sein... Was glaubst du, wie schnell dich ein Dolch einholt... Stellt sich nur die Frage, ob die Männer deines Stammes schneller sind, als von mir Beauftragte..."

Vindex Stimme trug Kälte in sich.

„Ich hasse Betrug und du, du hast mich betrogen! Geh nach Hause, alter Mann! Ich bedarf deiner Bemühungen nicht. Fragen dich kluge Männer deines Stammes, warum du nicht am Treffen teilnehmen durftest, dann sage ruhig, der Statthalter verzichtete auf einen Betrüger! Betrüger verdienen kein Vertrauen und du hast mich betrogen... Du hast mir mein Recht gestohlen!"

Vindex wusste im gleichen Augenblick, dass alle seine Bestrebungen zum Scheitern verurteilt waren. Der Vorsatz der Gemeinsamkeit, die mögliche Offenheit der Vertreter der Stämme ihm gegenüber und auch untereinander, waren an einer Vergangenheit gescheitert, in der Hass eine große Rolle spielte.

„Decurio, nimm deine Turma und bringe diesen Betrüger bis zur Grenze des Gebietes der Lingonen. Dort lass den Mann und seine Begleiter laufen... Ich habe keine Verwendung für Betrüger... Die Gefangenen, die mit dem ersten Fürst des Stammes kämpften, bleiben im Gewahrsam. Mit denen befasse ich mich später..."

Vindex war wütend. Mit dieser Wut sollte er jetzt, unmittelbar nach dem Betrug, würdevoll auftretend, die Stammesfürsten begrüßen und seine Vision Galliens, zumindest seines Teils Galliens, in schillernden Farben einer gemeinsamen und ruhmvollen Zukunft darstellen? Sollte sein Vorhaben dennoch gelingen, brauchte er Verständnis, das Wollen der Fürsten und musste doch mit einer Enttäuschung und einem Betrug beginnen...

Gelang ihm der Sprung von der Missetat zur Einheit der Gallier unter Roms Vorherrschaft nicht, war er schon nach so kurzer Zeit gescheitert. Kaiser Nero würde nicht nach Gründen fragen. Nicht nur seine Auctoritas wäre in Frage gestellt, wohl auch das Leben seiner Familie. Versagen nahm Nero nicht hin!

Vindex, allein im Raum geblieben, trank einen Pokal unverdünnten Weines und raffte sich auf. Mit festem Schritt steuerte er die Curia an, dort nicht nur auf seine Berater, sondern auch auf fast dreißig Stammesfürsten stoßend.

Er betrat das Podest und nickte seinen Beratern einen Gruß zu. Dann trat er nach vorn an den Rand und betrachtete in aller Ruhe die vor ihm stehenden Stammesfürsten. Die wartenden Männer nahmen sich des Schweigens an, als der Statthalter auf Ruhe und Aufmerksamkeit wartete.

„Ich bin Gaius Julius Vindex, der vom göttlichen Kaiser Roms, Nero Claudius Caesar Augustus Germanicus, entsandte Legatus Augusti für diese Provinz, in der eure Stämme leben! Roms Macht und Herrlichkeit fußt auf der Treue seiner Untertanen in den Provinzen. Je stärker und machtvoller eine Provinz zu Rom steht, desto mächtiger ist Rom selbst! Mein Ziel ist es, Rom zu dienen, Rom mächtiger und stärker zu machen und dafür die in dieser Provinz lebenden Stämme in die Ausübung meiner Macht einzubinden. Das setzt voraus, dass sich die Stämme unter meiner Vorherrschaft vereinigen, gleichen Zielen zustreben, friedvoll miteinander umgehen und es mir so ermöglichen, Wohlstand auch in jede Familie dieses Teiles Galliens zu bringen! Streit, Neid oder Häme sind keine dem Wohlstand dienenden Erscheinungen. Hass, so alt er auch sein mag, oder auch Betrug, sind aus unserem gemeinsamen Leben zu verdrängen, wenn wir zu einem starken Bestandteil Roms wachsen wollen...“

Die Worte, die die Männer hörten, klangen mächtig und sprachen vom Wohl. Einem Wohl, das so kaum Existenz besaß und so verfinsterten sich Mienen mehr, als dass sich finstere Blicke aufklarten. Vollmundige Ankündigungen früherer Statthalter hatten diese Männer schon oft gehört und später dann sehen müssen, wie Versprechen auf der Strecke blieben. Was sollte einen Fürst, der eine eigene Macht bewahren möchte, das Versprechen eines Anderen wert sein, wenn dieser sich über ihn zu stellen beabsichtigte?

Vindex sah, was sich unter ihm abspielte. War es zuerst Neugier, dann Zurückhaltung, so gewann bald Häme einen Teil der lauernden Männer. Sein Blick schweifte über unbekannte Gesichter, sah kaum Offenheit oder auch einen hoffnungsvollen Blick, dafür erkannte er Ablehnung, verhaltene Wut oder auch Desinteresse.

„Mir ist bewusst, dass solche vollmundigen Ankündigungen schon öfter von euch gehört wurden... Sicher ist auch manche gute Absicht auf dem Weg zur Umsetzung gescheitert, wurden Versprechen nicht eingelöst und plünderten Männer in verantwortungsvoller Stellung den Reichtum der Provinz, um diesen in unergründlichen Tiefen privater Taschen zu versenken. Mein Vorgänger war kein ruhmvolles Beispiel für einen gerechten und klugen Statthalter. Er versäumte es, allzu gierigen Händen Widerstand entgegen zu setzen... Nein, er begünstigte dieses Verhalten!“ Vindex gab den Zuhörern Zeit zum Begreifen seiner Worte.

„Nach meiner Ankunft verlegte ich mich darauf, den Zustand der Provinz zu prüfen. Das Ergebnis war beängstigend. Es entsprach so gar nicht dem, was ich unter einer klugen, geduldigen und achtungsvollen Herrschaft verstehe. Also sah ich mir die Männer an, die zuvor in Ämtern Roms Verpflichtungen nachgingen... Ja, es gab durchaus gute Männer darunter, aber auch Betrüger! Was ich mit diesen Betrügern machte, lasst euch von Anderen berichten. Wie ich würdige, mir zur Hand gehende Männer auswählte, die mich unterstützen sollen, können die gleichen Männer erklären. Ich habe nicht die Absicht, mich zum Ruhm zu drängen und auch nicht, die Provinz allein zu regieren. Deshalb stehen meine Berater hinter mir und sind bereit, in meinem Auftrag Aufgaben zum Wohle Roms und dieser Provinz zu vollbringen. Jeder der Männer ist für euch ansprechbar! Sie werden sich euch später, mit ihrem Amt vorstellen! Geduldet euch etwas!"

Vindex wurde ein Pokal mit Wein gereicht, aus dem er trank.

„Verzeiht wenn ich unterbrach und meine Kehle anfeuchtete... So viele Worte zu verlieren, macht durstig..." Zum ersten Mal sah er flüchtiges Lächeln, hörte überraschtes Hüsteln der Verlegenheit, so als würde der Betreffende ein glucksendes Lachen übergehen wollen.

„Ich versichere euch, dass ich eher zum Zuhören, denn zum Sprechen gewillt bin... Doch kann ich nicht jedem zuhören und jedes Mannes Sorge, vor allen Anderen und das auch noch sofort und für alle gleichzeitig auflösen, selbst wenn ich dies wollte... Was ich brauche ist etwas Verständnis, einen großen Teil Entgegenkommen, noch viel mehr an Hilfe und vor allem eure Geduld! Den Männern an meiner Seite stehen weitere Gehilfen zur Verfügung, die sich um Einzelheiten von Lösungen bemühen werden. Es ist euer Recht, diese meine Berater anzusprechen. Die Bedeutenden und unaufschiebbaren Sorgen werden mir, von diesen Beratern an meiner Seite, umgehend vorgetragen. Ich rufe, wen ich zu mehr Informationen oder zur Lösung benötige und ihr erhaltet Antwort von dem, der sich eures Problems annahm!"

Vindex verlangte nach dem gleichen, gefüllten Pokal.

„Ich biete euch in den folgenden Tagen an, mit jedem meiner Berater sprechen zu können. Meldet euch dort an, erhaltet einen Termin benannt und erscheint zur Verabredung! Ich selbst werde mit jedem von euch auch selbst sprechen, der dies möchte! Es steht jedem Fürst frei, allein zu mir zu kommen, oder sich von einer Klientel begleiten zu lassen... Wer einmal als Klient einen anderen Fürst begleitete, wird mich nicht ein zweites Mal zu sehen bekommen. Es ist eure Entscheidung, einen Anderen für euch sprechen zu lassen oder selbst zu mir zu kommen! Aber erst Klient im Schutz eines Anderen, womöglich Stärkeren, aufzutreten und dann sehen zu wollen, welche Eingeständnisse ich bereit bin noch zu vergeben, wird nicht möglich sein! Ich mache noch ein anderes Angebot. Zu gegebener Zeit werde ich durch die Provinz reisen um mir ein eigenes Bild vom Leben in euren Städten, Siedlungen und Stämmen zu machen. Sicher werde ich nicht jeden Stamm aufsuchen können... Wer aber meinen Besuch wünscht, kann dies anzeigen!" Vindex drehte sich erneut nach dem Pokal mit Wein um. Er musterte die Mienen seiner Berater und glaubte deren Zufriedenheit ausmachen zu können.

„Der letzte Teil meiner Ansprache gilt einem unerfreulichem Ereignis. Am gestrigen Tag gab es einen Streit zwischen zwei Fürsten, an dessen Ende, auf jeder Seite, Tote zu beklagen waren... Die Untersuchung ergab die Unschuld des einen Fürst und eine Schuld des Anderen, den ich für seine Missetat zum Tode verurteilte. Den betreffenden Stamm ersuchte ich zur Entsendung eines besseren Mannes, den ich heute, unmittelbar bevor ich vor euch trat, sprach und von meiner Verurteilung in Kenntnis setzte. Zu eurem Verständnis sage ich auch euch, was ich dem neuen Fürst dieses Stammes mitteilte." Vindex Blick schweifte über die Gesichter der Fürsten und blieb an der Miene des Vergobret der Haeduer hängen.

„Ich sagte: Die Schuld ist erwiesen, das Urteil gesprochen! Der Tod kann vor Augen aller Fürsten oder still im Carcer vollzogen werden. Was wäre der Wille des Stammes?" Vindex schwieg kurz und setzte entschlossen fort. „Daraufhin bot mir der neue Fürst dieses Stammes an, ihm den Verurteilten zu übergeben. Ich lehnte ab!" Vindex musterte die unter ihm stehenden Männer. Er sah Irritationen und Ablehnung. „Die Tat, begangen als Gast in meinem Haus Roms, verlangt meine Sühne! Der neue Fürst überredete mich, ihm ein Gespräch mit dem Verurteilten zu erlauben und stellte in Aussicht, dessen Zustimmung zur öffentlichen Tötung hinterfragen zu wollen, bevor er seine Wahl zu treffen beabsichtigte. Also erlaubte ich das Gespräch." Die Worte trennten zwischen Mienen mit Zustimmung und Ablehnung. Es gab auch Köpfe, die in Unverständnis geschüttelt wurden.

„Der neue Fürst der Lingonen, dessen Name Visuclus lautet, gab dem Verurteilten einen Dolch, so dass dieser sich selbst töten konnte!" Vindex schwieg und lauerte auf Bekundungen, erntete jedoch Schweigen.

„Für mich ist das Betrug! Einem Betrüger entziehe ich mein Wohl! Eine Turma bringt Visuclus zurück zum Stamm. Einen solchen Fürst, einen der betrügt, stiehlt oder gar mordet, dulde ich nicht im Kreis mir Vertrauter!"

Erneut veränderte sich die Stimmungslage der Zuhörer. Ablehnung zur Vorgehensweise gewann die Oberhand und mancher im Zweifel geschüttelte Kopf bekundete Unverständnis. Noch immer, oder auch erneut, landete Vindex Blick auf der Miene des Vergobret. Der Mann zuckte mit keiner Wimper.

„Will sich einer von euch zu diesem Vorfall äußern?"

„Ich!" Die Stimme kam aus den hinteren Reihen. Vindex erkannte den Fürst der Senonen.

„Der Legatus Augusti vermied den Namen des anderen Stammes." Um den Sprecher bildete sich ein freier Raum.

„Meine Männer und ich belegten eine Taverne, der auch die Lingonen zustrebten. Wir wohnten schon Tage in diesem gastlichen Haus. Als ich die Anderen kommen sah, gingen wir vor die Tür und zeigten uns. Die Lingonen hielten erst an, als sie zwei Schritte vor uns standen. Sie hätten weit früher abschwenken können, taten es aber nicht... Hinter uns, nur wenige Schritte entfernt, wusste ich die Tür der Herberge, vor uns eine Übermacht Feinde... Was blieb mir zu tun? Ich wich einen Schritt zurück! Das nutzte der Lingone und griff an!"

Der Senone, ein Mann in bunter, wollener Kleidung von feinster Musterung, groß, schlank, breitschultrig, mit festem Blick und ruhiger, klangvoller Stimme, war sich seines Auftritt bewusst.

„Herr, ich finde dein Urteil gerecht und danke dem Mann, der an deiner statt den Vorgang untersuchte! Ich bekenne, selbst keinen Ausweg aus der Gefahr erkannt zu haben, als nur einen einzigen Schritt rückwärts anzubieten... Darin meine Unschuld erkennen zu können und diese als Beweis gelten zu lassen, zeugt von Klugheit, Sachkenntnis und Mut... Uns blieb nicht viel Raum zur Handlung und unser Überleben, falls es zum Kampf kommen sollte, hing vom Erreichen der Tür und einem Gewinn an Zeit ab. Es war unser Glück, dass deine Männer schnell kamen, sonst hätte ich weitere Männer zu beklagen... Herr, dir, deinem Untersuchenden und der Turma, die uns Hilfe brachte, gehört mein und der Dank meines Stammes!" Der Fürst der Senonen deutete ein kurzes Kopfnicken an.

Vindex erkannte, dass der Senone gesagt hatte, was er aussprechen wollte. Eine Gegenstimme erhob sich nicht. Wie auch, hatte er doch durch sein kluges Vorgehen verhindert, dass der Streit beider Stämme bis in dieses Treffen getragen werden konnte. Die Worte des Senonen schlugen zu seinen Gunsten aus und so schien das Treffen, trotz widriger Umstände, einen glücklichen Anfang gefunden zu haben.

Bis sich eine einzelne Stimme erhob, die aber den Willen des hauptsächlichen Teiles der Anwesenden dadurch trug, weil diese Stimme auch für zahlreiche Klienten dieses Stammes sprach.

„Was Legatus Augusti, berührt uns dein niedlicher Streit mit Lingonen? Was bringt uns der nichtsnutzige Auftritt des Senonen, wenn Roms Steuerlast, der Betrug der Steuereintreiber, die Vormundschaft durch römische und andere Diebe, unsere Stämme knebeln? Dazu, Legat, sagtest du nichts, trotzdem du genug prahltest, was du Vorzuhaben gedenkst... Große Worte hörten wir schon oft, zu oft..."

Da war er also, der Widerspruch, den er fürchtete. Ausgerechnet vom Vergobret der Haeduer ausgesprochen, war es auch eine Kampfansage.

Zweifellos beabsichtigte der Vergobret einen Keil zwischen die Anwesenden zu treiben. Steuerbelastung war ein immer wirksamer Grund zur Entfesselung von Aufruhr.

Vindex hatte gehofft, von einem solchen Angriff, bereits am ersten Tag einer möglichen, von ihm angestrebten Gemeinsamkeit, verschont zu bleiben. Fast sofort begriff er, dass der Haeduer ihm jeden Raum zu nehmen trachtete, den ihm sein bisheriges Auftreten eingebracht haben könnte. Für einen kurzen Augenblick erwog Vindex eine harte, zurückweisende Antwort, die ihn aber möglicherweise noch unschlüssige Bündnispartner kosten könnte. Deshalb entschloss er sich zu einem anderen Vorgehen.

„Eporedorix, ich begrüße dein aufrichtiges Interesse, an der Beseitigung vieler Missstände mitwirken zu wollen, die mein Vorgänger zugelassen hatte. Du hast recht, wenn du den Diebstahl der Steuereintreiber anprangerst... Ich freue mich darauf, von dir die Namen der Männer erfahren zu können, die sich in dieser Sache schuldig machten. Ich bitte dich, diese deine Sorge unbedingt in unserem gemeinsamen Gespräch erneut anzusprechen und ermuntere auch jeden anderen Fürst auf diese eigene Sorge einzugehen, wenn wir uns gegenübersitzen..." Der Statthalter musterte die Mienen der Stammesfürsten. Sein Gefühl sagte ihm, dass Einige voller Erstaunen waren.

„Ich für meinen Teil finde es allerdings merkwürdig, Eporedorix, dass du schon auf mich einschlägst, obwohl ich bisher nicht wissen kann, welcher Schuh euch am meisten drückt... Ich hatte bis jetzt noch keine Möglichkeit, auch nur ein Wort mit Einem von euch zu wechseln... Wenn du mit diesen Worten darauf abzielst, dass ich dich einmal zurückwies, als du, weit vor allen anderen Fürsten begehrtest, mich beeinflussen zu wollen, bedauere ich zwar meine Zurückweisung, bringe zur Entschuldigung jedoch vor, dass ich noch damit beschäftigt war, den Sumpf unter den Beamten Roms trocken zu legen und auch deshalb ablehnte, weil ich kein Bedürfnis verspürte, einem Einzigen von euch mein Ohr zu leihen und es den Anderen zu verweigern... Auf nichts Anderes lief deine Absicht doch hinaus... Warum sollte ich dich begünstigen?" Vindex machte eine Pause.

„Herr, du warfst..."

„Vergobret..." folgte eine scharfe Entgegnung, als Eporedorix nach dem Wort griff. „... ich war noch nicht fertig! Ich bin es gewöhnt, ungestört zu sprechen, weil auch ich Anderen geduldig zuhören kann, wie du noch kennenlernen wirst... Ich wollte noch auf den von dir angeführten ‚niedlichen Streit', das sind doch deine Worte, zurückkommen..." Sein Lächeln begleitete die Worte und wussten die Stammesfürsten bisher noch nicht, dass er sehr schnell einen geführten Angriff erkannte, wurde ihnen in der Folge klar, dass weder sein Geist träge, noch seine Zunge ungeübt war.

„Wärest du in diesen Streit eingebunden, bei dem es um die Verletzung des Gastrechtes ging und mit Tötungen endete, wäre es dann auch ein nur ‚niedlicher Streit' gewesen oder hättest du nicht doch vielleicht mit gleicher Wortgewalt, wie in der Steuersache, Widerspruch angemeldet? Du solltest nicht mit unterschiedlichem Maß messen und die Worte des Fürst der Senonen als ‚nichtsnutzig' abzuwerten, steht auch dir, Vergobret der Haeduer, nicht zu! Oder stehst du über allen anderen Fürsten?"

Vindex vollzog den Schnitt. Er sah es an der Reaktion des Haeduer, an den Mienen der übrigen Fürsten und kam nicht umhin festzustellen, dass dieser Punkt erneut an ihn ging.

Eporedorix wusste für den Augenblick keine Erwiderung. Dafür verfinsterte sich dessen Blick. Vindex erkannte noch andere veränderte Gesichtsausdrücke und nahm in sich auf, dass von Wut Gezeichnete, sich um den Haeduer versammelten. Andere jedoch, in deren Mienen ein Grinsen oder Lächeln festzukleben schien, zogen zum Senonen hin.

Vindex verbuchte einen vollen Sieg und um diesen zu vollenden, beabsichtigte er das Ende des Treffens einzuleiten.

„Ich habe euch meine Botschaft von Angesicht zu Angesicht übergeben. Gibt es unter euch noch Andere, denen eine Sorge so wichtig ist, dass von dieser alle hören sollten, dann sprecht!"

Vindex wartete und ließ ausreichend Zeit verstreichen.

„Ich sehe, dass dies nicht der Fall ist, dann stelle ich euch jetzt meine Sachwalter vor. Es ist euch überlassen, wem dieser Männer euer Interesse gilt. Die von euch, die ein Gespräch mit mir wünschen, stimmen mit meinem Berater Lucien Belinarius einen Zeitpunkt und Tag ab."

Vindex nahm sich Zeit, die Namen der Männer und deren Aufgaben zu benennen. Anschließend zog er sich in einen Nebenraum zurück und überließ den vormaligen Kampfplatz seinen Sachwaltern.

Ein Pokal mit Wein glich den Durst aus und ein Schließen der Augen half, den eigenen Mittelpunkt zu finden.

## 20. Die Publicani

*67 nach Christus - Winter (15. Martius)*
*Imperium Romanum – Provinz Lugdunensis*

$\mathcal{V}$index vernahm ein Anschwellen des Lärms im großen Nebenraum, in dem nach seinem Verlassen, unterschiedliche Standpunkte aufeinanderzuprallen schienen. Der Lärm schwoll weiter an und stand kurz vor einem Ausbruch, als eine ihm bekannte Stimme in bissiger Art eingriff. Hostus Umbrenus war nicht geneigt, einen Aufruhr hinzunehmen.

Der bullige Zwerg stand am vorderen Rand des Podiums und überragte die unter ihm brodelnde Masse um Haupteslänge. Seine Arme in die Seiten gestemmt, hochrot angelaufen, schlug sein befehlsgewohntes Organ unerbittlich zu. Auch weil eine Beleidigung in seinen Worten hing, manifestierte sich erst Wut gegen ihn.

„Schweigt still, ihr gallischen Schwachköpfe! Wollt ihr, wie der Lingone, auch euren Kopf verlieren?" Der Lärm ebbte um einige Grade ab und Umbrenus machte sich das, auch seine Stimme dämpfend, zu nutze.

„Soll ich die *Centurie* rufen und euch auseinander jagen lassen? Es ist schnell vollzogen und glaubt nicht, der Legat nimmt derartiges Verhalten hin! In seinem Haus zu toben, mit Mord und Totschlag zu drohen, dürfte schwerlich sein Verständnis finden! Oder habt ihr etwa den Lingonen vergessen? Zieht nur Einer von euch eine Waffe, lasse ich die Curia räumen!"

Die Mitteilung trennte die verwegensten Streithälse. Die sich der Seite des Statthalters zugehörig Fühlenden zogen sich zurück und dämpften ihren Ehrgeiz. Sie überließen den Kampfplatz der staatlichen Macht Roms, die wie eine Drohung über dem Treffen schwebte.

Weil sich diese eine Seite der Streiter beruhigte, klang auch der aufgebauschte Zorn von deren Widersachern ab. In die merklich ruhiger gewordene Meute schnitt Umbrenus Stimme.

„Gallische Fürsten ruhmvoller Stämme wollt ihr sein? Bestenfalls streitsüchtige, alte Marktweiber erkenne ich! Glaubt ihr etwa, ich nehme solchen Aufruhr hin? Ihr seid es nicht wert, dass der neue Statthalter euch mit Nachsicht begegnet! Keiner von euch Stronzo ist an der Misere in euren Stämmen schuldlos! Und nun kommt ein neuer Mann, mit guten Ideen, ersten guten Schritten und schon liegt ihr euch erneut in den

Haaren und rauft wie die Weiber auf dem Markt?" Umbrenus feste Stimme und seine zur Schau gestellte Wut verfehlten nicht ihre Wirkung. Weit mehr noch bewirkten seine nächsten Worte.

„Du, Vergobret der Haeduer, von dem ich Klugheit, Angemessenheit und Würde verlange, streitest am Schlimmsten und wäge ich deine Worte, stehst du kurz vor dem Carcer! Bist du erst einmal dort, ist der Weg bis zum Strick nicht mehr weit... Reize mich Vergobret und du spürst meine Macht!" Augenblicklich senkte sich Stille über die Curia. Eine Drohung an den mächtigsten Fürst verfehlte nicht ihre Wirkung. Sie war aber auch eine Herausforderung.

Umbrenus verstand sich auszudrücken, wählte, trotz des Anscheins von Wut, deutliche Worte und hinterließ deshalb Eindruck. Weil die Ruhe siegte, dämpfte er auch seine Lautstärke, musste doch auch er nicht mehr Andere überdröhnen. „Gut, haben wir dies soweit geklärt... Sollte nur Einer von euch denken, dass die hungrige Meute lauter kläffen darf, nur weil der Statthalter euch verließ, so irrt ihr euch! Er ist der Gute, der Geduldige, der mit klugen Ideen, mit Verständnis und ich bin die Peitsche Roms, wenn ihr mich dazu herausfordert!" Umbrenus sammelte sich zu einer noch gewaltigeren Drohung. „Vergobret, du magst viele Stämme der Gallier zu deiner Klientel zählen, doch hinter mir steht Rom! Verscherze es dir mit mir und du wirst sehen, wie schnell ich dich bändige!" Der zornige Blick des bulligen Zwerges streife die Gesichter der zum Teil erstaunten oder auch wütenden Menge. Ein Aufbegehren blieb jedoch aus. Zu nachhaltig war die augenblickliche Drohung.

Hostus Umbrenus schien mit seiner Wirkung zufrieden.

„Jetzt haltet diese Ruhe, widmet euch euren Sorgen und nutzt die Angebote des Legatus. Er mag ein weit gütigerer Mann sein als ich, doch unterschätzt ihn nicht! Bedenkt auch, dass wer heute seine Möglichkeit nicht nutzt, verliert an Glaubwürdigkeit, fordert er später... Auch dies sage ich nur einmal!" Umbrenus wandte sich ab und reihte sich in die wartenden Berater ein. So schnell und energisch, wie er zuvor in den Vordergrund strebte, trat er nun bescheiden zurück.

Die Tür zwischen der Curia und dem Raum, in dem Vindex weilte, war nicht so gebaut, dass der Lärm und die Worte hätten Vindex Ohren umgehen können. Er hörte nicht nur Umbrenus, sondern auch die Worte Anderer. Vindex wusste im Vorhinein, dass die Zähmung der Stammesfürsten nicht einfach würde. Möglicherweise war sein Vorgänger genau an dieser Stelle gescheitert. Er konnte und wollte dies nicht ausschließen, wenn ihm auch deutlich war, dass der Kaiser seinen Vorgänger aus dem Amt gejagt haben musste.

Vindex hoffte, dass sein energischer Stellvertreter nicht an einer Hürde des Widerspruch der Stammesfürsten scheitern würde. Mit jedem Wort, das er aus Umbrenus Mund vernahm, festigte sich seine Ansicht über die Richtigkeit seiner Wahl. Der bullige Zwerg ließ sich nicht auf der Nase herumtanzen und zog auch nicht vor dem Vergobret den Schwanz ein.

Vindex verließ die Curia und traf in seiner Villa auf den Sohn.

„Wo warst du, mein Sohn? Ich sehe dich kaum noch. Solltest du nicht mehr Zeit in Studien verbringen, als dich herumzutreiben?"

„Wer sagt, dass ich das nicht tue? Was kann ich dafür, dass dir deine Pflichten nicht mehr Zeit mit mir belassen? Ich hörte, du hast einen Fürst zum Tode verurteilt und dann durch Selbstmord verloren?"

„Woher weißt du das schon wieder?"

„Aber Vater, ist dir unbekannt, dass Mauern Ohren haben?"

Erst geneigt, den Vorwurf zu übergehen, entschloss sich Vindex dann doch zur Antwort. „Der als Ersatz Gekommene reichte dem Verurteilten den Dolch! Ich habe den Alten zum Stamm zurückgeschickt... Was soll ich mit einem Betrüger?" erklärte der etwas müde und abgespannt wirkende Vater.

„Warum hast du diese Beiden zusammenkommen lassen?" forschte sein Sohn nach.

Vindex spürte die Neugier des Sohnes. „Das verstehst du nicht!" erwiderte er, noch immer darauf bedacht, den Sohn aus jedem Zwist herauszuhalten.

„Wer sagt das? Soll ich dir sagen, was du vor hattest?" Faustus gab nicht auf.

Ein Augenaufschlag des Vaters verriet dessen Interesse an einer nur falsch kommenden Antwort. „Ich höre?"

„Du hast ein Blutgerüst errichten lassen... Das ging sehr schnell! Du wolltest den Mann für seine Verfehlung zum Beginn deines Treffens öffentlich hinrichten lassen..."

Entgeistert starrte Vindex den Sohn an. Dann winkte er mit einer Hand nachlässig ab.

„Weißt du eigentlich, dass ein weiterer Mord durch einen Fürst begangen wurde?" Faustus ließ nicht locker.

„Was behauptest du da?" Zorn blitzte den Sohn an.

„Der Fürst der Tricassen erschlug einen Laufburschen, weil dieser ihm die falsche Hure brachte..."

„Du spinnst!" Die Worte verließen seine Lippen viel zu schnell. Er merkte es, als es bereits zu spät war.

„So? Willst du deine Fürsten schützen?" Der Vorwurf des Sohnes traf.

„Unsinn, den Lingonen verurteilte ich für nur einen einzigen Schritt. Warum sollte ich den Tricassen verschonen? Kannst du die Schuld beweisen?"

„Nein, ich nicht... Vielleicht Andere..." Faustus begann seinen Rückzug. Er besaß weder die Absicht, dem Vater von seiner Umtriebigkeit zu berichten, noch wollte er einen Freund in Bedrängnis bringen.

„Welche Andere?" stieß der Vater nach.

Faustus zuckte seine Schultern. „Ich sage dir doch, Mauern haben Ohren, Vögel zwitschern und Mäuse piepsen... Ich höre manches, was Fremde flüstern oder beim Wein herausbrüllen... Ein Mann muss nur zuhören können... Hast du überhaupt einen Mann mit solchen Fähigkeiten oder glaubst du wirklich, dass in deiner Provinz weder Mord, noch Totschlag, Betrug und Diebstahl vorkommen?" Faustus wandte sich ab. Er versuchte am Vater vorbei, zur Tür zu gelangen.

„Warte, wie meinst du das?" Die Hand des Vaters schloss sich, mit dessen Worten, um das Handgelenk des Sohnes.

In seiner Flucht gehemmt und zur Antwort gezwungen, verharrte Faustus. „Du hast den Richter bestimmt, aber die Ordnungshüter vergessen... Nenne einen solchen Mann Spitzel, *Büttel* oder sonst wie anders, aber brauchen wirst du ihn..."

Die Hand des Vaters öffnete sich und Faustus nahm seine Gelegenheit zur Flucht wahr. Vindex blieb nachdenklich zurück.

Der Junge hatte recht! Er befand sich als Statthalter in einer Provinz, wo ihm nicht jeder gewogen war. Wie gelangte er an die Kenntnis von Bedrohungen, die ihm, dem Sohn, der Ordnung Roms oder seinen Getreuen galten? Er brauchte einen Vertrauten und dem zugeordnete Männer, die sich diesen Sorgen widmen konnten.

Wieder war es sein Sohn, der ihn mit der Nase auf eine Notwendigkeit stieß, die er selbst nicht erkannte. Er sollte mit dem Präfekt darüber sprechen, vielleicht wusste dieser Rat...

Faustus hingegen war froh, dem Vater entgangen zu sein. Eigentlich hegte er nicht die Absicht über Gryllus Verlust zu sprechen. Was sollte es bringen, einen Stammesfürst des Mordes zu bezichtigen, wenn der Tote nur ein Streuner und Dieb war... Er wand sich aus der väterlichen Bedrohung, in dem er diesem einen Knochen zuwarf. Dass der Vater diesen Knochen nicht nur beroch, sondern abnagte und nicht eher aufhörte, als das er bis zum Mark vorgedrungen war, wusste oder vermutete Faustus nicht.

Der Abend dieses Tages brachte für Vindex mehrere Überraschungen. Der Präfekt und sein Berater Belinarius tauchten bei ihm auf. Letzterer brachte die mit den Stammesfürsten abgesprochenen Zusammenkünfte, an deren Spitze der Vergobret der Haeduer aufgeführt war. Das war zwar keine totale Überraschung, kündete aber andererseits davon, dass sich in diesem Streit noch lange keine Ende abzeichnete. Insofern baute sich im Statthalter Spannung auf. Mit was würde ihn der Vergobret wohl zur Verzweiflung treiben wollen?

Weil beide Besucher nicht wussten, dass er sich im Nachbarraum ausruhend, in der Lage war, Umbrenus Ausbruch mitzubekommen, schilderten sie, sich unterbrechend, den Verlauf der Bedrohung.

Vindex ließ sie reden und hörte genüsslich zu, wie seines Stellvertreters Künste gewürdigt wurden. Letztlich kamen sie auf die Ereignisse des Morgens zu sprechen. Vindex war schon erstaunt, den totalen Zuspruch des Präfekt Donicus zu hören, während Belinarius von Zweifeln geschüttelt wurde. Donicus knurrte nur, dass diese Sprache von den vergammelten Fürsten am Ehesten verstanden werden würde, während Belinarius die frühzeitige Schaffung von Trennlinien bedauerte. Vindex dagegen nahm zur Kenntnis, dass selbst unter seinen Treuesten unterschiedliche Wertungen getroffen wurden.

„Es ist sicher nützlich, auch unter Beratern eine Vielfalt von Meinungen anzutreffen, kann aber nicht hingenommen werden, dass Berater sich dann, wenn ich eine Entscheidung getroffen habe, dem Gegenpol anschließen... Ich rate, dies zu beachten..." Damit beließ es Vindex und wandte sich dem Thema zu, das ihn am Nachmittag, nach dem Gespräch mit dem Sohn, beschäftigte.

„Ich hörte heute, dass nicht nur Lingonen und Senonen einander töteten, sondern das auch noch ein anderer Stammesfürst mein Gastrecht missbrauchte... Weiß einer von euch mehr?"

Beide Gefragten schüttelten mit dem Kopf.

„Das scheint mir bedenklich... Sollten wir nicht auch Ordnungshüter vorweisen können, die sich mit Mord, Totschlag oder Diebstahl beschäftigen? Ich glaube, dass ich diesem Teil des Rechtes zu wenig Aufmerksamkeit widmete... Es gibt noch einen weiteren Grund für den Einsatz guter Männer..." Belinarius und der Präfekt horchten auf.

„Habt nicht auch ihr das Gefühl gespürt, dass uns nicht nur Freundschaft begegnet? Ich sah zu viele sich verfinsternde Gesichter... Sollten wir nicht, in den Kreisen dieser wankelmütigen Fürsten, Männer unterbringen, die Augen und Ohren offen halten und nur in unsere Ohren flüstern..."

„Du meinst Spione, Herr?" wagte Belinarius eine vorsichtige Zungenbewegung. Vindex nickte nur und sie schwiegen.

„Dann müssten dies aber sehr geschickte und treue Männer sein..." wagte Belinarius einen weiteren Vorstoß.

„Genau da sehe ich die größte Schwierigkeit... Woher die richtigen Männer nehmen?" Vindex kam von allein auf den Punkt.

„Nimm Mammeius! Faustus braucht keinen Aufpasser! Du hast noch Einige der mitgebrachten Männer, die deinen Schutz gewährleisten. Dich schützt auch eine Turma, die du jederzeit abrufen kannst..."

Vindex wiegte seinen Kopf, dann gab er sich einen Ruck. „Ihr habt recht. Machen wir es so! Mammeius wird sich mit zwei Gehilfen um die Ordnung kümmern... Zwei der übrigen Männer bleiben bei mir als persönlicher Schutz und die restlichen drei Männer senden wir zu den Stämmen, denen wir am Wenigsten trauen können..."

„Du wirst aber kaum einen Römer beim Vergobret unterbringen können... Meinst du, der vertraut Fremden?" warf der Präfekt ein.

„Das warten wir erst einmal ab!" erwiderte Vindex und schickte die Berater weg. Dafür ließ er Mammeius rufen.

„Setz dich!" Er reichte dem Gerufenen einen Pokal mit Wein. „Bist du mit deinen Pflichten zufrieden?" begrüßte er den Treverer.

„Ja, weil ich dich begleiten durfte! Nein, weil ich deinen störrischen Sohn bewachen soll... Ich brauchte zehn gute Männer, um ihm alle Fluchtwege verstellen zu können, sollte ihm zuvor noch eine Eisenkette anlegen und selbst dann wüsste ich kaum, wo er sich herumtreibt..."

„Ist es wirklich so schlimm? Er ist doch noch ein dummer Junge..."

„Herr, dein Sohn ist mitnichten dumm, eher ausgebufft, verschlagen, trickreich, flink wie ein Wiesel, immer auf seinen Vorteil bedacht, manchmal verlogen, täuscht und redet sich überall heraus... Lieber einen Sack mit Flöhen hüten als deinen Sohn..."

„Du machst mich besorgt..." stieß Vindex überrascht aus. „Hast nicht auch du für seine Mitnahme nach Gallien gesprochen?"

„Herr, ich will deinen Sohn doch nicht schlecht machen! Er ist nicht zu zügeln... Schon am ersten Tag fand er einen Freund, jetzt rennt ihm schon eine ganze Horde nach und nur die Götter wissen wirklich, was er treibt..."

„Du zeichnest ein verhängnisvolles Bild, Mammeius!"

"Herr, keinesfalls! Dein Sohn weiß genau, was er anstellt, plant sorgfältig und geht immer so vor, dass ich ihm erst im Nachhinein auf die Schliche komme. Ich bin mehr dabei, die Folgen seiner Taten einzudämmen, als seinen nächsten Streich voraussehen zu können..."

„Das kannst du sicher doch beweisen?"

„Herr, ich kann doch deinen Sohn nicht verraten?" rief Mammeius und bezeugte damit sein Verständnis für den Jungen. „Er sagt mir zwar nie, was er vor hat, verweigert aber kaum Auskunft danach... Also vertraut er mir und dieses Vertrauen kann ich doch nicht enttäuschen?"

„Mir scheint, du magst ihn?" fragte der Vater verblüfft.

„Aber ja doch, schon allein für seine vielen guten Ideen, für seine Schlagfertigkeit, seinen Mut und seine Tatkraft..."

„Dann verstehe ich nicht, dass du unzufrieden bist, wenn der Bursche doch eine Herausforderung darstellt..." Vindex war erstaunt.

„Aber Herr, was würde dein Weib dir sagen, würdest du ihr überall hinterher spionieren?" Vindex starrte Mammeius entgeistert an.

„Pack dich!" vermutete er, an sein Weib denkend, leise.

„Ja, Herr! Das höre ich öfter am Tag und nicht so zärtlich, wie du es eben aussprachst... Er ist dein Sohn. Wie könnte ich ihn maßregeln?" fuhr Mammeius hoch und schüttelte seinen gesamten Zorn der Machtlosigkeit.

„Dann willst du eine andere Aufgabe?"

„Ja, Herr, unbedingt Herr, bitte Herr!" jammerte Mammeius.

„Gut, ich bin einverstanden! Suche dir unter den Männern meines Schutzes zwei aus, die mit dir nach Verbrechern, Mördern, Dieben und Betrügern suchen! Du solltest Männer mit Sinn, Neigung und Erfahrung wählen, die dir zur Hand gehen! Gallier scheiden aus! Hast du verstanden?

„Ja Herr! Ich danke dir, Herr! Warum keine Gallier?"

Auf diese Art regelte Vindex Aufgaben neu und schanzte dem eigenen Sohn mehr Freiraum zu. Die letzte Frage des Treverer überging der Statthalter mit einer lässigen Handbewegung und einer leisen

Zurechtweisung. „Du musst nicht alles wissen! Gallier brauche ich anderen Ortes..."

Den weiteren Abend verbrachte Vindex mit den Überlegungen zur Vorbereitung seines Gesprächs mit dem Vergobret der Haeduer und dessen Klientel. Ursprünglich hegte Vindex die Absicht, bei seinen Gesprächen nur Belinarius und den Präfekt Donicus hinzuzubitten. Nach dem drastischen Auftritt des bulligen Zwerges entschloss er sich, auch Hostus Umbrenus einzubeziehen.

Also saßen diese Erwählten am neuen Tag an einem breiten und langem Tisch, auf deren Gegenseite sich mehre Stammesfürsten, mit Eporedorix in deren Mitte, gruppierten.

Neben Eporedorix kannte Vindex nur den Fürst der *Ambarrer*, der aber in der Beziehung zum Haeduer betrachtet, eher unbedeutend war.

„Eporedorix, hältst du es nicht für angemessen, mir deine Klienten vorzustellen? Meine Begleiter sind euch doch inzwischen bekannt..."

Der Haeduer kam diesem Wunsch nach und weil Vindex über ein außerordentlich gutes Erinnerungsvermögen verfügte, behielt er Namen und Herkunft im Kopf.

„Darf ich annehmen, dass der Vergobret für euch alle spricht?" eröffnete der Statthalter den Schlagabtausch.

Nickende Köpfe bestätigten seine Vermutung.

„Dann Vergobret, beginne!"

„Herr, die lauteste Klage dieser Männer..." Sein Arm deutete auf die sich beiderseits von ihm Niedergelassenen. „... ist die Klage über unbotmäßige Steuern. Dabei klagen wir nicht über den von Rom selbst beanspruchten Teil, obwohl auch dieser im Verhältnis zu einem Römer, um das Dreifache höher bemessen wird. Es sind die Steuereintreiber, die diesen Steuersatz in die Höhe treiben und nicht selten den erneuten dreifachen Satz einfordern. Du kannst selbst rechnen. Wenn Rom nur ein drittel beansprucht, wo wird dann der Rest verschwinden? Gebiete diesem Vorgang Einhalt und du festigst den Frieden in der Provinz!"

„Erkläre mir dies etwas genauer... Sind es nicht Männer aus euren Stämmen, nicht deren würdigste Vertreter, die die Einnahme der Steuer betreiben?" Gleichmütig stieg der Statthalter in diesen Vorwurf ein.

„Nein, Herr! Du kennst das Prinzip der *Publicani* nicht?" verwunderte sich Eporedorix.

„Sicher kenne ich dieses System, so wie es Kaiser Augustus einst umsetzte oder sich vorstellte... Wie wird es gehandhabt und wie wirkt sich dies aus? Das sind mir unbekannte Sachverhalte..." lenkte Vindex ein.

„Es war nicht dein glorreicher Kaiser Augustus, der diesen Unsinn erfand..." fauchte der Vergobret.

„Schon als Caesar unser Land eroberte, folgten ihm Publicani, die Aufträge zur Steuererhebung von Rom kauften und die Steuer anschließend einzogen... Es ist ein sehr einfaches System." Eporedorix versicherte sich der Zustimmung seiner Begleiter. Ein Blick in beide Richtungen zeigte zustimmendes Nicken und brachte Gemurmel hervor.

Der Vergobret setzte fort. Er blieb dabei gelassen und wirkte auf eine leicht belehrende und kränkende Art. „Der Steuerpächter kauft das Recht zur Eintreibung von Steuern! Er bezahlt also im Vorhinein, was Rom fordert. Dann plündert er das Land, die Bevölkerung, den Handel und das Handwerk, nach eigenem Gutdünken... Wer sagt ihm, wenn er die Steuerpacht zu eigener Umsetzung erwarb, er müsse mit dem Eintreiben aufhören? Selbst wenn seine Ausgabe längst von ihm erwirtschaftet wurde, kann er weiter plündern... Es ist römisches Recht, was ihn schützt! Frage deinen Procurator, Statthalter!"

„Du willst mir sagen, mein Procurator ist der Kopf eines Verbrechens?" Vindex Frage nahm einen drohenden Unterton an.

„Aber nein, Legatus Augusti! Das Verbrechen beginnt danach!" wehrte sich der Haeduer.

„Wie das, ich verstehe nicht?" Es war nicht so, dass Vindex nicht verstand, er wollte es nur genauer wissen.

„Geh zu deinem Procurator und lass dir die Listen der Publicani zeigen. Dann verlange von ihm zu wissen, wer für welche Pacht in welchem Gebiet und für welche Dauer das Pachtrecht erwarb. Wenn er dir tatsächlich Einblick gewährt, kennst du schon drei einfache Sachverhalte. Zuerst das Gebiet, die Dauer und dann den Steuerpächter... Dann frage ihn, wer in seiner Steuerpacht bisher welche Steuersumme eintrieb..." Aus Eporedorix sprach nicht nur Aufklärung zum Hintergrund seiner Frage.

Vindex spürte auch Hohn in den Worten des Haeduer.

„Das sollte doch zu machen sein, oder..." ließ sich der Statthalter vernehmen und erntete verständnisloses Lachen auf der Gegenseite vom Tisch.

„Wenn du dich da mal nicht grundsätzlich irrst... Der Procurator wird dir den Einblick nicht gewähren! Er schützt seine Belange. Welches Interesse sollte er besitzen, dich einzubeziehen?" Wieder schlug der Haeduer zurück.

„Wir werden sehen..." Vindex begriff, das Vorsicht in seiner Aussage angeraten war.

„Wenn du dies zustande bringst, kannst du dich rühmen, Statthalter. Dein Kaiser weiß, warum er dir dieses Recht der Überwachung vorenthält..." Eporedorix lächelte vielsagend. „Du kannst, wenn du einmal dabei bist, deinen Procurator auch fragen, welcher Publicani bisher welche Summe über die Pacht hinaus schon erzwang..."

„Ich verstehe! Das wird er mir möglicherweise verweigern..."

Wieder dröhnte Lachen.

„Ich verstehe deine Belustigung nicht... Ein Versuch sollte Klarheit bringen und antwortet er mir nicht, bitte ich den Kaiser..."

„Tue das besser nicht, Legat. Wir wollen nicht schon wieder ein anderes Großmaul auf deinem Stuhl finden..."

„Was erlaubst du dir, Gallier?" fuhr Vindex voller Zorn hoch.

„Beruhige dich! So meine ich das nicht! Selbst Kaiser Nero kann dir nicht helfen! Sein Befehl an deinen Procurator erbringt nichts und Nero weiß das auch! Stellst du diese Frage, hast du das System nicht begriffen... und bist in seinen Augen unfähig..."

„Vergobret, ich warne dich! Treibe es nicht zu weit..." knurrte Vindex.

„Statthalter, gib dir etwas Mühe und du kommst selbst darauf! Dein Procurator kann dir, selbst bei bestem Willen, dies nicht sagen, weil er es nicht weiß.! Der Einzige, der davon Kenntnis hat, ist der Steuerpächter und den könntest du, selbst wenn du dürftest, nicht mal unter Folter zur Aussage bewegen... Das ist römisches Steuerrecht!"

Es trat Schweigen ein und Vindex sah, dass sein Unwissen mit Recht belächelt wurde. Er kannte das System der Publicani, dass wohl in Rom anderen Kontrollen unterlag, als in der Provinz. Er selbst als Senator und römischer Bürger zahlte keine Steuer und selbst wenn, würde er die geringe Abgabe kaum merken. Er hatte sich nie darum bekümmert und stieß nun auf die harten Tatsachen eines anderen Lebens...

Eporedorix ließ ihm Zeit. Als er bemerkte, dass Vindex ihm wieder zu folgen gewillt war, setzte er fort. „Rom spart sich die Mühe, die Pächter zu kontrollieren und weil diese den Umstand zu schätzen wissen, melken sie die Kuh eben so lange es geht... Der Publicani erwirb das Recht nur für eine bestimmte Zeit. Dann folgt ihm der Nächste, der im Überbieten von Roms Forderungen siegte. Es ist nicht anders als zu dem Zeitpunkt, zu dem er seinen Sieg davon trug. Warum sollte er aus dem Gebiet nicht herauspressen, was möglich war? Interessierte ihn der, den er schröpft? Bekümmert ihn sein Folgepächter? Nein, sicher kaum... Soll der doch selbst finden, wo er noch etwas holen kann... Nein Legatus Augusti, der Steuerpächter trägt nur eine einzige Gefahr. Ist das Gebiet schon so ausgepresst, dass er seine, beim Erwerb der Pacht, eingesetzte Summe nicht erpressen kann, bleibt er selbst auf der Strecke... Rom interessiert weder dessen Schicksal, noch das der Männer, die Steuer entrichten müssen. Was glaubst du, wie viele gute Männer aus der Freiheit bereits in Abhängigkeit oder Sklaverei getrieben wurden? Weißt du, wie viele Weiber oder Kinder verkauft sind?"

Als Eporedorix eine Pause einlegte, schwoll der Lärm beipflichtender Stimmen an. Vindex hörte und verstand die Klage.

„Legat, was aber geschieht bei einer Missernte, wenn Regen die Früchte flutet oder Dürre den Ertrag verhindert? Was macht ein Mann, dessen Frau oder Kind erkrankt? Der Medicus muss auch leben, also hält auch der seine Hand auf... Wenn aber nun nichts Verwertbares mehr in der Hand des Gebers verblieb, was dann?" Der Zorn der Männer auf der andern Tischseite schwoll weiter an.

Vindex blickte zu seinen Begleitern. Er sah, dass diese wussten, wovon der Vergobret sprach. Sie kannten die Auswirkungen verkaufter Steuerpacht und die Vernachlässigung auf Roms Seite, deren Machenschaften zu begrenzen. Vielleicht glaubten sie, er wüsste auch von dieser Art der Ausbeutung. Vielleicht hofften sie, weil sie selbst Römer waren, dass der Drang der Steuerpächter Grenzen kannte?

Vindex erschrak, weil sich da so keine Lösung ausmachen ließ und Hilfe seiner Begleiter wohl eher ein Wunsch blieb.

„Höre, Vergobret, wenn dies ein wirklicher Grund deines Protestes ist und sich herausstellt, dass dies den Tatsachen entspricht, dann bringe uns Beweise. Sicher können wir das System der Publicani nicht abschaffen, aber dennoch verfügen wir über die Macht, deren Unbotmäßigkeit einzuschränken!" Es war Hostus Umbrenus, der eingriff.

Eporedorix lächelte, schüttelte seinen Kopf und antwortete leise und bedächtig: „Ich dachte bereits lange darüber nach... Rom hat nur dieses Steuersystem, weil es nicht bereit ist, eine eigene, unbestechliche und weitflächige Steuerordnung durchzusetzen. Der Aufwand im Imperium wäre gewaltig und kostet Zeit und auch Geld... Warum sollte Rom, das über Steuer erbeutete Geld, für ein anderes Steuersystem einsetzen? Das entbehrt jeder Logik und Legat, wer bist du schon, dass ausgerechnet du dieses Verfahren absetzen möchtest, an dem vorrangig Römer verdienen?"

Der Vergobret war in Fahrt und ließ sich nicht aufhalten. Nicht nur seine Klage, auch sein Zorn, der darauf aufbaute, besaß damit seine Berechtigung. Vindex begriff diese Gefahr.

„Es sind nicht unsere würdigsten Männer, die einst das Geld vorweisen konnten, die Steuerpacht zu erwerben... Es waren Römer, zumeist aus dem Ordo Equester, die im Vorhinein eine solche Summe, zum Erwerb der Steuerpacht, aufbringen konnten... Gern hätten auch Senatoren sich an der Schlachtung der goldenen Gans beteiligt, doch dem schob der Senat selbst einen Riegel vor..." Ein merkwürdiges Lächeln umspielte die Lippen des großen, hageren Mannes. „Schon mein Großvater beklagte diese Bedrohung, mein Vater ebenso und auch ich sehe die Folgen und kann mich deren nicht erwehren, vernichte ich nicht Rom... Doch wie soll das gelingen, wenn meine Vorväter, unter wesentlich besseren Bedingungen, bereits daran scheiterten... Sage mir, verehrter Hostus Umbrenus, wie willst du die Allmacht der Steuerpächter erschüttern? Das du diese zerschlagen könntest, glaubst du doch selbst nicht, oder?"

Umbrenus, direkt angesprochen, blickte zu Vindex und nahm dessen Nicken wahr. „Wenn stimmt, was du behauptest, suche dir ein, zwei oder drei Steuergebiete, ermittle deren Publicani und forsche nach der Steuereinnahme in der Zeit der Gültigkeit des Pachtvertrages! Das bringe mir mit Name, Summe und Zahl der Steuererhebungen! Sicher wird der Procurator dem Statthalter nicht das gesamte Steueraufkommen offen legen, sich aber kaum dagegen sperren können, wenn Einzelne der Publicani des Betruges beschuldigt werden... Warum sollte Rom nicht daran interessiert sein, diesem Steuerwucher die Spitze zu brechen, schadet doch deren Vorgehen Rom selbst...

„... und die Steuerpächter halten still..." Eporedorix Einwand fand laute Zustimmung.

„Wer sagt, dass du offen handeln sollst? Betreibe deine Absicht in aller Stille! Bis zur Anklage beim Procurator wird niemand darüber sprechen und dann sorgen wir dafür, dass schnell Köpfe rollen..." Umbrenus wusste, wie der Fortgang betrieben werden konnte.

„Dein Wort in der Götter Ohren... Wenn nun aber die Publicani, in ihrer Vernetzung, zum Gegenschlag ausholen? Was willst du dann unternehmen?" brauste Eporedorix auf. „Die Publicani sind mächtig, unbeugsam und wissen ihr Recht und ihr Geld zu schützen!"

„... und der Legat und ich sind Rom!" Umbrenus beließ es bei dieser Belehrung.

„Umbrenus hat Recht! Bringe uns Nutzbares und wir werden uns verwenden... Wenn der Weg mich zum Kaiser führen sollte, dann gehe ich diesen Weg auch dann, wenn er mich selbst vernichten sollte... Nur tue es schnell, entschlossen und geheim!"

Vindex schloss mit einem Versprechen, dessen Tragweite schwer zu ermessen war. Gewillt der Ausbeutung durch Steuerpächter begegnen zu wollen, entließ er die Fürsten, nach einem weiteren Austausch recht harmloser anderer Sorgen.

Die Klienten erhoben sich nach dem Gespräch und verließen den Raum. Als der Vergobret an Vindex vorüber schritt, griff dieser leicht nach dem Arm des Mannes. Ein leises „Warte, Haeduer" erreichte die Ohren des Eporedorix und dieser ließ seinen Klienten den Vortritt.

„Was willst du noch, Statthalter?" fragte Eporedorix, als sich die Tür auch hinter Vindex Beratern, die einer Pause zustrebten, schloss.

„Was hältst du davon, dass ich dir einen Mann schicke, der dir zur Hand geht... Einen Ambarrer?"

„Der mir hilft und mich ausspioniert? Für wie dumm hältst du mich?" erwiderte Eporedorix.

„Natürlich! Denke, was du willst, nur tue, was dir nützt! Der Ambarrer wird beides tun! Es liegt in deiner Macht, dessen Nützlichkeit zu steuern..." fuhr Vindex den Haeduer an. „Du entscheidest, was du zu verbergen hast und welche Sorge dich mehr bedrückt..."

Vindex verpackte seinen Vorschlag in ein paar fast nichtssagender Worte, die der so kluge Vergobret jedoch sofort verstand.

Eporedorix rechnete mit einem ausgebufften, erfahrenen Mann. Diese Hilfe sollte nützlich sein. Band er den Ambarrer in die Pflicht der Ermittlungen der Publicani, fehlte diesem die Zeit und die Möglichkeit, ihn auszuspionieren... Wer verbot ihm, den Ambarrer umzudrehen und in seine Bestrebungen einzubinden? Letztlich verstand er auch, dass allein dieses gemeinsame Ziel von anderen Vorhaben ablenkte, die er weiterhin zu verfolgen trachtete.

„Gut, ich nehme deine Hilfe an! Sollte der Kerl mir zu Nahe kommen, wackelt jedoch sein Kopf... Du kannst ihn ruhig warnen!" erwiderte der Vergobret der Haeduer.

Also öffnete Vindex die Tür und ließ dem Vergobret den Vortritt.

Von seinen Klienten erwartet und neugierig befragt, hörte Vindex nur Worte über eine frühere Begegnung und das dabei entstandene Missverständnis. Das Letzte was er aufschnappte war, dass sich der Legat beim Vergobret für eine damalige Zurückweisung entschuldigt habe...

Vindex verhielt kurz in seinem Schritt, überging des Anderen Behauptung jedoch, als sich in seinen Kopf schob, dass der Haeduer den Zwang zur geheimen Vorgehensweise wohl begriffen haben sollte.

Lenkte der Haeduer mit dieser Sache ab, zeigte ihm dies, dass nicht alle Klienten des Vergobret in Ehrfurcht vor diesem erstarrten und bewies auf der anderen Seite, dass nur sie Beide über den Ambarrer Kenntnis besaßen.

Vindex war diese Vorgehensweise recht. Weil er Eporedorix inzwischen so gut zu kennen glaubte, dass er diesem kaum zutraute, eigene Geheimnisse zu teilen. Deshalb war er sich ziemlich sicher, dass diese nur ihnen vertrauten Absichten auch zukünftig im Dunkel blieben.

## 21. Der Duumvir

*67 nach Christus - Winter (16. Martius)*
*Imperium Romanum – Provinz Belgica*

*D*ie Taverne in der Colonia Julia Equestris zeigte sich in ihrem besten Bild. Sie war sauber, bot Wein und Speisen von guter Art und war auch nicht sonderlich überlaufen. Letzteres verdankte sie ihrer Lage, abseits der Hauptwege. Begünstigt wurde dies auch noch dadurch, dass das Gebäude am Rande der Colonia lag.

Die Gefährten kamen schnell überein, hier ein paar Tage der Ruhe einzulegen und sich nicht erst später, unter vielleicht ungünstigeren Bedingungen, für eine Pause entscheiden zu müssen. Es war einmal die Kälte und dann der Schnee, der diese Reise nicht gerade angenehm machte.

Mit der Wahl ihrer Pferde schätzten sich die Reisenden überaus glücklich, trotzdem war den Tieren ein täglicher Ritt von fast vierzig römischen Meilen deutlich anzumerken. Um auch den Pferden Erholung und Wärme zu gönnen, verweilten sie länger in dem gastlichen Haus. Aus der ursprünglichen Absicht von nur drei Tagen der Ruhe wurden es schließlich sogar fünf. Der Abend vor der Abreise veranlasste die Gefährten ihre Lager aufzusuchen, während Gerwin und Viator auf noch einen Becher des Weins im Gastraum verblieben und sich über das Bevorstehende austauschten.

Der Raum war nicht großartig überfüllt und nur eine offensichtliche Römerin, mit vermutlich ihrer Tochter, nahm am Nachbartisch ein Abendmahl ein. Zwei weitere Tische waren mit scheinbar Ortsansässigen besetzt und neben der Eingangstür saß ein weiterer, einzelner Gast.

Obwohl Gerwin und Viator sich nicht eben laut unterhielten, schnappte die Römerin vom Nachbartisch erst einzelne Worte auf und als sie darunter Eines feststellte, dass ihre Neugier weckte, lieh sie dem Gespräch der Männer etwas mehr von ihrer Aufmerksamkeit.

Das Ziel der Fremden wurde mit dem Namen Lugdunum benannt. Allein der Name zwang ihre Aufmerksamkeit in diese Richtung. Weil ihre Tochter, während des Speisens schwieg, vernahm die Frau weitere Worte.

Der Jüngere beschwerte sich über ihre Unkenntnis des kürzesten Weges. Er mutmaßte, dass, wenn sie den Windungen des Rhodanus folgten, ihre Reise weit mehr Tage beanspruchen würde, als ihm lieb war.

Sie vernahm zwar seinen Wunsch, möglichst schnell bis Lugdunum kommen zu wollen, erfuhr aber nichts über den Grund für diese Absicht.

Der Ältere schlug vor, doch noch einen Wegekundigen zu suchen und dafür einen weiteren Tag zu nutzen, was der Jüngere rundweg ablehnte. Sie hätten dafür doch schon zwei Tage geopfert und keinen Erfolg gehabt.

Der Jüngere bestand auf der Fortsetzung der Reise und die Römerin, erstaunt darüber, dass ein offensichtlich älterer Römer einem jüngeren Germanen gehorchte, verwunderte sich. Nun schien ihr ein gleiches Reiseziel, ein gemeinsamer Wegekundiger und die römische Art des Älteren zuzusagen. Sie bedeutete ihrer Tochter still zu warten, erhob sich und trat an den Tisch der merkwürdig interessanten Männer.

„Verzeiht Herr..." sprach sie Viator an. „... ich hörte, ihr habt als Ziel eurer Reise mit Lugdunum benannt. Ich will auch dorthin!"

Sie erntete aufmerksame Blicke beider Männer. „Außerdem fehlt euch ein Wegekundiger... Vielleicht kann ich helfen?"

Viator musterte das Weib. „Du bist doch eine Römerin und noch dazu, wenn auch einfach gekleidet, wohl eine Dame von höherem Stand? Woher solltet also ausgerechnet ihr hier Wege zum Ziel kennen, die nicht unbedingt dem Rhodanus folgen?" Der Graukopf nickte zu dem jüngeren Wesen hin, das noch immer am Nebentisch lauerte.

„Ich habe einen Wegekundigen gefunden, der mir am Morgen den weiteren Weg zeigen würde, könnte ich ihn bezahlen..."

„Das hört sich einerseits gut an, hat aber wohl einen kleinen Haken?" grinste Viator etwas ungehörig.

„Du sagst es, Herr! Ich handelte wohl etwas unüberlegt, als ich in Rom, die mir gebotene Möglichkeit im *Cursus Publicus* zu reisen, annahm... Bis *Viviscus* ging wohl noch alles gut, obwohl Schnee und Kälte die Unvernunft meiner Entscheidung andeuteten. In Viviscus wurden wir aus dem Gefährt geworfen, weil ein Senator Roms dieses beanspruchte. Der Mann änderte das Bestimmungsziel und reiste Richtung Aventicum, im Weiteren bestand seine Absicht, Germania zu erreichen."

„Sage mir, mein römischer Freund, ist das unter Römern so üblich, dass ein Hochgestellter einer römischen Dame ihr Recht raubt?" wandte sich der Jüngere an den Älteren.

„Wenn der Mann im Auftrag des Kaisers oder des Senats das Gefährt beansprucht, hindert ihn kein Mann noch Weib..." erteilte der Gefragte Aufklärung

„Ich finde trotzdem, der Kerl ist ein Flegel..." entgegnete der Jüngere mit Bestimmtheit.

„Das Bedauerliche ist..." unterbrach die Frau die Gedanken der Männer „..., dass unsere Reise über diese Colonia ursprünglich nach Lugdunum weiter gehen sollte. Also verlor ich nicht nur mein Ziel, sondern auch noch einen Teil meines Geldes." fügte die Römerin bescheiden ein.

„Von Viviscus bis Lousonna war uns Glück hold. Ein Händler nahm uns mit. In Lousonna fand ich Mietpferde und einen Führer, der versprach, uns bis zur Colonia zu bringen. Ich erkannte einen möglichen Weg, unsere Reise fortsetzen zu können..." Plötzlich schwieg sie.

„Soll ich dir sagen, was dann geschah?" fragte Viator.

Sie nickte nur.

„Er brachte euch bis kurz vor die Colonia, ließ euch absitzen, nahm euer Gut und Geld und machte sich, mit seinen Pferden, auf den Heimweg? Hat der Kerl einen Namen?" Sie starrte ihn erstaunt an.

„Woher wisst ihr das?" fragte sie, beide Männer abwechselnd anblickend.

„Es ist eine bekannte Art des Diebstahls... Er sah, dass ihr ohne Schutz reistet..." Viator zuckte bedauernd mit der Schulter.

„Er ließ uns unser Gut, forderte aber das Geld! Einen Namen nannte er. Aber wer sagt mir, dass dieser nicht falsch war, wenn er doch die Absicht verfolgte, uns auszuplündern?"

Viator nickte seine Zustimmung. „Sicher wären wir gern bereit, euch zu helfen, nur... haben wir es eilig, reisen sehr schnell und nicht so ganz ungefährlich. Außerdem können wir nicht wissen, ob ihr diesen Strapazen standhaltet... Nur bevor du fragst, Frau!" klärte der Ältere sie auf.

„Warte, Viator..." Die Hand des Jüngeren legte sich auf den Arm seines Gefährten.

„Römische Frau, du möchtest nach Lugdunum, hast kaum noch Münzen und verfügst trotzdem über einen Wegekundigen?"

Die Frau nickte.

„Wir reisen tatsächlich schnell und so ganz ungefährlich ist es in unserer Begleitung nicht. Doch scheint mir, du brauchst Schutz und auch ein paar gute Münzen..."

„Ich zahle in Lugdunum jede verauslagte Sesterze doppelt zurück!" unterbrach die Frau den Hermunduren.

„Besser du unterbrichst mich nicht..." maßregelte er sie und setzte fort.

„... über Pferde verfügt ihr sicher auch nicht und wie willst du alle diese Hindernisse überwinden, wenn dir die erforderlichen Sesterze fehlen..."

Die Römerin zuckte niedergeschlagen mit deren Schultern.

„Siehst du, mein Freund... Diese Römerin ist in bescheidener Lage! Alles was sie braucht, besitzt sie nicht. Ihr einziger Pfand ist ein Wegekundiger... Dass sie wohl unüberlegt eine winterliche Reise begann, mit weiteren Hindernissen beglückt in dieser Lage landete, erfordert Hilfe. Als kluge Frau erkannte sie, dass ihr nur eine einzige Möglichkeit blieb... Sie bot uns ihren Wegekundigen an und hoffte auf ein Wunder..."

Die Römerin nickte, blickte auf und erkannte in den Zügen des Jüngeren ein Lächeln, dass sie in eine unbestimmte Hoffnung führte.

„Mein Freund, wolltest du nicht schon immer Mal ein Gott sein? Gewähre der Frau die Hilfe, die sie dringend braucht!"

„Es ist wohl eher an dir, diese Hilfe anzubieten, denn du entscheidest!" grunzte der Ältere.

„Dann, mein Freund, scheint es entschieden... Du hast einen Wegekundigen?" Gerwin sprach mit der Frage erneut die römische Frau an. Bevor die Frau sich regen konnte, erfasste Gerwin sie am Arm und zischte: „Nicht umwenden, wenn der Kerl hier ist!"

„Ja, Herr!" flüsterte sie erschrocken. „Er sitzt allein am Tisch neben der Tür!"

„Gut, römische Frau, setz dich zurück zu deiner Tochter, es ist doch deine Tochter?" Die Römerin nickte.

„Trinkt in wirklicher Ruhe aus und geht dann. Vermeide jeden Blick zu dem Mann! Morgen, zum Tagesanbruch sei hier und reisebereit! Ihr werdet mit uns kommen! Ich bin Gerwin, der Hermundure, und mein Gefährte ist Viator, ein Römer und früherer Legionär. In unserer Nähe seid ihr stets beschützt. Das verspreche ich!"

Kaum war die Frau mit ihrer jungen Tochter verschwunden, öffnete sich die Tür der Taverne. Die Neuankömmlinge setzten sich wortlos zu dem einzelnen Mann.

„Findest du das auch so merkwürdig, wie ich? Treffen sich Freunde, dann gibt es eine Begrüßung..." flüsterte Viator dem Jüngeren zu.

Dann stand er auf, nahm seinen Weinkrug und steuerte auf den Tisch der fremden Männer zu. Er setzte sich auf einen freien Hocker und erklärte: „Mein junger Freund ist zu stock trocken, ihr aber seht noch durstig aus..." Viator schenkte Wein in der Männer Becher und hob seinen, einen Bescheid herausfordernd.

„Verpiss dich, du Abschaum!" zischte der schon länger Sitzende.

„Das aber nun ist nicht eben freundlich... Ich fülle eure Becher und will mit euch anstoßen und du beleidigst mich..." Viator sprach so laut, dass die übrigen Gäste aufmerksam wurden.

Auch der Wirt schien dies gehört zu haben.

Also stand Gerwin auf und schlenderte zum Tresen. Sich zum Wirt beugend, zischte er: „Höre, halt dich da raus... Die Kerle scheinen Betrüger zu sein und mein Gefährte wird sich etwas um die Burschen kümmern..."

Inzwischen umarmte Viator den neben ihm Sitzenden, der ihn aber sofort abschüttelte. Viator krachte auf den Boden

„Ihr seid aber unfreundlich..." stellte er verschämt fest und setzte sich erneut. Der Kerl neben ihm erhob sich und packte Viator am Genick.

Was auch immer der Kerl wollte, plötzlich saß er auf seinem Arsch und wimmerte. Seine Hände griffen nach seinen Eiern.

Viator aber stand ungerührt auf, packte den Kerl selbst am Genick und zerrte ihn zur Tür. Diesen Augenblick nutzte einer der Übrigen und griff Viator mit einem Messer an, sah sich aber plötzlich dessen jungen Begleiter gegenüber, erschrak über dessen langen, schlanken Dolch und als dieser in seinen Unterarm stach, entfiel ihm seine eigene Waffe.

Der Kerl schrie auf.

„Halt dein Maul!" fluchte Gerwin und knallte ihm seine andere Faust aufs Auge. Der Kerl schlug lang hin und weil sein Kopf auf dem Boden landete, erbarmte sich ihm eine Ohnmacht.

Die Tür der Taverne, von Viator aufgerissen, landeten beide Fremde auf der Straße. Diesen Augenblick versuchte der Dritte, der bisher lange Wartende, zum eigenen Verschwinden zu nutzen. Ein langer Arm reckte sich, packte den Kerl am Kragen und hinderte ihn so, die Taverne zu verlassen. „Mir scheint, Bursche, du hast noch nicht bezahlt..." echote Gerwin, griff nach dessen Börse und warf diese dem Wirt zu. „Ich hoffe, das reicht! Und du, mein Unbekannter, setzt dich wieder an den Tisch und habe die Freundlichkeit, mir zu erzählen, welche Absicht du verfolgst..."

Der Fremde landete auf der gleichen Bank, hinter sich die Wand und vor sich den Germanen.

„Hände flach auf den Tisch!" verlangte Gerwin.

Der Kerl schien begriffsstutzig. Also griff Gerwin zu und knallte beide Handflächen des Fremden auf die Tischplatte. Fast im gleichen Augenblick steckten seine beiden schlanken Dolche in der Tischplatte, zwischen des Anderen Handflächen.

Der Mann zuckte erschrocken und wollte seine Hände in Sicherheit bringen. Gerwin war schneller. Die Spitze des einen Dolches landete im Fleisch der linken Hand, zwischen Daumen und Zeigefinger.

Der Fremde schrie und erstarrte.

„So, jetzt genieße ich sicher deine Aufmerksamkeit..." verkündete der Hermundure. „Fasse nach einem meiner Dolche und der Andere wird deine Kehle aufschlitzen..."

Der Fremde beruhigte sich und starrte Gerwin an.

„Du bist erstaunt? Das kann ich verstehen! Trotzdem solltest du dich befleißigen, jede meiner Fragen vollständig zu beantworten... Sonst fliegt einer der Dolche und ein Finger ist plötzlich weg... Hast du mich verstanden?" Der Fremde nickte, mit weit geöffneten, ängstlichen Augen.

„Man sagte mir, du seiest ein Wegekundiger?" Der Mann nickte. Gerwin zeigte Verständnis dafür, dass der Mann seine Zunge noch nicht gebrauchen konnte. Vielleicht hatte sich der Kerl nicht nur eingepisst, denn die Folgen seiner undichten Blase zeigten sich unter dem Tisch.

„Die später Gekommenen beweisen, dass du nie allein handelst?"

Wieder nickte der Kerl.

„Du hast der römischen Frau versprochen, sie nach Lugdunum zu führen?"

„Nein, habe ich nicht!" Die Antwort ging in einen Schrei über. Plötzlich lag einer seiner Finger, von der Hand getrennt, vor ihm auf dem Tisch.

„Verfluchter Hund!" schrie der Geschädigte und auch dieser Schrei ging in ein Geheul über. Der zweite Finger lag neben dem Ersten.

„Du scheinst das Spiel nicht zu verstehen? Ich frage und du antwortest. Lügst du, verlierst du einen Finger, beschimpfst oder beleidigst du mich, verlierst du einen Finger!"

Gerwin hatte den Kerl soweit, das er singen würde wie eine Lärche.

„Du musst noch eine deiner Antworten berichtigen!" Gerwins Hand erfasste einen der Dolche.

„Ja, nach Lugdunum..." hauchte er und verzog vor Schmerz sein Gesicht.

„Sie wäre mit ihrer Tochter aber nie dort angekommen?" folgte die nächste Frage.

„Nein!" Der Fremde wurde einsilbig.

„Nur Diebstahl, Versklavung oder auch Mord?"

„Nur Diebstahl..."

Der dritte Finger war ab. Das Blut bedeckte fast den ganzen Tisch.

Von Gerwin unbemerkt, waren alle übrigen Gäste verschwunden. Hinter ihm stand der Wirt und betrachtete das Blut, die losen Finger und den Leidenden.

„Wie lange willst du das Spiel noch treiben?" fragte er.

„Du hast recht! Ich sollte aufhören... Kannst du nach einem der Duumviri schicken? Der Kerl wird sicher noch eine Frage beantworten wollen... Den Rest sollten die Duumviri erledigen..."

Der Wirt verschwand. Ein Diener stürzte bald darauf aus der Tür.

„Bist du bereit, zur nächsten Frage?" Gerwin gab sich freundlich.

„Wie viele seid ihr?"

„Drei!" Gerwins Hand griff nach dem Dolch, blieb aber nicht einmal fingerbreit über dem nächsten Finger hängen...

„Willst du nicht noch einmal nachbessern?" fragte er scheinheilig.

„Fünf!" Der Fremde kam dem Angebot nach und der vierte Finger verließ die Hand.

„Siehst du, du selbst hast erneut gelogen... Warum sollte ich dich verschonen? Sicher stimmt auch diese Zahl nicht, aber ich kann dir nicht das Gegenteil beweisen. Drei statt fünf aber war eine Lüge! Na, einen Finger dieser Hand haben wir noch..."

„Wo befindet sich euer Versteck? Halt warte, es ist nur noch ein Finger an dieser Hand. Lügst du aber erneut unüberlegt, ist auch der verloren... Was dann? Ich meine, mit meiner Frage, die Tatsache, wo deine Kumpane sich verbergen oder leben und wo sich eure Beute lagert....Ist die Antwort unvollkommen, fallen weitere Finger... Du darfst warten und dir überlegen, was du antwortest. Ich finde, der Duumviri sollte deine Antwort auch vernehmen können, deshalb warten wir, bis er eintrifft. Wirt, hast du eine Feuerpfanne?"

„Ja!"

„Bring sie hierher und entzünde sie. Viator, dein Parazonium ins Feuer!" Gerwins Anweisungen fanden Gehör.

Der Verhörte starrte auf das Feuer in der Pfanne. Er sah, wie der Dolch zu glühen begann.

„Halte ihn..." bat Gerwin seinen älteren Gefährten und dieser griff zu.
Zielsicher landete Gerwins zweite Hand auf dem Handgelenk des
Verletzten. Der Feuerdolch wurde von ihm ergriffen und schnell an jede
einzelne Fingerwunde der verletzten Hand gedrückt.

Der Verhörte schrie auf, brach ab, heulte und in sein Wimmern hinein,
erschien der Duumvir mit Bütteln der Colonia.

Der Mann war groß, kräftig und wortgewaltig.

„Was geht hier vor?" brüllte er.

Gerwin wandte sich kurz um, lächelte dem Ankommenden zu und
sagte selenruhig: „Hinsetzen, Duumvir, Maul halten und gut zuhören!
Der Mann möchte dir etwas Wichtiges mitteilen!"

Der Duumvir holte tief Luft für eine Erwiderung, doch bevor er dazu
bereit war, hörte er weitere Worte: „Du übertönst mit deiner Stimme
deinen Geist... Schweig besser und höre zu, bevor du polterst!" mahnte
ihn die Stimme des Jüngeren.

Das Maul des großen Mannes blieb offen, aber er schwieg überrascht.

„Nun, mein Freund, der Duumvir ist bereit und hört dir zu!" forderte
Gerwin den Wimmernden auf, doch der Mann zeigte kein Einsehen.

„Viator, er braucht den letzten Finger dieser Hand doch nicht mehr...
Packe ihn!"

Der Verletzte schwieg plötzlich nicht mehr. Die Worte schossen aus
dem Mund des Mannes hervor, wie eine Lawine, Namen und Orte lösten
einander ab. Der Kerl sang tatsächlich wie eine Lärche und der Duumvir
saß, hörte und staunte. Das Schweigen danach war wie eine Last.

Gerwin drehte sich dem Duumvir zu. „Herr, das Leid einer Römerin
und deren Notstand brachten uns dazu, diesem Mann und seinen
Gefährten etwas auf den Zahn zu fühlen. Weil der Kerl widerspenstig
war, tauschten wir Wahrheit gegen Finger seiner Hand. Du weißt alles,
was du brauchst, um diese Bande unschädlich zu machen, nur solltest du
dich etwas eilen... Als wir begannen, wussten wir noch nicht, wo wir
enden würden und warfen zwei seiner Kumpane aus der Taverne. Sie
könnten, wenn sie diesen Ausgang vermuten, deren Gefährten warnen..."

„Wer bist du, Germane?

„Gerwin, der Hermundure! Mir liegt nichts daran, dich mehr wissen
zu lassen... Deshalb begnüge dich damit!"

„Und wenn ich dich arretiere?"

„Das wirst du deshalb nicht tun, weil du es nicht kannst! Dann sollte dir mehr daran liegen, die Kerle zu fassen, die Reisenden auflauern..."
„Wieso kann ich das nicht?" Der Duumvir war erstaunt.

„Du hast nicht annähernd so viele **Büttel**, um mich allein aufzuhalten... Lärme ich etwas, kommen mir weitere Gefährten zur Hilfe und dann genügt keine Centurie... Was aber soll dir das nützen, wenn mein Herr erfährt, dass du mich an einem wichtigen Auftrag hindertest? Er kommt und nimmt dir deinen Kopf und für gewöhnlich stellt er keine Fragen und handelt einfach... Ach, ich vergas zu erwähnen, wer dieser Mann ist..."

Gerwin besann sich. „Ach, das lassen wir besser... Würdest du mit mir vor die Tür gehen, dann sage ich dir etwas mehr und du wirst zufrieden sein... Hier gibt es zu viele neugierige Ohren..." Gerwin schritt voran und der Duumvir folgte ihm.

Draußen baute sich der große Mann vor dem Hermunduren auf. „Ich höre?"

„Du bist doch Römer?" Der große Mann nickte mit dem Kopf.

„Was meinst du, macht Nero mit zu neugierigen Männern?" Gerwin deutet einen Schnitt am Hals an. „Nur ist es so, dass wir das ganze Aufsehen nicht brauchen... Also möchte ich, dass du uns ohne weitere Angaben ziehen lässt... Du könntest dich aber der Mühe unterziehen, mit den Duumviri der Colonia Augusta Raurica in Verbindung zu treten und dort meinen Namen nennen. Die Duumviri werden dir sagen können, woher ich komme und wer hinter meinem Auftrag steht..."

„Das kannst du mir doch selbst mitteilen, ich sende Boten und wenn stimmt, was du angabst, könnt ihr ziehen!"

„Das genau, großer Mann, wird nicht geschehen! Stell dir einmal vor, ich griffe dich jetzt und hier an... Nicht das ich dich töten will, aber du schläfst so etwa zehn Stunden und erinnerst dich an nichts mehr... Das genau, nützte mir, um dir zu entweichen, würde aber auch den Gaunern helfen, deiner Schlinge zu entkommen... Du musst schon selbst gewillt sein, mir zu vertrauen..."

„Du kannst mich unmöglich..." hob der Duumvir an und saß im Schnee. Ein einziger, kurzer Griff und der Mann sank nieder.

Gerwin schritt zur Tür, öffnete diese einen Spalt und rief: „Viator, der Duumvir möchte dich sprechen!"

Viator schob sich durch die Tür und sah den großen Mann im Schnee sitzen. „Was hast du getan?"

Gerwin griff an den Hals des Sitzenden und dieser starrte ihn kurz darauf an.

„Siehst du, ich kann!" bemerkte Gerwin lächelnd. „Was hast du mitbekommen? Was glaubst du, wie viel Zeit vergangen ist?"

„Keine!" behauptete der Duumvir.

„Nun, ich ging inzwischen zur Tür, öffnete diese und rief in den Raum hinein: ‚Viator, der Duumvir möchte dich sprechen!' Und siehe da, mein Gefährte hatte genügend Zeit herauszukommen, mich zu beschimpfen und bei deinem Erwecken zuzusehen..."

„Du spinnst!"

„Duumvir, das tut er nie! Er mag jung sein, kaum Einer vermutet, was er zu tun vermag und dennoch ist es so...

Der Duumvir starrte beide Männer an, schüttelte mit dem Kopf und entschied sich. „Ich werde dich nicht hindern, dafür hole ich mir die Köpfe dieser Ganoven!"

„Das Duumvir, nenne ich ein vorzügliche Idee! Merke dir meinen Namen. Ich bin Gerwin, der Hermundure!"

## 22. Spuren im Schnee

*67 nach Christus - Winter (17. Martius)*
*Imperium Romanum – Provinz Belgica*

*U*nmittelbar nach dem Sonnenaufgang traf Gerwin im Gastraum auf die römische Frau. Er betrachtete sich die Ältere, dann die Tochter und schüttelte seinen Kopf. „So geht das nicht, römische Frau!"

„Was meinst du, Hermundure?" fragte sie und starrte Gerwin entgeistert an.

„In dieser Kleidung beginnt ihr schon nach der ersten Stunde des Rittes zu frieren... Die Kälte ist ein schleichender Feind, der erst in einer Erstarrung der Glieder verharrt, bis er dann mit dem Erfrieren fortsetzt. Sind Füße und Hände erfroren, lernt ihr den Schmerz fürchten. Das wiederum führt dazu, euch nicht mehr bewegen zu wollen und was dann kommt, nennt sich Tod..." Gerwin wandte sich um.

„Wimmo und Werno, sucht in unserem Vorrat alles, was wie ein Pelz aussieht und bringt es mir!" Die Chatten huschten davon.

„He, Wirt, was bergen deine Vorräte an guter Winterkleidung? Hast du Filz. Bringe mir, was du entbehren kannst!"

Der Hermundure stand bald vor einem Kleiderhaufen, wühlte darin herum, sonderte Pelze und Filze aus und zeigte sich am Ende seiner Bemühungen zufrieden.

„Du denkst doch nicht etwa, dass ich von diesen Sachen etwas tragen werde?" fauchte die römische Frau.

„Du wolltest doch nach Lugdunum?" warf er eine Gegenfrage auf.

„Trägst du nichts von diesen Dingen, wirst du erfrieren! Du möchtest sicher nicht tot in Lugdunum ankommen... Willst du uns begleiten, tust du, was ich fordere! Andernfalls bleibst du hier..." Mehr Worte schienen dem Hermunduren überflüssig. Er drehte sich der Tochter zu. „Komm Mädchen, suchen wir die besseren Stücke für dich aus... Keine Angst, nach der Reise kannst du alles das verbrennen und schnell vergessen, aber du überstehst die Kälte, den Schnee und den beißenden Wind..."

Mit Fellen umwickelte er die Füße des Mädchens. verpasste ihr einen Filzumhang, den sie um sich schlingen konnte und stülpte ihr ein anderes Fell über den Kopf, ummantelte den Hals und band ihr dann ein anderes Fellstück vor das Gesicht, so dass nur noch ihre Augen zu sehen waren.

Zum Schluss fand er ein paar Handschuhe, die über die Hände gestülpt, auch diese warm hielten.

„Ja, so geht es!" lobte er sich selbst. „Weißt du, deine Mutter möchte in Schönheit sterben... Nur der Tod macht zwischen Schönen und Hässlichen keinen Unterschied, denn der holt sich die Dummen... Sage mir, du noch kleines, schönes und kluges Mädchen, ob du deine Mutter für eine dumme Frau hältst?" Das Kind schüttelte heftig den Kopf.

„Siehst du, ich auch nicht! Also, römische Frau, ich warte..."

Die römische Frau unterzog sich, ohne weiteres Murren, der gleichen Behandlung.

Auch in diesem Fall zeigte sich Gerwin befriedigt. „Ich mag kluge Frauen, wenn es auch, wie in deinem Fall, erst der Hilfe deiner noch jungen Tochter bedurfte. Also danke nicht mir, sondern ihrer Liebe und Ehrlichkeit..." Er wandte sich von der römischen Frau ab.

„Viator, entlohne den Wirt für sein Verständnis, begleiche die Kosten der römischen Frau und dann sollten wir reiten." Sie hoben Frau und Tochter auf ihre Pferde. Es waren wohl die ruhigsten Tiere ihrer kleinen Herde, die Irvin und Notker von ihrer bisherigen Last, befreiten.

Weil die Jüngere im Reiten ungeübt war, übernahm Notker deren Zügel und führte das Tier.

Sie ließen die Colonia hinter sich und als dies vollzogen war, drängte sich die römische Frau zwischen Gerwin und den Graukopf.

„Ich vermisse den Wegekundigen? Konntet ihr euch nicht einigen?"

„Das, römische Frau, erwies sich als das kleinere Problem... Kaum warst du mit deiner Tochter die Treppen hinauf gestiegen, als neue Gäste auftauchten und sich an des Mannes Tisch setzten. Ihr Verhalten erschien uns etwas merkwürdig und so widmeten wir den Kerlen unsere Aufmerksamkeit..." Gerwin hüllte sich in ein kurzes Schweigen.

„Was soll ich dir berichten... Sie waren unfreundlich, abweisend und letztlich stellten wir, nachdem wir die Neulinge hinausgeworfen hatten, dem Wegekundigen ein paar Fragen. Seine Verstocktheit wich mit der Zeit einer sprudelnden Offenheit, die uns veranlasste, die Duumviri der Colonia Julia Equestris rufen zu lassen... Dem guten Mann gestand der Wegekundige seine wirkliche Absicht."

„Was war seine wirkliche Absicht?" fragte die römische Frau. Ihre Frage kam so schnell, dass Gerwin einen beruhigenden Blick sandte.

„Er wollte deinen Besitz und euer Leben, obwohl der Tod wohl nicht vorgesehen war, eher wohl Sklaverei..."

„Was?" rief sie erschrocken. und schlug sich mit der freien Hand auf den Mund.

„Nun das, gute Frau, war ohnehin dein Schicksal... Du hättest ohne deinen Mut, uns anzusprechen, in der Taverne verbleiben müssen... Ohne Münzen wärst du bald zu einer Dienstfrau geworden, die zu jeglicher Leistung gezwungen wäre... Verzeih, wenn ich nicht deutlicher werde. Stelltest du dich bockig, würde dich und deine Tochter ein Sklavenhändler übernehmen. Diese Kerle beginnen im Frühling, in den freien Stämmen Germaniens, erneut auf Jagd zu gehen. Sie nutzen zur Verbringung ihrer Beute gern wenig genutzte Wege, die Colonia aber liegt an solchem Weg..."

„Das wäre unser Schicksal gewesen?" fragte sie leise in Viators Richtung.

„So ist es..." bestätigte der Graukopf und ließ sich zurückfallen.

„Woher hast du deine Kenntnis?" blieb die Römerin wissensdurstig.

„Ich habe vieles vom Graukopf und von vier anderen Römern. Zwei davon wollten die römische Schuld an mir tilgen, indem sie mich als Sohn anerkannten..." antwortete der Hermundure in Offenheit.

„Eine römische Schuld?" Ihre Neugier war erwacht und eigenes Leid trat in den Hintergrund.

„Ja, nur ist dies meine Geschichte, nicht die Deine! Diese Geschichte kennen nur Männer und Frauen, die sich würdig erwiesen... Dich kenne ich zwei Tage... Meinst du, ich trage mein Herz auf der Zunge?"

Gerwin versank in Schweigen. „Ich bringe euch beide nach Lugdunum, dann geht jeder seiner Wege und was sollte dir meine Geschichte dabei nutzen?" Es verging geraume Zeit.

„Was wurde aus dem Wegekundigen?"

„Er war ein Wegelagerer!" berichtigte Gerwin ihre Frage. „Der Duumvir nahm ihn mit!"

„Interessierte dich der Mann so gar nicht?" Der Stachel der Neugier trieb die römische Frau zur nächsten Frage.

„Was ich von ihm wissen wollte, bekannte er mir fast freimütig, im Tausch gegen eine andere Leistung..."

Die Römerin schwieg zuerst. „Ist es dann nicht eigenartig, dass ihr die Anderen, die sich zu ihm gesellten, laufen ließet?"

„Ja, es war unser Fehler... Doch woher sollten wir wissen, wie lang die Schnur ist, wenn wir das Knäuel erst aufzurollen begannen?"

269

„Du gibst einen Fehler offen zu?" rief sie erstaunt aus. „Das kenne ich von Männern nicht..." stellte sie dann nüchtern fest.

„Ja, das tue ich! Ich wäre dumm, würde ich meine Fehler nicht anerkennen, denn dann lernte ich nicht daraus... Mein Fehler könnte uns ein neues Zusammentreffen mit diesen Kerlen bescheren und dem wäre ich zu gern ausgewichen... Aber so ist es nun einmal..."

„Was veranlasst dich, an ein erneutes Treffen zu glauben?" Ihrerseits war es Neugier, die sich zu Angst auswuchs. Gerwin erkannte das und gab deshalb die Wahrheit preis. Er wusste, dass Wissen über bevorstehendes Unheil nicht nur Angst entstehen lassen konnte, sondern auch Wut. Wollte er die römische Frau von Angst ablenken, musste er deren Wut schüren.

„Du, römische Frau, trafst in Rom eine falsche Entscheidung. Was nutzt dir, in deiner Unerfahrenheit, eine günstig angebotene Reisemöglichkeit im Cursus Publicus? Auch du warst in diesem Punkt ehrlich und gabst diesen Fehler bereits zu. Du lerntest inzwischen, den Winter mit Kälte und Schnee hinzunehmen. Du hast begriffen, dass eine Frau, ohne männlichen Schutz, leicht zum Opfer werden kann... Weil du aber dich und deine Tochter in Gefahr brachtest, erwartet dich in Lugdunum ein Mann, der vor Zorn beben wird! Dein Mann wird zwar sehr plötzlich nach Lugdunum abgereist sein, dass er dir diese Reisemöglichkeit verschaffte, halte ich nicht für eine Wahrheit. Niemals hätte er dich, und vor allem nicht sein Kind, dieser Gefahr überlassen oder er müsste schon ein gewaltiger Dummkopf sein..."

„Er ist kein Dummkopf..." hörte Gerwin leise.

„In Viviscus hattest du göttliches Glück. Du wandest dich an einen Händler. Das war klug, selbst wenn es nur Zufall war... In Lousonna warnten dich deine Götter mit einem nur kleinen Dieb, doch in der Colonia vertrautest du einem richtigen Gauner... Der Mann war einer der Späher einer Diebesbande, der in den Tavernen der Colonia nach Gewinn abwerfenden Gelegenheiten forschte..." Gerwin lächelte die Frau, trotz seiner niederschmetternden Botschaft, an.

„Wie auch immer der Kerl auf dich aufmerksam wurde, weiß ich nicht. Dass er in dir aber eine ‚goldene Gans' erkannte, steht für mich außer Zweifel. Nach deiner Kleidung zu urteilen, warst du nur ein einfältiges römisches Weib, das nicht allzu viel abzuwerfen schien. Aber dein Auftreten machte dich zu einer gehobenen Frau. Es ist die Art zu sprechen, die Wahl der Worte, die Gesten, eine herrschaftliche Geduld, die Erwartung der Anerkennung oder der Unterordnung und noch vieles mehr... Der Mann war in solchen Dingen erfahren. Mit Sicherheit belauschte er dich und du, in deiner Erhabenheit, wirst dies nicht bemerkt haben... Er kannte dein Ziel, erfuhr mit Sicherheit auch deinen Namen und den Ort deiner Herkunft. Ein Gespräch mit dem Wirt oder einem der Mädchen wird ihm verraten haben, was an dir und deiner Tochter wertvoll war..." Gerwin merkte, dass er ihre Angst steigerte. „Dir zu rauben, was sich in deinem Besitz befand, würde ihm nicht reichen... Schon gar nicht, weil er dieses Geschäft im Auftrag Anderer ausführte. Wärest du als Schuldner des Wirtes irgendwann vielleicht in den Händen von Sklavenhändlern gelandet, wird der Anführer der Bande weit Schlimmeres vorgehabt haben. Eine hochgestellte Frau mit Tochter... Deinen Namen aus dir herauszulocken, den Wert seiner Beute zu erkennen und dann deinen Gatten zu erpressen, wäre ein Leichtes gewesen... Um dein Kind zu schützen, hättest du jede Wahrheit ausgesprochen und statt sich an Versprechen dir gegenüber zu erinnern, würde es den Anführer immer weiter in seinen Forderungen, deinem Mann gegenüber, treiben!"

„Nein!" schrie sie und begann zu Schluchzen.

„Sei still!" befahl er. „Willst du deine Tochter ängstigen?"

Das Schluchzen brach sofort ab.

„Der Schaden liegt auf der Hand, dennoch gaben dir deine Götter den Mut, uns anzusprechen. Also wirst du unbeschadet dein Ziel erreichen, egal wer oder was uns den Weg verlegen will..."

„Wie kannst du dir da so sicher sein?" klang ihre kleinlaute Frage.

„Aus zwei Gründen! Erstens erfülle ich einen Auftrag und so lange das nicht vollbracht ist, wird der Tod auf mich warten müssen... Zum Anderen halte ich meine Versprechen!"

„Du weißt doch auch nicht, was uns noch für Unbill bevorsteht..." drängten ihre Zweifel in den Vordergrund.

„Ich will dir sagen, was ich erwarte. Du bist die ‚goldene Gans'. Der Wegelagerer steht im Dienst einer Bande, die von deinem Wert Kenntnis besitzt. Wo uns dieser Trupp auflauert, ist uns unbekannt. Auch deren Stärke kennen wir nicht! Der Ort wird zu ihrem Vorteil sein, möglicherweise sind sie auch in der Überzahl und deshalb fordere ich von dir, dass du und deine Tochter genau das tun werden, was ich oder der Graukopf befehlen." Sie nickte nur.

„Jeder meiner Männer ist ein versierter Kämpfer..." fügte er zögernd an „... selbst mein kleiner lockenköpfiger Freund... Die Römer sind frühere Legionäre und obwohl sie oft kämpften, leben sie noch immer. Die beiden chattischen Jungmänner, mein lockenköpfiger Freund und ich sind alle in einem Alter. Nur Irvin ist bereits ein Krieger und dennoch sind wir erfahren genug, um in einem Kampf mit doppelter Übermacht bestehen zu können... Doch du darfst niemals, weder aus Angst oder weil du glaubst, etwas besser zu wissen, gegen meine Befehle handeln. Tue genau, was ich dir sage!"

„Ich werde deinen Befehlen folgen..." Ihre Stimme klang noch immer verunsichert und dennoch spürte Gerwin das Aufkeimen einer Hoffnung.

„Wenn ich dir das sagte, was ich dir noch sagen werde, bleibst du immer in der Nähe deiner Tochter! Notker, mein lockenköpfiger Freund kann sich mindestens neun gleichzeitig angreifenden Männern gegenüber behaupten. Er ist ein Messerwerfer, von außerordentlichem Können. Ruft er, so stürzt ihr sofort zu Boden! Sinkt vom Pferd, fallt in den Schnee und kümmert euch nicht darum, dass auch Knochen brechen könnten... Das kann geheilt werden, ein Messer im Hals wohl weniger? Dann wird Paratus bei euch bleiben, das ist der Große! Er kann so finster blicken, wie nur irgendwie geht und ist dennoch der zuverlässigste Freund. Ihn zu töten fällt schwer und fünf starke Männer werden nicht reichen... Wenn meine Freunde solche Fähigkeiten besitzen und dennoch auf mich hören, was darfst du dann wohl mir zutrauen?"

„Ja, du bist ungewöhnlich..." Diesmal begleitete Zuversicht ihre Stimme und die Angst schien sich verkrochen zu haben.

„Jetzt muss ich noch Eines von dir wissen..."

„Was?"

„Deinen Namen!"

„Ich bin *Domitia Peruzzi*! Meine Tochter heißt *Claudia*!"

„Gut, Domitia Peruzzi, geh zu deiner Tochter und reite immer links von ihr. Den Platz rechts nimmt Notker ein. Er führt das Pferd des Mädchens mit der linken Hand und braucht freien Raum, damit er mit seiner rechten Hand werfen kann!"

„Ja, Gerwin!" Sie hatte seinen Namen behalten.

Zuerst ritten sie, in den nachfolgenden Tagen, auf der Straße am Ufer des Sees entlang und erreichten Genava, wo sie in einer der Tavernen übernachteten. Die römische Straße am Rhodanus entlang erwies sich zu keiner Zeit als schwierig, selbst dann nicht, wenn diese weit vom Fluss zurückwich. Zwischen den Bergen und dem Rhodanus lagen weite flache Flächen, über denen der Schnee andere Wege und Pfade so einhüllte, dass kaum Spuren zu erkennen waren. Dennoch erkannte Gerwin die Abdrücke von Tieren, wenn deren Spuren dem Fluss zustrebten.

An jedem Morgen nahm sich Gerwin Domitia Peruzzi vor und fragte sie, auf was zu achten wäre. Die römische Frau sperrte sich nicht mehr, gleich was er verlangte und gab immer die richtige Antwort.

Am Nachmittag des zweiten Tages durchquerten sie eine Schlucht zwischen Berghängen, in denen sich das Tal auf nur etwa dreihundert Passus verengte. Als sie der Verengung zustrebten, ritten Viator und Sexinius voraus, während die Chatten den Rücken des Trupps sicherten. Hinter der Schlucht folgten sie der Straße, die sich etwas vom Fluss entfernte. Gerwin wählte diese Ordnung, um nicht überrascht zu werden.

Als der Rhodanus in ihr Blickfeld zurückkehrte, sahen sie schon von Weitem einen Turm und fanden, als sie näher kamen, an dessen Fuß einen Vicus, der auch noch eine Taverne besaß. Die Übernachtung entsprach bescheidenen Verhältnissen und war dennoch besser als im Freien. Der dritte Tag der Reise verging ohne Zwischenfälle und das Ziel rückte näher. Diesmal wartete keine Taverne. Der Vicus bestand nur aus wenigen Gebäuden. Die Hütten duckten sich an einen Bergrücken, lagen verstreut und zwischen ihnen große verschneite Flächen.

Zweimal wurden sie abgewiesen, doch der dritten Bitte um ein Dach über dem Kopf wurde entsprochen. Obwohl es durch die Ritzen zwischen den nur ungenügend zusammengefügten Holzlatten zog, bot dieses Nebengelass ein tatsächlich dichtes Dach. Der Raum war groß genug für ein einfaches Nachtlager und weil Nebel und feuchte Kälte aufzog, schätzten sie sich glücklich.

Am Morgen waren alle froh, die steifen Glieder wieder bewegen zu können. Als Gerwin das Tor ihrer Schlafgelegenheit aufstieß, fand er sich im Nebel wieder. Dafür hatte die Kälte nachgelassen.

Ein flüchtiges Frühstück musste reichen. Es war nun mal nicht so gastlich, wie an den vorangegangenen Nächten. Zur Mitte des Tages lichtete sich der Nebel am Boden. Sie kamen deshalb zügiger voran.

Doch dann schob sich ein Bergrücken näher. Der Fluss drängte die Straße dicht an den sich am Abhang entfaltenden Wald heran.

Diesmal übernahm Gerwin selbst das Vorausreiten. Mit Irvin an seiner Seite sicherten sie den Weg. Hindurch gelangt und die Berge im Rücken lassend, atmete der Hermundure tief durch.

„Du sahest sicher das Selbe wie ich? Mir fielen mindestens drei günstige Stellen auf, wollte man einen Hinterhalt legen!" knurrte der Hermundure, als Viator zu ihm stieß.

„Was sagt dir das?" fragte der Ältere und grinste.

„... das die Kerle an einer noch besseren Stelle sitzen müssen!" knurrte Gerwin und überließ Viator die Führung. Die Straße verließ den Fluss, führte durch einen winzigen Vicus und näherte sich erneut einem Bergrücken an.

Ein weiter Blick voraus sagte dem Hermundure, dass, wenn sie weiter in dieser Richtung reiten würden, die Berge zurückbleiben mussten. Mit dieser Erkenntnis schlich sich eine Bedrückung in seinen Geist. Es war leichter in Einsamkeit, Kälte, Schnee und einem, sich den Bergen annähernden Fluss, einen Hinterhalt zu legen, als dies in einer Siedlung, im flachen Land oder wissen die Götter wo...

„Viator, was meinst du, sitzen sie dicht vor uns?" Gerwin suchte den Rat des Älteren.

„Wenn sie dort nicht sind, haben wir unsere Befürchtungen für umsonst gepflegt..." Der Graukopf antwortet, nachdem er selbst die Berge, den Fluss und das Land in der Ferne, soweit er sehen konnte, begutachtet hatte. „Schwebt dir etwas Besonderes vor?"

„Vorsicht ist eines klugen Mannes bester Schutz..." erwiderte der Hermundure. „Mein Bauch sagt mir, dass wir noch auf die Bande treffen und der wohl beste Ort befindet sich direkt vor unserer Nase. Also sollten wir unsere Vorgehensweise etwas verfeinern. Lassen wir die Frau und ihre Tochter etwas zurück und reiten beide noch etwas voraus..." schlug Gerwin vor. Ein kurzer Befehl an Sexinius folgte und die Pferde sowie deren Reiter verschwanden am Waldrand.

Viator und der Hermundure ritten voraus. Plötzlich hob Viator seinen Arm und beide Reiter zogen sich ins Dickicht zurück.

„Zwischen dem Berg und dem Fluss bleiben wohl nur noch etwa dreißig Passus..." stellte Viator fest „... und das bleibt wohl auf eine halbe Meile so... Dann blinkt blanker Stein durch die Bäume, was wohl auf eine Felswand hindeutet... Wäre es nur ein Abhang, würden wir Schnee erkennen. Wir könnten weiter reiten, oder die Pferde zurücklassen und uns im Ufergebüsch vorwärts schleichen oder aber gänzlich darauf verzichten..." schlug der Graukopf vor.

„Das Schlimmste wäre, sie entdecken uns dabei..." warf Gerwin ein.

„Ja, von da ab wissen sie, dass wir kommen... Jede List wäre verloren..." stimmte der Graukopf zu.

„Dann kehren wir um und wählen besser die List, die die Kerle überrascht..." Gerwin spürte, wie sich ein Gedanke aufbaute.

„Hast du schon darüber nachgedacht?" Viator starrte seinen jungen Gefährten an.

„Machen wir es wie bisher, lassen sie die Vorausreiter durch und greifen dann an..." Gerwin verfiel in Schweigen, fügte dann jedoch an: „Was hältst du davon, sie herauszulocken?" äußerte der Hermundure den ersten Ansatz.

„Wie?"

„Paratus und die Chatten bleiben bei den Frauen und den wichtigen Lasttieren. Sie bleiben, wo sie sind... Du nimmst dir zwei der Lastpferde und reitest den Weg in Begleitung von Sexinius. Was denken die Kerle?"

„Da kommt Beute geritten..." wagte der Graukopf einen Gedanken.

„Warum sollten sie die Beute verschmähen? Also greifen sie an, aber wie? Ich würde einen Trupp am Ufer verstecken und oben im Fels lauern. Mit Pfeil und Bogen von oben und dann der Angriff durch den unteren Trupp und der Überfall gelingt..."

„Meinst du, die sind so klug wie du?" warf Viator ein.

„Aber sicher, Graukopf! Sonst hätten sie andere Stellen bevorzugt! Sieh dir den Ort an... Er passt sehr gut zu meinem Plan... Die Kerle am Ufer machen mir kaum Sorgen. Ihr werdet doch mit denen fertig, wenn es nicht mehr als sechs oder sieben Mann sind?"

„Du kannst zwar nie sicher, aber es sollte trotzdem möglich sein... Was willst du unternehmen?" fragte der frühere Legionär.

„Irvin, Notker und ich werden auf den Berg gehen. Dort liegt doch Schnee, also wird es Spuren geben, denen wir folgen können... Diese Spuren führen uns zu den Bogenschützen... Und wenn es keine gibt..."

„... wird es für uns etwas schwieriger... Dann sitzt deren Hauptmacht am Ufer und schlachtet uns ab..." vollendete Viator, mit den Zähnen knirschend und fluchend.

„Hast du einen besseren Plan?" grinste Gerwin.

„Nein, verdammt!" schnauzte Viator. „Vielleicht sollten wir mit den Männern noch etwas anders planen?" schlug der Graukopf vor.

„Wie?"

„Du und ein Begleiter steigen auf, am Besten Irvin... Paratus und ein Chatte bleiben bei den Frauen. Notker und Wimmo, er ist der bessere Messerwerfer, halten uns Überraschungen vom Leibe..."

Gerwin überdachte den Vorschlag. „Und wenn sie schon lange wissen, dass wir kommen? Sie könnten überall Späher gehabt haben..." Der Hermundure äußerte Bedenken.

„... dann mein Freund, schlägt die List fehl! Für den Fall öffnen wir Paratus und den Frauen eine Gasse. Also muss uns Paratus, in einem größeren Abstand, folgen. Sollte es sich so abspielen, muss er die Frauen durch die Gasse bringen..." Gerwin nickte seine Zustimmung.

„So könnte es gehen... Nur die Bogenschützen stimmen mich bedenklich..." äußerte der Hermundure.

„Was, wenn wir den Spaß erst beginnen, wenn du die Kerle zu ihren Göttern schicken konntest?" Viator blinzelte listig.

„Wie soll ich euch das Mitteilen?"

„Sieh mal, mein schlauer junger Freund. Wir haben doch Zeit. Also geht ihr hinauf und Spuren werden euch lenken. Überrascht die Kerle und dann habt ihr deren Bogen, was ich nicht für ungünstig erachte..."

„Feuerpfeile..." warf Gerwin ein und der Graukopf nickte.

„Ein Pfeil bedeutet keine Gefahr! Kein Hinterhalt! Zieht in der Ordnung weiter! Zwei Pfeile heißt, zieht in der Ordnung weiter. Wir folgen auf dem Berg! Drei Pfeile zeigen den Hinterhalt an, wartet auf uns! Vier Pfeile Hinterhalt, wir decken euch von oben!" der Graukopf nickte zu Gerwins Äußerung.

„So machen wir es! Dann schnell zurück. Wir sollten bis zur Dämmerung fertig sein.

Bei dem Trupp angekommen, steckten die Gefährten die Köpfe zusammen und jeder erfuhr seine Aufgabe. Nur Paratus knurrte und alle wussten warum..."

Gerwin und Irvin stiegen den flacheren Abhang hinauf. Es war mühevoll, weil der Schnee tief war und kein Weg oder Tierpfad für Erleichterung sorgte. Als sie glaubten, eine ausreichende Höhe erreicht zu haben, stießen sie auf einen Pfad.

Zuerst hielt Gerwin dies für einen Tierpfad, dann aber wurde er misstrauisch und vertiefte sich in die Spuren. Er fand Abdrücke die von keinem Tier stammen konnten und erkannte bald deren Zweck. Er selbst steckte oft bis über die Knie im Schnee, während diese merkwürdige Spur nur gering in die Schneedecke einsank. Es musste ein besonderer Schuh für das Laufen auf tiefem Schnee sein... Sie folgten der Spur, bis sich eine fast unauffällige Spur abzweigte.

Wieder folgten sie und als der vorangehende Gerwin Licht durch die niedrigeren Bäume blitzen sah, ließ er sich auf den Bauch sinken und kroch nur noch vorwärts. Irvin folgte seinem Beispiel. Sie landeten in einer kleinen Senke, inmitten von Büschen.

Heraus kriechend, sah der Hermundure den Wegelagerer. Dieser lehnte an einem Felsbrocken und blickte zum Fluss hinab. Wie sollte er den Kerl unschädlich machen? Er wusste nicht, ob Andere den Mann im Blick hatten... Also bedeutete er Irvin zurückzuweichen und Zweige zu knicken. Gerwin hoffte, die Neugier des Mannes herauszufordern.

Anfangs schien der Wegelagerer nichts zu hören, doch dann wurde er aufmerksam. Er stieß sich vom Fels ab und verharrte, den Blick zum Fluss. Die Neigung seines Kopfes verriet, dass er in die Tiefe des Waldes horchte. Genau in diesem Moment brach ein erneuter Zweig. Der Fremde glitt zu Boden und kroch behänd auf den lauernden Gerwin zu. Der Rest war ein leichtes Spiel und genoss noch den Vorteil, unbemerkt geblieben zu sein.

Gerwin glitt zur Position des Mannes und gewahrte dort dessen übrige Waffen, worunter sich tatsächlich ein Bogen und reichliche Pfeile befanden. Er nahm die Waffen an sich und kroch zurück.

Sie erreichten die Hauptspur und folgten dieser weiter. Eine zweite oberflächliche Spur zweigte ab. Diesmal ging Irvin voraus. Der Mann lag genau am Rande der Felswand. Nur ein Griff hätte genügt, ihn hinunter zu stoßen. Genau darin aber bestand die Gefahr, weitere Wegelagerer auf dem Fels aufmerksam zu machen.

Irvins etwas erhöhte Stellung ermöglichte ihm, von oben auf den Mann zu blicken. Würde er hinunter kriechen, wäre ein Entdecken nicht ausgeschlossen. Wie sollte er es anstellen? Hinauf locken oder... Ein etwas hilfloser Blick zum Gefährten brachte die Lösung. Gerwin stand an einem kräftigern Baum angelehnt, den eroberten Bogen im Anschlag. Weil diese Position sich oberhalb des liegenden Mannes befand, dürfte ein stehender Schütze dessen Rücken treffen.

So war es dann auch. Der Pfeil drang von hinten in den Hals des Mannes ein. Am Erschlaffen der Glieder erkannte Irvin dessen Los. Hinab kriechend, gab er dem Kerl, mit seinem Dolch, den Rest, falls doch noch Leben in dem Mann war. Er nahm dessen Waffen und Ausrüstung an sich und kroch zurück.

An der Hauptspur einigten sie sich, jetzt erst nachzusehen, wie viele Spuren noch abzweigten. Es waren nur noch zwei und so krochen sie beide in unterschiedliche Richtungen.

Irvins Gegner saß an einer Stelle, zu der er nie hätte vordringen können. Der schmale Grat lag genau in der Blickrichtung des Wegelagerers. Diesmal musste der Bogen helfen.

Vorerst wartete Irvin jedoch, bis er ein Aufstöhnen vernahm. Gerwins Beute schien dicht bei ihm gesessen zu haben.

So wie er, hörte auch der Wegelagerer etwas und stand von seinem Sitz auf. Er wandte sich der Richtung zu, aus der das Geräusch kam.

Den Bogen im Anschlag, rief ihn Irvin an. „Fremder, was machst du hier oben?" Der Blick des Mannes ruckte zum Sprecher herum. In diesem Augenblick schnellte der Pfeil von der Sehne und obwohl sich der Wegelagerer in einer fließenden Bewegung zu Boden warf, erwischte ihn der Pfeil und streife seine Schulter. Der Mann stöhnte auf, ergriff dann den eigenen Bogen sowie einige seiner Pfeile und schob sich auf eine Ecke des Fels, die Irvin nicht einblicken konnte.

Dort erhob sich der Wegelagerer, legte einen Pfeil ein und rief: „Wer auch immer du bist, scheinst du ein Feigling zu sein... Warum zeigst du dich nicht?"

In diesem Augenblick hörte Irvin die Stimme Gerwins. „Das tue ich doch! Was kann ich dafür, dass du in die falsche Richtung blickst... Hier bin ich!" Die unwahrscheinliche Richtung der Stimme irritierte den Kerl. Er beugte sich hinter dem Fels hervor und im gleichen Augenblick beendeten zwei gleichzeitig einschlagende Pfeile des Mannes Dasein.

Irvin traf in den Kopf, denn nur den konnte er sehen. Gerwins Pfeil saß aber mitten in der Brust. Der Getroffene wankte und wählte dann den Weg hinab in die Tiefe.

Irvin stieg sofort in die vormalige Position des Wegelagerers und blickte hinunter. Zu seiner linken Hand erkannte er Gerwin, auf einer tiefer gelegenen Sohle, und nahm dessen günstige Schussposition wahr.

Der nächste Blick zeigte ihm zwei wesentliche Umstände. Das Lager des unteren Teils der Bande lag noch ein Stück zu seiner linken Hand und weil der Blick, der dort befindlichen Wegelagerer, in die Richtung ging, aus der Viator, Sexinius und ihre jungen Begleiter auftauchten, entging ihnen der leidvolle Absturz ihres Gefährten.

Kaum im Blickfeld der Bande aufgetaucht, verharrte der Reitertrupp, mit Viator an der Spitze, auf der Straße.

Irvin trat an den Rand des Felsen und schoss den ersten Pfeil in die erstarrten Wegelagerer. Der getroffene Kerl sank zu Boden und dies tat er sehr still, so dass sein weiteres Fernbleiben, weil er auch im Rücken seiner Gefährten stand, unbemerkt blieb. Ein Pfeil von Gerwin dezimierte die Bande auf nun nur noch vier Streiter.

Der Pfeilregen ging weiter, blieb nun aber erfolglos.

Die Wegelagerer erkannten die Gefahr vom Fels und duckten sich. Sie brachten sich, in den Büschen zwischen Fluss und Straße, vorerst in Sicherheit.

Die merkwürdigen Vorgänge oberhalb der Felsen erkühnten die Gefährten auf der Straße zu einem Vorstoß. Während Viator und Sexinius die Kerle aus den Büschen trieben, verringerten Notker und ein weiterer Pfeil deren Zahl auf nur noch zwei Überlebende.

„He, Viator, lasst die Beiden am Leben. Die brauchen wir noch!" rief Gerwin aus der Höhe. Seinem Befehl Folge leistend, zog sich die Schlinge um den Rest der Wegelagerer zusammen. Bald lagen die Beiden gefesselt im Schnee.

„Viator..." meldete sich Gerwin erneut aus der Höhe „... wartet dort. Wir kommen mit den Anderen. Legt die Toten alle hübsch neben der Straße ab. Wir werfen euch noch drei von den Kerlen hinunter. Hinter Irvins Fels liegt schon einer! Nehmt den auch mit!"

Während Irvin und Gerwin die Toten hinab warfen, sich je ein paar der merkwürdigen Schuhe für den Schnee unter ihre Sohlen banden, schleppten Viator und Sexinius die Leichen zu einem Ort.

Es dauerte einige Zeit bis Gerwin mit Paratus und den Frauen auftauchte. Die Römerin erstarrte, als sie der gelagerten Toten ansichtig wurde. „Blicke weg, Claudia!" rief sie dem noch jungen Mädchen zu.

Doch genau diese Worte bewirkten der Tochter Aufmerksamkeit.

Gerwin näherte sich dem Mädchen. „Bedaure sie nicht! Es waren Schufte, die dein Leben wollten!"

„Dennoch..." fügte er dann an „... der Tod durch Waffen ist nie schön. Er entstellt die Züge, bringt das Blut zum Ausbruch aus dem Sterbenden und oft verlieren die Körper ihre Beherrschung... Deshalb, Claudia, blicke weg und lösche, was du zuvor gesehen hast, aus deiner Erinnerung."

Er half ihr vom Pferd und führte sie zum Feuer der Bande, dass noch immer vor sich hin schwelte.

„Was machen wir nun, großer Hermundure?" fragte Viator seinen jüngeren Gefährten, als dieser auf ihn stieß.

„Ein paar Wahrheiten wären nützlich, nur nicht hier... Das Mädchen muss so etwas nicht noch erleben..." zögerte Gerwin mit seiner Antwort.

„Dann bleibt ihr hier... Paratus und ich machen ein kleines Spielchen..." schlug der Graukopf vor.

Gerwin nickte. Der Sizilianer war schnell bei der Hand. Die Kerle landeten auf einem Pferderücken, Viator und Paratus stiegen auf ihre Tiere und schon führte Letzterer das beladene Pferd den Weg weiter voran. Eine Stunde mochte vergangen sein, als die Reiter und Pferde zurückkehrten. Paratus schnappte sich einen der Kerle und warf ihn neben die übrigen Toten.

Die römische Frau sah das, sagte aber kein Wort.

Dafür folgte Gerwin Viators Schritten. „Was ist?" fragte er.

„Wie immer, einer spricht, ein anderer schweigt! Mir wäre lieber gewesen, der Alte hätte geplaudert..."Viator würdigte die Gesprächsbereitschaft des jüngeren Gefangenen.

„Unsere Vermutung stimmte. Ich weiß nicht, ob du den Toten gesehen hast, dem du in der Taverne der Colonia ein blaues Auge vermachtest?" Viator grinste verhalten. „Der Junge schiss sich ein, als er den Feuerdolch sah. Übrigens deine Feuerpfeile fehlten... Ich dachte du brauchst etwas Ablenkung... Nicht das du denkst, ich wäre leichtsinnig geworden..." lenkte der Graukopf ab.

„Spann mich nicht auf die Folter..." mahnte Gerwin.

„Der Junge wusste nicht viel. Er selbst stammt aus Lugdunum, sowie auch der Anführer. Zu der Bande gehören mehr als zwanzig Mann. Nun zähle die Toten und du weißt, was noch frei herum läuft und sein Unwesen treibt."

„Wo stecken die Übrigen?"

„In Lugdunum, Genava, in der Colonia... Genauer wusste er es nicht!"

„Was machen wir mit ihm? Den Anderen..."

„...nahm Paratus übel, dass er nicht Sprechen wollte..."

„Dann nehmen wir ihn mit! Soll der Statthalter die Entscheidung treffen..." entschied der Hermundure.

## 23. Ein Missverständnis

*67 nach Christus - Winter (21. Martius)*
*Imperium Romanum – Provinz Lugdunensis*

*A*m Ende der Bergkette veränderte der Rhodanus seinen Verlauf. Er strebte von nun an dem Norden zu. Folgten sie diesem Verlauf, würde die Reise wohl einige Tage länger dauern und genau dies war der Punkt, am dem Gerwin lieber direkt auf Lugdunum zugesteuert wäre und den Umweg, aller weit auslaufenden Biegungen des Flusses, gern vermieden hätte. Ab hier wäre ihm ein Wegekundiger von Nutzen gewesen, doch über einen solchen Mann verfügten sie nicht.

Die vom Legat Verginius Rufus erhaltene Karte zeigte, dass die kürzeste Verbindung, vom Ende der Bergkette nach Lugdunum, genau dorthin zeigte, wo immer die Sonne verschwand. Weil die Karte aber nur unzureichend den Flussverlauf markierte, war der Hermundure gezwungen, weitere Tage einzuplanen. Sie ritten am Ufer rechts vom Fluss. Wollten sie den kürzeren Weg nutzen, musste der Trupp das andere Ufer gewinnen. Ohne eine Brücke wäre dies kaum möglich. Allerdings konnte auch eine Fähre helfen...

Zur Verwunderung des Hermunduren zeigte sich, nach dem sie dem Fluss gefolgt waren, ein hölzerner Übergang über den Rhodanus, der nur schwerlich als eine Brücke benannt werden durfte. Der Bau schien morsch und wenig Vertrauen erweckend, dennoch wagte Gerwin, indem er die Anderen warten ließ, den Ritt ans andere Ufer. Die Brücke hielt.

Er band sein Pferd an einen der Bäume am Weg an und schritt zu Fuß zurück. Von der Mitte des behelfsmäßigen Brückenbaus aus rief er den Graukopf und bewegte diesen dazu, die Überquerung des merkwürdigen hölzernen Aufbaus Einzeln vornehmen zu lassen. Dies kostete zwar Zeit, war aber für einen Erfolg sicherer. Er selbst blieb auf der Brücke, um bei unvorhergesehenen Vorfällen helfen zu können.

Der Graukopf schickte immer nur ein Pferd mit einem Reiter oder einem Führer los. Auch verlangte er, dass die Brücke zu Fuß überquert wurde. Ob dies erforderlich war, wollte er nicht ausprobieren und die Geduld und Vorsicht zahlte sich letztlich aus. Der gesamte Trupp erreichte unbeschadet das andere Ufer und setzte den Weg, auch dort auf einer römischen Straße, fort.

Nach nur etwa fünf Meilen stießen sie auf einen kleinen Vicus, der auch noch über eine, wenn auch sehr bescheidene Taverne verfügte. Als Gerwin seine Verwunderung gegenüber dem Wirt zum Ausdruck brachte, starrte dieser ihn mit einem vernichtenden Blick an.

„Ich hörte schon, dass ihr Germanen ein freches Volk seid... Sei zufrieden und wenn dir mein Haus nicht gefällt, kannst du auch im Schnee übernachten!" belehrte der Mann den Hermunduren.

„Ja, auch ich hörte und erlebte schon Gallier, denen mitunter etwas Freundlichkeit fehlt... Du aber scheinst ein besonders würdiger Vertreter zu sein, denn du vergraulst dir deine Gäste und das, so scheint mir, grenzt an Dummheit." Gerwin ließ den Wirt stehen.

Der Graukopf, die Antwort hörend, schüttelte den Kopf und versuchte danach den Wirt zu beruhigen. Er erstand zwei Zimmer, die aber zu klein waren, um jeweils mehr als drei Reisende aufzunehmen. Das eine Zimmer blieb Domitia Peruzzi und ihrer Tochter Claudia vorbehalten und im anderen Raum schliefen die Römer des Trupps.

Hermunduren und Chatten machten es sich im Gastraum bequem. Ihnen halfen ihre wärmenden Felle. Der Gefangene wurde auf den Boden geworfen und ein ständig Wache haltender Gefährte sorgte für Wärme im Gastraum und ließ dem Wegelagerer keine Möglichkeit zur Flucht.

Der neue Morgen kündigte sich mit strahlendem Sonnenschein an. Gerwin, als Erster erwacht, entledigte sich fast seiner gesamten Kleidung und wusch sich mit Schnee, begann dann seine sonst üblichen Übungen, die er, gleich seinem Legat, morgens auszuführen gewöhnt war. In den letzten Tagen war er gehalten, darauf zu verzichten.

Er war so in seine Übungen vertieft, dass er die neugierigen Augen, hinter dem kleinen Fenster im oberen Stockwerk, das nur ungenügend mit *Pergament* bespannt war, gar nicht bemerkte.

Das Frühstück war schnell eingenommen und als der Trupp fast abmarschbereit war, tauchte ein Fremder auf, der darum bat, sich ihnen anschließen zu dürfen.

Gerwin und der Graukopf musterten den Fremden und schienen ihn als ungefährlich einzustufen. Sie ließen seinen Wunsch in Erfüllung gehen. Der Fremde wusste, dass sie bald auf eine andere römische Straße stoßen würden. Indem sie dieser folgten, gelangten sie auf kurzem Weg zu ihrem Ziel, so ließ er verlauten.

Der Mann, schon im fortgeschrittenen Alter, unterhielt sich mit Domitia, forderte den Graukopf zum Gespräch heraus und brachte zum

Schluss Gerwin gegenüber seine Bewunderung zum Ausdruck, dass offensichtlich er der Anführer wäre, obwohl erfahrene Legionäre ihn begleiteten.

Irgendwie gefiel Gerwin der Fremde nicht. Zuerst konnte er sich nicht erklären, woraus sein Misstrauen erwuchs. Dann beobachtete er die Augen des Mannes, die, wenn dieser sprach, beständig umher streiften und ihm nur wenig Aufmerksamkeit zu widmen schienen.

Er vergaß für eine Weile den Fremden, weil ihn Claudia ansprach.

„Gerwin, warum machst du das?" fragte sie, als er an ihr vorbei ritt.

„Was meinst du, junge Claudia?"

„Am Morgen im Schnee..." gab sie Auskunft.

„Was denkst du?" fragte er neugierig werdend.

„Ich weiß es eben nicht..." bekannte sie freimütig.

„Pflegst du deinen Körper nicht, wäschst du morgens nie den Schlaf aus den Augen?"

„Doch, aber mit Schnee, brrr..." lehnte Claudia entschlossen ab.

„Versuche es einmal und du wirst sehen, wie schön der Tag beginnt...Ein römischer Legat lehrte mich die Übungen. Sie sind einfach und bringen dennoch meine Muskeln in den Tag. Die Frische, oder nenne es die Kälte, verliert sich schnell, wenn ich mich ankleide. Ich fühle mich weit besser an diesem heutigen Tag, als an allen Vorangegangenen..."

„Ich werde dies meinem Bruder erzählen, wenn ich auf ihn treffe!" verkündete sie ihre Absicht. „Vielleicht ist er bereit, es von dir zu lernen..."

„Wo ist dein Bruder?"

„Bei meinem Vater..."

„Und was macht dein Bruder bei deinem Vater? Ich nehme an, er ist älter als du?" Sie nickte und bevor sie eine Erklärung zum Bruder abgeben konnte, mischte sich Domitia Peruzzi ein.

„Gerwin, was denkst du, wie lange wir noch auf dem Weg sind?"

Gerwin zeigte seine Verärgerung über die Unterbrechung nicht. Er spürte, dass die römische Frau jeder Frage zu ihrer Herkunft auswich und selbst ihre Tochter nicht sprechen ließ.

Freundlich antwortete er auch dieses Mal. „Vielleicht noch zwei Übernachtungen in Tavernen, wenn wir welche finden, römische Frau!"

„Ich danke den Göttern und hoffe auf keine weiteren Zwischenfälle...."

Sie hatte kaum ausgesprochen, als es einen *Tumult* gab.

Gerwin, von Claudia und ihrer Mutter abgelenkt, Viator voraus reitend, bemerkten die übrigen Gefährten nicht oder sahen darin keine Gefahr, dass sich der ältere Fremde dem Gefangenen, den sie auf einem der Lastpferde festgebunden hatten, näherte. Wimmo führte das Pferd am Zügel und ritt unmittelbar neben dem Gefangenen.

Der Chatte sah plötzlich einen Dolch in der Hand des Älteren und ruckte sofort am Zügel, so dass das Pferd, schmerzlich im Maul getroffen, zur Seite sprang, sich aufbäumte und als es wieder Boden unter den Füßen spürte, saß Wimmo schon hinter dem Gefangenen auf dessen Pferd und wehrte den nachfolgenden Hieb des Fremden ab.

Der Ältere hatte mit solcher Behändigkeit nicht gerechnet, sah seinen Versuch als gescheitert an und riss sein Pferd herum. In diesem Augenblick flog ein Dolch und traf den Fremden in der Schulter. Obzwar schmerzhaft, schien eine weitere Wirkung auszubleiben. Das Pferd machte einen Satz vorwärts und stürmte davon.

Aber auch Gerwin erkannte die Absicht des Fliehenden. Wollte dieser erst den Gefangenen töten, damit dessen Wissen nicht unter einer Folter in fremde Ohren gelangen konnte, suchte er danach sein Heil in der Flucht. Mit zwei Dingen hatte der wohl erfahrene Wegelagerer nicht gerechnet. Das Erstere war die Fähigkeit von Gerwins Rappen, der einmal losgelassen und noch dazu vom Reiter angespornt, den Vorsprung schnell aufholte. Gerwin ließ sich dann Zeit, er ritt einfach neben dem Fliehenden her und sprach den Mann, der im schnellsten Galopp davon jagte, nahezu ruhig von der Seite an: „Dein Gaul hält das Tempo meines Rappen nicht lange aus... Willst du nicht aufgeben?"

„Einem dummen Knaben wie dir, niemals!" antwortete der Fliehende und beugte sich noch tiefer über den Hals seines Pferdes. Er gebrauchte die Peitsche und konnte sich trotzdem nicht vom Verfolger absetzen. Der Rappe hielt mühelos mit. Gerwin lenkte ihn unmittelbar an des Fliehenden Seite. Dann sprang er auf das andere Pferd und, im nahezu gleichen Augenblick, flog der Fliehende im hohen Bogen aus seinem Sattel. Fast mühelos schwang auch Gerwin sich vom Rücken des Pferdes, nur dass er nicht so unkontrolliert und schmerzhaft auf dem Boden aufschlug, sondern in riesigen, seiner Gestalt entsprechenden Sätzen, auslief und gelassen zum Gestürzten zurückkehrte.

Der Mann lag auf dem Bauch. Ungeachtet jeder möglichen Verletzung, sprang er auf, als er des Verfolgers Fußspitzen vor seinen Augen sah. Der Dolch, der dann von unten nach vorn gestoßen wurde, hätte des

Hermunduren Unterleib zerfetzen müssen, richtete jedoch nicht den geringsten Schaden an. In seiner Bewegung zum Unterleib, traf der Dolch des Fremden auf eine ebenso stählerne Klinge, wurde mit einer schnellen Drehbewegung gebunden und flog dann durch die Luft.

Der Fremde blickte überrascht dem Dolch nach und begriff nicht, warum der Knabe diesen hinterlistigen Angriff abwehren konnte. Dieser Gedanke war der vorerst Letzte, den er fassen konnte. Danach ummantelte ihn tiefste Finsternis, obwohl er keinen Schlag seines Feindes spürte. Mit einer leichten Berührung trafen drei Finger von Gerwins Hand die Stellen am Hals, die den Blutfluss in den Kopf unterbrachen.

Wohltuende Dunkelheit nahm das Wesen des Fremden auf und als sein Bewusstsein, aufgrund eines leichten Schlages an seinen Hals, zurückkehrte, lag er gefesselt und festgebunden auf seinem eigenen Pferd.

Gerwin ergriff den Kopf des Mannes im Haar, zog ihn in die Höhe und lächelte den Älteren an. „Merkwürdig nicht, was hermundurische Knaben so alles vermögen... Du kannst dich jetzt schon auf die Begegnung mit einem Duumviri freuen... Ich vermute, er wird viele Fragen haben und auch die Kunst kennen, Antworten zu erhalten... Übrigens dein junger Gefährte scheint über den von dir angestrebten Tod nicht begeistert zu sein... Seine Zukunft verbessert sich soeben wesentlich..." Gerwin hörte ein Knurren, als er den Kopf losließ.

Am zweiten Tag darauf erreichten sie Lugdunum.

Als sie die Brücke über den Arar überquerten, schloss Gerwin zu Domitia Peruzzi auf.

„Wo, römische Frau, kann ich dich an deinen Mann übergeben?"

„Das musst du nicht! Ich finde allein hin!" antwortete sie kurz angebunden.

„Gehst du immer so mit deinen Versprechungen um? Wolltest du nicht jede für dich verauslagte Münze doppelt zurückzahlen? Ich sehe keinen Grund, darauf zu verzichten, wenn mich schon deine mangelnde Dankbarkeit befremdet!"

„Nenne mir eine Adresse und die Schuld wird reichlich getilgt..." fuhr sie ihn, merkwürdig, von oben herab, an.

„Nein, Domitia Peruzzi, so läuft das zwischen uns nicht! Entweder du nennst mir deinen wirklichen Namen oder du wirst uns weiterhin begleiten, bis du ein Einsehen zeigst! Meinst du, ich wäre so beschränkt, dass ich deine Versuche zur Vertuschung deiner wirklichen Herkunft und deines Namens nicht bemerkt hätte? Hätte ich mir dieses Wissen nicht, auf einfache Art, von deiner Tochter beschaffen können? Du hast jedes Gespräch zwischen uns unterbunden und du hast es zu geschickt gemacht... Eine einfache römische Frau wäre dazu einmal nicht in der Lage und auch nicht dazu gezwungen... Dort vorn irgendwo ist dein Ziel! Misstrauen uns gegenüber wäre weit gefehlt, bei dem Dienst den wir leisteten... Was also hindert dich, uns mit der Wahrheit zu bedienen?"

„Gerwin..." unterbrach der Graukopf des Hermunduren Worte. „... warum lässt du sie zappeln? Du weißt es doch längst!"

„Meinst du nicht, ich hätte ihr Vertrauen verdient?" brauste der Hermundure auf.

„Doch! Das denke ich schon..."

„Also römische Frau..." forderte Gerwin erneut auf.

„Was weißt du schon?" fuhr sie hoch.

Der Hermundure lächelte nur, als er zu antworten begann. „Betrachte den Ring an deiner rechten Hand und sieh die Markierungen in Haut und Fleisch, die Andere dort hinterließen... Deine fast unscheinbare Kette um den Hals und deren Beschaffenheit verraten einem geschulten Auge viel. Dann die Kette deiner Tochter... Dies führte zum Gedanken, dass nur die Gattin eines Senators über derartigen Prunk verfügte und diesen auch zeigen würde, selbst wenn es falsch wäre... Eine unvollkommene Bekleidung, die feine Sprache und noch vieles mehr... Letztlich gibt es nur einen römischen Senator, der zum ersten Tag des neuen Jahres nach Lugdunum reisen musste! Nur der Legatus Augusti pro Praetore der Provinz Lugdunensis traf, am Beginn des neuen Jahres, in Lugdunum ein! Du bist die Gattin des Statthalters Gaius Iulius Vindex! Ich mag Lügen nicht!"

Gerwin gab seinem Hengst die Zügel frei und gelangte zur Spitze des Reitertrupps, der sich bald darauf durch die Gassen der Stadt, und die Menschen darin, zwängte. Der Trupp drängte zusammen und so war der junge Hermundure froh, das Forum zu erreichen.

Ein von ihm Gefragter wies ihm den Weg zum Palast des Statthalters.

Gerwin teilte seinen Trupp in die, die gleich ihm den Palast aufsuchten und lies bei den Zurückbleibenden, neben den Pferden, auch die Gefangenen zurück.

Er schritt, gefolgt von der römischen Frau, ihrer Tochter und den römischen Gefährten, auf das Tor zu, doch die Wachen kreuzten ihre Pili und verweigerten ihm den Zutritt.

„Wer bist du? Was willst du?" wurde er gefragt.

„Ich bin ein Reisender, der die Frau des Statthalters nach Lugdunum geleitete!" Der Hermundure wartete.

Die Mitteilung gelangte zu einem Optio, von dort stürzte ein Bote davon und bald tauchte ein Trupp Auxiliaren auf, die die Fremden zum Palast geleiteten.

Am Eingang zum *Atrium* erwartete sie ein Mann, der kaum die Hälfte von Gerwins Größe erreichte. Der Mann wirkte kräftig und schien sich seiner Macht bewusst.

„Wer bist du, Fremder?"

„Ich bin Gerwin, der Hermundure!"

„Du befiehlst, obwohl ich römische Legionäre erkenne?"

„So ist es, Römer!"

„Ein Germane bestimmt über Römer... Habt ihr keine Ehre?" Der kleinere Mann wandte sich an den Größten.

„Du misst am falschen Wert, Zwerg!" antwortete Paratus unbeeindruckt.

Hostus Umbrenus zuckte zusammen. Ihn Zwerg zu nennen, stand allenfalls seinem Bruder zu... Betrachtete er allerdings den Burschen, passte er trotz seiner kräftigen Gestalt wohl zweimal in die Kleider des Großen. „Ich könnte dich Unverschämten Vierteilen lassen..." knurrte er zur Antwort.

Eine Hand griff nach Paratus Arm. „Überlass dies besser mir und Gerwin, bevor du kostbares Glas zerbrichst..." Viator schob sich vor Paratus.

„Du, Herr, solltest ihn nicht herausfordern und uns mangelnder Ehre zu bezichtigen, machen nur Lebensmüde!" mischte sich der Hermundure ein.

„Was fällt dir ein?" fauchte der Kleinere.

„Siehst du, wer immer du bist und welche Rolle du spielst, ist weder an deiner Körpergröße oder an deiner Erscheinung, noch an deinem Auftreten, so wenig festzumachen, wie meine Rolle im Kreis dieser Tapferen... Ich bin dir nichts schuldig, aber du mir, wenn du bist, wer du zu sein vorgibst... Der Statthalter bist du nicht! Also rufe ihn!" Gerwin begann gemäßigt und steigerte seine Stimmlage, nicht an Lautstärke, aber an Festigkeit.

„Er hat keine Zeit für dich!" Die Antwort kam entschieden.

„Wenn das so ist... Freunde, römische Frau, lasst uns gehen! Wir sind hier nicht willkommen! Wenn der Statthalter den Wunsch hegt, uns dennoch zu empfangen, dann sucht uns!"

Gerwin drehte sich um und seine Begleiter machten es ihm gleich. Nur die römische Frau zögerte.

„Römische Frau, erinnere dich an das, was ich dir bisher anbot! Wenn du hier nicht in Ehren empfangen wirst, dann lass den Verantwortlichen auf Knien rutschend, zu dir gekrochen kommen! Wir gehen! Claudia, mein kleines Mädchen, komm und merke dir: Dummheit muss immer bestraft werden..."

„Halt! Wachen!" brüllte der kleine bullige Zwerg. Den Ruf kannten die Auxiliaren und ein Trupp von etwa zehn Mann formierte sich erneut.

„Die Frauen in die Mitte!" befahl der Hermundure, grinste den Zwerg an, bevor er diesem wissen ließ: „Das sind zu Wenige! Willst du tatsächlich deren Tod? Sollte aber dem Kind oder der Frau etwas geschehen, rollt dein Kopf, Zwerg! Nichts wird dich vor der Wut des Vindex schützen, wenn du den Tod seines Weibes und seiner Tochter verschuldest! Vorwärts!"

Er schob sich selbst an die Spitze und verhielt, als er die zehn Milites vor sich sah.

„Zur Seite, Auxiliaren!" befahl er und machte den nächsten Schritt.

Ein Wink des bulligen Mannes öffnete die Gasse. Die Auxiliaren traten zur Seite und Gerwin steuerte auf das äußere Tor zu.

„Gerwin, was tust du? So kurz vor dem Ziel..." schrie die römische Frau.

„Du ehrst deinen Mann mit deinem Mut, nicht mit deinem Verstand!" belehrte er sie mit zornigen Worten. „Trotzdem und weil dich auch keiner zu kennen scheint, bist du nicht willkommen! Dein Mann ist nicht hier! Also suchen wir ihn! Dein Hochmut kam verfrüht und kränkte, wird mich aber nicht von einer freiwillig übernommenen Pflicht abbringen...Warum sollte ich dich und deine liebreiche Tochter in die Hände eines unverständigen und machtgierigen Zwerges geben?"

„Aber mein Mann nahm doch Römer, also auch Freunde mit, als er hierher reiste..." rief sie verzweifelt.

„Das wird dem Zwerg auch einfallen, wenn er zum Nachdenken neigt... Vielleicht kommt dann einer dieser Männer auf seinen Knien... Wir suchen eine Taverne und warten dort erst einmal ab..."

Gerwins Entschluss stand fest. Er hatte begriffen, dass der Statthalter nicht in Lugdunum weilte. Er musste herausfinden, wohin der Mann unterwegs war und dann eine Entscheidung treffen. Dies aber erforderte Zeit. Ihm war nicht daran gelegen, sich zu weit vom Palast zu entfernen. Also nahm er die erste bessere Taverne.

Wie hatte er nur glauben können, dass Römer klug und verständig waren. Knebelten sie die freien Stämme, würden sie in ihrem Machtgehabe auch kaum vor einer Frau, selbst wenn es das eigene Weib wäre, das Knie beugen. Er schallt sich einen Narren.

Sie hatten sich gerade eingerichtet und zu einem Mahl getroffen, als eine Turma Auxiliaren vor der Taverne absaß. Schnell war das Gebäude umzingelt. Ein einzelner Mann schritt auf die Tür zu.

Er stieß die Tür auf und musterte die Gäste.

Die Frau stieß einen gellenden Schrei aus und war versucht sich zu erheben. Aber Gerwins Hand, auf ihrem Arm, zwang sie zur Ruhe.

Der Mann an der Tür schritt auf die Frau zu.

Er beugte sein Knie. „Verzeih Herrin, Hostus Umbrenus kannte dich nicht!"

„Ist das der Zwerg, Römer?" fragte Gerwin und stand auf.

„Ja, er ist der Stellvertreter des Statthalter..."

„Wie mir scheint, keine glückliche Wahl... Geh und komm mit dem kleinen Mann wieder! Ich mag es nicht, beleidigt zu werden! Erinnere ihn daran, dass der Weg von der Tür bis zur römischen Frau auf seinen Knien zurückgelegt wird..."

„Das kannst du nicht fordern!" fuhr Mammeius, der Treverer in Roms Diensten, auf.

„Wer sagt das? Du könntest auch mit dem Statthalter hier erscheinen..."schlug Gerwin grinsend vor. „Das ginge dann auf ehrliche und offene Weise und ohne Knie..." Gerwin blieb unerbittlich.

„Das ist unmöglich! Der Statthalter ritt vor Tagen nordwärts, nach Cabillonum. Der Tag seiner Rückkehr ist unbestimmt." gab Mammeius Auskunft.

„Wo ist sein Sohn?"

„Er begleitet den Vater..."

„Dann bleibt es dabei und sage nicht, ich wäre nicht zu einem Einlenken bereit gewesen... Der kleine Mann, auf seinen Knien!"

„Ich tue, was du forderst, doch erzürne Hostus Umbrenus nicht!" riet der Treverer.

„Du sagst, er sei Stellvertreter des Statthalters... Ist er ein guter und strenger Mann?" Gerwin entschloss sich für eine weitere Brücke.

„Oh, das ist er, Germane!"

„Dann wird er es verstehen und als Lehre annehmen... Den Fehler, den er machte, muss er berichtigen! Er allein! Sage ihm, in der Taverne wird er erwartet. Wenn er eintritt, soll er die Tür hinter sich schließen! Der Gastraum wird leer sein, bis auf die, die seinen Fehler erlebten! Dafür sorge ich! Tut er dies, ist sein Fehler vergessen und verziehen..."

„Wer bist du, dass du solche Forderungen zu stellen wagst? Hostus Umbrenus kann eine ganze Kohorte aufbieten, um diese Taverne auszuräuchern..."

„Ja, das wäre die andere Möglichkeit... Doch bedenke, dass es seinen Kopf nicht sichert! Was wird Vindex davon halten? Bist du nicht einer seiner Begleiter aus Rom, sein Freund oder zumindest Gefährte? Bei mir hast du dein Möglichstes versucht! Das werde ich bezeugen! Geh..."

„Du kennst den Statthalter?" stieß der Treverer überrascht hervor.

Gerwin überging die Äußerung. Er wusste, dass er gewagt spielte. Gab er nach, kam dies einer Beleidigung seiner Gefährten gleich. Der Vorwurf mangelnder Ehre wog weit schwerer als Andere glaubten. Das dieser Hostus Umbrenus ein Zwerg war, war eine Tatsache und konnte, selbst wenn es dem Mann einen Stich versetzte, keine Beleidigung sein. Die Frau des Statthalters zu missachten, war nicht hinnehmbar. Auch deshalb nicht, weil damit verbunden, er selbst als Lügner hingestellt wurde.

Es verging keine Stunde, sie hatten das Abendmahl auf später verschoben, und den Gastraum von Fremden befreit, so dass nur die Römische Frau, ihre Tochter, Gerwin und seine römischen Gefährten zugegen waren, als sich die Tür öffnete und schloss.

Hostus Umbrenus rutschte auf Knien bis vor Domitia Peruzzi.

„Verzeih, Herrin, mein Unbedachtsam! Sieh es mir nach, dass ich dich nicht kenne, nichts von deiner Stärke und deinem Mut weiß und deshalb, dir und deiner Tochter nicht die erforderliche Ehre zu Teil werden ließ..." Der Zwerg verhielt zögernd in seiner Rede und rutschte dafür weiter näher. „Herrin, du siehst mich reumütig auf Knien, wie es dein noch junger Beschützer von mir forderte. Auch diese Männer kannte ich nicht, noch deren Verdienste gegenüber Rom und erhob mich in unzulässiger Weise über diese Tapferen, ohne deren Taten zu kennen. Es ist leicht aus einer Machposition zu kränken..." Der noch immer Rutschende erreichte die römische Frau. „Mit meiner geringen Größe gekränkt zu werden, selbst wenn diese eine Tatsache und somit kaum bestreitbar ist, tut trotzdem weh! Alles im Auftreten des Germanen forderte zum Widerspruch heraus und weil ich meine Wut nicht beherrschte, verdiene ich diesen Lohn!"

„Steh auf!" verlangte Domitia Peruzzi und der bullige Zwerg erhob sich.

„Setz dich, Hostus Umbrenus!" forderte Gerwin den Reumütigen auf. „Paratus und Sexinius, verlasst uns!" Die genannten erhoben sich und stiegen die Treppen zu den Zimmern hinauf.

„Ein Mann ist so stark wie sein Wille. Begeht er einen Fehler, muss er auch den Willen besitzen, die Verantwortung dafür zu tragen. Dein Fehler ist vergessen und dennoch verpflichte ich dich zu einer Last, die du aus freien Stücken übernehmen solltest... Bist du bereit?"

„Du bist noch so jung und trotzdem ein Stück weit härter als ich selbst... Ungern übernehme ich ein Versprechen, ohne dessen Inhalt zu kennen... So wie du mit mir umgegangen bist, musst du den gleichen Anspruch auch an dich stellen, sonst wäre dein Wille wertlos und nur eine brüchige Fassade. Ich gehe demnach davon aus, dass das Versprechen Ehre enthält und nehme an."

„Ich danke dir! Wärst du nicht gekommen, wie du gekommen bist, würdest du nicht erfahren, was geschah, nicht hören, warum wir die römische Frau nach Lugdunum brachten."

Danach begann Gerwin seinen Bericht, der mit der zögerlichen Frage in der Taverne in der Colonia Julia Equestris begann und in dieser Taverne endete.

Hostus Umbrenus saß beeindruckt vor Gerwin. Er blickte Viator an, dann die römische Frau und letztlich die Tochter.

„Verdammt Frau, was hast du nur auf dich genommen? Zu welchen Göttern betest du, dass sie dir solche starke Hilfe senden, wenn du in Not bist?" Irgendwie spürte Gerwin die Bewunderung der Frau in den Worten des Zwerges. „Gut, Hermundure Gerwin, das alles habe ich gehört. Ich werde diese Bande jagen... Was erwartest du noch von mir?" fügte Umbrenus dann zögerlich hinzu.

„Du wirst dem Statthalter gegenüber schweigen, was dessen Frau erlebte! Auch dir, Domitia Peruzzi, rate ich, zu schweigen... Ist der Statthalter auf dem Weg durch seine Provinz, wird er nicht vor ein oder zwei Monden zurückkehren. Es interessiert nicht, auf welchem Weg du kamst und wann das war! Er wird glücklich sein, euch vorzufinden und diese Freude solltet ihr keinesfalls trüben. Das aber schließt ein, meine kleine hübsche Claudia, dass auch du gegenüber Vater und Bruder schweigst. Hört dein Vater nur ein falsches Wort, stachelt das seine Neugier an und er wird nicht ruhen, bis er die ganze Wahrheit kennt! Dein Bruder wird nicht anders denken... Dies aber kann nicht zum Vorteil gereichen, nicht ihnen und nicht euch! Dafür, römische Frau, fordere ich, dass der Fehltritt des Hostus Umbrenus vergessen ist, egal was geschieht! Ein Mann sah seinen Fehler ein und besitzt eine ungebrochene Ehre... Du Hostus Umbrenus musst dich noch der Verschwiegenheit deines ersten Boten versichern..." Der bullige Zwerg nickte, verstanden zu haben.

„Denkt immer daran, das Schweigen mehr wert ist als Gold! Selbst der beste und verständnisvollste Mann nimmt niemals hin, worin dein Fehler besteht, römische Frau! Ich weiß das sehr genau! Ich kenne zu viele Menschen, die wegen Fehlern Anderer, selbst Unverzeihliches begehen und für die Last des Verzeihens nicht den kleinsten Gedanken erübrigen... Ich weiß, was Verzeihen bedeutet!"

Hostus Umbrenus blickte Viator an. „Du bist seiner Meinung?"

Der Graukopf lächelte. „Glaube mir, nicht eines seiner Worte entbehrt der Wahrheit! Er ist, wie er dich dir zeigte, hart, unerbittlich, aber auch aufmerksam und einfühlsam. Er lügt nicht und fürchtet sich nicht! Denen er Freund ist, die können stolz sein und wir, seine Gefährten, sind es!

„Hostus Umbrenus,..." unterbrach Gerwin die Lobrede grob. „... ich werde dich Morgen aufsuchen, weil ich mit dir noch Anderes zu besprechen habe..." Für einen Augenblick hüllte sich der Hermundure in Schweigen.

„Auch für mich war es ein Glücksfall, auf die Frau des Statthalters gestoßen zu sein! Ich besaß zwar, nach einigen Tagen gemeinsamer Reise, einen bestimmten Verdacht, wen mir meine Götter zuführten, aber das der Verdacht stimmte, ergab sich erst auf der Brücke des Arar."

Gerwin wollte seinen errungenen Vorteil erweitern. Ein Gespräch zwischen dem Stellvertreter des Statthalters und ihm sollte Erkenntnisse hervorbringen, die beiden Nutzen brächten.

„Ich werde dich erwarten... Die vierte Stunde?" fragte der bullige Zwerg und Gerwin stimmte zu.

„Viator, lass die Gefangenen bringen." An die römische Frau gewandt, sagte er: „Verabschiedet euch von den Gefährten! Ich glaube nicht, dass ihr sie jemals wieder sehen werdet..."

Am Morgen des folgenden Tages steuerte Gerwin erneut den Palast des Statthalters an. Diesmal kreuzten die Wachen keine Pili vor seiner Nase. Ein Secretarius trat hinter einer der Torsäulen hervor und sprach den Hermunduren an.

„Hostus Umbrenus trug mir auf, dich zu ihm zu bringen...“

Gerwin und Viator tauschten einen kurzen Blick und folgten dem Voranschreitenden.

Sie trafen den bulligen Zwerg in seinem Arbeitsraum, wurden nach der Begrüßung zum Sitzen aufgefordert und bekamen Wein und Wasser.

„Ich weiß nicht, was du sonst noch mit mir besprechen möchtest?“ eröffnete Umbrenus das Gespräch.

„Zuerst sage mir, wie wir dich ansprechen sollen? Du zeigtest dich als ein Mann mit Ehre und Verständnis...“

„Hostus genügt!“

„Dann, Hostus, möchte ich dir noch einmal das Wohl der römischen Frau und ihrer Tochter ans Herz legen...“ ging Gerwin auf die Frage ein.

„Warum liegt dir daran?“ fragte der kleinere Mann.

„Die Frau ist zweifellos mutig und entschlossen, aber handelte unklug. Sie wäre verloren gewesen, hätte sie unser Gespräch in der Taverne der Colonia Julia Equestris, ob nun gewollt oder aus Zufall, nicht gehört! Vielleicht nahm sie nur zwei Dinge zur Kenntnis, unsere Wünsche nach Lugdunum zu gelangen und eines Wegekundigen zu bedürfen... Sie wollte zum gleichen Ziel und besaß wohl diesen Wegekundigen schon... Du hörtest, was für ein Gauner das war...“ Hostus Umbrenus nickte.

„Warum war Lugdunum euer Ziel?“

„Ich muss zum Satthalter!“ antwortete Gerwin. „Ich bin ein Bote!“

„Du?“ stieß Umbrenus überrascht hervor. „Wären deine Gefährten da nicht die bessere Wahl?“

„Du verfällst in alte Gewohnheiten, Hostus!“

„Verzeih, es ist schwer sich daran zu gewöhnen...“ verkündete Umbrenus kleinlaut.

„Dafür habe ich Verständnis... Nur ist es eben so, dass ich der bin, der alle Ereignisse von einem Beginn an kennt. Außerdem ist es meine Stellung, die mich zum Boten berief.“ Gerwin lächelte.

„Ich finde, du sprichst in Rätseln...“ erwiderte der bullige Zwerg.

„Kennst du den Vergobret der Haeduer? Sicher hörtest du bereits von ihm...“

„Ich kenne den Kerl zu gut, lag ich doch mit ihm, vor nur wenigen Tagen, in einem Streit..."

„Unsere erste Begegnung liegt schon länger zurück..." stieg Gerwin ein und schilderte den Verlauf dieser Begegnung und deren Folgen. Gerwin vermied Einzelheiten oder Unbedeutendes, brachte Hostus jedoch in die Zusammenhänge.

„Du hattest ihn in sicheren Händen?" Hostus blickte zu Viator und dieser nickte nur.

„Übrigens, kennst du auch den Sequaner Castius, einen im römischen Dienst stehenden Präfekt einer Kohorte?"

„Den Namen hörte ich schon, kennen nein!" gab Hostus Auskunft. „Ist es nicht eine wenig verständliche Botschaft, die ihr zu tragen verpflichtet wurdet?" fügte er nachdenklich an.

„Nicht wenn du weißt, dass Eporedorix ein verschlagener, machtgieriger Mann ist... Als ich diesen Castius schlafen legte, sah er seine Gelegenheit für gekommen..."

„Du meinst, er verfügt tatsächlich über eine solche Anzahl kampfbereiter Gallier?" Hostus Umbrenus war verunsichert.

„...und er wird sie nutzen... Nur besitzt er auch Sorgen, die mein Begleiter und ich, ihm nehmen sollten..."

„Wie das?"

„Mein Begleiter war mit dem Legat Verginius Rufus gut bekannt und mehr noch mit dessen Tribunus Laticlavius, *Quintus Suetonius*. Der Legat spielte eine wichtige Rolle in den Überlegungen des Vergobret. Wir erkannten zu dieser Zeit noch nicht, dass dieser Legat nicht das einzige Pferd war, auf das der Haeduer setzte. Der gleiche Vorschlag erging auch an beide Satthalter der Militärbezirke und an einen weiteren Legat..."

„Welcher Vorschlag?"

„Der Haeduer bezweckte mehrere Vorgehensweisen... Wollte er mit gallischen Kriegern Rom aus Gallien fegen oder gar in Richtung Rom marschieren, brauchte er die Legionen vom Rhenus, entweder an der Spitze seiner Streitmacht oder still schweigend und nicht handelnd am Rhenus... Glaubst du, dass sieben Legionen, und noch einmal die fast gleiche Stärke an Auxiliaren, gut ausgebildet, an Gehorsam gewöhnt, im Kampf erfahren, die gallischen Krieger nicht hätten hinweg fegen können? Entweder er gewann einen Legat oder Statthalter, der seinen Kampf führen wollte, und blieb auch mit Versprechen nicht zaghaft, oder erzielte ein Stillhalteabkommen. In beiden Fällen wäre ein Sieg möglich und schlug dies fehl, versicherte er über uns, seine Treue zu Rom."

„Dieser Sequaner wusste nichts davon?" fragte Hostus dazwischen.

„Nein, der schlief! Vielleicht nutzte der Haeduer die günstige Gelegenheit mit uns und beging diesen Verrat an den Galliern... Zum Schaden würde es ihm kaum gereichen..."

Hostus Umbrenus dachte lange nach. Er wollte diese bedrohliche Nachricht kaum glauben, sperrte sich geradezu gegen diese Erkenntnis. Seine Überlegungen mündeten in einer Feststellung. „Das bedeutet, dass der Steuerstreit längst ganz Gallien erfasste... Weil der Statthalter auf neue Art Roms Herrschaft in der Provinz verfolgt, stießen wir auf den Widerspruch, den Vindex und ich herausforderten... Der Statthalter reist durch die Provinz um diese und die Sorgen seiner Bewohner kennenzulernen."

„Eine löbliche Tat..." entgegnete Gerwin. „Du musst nicht um ihn fürchten, noch ist der Haeduer nicht bereit!"

„Woher weißt du das?" warf Hostus verwundert ein.

„Aus dem Mund der Brüder Scribonius, beide Legatus Augusti pro Praetore im Exercitus Germania Superior und Germania Imperior. Zuvor musst du wissen, dass der Legat Verginius Rufus einen Boten zum Haeduer zurücksandte und auf Zeitgewinn spielte... Dafür sollte der Bote zu seinen Göttern aufbrechen. Es gelang mir, meinen älteren Freund aus der Botschaft zu drängen. So brach ich, mit meinen Gefährten auf, die Antwort zu überbringen. Der Haeduer ist sehr verschlagen, trotzdem waren wir ihm immer einen Schritt voraus und so wurde er unser Gefangener..."

„Ihr habt ihn am Leben gelassen..." stieß Hostus aus.

„Aber ja! Sein Ziel und den Weg glaubten wir zu kennen... Kenne deinen Feind und du bist zumeist einen Schritt voraus!" belehrte der Hermundure. „Höre weiter zu! In Mogontiacum sitzen zwei Legionen in einem Lager. Der Legat der *Legio IV Macedonica* ist zugleich Statthalter und dem Legatus Legionis der Primigenia vorgesetzt... Nur stehen sich beide nicht in Zuneigung gegenüber... Tatsache ist, dass beide Statthalter in der Germania glauben, Neros Gunst verloren zu haben und dass inzwischen Verginius Rufus mehr Zuneigung des Kaisers genießt. Das aber kann Männer, die nach Macht streben, nicht zufriedenstellen! Also traten sie in Verhandlung mit dem Senat."

„Bist du dir da sicher`?" Hostus war nicht nur beeindruckt, er schien die Erkenntnisse des Hermunduren geradezu abzulehnen. Wie konnte ein Germane an dieses Wissen gelangen? Sein Blick wechselte ständig zwischen Gerwin und Viator hin und her, zeugte von Unruhe und Zweifel.

„Überlege Hostus, beide Scribonius sind mit dem Kaiser uneins und dennoch im Besitz von sieben starken Legionen... Kaiser und Senat streiten ständig. Die Legionen am Rhenus aber gehören dem Kaiser, ... bis einer gewillt ist, diese dem Senat zuzuführen... Mein Legat und der andere Legatus Legionis können das nicht, aber beide Statthalter... Und dann kommt der Haeduer und bietet seine Streitmacht an..."

„Das, Hermundure, klingt sehr verworren und kaum glaubhaft!" rief Hostus.

„... und ist dennoch die Wahrheit, weil beide Brüder und ein Mann mit dem Namen Julius Tutor, ein Treverer Präfekt Roms als Handlanger, den Tod des Legaten Verginius Rufus herbeiführen wollten. Ich war jedes Mal inmitten der Ereignisse und weil der Kerl nicht an mir zum Legat vorbei kam, zielten seine letzten Bemühungen auch auf meinen Tod ab."

„Das sind mir zu viele zu glückliche Ereignisse zu deinen Gunsten, als dass ich deiner Schilderung folgen könnte..." erzürnte der bullige Zwerg.

„Dann lass mich ein noch unwahrscheinlicher erscheinendes Ereignis hinzufügen..." Gerwin wartete, bis Hostus zustimmte. „Die Brüder und ihr Handlanger treffen sich oft an der Grenze zwischen ihren Gebieten. Ich erhielt Kenntnis davon, weil ein Tötungsversuch an mir so scheiterte, dass ich den einen Attentäter zu töten vermochte, den Anderen aber als Freund gewann... Beide waren, bis zu diesem Zeitpunkt, immer die Begleiter des Statthalters aus Mogontiacum, wenn sich die Brüder trafen... Der Statthalter erfuhr von der Pflichtverletzung des Überlebenden und entzog ihm seine Gunst. Von diesem Mann hörte ich, was ich brauchte. Ich war es, der nur wenige Schritte entfernt, in einem Dornengestrüpp, die vorerst letzte Beratung der Brüder belauschte. Dort sprachen die Brüder nicht nur über ihre Ziele und die Wege dorthin, es brachen auch Widersprüche auf, die deren unterschiedliche Positionen zum Ausdruck brachten, Dieser Tutor ist dem Scribonius Rufus, dem Statthalter in Niedergermanien, hörig und liegt im Streit mit Scribonius Proculus, der wiederum wohl der Dümmere und hinten Angestellte der Brüder ist... Seine Fehler uns gegenüber brachten uns in Vorteile, von denen der Bruder nichts weiß!"

„Nein, dass alles ist unmöglich!" stöhnte Umbrenus auf.

„... und dennoch die Wahrheit!" warf Viator ein.

„Der Statthalter in Niedergermanien strebt die absolute Macht an und ist bereit, die Streitkräfte des Haeduer anzunehmen. Sein Ziel ist ein Imperium Gallicum, mit ihm selbst als Herrscher... Scribonius Proculus lehnt die gallische Streitmacht ab, möchte aber die Legionen an den Senat übergeben..."

„Und der Treverer?" fragte Hostus leise.

„... ist der Spielball zwischen denen und uns, den wir an langer Leine führen und im Auge behalten... Julius Tutor ist ein gefährlich kluger, auch verschlagener und mutiger Mann. Ihn darf man nicht unterschätzen!"

Schweigen senkte sich über die Gesprächsrunde.

„Warum, Hermundure, hast du mir dies alles erklärt?"

„Einmal befindet ihr euch alle in einer Gefahr, die ihr kennen solltet... Zum Anderen will ich wissen, wo der Statthalter Vindex stehen wird..."

„Ich kann es dir nicht sagen..." Hostus Umbrenus verfiel in Schweigen, stand auf, durchmaß mit Schritten den Raum, setzte sich, sprang erneut auf und setzte sich wieder. Er trank aus seinem Pokal und füllte das leere Gefäß erneut mit Wein und Wasser.

„Für die Warnung bin ich dankbar und werde sie beherzigen! Mir ist gleich, was Vindex vor hat. Ich stehe zu ihm! Er ist ein kluger Mann, der bedacht und ruhig vorgeht und dem wohl zuerst Roms Stärke am Herzen liegt. Trotzdem erkenne ich seine gallischen Wurzeln... Weil er ehrlich zu sich selbst, zu den Menschen um ihn herum ist und das Wohl aller im Blick behält, folge ich ihm auf seinem Weg!"

„Das, Hostus, ist ein Bekenntnis deiner würdig! Ich mag ehrliche Männer und du gehörst dazu! Du machst Fehler und stehst dafür ein und du bist ein starker Mann, weil du zum Tragen einer Last, nenne sie Verantwortung, bereit bist!"

„Was wirst du tun, Gerwin?" fragte Hostus Umbrenus.

„Ich werde ein gleiches oder fast gleiches Gespräch mit Vindex anstreben... Wo treffe ich ihn am Ehesten? Nicht im Land der Haeduer... Eporedorix sollte nichts von meiner Anwesenheit erfahren..."

„Der Statthalter ging zuerst nach Cabillonum, dann vermutlich nach Lutetia. Zum Schluss glaube ich, wird er Caesarodunum aufsuchen. Wann er wo in Erscheinung tritt, entzieht sich meiner Kenntnis. Ich könnte dir eine Order mitgeben und ein Schreiben aushändigen, was dir den Weg zu ihm ebnet..."

„Ich wäre dir dankbar!" nahm Gerwin das Angebot gern an.

„Du wirst es erhalten. Ich schicke einen Boten!"

Gerwin nickte und erhob sich. Er reichte Hostus Umbrenus den Arm.

„Warte noch..." lehnte dieser den Abschied ab.

„Mein Bruder möchte mit dir sprechen..." Jetzt lag die Verwunderung auf Gerwins Seite.

Umbrenus öffnete die Tür und rief nach einem Sklaven. „Hole meinen Bruder!" befahl er.

Was sich kurz darauf in den Raum drängte, war der in seiner Erscheinung unrühmliche Bruder des Hostus.

„Das ist mein Bruder, Aemilius! Er ist der Unglücklichere, was unsere Erscheinung betrifft. Dessen ungeachtet ist er ein kluger Mann, dem ich die Suche nach der Bande anvertraute..."

Gerwin musterte den Mann.

„Störe dich nicht an meinem Aussehen... Es ist der Makel eines unfertigen Körpers und hat mit meinen geistigen Möglichkeiten nichts zu tun..." wandte sich Aemilius an Gerwin.

„Du siehst, auch ich bin nicht ohne Makel..." antwortete Gerwin. „...bei mir ist es die Jugend und die Tatsache, dem Volk der Hermunduren zugeordnet werden zu wollen..."

„Wollen wir tauschen, Hermundure?" fragte das Gerippe des bulligen Zwerges.

„Oh nein, Herr!" rief Gerwin. „Geist und Körper sind die Gabe der Götter! Willst du dann auch das Leid tragen, das sie mir zuordneten?"

Aemilius musterte den Hermunduren und wäre es möglich, wünschte er sich in solcher Erscheinung zu leben.

„Ich kann nicht wissen, welches Leid dies ist und weil ich mich vor Unbekanntem zuweilen fürchte, nehme ich, was ich besitze! Außerdem habe ich mich an die Erscheinung gewöhnt, auch wenn das fast unmöglich anmutet..."

„Dann nimm meine Achtung für den Mut, mit solchem Unbill leben zu müssen... Sage mir, was du über die Bande erfahren möchtest?" beendete Gerwin diesen Teil des Kennenlernens.

„Was die Gefangenen zu erzählen wussten, glaube ich zu kennen... Der Jüngere sang wie eine Lärche. Der Ältere war verstockt. Dennoch glaube ich, seine Zunge ein wenig gelockert zu haben..."

„Sagte er dir, den Jungen töten zu wollen?" warf Viator ein.

„Der Junge sprach es aus!" gab Aemilius zu.

Gerwin sah Viator an, der zustimmend nickte.

„Wir fanden eine Taverne, nachdem wir den Rhodanus auf dieser morschen Brücke überquerten. Der Wirt war unfreundlich, was nichts bedeuten musste... Am Morgen stand der ältere Gefangene vor uns und begehrte, uns begleiten zu dürfen. Wir sahen keinen Grund abzulehnen."

„Das war aber nicht alles?"

„Nein! Als er..." Gerwin zeigte mit einem Nicken auf den Graukopf, „... voraus ritt und ich durch die Frauen abgelenkt war, sah der Fremde seine Gelegenheit für gekommen. Er wollte den Jungen erstechen, rechnete aber nicht mit den Fähigkeiten meiner jungen Begleiter. Die Wunde in der Schulter stammt vom Messer eines Freundes. Der junge Chatte, der das Pferd des Gefangenen führte, bemerkte die Absicht zuerst und ließ den Fremden scheitern. Mein Pferd holte den Kerl mühelos ein und ich warf ihn aus dem Sattel, als er floh. Was ich dir nicht sagen kann, ist..."

„...woher der Kerl wusste, wer dich begleitet! Du gabst mir einen wertvollen Hinweis. Ich werde den Wirt der Taverne befragen müssen..." vollendete der Bruder des bulligen Zwerges Gerwins Schilderung.

Der junge Hermundure nickte. „Du kannst darüber hinaus mit einem der Duumviri in der Colonia Julia Equestris in Verbindung treten... Dessen Namen kann ich dir nicht nennen. Er ist sehr groß und besitzt eine gewaltige Stimme. Ihm übergaben wir den Kerl, der sich der römischen Frau als Wegekundiger anbot."

„Das werde ich!" Aemilius Umbrenus schien zufrieden.

„Grüße den Duumvir von mir. Er traute uns nicht so ganz und ich musste einige Überredungskünste aufbieten, um ihn von unserer Arretierung abzubringen... Sicher wird er glücklich sein, sich richtig entschieden zu haben!"

Es war alles gesagt und Gerwin bot erneut seinen Arm zur Verabschiedung, diesmal aber beiden Brüdern Umbrenus.

„Erwarte den Boten, Gerwin!" verabschiedete sich Hostus Umbrenus.

Der Bote kam am Abend und brachte das Versprochene.

## 24. Der Rächer

*67 nach Christus - Frühling (23. Martius)*
*Imperium Romanum – Provinz Lugdunensis*

Seit etwa einer Dekade waren Gaius Julius Vindex und seine Begleiter bereits auf ihrer Reise durch die Provinz. War der Beginn noch von den späten Folgen des abklingenden *Winters* beherrscht, zeigte sich das Erwachen der Natur bald nachdrücklich. Es wurde spürbar wärmer, die Sonne stand länger am Himmel und auch die Kälte der Nacht schien einzusehen, dass es ihres Auftretens nicht mehr bedurfte.

War es erst der tauende Schnee, dann der daraus hervordrängende Matsch, die ein Vorwärtskommen behinderten, gaben diese Erscheinungen bald nach, wichen Regen und gelegentlich auch Stürmen, bevor das Blühen auf den Wiesen und in den Wäldern begann...

Die Reiter nahmen davon nur wenig Kenntnis, denn ihr Ziel der Reise war auf andere Dinge ausgerichtet. Wohl äußerten sie Unwillen, troff der Regen auf sie herab, schimpften im stürmischen Wind und schenkten dem Blühen kaum Aufmerksamkeit.

Vindex erwählte zu seiner Begleitung nur wenige Männer. Einer dieser war sein Berater Lucien Belinarius und der frühere Präfekt Gaius Donicus.

In seine Reisevorbereitungen einbrechend, tauchte sein Sohn Faustus auf und forderte seine Teilnahme. Vindex war ob der Unverfrorenheit des Sohnes ungehalten, wenn nicht gar wütend... Des Sohnes Behauptung, er würde von Nutzen sein, überzeugte den Vater nicht. Das er die Menschen der gallischen Stämme besser verstehen könnte, weil er auch deren Sprache beherrschte, wies Vindex von sich und die Forderung der Mitnahme eines weiteren Begleiters schlug dem Vater derartig auf den Magen, dass er seinen Zorn ungehemmt über dem Sohn ausschüttete.

Allein Faustus stand, wo er stand. Er bog sich nicht im väterlichen Sturm, wich keine Haaresbreite zurück und wartete auf das Abflauen des Widerstandes. Als der Vater fertig zu sein schien und Luft holte, fragte Faustus nur, welchen Eindruck er auf die Stämme der Gallier machen wollte, wenn ihn nur zwei weitere Männer begleiteten...

Vindex verschlug es die Sprache. Seine Erwiderung erntete ein Lächeln des Sohnes.

Er wusste selbst, dass seine Abwehr wenig gehaltvoll war, verwies er doch nur darauf, dass mit der Begleitung zweier wohl noch sehr junger Burschen wohl kaum etwas gewonnen wäre...

Sein Erstaunen blieb ihm im Hals stecken, als der Sohn daraufhin fragte, wer wohl in den gallischen Stämmen, wenn es zum Aufstand gegen Rom käme, eine Entscheidung zum Kampf mittragen müsste...

Während Vindex über eine Erwiderung nachsann, zog Faustus nach. Sicher würde der Vater die Herzen der jungen Krieger gewinnen, wenn er sich bei denen um Unterstützung bewarb...

Zuerst sah Vindex den Sohn an, als verstand er dessen Bemerkung nicht. Dann klarte sich seine Miene auf, als hätte er begriffen. Und vielleicht traf dies auch so zu, wenn es auch noch etwas länger dauerte, die so leicht hingeworfene Behauptung des Sohnes zu verdauen.

Vindex, dem eine schlüssige Ablehnung abging, der dafür aber des Sohnes Gedanken aufnahm, zögerte einen Augenblick zu lange. Der Sohn nahm das Zögern als Zustimmung wahr.

Erst mit der Zeit freundete sich der Vater mit des Sohnes Vorstoß an, denn in einem Punkt besaß Faustus recht... Keiner der jüngeren Gallier besaß, unter den Vätern der Sippen und der Stämme, nur das geringste Mitspracherecht. Wollte sich Vindex an die jungen Krieger wenden, fehlte ihm jede Möglichkeit, sich denen zu nähern... Faustus aber konnte dies mühelos und wer würde seinen jungen Sohn schon bei dessen Treiben beachten? Vindex nahm des Sohnes Wunsch hin.

Weil dieser bei deren Gespräch das Mithören fremder Ohren vermied, öffnete sich der Vater und verkündete seine Entscheidung, den Sohn auf diese gefährliche Reise mitnehmen zu wollen. Er gestattete darüber hinaus auch die Begleitung eines Freundes.

Faustus stellte den Freund als Gryllus vor und bald war dieser der anerkannte Begleiter, weil dessen Unbeschwertheit und auch so mancher Streich zur Belustigung beitrugen.

Zwei Turmae reichten Vindex zum Schutz, glaubte er doch nicht, an feindliche Begegnungen. Andererseits war die Schnelligkeit der Reise, mit nur wenigen Begleitern, eher zu bewältigen und Unterkunft auch leichter zu beschaffen.

Die ersten Tage gaben dem Statthalter recht. Doch glaubte er, sein erstes Teilziel in Lutetia, bei den *Parisii*, innerhalb von zehn oder vielleicht zwölf Tagen zu erreichen, irrte er gewaltig.

Die erste Überraschung erlebte er in Cabillonum, wo er am dritten Tag eintraf und Unterkunft in einer der größeren Herbergen nahm. In Cabillonum wurde römisches Getreide aus *Ägypten* von Transportschiffen, die das *Mare Mediterraneum* überquert hatten, in große Lagerhallen umgeschlagen, um dann auf römischen Straßen zu den Legionen am Rhenus transportiert zu werden.

Die Kohorte der Auxiliaren in Cabillonum, einst auch vom Präfekt Donicus befehligt, erwies sich als ein brauchbares Instrument des Schutzes.

Der Präfekt ebnete den Weg zum gegenwärtigen Kommandeur, der dem Statthalter seine Treue und Zuverlässigkeit versicherte. Vindex erfuhr von den konkreten Aufgaben der Kohorte, von deren taktischer Vorgehensweise, von der vermeintlichen Kampfkraft und erkannte zwei Dinge, die seine Zuversicht erschütterten.

Die Kohorte war in der Lage das Getreidelager zu schützen und auch auf dem Arar den Weg der Schiffe zu sichern. Als gewaltige Streitkraft seiner Macht aber, war eine solche Kohorte, von nur geringer Bedeutung. Umso klüger musste er deren Einsatz bedenken, sollte dieser erforderlich werden... Also forderte er, für den Fall einer Bedrohung, den Schiffbau voranzutreiben. Für eine nachhaltigere Schlagkraft seiner Kohorten brauchte er deren Vereinigung und wo sollte diese stattfinden, wenn nicht dort, wo sich sein Statthaltersitz befand? Dafür den Fluss zu nutzen, schien sich aufzudrängen.

Seine Überlegungen, weil sie vom älteren Präfekt Donicus unterstützt wurden, fanden Anerkennung, auch wenn sich der jetzige Kommandeur sträubte, Roms Getreide aufzugeben. Was aber nützte der vermeintliche Schutz der Nahrungsmittel römischer Legionen, wenn diesem Zweck, bei einer feindlichen Bedrohung, die gesamte Kohorte zum Opfer fiele...

Vindex erkannte seinerseits an, dass der Schutz der Getreidelager für die Zeit eines Friedens oder auch der Aufrechterhaltung römischer Ordnung ausreichte, erhoben sich aber alle gallischen Stämme, dann brauchte er die Kohorte zu seiner Verfügung. Weil Donicus ihm zustimmte, verwehrte sich der jetzige Präfekt auch nicht mehr.

Vindex hätte nach zwei Tagen weiter reisen können, legte sich nicht ein schweres Hindernis vor die Hufe seiner Pferde.

Der Vergobret der Haeduer erschien und verlangte, vorgelassen zu werden. Vielleicht wäre dieser Umstand nicht eingetreten, hätte Vindex eine andere Gastlichkeit für die Nacht erwählt, so aber landete er in der

Herberge des Haeduer *Liscus*, dem ausreichend Zeit blieb, seinem Vergobret Bericht zu erstatten.

Als Eporedorix erschien, drängten an dessen Seite zahlreiche Männer in den Gastraum, unter denen Vindex auch seinen Spion erkannte. Ob der Tatsache erfreut, wirkte Eporedorix Auftritt dennoch erdrückend.

Der Vergobret schien nicht begeistert.

„Wenn..." so fragte er „...du schon meinen Stamm besuchst, warum beginnst du dann nicht bei mir?"

„Wer sagt, dass ich deinen Stamm aufsuchte?" erwiderte Vindex überrascht.

„Was tust du dann hier?" schien nun der Vergobret überrascht.

„Ich wahre Roms Interessen! Befindet sich hier nicht ein wichtiges Lager? Liegt hier in Cabillonum nicht eine römische Kohorte?"

Eporedorix erkannte, dass der Zorn, über das unerwartete Auftauchen des Statthalters, ihn hingerissen hatte.

Vindex, die Verwirrung seines Gegenüber erkennend, nutzte den gewonnenen Vorteil. „Meinst du nicht, dass ich jedes Recht besitze, den Ort in meiner Provinz aufzusuchen, nach dem mir der Sinn steht... Warum sollte ich also, wenn ich in Lugdunum lange mit dir sprach und dies nur wenige Tage zuvor geschah, unbedingt erneut dich aufzusuchen? Und was glaubst du, wenn ich von Lugdunum nordwärts reite, würde ich dann um dein Stammesgebiet einen Bogen machen sollen? Was soll der Unsinn, Vergobret, nicht du bist der Herr in der Provinz und vertrittst den Willen unseres Kaisers, sondern ich! Dein Gebiet gehört zu meinem Territorium! Also, ziehe ab, ich rief dich nicht! Oder bedrohst du mich etwa?"

Sie standen sich im Gastraum gegenüber, von Kriegern der Haeduer eingekreist. Blicke maßen einander und Vindex begriff, dass ihm hier der Schutz seiner Kohorte fehlte. Er musste sich eingestehen, dass der Vorteil der augenblicklichen Macht in der Hand des Haeduer lag. Wollte der Vergobret etwas berichtigen, was diesem als Ergebnis ihrer vergangenen Gespräche widerstrebte, so war dieser in der günstigeren Lage.

Statt den Schwanz einzuziehen, trat der Statthalter auf den Vergobret zu. „Zieh deine Männer ab, wenn du mit mir sprechen möchtest! Oder geh! Ich habe nicht die Absicht, zwischen uns Gesprochenes zu wiederholen und über Neuigkeiten verfüge ich ebenso wenig!"

Vindex wandte sich ab und schritt auf die Treppe zu, die er hinaufsteigen musste, wünschte er seine Unterkunft aufzusuchen.

Wollte der Vergobret keine Auseinandersetzung, musste er den dort verstellten Weg freigeben. Dies aber war gleichbedeutend mit einer Niederlage, die wohl Unterordnung unter Rom bedeutete. Ein solches Weichen stand aber weder in seinem Interesse, noch durfte sich der Vergobret, vor den Augen eigener Krieger, eine derartige Niederlage leisten. Also lief alles darauf hinaus, die Waffen zu ziehen...

Den Weg freiwillig räumen, schied eigentlich genauso aus, wie den Statthalter und dessen Begleitung niederzuhauen... Das Eine konnte der Vergobret nicht, das Andere aber wollte er ebenso wenig.

„Vielleicht habe ich Neuigkeiten..." erhob Eporedorix seine Stimme.

Vindex wandte sich ihm erneut zu.

„Verlasst die Herberge, alle!" befahl Eporedorix und schickte seine Krieger weg. Nun opferte er seine Sicherheit denen, die er zuvor bedrohte. Warum sollte der Statthalter jetzt diesen Vorteil nutzen, wenn er den günstigeren Zeitpunkt in Lugdunum ungenutzt verstreichen ließ? Eporedorix begriff, dass er mit diesem Römer noch längst nicht im Reinen war, aber auch, dass sein Leben keinesfalls und sein Anspruch fast ebenso wenig bedroht waren und lenkte deshalb ein. In seine Überlegungen hinein geschah etwas sehr Merkwürdiges. Auch Vindex verlangte von seinen wenigen Begleitern, den Raum zu verlassen.

So standen sich der Statthalter Roms und der Vergobret der Haeduer allein gegenüber.

„Welche Neuigkeiten?" fragte Vindex, als nur noch des Wirtes Liscus neugierige Ohren an der Tür zur Küche lauschten.

Eporedorix wollte sein vorläufiges Geheimnis nicht umgehend opfern. „Du suchst also deine bescheidenen Streitkräfte auf? Ich hätte es mir denken müssen..." begann er mit einer unverfänglichen Feststellung.

Vindex überging die Frage seines Gegenüber. „Du hast tatsächlich nicht erwogen, dass ich allein diesem Ziel folgen könnte, obwohl du sicher von meiner Reiseabsicht wusstest... Merkwürdig, dass du dann von meiner Absicht erfuhrst, als ich in dieser Herberge eintraf?" Vindex lächelte und verbuchte einen kleinen Sieg.

„Denkst du etwa, mir entgeht, wenn du in meinem Gebiet auftauchst?" brauste Eporedorix auf.

„Also ist dieser Wirt dein Spion..." überging Vindex des Anderen Frage und traf erneut. Er hörte es, als in der Küche Geschirr auf dem Boden aufschlug. Eine zu heftige und ungestüme, von Erschrecken gezeichnete Bewegung, bewies den Lauscher und dessen Angst.

„Wirst du ihn für das Belauschen strafen, oder soll ich das tun?" fügte Vindex, in die Richtung der Tür deutend, an.

„Das werde ich selbst tun!" entschied sich der Vergobret.

„Warst du entschlossen, mir den Weg aus deiner Bedrohung zu verweigern? Du konntest dir doch keine Zugeständnisse an mich leisten, oder?" Der Statthalter stieß nach.

„Vielleicht brauche ich dich noch einmal..." bekannte Eporedorix und knirschte bemerkbar mit seinen Zähnen.

„Würden das deine Anhänger ebenso sehen?" Vindex nutzte seinen Vorteil weidlich aus. „Es ist schon merkwürdig... Du dringst mit Waffengewalt zu mir vor... Deine Begründung dafür kenne ich nicht... Sollte es unangemessener Zorn sein oder glaubst du ein Recht zu besitzen, dich als Vergobret deines Stammes über den Statthalter deines Kaisers zu erheben? Dann aber, in einer für dich schlimmen Lage, in der du meinen Tod fordern solltest, kneifst du plötzlich... Ist dein Vorgehen dann vielleicht von Unüberlegtheit gekennzeichnet oder fiel dir wirklich nur dieser Ausweg ein? Klug, dass du deine Männer wegschicktest, nur der Wirt scheint zu neugierig zu sein..."

Eporedorix nickte langsam und nachdenklich. Warum nur, fragte er sich, renne ich diesem Statthalter dauernd in dessen offene Klinge... Soll ich nun dem Vindex oder dem Wirt die Kehle durchschneiden? In seinem Inneren entschied er sich. Ein unfähiger Spion ist nun einmal ein bald notwendiger Toter... Immerhin hatte der Wirt schon gegenüber dem Germanen versagt... „Du kannst mich nicht glauben machen wollen, nur wegen deiner Kohorte in Cabillonum und dem leichteren Weg, durch mein Stammesgebiet zu reisen... Wenn du schon mal diesen Weg wähltest, sollte ich dich dann nicht auch selbst begleiten?" warf der Vergobret dem Statthalter vor.

„Damit aus Furcht vor dir alle Schweigen? Nein, ich brauche dich nicht! Im Gegenteil, wünsche ich dich weit weg! Ein guter Mann muss nicht von Mut geprägt sein, ihn kann durchaus Furcht beherrschen..." Vindex wusste sich im Vorteil und drang weiter voran.

„Zumal du nur gute Männer zu haben scheinst, denn die weniger Guten sterben mitunter zu schnell weg... Was ich damit sagen will? Du bist ein zu mächtiger und zu rücksichtsloser Herrscher, als dass du einem schwachen, bedrückten Mann verzeihen könntest, wenn dieser mir von seiner Angst erzählt... Deinen Standpunkt erfuhr ich von dir... also lass auch andere Haeduer sprechen... Stimmt überein, was ich von dir und diesen Männern erfahre, dann habe ich zukünftig keinen Grund, dir zu misstrauen, andernfalls..." Vindex ließ die Folgerung unausgesprochen.

„Du prüfst meine Wahrheit?" fuhr ihn der Vergobret an.

„Sicher! Meinst du, es steht mir nicht zu?" Die Herausforderung traf.

„Was bezweckst du wirklich?" forderte Eporedorix unnachgiebig.

„Was meinst du, bin ich ein Dummkopf, dir bedenkenlos zu folgen? Deine Geschichte von den Publicani kann ebenso wahr, wie auch gelogen sein... Sie kann wahr sein in Bezug zu Herrschenden oder nur Reichen, wie zum Beispiel dir, und gleichzeitig eine Lüge für den armen, geschundenen Gallier sein... Soll ich dir für deine Lüge folgen und mein Leben verwirken? Anders wäre es, du bist der Ausdruck des Willens deiner Haeduer... Geht es dir, in deiner Macht und deinem Reichtum, wirklich so schlecht, dass du das Wenige, was dir Rom und die Publicani nehmen, vermissen würdest... Wie aber sieht das für einen Mann aus, dessen Reichtum Grenzen zeigt, dessen Würde schutzlos ist und der in Angst vor den Mächtigen erzittert?"

„Also prüfst du meine Wahrheit..." stellte der Vergobret erneut fest.

„Du und ihr Fürsten lügt doch alle, wenn es um eure Macht und euren Reichtum geht... Dein Gefolgsmann denkt vielleicht ganz anders... Bevor ich mich deiner Sache annehme, will ich wissen, ob auch deine Männer dir aus freien Stücken folgen, wenn du sie gegen Rom aufwiegelst..."

Der Vorwurf und die Unterstellung trafen.

Plötzlich begriff der Vergobret. Der Statthalter war ein Unwissender, was die Rolle der Publicani betraf. Was er hörte, erschütterte ihn und nun suchte er dort nach der Wahrheit, wo das Leid, falls seine Anschuldigungen stimmten, unermesslich sein musste. Dass der Statthalter vorgab, die Fürsten aufzusuchen, war nur ein Vorwand.

Ein weiterer Gedanke des Vergobret betraf Vindex mögliche Erkenntnis, dass die Stämme der Gallier längst zum Kampf bereit sein könnten... Woraus auch immer der Römer das ableitete, erschloss sich ihm nicht. Dennoch lag seine Vermutung nahe, dass sein eigenes Spiel den Statthalter auf diesen Gedanken gebracht haben könnte...

„Kennst du den Sequaner Castius?" Die Frage überraschte Vindex.

Eporedorix benötigte noch immer einen scheinbar wichtigen Grund für sein Vordringen und den gerade noch mit Würde vollzogenen Rückzug, den aber der Statthalter längst durchschaute.

Ihm schien, Castius wäre dazu geeignet. Einmal wäre Zeit gewonnen für Erkundungen, ginge Vindex auf ein Treffen mit dem Sequaner ein und zum Anderen glaubte er, für Verwirrung in den Überzeugungen des Statthalters sorgen zu können. Der Sequaner war das dafür bestens geeignete Mittel...

„Nein, wer ist der Mann?"

„Ein Fürst der Sequaner, der Rom als Präfekt dient..." gab Eporedorix Auskunft.

„Was zeichnet den Mann aus?" verlangte Vindex zu wissen.

Eporedorix begann sein Spiel voller Gefahren. „Haeduer und Sequaner waren bisher selten Freunde..." begann er. Wollte er eine Verbindung mit diesem Stamm darstellen und dennoch seine Eigenständigkeit wahren, dann war Vorsicht geboten.

„Ja und..." warf Vindex ein.

„Könnten Haeduer und Sequaner miteinander umgehen, warum dann nicht ein gebürtiger *Bituriger* mit den Beiden..." Der Versuch war unternommen.

„Ich bin Römer..."

„... dessen Wiege einst in Gallien stand..."

„Gut, du meinst also die Herkunft meiner Mutter zu kennen..." stieß Vindex vor und erschütterte den Glauben des Vergobret.

„In Lugdunum schon verlangte es dir nach unserer Wahrheit... Jetzt suchst du diese auf deiner Reise... Warum fragst du nicht auch den Präfekt Roms und Fürst der Sequaner Castius nach dessen Wahrheit?" griff Eporedorix nach seinem Strohhalm.

„Der Stamm lebt nicht in meiner Provinz. Warum sollte ich mich um dessen Sorgen kümmern?" entgegnete Vindex abweisend.

„Vielleicht, weil der Sequaner in einem Kampf gegen Rom an meiner Seite stehen könnte... Du bist doch auf dem Weg um zu prüfen, ob Rom mit den Publicani einen schweren Fehler begeht... Was tust du, falls ich recht habe? Vielleicht hilft es dir, wenn dir ein anderer Fürst das Gleiche bestätigt?" Die Männer schwiegen sich an.

Es verging einige Zeit, bis Vindex seine Zustimmung nickte.

Weder seine Berater, noch irgend ein Anderer aus seiner Begleitung, vermutete den Grund der Verzögerung. Vindex gab sich ruhig und ausgeglichen, suchte die Getreidelager auf, sprach mit Bürgern Roms, die in Cabillonum und auch in dessen Nähe lebten, mit Händlern, ob sie nun Römer oder Gallier waren und scheute sich auch nicht davor, sich unter das Volk der Haeduer zu mischen, wozu er Marktage ebenso nutzte wie Feierlichkeiten oder auch andere Zeremonien.

Vindex lernte, in dieser Zwischenzeit des Wartens, das Leben im Land der Haeduer kennen, ohne dabei Ungeduld zu zeigen. Deshalb bot sein Verhalten auch keinen Anlass, an andere Gründe für dessen geduldiges Vorgehen zu glauben, als anzuerkennen, dass genau dieses Verhalten das Ziel seiner Wünsche sei. Oft sah er bestätigt, was Eporedorix ansprach. Er vernahm auch den Zorn der Haeduer, die Klagen über Publicani und wusste bald, dass des Vergobret Wut ihre Berechtigung besaß.

Nur weitere sechs Tage später trafen er, der Vergobret und der Sequaner aufeinander. Castius war allein auf den Ruf des Haeduer herbeigeeilt. Seine Bedeckung ließ er hinter sich zurück, was auch Vindex und Eporedorix ebenso hielten. Somit wussten nicht einmal der alte Präfekt und auch nicht Belinarius von Vindex Absicht.

Sie trafen in einer Taverne an der *Via Agrippa* aufeinander. Vor ihnen standen Becher mit Wein und alles deutete daraufhin, dass sich Reisende zufällig trafen. Keiner von ihnen wollte zu viel Aufsehen erregen.

Ein in seinem Wuchs nicht zu großer, aber breitschultriger, kräftiger Mann mit tiefschwarzem Haar stand vor ihm. Sein von Falten geprägtes, breites Gesicht wirkte auf Vindex, als wäre der Mann das Befehlen gewohnt, er trat herrisch und entschlossen auf und musterte ihn ruhigen Blickes.

„Was willst du, Römer?" fragte Castius. Aus seiner Frage klang Feindschaft.

„Ich... nichts... Der Vergobret rief dich doch..." Vindex nickte in die Richtung des Haeduer.

„Ja, ich rief dich..." eröffnete der Haeduer. „Er zeigt Interesse an unseren Sorgen..." Eporedorix Kopf neigte sich Vindex zu und gab so zu erkennen, wen der Haeduer meinte.

„Ist er nicht ein Römer? Vertritt er nicht Kaiser Nero? Warum sollten wir ihm von unseren Sorgen berichten?" fuhr Castius den Haeduer an.

„Auch du dienst Rom!" blaffte der Ältere zurück.

„Aber ich bin ein Sequaner!" folgte mit Stolz in der Haltung und der Stimme. „Der da ist nur ein beschissener Römer..."

„So wie du, Präfekt, der du doch deren beschissene Waffen trägst..." erwiderte Vindex auf die Beleidigung. „Du steckst im Schafspelz und fletschst die Zähne, wie ein junger Wolf..." warf Vindex, in des Sequaner überraschtes Schweigen.

„Pass auf, Römer, dass sie dich nicht zerfleischen..." fuhr Castius auf.

„Hört auf mit dem Unsinn! Wir sind nicht hier, um uns gegenseitig anzufeinden... Castius, was denkst du, brauchen wir? Den Statthalter der Lugdunensis als Feind oder Verbündeten?"

„Einem Römer zu trauen, wäre Dummheit..." fuhr Castius hoch.

„Dann sind wir uns einig!" Vindex erhob sich.

„Ich brauche keinen römischen Präfekt als treulosen Gefährten, sollte ich mich von dir, Vergobret, zu irgend einer dir günstigen Vorgehensweise überzeugen lassen..."

„Warte, Legatus Augusti! Er ist nicht so dumm, einen Vorteil zu verkennen..." Eporedorix Blick zeigte auf Castius. „... nur beherrscht er seine Wut zu selten, was ihn schon oft in Bedrängnis brachte... Dennoch solltest du seine Meinung kennen. Hörst du seine Klagen über Belgica, so wie meine, was denkst du könnte dir ein Mann der *Gallia Aquitania* berichten..." Eporedorix wartete auf eine Äußerung des Aufgestandenen.

Doch Vindex setzte sich nur erneut auf seinen Platz.

„Gut, Präfekt Roms, warum sollte ich dir trauen?" Der Statthalter forderte den Angesprochenen mit seinem Blick heraus.

„Ist es nicht eher so, dass du und ich ihm misstrauen sollten..." grinste plötzlich der Sequaner. Er deutete mit einem Nicken in des Haeduer Richtung und wich dadurch der ihm gestellten Frage aus.

Vindex stutzte. Es kam ihm vor, als spielte der Sequaner mit ihm. Der Eindruck verstärkte sich bei den nachfolgend gehörten Worten.

„... du bist römischer Statthalter, das wirst du nicht ohne das Vertrauen deines Kaisers und ich bin Präfekt Roms... Er aber ist nur ein alter machtgeiler Haeduer, der es wie seine Vorfahren hält, die um die Macht zu erhalten, fast jeden betrügen... Warum sollte er nicht nur mich, sondern auch dich, nicht vorführen... Klug und listig ist er doch allemal... Glaubst du Narr wirklich, dass du, ich und er gegen Rom marschieren könnten..." Der Sequaner spielte nicht nur, er forderte ihn heraus.

„Wer, Sequaner Castius, sagt dir, dass ich gegen Rom marschieren möchte? Woher sollten die Legionäre dafür kommen?" fuhr Vindex hoch.

Castius blickte erschrocken in Richtung des Haeduer, aber Eporedorix zuckte nur die Schultern. „Es ist wie immer, du polterst los, ohne zu denken... Kannst du nicht einmal erst zuhören, dann nachdenken und erst danach sprechen?" Eporedorix suhlte sich in der Möglichkeit der Zurechtweisung und Vindex erkannte, dass wohl Unterschiede zwischen den Absichten der ihm gegenüber Sitzenden bestanden.

„Du kommst und gehst ihn an. Im gleichen Atemzug verrätst du, was uns vorschwebt... Haut dir dann einer auf die Schnauze, einer wie der junge Germane, an den du so gern denkst, wunderst du dich, dass dir niemand vertraut... Wie willst du den Statthalter gewinnen, wenn du ihn in einem fort ständig beleidigst?" Die Zurechtweisung traf.

„Ich habe ihn nicht beleidigt! Ich habe ihn..." brüllte Castius, erschrak plötzlich, verstummte und setzte sich zurück auf die Bank.

„Im Gegensatz zu dir ist der Statthalter ein ruhiger und weit klügerer Mann als du... Als ich ihm vorschlug, dich anzuhören, dachte ich nicht daran, dass du andere Römer, denen du doch eigentlich dienst, mit deinem schwachsinnigen Hass verfolgst... Wie konnte ich Verblendeter nur auf den Gedanken kommen, dich für so wichtig zu halten, dass ich ein Gespräch zwischen euch anbahnte... Du solltest ihm nur einige Fragen beantworten, statt ihn zu beleidigen..."

„Was für Fragen?" blaffte Castius.

„Wie sich die Publicani bei euch verhalten, wie wütend Sequaner sind, ob sie sich mit der Waffe in der Hand gegen diese Ausbeutung wehren würden und sicher noch ein paar andere Dinge..." ließ Eporedorix verlauten.

„Warum sollte er sich dafür interessieren, ein römischer Hund..." hob Castius erneut an zu schimpfen.

„... der zwar von einer gallischen Mutter geboren, aber von einem römischen Schwanz gezeugt wurde... Du verkennst seine Bedeutung..." brauste nun der Vergobret auf.

„Seine Mutter stammt vom Stamm der Bituriger..." stieß der Vergobret nach „... und ich wüsste nicht, dass ein Sequaner mehr von Wert wäre, als ein Mann dieser Herkunft... Außerdem, ist es nicht merkwürdig, dass dieser Römer durch das Land reist, um das Leben dort kennenzulernen? Oder ist dir derartiges Verhalten schon einmal bei einem deiner Legatus Augusti aufgefallen? Du bist so unüberlegt und solltest doch jede hilfreiche Hand begrüßen, die bereit ist, das römische Joch abzuschütteln... Du aber schlägst die wichtigste Hand, die wir finden konnten, die ich gefunden habe..." hob Eporedorix hervor „... einfach aus! Was bist du nur für ein Stronzo!" Der Haeduer redete sich in Wut.

Vindex glaubte, in den Worten weder Freundschaft, noch irgend eine andere begrüßenswerte Zuneigung erkannt zu haben. Er wusste aus der Geschichte Roms, dass Haeduer und Sequaner nicht oft und kaum für lange Zeit vereint auf einer Seite standen. Hier jedoch begehrte der Sequaner nicht auf, trotzdem ihn der Verweis zu kränken schien.

Berührte Vindex anfangs die Verbundenheit der Anderen kaum, so verfiel er auch jetzt nicht dem Irrtum, Freundschaft zwischen den Gesprächspartnern zu vermuten, auch wenn diese dennoch gleiche Ziele verfolgten. Der Haeduer war ein machtbesessener Fürst, der kaum Ruhen wird, bevor er sein Spiel gewann. Castius dagegen schien vom Hass auf Rom getrieben, dem Kaiser nur zu dienen, um als Wolf im Schafspelz Roms, möglichst viel von seinem Hass ausleben zu können. Der Statthalter stieg nicht dahinter, welche Absicht der Sequaner wirklich verfolgte?

Dennoch verstand Vindex, dass Beide nur unzuverlässige Partner waren. Wem sollte er eher vertrauen? Er war voller Zweifel. Sein Blick wanderte vom Einen zum Anderen und bedachte er sich, so war er zum Vergleich, dieser seine Stütze Suchenden, veranlasst. Der machtbesessene Haeduer und der von Hass getriebene Sequaner waren beide kaum vertrauenswürdig... Stimmte dagegen die Anschuldigung gegen die Publicani und die Stämme der Provinzen vereinigten sich gegen Rom, spielten deren eigene Absichten und Ziele vielleicht doch nicht die wichtigste Rolle... Immerhin gab es noch andere Fürsten und Anführer...

Reihte er sich aus Überzeugung gegen die Publicani ein, so richtete sich sein Vorgehen doch gar nicht gegen Rom und den Kaiser, nahm er dann doch Partei für die Gallier und gegen die Publicani... Irgendwie war Vindex zu einer Erkenntnis gelangt, die seine Herkunft und seinen Auftrag verband. Er stutzte ob dieser Erkenntnis.

Besaß das Treffen bisher kaum einen Nutzen, so war es dieser Gedanke, der den Statthalter überraschte und ihm die Tragfähigkeit einer möglichen Entscheidung vermittelte. Es ging nicht um den Vergobret, schon gar nicht um den Sequaner... Es ging allein um die Stämme der Gallier, die seit der Eroberung Roms von den Publicani ausgepresst wurden... Schob er sich an die Spitze dieser fast Wehrlosen, drängte den Haeduer zur Seite und verwies auch den Präfekt an den Rand der Gruppierung, konnte er den möglichen Kampf steuern und vermochte das Ziel einer Erhebung in die Richtung zu lenken, die Rom und den Galliern gleichermaßen Nutzen bringen sollte... Das Imperium blieb erhalten, aber auch die Last der Ausbeutung verringerte sich...

Vindex traf eine vorläufige Entscheidung.

Er neigte aufgrund seines Gedanken dazu, die Führung eines Aufstandes, den die Gallier wohl bezweckten, an sich zu reißen, um dann das Ziel zu verändern... Nicht Rom, nicht das Imperium, sondern die Publicani waren der wirkliche Feind...

Ein erster Gedanke erzwang einen Nachfolgenden.

Brauchte er den Haeduer und den Sequaner? Letzteren wohl kaum, den Vergobret aber sollte er vorerst an der Spitze, der zum Aufstand bereiten gallischen Stämme halten, denn dieser schien die Masse der Fürsten zu beherrschen... Was sich ihm im Weiteren erschloss, war der Umstand, dass auch die Haeduer, als romfreundlich galten. Außerdem schlich sich in sein Denken ein Gefühl der Unsicherheit, das mit einer Bedrohung aus Rom verbunden war. Was, wenn der Haeduer, aus seiner bisherigen Treue gegenüber Rom nicht ausbrach? Trieb er mit den Galliern und ihm vielleicht ein doppeltes Spiel?

Nein! Keiner der Männer ihm gegenüber war geeignet, diesen Kampf, im Gleichgewicht der Macht zwischen Rom und Gallien, gleichberechtigt und erfolgreich, gegen die Publicani zu führen.

Der Haeduer wollte solchen Kampf doch sicher gar nicht, denn diesem ging es einzig um die Macht in Gallien... Woraus der Sequaner Nutzen zu schöpfen hoffte, erschloss sich ihm, zum jetzigen Zeitpunkt, noch nicht... Brauchte er diese Gewissheit überhaupt? Vindex schob diesen Gedanken weit von sich. Sollten doch, in diesem Augenblick, der Vergobret und Castius ihre Träume vorantreiben... Er brauchte sich vorerst nur um deren Aufrechterhaltung zu bemühen und sollte im Hintergrund die Fäden ziehen. Glaubte er an die Bereitschaft der Gallier zum Kampf, brauchte er deren Entschlossenheit doch nur mit den eigenen Händen ergreifen und auf die Publicani umzulenken...

Zu einem Ende gelangt, begann er sein eigenes Spiel.

Warum sollte er die Beiden wissen lassen, dass er längst begriffen hatte, was sie bezweckten. „Verstehe ich euch richtig, dass die Steuererhebung euch erzürnt und ihr deshalb einen Kampf erwägt?" fragte der Statthalter nachdenklich. „Ihr wisst sicher, dass Roms Legionen unbesiegbar sind..." schob er einen Grund zum Überdenken nach.

Diese Herausforderung reizte Castius und entgegen seiner Art, begann er von selbst zu erzählen. Vindex ließ alles über sich ergehen. Letztlich war es eine Flut der Worte, die er vernahm. Als Castius dann schwieg, lehnte er sich entspannt zurück.

Es war an Vindex zu erkennen, was beide letztlich verband. Der Zorn galt nicht unbedingt Rom allein, es war mehr das System der Ausbeutung durch die Publicani. Ginge diese Erhebung der Steuer von einem Gallier aus, würde diese sicher hingenommen werden... Weil diese Form der Ausbeutung aber von Römern und noch dazu zum Nutzen Roms ausgeführt wurde, zog dies die Wut der Stämme auf sich.

„Ich habe es dir schon einmal versucht, anzudeuten... Sorge dafür, die Publicani abzuschaffen! Besitzt Rom ein gerechtes System zur Steuererhebung, fügen wir uns... Gelingt das nicht, dann kämpfen wir..." Eporedorix schwieg und Vindex spürte die ausgesprochene Lüge.

„Wir haben mehr als einhundert mal Tausend Krieger... Wir fegen Rom hinweg!" warf sich Castius selbst in die Brust.

„Du vergisst scheinbar erneut Roms Legionen, Präfekt" grinste ihn Vindex an.

„Die sind an den Grenzen gebunden..." fuhr Castius zornig hoch.

„Meinst du hochnäsiger Sequaner etwa, dass Roms Macht gebrochen wird, falls nur die Hälfte jeder Legion an der Grenze verblieb? Sieben Legionen stehen dort und noch einmal die gleiche Zahl Krieger der Auxiliaren... Diszipliniert, gut ausgebildet und bewaffnet, von erfahrenen Männern angeführt... Die würden sich dann, wegen dem bloßen Geschrei, von einhundert mal Tausend gallischen Kriegern, noch dazu schlecht bewaffnet, undiszipliniert, ohne Erfahrung in der Führung eines Kampfes, erschrecken?" Vindex trieb den Sequaner erneut in dessen Zorn, wusste er doch inzwischen, dass dessen Zunge zu locker saß, um Geheimnisse bewahren zu können... „Was für ein Präfekt bist du? Glaubst du etwa, dass du, mit nur einer winzigen Kohorte, eine Legion aufhalten kannst, selbst wenn du dir die Lunge herausbrüllst? Zieht Rom nur die Hälfte der Streitkräfte ab und fällt den Galliern, auf deren Zug nach Rom, in den Rücken, was glaubst du, was mit diesen mutigen Galliern deiner Heermacht geschieht... Die Aasgeier würden sich freuen... Du vergisst die römische Überlegenheit..."

„Nun übertreibe nicht, Statthalter!" schob sich der Vergobret in den Streit.

„Es ist, wie ich sagte!" trumpfte Vindex auf. „Ein Sieg gegen Rom ist unmöglich, stehen die Legionen vom Rhenus nicht an eurer Seite oder geben einen Schwur ab, sich herauszuhalten... Wie aber sollte dies gehen, würden doch die römischen Familien der Milites darunter leiden müssen, gelänge euch Galliern ein Sieg..." Vindex schwieg erbost, über die hochtrabenden, aber völlig sinnlosen Träume der Gallier. „Die Legionen vom Rhenus werden sich im Rücken eurer Streitmacht austoben!" fügte er dann zornig hinzu.

„Was würdest du tun?" fragte Eporedorix fast tonlos. Der Vergobret durchschaute den Statthalter und ging auf dessen Spiel ein. Schon lange buhlte er um die Gunst der Legaten vom Rhenus, dass aber brauchte Vindex nicht zu wissen...

Vindex seinerseits aber stutzte. Das war die entscheidende Frage. Sie wollten wissen, wie er vorgehen würde... Sollte er wirklich darüber sprechen... Vorerst versank Vindex in Schweigen. Er trank vom Wein, sah beide Gallier an und schüttelte dann den Kopf.

„So bekommt ihr mich nicht... Ich werde meine Reise fortsetzen und sehen, was ich für meine gallische Provinz tun muss... Eure Worte habe ich vernommen, auch glaube ich, eure Absicht zu erkennen und dennoch werde ich nicht zum jetzigen Zeitpunkt euren Visionen folgen... Das Ende meiner Reise sieht mich klüger, als deren Beginn... Ich sichere euch lediglich zu, mich bis zum Ende der Reise an dieses Gespräch nicht zu erinnern..." Vindex erhob sich, schwang sich auf sein Pferd und ließ überraschte Gallier zurück.

„Eporedorix, was hast du getan? Er wird dich verraten und was mich dann erwartet..." Castius schwieg, von der Einsicht betroffen.

„Weißt du Castius, wärst du nicht ein solcher Stronzo, hätten wir schon jetzt den Verbündeten, den wir in der Zukunft brauchen... So aber müssen wir nur noch etwas warten... Vindex wird seinem Namen gerecht werden, nicht für umsonst ist er der ‚Rächer'...

## 25. Der Schatten

*67 nach Christus - Frühling (31. Martius)*
*Imperium Romanum – Provinz Lugdunensis*

(D)ie Begegnung an der Via Agrippa beschäftigte Vindex auch die nachfolgenden Tage. Der Sequaner beherrschte, weil er dessen Gründe der Unterstützung des Haeduer nicht zu erfassen vermochte, seine weiteren Überlegungen. Eines begriff er, denn wenn sich Haeduer und Sequaner in einer Sache einig waren, sollte dies Rom zumindest interessieren... Doch sprach er, mit gleich wem darüber, würde er sein Versprechen des Schweigens verletzen und dazu war er nicht bereit. Also beließ er es auf einer Ausrede und stoischem Schweigen, zu den Gründen seiner Eigenmächtigkeit... Obwohl Präfekt Donicus und auch Belinarius in ihn zu dringen versuchten, wies er diese ab.

Einzig Faustus schien sich mit seiner Entscheidung, die gesamte Kolonne verlassen zu haben, abzufinden. Er fragte nichts, er sagte nichts und weil Vindex anderweitig in seine Überlegungen verstrickt war, fiel ihm dies, im Verhalten seines sonst so neugierigen und herausfordernden Sohnes, nicht auf.

Diese Teilnahmslosigkeit des Sohnes besaß einen stichhaltigen Grund. Faustus war dem Vater, in aller Heimlichkeit, gefolgt.

Während alle übrigen Begleiter dem Befehl des Statthalters Folge leisteten, nahm er für sich in Anspruch, den Begriff ,bleibt hier und wartet auf meine Rückkehr' in seinem Sinne zu erweitern.

Faustus durfte davon ausgehen, die Turmae am gleichen Ort aufzufinden, wenn er nicht später als der Vater zurückkehrte. Und diese zeitige Rückkehr war ein Erfordernis der Notwendigkeit, denn käme er nach dem Vater, waren Fragen und Antworten zu meistern und gewiss auch das Interesse des Statthalters, sowie dessen Misstrauen, geweckt.

Gryllus war schnell eingeweiht. Die vom Freund ausgesprochene Warnung fand ihre Missachtung und so verschwanden beide Jungen, kurz nach dem Statthalter, in entgegen gesetzter Richtung aus dem Lager.

Ein Bach zog sie an und unter dem Vorwand, den dort drin befindlichen Fischen nachstellen zu wollen, entfernten sie sich soweit vom Lager, dass ihr verursachter Lärm gehört werden würde, aber nicht gesehen werden konnte, dass nur einer der beiden verwegenen Burschen diesen Lärm verursachte.

Gryllus blieb zurück, warf seine Schnur für die Fische aus und immer wenn er einen Erfolg verbuchte, brach er in Freudentaumel aus. Tatsächlich aber war er viel zu geschickt und erfahren, denn ein Fisch beißt nur den Wurm, wenn er sich sicher fühlt und dazu gehörte absolute Ruhe. Also fing Gryllus erst Fische, um mit fortschreitendem Tag dann, von Zeit zu Zeit, Fangerfolge zu verkünden. Als Faustus zurückkehrte, wies er einen stattlichen Fang vor und erbrachte den Beweis, dass dies nur bei zwei erfahrenen Anglern möglich sein konnte.

Wer also könnte, hinter dieser Täuschung, mehr vermuten? Weil auch keiner der Älteren oder auch der Auxiliaren, sich erkühnte, den jungen Burschen zum Wasser zu folgen, blieb deren Täuschung unbemerkt.

Faustus aber verfolgte den schnell reitenden Vater, der, zu seiner Verblüffung, eine Taverne an der römischen Straße aufsuchte, die weit vor ihnen im Wald und etwas abseits des Weges, lag.

Waren es nur wenige Passus bis zur Straße, umgab die Taverne im hinteren Teil Wald, vor der Tür aber überdachte Tische und Bänke, die der Gastlichkeit des Hauses dienten und auf denen er den Vater, den ihm bekannten Haeduer Vergobret und einen Fremden gewahrte.

Es blieb Faustus Glück oder göttlicher Vorsehung geschuldet, dass er die Taverne auf der Seite umging, wo sich Ställe befanden. Sein Pferd dort, am anderen Ende der Stallung, zurücklassend, schlich er nach vorn zur Straße und stieß auf seinen am Tisch sitzenden Vater.

Er sah die Männer zuerst. Weil der Vater ihm den Rücken zukehrte und auch der Haeduer nicht in seine Richtung blickte, gelang es ihm, sich rechtzeitig zurückzuziehen. An der Stallung lauschend, vernahm er vor allem auch deshalb fast jedes gesprochene Wort, weil ihm ein kleines, fast sofort entdecktes Loch, in der hinteren Stallwand, nicht nur die klaren Stimmen bot, sondern ihm auch noch einen Blick auf die Runde vergönnte. Das Loch in der Wand ermöglichte ihm einen gute Sicht auf die Sitzenden und so prägte er sich das Gespräch, mit all dessen Wendungen genauso ein, wie das Antlitz und die Gestalt des Fremden.

Faustus wusste, dass er vor dem Vater zurückkehren musste. Des Vaters und der Männer Pferde waren an einem Pfahl, unweit von Tisch und Bänken angebunden, Faustus dagegen musste ein Stück rennen, bevor er sein Pferd besteigen konnte und würde schwerlich vor dem Vater her reiten können, ohne von diesem bemerkt zu werden... Also brauchte er Vorsprung.

Als der Zorn des Fremden im Gespräch hoch kochte, befürchtete Faustus dessen Ende und sprang zu seinem Pferd.

Den Rest der Auseinandersetzung, vermutete er, würde er bald vom Vater oder Belinarius erfahren, denn Letzterer neigte dazu, sich mit Worten interessant zu machen.

Faustus nutzte den Pfad durch den Wald, auf dem er gekommen war und wusste sich im Vorteil. Der Pfad strebte einer Biegung der römischen Straße zu und erreichte er diese, war er für längere Zeit dem Blick des Vaters entzogen. Erst schützte ihn der Wald, dann wirkte die Biegung und ritt er schnell genug, war er um die nächste Biegung herum, bevor der Vater ihn erblicken konnte.

Der junge Römer war zufrieden, er drang hinter das Geheimnis des Vaters, blieb unentdeckt und brachte sogar einen reichlichen Fang an Fischen zum Lager, der über dem Feuer geröstet, die triste Versorgung auflockerte.

Am neuen Morgen setzten sie den Ritt fort, verließen die Via Agrippa und ritten auf einem schmalen Weg durch die Wälder und Täler, die sich ihnen öffneten. Die Gipfel der kleineren Berge mieden sie, wenn es der Weg zuließ. Die Strecke war weder zu lang, noch erforderte sie allzu viel Aufwand an Zeit oder bot Erschwernisse. Im Verlaufe der erst neunten Stunde ereichten sie eine Siedlung des Stammes der *Mandubier*.

Vindex ergriff den Arm seines Sohnes, als dieser vor der Taverne, die sie zu belegen beabsichtigten, vom Pferd stieg.

„Kennst du diesen Ort, Faustus?"

„Woher sollte ich..."

„Weil sich hier, vor über einhundert Jahren Galliens Schicksal entschied... Wir sind in *Alesia* und dessen Geschichte sollte dir durch Caesar nun wirklich bekannt sein..."

Faustus richtete sich auf und rief nach Gryllus.

„Ja, Vater, Alesias Verderben ist mir bekannt... Ich erinnere mich, was uns unser Lehrer über den Sieg Roms berichtete. Gibst du mir und Gryllus Zeit zur Erforschung des Berges?"

„Ihr habt Zeit, bis zur Dunkelheit, doch nehmt zwei der Equites mit!"

Kurz darauf waren beide Jüngere, in Begleitung von zwei nicht sehr viel älteren Auxiliaren, verschwunden.

Gryllus Begeisterung hielt sich bald in Grenzen, Faustus jedoch nutzt diese Gelegenheit und kehrte erschöpft, aber zufrieden erst zurück, als die Schwärze der Nacht den Berg in vollkommene Dunkelheit hüllte.

Der folgende Tag war seitens Vindex und dessen Beratern dem Stamm der Mandubier vorbehalten, so dass Faustus erneut zur Erforschung aufbrach, diesmal allein von Gryllus begleitet.

Sie fanden *Thermae* und Tempel, durchstreiften den Teil der Siedlung, in dem die Handwerker ihrem Tagwerk nachgingen und gönnten sich zum Abschluss ein Bad.

Dort trafen sie auf junge Männer der vor Ort wohnenden, reicheren Bürger. Der Besuch eines Bades blieb für gewöhnlich denen vorbehalten, die sich nicht den Tag über mit Arbeit abquälten. Obwohl ein solches Bad jedem Bürger offen stand, trauten sich wohl nur Wenige aus den unteren Schichten hinein.

Faustus, daran gewöhnt und von der Offenheit der Nutzung überzeugt, weil er es von Rom nicht anders kannte, stieß dennoch auf Abweichungen, die er nicht sofort verstand. Für Gryllus wurde dieses Erlebnis fast zur Folter.

Noch staunend das Innere des Bades musternd, wurde er von einem ihm gegenüber älteren Burschen mit Spott und Häme getroffen.

„So was, Bauer, hast du in deinem Leben wohl noch nicht erblickt?" Der Ältere maß ihn mit abfälligen Blick.

Gryllus überging die Beleidigung und blieb für sein Erstaunen offen.

„He, ich rede mit dir, Bauer! Geh dich waschen, du stinkst vor Dreck!" folgte kurz darauf vorangegangenen Worten.

Langsam wandte sich Gryllus um und musterte den aufgeblasenen Älteren. Der Kerl war größer und breiter als Gryllus.

„Sag mal, Faustus, soll ich dem Kerl für seine Frechheit nur ein paar Zähne ausschlagen oder soll ich ihn um seinen nichtsnutzigen Kopf erleichtern... Was meinst du?" Sie sahen sich von fünf fast gleich großen Kerlen eingekreist.

„Lass ihm sein kümmerliches Leben, begnüge dich mit Zähnen..."

„Habt ihr die Zwerge gehört?" blies sich der zuvor Herausfordernde auf und lachte, anzüglich, laut und hämisch.

Gryllus stand nicht weit von ihm. Bevor das Lachen verklang und in Schreie des Schmerzes übergingen, verlor der aufgeblasene Römer drei seiner vorderen Zähne.

Gryllus mochte klein und krummbeinig aussehen, besaß aber den Mut eines Löwen und griff, wenn er sich dazu entschloss, unbarmherzig an. Die Schläge trafen ins Ziel, bevor der Herausforderer nur die Fäuste heben konnte.

Gryllus Rückkehr, auf seine bisherige Ausgangsstellung, brachte ihn außerhalb der Reichweite des völlig überraschten Großmauls.

Der Schmerzschrei des Getroffenen ging in ein Jaulen über und kündigte einen Angriff an, doch dessen Schlag traf ins Nichts. Dagegen landete Gryllus Faust erneut auf des Angreifers Kinnspitze und hinterließ nachhaltigen Eindruck. Der Kleinere traf die Stelle, die dem Größeren die Beine wegzog und ihn in seiner ganzen Pracht zu Boden streckte.

Dafür machten sich dessen Begleiter bereit, auf Gryllus loszustürzen.

„Ihr solltet euch überlegen, ob das Sinn macht... Der Kleine neben mir streckte euer Großmaul nieder... Er wartet doch nur auf den Zweiten von euch... und was meint ihr, begegnet den Übrigen?"

Langsam zog Faustus seine Fäuste nach oben. „Seht euch an, was ihr vorfindet... Was ist Gryllus, wie viele waren es beim letzten Mal?"

„Weiß nicht, waren auch etwa fünf oder sechs, nur waren das wirkliche Brocken und nicht solche Schwächlinge..." Gryllus spukte nach dem Liegenden, verfehlte diesen jedoch. Dafür traf er ins Herz der rauflustigen Fremden, die sofort vorwärts stürmten...

Auch Faustus war ein Meister seiner Fäuste. Verfiel er in Wut, verstand auch er es, Zähne auszuschlagen...

Die ersten beiden Angreifer lagen schneller auf ihren Bäuchen, als sie sich dieses Träumen ließen. Beide Übrige folgten dem Angriff und weil Gryllus den Kerl nicht kommen sah, bekam er selbst einen Schlag, der ihn von den Beinen hob. Auf die Schnelligkeit seines Gegenangriffs war der Größere wohl nicht gefasst. Ein Trommelwirbel schlagender Fäuste, die noch zumal, Nase, Augen und Zähne trafen, verhießen ein ungutes Ende von Gryllus Wut.

Faustus, sich des ersten Angreifers mit nur einem Schlag entledigend, erwartete den zweiten Gegner mit einer Finte oben, die am Kopf vorbei zischte und schlug dem Kerl im nächsten Augenblick unten die Beine weg. Der Kerl knallte auf den Rücken. Bevor er sich auch nur, den Schmerz der Landung niederkämpfend, bewegen konnte, fand er sich dem auf seiner Brust sitzenden und auf seinen Oberarmmuskeln knienden Faustus ausgeliefert. Zwei oder waren es drei gezielte Schläge reichten, den Kerl in seine Träume zu schicken.

„Brauchst du Hilfe, mein Freund?" Faustus stand neben Gryllus, als dieser den zu Boden getrampelten Größeren einen letzten Schlag auf die Nase versetzte.

„Meinst du, der steht wieder auf?" Aus Gryllus Worten troff Hohn.

„Irgendwer wird ihn schon trösten..." bemerkte Faustus nachdenklich, während sich Gryllus das Blut von seiner Wange wischte.

„Nun ihr beiden Raufbolde... Jetzt sind wir an der Reihe!" unterbrach eine fremde Stimme im Rücken.

Faustus wandte sich langsam um und sah sich weiteren vier kräftigen Kerlen gegenüber, die sich als Diener des *Balneum* zu erkennen gaben.

„Was soll es..." ließ Gryllus in Worten fallen „... besser aber wäre es, ihr holtet euch die Erlaubnis vom Statthalter der Provinz, ausgerechnet dessen Sohn ergreifen zu wollen, obwohl uns diese Schwächlinge herausforderten..." Er spukte erneut voller Verachtung nach einem der Liegenden. „Wenn ihr aber unbedingt wollt... Mir soll es recht sein..."

Plötzlich tauchten in den fremden Fäusten kräftige Knüppel auf, wie sie von Sklaven genutzt werden durften.

„Das überlegt euch gut!" stellte jetzt auch Faustus fest „... denn schlagt ihr mich tot, ist es auch euer Ende! Mein Vater wird es euch zu danken wissen, außerdem kämpfen auch wir dann anders und es gibt für euch keinerlei Schonung... Zwei von euch sind schneller Tod, als ihr wahrnehmen könntet... Ob auch nur einer von euch überlebt, wird sich zeigen... Also, was wollt ihr tun? Sucht den Legatus Augusti unter den alten Männern der Mandubier und rettet euer kümmerliches Leben oder wagt euer Glück..."

Der bisherige Vorfall sammelte übrige Besucher des Balneum an und diese übertrumpften sich im Wetten, was auch dazu führte, dass Anfeuerungen der Kämpfer ausgerufen wurden. Der Lärm stieg an und erreichte einen Grad, der unmöglich zur Verständigung unter Gryllus und Faustus reichte. Sie schoben sich Rücken an Rücken und harrten der Angriffe der Sklaven.

Eine schneidende Stimme unterbrach plötzlich den Lärm. Der Fremde, ein Mann von großer Gestalt, mit gebieterischer Stimme, trennte die umstehende Meute. Niemand wagte sich in den Weg dieses Fremden.

„Ich sagte Ruhe! Und ich meinte Ruhe!" herrschte er die Meute an.

„Die Beiden griffen uns an!" ertönte eine schrille Stimme und Einer der ersten Angreifer drängte sich neben den Großen. Er zeigte mit ausgestrecktem Arm auf Gryllus und Faustus.

„Herr, ich sah den Anfang nicht, aber ich erkannte, wer wen verprügelte... Es ist unsere Pflicht für Ruhe zu sorgen..." meldete sich einer der Sklaven.

Die Antwort des Sklaven sprach für die Knüppel in deren Händen... Denn gab es Streit, durften Sklaven einschreiten, wenn sie dazu ermächtigt wurden, was hier offensichtlich zutraf. Dann interessierte es auch nicht, ob auf der einen Seite ein reicher und mächtiger Mann stand, wenn ihm die Schuld am Trubel zugewiesen werden kann.

Plötzlich meldeten sich weitere Stimmen. „Die Fremden suchten Streit!" hörte der Große und sah sich nach dem Verkünder um.

„... und deshalb bekamst du einen Schlag auf deine Schnauze..." grunzte der Fremde und lachte verhalten.

„Gibt es noch jemand, der ein Zeugnis abgeben möchte?"

Er blickte sich um. „Auch gut, ihr Sklaven, nehmt die fünf Helden mit... Lasst mir keinen von denen entwischen!" forderte er, bevor er sich an Faustus wandte. „Du bist Römer?"

Faustus nickte.

„Warum hast du bisher kein Wort gesprochen und dich verteidigt?"

„Ich hatte keine Zeit... Vier Knüppel... verstehst du, Herr... Sie hätten jederzeit angreifen können... Fünf Großschnauzen schaffen wir schon mal, aber was sollte ich tun? Anderthalb Männer bestenfalls gegen vier geschulte Knüppel, die auch noch im Recht sein könnten... Ist ein nur wenig beglückender Ausblick..."

„Ist dein Vater tatsächlich der Legatus Augusti?"

„Teile ihm mit, was hier geschah und warte ab, was er dir sagt..." schlug Faustus vor.

„Du könntest mir vertrauen und deine Sicht der Dinge erzählen..." erbot der Große.

„Warum sollten wir? Bin ich ein Feigling, dass ich deinen Schutz benötige? Sieh hin, zähle die Anderen und blicke auf meinen Freund und mich... Warum sollten wir Einheimische herausfordern? Sie könnten uns, schon aufgrund ihrer Anzahl, in unsere Einzelteile zerlegen..."

Faustus bemerkte, wie sich die lüsterne Meute um sie herum auflöste.

„Vielleicht, vielleicht auch nicht... Bei euch sehe ich nur eine blutige Nase... Der Schaden liegt auf der anderen Seite... Zähne, Augen, Nasen..." zählte der Große auf.

Faustus zuckte mit der Schulter. „Wäre ich wehrlos, brächte ich Schande..."

„Du scheinst mir nicht nur mutig, sondern auch klug..." Der Große kratzte sich am Kinn und dachte nach.

Dann drehte er sich um und fragte: „Hat einer von euch Stronzo den Statthalter suchen und benachrichtigen lassen? Muss ich denn hier alles bestimmen!" Er drehte sich der verbliebenen Meute zu und sah auch Einige losrennen. Doch bevor deren Erster die Tür erreichte, flog diese auf und ein Trupp Auxiliaren stürmte das Balneum.

Dann ging alles sehr schnell. Die Großschnauzen erfreuten sich einer intensiveren Aufmerksamkeit. Faustus, Gryllus und der Große wurden nach Außerhalb gebracht und dort von Vindex persönlich verhört.

„Nun, mein Sohn, was gelang es dir diesmal anzustellen?" Allein diese Frage brachte Licht in das Dunkel der Herkunft der Streitlustigen.

„Vater, könntest du dir vorstellen, wir wären diesmal nicht schuld?"

Vindex schüttelte langsam seinen Kopf. „Warum nahmst du nicht wieder Einige der Auxiliaren zur Begleitung?"

„Brauche ich eine Amme?" erwiderte Faustus zornig werdend.

Der Vater drehte sich um, musterte die Beschädigten und fluchte: „Was den angerichteten Schaden betrifft, wohl nicht... Dagegen vermisse ich etwas Diplomatie und Klugheit in deinem Vorgehen..."

„Herr..." mischte sich Gryllus ein. „Faustus trägt keine Schuld... Ich wurde herausgefordert. Sollte ich den Schwanz einziehen und dich einen schwachen Legat schimpfen lassen, nur weil fünf Raufbolde ein paar Zähne verlieren wollten..."

„Und was war die Herausforderung?"

„Sie schimpften mich einen Bauern... Ich hätte mir gefallen lassen, nannten sie mich einen Fischer, einen Raufbold, einen Streuner, aber Bauer und dann noch stinkend... brrr..."

Gryllus hatte die Lacher wieder auf seiner Seite und auch Vindex kämpfte mit dieser Lust, riss sich aber zusammen.

„Du willst mir sagen, dass du kein stinkiger Bauer bist und deshalb ein paar Zähne fordertest..."

„Aber Herr, fünf so prachtvolle Burschen wie diese..." Gryllus deutete auf die von den Dienern der Thermae Bewachten „... reichten für Faustus und mich nicht aus... Warum aber hätten wir gegen solche Überzahl herausfordern sollen, wollten wir doch nur ein Bad nehmen? Mich beeindruckte, was ich erblickte! Reicht das aus, mit beleidigen zu dürfen... Und Herr, wenn diesen so prachtvollen Burschen nach Rauferei gelüstet, dann stecke sie doch in eine deiner Kohorten und gib ihnen die Gelegenheit, wahren Mut zu beweisen..."

Vindex kratzte sich am Kopf. „Das ist kein so schlechter Gedanke... Decurio, nimm die Kerle mit! Wir werden in Lutetia entscheiden, ob der Präfekt Verwendung findet..."

„Und wer bist du?" wandte sich Vindex an den großen Starken, der die Rauflustigen noch immer begleitend, zur Seite getreten war.

„Herr, ein Niemand!" erteilte der Fremde höflich Auskunft.

„Wenn du nur ein Niemand bist, warum mischtest du dich dann ein?" Vindex wurde neugierig.

„Mir schien das Verhältnis der Fäuste nicht gerecht, zumal die Diener der Thermae einzugreifen gedachten und ich in deren Fäusten Knüppel gewahrte... Herr, du kennst deren Rechte, geht es um Ordnung im Bad..."

„Das ist doch trotzdem kein Grund, sich einzumischen..." stellte Vindex gelassen fest.

„Dies wäre unbillig, denn sie sahen nicht, was sich meinem Blick bot... Reichten fünf prachtvolle Burschen gegen zwei noch sehr junge Streiter nicht schon aus? Die Sklaven waren gewillt, auf Seiten der Unterlegenen, einzugreifen... Ich fand das nicht so gerecht..."

„Merkwürdig, wenn du ein Niemand bist, dass alle Übrigen dann dir gehorchten..." stellte Vindex grinsend fest.

„Ach Herr, ich bin doch der stinkende Bauer, den die jungen Herren meinten... Nur sich an mich zu wagen, fehlt diesen Prachtburschen der Mut... Sie dachten wohl, mit dem kleineren Freund deines Sohnes leichteres Spiel zu haben..."

„Wieso hörte die Meute dennoch auf dich, wenn du doch ein Niemand und noch dazu nur ein Bauer bist?" Vindex schien an dem Mann Gefallen zu finden.

„Betrachte mich Herr und du siehst, was Furcht erzeugt... Ist die Erscheinung dann noch mit Erfahrung bereichert, spielt der Bauer kaum noch eine Rolle... Ich diente lange in der Legion, Herr, und kehrte als Optio in meine Heimat zurück, als meine Zeit abgelaufen war..."

Der große Starke hob das Tuch um seine Lenden und zeigte dem Statthalter eine breite und lange Narbe auf seinem rechten Oberschenkel.

„Das, Herr, kennen diese Mutigen..." er nickte in die Richtung der Festgehaltenen „.... und fürchten die Erfahrung dahinter... Es geschah nicht zum ersten mal, dass sie sich an Schwächeren rieben, wenn ich im Bad auftauchte... Das kennen auch Andere, denn wenn ich mein Tuch ablege, ist die Narbe allzu deutlich... Mich herauszufordern wagen sie nicht, sich an den zwei Jüngeren zu reiben aber schon... Schön dass diese Beiden so mutig und noch dazu erfolgreich kämpften..."

„In welcher Legion warst du?" Vindex schien nicht locker lassen zu wollen.

„Herr, Legio I Germanica..."

„Und hast du auch einen Namen?"

„Gewiss, Herr..."

„Ich höre?" stieß der Legatus Augusti nach.

„Cicollus, Herr, *Cicollus Mullo*..."

„Dann Optio Cicollus Mullo, willst du mir als Evocati dienen?"

„Herr, ich bin ein alter Mann... Meine guten Jahre sind längst vorbei..."

„Nun, das scheint mir übertrieben... Du bist stattlich, erfahren, klug, wortgewaltig und bedächtig... Was, wenn ich solchen Mann brauche? Hast du eine Familie?" Der frühere Optio schüttelte traurig seinen Kopf.

„Mein Angebot ist von einmaliger Art... Du trittst in den Dienst als Evocati, erhältst den Rang eines Centurio, natürlich auch die angemessene Entlohnung und wirst zu meinem Schatten... Du weißt, was es bedeutet, ein Schatten zu sein?"

„Immer in deiner Nähe, zu deinem Schutz, hörend, sehend, aber schweigend..." antwortete Mullo.

„Ich wusste, dass du schnell verstehst... Was dein Schweigen betrifft, sollte es so sein, dass wenn ich deinen Rat benötige, ich dich fragen werde... Auch solltest du mir sagen, wenn dir Wichtiges auffiel, ohne das ich dich zu sprechen auffordere... Willigst du ein?"

Vindex gefiel nicht nur die Erscheinung des Mannes, der ihm, ob seiner inneren Ruhe und Bedächtigkeit, zusagte. Seine Herkunft sollte gallischer Art sein... Wenn seine Worte stimmten und er in seine Heimat zurückkehrte, musste er ein Mandubier sein...

Mullo war gut einen Kopf größer als Vindex. Sein Brustkorb wirkte gewaltig und betrachtete man seine Arme, schienen diese vor Muskeln und Stärke zu strotzen, was auch für seine Fäuste galt, die gewaltig erschienen. Er besaß weder die geringste Andeutung von Fett oder gar einen Bauch. Sein Kopf saß auf großem Hals mit starken Muskelsträngen, war selbst groß, kantig mit kräftigem Kinn, einer eingedellten Nase, zwei grauen, kalt wirkenden Augen und einem noch immer für sein Alter überraschend grauem Haar, dass sich zottelig nach allen Seiten vom Kopf absenkte.

In seine Betrachtung vertieft, war es aber nicht die Erscheinung, die Vindex wählte, sondern die Standhaftigkeit, die der Mann gegenüber den rauflustigen Sklaven, der anfeuernden Menge und seiner Position, als Statthalter, behauptete. Er sprach ruhig, überlegt und angemessen, ohne Zorn oder allzu großer Demut.

„Also, Cicollus Mullo, was hindert dich Evocati und Centurio zu werden?"

„Herr, gib mir zwei Tage um meine Angelegenheiten zu ordnen und ich bin bereit!"

„Faustus!" rief Vindex nach seinem Sohn. „Du gehst mit Mullo und hilfst ihm. Nimm deinen rauflustigen Freund mit!"

„Danke, Herr, aber das ist..." hob der neue Centurio an, seinen Widerspruch in Worte zu kleiden.

„... notwendig! Lerne ihn kennen, Mullo! Er wird dir in Zukunft Mühe bereiten und wie du schon hier bemerktest, ist er durchtrieben, klug und rauflustig... Geht!"

Für Vindex war diese Sache abgeschlossen. Er fand einen Mann, den er unbedingt benötigte. Wieder einmal war es sein Sohn, der ihm zu einer Erfahrung verhalf... War Mullo wirklich so, wie er sich gab, dann konnte er zum wichtigen, aber unscheinbaren Auge und Ohr seiner Herrschaft werden. Auch wenn der Zufall half, schienen ihn wieder einmal seine Götter zu lenken... Immer ging von Faustus ein Anstoß aus, der ihn zu Erkenntnissen trieb.

Vindex kehrte zu den Stammesführern zurück und setzte seine Beratung fort. Erneut bestätigte sich, was auch der Vergobret der Haeduer behauptete.

Zum Ende des Treffens, Vindex wollte die Curia gerade verlassen, trat ein römischer Händler auf ihn zu.

„Herr, kann ich dich mit einer persönlichen Angelegenheit behelligen?"

Vindex wandte sich dem Fremden in der *Toga* zu. „Warum nicht... Du bist Römer?" fragte er, den älteren Mann betrachtend.

„Ich war Römer, blieb aber hier, weil ich ein Weib fand und bin jetzt einer der bescheidenen Händler in diesem Teil Galliens..."

So ganz bescheiden kam ihm der Mann nicht vor. „Was kann ich für dich tun?"

„Du hast entschieden, meinen Sohn in Verwahrung zu nehmen..."

Vindex stutzte, betrachtete den früheren Römer erneut und suchte in seiner Erinnerung. Weil er nichts fand, was auf die Frage des Anderen zutraf, schüttelte er seinen Kopf.

„Hast du die Rauferei in der Thermae bereits vergessen, Herr...“

„Was hast du mit den Raufbolden im Bad zu tun?“ Der Statthalter besann sich. Vergessen hatte er nicht, aber weil die Angelegenheit vorerst entschieden war, diese in seiner Erinnerung, bereits gestrichen.

„Einer davon ist mein Sohn...“

„Du weißt was die Burschen taten?“ Vindex Miene wurde hart und abweisend, was sich auch im Ton seiner Sprache niederschlug.

„Aber Herr, sie sind jung und stoßen sich ihre Hörner doch nur ab...“ rief der geplagte Vater.

„... und belästigen Gäste im Bad, denen sie sich überlegen glauben... Was erwartest du von mir? Soll ich solches Verhalten billigen... Was wäre gewesen, erschlugen die Sklaven, die sich im Recht glaubten, einen der Jungen, die dein Sohn herausforderte? Du kennst die Wirkung guter Knüppel und sicher auch das Recht der Sklaven im Dienst der Thermae?“

„Herr, ich könnte mich mit einem Beutel...“ warf der Römer ein.

„... erkenntlich zeigen...“ vollendete Vindex dessen Worte.

„Mann, du willst mich bestechen?“ fauchte Vindex. „Deinen Sohn soll ich verschonen und die anderen Raufbolde wohl dessen Strafe mit tragen... Ich sollte dich in einen Carcer werfen und dort verfaulen lassen...“ Vindex war voller Zorn auf die Frechheit des Händlers. „Denn letztlich bist du es, der versagte! Was für einen Sohn erzogst du? Geh! Und vergiss den Dank für meine Entscheidung nicht, deinen Sohn noch rechtzeitig ergriffen zu haben... Denn jetzt wird er Disziplin und Härte lernen und kann darüber hinaus seine Rauflust für Rom einsetzen...“

Der Statthalter war nicht nur in Wut geraten, weil es sein Sohn war, der beleidigt und bedroht wurde. Die Unverschämtheit, ihm Geld anzubieten, kränkte ihn tief. „Es gibt kein Verzeihen für diese Taten und triffst du einen Vater der übrigen Raufbolde, dann bekenne, dass dein Versuch der Bestechung meinen Entschluss verfestigte! Die Burschen werden dienen! Durch mich wird keine andere Entscheidung getroffen, gleich wer vor mir auf dem Bauch zu rutschen gedenkt... Geh oder ich lasse dich wegbringen...“ Vindex tauchte in einer Wut unter, die Mäßigung benötigte. Also ließ er den fremden Römer stehen...

## 26. Die Verweigerung

*67 nach Christus - Frühling (1. **Aprilis**)*
*Imperium Romanum – Provinz Lugdunensis*

*A*uch den folgenden Tag verbrachte Vindex noch in Alesia. Er wartete ab, bis sich Faustus und Cicollus Mullo bei ihm meldeten und der neue Centurio seine Bereitschaft zum Dienst anzeigte.

Mullo saß, als er vor Vindex erschien, auf einem prachtvollen jungen Ardenner Hengst, dem der große Mann liebevoll den Hals tätschelte.

„Herr, ich bin bereit!" verkündete Mullo. Er stand in ledernen **Bracae**, Tunica und **Focale**, mit Pugio, Parazonium und **Spatha** vor ihm und lächelte. Am Sattel seines Hengstes gewahrte Vindex einen **Parma**, den runden Schild, den sonst nur Equites der Alae führten.

„Du wirkst sehr gefährlich, Mullo... Dientest du unter den Auxiliaren?"

„Nein, Herr! Ich bin römischer Bürger von Geburt an, nur eben sehr arm geboren... Was ich heute bin, gab mir einst die Legion... Dich wundern meine Waffen? Es sind die, die ich bestens beherrsche... Belass mir meine Eigenarten und du wirst es zu keiner Zeit bereuen..."

„Es soll mir Recht sein..." winkte Vindex ab und gab den Befehl zum Aufbruch. Sie ritten den ganzen Tag und fanden mit einbrechender Dunkelheit eine kleine Siedlung, die ihnen für ein Lager geeignet erschien. Ein Bach und Wald für das Holz der Feuer reichten den geringen Bedürfnissen. Einen Wall aufzuschütten und das Lager zu befestigen, schien eine überflüssige Mühe zu werden.

Vindex, Belinarius, Donicus, Faustus und Gryllus saßen am Feuer. Etwas abseits, außerhalb des Feuerscheins, hatte sich Mullo niedergelassen. Das Gespräch der Versammelten drehte sich um Erlebtes und zu Erwartendes. Dabei streifte Donicus die Verbundenheit des Stammes der Lingonen mit Rom, was zu einer sarkastischen Äußerung des Belinarius führte.

„Willst du mir etwa abraten, die Stammesväter aufzusuchen?" fragte daraufhin Vindex und erhielt sogleich Antwort.

„Schon einmal riet ich dir davon ab, Herr! Erinnere dich deiner Entscheidung gegenüber Visuclus... Du wirst weder willkommen geheißen, noch wird dir geboten, vor den Stammesältesten sprechen zu können... Der Tod ihres Fürst und auch der Verrat des Visuclus wird nicht so gesehen, wie du ihn betrachtest... Visuclus wird seine Macht nutzen, allein dir die Schuld für den Tod des Fürsten zuzuordnen..."

„Unsinn..." fiel ihm Donicus ins Wort. „Lingonen sind zuverlässig, sie stehen schon zu lange an unserer Seite und können nicht davon lassen, wollen sie ihre Anerkennung nicht verlieren... Es wird zu freundlicher Aufnahme kommen, die Alten werden dich anhören und deine Entscheidung verstehen..."

„Was streitet ihr erneut, wo ich mich doch entschieden habe. Meide ich die Lingonen, habe ich einen wirklichen Feind..."

„... und reitest du in ihr Land, bist du tot! Es sollte mich wundern, wenn die Übrigen in unserer Begleitung überleben..."

„Schluss jetzt, meine Entscheidung ist getroffen!" fuhr Vindex Belinarius an. „Das Einzige, was mich interessiert ist, ob wir zum Kampf bereit sein sollen oder uns Gefangen nehmen lassen, ohne jede Waffe zu ziehen? Sicher wird man uns vor den Rat der Ältesten bringen..."

„Wir sollten bereit sein..." schlug der Präfekt vor und Belinarius sah einen erneuten Anlass, seinen Standpunkt kund zu tun.

„Ich sage doch, dort erwartet uns der Tod... Seht, selbst unser geschätzter Präfekt zweifelt die Friedfertigkeit der Lingonen an..." Aus den gesprochenen Worten klang Spott.

„Das tue ich nicht!" fauchte dieser zurück. „Nur sind Anhänger des toten Fürst und möglicherweise auch dieser Visuclus auf Rache aus... Vor denen bereit zu sein, ist guter Rat... Doch dürfen wir den Stamm nicht mit einzelnen Gruppierungen gleichsetzen... Lingonen sind Rom treue Verbündete..."

„Du wirst sehen, Präfekt, dass ich recht habe..." Belinarius ließ sich nicht überzeugen.

Faustus spürte, dass sich der Streit am folgenden Tag auswirken könnte. Besaß Belinarius recht, kam nur schnelle Flucht in Frage. Donicus schien den Lingonen vorbehaltlos zu vertrauen... Doch warum ging sein Vater das Risiko ein... In seine Gedanken vertieft, stand plötzlich, der im Dunkeln lauernde, Mullo vor ihm. „Mir scheint, junger Herr, du hegst Zweifel ob des Entschlusses deines Vaters..." fragte Mullo direkt.

„Was sollte mich sonst bekümmern, streiten sich die Berater... Weißt du, was uns erwartet?" Faustus lehnte sich im Dunkel an einen Baum.

„Das kann ich nicht beurteilen, fehlt mir doch die Kenntnis des Vorgefallenen..." Mullo lächelte in die Dunkelheit.

Faustus schien das zu spüren, denn er blickte den Mandubier an.

„Senonen und Lingonen sind miteinander verfeindet, wollten aber in der gleichen Herberge Unterkunft. Die Senonen waren schon untergekommen und die Lingonen wollten hinein. Also standen sich die Vertreter beider Stämme, mit einem nicht geringen Nachteil bei den Senonen, gegenüber... Diese waren in der Zahl unterlegen und wählten den Rückzug. Da griff der Fürst der Lingonen an. Tote gab es auf beiden Seiten... Vater entschied sich für die Schuld des Lingonen und forderte vom Stamm einen neuen Fürst zur Beratung an. Dieser Visuclus wollte des Verurteilten Zustimmung zum öffentlichen Tod, betrog Vater aber dadurch, dass er dem Fürst eine Waffe zur Selbsttötung reichte."

„Warum tat das dein Vater?" hörte Faustus des Mullo Frage.

„Vater bezweckte die Einheit aller gallischen Stämme... Solche Nachbarstreite sollten der Vergangenheit angehören... Der Senone zog sich zurück, nach dem er den Lingonen gezeigt hatte, dass er in diesem Haus nächtigte... Der Lingone griff an! Will Vater Frieden unter den Stämmen, darf er dies nicht hinnehmen. Also beschloss er den Tod des Angreifers und forderte Ersatz... Die Verurteilung sollte deutlich machen, was mein Vater bezweckt. Die Hinrichtung sollte seine Art des Denkens beweisen und eine Einheit der Gallier bewirken... Doch Visuclus hinterging ihn! Deshalb schloss Vater die Lingonen in der Folge aus und jagte Visuclus davon..."

„... und jetzt wartet dieser Visuclus hinter der Grenze mit einer Streitmacht, die uns töten wird..." vollendete Mullo.

Faustus nickte. „Das denkt Belinarius, der Präfekt aber glaubt an die Treue der Lingonen..."

„Was denkst du?" Mullo trieb Faustus zu eigenen Gedanken.

„Ich weiß es nicht... Beide könnten recht haben und ebenso könnten beide irren..." Faustus stieß sich vom Baum ab und wollte Mullo verlassen.

„Höre junger Faustus, scheue niemals vor einer Entscheidung zurück... Prüfe alle Umstände und befinde, was möglich ist... Es kann nur Einer von Beiden recht haben... Leben und Tod hängen davon ab, dass du das Richtige erkennst. Ist es der Alte in seinem Vertrauen oder der Junge in seiner Angst?"

„Was denkst du, Centurio?" Faustus lehnte wieder am Baum.

„Mich nannte noch niemand ‚Centurio'... Es hört sich gut an... Ich glaube, die Wahrheit liegt irgendwo dazwischen..." vermutete Mullo.

„Wie meinst du das?" blieb Faustus misstrauisch.

„Hast du schon einmal erlebt, dass innerhalb Roms alle gleichartig denken?" Mullo sah das Schütteln des Kopfes seines jungen Gegenüber. „Warum denkst du dann dies vom Stamm der Lingonen?" Es war ein leise ausgesprochener Hinweis.

„Du meinst, Visuclus könnte sich rächen wollen, aber andere Lingonen an die Treue zu Rom denken..." entschlüpfte es Faustus Lippen.

„Ich wusste, dass du klug bist! Ja, das halte ich für möglich..."

„Centurio, nur nützt uns das wenig, wenn wir den, der Rom die Treue hält, nicht kennen..." Die Folgerung erzählte von Trauer.

„Wer sagt das, junger Faustus?"

Sofort war Faustus hellwach. „Duuuu?" klang eine kurze Frage zum Mandubier herüber.

„Ich könnte eine Schuld einfordern... Ein früherer Präfekt einer Cohors Lingonen würde sich freuen, mir einen Dienst zu erweisen..."

„Findest du ihn auch schnell genug? Viel Zeit bleibt nicht..." Zweifel griffen nach Faustus.

„Das ist richtig! Der Mann den ich aufsuche ist auch bereits aus der Legion verabschiedet, besitzt aber großes Ansehen und eine bewährte Zahl von Klientel, die ihm in jeden Kampf folgen werden... Außerdem ist er kein Freund dieses Visuclus... Ich kenne den herrischen Greis ebenfalls... Also las uns folgendes tun..."

Geduldig hörte Faustus zu, schüttelte dann aber seinen Kopf. „Das gelingt nicht! Ich finde nie zu dem Ort, an dem dieser Visuclus uns in den Hinterhalt läuft... Ich kenne das Gebiet nicht und dann musst du vorher dort sein..." Faustus schüttelte den Kopf.

Inzwischen war das Feuer vor des Vaters Zelt erloschen und dieser bestimmt bereits im Schlaf versunken.

„Ich habe da eine Idee..." frohlockte Faustus plötzlich. „Wenn du nun einen Begleiter mitnimmst..."

„Deinen jungen Gefährten, etwa? Das könnte gehen... Du verzögerst den Abritt und erwartest deinen Freund zurück. Seid ihr beieinander, reicht die Zeit für mich... Er wird keine Angst zeigen?" Misstrauen erwachte im Centurio.

„Alle außer Gryllus! Der kennt das Wort nicht... Sei dir seiner sicher..."
Aus Faustus klang tiefste Überzeugung.

„Dann hole ihn und begleite uns ein Stück. Dein Vater wird nicht reiten, wenn er dich vermisst... Wo ihr beide euch dann trennt, musst du auf deinen Freund warten. Gelingt das, erlebt Visuclus eine Überraschung." Mullo lächelte still vor sich hin.

Kurz darauf ritten drei Reiter aus dem Lager. Sie nutzten dafür eine Bresche, die Mullo und Faustus zuvor, durch die Überlistung eines Postens, geschaffen hatten.

Der Aufruhr am Morgen galt dem Verschwinden von Vindex Sohn und ließ, weil auch Gryllus unauffindbar blieb, Fragen offen. Dann wurde die geknebelte und gefesselte Wache gefunden, die trotz Suche in der Nacht, unauffindbar blieb. Ein verschwundener Posten, wenn durch dessen Fehlen kein Unglück geschah, schien nur wenig zu verunsichern... Die letzte schlechte Botschaft berichtete vom verschwundenen neuen Centurio...

Sollte sich Vindex in dem Mann getäuscht haben? Er glaubte nicht daran, obwohl alles Übrige dafür sprach. Die Suche in der Nähe des Lagers blieb erfolglos und auch der überraschte Posten konnte keine nützlichen Angaben machen. Also schickte Vindex kleinere Trupps in alle Richtungen auf Spurensuche und wartete vorerst auf deren Rückkehr. Dies zog sich bis zum Sonnenhöchststand hin.

Plötzlich tauchten Faustus und Gryllus auf. Vor dem Sohn lag ein erlegter Bock auf dessen Pferderücken und ein freudestrahlender Sohn, die finstere Miene des Vaters missachtend, rühmte sich ihrer gemeinsamen Tat auf der Jagd.

Vindex verstand den Spaß nicht und Faustus erntete einen Vorwurf und eine Strafe. Doch der Sohn lächelte, als der Vater tobte. Dies verzögerte den Abritt weiter, der dann aber endlich vollzogen wurde.

Vindex, hinter der Vorhut voran reitend, war voller Zorn. Er achtete weder auf den Weg noch auf den sie umgebenden Wald. Vor sich wusste er Auxiliaren und hinter sich den Rest der Begleitung. Irgendwo in der Mitte befanden sich, unter strengster Bewachung, Faustus und Gryllus, den Kopf gesenkt haltend, sich aber dennoch ständig angrinsend...

Ein nicht zu breiter Bach versperrte plötzlich den Weg. Das erweckte Vindex, denn wären Männer vor ihm, hätten ihn diese vorgewarnt.

Sein Ruf nach hinten, eine Bedrohung anzeigend, verhalte im aufbrausenden Lärm zahlreicher Stimmen, von Waffengeklirr und Drohrufen. Vor ihm, am anderen Ufer, standen die Pferde fremder Reiter, was er ebenso auch an den Seiten und im Rücken der Turmae erkannte.

Drangen diese Feinde zuvor mit Lärm aus dem Unterholz, blieben sie dann dennoch im Achtung gebietendem Abstand. Aus der Masse dieser

Krieger schälte sich ein Reiter, den er bald erkannte. Visuclus, der Reiter vor ihm, wurde von einem Jüngeren begleitet.

„Im Leben trifft man sich immer zweimal..." verkündete Visuclus. „Hast du nicht mit mir gerechnet, dass du deine Begleitung so dünn bemessen hieltest?" eröffnete der alte Lingone die Feindschaft.

„Geh aus dem Weg, alter Mann! Du bist einer Beachtung kaum wert..." antwortete Vindex und musterte in Ruhe die Bedrohung.

„Selbst wenn ich dies tue, bleibt der Mann an meiner Seite zurück. Er fordert Rache!" erwiderte der Alte.

Hinter Vindex erhob sich Tumult. Plötzlich tauchte Faustus an seines Vaters Seite auf. „He, Fürst Visuclus, was willst du hier?" schrie der Jüngere dem alten Lingonen entgegen..

„Schweig Faustus, verärgere ihn nicht!" wies ihn Vindex zurecht.

„Vater, was will dir, dem Legatus Augusti dieser Provinz, ein alter Mann voller Häme und Verrat?" Faustus Stimme klang laut, seine Wahl der Worte herausfordernd. „He, Mann an des Fürst Visuclus Seite, welchen Unsinn hat dir der Alte erzählt? Willst du wirklich für dessen Lügen sterben? Hat er berichtet, dass der Angriff deines Vaters ohne Ehre erfolgte, gegen einen sich zurückziehenden und unterlegenen Gegner vorgetragen wurde, der weder herausforderte, noch beleidigte... Oder ist es in deiner Familie üblich, gegenüber vermeintlich Schwächeren zu protzen, aber vor Überlegenen zu fliehen... Komm zu mir, wenn du den Mut dazu besitzt..."

Faustus ließ sein Pferd tänzeln und nahm kein Auge vom jüngeren Begleiter des alten Visuclus.

„Wenn ich komme, Knabe, schneide ich erst deinem Vater den Hals ab und dann dir deine Eier... Dann kannst du winselnd zu deiner Mutter kriechen und dort dein Unglück beweinen..."

„Komm rüber, wenn du dich traust! Dann werden wir sehen, wer schneller weint... Du kannst ruhig den alten Mann neben dir mitbringen. Für den findet sich auch eine Klinge..."

Die Herausforderung traf. Der Jüngere strebte dem Bach zu.

In die Lücke zwischen Visuclus, den er zurück ließ, und diesem jungen Reiter, schossen plötzlich fremde Krieger vor, ergriffen das Pferd des Fürsten und zerrten dieses, mitsamt dem darauf Sitzenden, in den Bach.

Dort wo Visuclus verschwand, tauchten dafür zwei Reiter auf, eroberten das jenseitige Ufer dort, wo zuvor der Alte stand.

„Lingonen, wer sich am Legatus Augusti vergreift ist des Todes! Ihr seid umzingelt! Wer seine Waffe erhebt, stirbt! Ihr kennt mich. Ich halte mein Wort!" Das Pferd des Sprechers schwenkte zu Vindex herum.

„Herr, setze deinen Weg mit allen deinen Männern fort. Dir und deinen Begleitern wird kein Haar gekrümmt! Dafür stehe ich ein!"

Der Begleiter des Mannes, Vindex erkannte unschwer Mullo, setzte sich von diesem ab und ritt auf den offensichtlichen Sohn des von Vindex verurteilten Fürst zu.

„Deine Waffen!" forderte Mullo.

Der Angesprochene ließ diese einfach vor sich auf den Boden fallen, behielt lediglich seinen Pugio in der Hand.

„Hebe sie selbst auf, wenn du sie willst!" schrie er und stieß seinem Pferd die Hacken in die Seite, so dass dieses sofort vorwärts preschte und Vindex vor allen Anderen erreicht hätte.

Dieser Absicht aber kam Faustus zuvor. Drei schnelle Sätze seines Tieres blockierten den Weg und so rammte er des Angreifers Pferd.

Während sich Faustus, wenn auch mit Mühe, auf dem eigenen Pferd hielt, machte der Angreifer einen gewaltigen Satz und schlug auf dem Boden auf. Bevor er sich berappeln konnte, kniete Faustus neben ihm und verpasste dem weit Älteren einen Faustschlag, der den zuvor Gestürzten erneut lähmte.

„Nur damit dies klar ist, du lässt die Finger von meinem Vater! Gryllus, Stricke, um den kümmern wir uns später!"

„He, Centurio Mullo, bring den Alten!" Faustus beherrschte den Augenblick. Wo Andere erstarrten, handelte der Jüngere. Er selbst sprang auf sein Pferd und ritt auf den Mann zu, der anfangs sprach.

„Herr, meinen Dank für deine schnelle Hilfe! In mir hast du auf ewig einen Freund... Sage mir, was wir mit dem alten Mann tun sollen... Was wiegt seine Schuld, wäre sein Verrat an Rom gelungen...

„Junge, bist du hier der Statthalter?" In der Frage klang Überraschung ebenso mit, wie Verblüffung.

„Nein, Herr, das ist mein Vater dort... nur verursachten dies hier dein Bekannter Mullo und ich... Bedauerlicherweise konnte sich mein Vater nicht zwischen seinen Beratern entscheiden... Der Eine riet zu Vorsicht und der Andere sprach von Unbedenklichkeiten... Die Wahrheit aber, so scheint mir, liegt dazwischen, wie deine Anwesenheit beweist!"

Der fremde Reiter schnalzte mit der Zunge und sein Pferd setzte sich in Bewegung. Er ritt auf Vindex zu.

„Herr, lass mich dir zu diesem Sohn und zur Treue deiner Begleiter gratulieren... Ich schuldete Cicollus Mullo noch ein Leben, das er hier einforderte. Verfolge deine Ziele und einige diese verbohrten Gallier! Folge deinem Weg. Um den Rest hier kümmern wir uns! Ach, fast hätte ich es vergessen... Zwei deiner Equites überlebten nicht... Die anderen Drei sind zwar etwas beschädigt, werden dir aber trotzdem weiterhin folgen können..."

Vindex nickte. Er verstand nichts und wollte er Klarheit erringen, musste er vorwärts. Also hob er seinen Arm und überließ die Lingonen sich selbst.

Faustus würde ihm wohl einige gute Fragen beantworten müssen...

Was sich hinter den davon strebenden Reitern in des Statthalters Begleitung abspielte, schien diesen kaum noch zu berühren. Vindex begriff, dass er sich dieser Bedrohung nur entziehen konnte, weil erneut sein noch viel zu junger Sohn etwas erkannte, was ihm nicht ins Auge stach. War er deshalb wütend? Er brauchte Klarheit und wer konnte diese besser geben als der Sohn... „Faustus, reite neben mir!" befahl er und eröffnete sofort die Befragung.

„Was ging da eben vor? Kannst du mir dies erklären?" forderte er zu Wissen.

„Vater, das könnte ich wohl, halte aber nur wenig davon, es dir unter den gegebenen Bedingungen zu erklären..." Faustus Blick schweifte über Donicus und Belinarius. Der Vater verstand die Aufforderung, war jedoch nicht geneigt, dem Wunsch des Sohnes zu folgen.

„Ich pflege keine Geheimnisse gegenüber meinen Beratern..." wies er den Sohn zurecht.

„Du vielleicht nicht, aber es sind nicht meine Berater und willst du vernehmen, was sich zutrug, dann schicke sie weg! Meine Geheimnisse können nur zu deinem Wissen werden, nicht aber zu deren..."

Weil Faustus neben dem Vater ritt, hinter diesen aber Donicus und Belinarius und er erst hinter dieser Gruppe Mullo wusste, sprach er laut und deutlich. Alle vernahmen somit die mit wenig Nachsicht ausgedrückten Worte und konnten diese für sich bewerten. Es könnte einfach Unbedacht gewesen sein, was Faustus zu dieser Deutlichkeit herausforderte, aber sich auch eine Absicht dahinter verbergen.

„Warum sollte ich meine Berater kränken?" lenkte Vindex ein und unternahm den Versuch, das Vertrauen unbeschädigt zu belassen.

„Du Vater, kannst tun, was dir behagt! Ich werde es gleich halten... Bleiben deine Berater Zuhörer, dann schweige ich eben und keiner der auch nur das geringste Wissen besitzt, wird dich einweihen... Was denkst du, erwartet dich bei den Lingonen?"

„Du forderst mich heraus?" In Vindex stieg Wut auf die Unverfrorenheit des Sohnes hoch. Es gelang ihm nur schwer, diese zu bedämpfen. „Du stellst das Wissen dieser Männer, ihre Klugheit und Treue in Frage?"

„Das tue ich nicht!" hörte er als Antwort auf die Worte seines Vorwurfes.

„Was dann?" Aus des Vaters Frage klang Verwunderung und Überraschung heraus.

„Bin ich nicht wert auch gehört zu werden, trotz meiner Jugend?"

Dem Legatus Augusti blieb vor Überraschung der Mund offen stehen. Der Sohn forderte Gleichrangigkeit zu seinen Beratern... Er schmälerte nicht seinen eigenen Anspruch als Statthalter, schob sich aber als gleichwertig neben seine Berater... Welche Frechheit... oder vielleicht auch nicht... An Vindex innerem Auge huschten Erinnerungen vorbei, die ihn auf Zusammenhänge mit dem Sohn verwiesen und als diese letzten Bilder der Vergangenheit erloschen, erschloss sich ihm die Berechtigung von Faustus Forderung. Sollte er einfach nachgeben?

„Ich sehe du forderst einen Anspruch der Gleichwertigkeit?"

„Nein, Vater, wie könnte ich dies wagen... Mich dem Präfekt als Gleichwertig zu betrachten, verbietet sich dir!"

„Bei allen Göttern, was verlangst du dann?" stieß Vindex einen Fluch aus, der nach einer Frage klang.

„Meinst du nicht, dass dein Fleisch und Blut geeignet wäre, von dir erhört zu werden?"

Vindex empfand den neuerlichen Angriff als einen verzweifelten Versuch, sich wichtig zu machen... Fast augenblicklich erloschen alle günstigen Gedanken gegenüber dem Sohn. „Du wirst mir jetzt sagen, was vorgefallen ist und überlässt mir die Entscheidungen! Meine Berater bleiben!"

„Dann, Vater, sieh zu, woher du mein Wissen erlangst..." Faustus zerrte am Zügel, sein Pferd stand, drehte sich und der Sohn ordnete sich neben Gryllus ein.

Faustus wusste, dass der Vater sein Verhalten nicht hinnehmen durfte. Dieser brauchte die Kenntnis der Ereignisse, um in der Beratung mit den

Lingonen nicht weiteres Glas zu zerschlagen. Erlangen konnte er diese nur von Gryllus oder Mullo. Mullo warnte er durch seine lauten Worte...

„Höre Gryllus, du musst eine Wahl treffen..." sprach Faustus den alleinreitenden Freund leise an.

„Welche?"

„Du musst dich zwischen dem Statthalter und mir entscheiden..."

„Wie das?" Ungläubigkeit beherrschte den Freund.

„Mein Vater fordert von mir den Bericht der Ereignisse, den er nicht bekommt, solange diesen Donicus und Belinarius gleichfalls vernehmen können... Deshalb wirst auch du schweigen! Kein Wort über das was zwischen unserer Flucht und dem erneuten Zusammentreffen geschah, weder über Ereignisse, noch Vermutungen und auch über kein einziges gesprochenes Wort! Schwörst du mir Treue?"

„Ich begreife zwar nicht, was du beabsichtigst, stellst du mir aber diese Wahl, bleibt mir nur die Treue zu dir! Warum sollte ich mich mehr deines Vaters Willen beugen?" Gryllus erfasste innere Unruhe, obwohl er dennoch sein Wort gab. Seine Befürchtung, die keinesfalls in einer genauen Vorhersehung landete, wurde bestätigt.

„Du erscheinst ihm wertlos, so wie er auch mich befindet... Dafür hört er nur den Unsinn von Belinarius und falls Donicus dagegen spricht, fehlt ihm die Energie der Entscheidung. Es ist aber nie so, dass immer der gleiche Berater recht behält... Diesmal irrten Beide! Immer dann erscheint mir mein Vater zögerlich, unsicher und oft bewirkt seine mangelhafte Entscheidung einen wenig glücklichen Ausgang für uns... Ich will, dass er dann mich zu rate zieht und glaube mir, auch Mullo wäre von Wert... Also schweige, gleich was du erdulden solltest... Er muss sich meinem Wunsch beugen!"

Kaum hatte Faustus sein Verlangen in Worte gekleidet, erschallte der Ruf des Statthalters. Er befahl Gryllus zu sich.

Also folgte Faustus dem Freund und reihte sich neben Mullo ein. Ein einziger Blick des Jungen erntete ein Nicken des großen, kantigen Kopfes. Mullo hatte begriffen, um was es Faustus ging.

Auch wenn die Worte des Statthalters leise an Gryllus gerichtet wurden, schnappte Faustus auf, worum es dem Vater ging.

Das Gespräch erschien ihm nur kurz, bis der Vater ausrief: „Du verweigerst mir die Auskunft, die du mir als Statthalter schuldest?"

„Herr..." Alle Betroffenen, auch Faustus, hörten die Antwort. „... was glaubst du, ist mir mehr von Wert, deine Gunst oder deines Sohnes

Freundschaft?" Dann zügelte Gryllus sein Pferd und schwenkte ab. Er fand im alten Präfekt einen schweigsamen Begleiter.

Vindex fühlte sich verlassen. So sehr ihm Gryllus Bekenntnis zum eigenen Sohn gefiel, begriff er, dass hinter der Verweigerung verborgene Wissen. Der Sohn hatte recht. Es gab etwas, was seine Berater und auch er übersehen hatten und blieb dies so, ging er unweigerlich in eine sehr schwierige Auseinandersetzung mit den Lingonen. Er musste, kostete es auch, was es wollte, hinter das Geheimnis von Faustus gelangen...

Faustus und Gryllus waren verschwunden und väterliche Sorge zwang ihn zur Suche, was aber eigentlich unnötig war. Der Sohn kehrte unversehrt und mit einer Jagdbeute zurück. So glaubte er, bis sie am Bach in den Hinterhalt gerieten... Doch genau dort befand sich nicht nur der Verräter Visuclus mit seiner Horde, sondern ein ihm bisher Fremder, der plötzlich Schutz versprach...

„Mullo!" Vindex rief und der Centurio folgte der Aufforderung.

„Du holtest Hilfe und fordertest eine Schuld ein... Wer war der Fremde, der dir half?"

„Herr, ich diene dir und dennoch bin ich deinem Sohn verpflichtet... Hintergehe ich Faustus, verliere ich seine Zuneigung und vor allem sein Vertrauen... Dein Sohn, Herr, mag jung sein, zu jung für deine Politik, zu jung für den Krieg, dennoch ist er dein Sohn! Ich schätze Klugheit über alles, ich achte Treue, ich bin Mut und Entschlossenheit zugeneigt und ich liebe Faustus, weil er alle diese Eigenschaften besitzt... oder sahest du nicht, was er wagte? Tat er das für sich, oder... Herr, wenn du diese Klarheit selbst findest, dann wird sich dir der Weg öffnen, den du beschreiten musst... Ich kann dir dabei nicht großartig helfen..."

„Du könntest einfach berichten..." blaffte Vindex los.

„Nein, Herr, das kann ich nicht! Zum Ersten weiß ich nicht, was deinen Sohn zu seinem Verhalten bewegt und ich, Herr, werde ihm nicht in den Rücken fallen... Ich maße mir, in meiner Bescheidenheit nicht an, wichtige Entscheidungen zu treffen. Es steht mir nicht zu! Du und dein Sohn sind zu Entscheidungen befähigt. Die Macht aber trägst du, Herr!"

„Siehst du nicht, woran meine Macht scheitert?" griff Vindex an.

„Doch, Herr, an der Liebe eines Vaters... und dessen Unverstand, zu begreifen, dass er einen klugen und starken Sohn erzog!"

„Du wagst gewaltige Worte..." fuhr Vindex hoch, doch Mullo lächelte nur.

„Keineswegs, es sind leise Worte des Bedauerns und kluge Worte der Bescheidenheit... Hätte ich einen Sohn wie Faustus, würde mir sein Rat zu keinem Zeitpunkt Schmerz bereiten, gleichwohl wie leicht seine Erfahrungen bemessen wäre, den Klugheit, Treue und Entschlusskraft heben einen unbedeutenden Mangel auf..."

Vindex tauchte in Gedanken unter und bemerkte nicht einmal, dass ihn Mullo verlies. Auch sah er nicht, dass sein neuer Centurio nach seines Berater Zügel griff, das Pferd des Belinarius zum Ausscheren zwang, und solange mit dem Gezwungenen wartete, bis Gryllus und der Präfekt auftauchten.

„Was tust du, Centurio? Wer erlaubt dir..." blaffte Belinarius Mullo an.

„Glaubst du das Recht zu besitzen, Berater, dich zwischen Vater und Sohn zu zwängen, nur weil dich Neugier beherrscht?" Mullo ließ die Zügel des fremden Pferdes fahren und reihte sich neben dem Präfekt ein.

An der Spitze der Reiter erwachte der Statthalter aus seiner Bedrängnis. Er schüttelte sich förmlich, warf alle Bedenken und Ausflüchte von sich und rief erneut nach Faustus.

„Was bezweckst du, mein Sohn?"

„Vater, du besitzt zweifellos kluge und erfahrene Berater... Was aber, sind diese sich nicht einig? Du kannst dich dann nicht entscheiden und bevor du die falsche Wahl triffst, entscheidest du dich gar nicht... Aber genau das ist ein Verhängnis!"

„Was meinst du?" Vindex beschlich eine unbestimmte Unruhe.

„Vater, du vergisst in solchen Fall deinen eigenen klugen Kopf! Du versäumst es, dich als gleich notwendigen Berater zu sehen, den eine gleiche Beurteilung zu irgend einem Ergebnis führt... Vergleiche dein Ergebnis mit denen deiner Berater und triff eine Entscheidung... Du rittest in den Hinterhalt und hofftest auf die Götter oder wen auch immer... Deine Begleiter hofften mit dir... Nun, Belinarius vielleicht nicht..., aber Donicus! Deine Unschlüssigkeit führte uns ins Verderben, wenn nicht Mullo gewesen wäre..."

„Ich verstehe noch immer nicht, warum du nicht vor den Beratern gesprochen hast, wenn es so einfach wäre..." Vindex lehnte diese Denkweise ab.

„Es ist nicht so einfach, wenn der junge Sohn behauptet, dass der Vater und seine Berater in ihr Unglück reiten... Meinst du nicht, der Streit zwischen den Beiden wäre nicht erneut ausgebrochen? Denkst du nicht, dass du dich nicht wieder durch Schweigen und der Aufforderung zur Ruhe entzogen hättest?" Der Vater schwieg und so setzte Faustus nach.

„Reden deine Berater, hörst du nicht auf mich, wobei du sonst auch nicht auf mich hörst... Manches Mal gewann ich den Eindruck, dass du meinen Gedanken folgtest, wenn ich dir diese ungestört mitteilen konnte... Gehe ich davon aus, dass dies zutrifft, gab ich dir schon mitunter guten Rat oder machte dich auf Versäumnisse aufmerksam... Dann also siehst du deinen erkannten Vorteil..."

Vindex sann den Worten nach und es erschloss sich ihm eine Wahrheit. Faustus besaß recht...

„Vater, wenn sich schlau findende Männer dröhnen, hört niemand den klugen, aber leisen Rat... Welche Stimme ist mir, im Gegensatz zum Präfekt und Belinarius, gegeben? Doch wohl bloß die sehr leise, flüsternde Stimme... Ist es nicht so, dass deine Berater zwischen dir und mir stehen? Schiebe sie zur Seite, denn mitunter sind diese Männer hinderlich... Sprich mit mir und nutze meine Gedanken auch als deine Weisheit... Was gehen die Beiden meine Fähigkeiten an... Nichts!"

In Vindex dämmerte eine Erkenntnis. Er sah sich um und stellte das Fehlen seiner Berater fest.

„Hast du die Beiden veranlasst..." irritiert blickte er zum Sohn.

„Nein, der Präfekt ritt mit Gryllus... Ich glaube, er erkannte, um was es ging... Belinarius wurde von Mullo gezwungen..."

Geistesabwesend nickte der Vater. „Du hast also Mullo auch schon in Besitz genommen..." stellte Vindex betrübt fest.

„Unsinn, Vater, Mullo ist einfach klug! Beseitige die Behinderung zwischen uns und du wirst kein weiteres Hindernis in seiner Treue finden..."

Faustus fand, dass der Belehrungen genug waren. Er trug sich nicht mit der Absicht, den Vater zu reizen. Sein Ziel war es, eine Lehre zu erteilen. Das Recht dazu leitete er aus seinen Taten ab. Deshalb und auch weil die Berater zu weit entfernt waren, begann er sein Vorgehen zu erklären. „Ihr verbliebt im Streit. Ich aber wusste keinen Weg, neigte aber zu Belinarius Warnung... Da begegnete ich im Dunkel Mullo, der mir eine Lösung andeutete. Wir tauschten uns aus, zogen Gryllus hinzu und entwarfen den Plan, der dann aufging. Alles lief darauf hinaus, dass Mullo Visuclus kannte, wusste, wo der lauern würde und einen Freund unter den Lingonen besaß, der ihm ein Leben schuldete... Dieses Leben forderte Mullo ein."

Faustus spürte die Aufmerksamkeit des Vaters, also setzte er fort.

„Dieser Freund war da, weil Gryllus Rückkehr mir die Kenntnis des Ortes und des Zeitpunktes brachte! Ich war es, der dem Decurio sagte, wo er entlang reiten lassen sollte... Wir besaßen eine Vermutung, wo Visuclus wartete. Er aber würde uns beobachten und wollten wir ihm einen Vorteil nehmen, mussten wir ihn von diesem Ort weglocken... Also kam er erst an diesem Teil des Baches an, als Mullo und sein Freund bereits dort verborgen waren... Den Rest erlebtest du...“

„Es gibt also Uneinigkeit innerhalb dieses Stammes?“

„Das frage besser den Centurio! Mir schien, dessen Freund war Visuclus wenig zugeneigt... Ob wir den Alten und den so mutigen Jungen jemals wiedersehen werden, interessiert mich nur wenig, besitzt aber für dich wohl Bedeutung... Der Freund schien mächtig, aber nicht bestimmend zu sein... Visuclus bewahrte die Macht in seinen Händen. Vermutlich triffst du auf Machtkämpfe und musst dir die richtige Seite suchen...“

Der Vater nickte und versank in Gedanken. Daraus auftauchend, bezeugte er Bewunderung.

„Ihr habt deren Hinterhalt aufgehoben und einen Eigenen gelegt?“ In Vindex Worte mischte sich Erstaunen.

„So ist es, Vater! Vielleicht solltest du das nie vergessen... Außerdem, Mullo ist dir treu!“ Faustus zupfte am Zügel und sein Pferd scherte aus. Er ließ die Hauptkräfte beider Turmae an sich vorbeiziehen und reihte sich neben Gryllus ein.

„Ich denke, jetzt hat es mein Vater begriffen...“ erklärte er dem Freund und grinste.

# PERSONENREGISTER

| | | |
|---|---|---|
| Nerullinus, Marcus Suillius | 49 | HBP, Römer, Lebensdaten unbekannt, Konsul im Jahr 50, Bote des Senat an Adler der Evocati; |
| Tremorinus, Sextus | 52 | Römer, Alter 43 Jahre, Adler der Evocati, aus der zweiten Klaue der Adler, Gefährte des Belletor, Tribun Legio XXII Primigenia, Obertribun; |
| Verginius Rufus, Lucius | 52 | HBP, Römer, Feldherr, geboren 14 n. Chr., Konsul 63 n. Chr., danach Legat Legio XXII Primigenia; |
| Epaphroditos | 53 | HBP, Lebensdaten unbekannt, vermutlich Alter 37 Jahre, Freigelassener Grieche, Sekretär des Kaisers Nero; |
| Scribonius Proculus, Publius Sulpicius | 53 | HBP, Römer, Statthalter, Lebensdaten unbekannt, vermutlich etwa 44 Jahre, 58 n. Chr. in Kaiser Neros Auftrag Niederschlagung Puteoli-Aufstand, ab 63 n. Chr. Legatus Augusti pro Praetore Militärregion Exercitus Germania Superior (Obergermanien), Legatus Legionis Legio IV Macedonica; |
| Scribonius Rufus, Publius Sulpicius | 53 | HBP, Römer, Statthalter, Lebensdaten unbekannt, vermutlich etwa 44 Jahre, 58 n. Chr. in Kaiser Neros Auftrag Niederschlagung Puteoli-Aufstand, ab 63 n. Chr. Legatus Augusti pro Praetore Militärregion Exercitus Germania Inferior (Niedergermanien), Legatus Legionis Legio XV Primigenia; |
| Corbulo, Gnaeus Domitius | 54 | HBP, Römer, Feldherr, geboren 7 n. Chr., 39 n. Chr. Suffektkonsul, 47 n. Chr. Legat Augusti Germania Inferior, 52 Statthalter Provinz Asia, 58 n. Chr. Krieg in Armenien, Einsetzung König Tigranes VI., 63 n. Chr. erneute Unterwerfung Armeniens; |
| Valens, Fabius | 54 | HBP, Römer, Feldherr, Geburtsdatum unbekannt, vermutlich etwa 50 Jahre, Legat Legio I Germanica; |
| Vespasian, Imperator Caesar Vespasianus Augustus | 54 | HBP, Römer, geb. 9 n. Chr., ab 42 bis 47 n. Chr. Britannienfeldzug, 66/67 AD Bergleiter Kaiser Neros auf Griechenland-Reise, Zorn des Kaisers wegen Fehlverhalten, ab 67 AD Feldherr Jüdischer Krieg; |
| Augustus, Gaius Octavius | 55 | HBP; Römer, Kaiser, gelebt von 63 v. Chr. bis 14 n. Chr., Haupterbe Caesars, Sieger der Machtkämpfe nach Caesars Ermordung, von 30 v. Chr. bis 14 n. Chr. Alleinherrscher (Princeps) des Römischen Reiches, Begründer julisch-claudische Kaiserdynastie; |
| Cleopatra | 55 | HBP, gelebt von 69 bis 30 BC, letzte Königin des ägyptischen Ptolemäerreiches & letzter weiblicher Pharao von 51 bis 30 BC, Geliebte von Caesar & Marcus Antonius, Freitod nach verlorener Schlacht von Actium gegen Rom( gemeinsam mit Marcus Antonius); |
| Marcus Antonius | 55 | Römer, Feldherr, Politiker Römischer Republik, Aufstieg unter Julius Caesar, Gegner Octavians (späterer Kaiser Augustus) auf dem Weg zur Alleinherrschaft; |
| Belletor, Kaeso | 59 | Römer, Alter 43 Jahre, Adler der Evocati, aus der zweiten Klaue der Adler, Gefährte des Tremorinus; |

| | | |
|---|---|---|
| Boudicca | 64 | HBP, Britannien, Herrscherin der Icener & Heerführerin im Aufstand gegen Rom 60-61 n. Chr.; |
| Paulinus, Gaius Suetonius | 64 | HBP, Römer, Feldherr, geb. etwa 10 n. Chr., Feldherr in Britannien, Statthalter Britannien 58 n. Chr., Konsul unter Nero 62 & 66 n. Chr., im Roman Onkel der Suetonius-Brüder; |
| Galba, Lucius Livius Ocella Servius Sulpicius Galba | 66 | HBP, Römer, geb. 3 v. Chr., ab 60 n. Chr. Statthalter Provinz Hispania Tarraconensis; |
| Otho, Marcus Salvius Otho | 66 | HBP, Römer, geb. 32 n. Chr., ab 59 n. Chr. Statthalter Provinz Lusitanien; |
| Vinius, Titus | 66 | HBP, Römer, Senator, 39 AD Militärtribun, Quästor, Praetor, Legatus Legionis & Prokonsul Provinz Gallia Narbonensis; |
| Mucianus, Gaius Licinius Mucianus | 67 | HBP, Römer, Feldherr, Lebensdaten unbekannt, vermutlich etwa 50 Jahre, 67 n. Chr. Statthalter Syriens; |
| Turpilianus, Publius Petronius | 67 | HBP, Römer, 48 Jahre alt, Familie der Petronii, Politiker, Konsul 61 n. Chr., 61. n. Chr. Statthalter Britanniens nach Boudicca-Aufstand, 63 n. Chr. Verwalter stadtröm. Wasserversorgung, 64 n. Chr. beteiligt an Niederschlagung der Pisonischen Verschwörung; |
| Callisunus | 70 | Römer, über 50 Jahre, Adler der Evocati, die dritte Klaue der Adler; |
| Amantius, Julius Versatius | 74 | Römer, etwa 48 Jahre, Händler in Mogontiacum, Besitzer römischer Villa Nähe Fluss Nava (Nahe); |
| Boiuvario | 74 | Kelte, Helveter, etwa 37 Winter erlebt, Trierarch römischer Flussliburne, Verlorener, Gefährte Gerwins, Trierarch eigener Flussliburne: |
| Gerwin | 74 | Germane, Hermundure, Buchensippe, Überlebender, 17 Winter erlebt, Knabe, Zögling Gaidemars, Bote, Gefolgschaft, Schatten Kriegsherzog, Gefangener, Gefährte der Verlorenen, Diener des Legats Verginius Rufus, Klinge & Herz der Hermunduren; |
| Paratus | 74 | Römer, Sizilianer, etwa 43 Jahre, Legionär 1. Centurie 1. Kohorte Legio XXII Primigenia, Legionär, Immunis des Tribuns T. Suetonius, Verlorener, Gefährte des Gerwin; |
| Sexinius, Sextus Sicinius | 74 | Römer, etwa 37 Jahre, ehemaliger Centurio Legio XXII Primigenia, früherer Vorgesetzter von Viator & Paratus, Anführer der Veteranen des Amantius, Gefährte der Verlorenen, Gefährte des Gerwin; |
| Viator | 74 | Römer, etwa 43 Jahre, Legionär 1. Centurie 1. Kohorte Legio XXII Primigenia, Legionär, Immunis des Tribuns T. Suetonius, Verlorener, Gefährte des Gerwin; |
| Finley | 75 | Kelte, Treverer, 42 Winter erlebt, Sekretär & Vertrauter des Amantius; |
| Gessius | 75 | Kelte, Vangione 41 Jahre, Segelmeister Liburne Boiuvario; |
| Numonis | 77 | Kelte, Raeter, über 42 Winter erlebt, Eldermann; |

| Toranius, Eponia | 77 | Römerin, Apulien, etwa 35 Jahre alt, Mutter des Buteo, Gefährtin von Viator, Besitz Taverne am Hafen in Mogontiacum; |
|---|---|---|
| Irvin | 79 | Germane, Hermundure, Bergesippe, 22 Winter erlebt, Übersiedler Framensippe, Svens Bruder, Notkers Pate, Jäger, Krieger, Bote der Hermunduren; |
| Notker | 79 | Germane, Hermundure, Buchensippe, Überlebender, Framensippe, 17 Winter erlebt, Knabe, Gerwins Freund, Irvins Zögling, Schatten Kriegsherzog, Bote der Hermunduren; |
| Argelastus | 80 | Germane, Hermundure, 33 Winter, Rudermeister Liburne Boiuvario; |
| Wilgard | 81 | Germane, Hermundure, Rabensippe, 27 Winter erlebt, Heilkundige der Gefolgschaft, Geliebte des Boiuvario; |
| Ragin | 83 | Germane, Hermundure, Bärensippe, 31 Winter erlebt, Hunno Sippe, Hunno Huntare der Heerschar; |
| Werno | 88 | Germane, Chatte, 17 Winter erlebt, Zwilling des Wimmo, Gefährte von Irvin; |
| Wimmo | 88 | Germane, Chatte, 17 Winter erlebt, Zwilling des Werno, Gefährte von Irvin; |
| Praeco | 90 | Kelte, Vangione, 41 Jahre, Praeco Liburne Boiuvario; |
| Atlas | 99 | Punier, früherer Sklave, etwa 36 Jahre, Matrose Liburne Boiuvario; |
| Toranius, Buteo | 100 | Römer, Jungmann der Raeter, Sohn der Eponia, 18 Jahre alt, Besatzung Boiuvarios Liburne; |
| Zosimos | 100 | Kelte, Nemeter, 21 Jahre, Matrose Liburne Boiuvario; |
| Florus, Gessius | 104 | HBP, Lebensdaten unbekannt, Ordo Equester, 64 bis 66 AD Prokurator Judäa, April/Mai 66 AD Plünderung Jerusalemer Tempelschatz, Hauptursache des Aufstandes der Juden gegen Rom; |
| Cestius Gallus, Gaius | 105 | HBP, Römer, Senator, Lebensdaten unbekannt, vermutlich etwa 50 Jahre, Suffektkonsul 42 n. Chr., ab 63 n. Chr. Legatus Augusti pro Praetore in Provinz Syria, 66 n. Chr. Scheitern bei Belagerung von Jerusalem & verlustreicher Rückzug (Massaker bei Beth Horon), Beginn Jüdischer Krieg; |
| Vinicianus, Annius | 106 | HBP, Römer, Geburtsdatum unbekannt, vermutlich etwa 30 Jahre, Schwiegersohn Corbulos, 63 n. Chr. von Corbulo zum Legatus Augusti pro Praetore Legio V Macedonica ernannt, Begleitung des Tiridates (König Armeniens) & faktische Geisel Neros zu Gunsten Corbulos, 66 n. Chr. Suffektkonsul, danach Umsturzversuch; |
| Tiridates (Trdat I.) | 106 | HBP, Armenier, Römischer Klientelkönig Armeniens von 52 bis 58 n. Chr. & 63 bis etwa 75 n. Chr., Streit mit Parther über Recht zur Bestimmung & Einsetzung König, 66 n. Chr. Empfang zuvor niedergelegter Krone aus Kaiserhand Neros mit Beilegung Streit Rom & Parther; |

| | | |
|---|---|---|
| Belana | 112 | Kelte, Aresakin, 22 Winter erlebt, Schwester der Dalmatina, Bedienstete in Tanicus Gasthaus; |
| Dalmatina | 112 | Kelte, Aresakin, 34 Winter erlebt, Hure, Herrin in Tanicus Gasthaus, Weib des Tanicus; |
| Tanicus, Gaius Salonius | 112 | Römer, Veneter, etwa 46 Jahre, Centurio Supernumerarius Legio XXII Primigenia, ehrenvolle Entlassung, Wirt Herberge; |
| Galba, Lucius Livius Ocella Servius Sulpicius | 117 | HBP, Römer, geb. 3 v. Chr., ab 60 n. Chr. Statthalter Provinz Hispania Tarraconensis; |
| Cassius Chaerea, genannt Chisura | 136 | HBP, Römer, Evocati, Tribun der Prätorianer, Januar 41 n. Chr. Ermordung Kaiser Gaius Caesars, Anklage, Verurteilung und Hinrichtung bis zu Kaiser Claudius Machtantritt, im Roman Kopf der Adler der Evocati; |
| Axius, Flavius | 137 | Römer, 48 Jahre, Praefectus Castrorum Mogontiacum, Legio XXII Primigenia; |
| Flaminius, Kaeso | 137 | Römer, 25 Jahre alt, Decurio Prätorianer, Centurio 2. Kohorte Legio XXII Primigenia, Centurio Wacheinheit Legat Verginius Rufus; |
| Tutor, Julius | 142 | HBP, Kelte, Treverer, Präfekt Kohorte Treverer in Niedergermanien, Anhänger des Statthalters Exercitus Germania Inferior, Alter 36 Jahre; |
| Lentulus, Cossus Cornelius | 165 | HBP, Römer, Lebensdaten unbekannt, Politiker & Senator, 60 n. Chr. neben Kaiser Nero ordentlicher Konsul; |
| Caesar, Gaius Iulius Caesar | 171 | HBP, Römer, 100 v. Chr. bis 15. März 44 v. Chr., Staatsmann, Feldherr, Senator, Konsul, Eroberung Galliens bis zum Rhein, seit 46 v. Chr. Diktator auf Lebenszeit, Sturz der Römischen Republik, Attentat & Tod 15. März 44 v. Chr.; |
| Corvo | 175 | von Faustus erfundener Name unter Freunden zur Verschleierung eigener Herkunft, Faustus - Sohn des Vindex; |
| Gryllus | 176 | Kelte, Haeduer, 16 Jahre, Freund des Faustus; |
| Stabilus | 176 | Kelte, Haeduer, 17 Jahre, Freund des Faustus; |
| Asellio | 177 | Kelte, Allobroger, 15 Jahre, Freund des Faustus; |
| Fadus, Novius | 188 | Römer, Alter 48 Jahre, Latiner, Evocati, 1. Klaue der Evocati; |
| Laenas, Statius | 188 | Römer, Evocati, 1. Klaue der Adler, Gefährte des Pudens, Alter 40 Jahre; |
| Pudens, Occius | 188 | Römer, Evocati, 1. Klaue der Adler, Gefährte des Laenas, Alter 41 Jahre, guter Reiter, geübter Schwimmer; |
| Caratacus | 199 | HBP, König der Catuvellaunen & Trinovanten, 41 AD Vertreibung der Atrebaten, Plautius Einfall in Britannia 43 AD, Caratacus wird Fürst der Silurer, Guerillakrieg, Schlacht in Zentralwales mit Niederlage, Flucht zu Briganten & Auslieferung an Rom; |

| | | |
|---|---|---|
| Scapula, Publius Ostorius | 199 | HBP, Römer, Senator, Feldherr, Statthalter Britannia von 47 bis 52 AD, Suffektkonsul 47 AD, Niederschlagung Aufstand der Silurer unter Caratacus, 52 AD Tod nach Krankheit; |
| Gertrud | 220 | Germane, Hermundure, Buchensippe, Überlebende, Framensippe, 18 Winter erlebt, Freundin Ragnas, Schatten Kriegsherzog, Bote der Hermunduren, Julias Freundin; |
| Versatius, Julia | 220 | Römer, 21 Jahre alt, Tochter von Julius Versatius Amantius & Lucretia; |
| Versatius, Lucretia | 220 | Römer, etwa 43 Jahre, Ehefrau von Julius Versatius Amantius; |
| Versatius, Proculus | 220 | Römer, 53 Jahre, älterer Bruder des Amantius, Aufdeckung Betrug an Brüdern & Deportation in Minen in Hispania; |
| Versatius, Servius | 220 | Römer, 51 Jahre, mittlerer Bruder des Amantius; |
| Versatius, Volero | 220 | Römer, 25 Jahre, jüngerer Sohn des Servius, Trierarch in Ostia; |
| Samocna | 221 | Kelte, Aresake, etwa 46 Winter erlebt, Verwalter des Amantius; |
| Versox | 221 | Kelte, Aresake, 16 Winter erlebt, Sohn des Samocna; |
| Werot | 223 | Kelte, Vangione, 22 Winter erlebt, Auxiliar Legio XXII Primigenia, Freund des Tadilo, Bote des Tribuns, Verlorener, Gefährte Gerwins, Gehilfe des Finley auf Amantius Handelshof; |
| Castius | 224 | Kelte, Sequaner, Alter 41 Jahre, Präfekt Cohors I Sequanorum et Rauracom Equitata in Diensten Roms, Standort Vesontio; |
| Mescinius, Veranius | 226 | Römer, 25 Jahre alt, Sohn des Merula, Erbe & Händler; |
| Visuclus | 229 | Kelte, Stammesfürst der Lingonen, Alter über 60 Jahre; |
| Claudia Peruzzi (Vindex Tochter) | 272 | Römerin, Tochter des Statthalter der Provinz Lugdunensis Gaius Julius Vindex, etwa 16 Jahre alt; |
| Domitia Peruzzi (Vindex Weib) | 272 | Römerin, Ehefrau des Statthalter der Provinz Lugdunensis Gaius Julius Vindex, etwa 35 Jahre alt; |
| Suetonius, Quintus | 294 | Römer, 31 Jahre alt, Tribunus Laticlavius Legio XXII Primigenia, Neffe des Paulinus, älterer Bruder des Titus Suetonius, Erinnerung - Tod durch Gerwins Rache; |
| Liscus | 303 | Kelte, Haeduer, über 41 Winter erlebt, Wirt einer Herberge in Cabillonum; |
| Mullo, Cicollus | 324 | Kelte, Mandubier, 45 Jahre, römischer Bürger von Geburt an, ehemals Optio Legio I Germanica; |

# WORTERKLÄRUNGEN

| Begriff | Seite | Begriffserklärung |
|---------|-------|-------------------|
| 64 nach Christus, 64 n. Chr. | 9 | Die Römer zählen die Jahre ab der Gründung Roms seit 753 v. Chr., Jahr 64 n. Chr. entspricht Jahr 817 nach Gründung Roms, im Roman wird die Christliche Zeitrechnung verwendet; |
| Barbar(en) | 9 | ursprünglich 'die die nicht oder schlecht griechisch sprechen'; Synonyme Bedeutung für 'roh-unzivilisierte, ungebildete Menschen', im römischen Imperium Schimpfwort für alle Nichtrömer; |
| Barbaricum | 9 | von Barbaren bewohntes Territorium der Germania Magna, an römisches Imperium angrenzendes Territorium; |
| Germanen | 9 | Bezeichnung ehemaliger Stämme in Mitteleuropa, Sprachzuordnung nach 'erster Lautverschiebung'; |
| Hermunduren | 9 | germanischer Volksstamm, zugehörig zu Elbgermanen (Hermionen), Stammesgruppe der Sueben, Siedlung am Oberlauf der Elbe, angeblich Freund der Römer; |
| Imperium Romanum | 9 | Römisches Imperium, 'Senatus Populusque Romanus' (S.P.Q.R.) - antike staatsrechtliche lat. Bezeichnung ('Der Senat & das Volk von Rom'), bezeichnet das von den Römern beherrschte Gebiet zwischen dem 8. Jahrhundert v. Chr. & dem 7. Jahrhundert n. Chr.; |
| ROM | 9 | Stadt im Zentrum des Römischen Imperiums, Gründung 21. April 753 v. Chr. von Romulus, sieben Hügel Roms als Siedlungsgebiet, erst Königreich, dann Republik (509 v. Chr.), Römische Kaiserzeit (Prinzipat) ab 27 v. Chr., Römisches Reich beherrschte Territorien in drei Kontinenten; |
| Germania Magna | 9 | Großes Germanien, den Römern bekannter Siedlungsraum zwischen Rhein, Elbe & Donau; |
| Germanien, Germania | 9 | antiker Siedlungsraum der Stämme der Germanen; |
| Ädil, Ädile | 11 | niederes Amt in Ämterlaufbahn (Cursus Honorum) in römischer Republik, auf ein Jahr gewählt, Ausübung Polizeigewalt mit Aufsicht über öffentliche Gebäude, Thermen, Bordelle, Aquädukte, Straßen, Verkehr, Bauwesen & Marktgerichtsbarkeit, Getreideversorgung, Ausrichtung Gladiatorenspiele auf eigene Kosten; |
| Aquitania, Aquitanien, Aquitanier | 11 | Provinz des Imperium Romanum, Region im Südwesten Frankreichs, Provinz Gallia Aquitania, Bewohner Aquitania; |
| Bireme | 11 | Zweiruderer, antikes Ruderkriegsschiff mit übereinander angeordneten Reihen von Riemen; |
| Bug | 11 | Vorderer Teil eines Boots- oder Schiffsrumpfes; |

| | | |
|---|---|---|
| Burdigala | 11 | Stadt Bordeaux, Hauptstadt des Stammes der Bituriger, günstige strategische Lage an der Garonne; |
| Cursus Honorum | 11 | Ämterlaufbahn, Bezeichnung der traditionellen Abfolge der Magistraturen für Politiker in Römischer Republik, Fortbestand in der römischen Kaiserzeit; |
| Gallia Lugdunensis, Lugdunensis | 11 | Provinz des Imperium Romanum, Lage in Gallien, Territorium von Bretagne & Normandie bis Alpenrand, begrenzt von Loire & Seine & Rhone bei Lugdunum (Lyon), Lugdunum Hauptstadt; |
| Garonne | 11 | Fluss Garonne in Südwest-Frankreich, in der Antike Grenze zwischen Aquitanien & übrigen Gallien, Nordgrenze der historischen Landschaft Gascogne; |
| Januarius, Ianuarius, | 11 | Monat Januar nach julischem Kalender; |
| Praetor, Praetores | 11 | Stellvertreter des Konsuls, für die Auslegung der Gesetze & die Rechtspflege verantwortlich; |
| Provinz | 11 | ein unter römischer Oberherrschaft & Verwaltung stehendes, erobertes Gebiet außerhalb Italiens; |
| Quästor, Quästoren | 11 | niedrigstes Amt in der römischen Ämterlaufbahn (Cursus Honorum), auf ein Jahr gewählt, ursprünglich Gehilfen der Konsulen, Ausübung Untersuchungsrichter, Verwaltung Staatskassen, Eintreibung Steuern & Pacht, Betreuung Staatsarchiv, in Kaiserzeit Ausrichtung Gladiatorenspiele; |
| Rhodanus | 11 | Fluss Rhone, wasserreichster Strom Frankreichs, Flussverlauf von Alpen (Schweiz) durch Frankreich in das Mittelmeer; |
| Rojer | 11 | Ruderer auf Ruderschiffen; |
| Senat | 11 | Römischer Senat, oberste Rat des römischen Reiches, System des Prinzipat (Kaiserreich) formelle Republik mit entscheidenden Vollmachten des Princeps (Erster des Staates), Senat büßte ab Kaiser Augustus die zuvor besessene Entscheidungsgewalt ein, Senator ist Mitglied im obersten Rat, lat. 'Senatus' - Ältestenrat, frühe Kaiserzeit ca. 600 Senatoren; |
| Senator, Senatoren | 11 | Mitglied im obersten Rat des römischen Reiches, lat. 'Senatus' - Ältestenrat, frühe Kaiserzeit ca. 600 Senatoren; |
| Tribunus Angusticlavius, Tribun | 11 | Militärtribun - hoher Offizier der römischen Legion, schmaler Purpursaum an Tunika, junge Aristokraten aus dem Ritterstand (Ordo Equester), Bezeichnung für verschiedene politische & militärische Funktionsträger, von 'tribus' abgeleitet - entspricht der Unterteilungen des römischen Volkes; |
| Achaea | 12 | Provinz des Imperium Romanum, erobert 146 v. Chr., umfasst Peloponnes & griechisches Festland & zahlreiche Inseln; |
| Domus Aurea | 12 | Goldenes Haus, Neros Palast in Rom, 64 n. Chr., auf 80 Hektar Land errichtet, Kuppelbau mit Oktogon (achteckig); |

| | | |
|---|---|---|
| Audienz, Audienzraum | 12 | Gewährung des Erscheinens vor einer höhergestellten Person zum Vortrag einer Bitte oder Wunsches, Beratung mit dem Höhergestelltem, besonderer Raum; |
| Dekade (n) | 12 | ein Zeitraum von zehn Tagen; |
| Praefectus Praetorio | 12 | Prätorianerpräfekt, Befehlshaber der Prätorianer, Elitetruppe römischer Kaiser; |
| Legatus Augusti pro Praetore, Augusti pro Praetore | 13 | Verwalter im Auftrag des jeweiligen Kaisers für bestimmte Regionen (Provinzen, Militärterritorien) mit weitreichender Regierungsvollmacht, auch zur Führung dort stationierter Legionen; |
| Numidia | 13 | Territorium historischer Landschaft in Nordafrika, umfasste weite Teile der heutigen Staaten Algerien & Tunesien, bewohnt von Berbervölkern (Numider); |
| Präfekt, Praefectus | 13 | eine Person mit der Wahrnehmung einer bestimmten Aufgabe in Verwaltung oder Militär, Praefectus Cohortis & Praefectus Alae - Kommandant einer Hilfstruppeneinheit (Kohorte oder Ala); |
| Prätorianer | 13 | Gardetruppe römischer Kaiser, Leibwache, unter Kaiser Augustus gebildet, Stärke von 9 Kohorten; |
| Procurator, Procuratoren | 13 | Amtsbezeichnung des römischen Rechts- & Staatswesens; |
| Fascis, Fasces | 14 | Rutenbündel mit Beil, Amtssymbol der höchsten Machthaber des Römischen Reiches, von Amtsdienern (Liktoren) dem Amtsinhaber voraus getragen (galt für Konsuln, Prätoren & Diktatoren); |
| Gallien | 14 | Territorium für überwiegend von 'Kelten' bewohntes Gebiet zwischen Rhein, Alpen, Mittelmeer, Pyrenäen & Atlantik, heutiges Frankreich & Belgien, Bezeichnung der Römer; |
| Genius | 14 | römische Mythologie, Gott, persönlicher Schutzgeist & Ausdruck der Persönlichkeit eines Mannes, bestimmte dessen Schicksal & Zeugungskraft, erlosch mit dessen Tod, Erwartung von Hilfe & Inspiration bei Schwierigkeiten, deshalb Opferung zum Fest des Genius = Geburtstag, dem männlichen Genius entsprach die weibliche Juno; |
| Portus Romae | 14 | Portus Ostiensis Augusti, antiker Hafen Roms am Tiber, ursprünglicher Hafen versandete, Neubau Hafen unter Kaiser Claudius ab 42 n. Chr. am nördlichen Seitenarm des Tiber (Kanal); |
| Trierarch (us) | 14 | Kapitän, Kommandant eines Kriegsschiffes; |
| Statthalter | 15 | Verwalter für eine bestimmte Region mit weitreichenden Regierungsvollmachten, auch der Führung von Legionen; |
| Brand von Rom | 15 | größter aller Stadtbrände von Rom, 19. bis 26 Juli 64 n. Chr., Nero Kaiser Roms, nur vier von vierzehn Stadtbezirken unversehrt, Schuldfrage widersprüchlich, ein Vorwurf betraf Kaiser Nero; |

| | | |
|---|---|---|
| Achaier | 15 | Bevölkerung der Landschaft Achaia im Nordwesten der Peloponnes bzw. in Verallgemeinerung für Einwohner der römischen Provinz Achaea für alle Griechen; |
| Front, Fronten | 16 | Linie zum Feind; |
| Brand von Rom | 15 | größter aller Stadtbrände von Rom, 19. bis 26 Juli 64 n. Chr., Nero Kaiser Roms, nur vier von vierzehn Stadtbezirken unversehrt, Schuldfrage widersprüchlich, ein Vorwurf betraf Kaiser Nero; |
| Griechen | 16 | indoeuropäisches, griechisch sprechendes Volk, Existenz seit Antike, Siedlungsgebiet Mittelmeerraum & Schwarzes Meer; |
| Haeduer | 16 | größter Stamm der Kelten in Gallien, Besiedlung in Zentralgallien, Gebiet zwischen Saône und Loire bis Lyon (Lugdunum), oft Verbündete Roms; |
| Kohorte | 16 | militärische Einheit der römischen Legion, ca. 500 Mann, Ranghöchster unter den sechs Centurionen kommandiert die Kohorte; |
| Legion | 16 | selbständig operierender militärischer Großverband der römischen Armee, ca. 5.500 Legionäre, zumeist schwere Infanterie, zahlenmäßig geringe Kavallerie (ca. 120 Mann); |
| Lugdunum | 16 | Stadt Lyon, 43 v. Chr. von Römern als Verwaltungszentrum Galliens auf vorher bestehender keltischer Siedlung gegründet; |
| Sequaner | 16 | Stamm der Kelten in Gallien, Besiedlung im Gebiet Saóne-Rhone-Juragebirge, 58 v. Chr. von Rom unterworfen, Feinde Roms 52 v. Chr. & 21 n. Chr.; |
| Treverer | 16 | Volksstamm der Kelten, Siedlungsgebiet in Nordostgallien bis ins rechtsrheinische Territorium; |
| Ala, Alae | 18 | lat. „Flügel“, Kavallerie von 500 bis 1.000 Reitern (Kaiserzeit), Auxiliartruppen; |
| Auxiliaren (Auxilia, Auxiliarkohorte, Auxiliartruppen) | 18 | Hilfstruppen der römischen Legionen, rekrutiert aus verbündeten Stämmen & Völkern der Provinzen, kommandiert durch Präfekte oder Tribune; |
| Offene Hand | 18 | ist das Signum einer römischen Einheit, Feldzeichen römischer Truppen - die offene, hölzerne Hand auf einer Stange wurde mit Vexillum, an einer Querstange, ergänzt und trug Metallplatte mit Namen der Einheit sowie deren Auszeichnungen in Form von Phalerae; |
| Signum | 18 | Feldzeichen römischer Truppeneinheiten, Standarte des Manipels; |
| Praefectus Cohortis | 19 | Kommandant einer Hilfstruppeneinheit (Kohorte); |
| Vergobret | 22 | Rechtswirker, höchstes Amt ('höchster Magistrat') bei den keltischen Haeduern, jährlich von Druiden gewählt, große Machtbefugnis, Recht zur Entscheidung über Leben & Tod der Stammesangehörigen; |
| Fürst | 23 | Sammelbezeichnung für die wichtigsten Herrschaftsträger wie Kaiser, Könige oder Herzöge, Bezeichnung für |

| | | |
|---|---|---|
| | | selbstständige Herrscher; |
| Ordo Equester, Equester Ordo | 27 | Ritterstand, Mitglied mit besonderen Vorrechten ausgestatteten Standes der gesellschaftlichen Rangfolge, eingeordnet nach dem Senatorenstand (Ordo Senatorius), Ausübung gehobener Tätigkeiten in Verwaltung & Militär, militärische Rolle verschwand, politische Bedeutung blieb; |
| Municipium, Municipia, Civitas | 28 | halbautonome Verwaltungseinheit der mittleren Ebene im Römischen Reich, Zentrum (Stadt) mit Umland, Name nach Stadt oder zugehörigen Stamm, Bewohner keine vollwertigen römischen Bürger, Pflicht zum Dienst im römischen Heer & Zahlung Steuern, jedoch kein Stimm- & Wahlrecht; |
| Ala Quingenaria | 28 | Reitereinheit mit etwa 500 Reitern, Untergliederung in 16 Turmae zu je 32 Reitern; |
| Belgica | 28 | Provinz des Imperium Romanum, eine der drei römischen Provinzen in Gallien, entstanden bei Aufteilung Galliens durch Kaiser Augustus; |
| Britannia, Britannien, Britannier | 28 | Provinz des Imperium Romanum, Großbritannien, antike Bezeichnung für von Kelten besiedelte Inseln im Nordatlantik, Provinz Roms ab 43 n. Chr., Britannier - Bewohner Britanniens; |
| Cabillonum | 28 | Stadt Chalon-sur-Saône, Hauptort der Haeduer in Provinz Gallia Lugdunensis, 52 v. Chr. entstanden, Sitz des römischen Marinepräfekt & römischer Flottille auf der Saône, Lage an der Römerstraße Via Agrippa, lebhafter Handel & Kornmagazine für die Legionen; |
| Gallorum Tauriana | 28 | Gallier des Taurus, römische Auxiliareinheit; |
| Liburne, Kampfliburne, Flussliburne | 28 | leichtes, bewegliches Kriegsschiff, zwei Ruderreihen, Überwachung der Schifffahrtswegen & Bekämpfung Piraten, Transport Landheer, Begleitschutz für Handelsflotten, Flussliburne - vorrangig zur Sicherung der Nebenflüsse des Rheins eingesetzt; |
| Rhenus (Rhénos) | 28 | Fluss Rhein, Strom Mitteleuropas, wasserreichster Nordseezufluss, auch 'Rhenos' (kelt.) genannt; |
| Adler der Evocati | 29 | Evocatus 'der Berufene', Geheimorganisation innerhalb der Evocati, ausgewählte Männer zur Umsetzung der römischen Politik, auch unter Nichtachtung der Gesetze; |
| Arar | 28 | Fluss Saône, Fluss im Osten Galliens, rechter Nebenfluss der Rhône; |
| Caesarodunum | 28 | Stadt Tours, Hauptort des Stammes der Touronen, Lage auf Hügel am linken Ufer der Loire (Caesarenhügel), wichtiger Straßenknotenpunkt; |
| Liger | 28 | Fluss Loire, Mündung in Atlantik (Biskaya); |
| Cohors XVIII Voluntariorum | 28 | Auxiliareinheit, Cohors Quingenaria Peditata, 480 Mann bei 6 Centurien zu 80 Mann, Freiwillige Römische Bürger, Aufstellung unter Kaiser Augustus, ab 80 n. Chr. Stationierung in Pannonien; |

| | | |
|---|---|---|
| Lutetia | 28 | Stadt Paris, vermutlich auf Resten eines vormaligen Militärlagers entstanden, Name ist keltischen Ursprungs; |
| Sequana | 28 | Fluss Seine in Nordfrankreich, Mündung in Ärmelkanal; |
| Cohors XVIII Voluntariorum | 28 | Auxiliareinheit, Cohors Quingenaria Peditata, 480 Mann bei 6 Centurien zu 80 Mann, Freiwillige Römische Bürger, Aufstellung unter Kaiser Augustus, ab 80 n. Chr. Stationierung in Pannonien; |
| Civitas, Civitates | 28 | Bürgerschaft', städtisches Zentrum nebst Umland, halbautonome Verwaltungseinheit der mittleren Ebene im römischen Imperium, meist nach dem Hauptort oder dem zugehörigen Stamm benannt; |
| Vicus | 30 | Stadtviertel/Siedlung in römischer Antike, Siedlung mit unbestimmten Charakter bezüglich Siedlungsgröße, mit gewerblicher Produktion, Handwerk, Handel & Dienstleistung, bezeichnet Siedlung die nicht Colonia, Municipium oder Villa darstellt, keine eigene Verwaltung & Rechtsstatus, dafür Zuordnung zu einer Civitas; |
| Falerner Wein | 31 | Wein im antiken Italien, beliebte Weinsorte, Anbau im Norden Kampaniens am Monte Massico; |
| Fanum Fortunae | 31 | Küstenstadt im Gebiet Marken, Lage an Adria & an der Via Flaminia; |
| Wein | 31 | vergorenen Saft der Weinrebe, Genussmittel, seit über 6.000 Jahren bekannt, Wein besitzt mythologische Bedeutung, Verbreitung Weinanbau auch durch Rom; |
| Duumvir, Duumviri | 31 | Zwei-Männer-Amt (Doppelspitze) zur Wahrung der Kollegialität formal gleichrangiger Beamter, Spitzenamt in einer Colonia, Municipio oder Civitas römischen Rechts (wenn kein Präfekt eingesetzt), Duumviri bildeten die Stadtregierung; |
| Liktoren | 36 | Amtsdiener höherer Staatsbeamter (Leibwächter), trugen außerhalb Roms über der linken Schulter ein Rutenbündel (Fasces) mit verborgenem Beil, Anzahl der Liktoren entsprach dem Rang des Beamten; |
| Curia | 38 | Versammlungsort der Verbände, Amtssitz des Stadtrates oder Verwaltungsrates, damit Bezeichnung für den Stadtrat selbst, Anzahl von Gebäuden mit sakraler oder weltlicher Bedeutung; |
| Carcer | 39 | Kerker, Gefängnis; |
| Decurio, Decuriones | 39 | Führer einer Gruppe von früher zehn Legionären in römischer Legion, in römischer Reiterei Führer einer Turma von bis zu dreißig Reitern; |
| Turma (e) | 39 | lateinisch "Schwarm", kleinste taktische Einheit der römischen Reiterei, 30 später 33 Reiter unter dem Kommando eines Decurio; |
| Taverne, Tavernen | 42 | Gastwirtschaft, Schenke; |
| Forum | 42 | Stadt- & Marktplatz, meist auch Gerichtsstätte & Ort der Volksversammlung in Städten des römischen Imperiums; |

| Kalenden | 43 | erster Tag eines Monats im römischen Kalender; |
|---|---|---|
| Martius | 43 | Monat März nach julischem Kalender; |
| Evocati | 47 | Evocatus 'der Berufene', Legionär der römischen Legion mit ehrenvoller Entlassung (Honesta Missio) nach abgeleisteter Dienstzeit & freiwilliger Rückkehr; |
| Kopf der Adler der Evocati | 47 | Anführer der 'Adler der Evocati'; |
| Konsul (n) | 48 | höchstes ziviles & militärisches Amt der Ämterlaufbahn (Cursus Honorum) der Römischen Republik, verlor zu Beginn der Kaiserzeit Großteil politischer Bedeutung, diesen Teil der Macht beanspruchte der Kaiser; |
| Denunziation, Denunzianten | 50 | öffentliche Beschuldigung oder Anzeige einer Person/Gruppe aus niedrigen persönlichen oder politischen Beweggründen, Denunziant verspricht sich selbst einen Vorteil; |
| Kithara | 50 | ein Saiteninstrument aus der griechischen Antike, mit einem Standfuss, von Kaiser Nero geliebtes & gespieltes Instrument; |
| Princeps, Primus inter Pares | 50 | erster Bürger oder 'erster unter Gleichen', offizieller Titel römischer Kaiser im System des Prinzipat; |
| Exercitus Germania Inferior, Germania Inferior, Exercitus Inferior, Niedergermanien | 52 | Römisches Militärterritorium in Niedergermanien, militärisch verwaltetes Gebiet am Niederrhein, Status ab 12 v. Chr. für spätere Provinz Germania Inferior, umfasste Gebiete westlich Rhein im heutigen Belgien, Niederlande & Deutschland, Sitz Militärverwaltung & später Statthalter in CCAA, ab 85 n. Chr. Provinz Roms; |
| Exercitus Germania Superior, Germania Superior, Exercitus Superior, Obergermanien | 52 | Römisches Militärterritorium in Obergermanien, militärisch verwaltetes Gebiet am Oberrhein, Status ab 12 v. Chr für spätere Provinz Germania Superior, umfasste Gebiete westlich des Rheins der Schweiz, Frankreichs & des südwestlichen Deutschland, insbesondere das Dekumatland, Sitz Militärverwaltung & später Statthalter Mogontiacum, ab 85 n. Chr. Provinz Roms; |
| Milites, Miles, Miles Legionarius, Legionär, | 52 | Soldat einer römischen Legion, von 'Miles Legionarius' 'Legionssoldat', oder auch nur 'Miles oder Milites (Soldat) oder Legionarius (Legionär); |
| Centurio, Centuriones, Centurionen | 52 | Centurio, auch Zenturio 'Hundertschaftsführer'", von lat. centum=hundert, Offizier des Römischen Reiches mit Befehl über Centurie bzw. Auxiliareinheit, zumeist aus Mannschaftsbestand aufgestiegener erfahrener Legionär; |
| Legatus Legionis, Legat | 53 | Bezeichnung für Befehlshaber einer einzelnen Legion in einer Provinz (Legat - Kurzbezeichnung) einem General vergleichbar, entstammt dem Senatorenstand (Ordo Senatorius); |

| | | |
|---|---|---|
| Mond, Monde | 53 | Mondzyklus, Germanen war Zeitrechnung & Einteilung in Tage, Wochen & Monate unbekannt, Längere Zeiträume konnten nur als Mondphasen erkannt werden, zwischen zwei gleichartigen Mondphasen verging die Zeit eines 'Mondes'; |
| Tertial | 53 | Bedeutung ist ein 'Drittel', bezogen auf Zeit ein Dritteljahr (vier Monate); |
| Secretarius | 54 | Sekretär; |
| Cloaca Maxima | 55 | größte antike Abwasserleitung, Teil eines antiken Kanalsystems in Rom; |
| Diolkos | 55 | antiker griechischer Schiffkarrenweg über Isthmus von Korinth (etwa 8 km langer Landweg), Transport von Schiffen vom Korinthischen zum Saronischen Golf & entgegengesetzt, Abkürzung über Landenge vermeidet gefährliche Umschiffung Peloponnes; |
| Rubikon | 56 | Fluss mit Mündung in Adria (südlich Ravenna), Grenzfluss zwischen Gallia Cisalpina & Italien; |
| Juden | 57 | ethnisch-religiöse Gruppe als Teil des jüdischen Volkes, Angehörige der jüdischen Religion, zum Volk der Juden gehören das Volk der Israeliten & die nach der 'Tora' von den Erzvätern Abstammenden, Jude ist auch jeder von jüdischer Mutter geborener & wer zum jüdischen Glauben übertrat; |
| Parther | 57 | Volk im Reich der Parther, Macht des 1. & 2. Jahrhunderts n. Chr. in Persien und Mesopotamien, heutiger Iran; |
| Alpen, Alpenkamm | 58 | Gebirge in Europa, Ausdehnung West-Ost 750 km, Nord-Süd 400 km, Gipfelhöhen bis 4800 m, Klima- und Wasserscheide, Überquerung auf Passwegen, zu römischer Zeit sechs wichtige Pässe & Saumwege; |
| Mogontiacum | 58 | Stadt Mainz, Gründung 13/12 v. Chr. von Drusus, Errichtung Legionslager in strategisch günstiger Lage gegenüber Mainmündung in Rhenus (Rhein); |
| Colonia, CCAA | 58 | Kurzbezeichnung CCAA (Colonia Claudia Ara Agrippinensium), Stadt römischen Rechtes der Agrippinenser, gegründet von Kaiser Claudius, römische Kolonie im Rheinland häufig mit 'Colonia' bezeichnet, mündet in späteren Namen 'Köln'; |
| Adlerhorst | 59 | Nest eines Adlers, hier synonyme Bezeichnung für die Häuser der Adler der Evocati (erfundene Geheimorganisation); |
| Praefectus Praetorio | 59 | Prätorianerpräfekt, Befehlshaber der Prätorianer, Elitetruppe römischer Kaiser; |
| Februarius | 59 | Monat Februar nach julischem Kalender; |

| Term | Page | Description |
|---|---|---|
| Gentes Minores | 68 | Gens - Sippe oder Gruppe von Familien, jeder römische Bürger gehörte einer 'Gens' an, Verfall der Orientierung auf Gens ab 2. Jahrhundert, führende Familien sind Sempronier & Livier; |
| Julier | 68 | Gentes Majores, altrömisches Patriziergeschlecht aus Alba Longa, nicht reich aber alte & sehr angesehene Familie Roms; |
| Junier | 68 | Gentes Minores, plebejisches Geschlecht umstrittener Herkunft (Kalabrien), Bedeutung in julisch-claudischer Herrschaft erlangt; |
| Klaue der Adler der Evocati | 70 | Berufene' für jede Form der Machtausübung im Sinne des Kaisers, des Senats & des Präfekt der Prätorianer, für spezielle Aufträge ausgewählte Evocati, Angehörige des Geheimbundes der 'Adler der Evocati', Klaue ist Vorgesetzter einer 'Kralle' & nachgeordnet dem Kopf der Adler der Evocati; |
| Feuerpfanne, (n) | 74 | Eisengestelle mit einer Schüssel zur Aufnahme von brennbarem Material; |
| Speculatores, Speculator Legionis | 74 | Kundschafter innerhalb der Prätorianer & jeder Legion, pro Legion 10 Berittene 'Speculatores Legionis' als Polizei, Kuriere oder für geheime Erkundungen; |
| Colonia Augusta Rauricorum, Augusta Raurica | 76 | Stadt Augst, Colonia Augusta Rauricorum, Siedlung römischer Zeit am Südufer des Rhenus (Rheins) nahe Basel, Provinz Gallia Belgica, Gründung um 44 BC fragwürdig, 15 BC unter Kaiser Augustus, Lage auf Hochfläche am Südufer des Rhein, östlich heutiges Basel (Gemeinde Augst & Kaiseraugst); |
| Aventicum | 77 | Stadt Avenches, Hauptort der römischen Civitas Helvetiorum, Schweizer Mittelland, Gründung um Christi Geburt; |
| Eldermann | 77 | Eldermann, Ältermann, Altermann, Oldermann, Aldermann, Thunginus, hier 'Ältester der Sippe' im Sinne von 'Anführer'; |
| Genava | 77 | Stadt Genf, Stadt am südwestlichen Zipfel der französischen Schweiz am Ausfluss der Rhone aus dem Genfersee, befestigte Grenzstadt der Allobroger gegen die Helvetier, ab 120 v. Chr. unter Roms Einfluss; |
| Handmühle | 77 | aus zwei Mühlsteinen bestehende, von Hand gedrehte Steine zur Zerkleinerung von Getreide, war jedem römischen Contubernium zugeteilt; |
| Raeter | 77 | Bewohner Raetiens, nördliches Alpenvorland zwischen Schwarzwald, Donau & Inn; |
| Salodurum, Soledum | 77 | Stadt Solothurn (Schweiz), Vicus unter Kaiser Tiberius, Brücke über Aare & einfacher Hafen, Soledum ist Name im örtlichen Sprachgebrauch Solothurn; |
| Chatten, Stamm der Chatten | 79 | germanischer Volksstamm, lat. 'Chatti', Besiedlung der Täler an Eder, Fulda und Lahn vor 10 v. Chr.; |

| Kelte, Kelten | 79 | griech. Bezeichnung 'keltoi' (Herodot), Hochzeit um 275 v. Chr., Siedlungsraum von Iberien bis weit nach Böhmen, Mähren & Sarmatien, Kerngebiet zwischen Quelle Donau bis zur Rhone, nie geschlossenes Volk, keltischer Einflussbereich ging in Folgezeit zurück; |
|---|---|---|
| Praeco, Pituli, | 80 | Schlaggeber für Ruderer auf Flusskampfschiffen, Trommler, Taktgeber für den Riementakt durch Schläge auf Trommel, Schlagholz oder Flötentöne, auf spätantiken Flusskampfschiff Praeco genannt; |
| Bärensippe | 82 | Sippe der Hermunduren am Main, Lage im Quellgebiet Salu; |
| Augusta Treverorum | 82 | Stadt Trier, Colonia Augusta Treverorum, römische Stadt an der Mosel, Gründung unter Kaiser Augustus 18 v. Chr., Hauptort des Stammes der Treverer; |
| Salu | 82 | Fluss Fränkische Saale, nordöstlicher Nebenfluss des Mains, Ersterwähnung 'Salu' als fließendes Gewässer; |
| sieben Winter, zwanzig Winter | 82 | Zählung des Alters nach überlebten Wintern, bei Germanen üblich; |
| Hunno | 83 | bei den Germanen gewählter Anführer einer Gemeinschaft, abgeleitet von einer Hundertschaft im Kriegsfall, Anführer einer Hundertschaft Krieger; |
| Arena | 84 | Kampfbahn, Kampfplatz; |
| Dreizack | 84 | Stichwaffe für Angriff & Verteidigung, Waffe des Retiariers (Gladiator/Netzkämpfer), Schaft mit mächtigen, geraden Zinken (mit Widerhaken); |
| Gladiator | 84 | abgeleitet von lat. Gladius (Kurzschwert), Berufskämpfer für öffentliche Schaustellung, Gladiatorenkämpfe trugen ursprünglich religiöse Bedeutung, gehörten von 264 v. Chr. bis zum 5. Jahrhundert zum römischen Leben; |
| Murmillo | 84 | Gladiator, Gladius, Scutum, Manica (Armschutz), Beinschiene links, Helm mit Visier & hohem, geraden Kamm (Aussehen eines Fisches - mormylos), Gewicht Waffen & Rüstung bis 18 kg, bevorzugte Gegner: Thraex, Hoplomachus, Retiarius; |
| Retiarius | 84 | Gladiator seit Kaiser Gaius (Caligula), mit Rete (Wurfnetz) & Tridens (Dreizack) kämpfend, kein Schild, kein Helm, dafür Galerus (Schulterschirm) & Manica (linker Arm), Gewicht Waffen & Rüstung bis 8 kg, bevorzugte Gegner: Secutor; |
| Rudis, Holzschwert | 84 | Holzschwert (Rührlöffel), schenkte dem Gladiator die Freiheit, Anerkennung nach letztem Kampf überreicht; |
| Tunica, Tunicae | 84 | Bekleidungsstück, aus Leinen oder Wolle, zwei rechteckige Stoffstücken durch Fibeln auf Schulter geklemmt oder vernäht, in Hüfte mit Gürtel gerafft, Männer Knielang, Frauen Knöchellang; |

| Term | Page | Description |
|---|---|---|
| Thraex, Thraker | 84 | Gladiator mit Sica (Krummschwert), Parmula (kleiner, gewölbter Rundschild), Helm mit Visier (Helmkamm mit Greifenkopf), Manica (rechter Arm), gesteppte Beinschützer (höher als Oberschenkel), über das Knie reichende Beinschienen, Gewicht Waffen & Rüstung bis 18 kg, bevorzugte Gegner: Murmillo & Hoplomachus; |
| Gladius, Gladi | 85 | römisches Kurzschwert, Standardwaffe der Infanterie der römischen Legion; |
| Hasta | 85 | Stoßlanze oder jede Art römischer Speer, je nach Verwendung zwischen 2 und 4 m, hier Stoßlanze des Hoplomachus; |
| Scutum | 85 | großer ovaler, später rechteckiger, stets gewölbter Holzschild (Turmschild), Teil der Schutzbewaffnung der Legionäre; |
| Wodan, Wodanaz | 85 | nordischer Mythologie, Odin als Hauptgott, Kriegs- & Totengott, südgermanische Form ist Wodan, Götter der nordischen Mythologie gingen aus den Göttern der Germanen hervor; |
| Hoplomachus | 86 | Gladiator, Hasta (Stoßlanze), Gladius, kleiner Rundschild, Helm mit Sichelkamm, Manica (rechter Arm), gesteppte Beinschützer (höher als Oberschenkel), über das Knie reichende Beinschienen, Gewicht Waffen & Rüstung bis 18 kg, bevorzugte Gegner: Murmillo & Thraex; |
| Lanista | 86 | Gladiatormeister, Ausbilder; |
| Rudis | 86 | Holzschwert (Rührlöffel), schenkte dem Gladiator die Freiheit, Anerkennung nach letztem Kampf überreicht; |
| Stronzo | 90 | Provokation, Beleidigung, römisches Schimpfwort mit der Bedeutung 'Idiot', ursprünglich festes, zylindrisches Kotstück; |
| Segelaffe (n) | 91 | Spottbezeichnung für Matrosen auf Segelschiffen; |
| Noviomagus, Noviomagus Nemetum | 92 | Stadt Speyer, ursprünglich (weit vor Christi Geburt) Siedlungsgebiet der Mediomatriker (Kelten), etwa 10 v. Chr. aus römischen Militärposten am Rhein hervorgegangen, später Hauptstadt des Stammes der Nemeter (Civitas Nemetum); |
| Poller (n) | 92 | Pfahl aus Holz zur Befestigung von Schiffen; |
| Castrum, Castra | 93 | Ortsbezeichnung, lat. 'römische Befestigungsanlage (Militärlager)', Ausgangspunkt Militäroperationen, aus Erde-Zelt-Lagern wurde Erde-Holz-Aufbau & später Steinausbau, Castrum Grundlage zur Entstehung Siedlungen, Castellum = 'kleineres Lager' oder Legionslager mit kürzerer Lebensdauer; |
| Optio Custodiarum | 93 | Befehlshaber einer Wachmannschaft; |
| Porta | 93 | Eingang, Tor, allgemeine Bezeichnung; |
| ‚Abite!' | 94 | Befehl/Kommando: 'Wegtreten!'; |

| | | |
|---|---|---|
| Auxiliar | 94 | bewaffneter Kämpfer römischer Hilfstruppen einer Legion, rekrutiert aus Einwohnern der Provinzen ohne römisches Bürgerrecht, ehrenvoller Abschied erbringt 'Militärdiplom' & römisches Bürgerrecht; |
| Büste (n) | 94 | Bildnis, Plastik einer individuellen Person mit Kopf & Teilen Oberkörper, Ergebnis eines römischen Portrait in Stein gemeißelt; |
| Friesen | 97 | germanischer Volksstamm, zugehörig zu Nordseegermanen (Ingaevonen), Siedlungsgebiet an der Nordseeküste zwischen Rhein und Ems, zeitweise Verbündete der Römer; |
| Porta Praetoria | 99 | römisches Feldlager, Haupttor; |
| Jerusalem | 104 | Stadt in den judäischen Bergen zwischen Mittelmeer und Totem Meer; |
| Jerusalemer Tempelschatz | 104 | Silbergeld und wertvolle Objekte im Jerusalemer Tempel aufbewahrt (Weihegaben, private Schätze, Kultgegenstände), Tempel war Schatzhaus, Bank, Finanzamt & Münzprägeanstalt, Kontrolle Schatz durch ranghohe Herodianer, für Rom günstige Lösung seit Kaiser Claudius, Provinzstatthalter Pilatus & Florus setzen sich über Regelung hinweg; |
| Lethargie | 104 | Form der Bewusstseinsstörung, Schläfrigkeit, Erhöhung der Reizschwelle, Teilnahmslosigkeit, Unwilligkeit, Unfähigkeit zu Veränderungen; |
| Feldzeichen | 105 | römische Legionen der Republik führten Tierzeichen (Eber, Stiere, Wölfe usw.); später nur noch die Aquila, den berühmten Adler; |
| Legio XII Fulminata | 105 | Römische Legion, Ausgehoben 58 v. Chr. von Caesar, Blitz-Legion, Teilnahme Gallischer Krieg, später in Ägypten & Syrien stationiert, Teilnahme Armenienfeldzug 62 AD & jüdischer Aufstand 66 AD, Scheitern bei Jerusalem & Verluste auf Rückzug (Legionsadler) mit Niederlage bei Beth Horon; |
| Armenier | 106 | Bevölkerung Armeniens, Territorium zwischen schwarzem & kaspischen Meer, südlich Kaukasus; |
| Vasall, Vasallen | 107 | Unterordnung unter & Schutz vom Patron, loyaler Rat & Tat, Ausführung militärischer & anderer Dienste, abgeleitet von 'Vassus' - Knecht; |
| Legio XXII Primigenia, Kurzbezeichnung: 'Primigenia' | 112 | Römische Legion, Ausgehoben 39 n. Chr., ab 43 n. Chr. stationiert in Mogontiacum (Mainz), Legatus Legionis von vermutlich 63 bis Sommer 68 n. Chr. Lucius Verginius Rufus; |
| Latifundium, Latifundien | 113 | ausgedehntes Landgut im römischen Reich, aus kleinbäuerlicher Landwirtschaft wird von Sklaven bewirtschafteter Großbesitz, organisatorischer Mittelpunkt des Latifundiums war Villa Rustica; |

| | | |
|---|---|---|
| Vindex | 136 | lat. Rächer, Beschützer, Retter, Befreier, Bürge; |
| Praefectus Castrorum, Lagerpräfekt | 137 | Lagerkommandant, dritthöchste Offizier der Legion, führte eine im Lager liegende Legion bei Abwesenheit Legatus & Tribunus Laticlavius, Verwaltungschef der Legion, aus Laufbahn der Centurionen aufgestiegen; |
| Paenula | 139 | Überziehmantel römischer Militärangehöriger; |
| Iden | 140 | feststehender Feiertag des römischen Kalenders, Tag des Vollmondes, 15. oder 13. Tag des Monats; |
| Argentorate | 147 | Name des Römerlagers an der Stelle des heutigen Straßburg im Elsass; |
| Arialbinum | 147 | Vicus, wahrscheinlich heutiges Basel, Standort nicht eindeutig (Itinerarium Antonini), ab 52 v. Chr. unter römischer Kontrolle, keltische Adlige regierten im Auftrag Roms, Siedlung auf Münsterhügel, Verkehrsknoten; |
| Primus Pilus | 148 | der 'Erste' aus dem Manipel der Triarii, höchster Rang eines Centurio innerhalb römischer Legion, führt 1. Kohorte, Mindestalter 50 Jahre, Position wurde zumeist erst im letzten Jahr vor der Dienstentlassung erreicht; |
| Ardenner Pferde | 150 | Pferderasse, massiges Kaltblutpferd aus den Ardennen, römische Legionen kannten & schätzten den Ardenner; |
| Calabreser Pferde | 150 | Pferderasse, Warmblutpferd, Herkunft ursprünglich aus Kalabrien (Süditalien), Reittier; |
| Villa Rustica, Villa | 150 | Landhaus oder Landgut im Römischen Reich; frühere Bezeichnung 'Fundus' oder 'Praedium', Mittelpunkt eines landwirtschaftlichen Betriebes mit Wirtschafts- & Nebengebäuden; |
| Bardi | 151 | Stadt der Emilia-Romagna, nahe Parma, in Provinz Parma (Emilia-Romagna), Bardi ist Ausgangspunkt einer Züchtung von Rassepferden (Bardigiano); |
| Berber | 152 | Pferderasse 'Berber', älteste kultivierte Pferderasse im Mittelmeerraum; |
| Widerrist | 152 | bei Pferden erhöhter Übergang vom Hals zum Rücken; |
| Legio XXI Rapax, Kurzbezeichnung: 'Rapax' | 153 | Römische Legion, Ausgehoben 31 v. Chr., 9 n. Chr. Stationierung Vetera, 21 n. Chr. Niederschlagung gallischer Aufstand (Sacrovir), 47 n. Chr. Stationierung in Vindonissa (Windisch/Raetien); |
| Tabernae | 153 | Gast- oder Verkaufsraum, bescheidener Wohnraum in einer Villa; |
| Medicus, Medici | 154 | alte Berufsbezeichnung für einen Arzt; |
| Stilus | 154 | Griffel, spitzer Stift aus hartem Material (Eisen, Bronze, Knochen, Elfenbein, Silber), antikes Schreibgerät zum Schreiben auf Wachstafeln, hier Messer mit schlanker Klinge; |
| Vettel | 154 | abwertende Bezeichnung für 'altes Weib'; |

| | | |
|---|---|---|
| Wachstafel mit Stilus (Griffel) | 154 | hochrechteckige Schreibtafel aus Holz, Elfenbein oder Metall, mit Wachs beschichteter Schriftträger, (auch beidseitig), Mehrfachtafel mit Scharnieren zum 'Kodex' verbunden, Versiegelbar, ab 400 v Chr. bei Griechen & Römern in Nutzung, geschrieben wird mit 'Stilus' spitzer Stift (Knochen, Elfenbein, Metall, Glas, Holz), gelöscht wurde mit Verbreiterung am Ende des Stilus; |
| Rappe (n) | 155 | Pferd mit schwarzem Fell, Mähne & Schweif; |
| Vindonissa | 155 | Legionslager der Römer nahe heutiger Gemeinde Windisch (Kanton Aargau/Schweiz), Zusammenfluss von Aare & Reuss, Kontrolle wichtiger Verkehrsverbindungen; |
| Kruppe | 156 | Körperregion bei Säugetieren, Gesäß, wichtiges Merkmal für Verwendbarkeit eines Pferdes; |
| Patron | 158 | abgeleitet von 'patronus', ('Pater'/Vater), hier im Sinne von 'Herrscher', Schirmherr über Personen der Familie; |
| Arurius | 159 | Fluss Aare, längster Fluss innerhalb der Schweiz; |
| Lacus Lemanus | 159 | Genfer See; |
| Forum Tiberii | 162 | Stadt Avenches, zur Römerzeit Zentrum der Helvetier (Civitas Helvetorum), römische Stadtgründung zu Kaiser Augustus Alpenfeldzug (Tiberius & Drusus 16/15 BC), Bestandteil Provinz Gallia Belgica, erster römischer Name: Forum Tiberii; |
| Villa Urbana | 163 | Landhaus städtischer Art, luxuriöses Anwesen auf dem Land für Wohnzwecke im römischen Reich; |
| Fauces | 164 | Korridor vom Eingang zum Atrium in einer römischen Villa; |
| Despot, Despotismus; | 165 | Herrscher, Herrschaftsform mit uneingeschränkter Machtfülle, Gewaltherrschaft, Tyrannei & Willkür; |
| Garum | 168 | Standardgewürz der antiken römischen Küche, Würzsoße für salzige & süße Speisen, Fischextrakt, bernsteinfarbene Flüssigkeit; |
| Triclinium | 168 | Speisesaal, der antike Speisesaal oder auch steinernes bzw. hölzernes dreiliegiges Speisesofa, Triclinium beherbergt drei einzelne Klinen (Triclinia); |
| Auctoritas | 169 | Würde, Ansehen & Einfluss eines römischen Mannes, Begriff der 'Prinzipatsideologie', Ratschläge unter hoher Auctoritas erteilt blieben selten unbeachtet; |
| Helvetier | 169 | keltischer Volksstamm, Siedlungsgebiet vorwiegend Südwestdeutschland & Schweizer Mittelland; |
| Aventin | 170 | Stadtteil Roms, südlichster der sieben Hügel des antiken Rom; |
| Colonia Julia Equestris | 170 | Stadt Nyon, keltisches Opidium (Noviodunum) von Helvetiern bewohnt, 58 v. Chr. Bei Auszug Helvetier niedergebrannt & nach römischem Zwang neu errichtet, Gründung Colonia 45 v. Chr., Lage am Genfer See; |

| | | |
|---|---|---|
| Corbita | 189 | Handelsschiff im römischen Reich, bis 30 m lang, bis 10 m breit, Ladefähigkeit zwischen 60 & 300 Tonnen, Geschwindigkeit bei 6 Knoten möglich, Mast & Segel, keine Ruder, Besatzung stets bewaffnet; |
| Kenchreai, Kenchreae | 189 | antiker Hafen der Stadt Korinth am Saronischen Golf auf der Peloponnes (Griechenland); |
| Patras | 189 | Hafenstadt, südöstlichen Küste Golf von Patras, fruchtbare Gegend, Kaiser Augustus gewährt Rechte einer Colonia, Colonia Augusta Aroe Patrensis; |
| Fortuna | 190 | römische Mythologie, Glücks- und Schicksalsgöttin der römischen Mythologie, entspricht dem 'Heil' altnordischer Völker; |
| Munifex | 192 | einfacher Soldat in der Hierarchie der Prätorianer; |
| Porco Dio | 192 | Provokation, Beleidigung, römisches Schimpfwort mit der Bedeutung 'Schweinsgott'; |
| Meilen, Römische Meile | 193 | Längenmaßeinheit, fünf Fußlängen (lat. pes, pedes) entsprechen zwei aufeinanderfolgenden Schritten (Doppelschritt, lat. passus), Tausend Doppelschritte wurden als mille passus (Tausend Schritte) zur römische Meile von 1.482 m; |
| Sizilianer | 196 | Einwohner der Insel Sizilien; |
| Caliga, Caligae | 197 | aus Leder gefertigter, mit Nägeln besetzter Militärschuh des römischen Legionärs; |
| Vigiles | 197 | Wächter, Feuerwehr, Entwicklung von privat zur öffentlichen, kommunalen Organisation, Ursprung 23 v. Chr. bei Kaiser Augustus mit Bildung aus 600 Sklaven, 6 n. Chr. Gründung 'Vigiles' nach erneutem Großbrand in Rom; |
| Ampulla | 198 | Kugelflasche aus Ton oder Zinn; römische Trinkflasche der Legionäre; |
| Forum Boarium | 198 | Viehmarkt im antiken Rom, gelegen zwischen Palatin, Circus Maximus & Tiber; |
| Werber | 198 | Werber für Roms Legionen durch Forschung nicht belegt! In 'Legionen' zu dienen, war Ehrensache römischer Bürger, Aufruf & Formierung ganzer Legionen innerhalb kurzer Zeit ohne 'Anwerbung'; |
| Armenien | 203 | Territorium zwischen schwarzem & kaspischen Meer, südlich des Kaukasus, Königreich & später römische Provinz um 117 n. Chr.; |
| Galatien | 203 | Territorium in Zentralanatolien (Türkei), Galater - keltischer Stamm des Brennus (Stamm der Senonen 387 BC mit Plünderung Roms), ab 25 BC unter Kaiser Augustus römische Provinz; |
| Imperium Maius | 203 | Imperium - Konzept rechtlicher Amtsbefugnis mit absoluter Macht im Zuständigkeitsbereich, höheres Imperium überstimmte niederes Imperium, Imperium Maius überragte alle Inhaber anderer Imperia im Auftragsgebiet; |

| Cappadocia, Kappadokien | 203 | Provinz Cappadocia, Territorium in Zentralanatolien (Türkei), unter Kaiser Tiberius 18 AD in Imperium Romanum eingegliedert; |
|---|---|---|
| Asia | 203 | Provinz des Imperium Romanum, im Westen Kleinasiens & der Türkei gelegen, früheres Königreich Pergamon (133 v. Chr. durch Erbschaft an Rom gefallen), senatorische Provinz; |
| Vorderer Orient | 203 | Territorium arabischer Staaten Vorderasiens und Israel, Zypern, Türkei, Ägypten & Iran; |
| Tribunus Laticlavius, Obertribun | 204 | Ranghöchster Militärtribun mit breitem Purpursaum, zweithöchster Offizier kaiserzeitlicher Legion, Stellvertreter des Legatus, junger Aristokrat aus Senatorenstand (Ordo Senatorius); |
| Legio V Macedonica | 205 | Römische Legion, Ausgehoben 43 v. Chr. von Octavian, nach Aushebung in Macedonica später in Moesia (ab 6 AD) stationiert, 62 AD Krieg in Armenien & 66 AD unter Corbulo gegen Parther, Legatus Legionis Sextus Vettulenus Cerialis; |
| Rhandea | 205 | Stadt Rhandea, in Armenien am Euphrat gelegen; |
| Suffektkonsul | 205 | Nachfolgekonsul, im Falle frühzeitigen Todes oder aus politischer Notwendigkeit, ab Kaiser Augustus übliches Verfahren, Aufnahme in Nobilität; |
| Bonna | 210 | Stadt Bonn am Rhein, germanische Siedlung (Vicus) gegenüber Mündung der Sieg in Rhein an Rheintalstraße, nach Varusniederlage 9 n. Chr. Standort Römisches Legionslager 'Castra Bonnensia'; |
| Groma | 210 | römisches Vermessungsinstrument für das Anlegen eines Legionslagers oder im Siedlungsbau; |
| Kastell | 210 | römische Militärlager, Ausgangspunkt militärischer Operationen, kurzfristiger Standort vor Schlachten, militärisch gesicherter Ort; |
| Legionslager, Standlager, Garnison | 210 | römische Militärlager, Ausgangspunkt militärischer Operationen, langfristig militärisch gesicherte Standorte, Unterbringung einer oder mehrerer Legionen, zumeist Holz-Erde-Kastelle, späterer repräsentativer Steinausbau Legionsstandorte in Kaiserzeit mit Torbauten & Stabsgebäude (Principia); |
| Passus | 210 | römisches Längenmaß, Doppelschritt - 5 Fuß (29,6 cm) also etwa 1,48 m; |
| Porta Decumana | 210 | römisches Feldlager, Hintertor; |
| Optio, Optiones | 211 | Stellvertreter des Centurio & Gehilfe, auch Stellvertreter eines anderen Funktionsträgers; |
| Öllampen | 211 | Beleuchtungskörper, Lichtquelle künstlicher Art, Brennstoff Öl, Fett, Talg, Tran entflammt leuchtenden Docht (Pflanzenfasern), Kerzen erst ab 1. Jhdt. n. Chr. bekannt (kostspielig); |

| | | |
|---|---|---|
| Büttel, Häscher, Scherge | 265 | Anführer einer Schar (Scario), Stadtknecht, Büttel, Häscher, Folterer, dienstbarer Gehilfe einer Macht bzw. eines Schurken; |
| Pergament | 282 | bearbeitete Tierhaut, Vorläufer des Papier, Verwendung von Häuten der Ziegen, Kälber oder Schafe, auch als Fensterbespannung verwendet; |
| Tumult | 283 | Lärm, Getümmel, Aufruhr, gegen die öffentliche Ordnung gerichtete Störung, Aufstand, Erhebung, lärmendes Durcheinander erregter Menschen; |
| Atrium | 287 | Zentraler Raum im Eingangsbereich einer Villa zum Empfang der Gäste; |
| Legio IV Macedonica, Kurzbezeichnung: 'Macedonica' | 295 | Römische Legion, Ausgehoben 48 v. Chr. von Julius Caesar, ab 43 n. Chr. stationiert in Mogontiacum (Mainz), Legatus Augusti pro Praetore (Statthalter) von 63 bis 67 n. Chr. Publius Sulpicius Scribonius Proculus, Stierzeichen, zum Zeitpunkt Caesars Ermordung in Makedonien stationiert - deshalb Beiname ‚Macedonica' - synonyme Bezeichnung; |
| Sommer & Winter, Winter & Sommer | 300 | Zeitbestimmung der Barbaren als Halbjahresteilung, praktisch ist der jahreszeitliche Beginn mit einer Folge von Tagen für zu erwartendes jahreszeitliches Wetter verbunden, Beginn mit Sommersonnenwende & längster Nacht des Jahres Germanen unbekannt; |
| Parisii, Parisier | 301 | Stamm der Kelten in Gallien, Besiedlung des Seineufer, Oppidum Lutetia Parisiorum war Hauptort des Stammes (heutiges Paris), Lage auf Insel im Fluss & an beiderseitigem Ufer; |
| Ägypten | 302 | Territorium der Bewohner des 'schwarzen Landes' (Kemet) im Delta des Nils; |
| Mare Mediterraneum | 302 | Mittelmeer; |
| Bituriger | 307 | keltischer Stamm in Gallien, Siedlungsgebiet zwischen Loire & Vienne; |
| Via Agrippa | 308 | von Lugdunum (Lyon) aus gebaute vier Heerstraßen, 1) Aquitanien, 2) Rhein, 3) zum Ozean bei den Bellovakern & Ambianern, 4) zur Mittelmeerküste nach Marseille; |
| Gallia Aquitania | 309 | Provinz des Imperium Romanum, Lage in Gallien, Territorium vom Atlantik bis Pyrenäen & begrenzt von Loire, Burdigala Hauptstadt der Provinz; |
| Alesia | 317 | Gemeinde Alise-Sainte-Reine, Hauptort des Stammes der Mandubier, Lage auf Plateau des Gipfel des Mont Auxois, ursprünglich gallisches Oppidum, Sommer 52 v. Chr. Schlacht zwischen vereinigten Stämmen Galliens unter Vercingetorix gegen Caesar, Niederlage der Gallier & Ende Gallischer Krieg, Römer treten Herrschaft über Gallien an (Beginn gallo-römische Epoche bis ca. 450 n. Chr.); |
| Mandubier | 317 | Stamm der Kelten in Gallien, Besiedlung in Zentralgallien, Gebiet Burgunds & Department Jura, südliche Nachbarn Haeduer, Alesia Hauptort, Entscheidungsschlacht im |

| | | |
|---|---|---|
| | | Gallischen Krieg Caesars 52 v. Chr.; |
| Balneum, Thermae | 318 | 'warmes Bad', öffentliche Badeanstalt im Imperium Romanum; |
| Toga | 325 | Kleidungsstück römischer Bürger, in der Regel weiße Wolle, Toga trugen nur römische Bürger; |
| Bracae | 327 | antike Wollhose, Verbreitung durch Kelten, erst von Römern abgelehnt, besserer Schutz gegen Kälte & praktischer beim Reiten; |
| Focale | 327 | ein bis 1,5 Meter langer wärmender Schal aus Baum- oder Schafwolle, von Legionären unter der Rüstung um den Hals geschlungen, Verminderung Verletzungsgefahr durch scharfkantige Brustharnische; |
| Parma | 327 | flacher, runder oder ovaler Schild der Auxiliartruppen, besonders in Reiterei genutzt; |
| Spatha | 327 | zweischneidiges, einhändig geführtes Schwert mit gerader Klinge, Hiebwaffe, auch Reiterwaffe; |

www.tredition.de

## Über tredition

Der tredition Verlag wurde 2006 in Hamburg gegründet. Seitdem hat tredition Hunderte von Büchern veröffentlicht. Autoren können in wenigen leichten Schritten print-Books, e-Books und audio-Books publizieren. Der Verlag hat das Ziel, die beste und fairste Veröffentlichungsmöglichkeit für Autoren zu bieten.

tredition wurde mit der Erkenntnis gegründet, dass nur etwa jedes 200. bei Verlagen eingereichte Manuskript veröffentlicht wird. Dabei hat jedes Buch seinen Markt, also seine Leser. tredition sorgt dafür, dass für jedes Buch die Leserschaft auch erreicht wird

Autoren können das einzigartige Literatur-Netzwerk von tredition nutzen. Hier bieten zahlreiche Literatur-Partner (das sind Lektoren, Übersetzer, Hörbuchsprecher und Illustratoren) ihre Dienstleistung an, um Manuskripte zu verbessern oder die Vielfalt zu erhöhen. Autoren vereinbaren unabhängig von tredition mit Literatur-Partnern die Konditionen ihrer Zusammenarbeit und können gemeinsam am Erfolg des Buches partizipieren.

Das gesamte Verlagsprogramm von tredition ist bei allen stationären Buchhandlungen und Online-Buchhändlern wie z. B. Amazon erhältlich. e-Books stehen bei den führenden Online-Portalen zum Verkauf.

Seit 2009 bietet tredition sein Verlagskonzept auch als sogenanntes "White-Label" an. Das bedeutet, dass andere Personen oder Institutionen risikofrei und unkompliziert selbst zum Herausgeber von Büchern und Buchreihen unter eigener Marke werden können.

Mittlerweile zählen zahlreiche renommierte Unternehmen, Zeitschriften-, Zeitungs- und Buchverlage, Universitäten, Forschungseinrichtungen, Unternehmensberatungen zu den Kunden von tredition. Unter www.tredition-corporate.de bietet tredition vielfältige weitere Verlagsleistungen speziell für Geschäftskunden an.

tredition wurde mit mehreren Innovationspreisen ausgezeichnet, u. a. Webfuture Award und Innovationspreis der Buch-Digitale.